KB131888

아키라와 아키라

이케이도 준 장편소설
김선영 옮김

アキラとあきら

아키라 와
아키라

비채

차례

주요 등장인물

야마자키 아키라

마을 공장주의 아들

가이도 아키라

해운회사 경영자 집안의 후계자

가이도 마사쓰네 — 가이도 아키라의 할아버지

가이도 가즈마 — 가이도 아키라의 아버지

가이도 스스무 — 가이도 아키라의 삼촌

가이도 다카시 — 가이도 아키라의 삼촌

가이도 료마 — 가이도 아키라의 남동생

야마자키 고조 — 야마자키 아키라의 아버지

야스하라 시게히사 — 야마자키 고조가 경영하는 공장의 직원

미하라 히로시 — 야마자키 아키라의 초등학교 동창생

1장

공장과 바다

"네가 자라면 아버지 공장을 이어받아다오."
"응, 나한테 맡겨!"

1

어린 시절의 너는, 어떤 소리를 들으며 자랐을까?

어린 시절의 너는, 어떤 냄새를 맡으며 자랐을까?

아키라의 경우, 그건 유압 프레스기에서 나는 규칙적인 소리였다.

아키라의 경우, 그건 공장에서 풍겨와 따끔하게 코를 찌르는 기름 냄새였다.

발길로 잘 다져진 봉당, 유리창에서 쏟아지는 직사광선은 은빛으로 찬란하게 빛나며, 허공에 넘실거리는 무수한 먼지는 마치 그곳만 다른 시간 축인 것처럼 춤추었다. 어둑한 공간에서 짙은 회색 기계가 묵직하게 웅크린 채 강철 팔을 휘두르는 모습은 내키지 않는 중노동을 강요당하는 과묵한 노동자처럼 보였다.

나란히 늘어선 프레스기 저편에는 '빙글빙글'이 있다.

한 대가 공장 면적의 3분의 1가량을 점령한, 길쭉한 컨베이어벨트가 달린 기계다. 프레스기가 토해낸 부품과 다른 공장에서 반입한 부품을 조립해 이 컨베이어벨트에 실으면 부품들은 그 끝에 있는 소용돌이처럼 생긴 받침대로 떨어져 회전하면서 코일을 두르고 크기와 종류에 따라 자동으로 분류된다.

"이건 아버지 발명품이란다."

언젠가 그렇게 자랑스럽게 말했던 아버지는 사랑스럽다는 듯이 빙글빙글에 붙어 있는 고무벨트를 어루만졌다. 아버지가 발명했다는 그 기계의 진짜 이름을 아키라는 모른다. 빙글빙글. 직원인 야스형을 따라 아키라도 그렇게 불렀을 뿐이다. 어쩌면 처음부터 이름은 없었을지도 모른다.

"이걸 만드느라 고생 좀 했지. 이건 말이다, 세상에서 우리 공장에만 있는 보물이야."

보물.

아키라의 가슴에 그 말은 어색한 인상을 남겼다.

늘 읽는 그림책이나 옛날이야기에서는 보물이 많이 나온다. 하지만 이야기에 나오는 보물은 아름다운 보석이거나, 돈이거나, 은장식이 달린 검이거나, 화려한 자수 드레스였다. 그런데 아버지는 공장 안에 있는 지저분한 기계를 보물이라고 한다.

이게, 보물……?

그것이 왜 보물인지 이유는 모른다. 하지만 그 기계를 바라보는 아버지의 황홀한 눈빛은 실로 소중한 보물을 바라보는 눈빛과 똑같았다.

집안일을 돕는 건 아키라의 일과다. 아버지가 시키는 대로 기름과 도구를 정리하고, 걸레로 창을 닦기도 한다. 쓰레기를 버리거나 때로는 이웃 거래처에 '전표'를 배달하기도 한다.

도미타 씨네 사무소는 어린아이 걸음으로 15분 정도 되는 거리에 있었다. 그곳 아주머니는 전표를 가져가면 늘 주스나 과자를 내주었다. 지금은 아이에게 전표 심부름을 시키다니 생각할 수도 없는 일이겠지만 예전에는 모든 게 너그러웠다.

공장 창문 닦기는 아키라가 좋아하는 일 중 하나였다.

창문을 닦는 걸 좋아했던 게 아니라 창틀에 걸터앉는 게 즐거웠다. 그곳에서 보이는 풍경이 아키라의 추억 속 풍경이었다.

귤 밭이 계단처럼 이어지는 가파른 산 표면. 그 사이를 달리는 꼬부랑길은 마치 하늘에서 홀쩍 떨어뜨린 운동화 끈 같았다. 그리고 눈 밑에는…….

이즈의 바다가 있었다.

험준한 산이 바로 바다와 닿아 한 몸을 이루는 신비한 풍경. 기계 기름과 사방에서 풍겨오는 감귤류의 냄새가 한데 엉키고, 귤 밭이 눈부실 정도로 반짝거렸다.

"네가 자라면 아버지 공장을 이어받아다오."

아버지는 이따금 그런 말을 하며 농담인지 진담인지 모를 표정으로 아키라를 바라보았다. 그럴 때 아키라는 환하게 웃으며 오른손을 들어 자그마한 주먹을 불끈 쥐었다.

"응, 나한테 맡겨!"

따뜻하고 자애 넘치며 평온했던 나날. 그런 아키라의 마음에 가업의 고충이 스며든 것은 언제부터였을까.

아키라가 입고 있는 옷은 외가 친척에게 물려받은 옷뿐이었고, 가족끼리 외식을 하거나 휴일이라고 외출한 적도 거의 없었다. 초등학교 5학년쯤 되자 어린 마음에도 생활이 넉넉하지 않다는 것을 눈치챘다. 그것은 여동생 지하루도 마찬가지였으리라.

훗날 되돌아보면 그때 아버지는 가족을 끌어안고 필사적으로 사업을 궤도에 올리려 했던 게 분명했다. 돈이 없다는 공포, 불안한 미래. 아버지는 언제나 눈에 보이지 않는 그런 적들과 싸우며 아내와 어린 자식들을 필사적으로 지켰다.

아버지는 다정한 사람이었다.

장사는 서툴렀지만, 아이를 사랑하는 따뜻한 사람이었다.

수금이나 납품을 하러 갈 때는 종종 아키라를 데리고 다녔다. 작은 트럭 조수석에 타서 좋아하는 노래를 부르거나 아버지의 콧노래를 들으며 한쪽으로 바다가 보이는 도로를 달린다. 그때 보았던 짙푸른 바다색과, 멀리서 흔들흔들 오가는 배의 윤곽. 만약 그럴 수만 있다면 지금, 그때 아버지가 운전하는 트럭을 타고 다시 한번 달리고 싶다. 그때 아버지가 무슨 생각을 하고, 무엇을 두려워했는지, 아키라는 그것을 물어보고 싶었다.

그 트럭에 이따금 어머니와 아직 어렸던 지하루, 그리고 애견 '꼬마'까지 태우고 함께 외출할 때도 있었다. 그럴 때는 반드시 돌아오는 길에 어딘가 해변가에 들러 작은 물고기를 잡거나 바다에서 헤엄을 치며 어두워질 때까지 놀게 해주었다. 꼬마는 아키라가 철이 들었을 때부터 야마자키가에서 키운 시바견으로, 소중한 가족의 일원이었다. 분명 그것이 아버지 나름의 유일한 가족 서비스였으리라.

아이들이 파도와 노니는 모습을, 아버지는 언제나 해변가에서 기쁜 얼굴로 바라보고 있었다. 어머니가 그 곁에서 즐겁게 아키라와 지하루를 지켜봐주었다.

아버지가 있고, 어머니가 있다.

여행을 가는 것도, 맛있는 걸 먹으러 가는 것도 아니지만 아키라는 그것으로 충분했다. 하지만 그게 얼마나 행복한 일이었는지, 그때 아키라는 아직 알지 못했다. 그것은 아버지와 어머니가 열심히 노력해서 아이들에게 주었던 최고의, 그리고 결코 다시는 손에 넣을 수 없는 선물이었는데, 아키라는 그것을 알지 못했다.

그때 아키라는 아직 어린아이였다.

2

밤, 잠에서 깼을 때 거실에 불이 켜져 있었다.

아버지와 어머니의 목소리가 들렸다.

또다. 요즘 아버지와 어머니는 자주 진지한 얼굴로 어려운 이야기를 한다. 그러려니 하고는 있지만 그때는 아버지의 거친 목소리에 어렴풋이 뜨고 있던 눈을 번쩍 떴다.

"어쩔 수 없잖아!"

아버지의 목소리가 아키라의 귀에 뚜렷하게 들렸다.

어머니의 대답은 없다. 다만 고요한 밤에 작은 흐느낌이 들려올 뿐이었다. 아키라는 갑자기 불안해져서 이부자리에 비치는 가느다란 빛 속에서 일어났다.

그때까지 아버지와 어머니가 싸우는 모습은 본 기억이 없었다. 아키라가 장지문을 여는 소리에 거실이 조용해지는 걸 알 수 있었다.

"아직 안 잤니? 아키라." 아버지가 조금 화난 목소리로 말했다.

아키라는 똑바로 거실로 걸어가 테이블을 사이에 두고 앉아 있는 아버지와 어머니를 보았다.

어머니는 코를 훌쩍였지만 아무 일도 없었다는 듯이 고개를 들고 아키라에게 물었다. "왜 그러니?"

"싸웠어?" 아키라가 물었다.

어머니의 표정에서 뭔가가 드러났지만, 억지로 지어낸 미소가 금방 그것을 지워버렸다.

"싸우기는." 어머니는 따스한 손으로 아키라의 어깨를 감싸며 말했다. "빨리 자렴."

아키라는 말없이 아버지와 어머니를 번갈아본 후 "안녕히 주무세요"라고 작은 목소리로 인사하고는 이불로 돌아갔다. 11월의 싸늘한 공기 속에서 이불 속에 들어갔지만 아키라는 한동안 잠이 오지 않았다. 또 아버지와 어머니가 뭔가 의논하는 소리가 들렸지만 귀를 기울여도 무슨 말인지 알아들을 수 없었다.

아버지와 어머니의 표정에 감돌던 말로 표현할 수 없는 무언가가 마음에 걸렸다. 하지만 그것이 과연 무엇인지 알 길이 없다. 그대로 몇 차례 몸을 뒤척이는 사이에 이윽고 아키라는 잠에 빠져들었다.

"어서 와, 아키라."

야스하라 시계히사, 야스 형이 그렇게 말을 건 것은 그 후로 며칠 지난 어느 날 오후였다. 하굣길에 공장 옆을 지나는데 공장 창문으로 야스하라가 손짓하는 게 보였다.

야스하라는 아버지 공장에서 일하는 세 명의 직원 가운데 한 명이다. 아직 젊은 직원으로, 아버지가 자기 회사를 세우기 전에 다녔던 회사에서 함께 일하던 사이였다는 이야기를 전에 들은 적이 있다.

직원들은 다들 좋은 사람이라 모두 아키라를 귀여워해줬지만, 야스 형은 그중에서도 특히 다정했다. 독신이라는 이유도 있어 아버지가 남동생처럼 아껴서 집에서 저녁 식사를 하고 가는 일도 드물지 않았다.

"자, 이거."

야스하라는 공장에서 일부러 나와 항상 작업복 주머니에 넣어두는 사탕을 전부 꺼내 아키라에게 주고 자기는 담배를 한 대 꺼내 불을 붙였다. 아키라는 건네받은 사탕 개수에 깜짝 놀라 야스하라를 올려다보았다.

"이렇게 많이 받아도 돼?"

"그럼, 오늘은 특별하니까."

야스하라는 그렇게 말하더니 몸을 굽혀 아키라의 머리를 우악스러운 손으로 머리카락이 엉망이 될 정도로 쓰다듬었다.

"왜 특별한데? 뭐 좋은 일 있어?"

그렇게 물은 아키라에게 야스하라는 "뭐, 그렇지"라고 말하며 시선을 떨어뜨렸다. 항상 밝은 야스하라의 평소와 다른 모습에 위화감을 느낄 새도 없이 아키라는 말을 삼켰다. 고개를 든 야스하라의 눈에 맺혀 있는 눈물 한 방울을 보고 말았기 때문이다.

"있지, 아키라. 난 이제 떠나."

아키라는 처음에 야스하라가 무슨 말을 하는지 이해하지 못했다.

"떠나다니 무슨 말이야?"

"그만두게 됐어."

"그만두다니?"

야스하라는 말문이 막혔는지 하늘만 올려다보았다. 야스하라의 얼굴을 뚫어지게 쳐다보는 아키라 역시 할 말을 잃었다.

"이제 이 공장을 떠날 거야."

야스하라는 힘겹게 말을 꺼냈다. "그러니까 아키라한테 이렇게 사탕을 주는 것도 이게 마지막이야. 그러니까 이거, 전부 줄게."

아키라는 스스로도 제어하지 못하고 왈칵 치민 눈물 때문에 야스하라의 얼굴이 일그러지는 것을 느꼈다.

"왜 그만두는 거야, 야스 형? 난 야스 형 그만두는 거 싫어. 그만둬도 우리 집에 밥 먹으러 올 거지?"

야스하라는 말을 잇지 못하다가 끝내 눈에서 뚝뚝 눈물을 흘렸다. "미안해, 아키라. 하지만 어쩔 수 없어. 또 놀러 올 테니까 그런 표정 짓지 마, 응?"

"싫어. 야스 형이 떠나다니, 싫어!" 아키라도 울음을 터뜨렸다.

"미안해. 정말 미안해. 하지만 어쩔 수 없는 일이야."

아키라는 야스 형에게 매달려 눈물에 젖은 뺨을 작업복에 파묻었다. 야스하라에게서는 담배 냄새가 났다. 아키라를 힘껏 끌어안은 야스하라의 나지막한 오열이 귓가에 들렸다.

"미안해. 정말 미안해."

그때 아키라는 뺨에 미지근한 감촉을 느끼고 눈을 떴다. 어느새 꼬마가 옆으로 다가와 아키라의 뺨을 핥은 것이다.

"자, 꼬마가 마중 왔네. 집에 돌아가." 야스하라는 아키라를 살며시 떼어내고 두세 걸음 걸어가다가 문득 멈췄다. "그래, 아키라, 이거 갖고 싶다고 했지?"

야스하라가 주머니에서 꺼낸 것은 작은 로사리오였다. 야스하라의 집은 경건한 크리스천으로, 그 로사리오는 공장에서 사고를 당하지 않도록 야스하라의 할머니가 부적 대신 준 것이었다. 야스하라는 십자가 목걸이를 살며시 아키라에게 걸어주었다.

"하지만 이거, 야스 형 부적이잖아. 야스 형이 다칠지도 몰라."

"걱정 마. 난 괜찮아. 언젠가 아키라한테 주려고 했어. 난 또 할머니한테 새걸 받으면 되니까."

"고마워."

야스하라는 아키라의 눈을 가만히 들여다보다가 고개를 끄덕이고는 공장으로 돌아갔다.

그날 밤 늦게, 야마자키 프레스 공업에서 하는 마지막 작업을 마친 야스하라는 깔끔하게 접은 유니폼을 들고 인사하러 왔다.

격식을 차려 인사하는 야스하라는 더 이상 평소의 야스 형처럼 보이지 않았다.

"고생 많았어. 이거, 적지만."

아버지가 건넨 하얀 봉투를 야스 형은 소중하게 옷 안주머니에 넣고 깊숙이 고개를 숙였다.

"미안하다, 야스."

"미안해요, 정말."

야스하라는 그저 어쩔 줄 모르겠다는 듯이 "아닙니다" "예"라는 대답만 하다가 옆에서 대화를 듣고 있던 아키라에게 다가왔다.

"아키라, 지금까지 여러모로 고마웠어. 잘 있어, 열심히 공부하고. 난 떠나지만 사장님하고 사모님을 잘 부탁한다."

"야스 형."

이제 야스하라를 만날 수 없다. 좀 더 많은 이야기를 하고 싶었고, 놀고 싶었는데. 이게 마지막이라고 생각하니 해야 할 말이 나오기는 커녕 전부 어디론가 날아갔다. 뺨이 부들거려 흘러넘치는 눈물을 어떻게도 할 수 없었다.

"아키라, 인사해야지." 아버지가 아키라의 등을 가만히 쓰다듬으며 말했다.

"잘…… 가……. 잘…… 야스 형. 나, 야스 형이 좋아."

그 순간 지금까지 참았던 야스하라의 뺨에도 굵은 눈물이 흘러넘쳤다.

"나도야, 아키라. 언젠가 또 놀러 올게."

사정을 이해하지 못하는 지하루는 어머니의 무릎에 얼굴을 묻고 있었다. 아키라는 입술을 다물고 야스 형에게서 눈을 떼지 않았다.

"지하루도 잘 있어."

지하루의 작은 손을 잡고 인사한 야스하라는 재빨리 한 걸음 뒤로 물러나 허리를 깊숙이 숙였다.

"지금까지 신세가 많았습니다."

"나야말로. 고생 많았어. 정말 고마웠네."

아버지가 그렇게 말하며 똑같이 고개를 깊숙이 숙였다.

얼마나 그러고 있었을까, 이윽고 고개를 든 야스하라는 돌아갈 때 늘 그랬듯이 아키라에게 오른손을 살짝 들었다.

"그럼."

그것이 아키라가 본 야스하라 시게히사의 마지막 모습이었다.

3

그것이 사직이 아니라 해고였다는 것을 아키라가 안 것은 얼마 후였다.

아키라에게 그 사실을 알려준 이는 도미타 아주머니였다. 야스하라가 회사를 떠난 이유를 몰랐던 아키라에게 그 사실은 충격이라고 할 수밖에 없는 무게로 가슴을 짓눌렀다.

"아빠는 어째서 야스 형을 해고한 거예요?"

어머니는 머뭇거리다가 대답했다. "야스 씨 도움이 없어도 작업을 할 수 있게 되어서 그렇단다."

"그럼 야스 형한테는 다른 일을 부탁하면 되잖아."

"야스 씨한테는 우리가 아니더라도 좋은 일이 많아. 그런 일을 하는 게 더 좋은 거야. 급여도 높을 테고, 안정적이고." 어머니는 쓸쓸하게 대답하고는 거실에서 주방으로 들어가 칼을 쥐었다.

급여, 안정.

우리를, 아버지의 공장을, 좋아해서 여기에 있었던 게 아니었어?

그 질문은 아키라의 목구멍까지 튀어나왔지만 어머니의 얼어붙은 옆얼굴은 그 이상의 질문을 거부했다. 거기에는 아이가 끼어들 수 없는 영역이 있었다.

그것을 깨달은 아키라는 공부 책상이 있는 세 평짜리 방으로 가서 학교 숙제를 펼쳤다. 하지만 공부가 손에 잡히지 않아, 도서관에서 빌려온 책을 읽기 시작했다.

책은 아키라의 친구였다. 학교 친구와 어울려 노는 것도 즐겁지만 친구들은 아키라에게 어딘가 다른 존재였다. 구김살 없이 놀이에만 집중하는 친구들을 보면 마치 그것은 거울처럼 마음속 어딘가에 그늘을 가진 자신을 비추었다.

아이만 가지는 특별한 감각일지도 모른다.

매일 아침 일찍부터 밤늦게까지 기름에 범벅이 되어 일하는 아버지와 곁에서 돕는 어머니. 공장의 조업 소음과 기름 냄새는 끊이지 않았지만 물 밑에서 진행되는 심각한 병이 매일 육체를 갉아먹듯이, 아키라의 집에는 씻을 수 없는 피로감이 쌓이고 눈에 보이지 않는 어두운 그림자가 일상 곳곳에 서서히 파고들기 시작했다.

"아빠, 오늘 학교에서 다카히로가 굉장히 웃긴 얘기를 했는데……."

아버지는 웃음기 없이 지치고 충혈된 눈으로 아키라를 쳐다보았다. "그렇구나, 허."

그런 맞장구는 텅 빈 마음을 나타내고 있었다. 아버지의 마음은 지금 이곳에 없다. 별안간 그것을 깨닫고 낙담한 표정을 지은 아키라를 위해 어머니가 끼어들었다.

"목욕하고 오렴."

놀자고 해도 "아버지는 피곤하니까 다음에 놀자"라는 대답이 늘 었다.

수금이나 납품에서 돌아오는 길에 가족끼리 노는 경우는 가끔 있 었지만 그럴 때도 아버지가 미소를 짓는 일은 거의 없었다. 아버지 에게서 자꾸 기운을 앗아가는 게 과연 무엇인지, 아키라는 정확한 답을 알지 못했다.

과거에 다정하고 쾌활했던 아버지. 그랬던 아버지가 이제는 안색 도 나쁘고, 마음이 딴 데 가 있어 무슨 말을 해도 반응이 둔하고, 가 끔 불처럼 화를 냈다.

"히로토네 가족은 새해에 홋카이도에 간대. 나도 스키를 타보고 싶어."

"아키라, 너는 아비가 열심히 일하는데도 그렇게 불만이야?"

아버지가 손에 들고 있던 밥그릇을 깰 기세로 식탁에 내려놓으며 고함쳤다. 아키라는 뜻밖의 반응에 깜짝 놀라 눈물을 글썽거리고 말 았다.

아버지는 불쾌하기 짝이 없다는 표정으로 아들을 노려보았고 아 키라가 겨우 작은 목소리로 "잘못했어요"라고 사과하자 묵묵히 식 사를 마치고 다시 공장으로 가버렸다. 어머니가 울먹거리는 지하루 의 등을 쓰다듬었다.

"지금은 아버지가 힘들 때니까, 다 함께 응원하자."

갑자기 혼났다는 부당함과, 아마도 그런 부당함을 알면서도 감정 을 폭발시키고 만 아버지, 아니, 아키라의 가족이 처한 현실. 그것이 아키라를 묵직하게 짓눌러 숨이 막혔다.

"엄마, 우리 집 힘들어?" 아키라는 물어보았다.

어머니는 난처한 표정으로 대답하지 않았다. 예전의 어머니였다면 아키라가 걱정하지 않도록 항상 웃는 얼굴로 괜찮다고 대답해주었을 텐데. 그런 어머니의 변화 또한 아키라의 마음을 불안으로 가득 채우고 껄끄럽게 뒤흔들었다.

"왜?"

어머니는 입을 다물었지만 대답을 기다리는 아키라의, 어리지만 진지한 표정에 느끼는 바가 있었는지 결국 설명해주었다.

"아버지가 거래하는 손님 회사가 하나 사라져서 그래."

"왜 사라졌는데? 또 망했어?"

아키라의 아버지, 야마자키 고조가 과거에 미시마 시내에 있는 회사에서 일했다는 건 어머니에게 들어서 알고 있었다. 아버지는 거기서 엔지니어로 일했는데, 어느 날 그 회사가 갑자기 도산하고 말았던 것이다.

아버지가 지금 이렇게 공장을 운영하는 건 그때 거래처 사장님이 도와준 덕분이라는 것도 아키라는 들어서 알고 있었다.

그 사장님은 가쿠타라는 이름으로, 번쩍번쩍 잘 닦은 선더버드라는 차를 혼자 몰아 가끔 공장을 보러 오곤 했다. 가쿠타 씨가 백발을 휘날리며 찾아오면 아버지는 마치 학교 선생님이 온 것처럼 공손하게 인사하고 곁에 바짝 붙어서 공장 안을 안내했다.

"가쿠타 씨한테 부탁해도 안 돼?"

아키라의 질문에 어머니는 난처한 얼굴로 대답했다. "다 사정이 있어."

사정.

아이는 모르는 복잡한 어른들의 세계.

하지만 그것은 아키라와 같은 아이들에게도 결코 상관없는 일이 아니었다.

이듬해 2월, 학교에서 돌아온 아키라는 집 앞에 서 있는 검은 자동차를 발견하고 걸음을 멈추었다.

번쩍번쩍 빛이 나는 자동차 옆에 한 남자가 서서 담배를 피우고 있다. 마흔은 넘었을까, 비쩍 마른 남자다. 눈이 마주쳤다.

"안녕하세요."

아키라가 인사하자 머리가 살짝 움직여, 남자가 시늉으로나마 인사를 해주었다는 걸 알았다. 현관으로 가자 가지런히 놓여 있는 가죽구두 두 켤레가 보여서 아키라는 손님이 오면 늘 그렇게 하듯 뒷문으로 집에 들어갔다.

"다녀왔습니다."

작게 말해보았지만 대답은 없었고 대신 거실에서 오가는 말소리가 들렸다. 공부방이 있는 2층으로 올라가려던 아키라가 걸음을 멈춘 것은 "어떻게 안 되겠습니까"라는 아버지의 목소리가 들렸기 때문이었다.

대답은 없다.

"일단 지금 말씀드린 바와 같습니다." 이윽고 그렇게 대답하는 남자의 낯선 목소리가 들렸다.

"하지만······." 아버지가 대답했다.

몹시 곤란한 기색이라는 건 목소리로 알 수 있었다. 아키라는 조용히 계단을 내려가 거실 상황을 살펴보았다. 거기에는 양복을 입은 두 남자가 아버지와 마주 앉아 있었다.

쉰 살쯤 되어 보이는 남자와, 아버지와 비슷한 나이대의 남자, 두 사람이다. 반대쪽에 앉아 있는 아버지는 그때까지 본 적이 없을 정도로 침통한 표정으로 고개를 숙이고 있었다.

아버지가 고개를 들고 나이 많은 남자를 쳐다보았다. "한 번만 더 검토해주실 수 없겠습니까?"

"아무래도 그건······." 남자는 무릎 앞에 놓인 찻잔을 들어 한 모금 마시더니 쟁반에 내려놓았다. "아까부터 말씀드렸다시피 이미 결론이 난 이야기인 데다가."

"열심히 할게요. 제발 빌려주실 수 없을까요?" 어머니가 가늘고 떨리는 목소리로 물었다.

아키라의 눈에 난처해하는 남자의 얼굴이 보였다. 팔짱을 끼고 옆자리 남자와 시선을 주고받는 나이 많은 남자의 얼굴에는 귀찮은 기색이 뚜렷했다.

"그렇게 말씀하셔도 이미 결정된 일입니다."

"하지만 그러면 저희는 큰일 납니다."

아버지의 필사적인 목소리에 아키라는 몸이 굳어버렸다. 내용은 모르겠지만 지금 아버지와 어머니에게, 그리고 아마 아키라에게도 중요한 이야기가 오가고 있다.

"그건 댁의 사정이죠. 어쨌거나 저희로서는 더 이상 할 말이 없습니다."

불편한 침묵 끝에 나이 많은 남자가 그렇게 말하고 일어섰다. 갑작스러운 일이라 아키라는 순간 피할 타이밍을 놓쳐 자리에서 일어난 남자와 눈이 마주쳤다.

차가운 눈이었다.

지금까지 아키라가 보았던 수많은 눈 가운데 이토록 차가운 눈은 없었다. 시선이 엉킨 것은 한순간이었다. 남자는 마치 아키라의 존재를 못 본 것처럼 현관으로 걸어갔고, 아키라 역시 도망치듯 계단을 뛰어 올라갔다.

"조심히 가세요." 배웅하는 어머니의 목소리가 들렸다.

3층 창문으로 고개를 내민 아키라는 자동차에 올라타는 남자들의 모습을 조용히 보고 있었다. 뒷좌석에 거만하게 앉은 남자의 표정은 불쾌함 그 자체였다. 이윽고 자동차가 비탈길을 내려가 엔진 소리가 멀어지자 집 안은 납덩어리에 파묻힌 것처럼 고요해졌다.

그날 밤, 아버지와 어머니가 또 말다툼하는 목소리에 아키라는 잠에서 깼다. 이부자리 옆 벽시계의 바늘은 이미 12시를 지났다.

이부자리에서 기어나온 아키라는 목소리가 나는 거실을 향해 맨발로 살금살금 걸어갔다.

"이대로는 못 버텨. 그래도 괜찮은 거야?"

바로 그때, 아버지가 그렇게 소리쳤다. 아키라는 복도에서 얼어붙은 채로 귀를 기울였다. 어머니의 흐느낌이 들려왔다.

"그 방법밖에 없잖아." 아버지의 한껏 짜증스러운 목소리가 또다시 이어졌다. "당신, 날 못 믿어?"

거실 유리문으로 몰래 들여다보니 입술을 깨물고 있는 어머니의 옆얼굴이 보였다. 그해 겨울에서도 유난히 추운 밤이었다. 거실에는 석유스토브가 붉게 빛나고 있었다.

거실로 나가서 묻고 싶은 건 많았다.

낮에 찾아온 남자들은 뭘 하는 사람들인지, 아버지와 어머니는 왜 싸우는지, 그리고 내가 도울 수 있는 일은 없는지. 하지만 그런 걸 물어도 아키라가 할 수 있는 일은 아무것도 없다. 화가 난 건지 슬퍼하는 건지 모를 아버지의 얼굴을 보면 알 수 있다.

아버지와 어머니가 절망스러운 표정으로 의논하는 내용은, 분명 아이들에게는 들려주기 싫은 이야기다. 설사 아키라가 물어봐도 아버지도 어머니도 절대 말해주지 않으리라.

들키지 않도록 잠자리로 돌아가면서 아키라는 문득 어떤 생각을 했다. 그러고 보니 요즘, 아버지는 아키라에게 공장을 이어받으라는 말을 하지 않는다. 아버지와 얼굴을 맞대고 웃은 적도 없다.

이렇게 가까이에 있는데, 매일 얼굴을 맞대고 있는데, 어느새 아버지는 아키라의 손이 닿지 않는 아득한 존재가 되어가고 있다.

아키라와 잘 놀아주었던 다정한 아버지. 트럭에 가족을 태우고 해변에서 놀았던 날들. 빨리 그런 날이 다시 오기를 바라면서 이불 속에서 눈을 감았다.

어린 마음에 부모의 고충을 걱정하면서도 어딘가 응석을 부리고 있었다. 분명 다 잘될 거라고 낙관했다.

아빠가 어떻게든 해줄 거야. 그렇게 생각했다.

아빠는 훌륭해. 뭐든 할 수 있어. 빙글빙글도 발명했잖아. 아빠는 굉장해.

아키라는 그렇게 믿었다.

하지만 좋든 싫든 현실은 그리 간단하지 않다는 사실을 아키라가 깨달은 것은, 그 후 한 달쯤 지난 3월이었다.

4

"야마자키."

수료식을 며칠 앞둔 어느 날 오후였다. 미술 수업을 받고 있던 아키라는 자기를 부르는 목소리에 고개를 들었다. 긴가쿠가 교실 뒤쪽 문에서 손짓을 하고 있었다. 긴가쿠는 아키라의 담임인 베테랑 교사의 별명이다. 본명은 긴다이치 가쿠오. 성과 이름에서 글자를 따와서 긴가쿠다. 늘 재미있는 말로 아이들을 웃겨주기 때문에 인기 있는 선생님이었다.

빚다가 만 찰흙 인형을 받침대에 내려놓고 자리에서 일어난 아키라를 긴가쿠는 복도로 불러냈다. 마침 5교시가 막 시작되어 친구들 몇 명이 찰흙을 만지던 손을 놓고 아키라 쪽을 힐끔힐끔 쳐다보았다.

"이 녀석들, 한눈팔지 마라!" 긴가쿠는 교실 안을 향해 그렇게 말하더니 갑자기 진지한 표정으로 아키라에게 작게 말했다. "책상 정리하고 오늘은 돌아가거라. 어머님이 데리러 오셨어. 자, 빨리."

영문도 모르고 어리둥절한 아키라의 등을 떠밀며 자기도 함께 교실에 들어오더니 아키라 대신 찰흙을 정리하기 시작했다. 긴가쿠는 아키라가 만든 인형의 손과 팔이 휘지 않도록 플라스틱 상자에 담아서 챙겨주었다.

"만약 집에서 계속 만들 수 있으면 완성해보렴."

신발장으로 가자 어머니가 불안한 표정으로 기다리고 있었다. 지하루도 같이 있다.

"선생님, 죄송합니다." 어머니는 선생님에게 깊이 고개를 숙였다.

"향후의 일은 다시 연락 주십시오. 기다리고 있겠습니다."

긴가쿠는 그런 말을 하고 몸을 숙이더니 아키라의 두 어깨를 붙잡았다. 선생님은 뭔가 말하려 했지만 결국 아무 말도 하지 않았다. 대신 입술을 깨물고 손에 힘을 실어 아키라의 어깨를 살짝 흔들더니 겨우 쥐어 짜내듯이 말했다.

"그럼, 안녕."

"안녕히 계세요."

어머니와 함께 교정으로 나가자 미술실 창문으로 반 친구들이 손을 흔드는 모습이 보였다.

친구들에게 손을 흔들어 인사한 아키라는 서둘러 걸어가는 어머니를 올려다보았다. 거기에는 그때까지 본 적 없는 창백한 얼굴이 있었다. 나쁜 예감이 들었다.

"이와타에 있는 할아버지 댁에 갈 거야."

이와타에는 외가가 있다.

"오늘은 화요일인데?"

쉬는 날도 아닌데 왜? 하지만 어머니는 어떤 질문도 받지 않겠다는, 어떤 의미로 결연한 표정으로 정면을 바라보고 있었다. 아무것도 모르는 지하루는 유치원 유니폼에 노란 모자를 쓰고 말없이 어머니의 손을 잡고 걷고 있었다.

집까지는 걸어서 20분 정도 걸리는데, 그때는 지하루도 있어서 두 배 가까이 걸렸다. 지하루도 뭔가 느꼈는지 힘들다는 말을 하지 않았다.

아직 새잎이 돋지 않은 귤나무 가지가 맑은 3월 하늘을 향해 뻗어 있었다. 햇빛은 이미 봄기운이 느껴졌지만 바람에는 겨울의 흔적이 있었다.

비탈길을 묵묵히 올라갔다.

공장 지붕이 보이자 자연히 아키라의 걸음은 빨라졌다.

뭔가 다르다. 그렇게 느낀 것은 그때였다.

소리다. 그렇다, 소리가 없다.

아키라는 걸음을 멈추고 귀를 기울였다. 어머니는 지하루의 손을 잡아끌며 먼저 걸어갔다.

지하루가 뒤를 돌아보며 불렀다. "오빠, 빨리. 오빠!"

아키라는 힘껏 달려서 어머니와 지하루 옆을 지나 비탈길을 올라갔다. 숨이 차고 차가운 공기가 목구멍을 따갑게 자극했다.

공장 앞에 자동차가 세 대 서 있었다. 공장 안에서 말다툼 소리가 나서 아키라는 활짝 열린 유리창으로 들여다보았다.

"웃기지 마! 어쩔 거야!"

남자가 고함을 지르며 짜증스럽다는 듯 피우고 있던 담배를 바닥에 내팽개쳤다. 남자들은 열 명쯤 될까. 그들에게 에워싸인 아버지의 모습이 보였다.

"죄송합니다. 어떻게든 할 테니, 오늘은 제발 돌아가주세요." 아버지는 고개를 푹 숙이며 말했다.

"헛소리 마쇼, 야마자키 씨. 공장이 안 돌아가잖아."

또 다른 남자가 사투리로 말했다. "재료도 못 받고 있제? 안 돌아가는 공장이 무슨 가치가 있나? 안됐지만 이 기계는 받아가야겠어."

"그것만은 봐주십시오. 이렇게 부탁드립니다. 절대 손해는 끼치지 않도록 할 테니 이번만 제발."

"잠꼬대 하나, 그런 말을 누가 믿어?"

어이, 하는 호령에 공장 입구 근처에 있던 남자들이 우르르 몰려왔다.

"이러지 마세요. 부탁입니다."

말리려던 아버지는 남자들에게 떠밀려 바닥에 쓰러졌다. 남자들은 아버지는 거들떠보지도 않고 프레스기를 해체하기 시작했다.

어머니가 아키라의 몸을 잡아끌었다. 맞은편 귤 밭에서 지하루가 불안한 표정으로 이쪽을 쳐다보고 있다. 어머니는 집 뒤편으로 돌아가 실내로 들어간 후 뒷문을 단단히 잠갔다.

"옷 갈아입어, 아키라. 지하루, 이리 오렴." 어머니는 지하루의 옷을 갈아입히고는 짐을 꾸리기 시작했다. "아키라는 거기 있는 배낭 좀 챙겨."

거실 구석에 소풍 갈 때 쓰는 배낭이 있었다. 불룩 차 있었는데, 들어보니 묵직했다. 아키라의 옷가지와 필기구가 들어 있는 것 같았다.

"엄마, 아빠는? 같이 안 가?"

"아버지도 저 사람들 용건이 끝나면 나중에 올 거야."

"언제?"

어머니가 대답하지 못하는 사이에 뒷문 밖에서 컹컹거리는 울음소리가 났다.

"꼬마!" 문을 열자 갈색 덩어리가 아키라의 품에 뛰어들어 얼굴을 핥아댔다. "엄마, 꼬마도 데려갈 거죠?"

지하루의 옷을 갈아입히던 어머니의 손길이 멎었다.

"꼬마는 못 데려가."

"왜? 우리가 없으면 꼬마는 어쩌라고."

아키라는 꼬마의 머리를 끌어안았지만 어머니는 슬픈 표정을 지을 뿐, 대답하지 않았다. 재빨리 지하루에게 옷을 입히고 웃옷 소매를 잡아당겨 매무새를 고치고는 일어섰다.

"가자, 아키라."

"꼬마도 데려가요!"

저항하는 아키라에게 어머니는 난처한 얼굴로 말했다. "금방 돌아올 거야. 꼬마는 괜찮아. 개잖아."

똑바로 쳐다보자 어머니가 시선을 피했다.

"빨리 와." 그렇게 말하며 손을 잡아끌었다.

아무것도 모르는 꼬마가 따라왔다.

뒤편에 있는 오솔길로 귤 밭을 우회해 공장 아래쪽에 있는 도로로 가는 찰나에 잊은 물건을 알아차렸다.

"뭘 잊었는데?"

"야스 형한테 받은 로사리오."

어머니의 표정에 망설임이 스쳐갔다. "또 올 거니까 그냥 둬."

이번에는 아키라가 망설일 차례였다. "소중하게 간직하겠다고 약속했단 말이야. 게다가 그거 부적이야. 가져올래."

꼬마가 어리둥절한 눈빛으로 아키라를 올려다보았다.

"아키라……!"

달려갔다. 귤 밭을 전속력으로 달려 집 뒷문으로 돌아가자 공장 앞에 새로 도착한 또 한 대의 트럭이 보였다.

공장 안에서 해체한 기계 부품을 반출하려는 것이다.

뒷문으로 들어가 신발도 벗는 둥 마는 둥 2층으로 올라갔다.

책상 위를 보았다. 없다. 항상 거기에 두는데, 어머니가 치웠을지도 모른다. 맨 위 서랍을 열었다. 너무 서둘러서 여는 바람에 안에서 연필과 지우개가 튀어나왔지만 줍고 있을 새는 없었다. 두 번째 서랍을 열었다. 없다. 세 번째 서랍에는 공책들이 들어 있었다.

눈앞의 긴 서랍을 잡아당겼다.

신문광고를 이면지로 활용한 메모지와 작은 팽이, 트럼프. 잡다한 물건 속에서 찾고 있던 로사리오를 발견한 아키라는 안도할 새도 없이 그것을 움켜쥐었다.

"어이, 집 안도 보고 와."

바로 그때 그런 목소리가 들렸다. 창문으로 내려다보니 몇 명의 남자들이 바로 옆에 있는 공장에서 집으로 향하는 게 보였다.

방에서 뛰쳐나가 굴러떨어질 기세로 계단을 뛰어 내려갔다. 뒷문을 열었을 때 현관문이 열리는 소리가 귀에 들렸다.

꼬마가 기다리고 있었다.

"꼬마, 가자!"

달렸다. 뒷문 쪽 밭에서 봤을 때 2층 유리창으로 아키라의 방에 들어가 있는 한 남자가 보여서 저도 모르게 발이 멎었다. 남자가 책상 서랍을 빼는가 싶더니 그대로 머리 위로 들어서 엎었다. 남자는 흩어진 물건들을 발로 휘젓고 있는 것 같았다. 아키라는 고개를 돌리고 다시 달렸다.

여름, 그렇게나 새콤한 향기로 가득했던 귤 밭은 이 계절에는 남처럼 데면데면했다. 관목들 사이를 달려가자 가슴을 저미는 뜨거운 감정이 치밀어올라 눈물이 쏟아졌다.

아빠.

분했다. 슬펐다. 그리고 한심한 일이지만 너무나 무서웠다.

이윽고 어머니와 지하루가 기다리는 곳에 도착한 아키라를 어머니는 품에 안고 손수건으로 눈물을 닦아주었다.

"가자."

행선지는 도미타 씨 사무소로, 미리 연락해두었는지 아주머니가 기다리고 있었다.

"부탁드려요."

어머니가 그렇게 말하자 아주머니는 안쪽을 향해 말했다. "여보, 왔어요."

짤막한 대답과 함께 잠시 후 사무소 앞에 한 대의 크라운 차량이 나왔다. 도미타 아저씨가 운전하고 있었다.

"정신 바짝 차려, 도시코 씨." 아주머니는 어머니에게 과자 꾸러미를 건네며 말했다. "그리고 이거 먹어. 가는 길에 배고프면 안 되니까. 자, 얼른 가."

사무소 밖으로 나가자 꼬마가 꼬리를 흔들며 기다리고 있었다. 당연히 자기도 데려가줄 거라 믿는 눈으로 어머니와 아키라를 올려다본다.

"꼬마, 넌 집을 지켜." 꼬마의 머리를 가슴에 품고 귀를 쓰다듬어주었다. "금방 데리러 올게."

"어서 타."

아주머니가 문을 열어준 뒷좌석에 어머니와 지하루, 그리고 아키라가 올라타자 꼬마도 따라서 타려고 했다.

"꼬마!"

"지하루, 부르면 안 돼." 아키라가 여동생에게 말한 후 시선을 꼬마에게 돌렸다. "집을 지켜줘!"

마지막으로 꼬마에게 한마디 하고 코앞에서 문을 닫았다.

"그럼 간다. 됐지?"

어머니는 짐을 단단히 끌어안고 크게 심호흡하더니 뒷좌석에서 보이는 앞쪽의 귤 밭을 뚫어져라 쳐다보며 지하루를 품에 안았다.

"그나저나 고생이네. 마음 단단히 먹어, 도시코 씨. 어떻게든 될 거야. 야마자키 씨가 힘내야지."

"고맙습니다."

그렇게 대답하는 어머니의 뺨이 파르르 떨렸다. 입술을 꾹 다물고 눈물이 그렁그렁한 눈을 깜빡였다. 지하루가 그 얼굴을 올려다보며 칭얼거리기 시작했다.

아키라도 울고 싶은 심정이었다. 아버지와 어머니. 지금까지 무슨 일이 있어도 나를 지켜줄 절대적인 존재였는데. 그랬는데 이제는 숨길 수 없는 약한 모습을 드러내고 있다는 사실에 충격을 받고 불안해졌다.

자동차는 귤 밭 사이로 난 좁은 길을 지나 바다 옆 국도로 나갔다. 왼쪽 방향지시등 소리와 함께 방향을 틀어 달려가고 있을 때였다.

"어라?" 도미타 씨가 룸미러를 들여다보며 말했다. "아이쿠, 따라오네."

깜짝 놀란 아키라가 창밖으로 뒤를 보았다. "꼬마!"

작은 몸이 맹렬한 기세로 쫓아왔다. 지금까지 꼬마가 이렇게 필사적으로 달리는 모습은 본 적이 없었다. 동물적인 감으로 뭔가를 느꼈던 게 틀림없다. 혀를 내밀고 귀를 뒤로 바짝 젖히고 필사적으로 다리를 움직이는 꼬마에게는 아키라의 얼굴이 보였을 것이다.

꼬마의 뒤에서 자동차가 다가오고 있었다.

"꼬마, 위험해!"

경적 소리를 듣고 뒤를 돌아본 꼬마가 황급히 피했다. 도미타 씨가 힘껏 자동차 액셀을 밟아 속력을 높였다.

솟구치는 눈물 때문에 일그러진 시야 속에서 꼬마의 몸이 순식간에 작아졌다. 복잡한 이즈 반도의 지형 그대로 구불구불한 도로였다. 커브에 접어들자 그 모습은 마침내 아키라의 시야에서 사라졌다.

"엄마, 꼬마를 데리러 갈 거죠? 언제 갈 거예요?" 마치 애원하는 듯한 말투로 물었다.

어머니는 대답하지 않았다.

"엄마, 그때까지 누가 꼬마한테 밥을 줘요?"

대답은 없다.

데리러 갈 때까지, 꼬마는 어떻게 살아갈까? 꼬마는 어머니도 아키라도 지하루도 없는 그 집으로 돌아갈까?

"아빠도 오늘 오는 거죠?" 아키라는 갑자기 불안해져서 물었다.

어머니의 눈동자가 흔들리고 있다. 몇 번이나 꼴깍 삼키는 것이 눈물인지, 대답인지 모르겠다. 아키라를 바라보는 어머니 뒤편으로 반짝반짝 빛나는 3월의 바다가 보였다. 아키라의 마음은 그 해원을 헤매는 조각배처럼 불안했다.

"그럼 내일?" 그런 물음은 스스로도 슬퍼질 정도로 힘없이 떨리고 있었다.

지하루가 어머니의 얼굴을 가만히 올려다보았다. 동생 또한 아버지가 걱정되는지 대답을 기다리고 있다.

"일이 끝나면 오실 거야." 어머니가 말했다.

"언제 끝나?" 아키라는 물어보았다. 그리고 줄곧 마음속에 걸렸던 의문을 끝내 입에 담았다. "아빠 회사, 망한 거예요?"

어머니가 얼어붙은 얼굴로 숨을 멈추었다. 넋 나간 표정이었다. 민감하게 변화를 감지한 지하루가 대번에 울상을 지었다.

"괜찮아." 어머니의 그 말은 아키라가 아니라 마치 자신에게 하는 말 같았다. "괜찮아. 정말, 정말…… 괜찮아."

아키라는 그 표정을 뚫어져라 쳐다보았다. 도로변에 뻗은 소나무 사이로 얼룩덜룩한 빛이 쏟아져, 어머니의 심각한 얼굴을 더욱 복잡한 표정으로 만들었다.

"역까지 데려다주면 되지?" 운전석에서 도미타 씨가 말했다.

"예, 부탁드려요." 어머니가 대답했다.

자동차 방향지시등이 다시 깜빡거리며 교차점을 우회전하자 불그스름한 국철 역 건물이 보였다.

세 사람을 내려주고 도미타 씨의 크라운은 왔던 길로 되돌아갔다. 역 앞 로터리를 빠져나갈 때 경적 소리를 한 번 울렸다.

그것이 신호인 것처럼 어머니는 아키라의 어깨에 손을 둘렀다. 어머니의 손에 자기 손을 얹은 아키라는 그 온기에 마음 둘 곳을 찾았다고 생각했다. 언제나 어머니는 아키라와 함께 있어줄 것이다. 언제나……

5

눈앞에 노을에 물든 바다가 있었다.

도카이도선 일반열차, 마주 보는 4인석 자리에 아키라는 어머니, 지하루와 함께 앉아 있었다. 열차를 탔을 때는 아직 높이 떠 있던 태양이 서쪽으로 기울어, 하늘은 지금 옅은 오렌지색으로 물들기 시작했다. 철로 위를 달리는 소리를 들으며 흔들리는 열차에 몸을 맡기고 아키라는 구멍이 뻥 뚫린 마음을 끌어안고 자리에 앉아 있었다. 그늘이 짙은 열차 안에서도 어머니의 표정이 창백한 게 보였다. 어머니는 이따금 지하루를 돌보는 것 외에는 거의 입을 열지 않았다.

엄마, 우리는 어떻게 되는 거예요?

그렇게 묻고 싶은 마음을 아키라는 몇 번이나 꾹 참았다.

중간에 잠든 지하루를 무릎에 안고 어머니는 가만히 아키라의 빈 옆자리를 바라보고 있었다.

"엄마."

어머니는 힘겹게 시선을 들어 아키라를 쳐다보았다. "왜?"

"기운 내요."

어머니의 얼굴에 옅은 미소가 번지더니 "고마워"라고 짧게 대답했다. 하지만 그 미소는 한순간이었고, 어머니의 표정은 바로 밖에 펼쳐진 바다처럼 어두워지고 말았다.

어머니는 불안해 보였다. 어른도 불안해질 때가 있을지 모른다. 하지만 그렇게 불안을 숨기지 못하는 어머니를 아키라는 이날 처음 보았다. 그것이 아키라의 불안까지 증폭시켜 불안해졌다. 바다가 점점 더 어둡고 차가운 인상을 가져왔다.

어머니는 언제나 든든한 존재였다. 언제나 지켜준다. 언제나 함께 있어준다. 그런데 그런 어머니가 지금 불안에 흔들리는 눈동자로 멍하니 눈앞의 허공을 바라보고 있을 뿐이다.

이럴 때 아버지가 있었다면 뭐라고 했을까? 뭔가 재미있는 이야기를 해서 우리를 격려하고 응원해주었을까?

아키라는 심장이 옥죄는 기분이었다. 많은 남자들에게 둘러싸여 있던 아버지는 그 후 어떻게 되었을까? 꼬마는 어떻게 되었을까? 집에 잘 돌아갔을까?

"엄마, 꼬마는 집에 돌아갔을까요?"

어머니가 멍한 눈으로 다시 아키라를 쳐다보았다. 힘없는 눈동자였다.

"괜찮아, 개니까. 잘 돌아갔을 거야."

"아빠가 꼬마를 돌봐주는 거예요? 오늘 아빠도 꼬마를 데리고 할아버지네 집에 오는 거예요?"

"……그래." 이윽고 입술 사이로 흘러나온 말은 모호했다. "일이 끝나면."

"일은 언제 끝나는데요? 밤늦게?" 아키라는 어머니의 얼굴을 가만히 쳐다보며 물었다.

어머니는 천장을 올려다보며 눈을 감더니 깊은 한숨을 내쉬었다. "글쎄." 공허한 목소리로 대답한 어머니는 그 이상 아무 말도 하지 않았다.

일반 하행 열차에는 다양한 사람들이 타고 내린다. 누마즈역에서는 행상인으로 보이는 할머니가 아키라의 옆자리에 앉아 아키라와 지하루에게 캐러멜을 주었다.

"보기 좋구나. 가족끼리 놀러 가는 거니?"

그렇게 묻는 할머니에게 억지로 웃어 보이는 어머니의 모습이 애처로웠다.

이와타역에 도착한 것은 오후 7시가 넘어서였다.

아키라는 어깨를 푹 파고들 정도로 무거운 배낭을 메고 지하루의 손을 잡고 아직 한기가 남은 3월의 플랫폼에 내려섰다. 어머니는 두 손 가득 짐을 끌어안고 먼저 개찰구로 걸어갔다.

다른 승객들이 빠른 걸음으로 빠져나가는 가운데 무거운 짐을 끌어안은 세 사람은 느리게 통로를 걸어 개찰구로 향했다.

"할아버지!"

어머니가 개찰구 앞에 멈춰 서서 주머니 속에서 열차표를 꺼내고 있을 때 갑자기 지하루가 그렇게 외치며 달려갔다. 지하루는 개찰구 역무원에게 표도 주지 않고 밖으로 뛰어나갔다. 어머니와 아키라가 밖으로 나갔을 때 할아버지는 다리에 매달린 외손녀를 품에 번쩍 안아들었다.

어머니의 지친 얼굴을 보고 할아버지가 말했다. "잘 왔다."

그것은 그날 처음으로 들은 자비로운 목소리였다. 어머니는 뺨을 실룩거리며 짤막하게 "예"라고 대답하더니 오열을 참으려고 입술을 꾹 다물었다. 어머니의 오빠인 외삼촌도 할아버지와 함께 있었다.

역 앞에 세워둔 밴에 올라타자 운전석에 있던 외삼촌이 물었다. "괜찮니, 아키라? 배는 안 고파? 뭐라도 좀 먹였어?"

마지막 한마디는 어머니에게 묻는 말이었다. 외삼촌이 물을 때까지 아키라는 배가 고픈 줄도 모르고 있었다.

"아뇨. 경황이 없어서."

"그래……. 고생 많았다."

외삼촌은 무거운 한마디를 중얼거리고 조수석에 할아버지가 올라타자 자동차에 시동을 걸었다. 역에서 외조부모와 외삼촌 부부가 사는 집까지 차로 20분 정도 걸린다.

외갓집은 이와타 시내에서 섬유 도매를 하는 장사꾼 집안이었다. 전쟁이 끝나자마자 외할아버지, 마쓰바라 도시하루가 창업해 가게를 키웠고 지금은 외삼촌 미쓰하루가 그 뒤를 이어받았다. 외삼촌 부부에게는 아이가 없어서 아키라와 지하루를 친자식처럼 아껴주었다.

자동차는 아키라도 아는 이와타 시내의 도로를 달려 이윽고 마쓰바라상점이라는 간판이 달린 가게 옆에서 골목으로 들어갔다. 외조부모와 외삼촌 부부가 함께 사는 집은 가게 뒤편에 최근 새로 지었다. 그 주차장에 차를 세우고 외할아버지는 든든한 팔로 아키라와 어머니의 짐을 최대한 들어주었다. 엔진 소리를 듣고 집에서 외할머니와 외숙모가 마중을 나왔다.

"고생했다."

"마음 단단히 먹어요, 아가씨."

그런 말을 들으며 등을 떠밀려 집 안에 들어갔을 때, 아키라는 겨우 마음 한 곳에서 따뜻한 감각이 퍼지는 것을 느꼈다.

"아키라, 이리 오렴." 외삼촌이 아키라를 불러 거실 식탁 옆에 앉혀주었다.

"갑작스럽게 죄송해요."

사과하는 어머니에게 가족들은 신경 쓰지 말라고 하면서 세 사람의 저녁 식사를 차려주었다.

"너무 갑작스러워서 이런 것밖에 없지만 그러려니 하렴."

홍살치 조림과 된장국, 그리고 조금 식은 밥.

맛있었다.

좋아하는 외할아버지 집에 와서 마음이 놓였는지, 아키라도 지하루도 묵묵히 밥을 먹었다. 배불리 먹고 목욕을 했다. 씻고 나오자 밤 9시가 훌쩍 넘었다. 심정적으로도 지쳐서 아키라는 녹초가 되었다.

거실 옆 방에 이부자리가 세 채 깔려 있었다. 아키라도 먼저 씻고 나와 새근새근 잠든 지하루 옆에 누웠다. 거실에서 이야기하는 어른들의 목소리가 들렸다.

무슨 이야기인지는 잘 모르겠다. 아버지 이름뿐만 아니라 아키라가 모르는 사람들의 이름도 나오는 이야기에는 큰 금액과 빚이라는 단어가 군데군데 섞여 있었다. 꾸벅꾸벅 졸면서 아키라는 필사적으로 지금 아키라의 집이 어떤 상황에 처했는지, 아버지가 지금 얼마나 힘든 처지인지 이해하려고 했다.

단편적인 의식 속에서 흐느끼는 어머니의 목소리를 들은 것 같았지만, 기분 탓이었을지도 모른다.

이튿날 아침 아키라가 잠에서 깼을 때 어머니의 이부자리는 이미 비어 있었고, 일찌감치 일어난 지하루가 혼자서 거실 의자에 동그마니 앉아 있었다. 거기에 아버지의 모습은 없었다.

"잘 잤니, 아키라?" 외숙모가 말했다.

"안녕히 주무셨어요? 엄마는요?"

외숙모는 잠시 생각하다가 말했다. "거래처에 볼일이 있대."

"아빠한테서 연락 왔어요?"

그렇게 물은 건 잠결에 전화 소리를 들은 것 같아서였다.

"전화가 왔어. 괜찮으니 걱정 마, 아키라."

외숙모는 아키라의 걱정스러운 얼굴을 들여다보며 그렇게 말하더니 서둘러 아침상을 차리기 시작했다. 이미 가게를 열 시간이라 외할아버지도 외삼촌도 가게에 나갔는지 보이지 않았다.

"오늘은 둘이서 놀 수 있겠니, 아키라?"

"외숙모도 어디 가요?"

"가게를 봐야 하거든."

"가게에 가도 돼요?"

큰길에 접한 가게는 낡은 2층 건물로 오래된 계단과 광이 붙어 있는, 놀기에는 재미있는 장소였다.

"괜찮아. 그 대신 지하루하고 놀아주렴."

"네." 아키라는 문득 불안해져서 물어보았다. "엄마는 돌아오시는 거죠?"

어째서 그런 걸 물었는지 스스로도 의아했다. 하지만……

외숙모는 깜짝 놀라 휘둥그런 눈으로 아키라를 쳐다보았다. "당연하지."

외숙모가 숨기려 하는 당혹감을 본 아키라의 가슴속에 작은 얼룩이 뚝 떨어졌다. 그것은 순식간에 커져서 단숨에 무시할 수 없을 만큼 커다란 얼룩으로 변했다.

"우리는 언제 집에 돌아가요?"

"천천히 지내다 가면 어때서 그러니? 밥 든든히 먹으렴." 외숙모는 일부러 장난스럽게 말하며 앞치마로 젖은 손을 닦고는 가게로 나가버렸다.

"할아버지가 여기 있어도 된대." 대화를 듣고 있던 지하루가 말했다. "하지만 꼬마를 데리러 가고 싶어."

소복한 밥을 계란프라이, 된장국과 함께 먹고 있던 아키라는 지하루의 한마디에 손길을 멈추었다.

"꼬마는 밥 먹었을까, 오빠?"

그때까지 참고 있던 감정의 덩어리가 목구멍을 막아, 아키라는 식탁을 뚫어져라 쳐다보았다.

"개는 하루쯤 안 먹어도 괜찮아."

전에 텔레비전에서 보았던 〈야생의 왕국〉에서 사자나 표범이 며칠씩 먹지도 않고 사냥을 한다는 이야기가 기억났던 것이다.

그 이야기를 들려주자 지하루가 물었다. "꼬마는 개잖아. 개도 안 먹어도 괜찮아?"

아키라는 말문이 막혀 어린 여동생을 바라보았다. 얼버무리려던 아키라는 자기를 바라보는 천진한 눈동자를 본 순간, 아무 말도 할 수 없었다. 지하루의 얼굴이 일그러지더니 당장이라도 울음을 터뜨릴 것 같았다.

"꼬마는 괜찮다니까, 지하루. 아빠가 분명 밥을 줄 거야. 아빠는 집에 있으니까."

"아빠 보고 싶어." 지하루는 갑자기 훌쩍거리기 시작했다.

아키라는 의자에서 내려와 여동생을 밖으로 데리고 나갔다.

집 뒤편에는 작은 화단과 외숙모가 키우는 텃밭이 있었다. 하지만 이 계절에는 아무것도 없다. 단단한 땅은 세상을 거부하듯이 무뚝뚝한 표정을 드러내고 있을 뿐이다.

아키라는 하늘을 바라보았다.

얇은 종이처럼 봄기운을 두른 하늘이 펼쳐져 있다. 이곳은 아키라의 집에 비하면 도회지였다. 집 앞 큰길을 지나는 자동차 소리가 희미하게 들렸다. 주위에 보이는 것은 작은 가게와 민가뿐이다.

이곳에는 바다가 보이는 창도 없고, 거기서 보이는 가파른 산 표면도 없다. 코를 찌르는 감귤류의 향기도 없고, 프레스기가 내는 소리도 없다.

겨우 하루 만에 그때까지의 일상이 아득히 멀어지고 말았다. 그런 서글픔을 아키라는 민감하게 감지하고 있었다.

"지하루, 찰흙이 있는데 인형 만들어볼래?"

훌쩍거리는 지하루에게 말하자 겨우 고개를 끄덕거렸다.

쌀쌀한 것은 잠옷을 입고 있었기 때문이다. 옷을 갈아입으려고 급히 집 안으로 돌아온 아키라는 자기도 울고 싶은 것을 꾹 참고 긴가쿠가 챙겨준 찰흙 상자를 열었다.

"오빠, 뭘 만들려고 했어?"

"다이사쿠."

같은 반의 다이사쿠는 아키라의 절친이었다. 지금 상자 안에는 사람 모습을 겨우 알아볼 수 있는 머리와 손발이 있었다. 지하루는 만들다 만 그 인형을 작은 손으로 금세 망가뜨리고 말았다.

"뭘 만들 거야?"

"아빠."

"같이 만들까?"

식탁 위에 있던 그릇을 개수대로 옮긴 아키라는 벽 쪽에 쌓여 있던 오래된 신문지를 가져와서 바닥에 깔고 찰흙을 올려놓았다. 지하루의 작은 손이 거기에 찰흙을 덧붙여서 못생긴 인형을 만들어갔다.

아키라는 시계를 올려다보며 지금쯤 반 친구들은 어쩌고 있을지 생각했다. 긴가쿠는 아키라가 오늘 결석한 것을 아이들에게 어떻게 설명했을까? 내일도 학교에 못 가는 걸까?

어제 본 광경이 머릿속에 떠올랐다.

창문에 몰려들어 손을 흔들던 친구들. 웃으며 손을 흔들었던 아키

라. 하지만 지금 아키라는 이렇게 아버지와 꼬마를 걱정하며 이와타의 외가에 있다. 학교 가는 날에 이렇게 지하루와 둘이서 논다는 게 신기하기도 했다.

거기에 있어야 할 아버지도 어머니도 없다. 그리고 꼬마도.

그날, 어머니는 밤이 되도록 돌아오지 않았다.

외가 친척들과 함께 식탁에 둘러앉은 아키라의 마음속 불안은 깊어만 갔다.

"엄마는 몇 시쯤 돌아와요?" 그런 질문을 몇 번이나 했다.

"일이 끝나면 돌아올 테니까 걱정 마."

모두 그런 대답만 했다. 하지만 그날 밤, 결국 어머니는 돌아오지 않았다. 이튿날 아침, 그 사실을 안 아키라는 안절부절못했다.

"외숙모, 집에 전화해봐도 돼요?"

아침 식사를 마치고 외숙모에게 부탁해보았다.

"그러렴. 잠깐 기다려."

외숙모가 전화를 들고 교환국에 연락해주었다. 거실에 있는 전화기 앞에 무릎을 꿇고 앉은 외숙모는 전화가 연결되길 한참 기다렸지만 결국 수화기를 내려놓았다.

"전화를 못 쓰나 봐."

"왜요?"

외숙모는 난처한 표정을 지었지만 대답해주지는 않았다.

"엄마는 어디 갔어요?"

"아키라." 외숙모는 아키라의 두 팔을 붙들고 타이르듯 눈을 들여다보았다. "아키라는 정말 걱정 안 해도 되니까 조금만 기다려보렴."

걱정하지 않고 기다릴 수는 없었다.

꼬마 생각만 해도 아키라의 가슴은 찢어질 것 같은데. 하물며 아버지도, 끝내 어머니까지 사라지고 만 것이다.

"나, 집에 돌아가고 싶어요."

"아키라." 외숙모는 침울한 표정으로 말했다. "금방 돌아갈 수 있을 테니 여기 있자. 응?"

"하지만 아빠가 없으면 꼬마가 죽을 거예요. 밥을 줄 사람이 아무도 없는걸."

"그럼 이번 일요일에 외삼촌하고 같이 데리러 가자. 그럼 됐지?"

그날은 수요일이었다. 그 말은 곧 적어도 일요일까지 아키라가 집에 돌아갈 수 없다는 뜻이었다. 일주일 가까이 아무도 없는 집에서, 밥도 없는 곳에서 꼬마가 기다리고 있다고 생각하자 아키라는 견딜 수 없었다. 입을 다물고 있자 아키라가 이해했다고 생각했는지 외숙모는 일어나서 가게로 나갔다.

그 모습이 시야에서 사라지자 아키라는 배낭을 뒤졌다. 마당에서 외할아버지가 놀아주고 있는지 지하루의 목소리가 들렸다.

찾았다.

그것은 작은 우체통 모양의 저금통이었다. 올해 받은 세뱃돈이 약간 들어 있다. 바닥의 고무마개를 열어 내용물을 꺼내자 지폐와 동전이 방바닥 위에 쏟아졌다. 전부 2000엔. 그것이 아키라의 전 재산이다. 그 돈을 주머니에 넣고 야스 형에게 받은 로사리오를 움켜쥔 아키라는 조용히 외갓집을 뒤로했다.

6

조금 떨어진 버스 정류장으로 갔다.

전에 어머니와 지하루, 셋이서 외갓집에서 집으로 돌아갈 때 가게 자동차가 없어서 버스로 돌아갔던 것을 아키라는 기억하고 있었다. 먼지 쌓인 버스 정류장 의자에 앉아 5분쯤 기다리자 멀리서 노선버스가 뭉게뭉게 허연 연기를 토해내며 다가왔다.

타는 문에 젊은 차장이 서 있었다. "어디까지?"

"역까지요."

어린이 요금 20엔을 내고 비어 있는 자리에 앉았다. 바로 그때 측면에 '마쓰바라상점'이라고 적힌 밴이 지나갔다. 외삼촌이 운전하는 건 아니었지만 점원들도 아키라를 아니까 조금만 늦었다면 들켰을지도 모른다.

학교에 가지 않는 날이면 늘 왔으니 완전히 낯선 동네도 아닌데, 지금 버스 창문으로 보이는 풍경은 전혀 다르게 보였다. 불안이 커져서 되돌아가고 싶은 약한 마음과 싸워야만 했다.

버스는 종점인 이와타역에 도착했다. 함께 타고 있던 몇몇 손님의 뒤를 따라 내렸다.

아키라는 고개를 푹 숙여서 자꾸만 가슴에 피어오르는 생각을 억누르고 열차표를 파는 창구로 똑바로 걸어갔다.

"가와즈까지요." 표를 산 아키라는 그것을 들고 개찰구로 향했다. "어떻게 가면 되나요?"

표를 자르는 가위를 손으로 빙글빙글 돌리면서 역무원이 위쪽 플랫폼을 가리켰다. 그리고 "이토에서 갈아타야 해"라고 말하고는 아키라는 안중에도 없다는 듯 다음 손님의 표를 잘라냈다.

아키라는 역무원이 가르쳐준 플랫폼으로 올라갔다. 맞은편 플랫폼에는 책에서 보았던 특급열차가 서 있었다. 그게 더 빨리 도착한다는 건 알았지만 그 열차를 탈 만큼 돈이 충분할 것 같지 않았다. 갈아탈 역도 모른다. 아키라는 이윽고 도착한 일반열차에 올라타 주머니에 들어 있는 로사리오를 움켜쥐면서 열차가 출발하기를 기다렸다. 이윽고 발차 종소리가 울리고 아키라를 태운 일반열차는 덜컹, 한 번 흔들리더니 출발했다.

불안했다. 제대로 집을 찾아갈 수 있을까. 어디서 실수해 엉뚱한 곳에 가버리지는 않을까? 아버지, 그리고 꼬마와 만날 수 있을까?

"몇 시에 도착하나요?" 아키라는 표를 확인하러 온 차장에게 물어보았다.

아키라 눈에는 상당히 나이가 많아 보이는 차장이 시계와 시각표를 확인하고 2시 15분이라고 알려주었다.

"네 시간은 걸린다."

네 시간. 아키라는 생각했다. 그러면 토요일 수업이 시작되고 끝날 정도의 시간을 열차에서 보내야 한다. 어제 어머니와 함께 이 열차를 탔을 때는 다른 일이 신경 쓰여 시간까지는 생각하지 않았다. 그저 오래 탔다는 인상뿐이었다.

그 시간을 아키라는 줄곧 차창 밖 풍경을 보며 보냈다. 열차 안은 포근해서 졸음이 쏟아져도 이상하지 않았지만 잠들 정도로 마음의 여유가 없었다. 지금쯤 외갓집에서는 아키라가 사라진 것을 알아차렸을지도 모른다.

외가 친척들에게 걱정을 끼치는 게 미안했지만 일요일까지 기다릴 수는 없었다. 그것은 꼬마를 저버리는 것이나 마찬가지다.

지금 이러고 있는 동안에도 꼬마는 아키라가 데리러 오기를 기다리고 있을 게 틀림없다. 도미타 아저씨의 차를 필사적으로 쫓아오던 꼬마의 모습을 떠올릴 때마다 가슴이 답답하리만치 초조했다.

열차 안에서 아키라는 친구들, 학교, 낚시를 하며 놀았던 일들을 하염없이 생각했다. 자꾸만 머릿속에 떠오르는 아버지와 꼬마를 억지로 가슴 한 곳에 밀어두고, 되도록 감정을 닫고 걱정거리를 생각하지 않으려고 애썼다.

열차를 갈아탈 이토역은 그날, 도미타 아저씨가 자동차로 데려다준 역이었다. 표를 들고 근처에 있던 역무원에게 물어서 마침 플랫폼에 들어와 있던 열차로 갈아탔다. 익숙한 이즈 급행 전철이다.

이제 금방이다. 그런 생각이 자꾸만 침울해지려는 아키라를 응원하면서 등을 밀어주는 것 같았다.

아키라를 태운 전철이 플랫폼을 빠져나가 이윽고 바다 옆 선로를 굽이굽이 달리기 시작했다. 아키라는 바닷가 쪽 자리에 앉아 실눈을 뜨고 반짝반짝 무수한 빛을 반사하는 이즈의 바다를 바라보았다. 그러면서 가와즈역에 도착한 다음에 할 일을 고민했다.

먼저 집까지는 걸어서 간다. 보통은 자동차로 갈 거리지만 길은 안다. 집에 도착하면 아마 공장에 있을 아버지에게 사정을 설명하고 꼬마를 데리고 돌아온다. 아니, 어쩌면 이제 이와타의 외가로 돌아가지 않아도 될지 모른다.

어제 하루 외출했던 어머니가 돌아오지 않은 것은, 집에 묵었기 때문일지도 모른다. 그렇다면 어머니도 집에 있겠지. 그날, 남자들이 짓밟았던 집을 하루 종일 치우느라 돌아오지 못한 걸지 모른다.

열차는 해안선을 따라 달리고 있다.

이즈 반도를 남쪽으로 내려가자 공기가 바뀌는 것을 아키라도 느꼈다. 익숙한 바다에는 어딘가 아키라를 안심하게 만드는 요소가 있었다. 가파른 산이 바닷가에 바짝 붙어 있는 지형, 계단식 밭을 메우는 귤 밭. 짭조름한 향기.

아버지를 만날 수 있다.

어머니는 있을까?

꼬마는 나를 보면 분명 미친 듯이 기뻐하겠지.

아키라는 그런 생각을 하며 차창 밖을 바라봤다.

열차는 이윽고 가와즈역 플랫폼으로 들어갔다.

7

역에서 나온 아키라는 오른편으로 바다를 바라보며 걸었다. 왼편에는 산 위까지 과수원이 이어지는 길이다. 그 풍경 속에 있으려니 신기하게 도중에 느꼈던 불안이 사라졌다. 도로변에 있는 가게에 들러 빵과 우유를 사서 가게 앞에서 바다를 보면서 먹고 다시 걸었다.

마침 학교 수업이 끝날 시간이라 아키라가 다니는 초등학교 아이들 몇 명이 스쳐 지나갔지만 같은 학년 친구들과는 마주치지 않았다. 학교에 들러 긴가쿠를 만나고 올까 하는 생각이 떠올랐지만 나중으로 미루고 길을 서둘렀다.

20분쯤 걸었을까, 집으로 가는 비탈길이 보였다.

왼쪽으로 꺾어 한쪽에 귤 밭이 이어지는 외길을 걸었다.

도미타 아저씨 사무소 옆을 지나자 길은 가파른 오르막으로 바뀌었다. 어른이라면 숨이 찰 비탈길을 빠른 걸음으로 오르며 아키라는 지금 산 중턱에 보이는 건물을 똑바로 쳐다보고 있었다.

아버지의 공장이다.

태양광선을 눈부실 정도로 반사하는 유리창은, 아키라가 태어나서 지금까지 보아왔던 풍경 그대로였다. 다른 것은 소리였다. 아무리 귀를 기울여도 프레스기가 내는 규칙적인 소리가 들리지 않았다. 어쩌면 기계를 돌려받아 아버지가 공장을 다시 열었을지도 모른다는 기대는 거기서 부서졌다.

산을 따라 이어지는 길을 서둘러 걸어갔다. 심장이 쿵쾅쿵쾅 뛰는 소리가 들리는 것 같았다. 차츰 걸음이 빨라져 공장 부지로 들어갔을 때는 이미 달리고 있었다.

이른 봄의 햇살이 쏟아지는 환한 이즈의 산 중턱에서, 그 공장만 어두운 그림자에 푹 파묻혀 있었다. 창문에 얼굴을 바싹 붙여보았다. 겨우 하루 못 봤을 뿐인데, 마치 몇 년이라는 세월이 흘러버린 것만 같았다. 텅 빈 공장 안, 과거에 그곳을 채웠던 기계는 한 대도 없었다.

그뿐만이 아니다. 공장 구석에 대충 쌓여 있는 잔해를 본 아키라는 숨을 삼켰다. 시선을 뗄 수가 없었다. 마음속에서 치밀어 오르는 감정에 몸이 떨렸다.

빙글빙글이다. 아버지가 발명하고 그토록 아꼈던 기계가 지금, 파괴되고 분해되어 고철 덩어리로 변해 버려져 있다.

'이걸 만드느라 고생 좀 했지.' 자랑스럽게 말하는 아버지의 얼굴이 떠올랐다. '세상에서 우리 공장에만 있는 보물이야.'

"아빠……!"

퍼뜩 고개를 든 아키라는 공장 안에서 아버지의 모습을 찾았다. 없다. 공장 정면 출입구로 돌아가자 그곳에는 외부인의 출입을 막으려는 듯이 판자가 붙어 있었다.

같은 부지 안쪽에 있는 집으로 향했다. 현관은 잠겨 있었다. 뒤로 돌아가 부엌 옆에 있는 뒷문을 잡아당기자 열렸다.

"아빠……!"

안을 향해 외친 아키라는 한 걸음 들어서자마자 얼어붙었다.

그곳은 며칠 전까지 그들이 살았던 곳이 아니었다. 방바닥은 흙발로 짓밟혔고 가구는 쓰러져 있거나 사라졌다. 지독히 엉망이었다.

"아빠……!"

대답은 없다.

신발을 벗어던지고 안으로 달려 들어간 아키라는 1층을 살펴보고 2층으로 이어지는 계단을 올라갔다. 그곳에서 발 디딜 틈도 없을 정도로 엉망이 된 자기 방을 보고 망연자실했다.

뱃속에서 자꾸만 슬픔과 분함, 그리고 불안함이 밀려들었다. 그때까지 간신히 버티고 있던 마음의 둑이 끝내 무너져, 아무도 없는 텅 빈 방에서 아키라는 혼자 펑펑 울었다. 뜨거운 눈물은 그치지 않고 흘러넘쳐 뺨을 타고 시야를 덮었다.

아키라는 발자국이 잔뜩 찍힌 방바닥에 털썩 무릎을 꿇었다. 눈물 방울이 바닥에 뚝뚝 떨어지고 다다미의 거친 보풀이 손톱 사이를 파고들었다. 머릿속이 새하얘져서 그저 눈앞에 들이닥친 현실을 받아들일 수밖에 없었다.

얼마나 그러고 있었을까?

뒷문으로 밖으로 나간 아키라는 본채 옆에 있는 개집을 보러 갔다. 꼬마는 보이지 않았다. 꼬마의 밥그릇은 바짝 말라붙었고, 늘 물이 들어 있는 접시는 뒤집어진 채로 굴러다녔다.

"꼬마!"

뒷산 기슭까지 가서 힘껏 불렀다. 한참 기다렸다. 나무 사이로 부는 바람이 목덜미를 어루만지고, 나직하게 술렁거리는 자연의 신음이 들려왔다. 평소에는 아키라가 부르면 공처럼 튀어나오는데 지금은 기척조차 없다.

이번에는 눈 밑에 펼쳐진 귤 밭을 향해 꼬마의 이름을 불렀다.

저 과수원 어딘가, 귤나무 그늘에서 꼬마가 달려나오지 않을까. 기대하며 눈에 힘을 주고 귀를 기울였다. 하지만 어디에서도 꼬마는 나타나지 않았다.

"꼬마······."

귤 밭과 바다. 3월의 태양이 지금, 아키라의 표정을 부드럽게 비추며 서쪽 하늘에서 빛나고 있었다.

아키라의 머릿속에 지금까지 익숙했던 풍경이 선명하게 되살아났다. 프레스기가 내는 규칙적인 소리. 기름 냄새. 사탕을 내미는 야스 형의 기름투성이 손. 로사리오.

아키라는 공장 돌담에 걸터앉아 언제 돌아올지 모르는, 아니, 돌아오지 않을지도 모르는 아버지를 하염없이 기다렸다. 태양은 이미 서쪽으로 기울고 있었다.

얼마나 기다렸을까. 마침내 해가 완전히 저물자 마음에 뻥 뚫린 구멍을 끌어안고 아키라는 어쩔 수 없이 귤 밭을 내려갔다. 국도변 길을 따라 역으로 걸어갔다.

관목이 층층이 겹친 것처럼 보이는 귤 밭의 밤공기는 쌀쌀했지만 크나큰 불안과 슬픔에 사로잡힌 아키라는 아무것도 느끼지 못했다.

이윽고 역 근처에 다다라 빨려 들어가듯이 건물 안으로 들어갔다. 지붕이 있고 불이 켜진 장소가 이렇게나 든든할 줄이야.

"꼬마야, 혼자니?"

그때 누가 갑자기 말을 걸어 아키라는 목소리가 난 쪽을 돌아보았다. 언제부터 있었는지 젊은 역무원이 거기에 서서 아키라를 보고 있었다. 고개를 끄덕이자 "가족들은 어디 있어?"라고 물었다. 누구든 초등학생이 울상으로 이런 시간에 혼자 역에 있으면 당연히 수상하게 여길 것이다.

"어디까지 가니?"

아키라는 대답하지 못하고 고개를 떨구었다. 그리고 대책도 없이 무작정 역에서 뛰쳐나갔다.

그 순간 귀를 찌르는 브레이크 소리가 났다. 헤드라이트의 하얀 불빛이 고개를 돌린 아키라의 시야를 물들였다. 정신을 차렸을 때 아키라는 도로 한복판에 털썩 주저앉아 있었다.

얼굴 바로 앞에 자동차 범퍼가 있고, 번쩍번쩍한 보닛 안에서 엔진이 돌아가는 소리가 나직하게 울렸다.

"애야, 괜찮니?"

그때 문이 열리더니 운전사가 다급한 기색으로 뛰쳐나왔다. 검은 옷차림에 모자를 쓴 남자였다. 남자는 하얀 장갑을 낀 손으로 아직 도로에 주저앉아 있는 아키라를 일으켜세우고 옷에 묻은 먼지를 털어주었다.

"다치진 않았어?"

깜짝 놀란 아키라는 대답도 못 하고 그저 작게 끄덕이는 게 고작이었다. 운전사는 아키라의 모습을 살펴보고 정말 다치지 않았는지 확인하더니 겨우 안도한 표정을 지었다.

"다행이다. 갑자기 뛰쳐나오면 안 돼요. 위험하니까."

남자는 정중한 말씨로 말하고는 다시 운전석으로 돌아갔다.

길 한복판에 서 있던 아키라는 조용히 길가로 피해서 그때까지 본 적 없는 자동차를 새삼 쳐다보았다. 검은색의 고급스러운 자동차였다. 방금 전에는 몰랐지만 보닛 끝에 천사 같은 작은 조각상이 달려 있다. 아마 외제차이리라. 그때 자동차 뒷좌석 창문이 열리더니 작은 얼굴이 고개를 내밀었다.

아키라와 비슷한 또래의 소년이 뒷자리에서 뚫어져라 이쪽을 쳐다보았다. 단발 스타일의 그 소년은 호기심 어린 눈으로 아키라를 가만히 쳐다보고 있었다. 아키라의 친구 중에는 없는 인상의 아이였다. 눈빛이 오만했다. 보기에도 도시의 부잣집 소년이었다. 그 소년이 뭔가 말을 걸지 않을까 싶었지만 결국 한마디도 하지 않았고, 차는 그대로 출발했다.

소년의 시선은 여전히 아키라를 향하고 있었지만 그것도 곧 시야를 벗어났고, 이윽고 자동차는 맞은편 모퉁이로 사라졌다.

"아키라!"

바로 그때 누가 불쑥 아키라의 이름을 불렀다. 깜짝 놀란 아키라는 목소리가 들린 쪽을 돌아보았다. 언제 왔는지 길 반대편에 하얀 밴이 서 있었다. 이와타의 외할아버지 차라는 걸 알아보기도 전에 조수석에서 사람이 달려나왔다.

어머니였다. 그 모습을 본 순간, 아키라는 울음을 터뜨렸다. 눈물이 멈추지 않았다.

"아키라!" 어머니는 아키라를 끌어안으며 말했다. "말도 안 하고 무슨 짓이야, 모두 걱정했단 말이야!"

"잘못……했어요."

아키라가 훌쩍거리며 말하는데 운전석에서 내린 외삼촌이 어딘가 태평한 목소리로 말했다.

"다행이야, 무사히 찾아서. 혼자서 이런 곳까지 오다니 대단한 녀석이야. 그렇지, 아키라?"

조수석에 어머니와 아키라를 태운 밴은 역 앞에서 방향을 바꾸어 달려갔다. 어머니는 아키라가 나가고 얼마 후에 외할아버지댁으로 돌아왔는데, 아키라로 추정되는 아이를 보았다는 도미타 아주머니의 전화를 받기 전까지 계속 집 주변을 찾아 헤맸다고 한다.

한참 지나서 아키라도 겨우 진정했다. "엄마는 어디 갔었어?"

"사카모토 씨네 다녀왔어."

사카모토 씨라면 아키라도 안다. 가끔 아버지 공장에 오던 사람이다. 아버지 회사와 거래를 했던 고객 중 하나로 회사는 어딘가 멀리 있다는 이야기를 들은 적이 있다.

"뭘 하러 갔는데?"

"앞으로의 일을 의논하러 갔어."

그렇게 대답한 어머니의 얼굴은 서글퍼 보였다. 겨우 하루 못 만났을 뿐인데, 어머니는 몹시 지친 표정으로 조수석에 앉아 있는 것조차 힘겨워 보였다.

"아빠는 왜 외할아버지네 안 와?" 엉망이 된 집을 떠올리며 아키라는 걱정이 되어 물어보았다.

"바빠서 어쩔 수 없어. 친구네서 묵고 있으니까 괜찮아."

"꼬마는?"

어머니가 서글프게 고개를 가로저었다.

아키라는 주머니 속 로사리오를 움켜쥐었다.

그때 이걸 꼬마의 목줄에 걸어줄 걸 그랬다. 꼬마와 헤어질 때, 어째서 그 생각을 못 했을까?

무거운 공기가 차 안에 가득했다. 그것을 덮으려는 듯이 외삼촌이 라디오 스위치를 켰다. '요코하마 황혼'이 흘러나와 노래에 맞춰 외삼촌이 낮은 목소리로 흥얼거리기 시작했다.

이윽고 그 노래가 끝나자 외삼촌이 말했다. "아키라, 인생에는 많은 일들이 있어. 하지만 지면 안 돼."

인생. 외삼촌이 그런 말을 하는 건 처음 듣는다.

"인생?" 아키라는 저도 모르게 외삼촌에게 되물었다.

그러자 외삼촌은 어쩐지 겸허한 표정을 지었다. "아키라는 앞으로 계속 살아가야 해. 즐거운 일도 있겠지만 괴로울 때도 있겠지. 하지만 거기에 맞서 싸워 이겨야만 해. 그게 인생이야."

"지면 어떻게 되는데?" 아키라는 물어보았다.

"지면?" 외삼촌은 조금 고민하다가 말했다. "그것 역시 인생일지 모르지."

아빠는 진 거야? 아키라는 그런 질문을 삼켰다.

8

"그 애, 왜 그러고 있었을까?"

달려가는 자동차 차창을 닫으며 가이도 아키라는 말했다.

고속도로를 빠져나온 지 한 시간쯤 되었을까. 지금 자동차는 이즈의 해안도로를 달리고 있었다. 저녁 어둠 속, 눈부시게 환한 역이 보이나 싶더니 갑자기 어디서 한 소년이 뛰어나왔다.

급브레이크와 함께 운전하던 도쿠야마가 뛰쳐나가서 간이 서늘했지만, 뒷좌석에서 아키라와 남동생 료마가 숨을 삼키고 지켜보는 가운데 도쿠야마는 소년을 일으켜 세워 바지에 묻은 먼지를 손으로 털고 한두 마디 말을 건네고 돌아왔다.

"거참, 깜짝 놀랐습니다. 갑자기 뛰어들다니." 핸들을 쥔 도쿠야마의 시선이 룸미러 속에서 움직였다. 자동차는 다시 출발했지만 도쿠야마는 어지간히 놀랐는지 아직도 얼굴이 창백했다. "다치지 않아서 정말 다행입니다."

도쿠야마는 아키라가 태어나기 전부터 가이도 가문에서 일하고 있는 남자였다. 답답할 정도로 정중하고 선량하다. 도쿠야마가 화를 내는 모습을 아키라는 지금까지 한 번도 보지 못했다.

"왠지 평범하지 않았어, 그 애." 아키라가 말했다.

"평범하지 않았다니 무슨 뜻이야?"

시큰둥하게 물은 것은 남동생 료마였다. 도쿄에 있는 자택을 출발해 중간에 쉬어가며 두 시간 넘게 달리다 보니 지루해서 토라진 상태였다. 이즈에 있는 별장으로 가는 길이었다.

두 사람이 다니는 사립 초등학교가 봄방학에 들어가면 학원 춘계 수업이 시작될 때까지 닷새 동안 이즈의 별장에서 지내는 것이 연례행사였다. 이날은 그 별장에 친한 거래처 사람들을 초대해 파티를 열기로 해서, 어머니는 그 준비 때문에 어제 먼저 별장으로 갔다.

"굉장히 쓸쓸한 표정이었어. 미아 같았어."

"난 이런 데서 미아가 되긴 싫어." 어느새 완전히 깜깜해진 창밖을 바라보며 료마가 말했다.

"그러고 보니 부모가 안 보였네요."

도쿠야마는 뒤늦게 걱정스러운 목소리로 말했지만 돌아가자는 말은 하지 않았다. 아키라 형제를 밤의 파티에 늦지 않게 데려오라는 것이 어머니의 엄명이었다. 하지만 료마가 학교에서 늦게 돌아오는 바람에 두 시간 넘게 출발이 늦어져, 파티는 이미 시작되었을 것이다. 별장에 도착하면 어머니의 잔소리부터 들을 각오를 해야 한다.

비슷한 또래의 아이였다. 시선을 떼지 못한 것은 그 아이의 눈에 아키라가 여태껏 보지 못한 감정의 덩어리가 어른거렸기 때문이었다. 그냥 슬픈 것도, 그냥 난처한 것도 아니었다. 조금 더 골똘하고 진지한…… 그렇다, 굳이 말한다면 분명 '절망'에 가까운 그런 눈이 아닐까?

"미아는 아닐 거야. 분명 동네 아이일 테니까." 아키라는 말했다. 시간은 이미 오후 6시가 넘었다. 타지에서 온 아이가 그런 얼굴로 혼자 있을 리 없다. "도쿠야마 씨, 이 근처에 관광지나 료칸일본의 전통적인 고급 숙박 시설이 있어?"

"아니요, 근처 이나토리나 지금 가는 시모다라면 또 몰라도 이 부근에는 없을 겁니다."

아키라는 몸을 틀어 후방 유리 너머로 뒤를 보았지만 소년의 모습은 이미 거기에 없고 밤의 어둠만이 있었다.

"도쿠야마 씨, 얼마나 남았어?" 료마가 물었다.

"30분은 걸릴 겁니다. 7시쯤 도착하겠네요. 한 시간 늦겠습니다."

도착한 이후의 일을 생각하는지 도쿠야마는 침울한 표정이었다. 료마가 입을 다물었다.

"네가 늦어서 그래."

혀를 차며 말한 아키라에게 료마는 대답하지 않고 콧방귀만 뀌었다. 수료식이 끝나고 친구들과 노느라 정신이 팔려 있었던 모양이다. 같은 사립 초등학교에 다니는 두 살 어린 동생이다. 아키라가 5학년, 료마는 3학년. 어렸을 때부터 형과 비교당하며 자란 탓인지 아키라에 대한 료마의 반발심은 뿌리가 깊었다.

아키라는 모든 일에 꼼꼼하고 신중하며 문제없이 처리한다. 한편 료마는 한마디로 표현하자면 **들쭉날쭉**했다. 잘하는 일은 아키라도 도저히 당해낼 수 없을 정도로 능력을 발휘하는데, 가끔 아무도 하지 않을 실수를 저지른다. 그날도 "이즈의 별장에 가야 하니 빨리 돌아와"라는 말을 들어놓고도 까맣게 잊고 두 시간 가까이 노느라 집에 돌아오지 않았다. 료마에게는 뭔가에 열중하면 중요한 일까지 머릿속에서 사라지는 면이 있었다.

주위에서는 아키라가 아버지를, 료마가 어머니를 닮았다고들 한다. 료마는 그것도 마음에 들지 않았다. 어머니는 밝고 사교적이지만 감정적이라 조금 철부지 같은 면이 있다.

왠지 분위기가 험악해져 그대로 침묵이 깔린 자동차 안에서 아키라는 차창 왼편으로 보이는 어두운 바다로 시선을 던졌다. 사실 이즈의 별장에 가는 건 싫지 않지만 부모의 일에 끌려다니는 건 솔직히 내키지 않았다.

"왜 파티야?" 똑같은 생각을 하고 있었는지 료마가 침묵을 깼다.

"이래저래 벌써 20년이나 이어진 관례니까요."

관례로 만든 것은 할아버지 가이도 마사쓰네였다. 이 시기에 친한 거래처 관계자들을 초대해 따뜻한 시모다 쪽 별장에서 한발 먼저 봄을 즐기게 하는 기획으로 서른 명 정도의 고객을 초대하는데 오늘은 별장에서 파티, 내일은 다 함께 골프를 치러 간다.

스탠딩 파티지만 아키라와 료마 두 사람은 원래 할아버지와 아버지, 그리고 두 사람의 삼촌들과 함께 손님을 맞이하고 인사를 해야 했다. 가족이 다 함께 맞이하는 것에 의미가 있다는 할아버지의 생각 때문이다.

가이도 집안은 원래 시코쿠 출신으로 오래전에는 수산물 장사로 번창하다가 메이지시대1868년부터 1912년까지 사용된 일본의 연호에 해운업에 진출해 성공한 가문이었다. 주로 섬유업 해운을 담당해 영역을 확장, 일본 해운업의 일익을 담당할 정도의 기업으로 급성장했는데 거기에는 중흥의 시조라고도 할 수 있는 할아버지 마사쓰네의 공적이 컸다. 그런 할아버지가 일흔이 되었을 때 회장으로 물러나고 지금 사장으로 도카이해운을 이끄는 것은 아키라의 아버지, 가즈마였다. 회장직으로 물러났다고는 해도 할아버지의 영향력과 존재감은 건재해서 이런 파티 또한 할아버지의 의향을 따른 것이다.

"여, 아키라. 피곤하지? 너도 고생이 많다."

어머니의 손에 이끌려 손님들에게 한차례 인사를 마쳤을 때, 삼촌 다카시가 말을 걸어왔다.

어머니는 고객 앞에서는 활짝 웃고 있지만 방금 전 아키라 형제가 도착했을 때는 어찌나 화를 내던지 "오, 왔구나? 뭐 어떠냐!"라고 할아버지가 웃으며 막아주지 않았다면 큰일 날 뻔했다.

"그러는 삼촌은 이런 곳에 있어도 되는 거예요?"

거실과 이어진 주방 구석이었다. 그곳 테이블에 앉은 아키라와 료마 두 사람은 겨우 저녁상을 구경할 수 있었다. 그 옆 스툴에 앉은 다카시 삼촌은 물로 희석한 위스키 잔을 기울이고 있다.

다카시는 학창 시절에는 화가를 꿈꾸어 파리에 유학을 간 적도 있는 별종이었다. 그 시절에 익힌 건지, 처음부터 그랬는지는 모르겠지만 밝은 재킷에 스카프를 두른 세련된 차림에 콧수염을 기르고 있다. 조금 억척스러운 가이도가에서는 보기 드문 타입이다.

"이런 파티는 시시해." 또 언제나 솔직했다. "네 아버지도 솔직히 돈 낭비라고 생각할 거야. 할아버지 취미에 억지로 어울리는 셈이니까."

정말 그렇게 생각한다고 해도 아버지 가즈마는 그런 말을 입 밖에 낼 남자가 아니다.

"어이, 다카시. 언제까지 놀고 있을 거야. 빨리 돌아와."

그때 스스무 삼촌이 주방 문을 벌컥 열더니 신경질적인 표정으로 제 할 말만 하고 바로 사라졌다.

스스무는 학구적이라는 점에서는 아버지와 비슷하지만 까다로운 성격이 아버지와 맞지 않았다. 스스무와 함께 있으면 잠시도 마음을 놓을 수가 없다. 아키라는 어딘가 허술하고 호방한 다카시와 정반대인 스스무 삼촌이 어려웠다.

"예예. 정말이지, 저렇게 항상 신경질을 부리면 안 피곤한가?"

다카시는 누구에게랄 것 없이 두 손을 절레절레 흔들더니 느릿느릿 일어나서 다시 거실로 나갔다.

아직 오후 8시밖에 되지 않았다. 파티는 앞으로 두 시간은 더 이어지리라. 그쯤 되면 대부분의 초대 손님은 예약해둔 시모다의 호텔로 돌아가지만, 끝까지 남는 손님은 자정 가까이 아버지나 할아버지와 함께 거실에서 술을 마시고 시끌벅적하게 지내는 게 예사였다.

그날 밤도 예외 없이 "내일 골프도 있으니 슬슬 마무리할까요"라는 할아버지의 한마디에 일단 파티는 끝이 났고 서른 명쯤 되던 손님도 대부분 돌아갔다.

남은 사람은 업무상으로도 개인적으로도 할아버지와 친하게 지내는 몇몇 경영자 친구들이다. 그 몇 명의 손님과 할아버지와 아버지, 그리고 두 삼촌이 거실 소파에 편히 앉아 와인을 마시며 대화를 나눈다. 늦은 시간이기도 해서 아키라와 료마 같은 아이들이 그 환담에 끼는 일은 없지만 그날 물을 마시러 방에서 나와 주방으로 내려갔을 때, 할아버지의 여느 때 같지 않은 무거운 목소리를 듣고 아키라는 문득 걸음을 멈추었다.

"회사 체계를 바꾸면 어떨까 한다만."

그때까지 무슨 이야기를 했는지는 모른다. 하지만 지금 아버지와 삼촌, 그리고 친한 친구들도 진지한 표정으로 할아버지 마사쓰네를 바라보고 있다. 여느 때와 다른 분위기였다.

"지난 30년 동안 우리도 제법 성장했어. 내가 회장직에 있는 동안은 아직 어떻게든 굴러가겠지만 나도 앞날이 얼마 안 남았다. 우리 사업 영역을 새삼 되돌아보면 본업인 해운, 스스무가 하는 섬유 관련 상사 부문, 다카시가 관광 부문, 같은 회사 안에 있으면서 하는 일은 제각각이고 저마다 독립성이 강하지. 자기가 맡은 사업이 성공해도 다른 분야 사업이 발목을 잡아. 그렇게 되면 앞으로는 서로의 방식에 사사건건 참견하게 되겠지. 그래서는 우리뿐만 아니라 직원들도 불편해."

할아버지의 굵은 목소리는 그리 크지는 않았지만 경청하는 손님과 아버지, 삼촌의 긴장감 어린 침묵 때문에 잘 들렸다.

할아버지는 말을 이었다. "그래서 일찌감치 각각의 업무 분야를 도카이해운에서 분리해 도카이상회, 도카이관광이라는 형태로 독립시키면 어떨까 싶구나. 스스무가 상회, 그리고 다카시는 관광 사장, 그리고 서로 독자적인 방식으로 회사를 경영하는 게지."

할아버지가 말을 끊자 그 이야기를 곱씹기라도 하듯 침묵이 내려앉았다.

"다시 말해서 적당히 연결된 그룹 기업이라는 체제가 된다는 뜻인가?"

그렇게 말한 건 도다라는 이름의 할아버지 친구였다. 분명 오사카에서 무슨 회사를 경영하는 사람이라고 들었다.

"뭐, 그런 뜻이오." 할아버지는 그렇게 대답하고는 의견을 구하는 눈빛으로 아버지와 삼촌들을 쳐다보았다.

"그거 좋네요." 가장 먼저 말한 건 스스무였다. "형의 경영 방식에 의견을 내고 싶어도 어차피 네 사업과는 상관없다고 하면 할 말이 없으니까요."

그 말투에는 어딘가 스스무가 아버지 가즈마보다 경영을 잘 안다고 말하고 싶은 우월감이 묻어났다.

"어때, 다카시?"

"원하는 바야." 등을 돌리고 있는 다카시 삼촌의 또렷한 목소리가 들렸다. "사장은 해운 사업에 관해서는 프로지만 관광 사업에 대해서는 내가 볼 때 아마추어야. 지금 이대로는 내가 내 사업을 이렇게 하고 싶다고 일일이 허락을 받아야 해. 회사를 분리하면 경영 속도가 훨씬 빨라질 건 확실해."

"스스무 씨도, 다카시 씨도, 회사를 분리하면 경영자로서 실력을 발휘할 수 있으니 찬성한다는 건가."

가이도가와 오랫동안 교류해와서 스스무 삼촌과 다카시 삼촌의 성격을 잘 아는 도다는 자존심을 자극하는 질문을 했다. 아버지나 할아버지에 대한 두 삼촌의 라이벌 의식은 실제로 아키라도 곳곳에서 보아왔다.

한편 아키라 쪽에서 정면으로 보이는 아버지 가즈마는 팔걸이의자에 몸을 깊숙이 묻고 다리를 꼰 채로 오른손바닥으로 이마를 짚고 꼼짝도 하지 않았다. 고민할 때의 버릇이다.

"사장의 생각은 어떠냐." 할아버지가 아버지에게 물었다.

"글쎄요." 얼굴에서 손을 뗀 아버지는 잠시 고민하다가 대답했다. "뭐, 확실히 경영에 대한 입장 차이는 있겠지요."

두 삼촌과 달리 바로 전면 찬성은 하지 않는 것 같았다.

"다만 도카이해운의 한 부분으로 사업을 전개하는 것과 그룹이라고는 해도 각자 독립된 회사로 경영하는 건 상황이 다를 텐데, 두 사람 다 그건 알고 있는 거냐."

"도카이해운이 없으면 아무것도 못 할 거라고 말하고 싶은 거야?" 스스무가 물었다.

자존심이 강해 형에 대한 라이벌 의식이 때로는 노골적으로 드러난다.

"아무것도 못한다는 건 아니지만 지금까지와 똑같지는 않을 거라는 말이다. 너희끼리 회사의 신용을 처음부터 쌓아가야 할 때도 있을 거야."

"난 반대로 거기에 의미가 있다고 봐." 다카시가 대답했다. "스스

68

무 형의 도카이상회도, 내가 하는 도카이관광도, 도카이해운에 속한 사업 부문이라는 틀에서 벗어나 독자적으로 성장할 수 있다는 뜻이니까. 회사가 분리되면 준비에 다소 시간은 걸리겠지만 내년 이맘때에는 이렇게 도다 씨를 비롯해 가까운 분들을 모신 자리에서 독립 선언을 하고 싶어."

"당연한 말이지만 회사를 나누면 하나하나의 규모는 작아져. 자금 조달이나 사무 부담도 각자 맡아야 하니 비용이 상승해."

아버지 가즈마가 그렇게 말했지만 스스무는 개의치 않았다.

"그 정도 문제는 회장님도 알고 제안하셨겠지. 그렇죠, 회장님?"

할아버지는 작게 끄덕인 것 같았지만 아키라가 있는 곳에서는 잘 보이지 않았다.

"조직 개편에는 장점도 단점도 있는 법이야." 스스무가 말했다. "문제는 어느 쪽이 크냐는 거지. 회장님이 유익한 제안을 해주셨으니 긍정적으로 검토해야 한다고 봐. 비약할 수 있는 기회야."

강한 주장의 이면에 스스무 삼촌이 평소 느꼈던 짜증과 불만이 묻어 있는 것처럼 들렸다. 지금까지 묻어두었던 감정과 생각이 뜻하지 않은 할아버지의 제안으로 터져나온 것이다.

아니, 할아버지가 하는 일이다. 아버지와 삼촌들의 갈등을 모를 리 없다. 알기에 그 해결책으로 회사를 분리해 삼촌들에게 주겠다는 대담한 제안을 한 게 아닐까?

그때 아버지가 이쪽을 돌아보며 말했다. "아키라, 넌 그만 가서 자거라."

단호한 한마디였다. 파티에 참석해라, 늦지 마라, 어른들의 사정으로 멋대로 휘두르면서 용건이 없으면 찜짝 취급이다. 부모의 이기적인 행동에 화가 난 아키라는 "안녕히 주무세요"라는 말을 남기고 계단을 뛰어 올라가 침실이 있는 2층으로 갔다.

스스무 삼촌과 다카시 삼촌을 보며 아버지가 어떻게 느끼고 어떻게 생각했을지, 아키라는 물어보고 싶었다. 이런 회사가 없으면 아버지와 삼촌들이 서로 미워하고 차갑게 견제하는 일도 없었을 것이다. 유복하다는 것은 동시에 그에 합당한 운명을 짊어진다는 뜻이다. 아버지와 삼촌들은 태어날 때부터 그런 운명을 짊어졌고, 아키라와 료마 또한 앞으로 짊어질 것이다.

회사 같은 건 없어지면 좋을 텐데. 아키라는 그 운명이 지독하게 싫었다.

9

가와즈로 돌아갔던 모험에서 2주쯤 지난 어느 날 밤이었다. 자고 있던 아키라는 꿈속 어디선가 꼬마의 목소리를 들었다.

꼬마.

눈을 뜨자 작은 알전구 하나뿐인 전등 불빛에 방 천장이 어렴풋하게 보였다.

몇 시일까? 집 안은 고요했다.

옆에 깔린 이부자리에서 함께 자고 있는 지하루와 어머니가 보였다. 어머니와 아이들을 위해 외삼촌이 집 2층 방을 하나 내주었다.

언제 챙겨왔는지 어머니의 경대나 집에서 쓰던 소지품도 차려놓고 외가에서 단출한 생활이 시작되었다.

그사이 아버지가 어디에서 어떻게 지내는지, 어머니는 친구네서 신세를 지고 있다는 말만 할 뿐 자세한 이야기는 해주지 않았다. 어제 오후에는 젊은 남자 두 명이 이와타의 외가까지 찾아와 위협했다.

"야마자키를 내놔!" 갈색빛이 감도는 사나운 눈빛의 남자가 소리쳤다.

"야마자키 씨는 여기 없어요." 외숙모가 떨리는 목소리로 대답했다. "나가세요. 우리와는 상관없는 일이에요."

남자는 가게 안을 쳐다보며 말했다. "여기 와 있잖아!"

"야마자키! 나와! 여기 있는 거 다 알아!"

다른 남자도 고함을 지르자 가게 안에 있던 외삼촌이 뛰어나왔다.

"당신들 뭡니까!"

"야마자키한테 볼일이 있어. 어이, 숨어 있지 말고 나와!"

"잠깐만요. 우리는 상관없잖아요. 이래서는 영업 방해입니다. 돌아가주세요."

"상관이 없어?" 남자가 이를 갈며 말했다. "그놈 마누라가 여기 있잖아! 내놔. 상관이 없긴 뭐가 없어! 빚도 안 갚고 달아났잖아!"

"도시코는 상관없어요. 연대보증인도 아니고, 그건 저희도 마찬가지입니다. 상관없단 말입니다."

아키라는 숨을 삼키고 안쪽 봉당에서 남자들과 외삼촌을 뚫어져라 쳐다보았다. 외삼촌이 한 말이 무슨 뜻인지 이해할 수 없었다. 하지만 상관없다는 말에는 어딘가 매몰찬 냉정함이 담겨 있어, 그 서늘한 감각이 아키라의 마음에 날카롭게 꽂혔다.

문득 남자가 아키라에게서 시선을 멈췄다. 아키라는 그 눈동자 속에 어른거리는 숯불 같은 빛을 정면에서 보았다. 지금까지 이렇게 화난 사람은 본 적이 없었다. 어금니를 으드득 가는 그 표정은 마치 송곳니를 드러내며 덤벼들 틈을 노리는 들개 같았다. 시선을 눈치챈 외삼촌이 흠칫 놀랐다.

"저리 가 있어!"

날카로운 꾸중이 날아들었다. 하지만 아키라는 남자의 시선에 못박힌 것처럼 꼼짝하지 못했다. 계산대 안에 있던 외숙모가 샌들을 끌며 다급히 다가와 아키라를 품에 안고 "가자"면서 그 자리에서 끌고 나왔다. 비누 냄새가 나는 외숙모의 스웨터가 시야를 가렸고 아키라는 쫓겨나듯 가게에서 나갔다.

그때 남자들의 고함이 다시 들렸지만 무슨 말을 하는지 더는 알수 없었다. 가게 뒤에 있는 집 현관으로 들어간 외숙모는 문을 꼭 닫고 자물쇠까지 단단하게 잠갔다. 다리가 풀린 듯 그 자리에 주저앉은 외숙모가 떨리는 한숨을 내쉬었다. 아키라는 아무 말도 할 수 없었다.

지금…….

어두운 천장을 올려다보며 귀를 기울이고 있던 아키라는 이부자리에서 일어나 어머니의 몸을 흔들었다.

"엄마, 꼬마 목소리가 들려."

깊이 잠들었던 어머니가 멍하니 눈을 떴다. 지하루의 새근거리는 숨소리가 들렸다. 고요한 집 안은 바늘이 떨어지는 소리마저 들릴 것 같았다.

그때, 또 들렸다. 이번에야말로 똑똑히. 개가 코를 킁킁거리는 소리였다.

"꼬마!"

이불을 걷어차고 방에서 뛰쳐나가 계단을 뛰어 내려갔다. 현관 불을 켰다. 황급히 내려온 어머니도 아키라의 뒤에서 바깥 상황을 살피고 있다.

없다. 환청이었을까? 바로 그때.

컹.

이번에는 똑똑히 들렸다. 뒷문 쪽이다. 틀림없이 개가 짖는 소리다. 꼬마? 설마. 하지만……

확신할 수는 없었지만 이런저런 생각을 할 겨를도 없이 아키라는 그대로 뒷문으로 달려가 문을 열었다. 그 순간, 아키라를 향해 갈색 덩어리가 뛰어들었다.

"꼬마!"

믿을 수 없었다. 하지만 그것은 틀림없는 현실이었다.

꼬마는 전에 없이 흥분해서 아키라의 얼굴을 핥아댔다. 미친 듯이 뱅글뱅글 돌더니 펄쩍펄쩍 뛰어오르며 킁킁거렸다.

"이렇게 마르다니. 애썼구나, 애썼어. 꼬마. 어서 와." 어머니가 몇 번이나 뛰어드는 꼬마를 끌어안으며 울먹였다.

소리를 듣고 외삼촌 부부, 그리고 외조부모들도 일어났다.

"개는 정말 똑똑하구나." 외삼촌이 감탄스럽다는 듯 말했다. "몇 번 데려온 적이 있긴 하지만 겨우 그걸로 길을 기억하다니, 200킬로

미터 가까이 되는데."

2주나 걸려 그 거리를 걸어온 꼬마는 만신창이였다. 갈색 털은 군데군데 오물이 묻어 불쾌한 냄새가 났다. 갈비뼈가 보일 정도로 마른 몸엔 상처는 없었지만 뚝 부러질 것만 같았다. 흥분이 가라앉기를 기다려서 남은 저녁밥으로 먹이를 만들어주었고 꼬마는 허겁지겁 먹어치우더니 마침내 지쳐서 드러눕고 말았다.

"꼬마는 괜찮을까?" 아키라는 그 몸을 살피며 어루만지며 말했다.

드디어 가족을 만난 개의 눈은 어머니를 물끄러미 올려다보고 있었다.

"엄마, 꼬마가 죽는 건 아니겠죠?"

"그만 자렴. 엄마가 돌볼게."

아키라는 고개를 저으며 말했다. "나도 같이 있을래."

어머니는 그렇게 고집을 부리는 아키라에게 아무 말도 하지 않고 옆에 있던 의자를 끌어와 앉았다. 어머니는 계속 꼬마 곁에 있을 작정인 듯했다. 말은 하지 않았지만 강아지 때부터 아끼며 키워온 어머니로서는 꼬마를 가와즈에 두고 올 수밖에 없었던 일이 견딜 수 없을 정도로 힘들었을 게 분명했다.

무슨 소리가 날 때마다 꼬마는 아키라와 어머니의 존재를 확인하듯 눈을 떴지만 바로 다시 감고 거친 숨을 몰아쉬기 시작했다.

아키라는 의자 위에 놓인 방석 두 장을 나란히 바닥에 깔고 거기에 앉아 무릎을 끌어안았다. 스토브의 열기에 방이 따뜻해지자 자리에 누운 아키라에게 어머니는 외삼촌의 웃옷을 덮어주었다.

어느새 잠이 든 아키라가 눈을 떠보니, 2층 방 이부자리에 누워 있었다. 어젯밤 일은 꿈이 아니었을까?

어머니는 보이지 않았고 지하루도 일어났는지 이부자리가 텅 비어 있었다. 계단 밑에서 지하루의 웃음소리가 들려 허둥지둥 계단을 내려갔다. 뒷문으로 달려간 아키라는 지하루에게 꼬리를 흔드는 꼬마의 모습을 보고 안도의 한숨을 내쉬었다.

꿈이 아니다.

"오빠, 꼬마가 왔어!" 지하루가 기쁜 목소리로 말했다.

"알아." 아키라는 기운을 차린 꼬마의 모습에 안도하고는 꼬마의 머리를 쓰다듬으며 말했다. "그렇지, 꼬마?"

꼬마가 꼬리를 두 번, 세 번 흔들어 어제와는 다른 침착한 기쁨을 표현했다.

이제 무슨 일이 있어도 헤어지지 말자, 꼬마. 아키라는 맹세했다. 우리는 친구야. 그러니까, 그러니까 언제까지나 함께 있자.

10

4월에 접어들어 슬슬 새 학기가 시작될 시기가 되자 차츰 이와타의 생활에 익숙해졌다.

어머니는 가업인 도매 장사를 돕기 시작했고 마침 외가 근처에 있던 빈집을 외삼촌 소개로 싸게 빌려 아버지 없이 셋이서 그곳으로 이사했다. 낡은 이층집이었는데 현관 유리문으로 들어가면 뒷문까지 마당이 이어지는, 가게와 집을 겸한 구조였다. 뒷마당에는 작은 텃밭도 있다.

전학 수속을 밟고 4월 7일이 되자 아키라와 지하루는 어머니 손에 이끌려 외삼촌 댁에서 5분 거리에 있는 초등학교에 갔다. 새 학교는 가와즈에서 다녔던 학교보다 학생 수도 많고 반도 그만큼 많았다. 당연히 전학은 처음이라, 긴가쿠나 다이사쿠, 반 친구들에게 제대로 인사도 하지 못하고 이 학교로 와버린 게 마음에 걸렸다. 그런 심경으로 새 학교에 다니는 건 어딘가 앞뒤가 맞지 않아 불안했다.

어른들은 아키라를 배려해서인지 아무도 확실하게 설명해주지 않았지만, 아버지의 회사가 도산해서 공장도 집도 다 빼앗겼다는 사실은 어렴풋이 이해할 수 있었다.

아버지는 아직도 돌아오지 않았다. 야쿠자들이 찾아와서 외가 친척들이 힘겹게 쫓아내는 일이 아키라가 아는 것만 두 번쯤 될까. 아버지가 언제 돌아올지 어머니에게 물어봐도 여전히 확실하게 알려주지는 않았다. 아니, 어머니도 몰랐던 건지 모른다.

좋은 일도 있었다. 새 학교에서 바로 친구가 생긴 것이다. 아이들한테 왕따를 당하지는 않을까 하는 아키라의 불안은 그것으로 조금 사라졌다.

다카하라 마사야는 마쓰바라상점 바로 맞은편에 있는 일용잡화점 둘째 아들로, 반도 같아서 바로 '마사'와 '아키라'라고 친근하게 부르며 서로의 집에 놀러 가는 사이가 되었다. 그런 마사를 통해 그 근처에 사는 아이들이나 다른 반 소년들과도 친구가 되었다.

그러던 어느 날 방과 후였다.

"아키라, 너희 집 야반도주했지?"

평소처럼 마사를 비롯한 친구들과 놀고 있던 아키라는 그 한마디에 얼어붙었다. 고개를 돌리자 옆 반 골목대장이 실실거리며 아키라를 업신여기는 눈빛으로 쳐다보고 있었다.

아이들이 '캡슐'이라는 별명으로 부르는 덩치 큰 소년이었다. 항상 친위대를 끌고 다니는 캡슐은 흔히 말하는 심술꾸러기로, 전학온 지 얼마 안 된 아키라를 괴롭히고 싶어 좀이 쑤시는 것 같았다.

아키라는 입을 다물었다. '야반도주'라는 말의 의미를 잘 몰랐던 탓도 있다.

"야반도주가 뭔데, 캡슐?" 친위대 중 한 명이 재빨리 물었다.

캡슐이 좋은 질문이라는 듯이 아키라의 얼굴을 똑바로 쳐다보며 실실거렸다. "회사가 망해서 빚쟁이한테서 달아나는 거야."

친위대 몇 명이 짤막하게 탄식하더니 새삼 아키라를 쳐다보았다. 머리끝부터 발끝까지, 뭔가 신기한 존재라도 구경하는 듯한 태도였다. 아키라는 얼굴이 확 달아올랐다. 캡슐은 당당한 표정으로 턱을 내밀고 있었다.

"달아난 거 아니야." 아키라는 겨우 대답했다.

뱃속에서 소용돌이치는 억울하고 분한 마음을 억누르느라 힘들었다.

"거짓말! 이웃 아저씨들이 그랬어. 마쓰바라 씨네 도시코가 아이를 데리고 야반도주를 했다고! 너희 아버지, 어디 숨어 있지?"

아키라는 자기를 놀리는 덩치 큰 소년을 조용한 눈으로 노려보았다. 믿을 수 없을 만큼 격렬한 감정이 엄청난 기세로 뱃속에서 끓어오르는 것을 느꼈다. 그 불온한 심경의 변화를 눈치챈 친위대가 "어이, 캡슐" 하고 넌지시 말렸지만 캡슐은 들은 체도 하지 않았다.

"이 녀석 가족 때문에 이 근처에 야쿠자가 찾아와서 민폐라더라."

정신을 차렸을 때 아키라는 이미 캡슐에게 달려들고 있었다.

하지만 캡슐이 한 수 위였다. 예상하고 있었는지 그 덩치에 어울리지 않게 민첩하게 몸을 피하며 다리를 걸어찼다. 아키라는 그 기술에 정통으로 걸려들었다. 허공에 붕 떴다 싶더니 학교 운동장 위에 쓰러졌는데, 몸이 저릿한 고통에 숨이 멎을 것 같았다.

캡슐의 친위대가 함성을 질러댔고 지금까지 같이 놀고 있던 마사와 친구들도 모여들었다.

"그만둬, 캡슐!" 누군가가 말했다. "전학생인데 불쌍하잖아."

비참했다.

"그래서 뭐?" 캡슐은 악의를 담아 대꾸했다. "야반도주한 것도, 이웃에 폐를 끼치는 것도 사실이야."

그때 아키라는 운동장의 모래를 움켜쥐어 캡슐을 얼굴에 뿌렸다.

"으악!"

캡슐이 눈을 가리고 몸을 웅크렸다. 재빨리 일어난 아키라는 그 몸에 박치기를 했다. 순식간에 커다란 덩치의 소년이 쓰러졌다. 그 위에 올라탄 아키라를 향해 캡슐은 모래가 들어간 눈으로 눈물을 쏟으며 팔을 마구 휘둘러댔다. 운동신경에는 자신 있는 아키라에게 캡슐의 저항을 피하는 건 식은 죽 먹기였다. 붕붕 휘두르는 팔이 지쳐서 멈춘 순간을 노려 아키라가 반격하려 했을 때였다.

"위험해."

마사의 목소리에 움찔 동작을 멈추었다. 시선을 들었을 때 캡슐이 휘두른 팔에 얼굴을 정통으로 맞아, 눈에서 불꽃이 튀고 코가 찡하니 저렸다. 에워싸고 있던 친구들이 재빨리 흩어졌다. 운동장 구석에서 이쪽으로 똑바로 달려오는 담임교사의 모습이 보였기 때문이다. 아키라는 일어나서 화난 눈으로 캡슐을 굽어보았다. 달아나지는 않았다. 달아나기는 싫었다.

담임 마이무라 선생님은 아키라와 캡슐을 교무실로 데려가 왜 싸웠는지 이유를 물었다.

마이무라는 마흔이 넘은 베테랑 선생님이다. 아직 전학 온 지 얼마 되지 않은 아키라에게도 이 선생님이 상당히 엄격한 교사로, 학생들이 무서워하는 상대라는 건 금방 알 수 있었다. 그런 마이무라 선생님이 우아하고 단정한 표정으로 지금 아키라와 캡슐 두 사람을 엄격하게 바라보고 있다. 캡슐이 훌쩍거리기만 하고 아무 말도 하지 않자 아키라가 대신 그때까지의 경위를 설명했다.

"잘못했어요."

끝으로 아키라가 사과하자 마이무라 선생님은 한동안 뭔가 생각하다가 대답했다. "넌 그만 돌아가거라."

고개를 숙이고 조용히 교무실에서 나왔다. 그 후 마이무라 선생님이 캡슐에게 어떤 설교를 했는지 아키라는 알지 못했다.

"어땠어? 혼났어?"

밖으로 나가자 교문 밖에서 기다리고 있던 마사와 친구들이 다가와 물었다.

"아니, 별로."

말로는 확실하게 표현하지 않았지만 마이무라 선생님은 역시 아키라가 감정을 폭발시킨 것에 대해 화가 나 있었다. 하지만 동시에 아키라가 그렇게 한 이유도, 폭력을 휘두른 걸 반성하고 있다는 사실도 이해해준 것 같았다. 그래서 아무 말도 없었던 게 아닐까.

"캡슐은?"

"아직 남아 있어. 나만 먼저 돌아가래."

무심코 서로 얼굴을 마주 본 아이들은 더 많은 이야기를 듣고 싶어 했지만 더 이상 해줄 수 있는 이야기는 없었다. 교정에 봄의 저녁 햇살이 드리워 학교 건물에서 그림자가 길게 뻗어 있었다. 아키라는 그 이상 묻지 말라는 듯 고개를 숙이고 재빨리 걸어갔다.

야반도주. 그 말은 여전히 닻처럼 아키라의 가슴속에 무겁게 가라앉아 있었다.

11

현관문이 덜컹거리며 열린 것은 마침 저녁 식사를 마치고 도서관에서 빌려온 책을 펼쳤을 때였다.

뒷마당에서 자고 있던 꼬마가 컹컹 짖으며 마당을 달려가길래 외삼촌이 온 줄 알았다. 그런데 손님이 "다녀왔다"라고 인사했다.

다녀왔다?

꼬마가 흥분해 짖는 소리가 마당에서 들려와 아키라는 벌떡 일어났다. 동시에 거실 유리문 앞에 사람 그림자가 보였다. 아버지다. 조금 지친 표정의 아버지가 서 있다.

"아빠!" 지하루가 아버지의 가슴에 뛰어들었다.

아키라도 손에 들고 있던 책을 내팽개치고 지하루를 따라 아버지에게 안겼다.

"이거 굉장한 환영이구나."

아버지는 흐뭇한 표정으로 마당에 선 채 두 손으로 아이들을 끌어안더니 겨우 신발을 벗고 실내로 들어왔다.

"이제 괜찮은 거야?" 어머니가 불안한 기색으로 물었다.

"응, 정리했어. 이제 괜찮아."

아버지는 그렇게 대답하더니 거실 테이블 앞에 책상다리로 앉아 깊은 한숨을 내쉬었다. 웃고는 있지만 아버지의 얼굴에는 숨길 수 없는 피로가 뚜렷하게 새겨져 있었다.

"짐은?"

"차에."

아버지가 들어온 현관문이 그대로 열려 있어 트럭 짐칸이 보였다.

"배고파. 뭐 좀 차려줘."

"별것 없는데."

어머니가 주방으로 가자 지하루는 아버지 무릎에 올라타 응석을 부리기 시작했다. 아버지는 그 머리를 쓰다듬으며 아키라에게 물었다.

"잘 지냈니?"

아키라는 끄덕거리며 물었다. "일은 끝났어요?"

"그럭저럭."

아버지의 눈빛이 아득해졌다. 이렇게 되기 전 아버지는 예민하고 사나웠다. 하지만 지금 아버지의 표정에서는 그런 험악한 분위기가 사라진 것 같았다. 대신 어딘가 후련하게 안도한 표정을 짓고 있었다.

"이제 아무 데도 가지 말아요, 아빠."

"그래, 함께 있으마."

그 대답에는 아버지의 진심에서 우러난 온기와 확신 같은 강한 힘이 있었다.

야반도주.

캡슐의 한마디는 계속 마음에 남아 있었다. 하지만 이렇게 아버지가 돌아온 지금, 이제 그런 건 아무래도 좋았다. 망가질 뻔했던 게 다시 하나가 되어, 잃어버릴 뻔했던 보물을 되찾았다. 남이 뭐라고 하든 아키라에게는 지금 눈앞에 있는 행복이 훨씬 소중했다.

"다행이야, 오빠. 아빠가 돌아와서." 이불 속에 파고들어 자리에 누운 지하루가 기쁜 듯이 말했다.

"그래, 정말 다행이야."

이윽고 새근새근 잠든 지하루의 숨소리를 들으며, 아키라는 진심으로 그렇게 생각했다.

이튿날 아침, 아키라가 학교에 가자 옆 반에서 캡슐이 찾아와 머뭇머뭇 아키라의 자리로 다가왔다. 그것을 본 반 아이들이 슬금슬금 이쪽을 살폈다. 어제, 아키라와 캡슐이 한바탕 몸싸움을 벌였다는 소문이 이미 반에 다 퍼진 게 틀림없었다.

"어제는 미안."

뜻밖에도 캡슐은 사과를 했다. 마이무라 선생님에게 사과하라는 말을 들은 걸까? 사과해도 쉽게 용서할 수는 없었다. 그래서 아키라는 입을 꾹 다물고 있었다.

"우리 집도 가게를 해." 그러자 캡슐이 말했다. "이불가게. 너희 집 근처 교차점에 있어."

아키라는 그 말을 듣고 기억해냈다. 아아, 그 가게인가. 사거리 모퉁이에 있는 가게로 훌륭한 간판이 걸려 있는 곳이다.

지금 캡슐은 평소의 골목대장 모습과는 딴판으로 얌전하게, 토실한 뺨으로 숨을 푹 내쉬더니 어제 일을 이야기해주었다. 마이무라 선생님에게 꾸중 들은 뒤에 집에 돌아가서 학교에서 있었던 일을 이야기했더니 아버지에게도 호되게 야단맞았다고 한다.

"실은 우리 집도 한 번 망한 적이 있다. 난 몰랐어."

그것은 반대로 아키라의 호기심을 자극하는 이야기이기도 했다.

"하지만 지금도 이불가게를 하고 있잖아." 아키라는 물어보았다.

"우리 할머니 가게가 부자라서 도와줬대."

"흐음, 그랬구나."

아무래도 캡슐은 지금까지 몰랐던 자기 집 이야기와 아키라가 처한 상황에서 공통점을 발견하고 친근감을 느낀 것 같았다.

"어려울 때일수록 서로 도와야 한다고 아빠한테 혼났어. 미안해."

쑥스럽게 말하는 캡슐을 보고 이 녀석은 나쁜 사람이 아니라고 생각한 순간, 아키라의 안에서 꿈틀거리던 분노가 사라지는 것을 느꼈다.

"나도 잘못했어, 미안." 아키라는 그렇게 말했다.

쭈뼛거리며 고개를 든 캡슐이 물었다. "그럼 다음에 너희 집에 놀러 가도 돼?"

아키라 대신 반응한 것은 두 사람을 멀리서 지켜보던 반 친구들이었다.

"어, 캡슐, 아키라네 놀러 갈 거야? 그럼 나도 갈래."

가장 먼저 그렇게 말해준 이는 마사였다. 거기에 다른 친구들이 편승해 눈 깜짝할 사이에 약속이 잡혔다.

수업 시작을 알리는 종소리에 캡슐은 허둥지둥 옆 반으로 돌아갔다. 보기에 따라서는 조금 우스꽝스러운 그 뒷모습을 지켜본 아키라는 자리에 앉아 가슴을 쓸어내렸다.

가와즈의 초등학교에서는 지금쯤 다들 무엇을 하고 있을까? 문득 그런 생각이 가슴속에 떠올랐다.

안녕.

마지막으로 그렇게 말하던 긴가쿠의 표정. 서글픈 눈으로 아키라를 보고 있었다. 그때, 긴가쿠는 아키라가 더 이상 학교로 돌아오지 않으리라는 것을 눈치챘을지도 모른다.

안녕, 긴가쿠.

아키라는 마음속으로 중얼거렸다.

안녕, 모두들.

나는 지금 새 학교에서 잘 지내.

처음에는 불안했지만 이렇게 친구도 생겼어. 너희처럼 다들 좋은 녀석들이야.

출석부를 안고 들어온 마이무라 선생님이 아무 일 없었다는 듯이 출석을 부르기 시작했다. 아키라의 새로운 생활에 자연스럽게 새로운 페이지가 추가되었다.

그날 밤, 아버지는 9시가 넘어서 돌아왔다.

나중에 안 일이지만 아버지는 그날 밤 지인의 **연줄**로 새로운 일을 찾는 한편, 외삼촌이 소개해준 이와타 시내의 변호사 사무소를 찾아가 망한 회사의 법적 정리 절차를 의논했다고 한다.

아버지 고조가 이와타 시내의 전기 부품 회사에 기술자로 다시 취직한 것은 그다음 달이었다. 아버지의 기술을 높게 사서 부디 자기 회사로 와달라고 부탁한 사람이 있었다. 거래처에도 은행에도 버림받고 한 번은 나락에 떨어졌던 야마자키가에 그때 한 줄기 새로운 빛이 비쳤다.

2장

마돈나

아키라의 아버지도 고민이 부족했던 걸까?
자기 회사를 위해 몸도 돌보지 않았던 아버지.
그래도 역시 고민이 부족했기 때문에 도산해버린 걸까?

1

뽑혀서 버려진 들꽃이 낯선 땅에서 다시 뿌리를 내리듯, 야마자키가도 역시 새로운 터에 차츰 적응해갔다. 갑자기 들이닥친 현실에 당황하고 휘둘리면서도 겨우 몸을 붙이고 살아갈 장소를 얻었다.

특히 가정을 안정시킨 것은 아버지의 재취직이었다. 그때까지 경영하던 회사가 도산해 수천만 엔의 빚을 떠안은 고조는 개인 파산이라는 형태로 그 채무를 면제받았다.

무일푼에서 새로 시작하는 것이었다. 그래도 전보다 밝아졌다. 회사가 기울었을 때, 사람이 달라진 것처럼 신경질적으로 화만 내던 고조에게 온화한 성격이 돌아왔다. 근처 조립 공장에서 일하기 시작한 어머니의 수입도 더하면 어떻게든 사람답게 살 수 있을 정도로 회복했다. 부모님은 아키라와 지하루가 이곳 생활에 익숙해질까 걱정했지만 원래 적응력은 아이가 더 뛰어나다.

전학하자마자 한 판 붙었던 싸움을 계기로 아키라와 캡슐은 친구가 되었다. 그냥 친구가 아닌 절친이다. 데면데면함이나 외지인이라는 이미지가 사라지자 아키라는 순식간에 융화되어 반 일원으로 인정받았다. 바로 적응한 것은 지하루도 마찬가지였다. 상점가에는 같은 초등학교에 다니는 아이들이 많았다. 학교 수업이 끝나면 오늘은 어느 집, 내일은 누구네 집, 이렇게 놀러 다니기 좋아서 아키라와 지하루의 집에도 친구들이 번갈아 놀러 오게 되었다. 어머니가 이곳 출신이라는 점도 적잖이 영향을 주었다. 오래된 지인들도 많고, 오랜만에 만난 사람들은 잘 왔다고 반겨주었다. 아키라는 이곳의 정을 느꼈다.

이와타로 이사 와서 5년의 세월이 훌쩍 지나 아키라는 동네 공립 고등학교에 다니는 17세가 되었다. 이 고등학교에서 아키라는 야구부에 들어갔다. 캡슐도 마찬가지다. 그 시절, 아이들의 놀이라고 하면 당연히 축구보다 야구였다.

야구부는 가입과 동시에 포지션이 정해진다. 아키라는 운동신경과 튼튼한 어깨 덕분에 투수가 되었다. 캡슐도 투수를 희망했지만 주어진 포지션은 포수였다.

캡슐은 받아들이지 않았다. "덩치 큰 녀석은 모두 포수라고 생각한다고."

포지션을 정한 선배들 앞에서는 입을 다물고 있어도 아키라에게는 그렇게 한탄하며 분하다고 울었다. 캡슐은 진심으로 프로 야구 투수가 되고 싶었던 것이다.

그렇지만 한 번 던져보라는 말에 갑자기 '사토나카 사토루' 같은

언더스로팔을 어깨 밑에서 위쪽으로 추어올리면서 던지는 동작를 던지니 모두 깜짝
놀랐다. 공은 2학년 포수 앞에서 원바운드로 튀어올라 백네트까지
굴러갔다. 사토나카는 만화책《도카벤》에 나오는 메이쿤고등학교의
에이스다.

아키라는 극히 평범한 고등학생이었다.

가와즈에 살았을 때처럼 아버지와 어머니, 지하루, 꼬마와 함께
있으면 갑갑했다. 그보다 친구들과 영화를 보러 가거나 놀러 다니는
게 즐거웠다. 매일 날이 저물 때까지 운동장에서 야구공을 쫓았고,
캡슐을 비롯한 친구들과 우스갯소리를 주고받으며 걸어서 돌아갔다.

같은 반 여학생을 좋아하게 된 것도 그 무렵이었다. 그 아이는 어
느 날 갑자기 아키라의 앞에 나타났다. 전학생으로.

"아버지한테 들었는데 우리 반에 전학생이 온다더라."

캡슐이 그런 정보를 가져온 것은 6월이었다. 비 때문에 운동장을
쓸 수 없어 연습이 중단된 야구부는 평소보다 빨리 학교 교문을 벗
어나 국도변의 인도를 걷고 있었다.

캡슐의 아버지는 그해 학부모회 회장에 선출되어 무슨 일이 있을
때마다 선생님과 대화할 기회가 많았다. 대개 학부모회 회장이라고
하면 시간을 내기 쉬운 자영업자에게 자리가 돌아가는 법이라고 캡
슐이 말했지만 몇 번 보았던 캡슐의 아버지, 즉 이불가게 사장님은
덩치도 크고 회장에 딱 어울리는 호인이었다.

"그래? 어디서 전학 오는데?" 아키라는 갑자기 관심이 가서 물어
보았다.

"도쿄인가 봐. 아키라, 너 도쿄 가본 적 있어?"

"없어." 아키라는 똑똑히 말했다.

"나도 없어." 캡슐은 장난스럽게 말했다. "우리 굉장하다. 진짜 시골뜨기야."

"걔도 야구부에 들어오려고 할까?"

"아마 아닐걸." 캡슐은 의미심장하게 아키라를 바라보며 말했다. "여자거든."

그 전학생의 이름은 기타무라 아이였다.

담임교사가 아이를 데리고 교실로 들어왔을 때, 그때까지 시끌벅적했던 교실은 물을 끼얹은 것처럼 조용해졌다.

아키라가 전학 왔을 때도 그랬다. 초등학교 5학년으로 이곳에 이사 왔을 때다. 그때 '전학생'이었던 아키라는 아이들의 호기심 어린 시선을 받으며 몹시 긴장했던 것이 기억났다.

키득키득 웃는 소리, 노골적인 관심의 눈빛. 호기심의 대상이 되어 뭘 해도 주목을 받고 마는 거북함을 한동안 참아야만 했다.

하지만…….

지금 눈앞에 있는 아이는 그때의 아키라와는 영 딴판이었다. 담임 무라하시 선생님이 그녀를 소개하려 하자 이렇게 말한 것이다.

"선생님, 자기소개를 준비해왔는데 제가 말해도 될까요?"

아키라는 깜짝 놀랐다. 무라하시 선생님이 어리둥절한 표정으로 "아아, 그러렴"이라고 대답하는 모습이 우스워서 반 여기저기서 또 웃음소리가 새어나왔다.

아이는 칠판에 크게 자기 이름을 썼다.

"기타무라 아이라고 해. 도쿄의 도립 미나미고등학교라는 곳에서 전학 왔어. 잘 부탁해. 앞으로 너희와 함께 공부할 수 있다니 무척 기대돼. 처음에는 모르는 게 많을 테니 여러모로 가르쳐줘."

상황에 익숙하달까, 아이는 미소를 머금고 씩씩하게 말했다. 역시 도쿄 사람은 다르네, 하고 누군가가 중얼거렸다.

아이는 말을 이었다. "취미는 피아노야. 하지만 이사 때문에 그전 선생님께 계속 배울 수 없으니까, 만약 피아노를 치는 사람이 있으면 좋은 선생님을 소개해줘. 운동은 잘 못하지만 예전 학교에서는 연식 테니스부였어. 물론 보결 선수야."

또 키득거리는 웃음소리가 들렸다.

"이 학교에서는 음악부나……"

누군가 그런 거 없어, 라고 하자 모두 웃었다.

"어머, 없어? 그럼 또 테니스부를 들어야 할지도 모르겠네. 하지만 야구를 좋아하니까 야구부 매니저도 좋을 것 같아."

야구부는 좋겠다, 라는 목소리가 남학생들 사이에서 일었을 때 캡슐의 기쁜 표정을 아키라는 놓치지 않았다.

"야, 매니저래."

가까운 자리에 앉은 캡슐이 아키라를 돌아보았다. 아키라 역시 헤벌쭉하게 웃고 있었다. 아이처럼 똑 부러지는 매니저가 있으면 야구부도 좀 더 즐거워지리라. 그리고 아키라가 다니는 이와타니시고등학교 야구부에는 매니저가 없었다. 아니, 얼마 전까지 있었지만 그만둬서 공석이었던 것이다.

교실에 신선한 바람이 불었다.

그날 방과 후, 야구부 연습에서 캡슐은 운동장 바깥만 계속 쳐다보았다. 아이가 올지도 모른다고 기대하는 게 뻔히 보였다. 아무래도 캡슐은 아이에게 첫눈에 반한 것 같았다. 하지만 캡슐이 기다리는 사람은 끝내 나타나지 않았다. 그리고 이튿날 아침, 연식 라켓을 들고 교실에 들어온 아이를 본 캡슐의 기대는 낙담으로 바뀌었다.

"허망한 꿈이었네, 캡슐."

아니, 캡슐뿐만 아니라 아키라도 내심 상당히 실망했지만 아이가 테니스를 선택했다면 어쩔 수 없다. 대신 연식 테니스부 남학생들이 아이에게 뜨거운 시선을 보내기 시작했다. 모두들 그녀에게 관심을 가지고 가까워지려 하는 게 보였다.

아이가 반에 적응하는 데 시간은 얼마 걸리지 않았다. 순식간에 친구를 만들어서 반에서는 항상 그녀를 둘러싼 원이 생겼다. 얼마 전에 전학 왔다는 사실을 잊을 정도로 계속 함께 지냈던 오래된 친구처럼 느껴졌다. 그런 매력을 갖춘 소녀였다.

거기에 변화가 찾아온 것은 여름방학이 끝나고 얼마 되지 않은 어느 날이었다.

2

운동장에서 점심시간을 보낸 아키라가 교실로 돌아오자 옆 반 야스다 가오리가 여학생 몇 명에게 둘러싸여 울고 있었다. 사정을 알고 보니 이 근처 국도변에서 부모님이 운영하던 잡화점을 폐업하고 친척이 있는 미카와로 이사 가게 된 모양이다.

이상한 일이다.

집에서 비교적 가까워서 그 가게 사정은 알고 있었다. 분명 최근에 수리해서 깔끔한 쇼윈도를 갖춘 가게로 변신했다. 그런데 왜 문을 닫는 걸까?

점심시간이 끝나갈 무렵 아이가 교실로 돌아왔다.

사건이 일어난 건 그때였다. 가오리를 에워싼 여학생 한 명이 성큼성큼 아이 곁으로 다가가 날카롭게 외쳤다.

"가오리네 집도 좀 배려해줘!"

야나이 도코라는 여학생으로, 반에서는 리더격에 드는 아이였다. 도코는 친구들을 잘 챙기는 언니 타입이었는데 조금 사려가 부족한 면이 있다.

캡슐이 눈을 동그랗게 뜨고 아키라를 돌아보았다. 영문을 모르겠다. 아키라는 고개를 가로저었다.

"슈퍼 사람은 정말 너무해!"

도코의 한마디에 아이는 어리둥절한 표정을 지었다. 울고 있는 가오리를 쳐다보았지만 "어?"라는 한마디만 하고 입을 다물었다.

슈퍼?

캡슐이 눈을 휘둥그레 떴다. 이 근처에 새로 대형 슈퍼마켓이 생긴다는 건 알고 있었다. 그 일에 아이가 상관있는 걸까?

"아이, 너희 집이 가오리네를 쫓아낸 거야."

도코의 단정에 반 아이들 모두 숨을 삼키고 도코와 아이를 지켜보았다.

"저…… 그게 무슨 뜻이야?" 아이의 얼굴에서 표정이 사라졌다.

"그러니까 너희 집에서 슈퍼를 만든다면서. 상점가가 있는데 그런 짓을 한다는 건 남의 일은 아무래도 상관없다는 증거잖아. 너무하지 않아?"

아이는 심호흡을 하면서 마음을 가다듬었다. 그러곤 애써 침착하게 말했다. "그건 알아. 하지만 우리 아버지는 샐러리맨이야. 회사 명령 때문에 그러는 것뿐이지, 슈퍼를 만드는 걸 결정하는 건 우리 아버지가 아니야."

어떻게 반론할까 궁금했던 아키라의 머리에 그 설명이 쏙 들어왔다. 동시에 참신하기도 했다. 지금까지 샐러리맨에 대해 그리 깊이 생각해본 적이 없었는데 그런 거구나, 하고 묘하게 이해가 갔다.

상점가 근처에 슈퍼를 만들다니 너무하다는 한 가지 사실만으로 감정을 드러내는 도코가 유치해 보였다. 심정은 이해하지만 그것을 아이에게 따지는 건 엉뚱한 화풀이다.

"하지만 너희 아버지 굉장한 사람이잖아. 네가 자랑하기도 했고."

"자랑한 적 없어." 아이는 의연하게 말했다. "아버지가 뭘 하는지 묻길래 대답한 것뿐이야. 그게 자랑이야?"

"자랑이지! 어쨌거나 슈퍼는 만들지 마. 너희 슈퍼 때문에 모두 걱정하고 있어. 너희만 잘살겠다고 다른 가게를 망하게 해도 된다니 잘못됐다고."

그건 그것대로 묘하게 설득력이 있는 말이었다. 아이의 뺨이 붉어지더니 눈동자가 분노로 이글거렸다. 5교시 종소리가 울렸지만 두 사람 다 꼼짝도 하지 않았다.

아이가 반론했다. "그럼 가르쳐줘. 어째서 슈퍼가 생기면 가게들이 망하는데?"

"당연히 슈퍼가 싸게 파니까 그렇지." 도코는 덤벼들 기세로 말했다.

"거짓말이야. 상점만 할 수 있는 일도 있어. 그런데 슈퍼 탓으로 돌리는 거야?"

아이의 반론은 논리적이었지만 많은 학생들에게 조금 어려운 내용이었다. 그에 비해 지금 눈앞에서 울고 있는 가오리의 모습은 설득력으로 똘똘 뭉쳐 있었다.

그 사건을 계기로 아이의 주위에 사람들이 모이지 않게 되었다.

여학생들 사이에서 역학 관계가 어떻게 움직였는지는 모르겠지만 아이가 같은 반 여학생들에게 무시당하는 건 눈 깜짝할 사이였다. 그것은 도코와 아이 둘 중 누가 옳은가 하는 문제가 아니라 조금 더 다른 종류의, 감정의 산물이었을지도 모른다.

그렇게 아이는 외톨이가 되었다.

아침에 학교에 오는 것도 혼자. 수업이 시작될 때까지는 혼자 책을 읽는다. 사이좋은 아이들이 책상을 붙이고 도시락을 먹을 때도 혼자 외롭게 먹었고, 점심시간은 거의 도서관이나 자기 자리에서 책을 읽으며 지냈다. 이윽고 연식 테니스부에서도 미움을 받고 있다는 소문이 아키라의 귀에도 들어올 때쯤, 아이에게서는 예전의 활기찬 모습이 사라졌다.

그 모습을 아키라는 그저 보고 있을 수밖에 없었다. 다른 남학생들도 마찬가지였다. 아키라나 캡슐은 아이를 차별하는 감정이 전혀 없었지만 원래 친했던 것도 아니다. 솔직히 어쩌지도 못하는 상황이었다. 그런 상황이 더욱 심각해진 것은 오래도록 이어진 늦더위가 끝나고 가을바람이 불기 시작한 무렵이었다.

동아리 활동을 마친 아키라가 잊은 물건을 가지러 교실로 돌아가려는데 아이가 학급 신발장 앞에 멍하니 서 있었다.

"왜 그래?"

"신발이 없어."

아이가 가리킨 그녀의 신발장은 비어 있었다.

대부분의 학생들이 이미 집으로 돌아간 시간이라 신발장에는 신발 대신 실내화가 들어 있다. 신발장은 학교 건물의 기다란 그림자에 묻혀 있었다.

"누가 실수로 신고 간 거 아니야? 다른 신발장은 찾아봤어?"

"찾아봤지만 없어."

아키라도 찾아봤지만 아이가 말한 대로 없었다.

남은 가능성은 하나. 장난이다. 게다가 상당히 악질적인 장난이다. 그 가능성은 아이도 생각했을 것이다.

결국 그날 아이의 신발은 나오지 않았다. 담임교사가 찾아준 누가 신던 헌 운동화를 신고 돌아가는 아이를 지켜본 그때 아키라에게 어떤 생각이 떠올랐다.

"야, 캡슐. 기타무라 아이 말인데, 우리 매니저로 불러볼까?"

그 이튿날 오후, 캡슐에게 그 생각을 말해보았다.

"뭐?" 캡슐은 목소리가 뒤집어질 정도로 놀란 듯했다. "하, 하지만 들어올까?"

"그건 몰라." 아키라는 대답했다. "하지만 지금 테니스부에서 상황이 좋지 않은 건 사실이야. 그렇다면 야구부 매니저가 그 애한테는 더 마음 편할지도 모르잖아. 스카우트하면 올지도 몰라."

"스카우트? 누가 스카우트하는데?" 캡슐은 팔짱을 끼고 여느 때 없이 복잡한 표정을 지었다. 그런 문제에서는 전혀 힘을 쓰지 못하는 캡슐은 주눅 든 표정으로 고개를 저었다. "아키라, 네가 해."

"뭐, 상관은 없는데."

자신은 없다. 하지만 지금 상황이라면 테니스부에 있는 것보다 분명 야구부가 더 나을 것이다.

"언제 말할 건데?" 캡슐이 물었다. "내일? 모레?"

"그러네……."

아키라는 고민하며 걸음을 뗐다. 상점가 지붕 위에 기울어가는 태양이 반쯤 숨어 있다. 바람 없는 평화로운 저녁 하늘이었지만 피부에 닿는 바람은 충분히 쌀쌀했다.

"타이밍을 봐서 얘기할게. 그러니까 선배들은 캡슐 네가 설득해."

"그건 문제없어." 캡슐이 말했다. "전에 한 번 얘기했더니 다들 좋아서 난리더라고. 기타무라를 보러 왔을 정도니까. 엄청 좋아했어."

"그럼 야구부 안에서는 괜찮겠네."

그렇게 말하는 아키라를 캡슐이 여느 때 없이 진지한 눈빛으로 쳐다보았다.

"부탁한다, 아키라."

교실 밖으로 불러내 말하면 되지 않겠느냐는 캡슐의 의견은 무시했다. 그리 간단한 문제가 아니다. 무엇보다 매니저로 부르는 걸 다른 아이들에게 들키고 싶지 않았다.

고민한 끝에 아키라는 전화를 걸기로 했다.

학급 명부로 알아낸 전화번호로 아이에게 전화를 걸 때, 자꾸만 두근거려서 몇 번이나 수화기를 내려놓았다.

"뭐해, 오빠?"

그 모습을 지켜보던 지하루가 의아한 표정을 지었을 정도다.

해야 할 말을 머릿속으로 되짚었다. 몇 번을 연습해도 잘할 자신이 없었지만 에라, 하고 걸기로 했다.

"예, 기타무라입니다."

전화를 받은 것은 아이의 어머니였다.

"아, 저기, 저는 이와타니시고등학교 2학년 야마자키라고 합니다. 아이는 집에 있나요?"

뭔가 물을 줄 알았는데 전화를 받은 어머니는 당황하는 아키라의 목소리가 재미있었는지 "아아, 야마자키구나! 일전에는 아이의 신발을 같이 찾아줘서 고마웠어, 잠깐 기다리렴" 하고 말하고는 바로 아이를 바꿔주었다.

"아, 여보세요……?" 잠시 후 아이가 당혹스러운 목소리로 전화를 받았다.

"아, 저기, 잠깐, 얘기할 수 있을까?"

너무 갑작스러웠는지 전화 너머에서 아이가 잠깐 침묵했다.

"……무슨 일인데?"

대화를 할지 말지 고민하는 듯한 대답이었다. 적어도 아키라의 전화를 기뻐하는 분위기는 아니었다.

"동아리 얘기."

조용해졌다.

"동아리 무슨 얘기?" 이윽고 아이가 굳은 목소리로 물었다.

"어디서 만나서 얘기하지 않을래? 만약 나올 수 있다면 그게 좋을 것 같은데."

아이는 잠시 고민하다 대답했다. "지금부터 개를 산책시킬 거야."

아이는 아키라도 아는 공원 이름을 말했다.

"그럼 나도 거기로 갈게. 개를 데리고."

"알았어. 15분 후면 돼?"

수화기를 내려놓은 아키라는 아차 싶었다. 마당에서는 완전히 노견이 되어버린 꼬마가 자고 있었다.

"이름이 뭐야?"

"꼬마."

아이는 꼬마의 얼굴 앞에 몸을 웅크리고 "안녕, 꼬마?" 하고 인사했다. 얼마나 훌륭한 개를 데려올까 궁금했는데, 아이가 데려온 것은 꼬마와 비슷한 잡종으로 아키라는 시시한 허세를 부리려 했던 자신이 부끄러운 한편 꼬마에게 미안했다.

개를 산책시킬 때는 항상 그런 모습인지, 아이는 상하의 다 운동복 차림이었다.

"전에는 고마웠어, 같이 신발을 찾아줘서." 아이가 말했다.

"아, 별것도 아닌데."

어색한 대화. 개 목줄이 얽히지 않도록 떨어져서 걷는 두 사람 사이에 침묵이 내려앉았다.

아이는 그때의 일을 떠올렸는지 쓸쓸한 표정이었다. 아니, 그게 아니라 요즘 아이는 언제나 그런 표정을 하고 있다.

"나 말이야, 사실은 슈퍼가 생기면 상점가 사람들이 난처하다는 거 이미 알고 있었어." 아이가 말했다.

"하지만 요전에 네가 한 이야기는 틀리지 않았어. 애초에 네 탓이 아니잖아. 아버지 일이고."

그렇게 말한 아키라에게 아이는 뜻밖의 이야기를 해주었다.

"아버지는 슈퍼 개발부라는 곳에 있는데, 새 가게를 여러 마을에 세워. 그래서 난 그걸 따라 여기저기로 전학 다니는 거야. 슈퍼 반대 운동을 하는 마을도 있고, 그러면 최악의 경우 이번처럼 왕따를 당해. 사실은 이렇게 될지도 모른다고 생각했어."

"슈퍼하고 상점인가."

강력한 대형 슈퍼, 약한 상점. 아버지의 회사가 어떻게 되었는지 전말을 보아왔던 아키라는 약한 자는 어째서 약한지, 항상 의문을 품고 살아왔다. 그 답이 이 대립 구도 속에 있는 것만 같았다. 아버지 고조가 실패한 이유가.

"가게를 세우려면 구체적으로 어떤 일을 해?"

"공사 진행 상황을 관리하거나, 사람을 고용하거나, 도매업자하고 회의하거나. 동네 상점가와 대화하기도 하는 것 같아. 다들 오해하는데 아버지는 그냥 회사 지시에 따라 일하는 것뿐이야. 단순한 샐러리맨이야."

"어째서 여기에 슈퍼를 지으려고 한 거야?"

"그건 몰라. 궁금하면 아버지한테 직접 물어볼래?"

아이의 제안에 아키라는 발뺌했다.

"괜찮아. 별것도 아닌데."

"눈치 볼 것 없어. 오늘 회사 휴일이라 마침 집에 계셔. 우리 부모님은 두 분 다 날 걱정하니까 괜찮다면 차라도 마시고 가주면 좋겠어. 모두 날 미워하지는 않는다는 걸 보여주고 싶어."

아키라는 망설였다. 아이가 하는 말은 이해했지만 지금까지 여자아이 집에 놀러 간 적이 없었다. 친구들은 다이사쿠나 캡슐처럼 남자친구들뿐이었다.

하지만 한편으로 이야기를 들어보고 싶었다. 상점만 할 수 있는 일도 있다는 아이의 한마디는 줄곧 아키라의 마음속에서 반짝반짝 빛나고 있었다.

"그럼 잠깐만이다."

아이는 대답 대신 조금 기쁜 미소를 지었다.

4

결국 저녁 식사까지 얻어먹고 말았다.

아이의 아버지는 불도저처럼 탄탄하고 덩치가 큰 남자였다. 아키라의 아버지에게는 없는 위엄과 침착함이 있고 동시에 지적이었다. 분위기만으로 샐러리맨에서도 상당히 지위가 높을 거라는 걸 알 수 있었다.

아이의 아버지는 딸이 갑자기 데리고 온 친구를 "어라, 어서 오너라"라는 한마디로 태연히 받아들여주었다. 소탈하달까, 타인이 집에 오는 것에 대한 감각이 명백하게 아키라가 아는 다른 집들과 달랐다. 신선했다.

"야마자키가 슈퍼 얘기를 듣고 싶대."

저녁 식사로 카레를 먹으면서 아이가 운을 떼자 아키라는 우물쭈물했다.

"허허, 그러니?" 겉모습은 우악스럽지만 이야기를 나눠보니 아이의 아버지는 대범하고 재미있는 사람이었다. "슈퍼의 어떤 점이 궁금하니?"

"상점과의 관계라든가. 저는 상점가에 살아서……."

그러자 아이의 아버지가 눈썹을 살짝 누그러뜨리며 진지한 표정을 지었다.

"외삼촌 가게가 섬유 도매상을 하는 마쓰바라상점이에요."

"아아, 그랬구나." 아무래도 외삼촌을 아는 것 같았다. "상점가 분들하고는 여러 번 대화를 나눴어. 외삼촌께도 잘 말씀드려주겠니?"

아이의 아버지는 아키라를 배려해 그렇게 말했다.

"대화라니, 어떤……?"

"다들 반대하니까. 법률상으로는 문제가 없으니 출점을 취소할 수는 없지만 성의를 보이고 싶어서."

쓴웃음이 섞인 표정으로 보건대 대화가 그리 잘 풀리지는 않은 것 같았다.

"슈퍼가 생기면 상점가는 역시 망하나요?" 아키라는 물어보았다.

"상당히 예리한 질문이구나." 아이의 아버지는 조금 익살스러운 투로 말했다. "거기에 답하려면 어째서 슈퍼가 생기면 상점가가 망하는지 고민할 필요가 있어. 어째서일까?"

"상점에 손님이 오지 않게 되니까."

"왜 그럴까?"

"슈퍼만큼 싸지 않으니까요."

아이의 아버지는 고개를 끄덕이고 이런 질문을 했다. "너는 뭔가 갖고 싶은 걸 살 때, 꼭 싼 것을 사니?"

아키라는 할 말이 없었다. 하지만 대답하기 전에 아이의 아버지가 말을 이었다.

"꼭 그렇지는 않겠지? 그리고 또 하나, 슈퍼에는 뭐든지 있다고 생각하니?"

"아닌가요?" 뜻밖의 질문이었다.

"물론 아니지. 슈퍼에도 없는 건 많아. 1년에 하나 팔릴지 말지 모르는 상품은 둘 수 없어. 게다가 이 주변은 바다가 가깝지, 생선의 신선도는 어항이나 도매상과 잘 아는 상점가 생선가게를 당할 수 없어. 그러니까 좋은 생선을 사고 싶은 사람은 분명 슈퍼가 아니라 오랫동안 알고 지냈고 믿을 수 있는 상점가 생선가게에서 사겠지. 게다가 슈퍼는 단골이라고 따로 주문을 받지는 않아. 하지만 상점가는 받지. 슈퍼는 뭐가 얼마에 팔리는지 알 수 있지만 어느 손님이 무엇을 샀는지는 몰라. 하지만 상점가는 알지. 그러니까 이런 건 어떠신가요, 하고 새로운 것도 팔 수 있어. 지금의 슈퍼에서는 불가능한 일이야. 다시 말해 슈퍼에는 약점이 많다는 뜻이란다."

재미있는 이야기다. 하지만 그 이야기에 어떻게 반응하면 좋을지 아키라는 알 수 없었다. 물론 아이의 아버지가 어려워서 그런 것도 있었다.

"이렇게 말하면 차갑게 들리겠지만 상점이 망하는 건 말이다, 물건이 비싸서 그런 게 아니야. 고민하지 않기 때문이란다." 아이의 아버지가 하는 말에 조금 열기가 깃들기 시작했다. "그 가게만 할 수 있는 일도 있어. 그게 무엇인지 진지하게 고민하지 않는 가게는 가망이 없어. 많이들 오해하는데 사실 근처에 슈퍼가 생겨도 꿋꿋하게 살아남는 상점도 있단다. 그런 가게들은 특징이 있어. 거기에만 있는 상품을 취급한다거나, 굉장히 센스 있는 서비스를 한다거나. 이유는 다양하지만 역시 다른 곳과는 차이가 있지."

아키라의 아버지도 고민이 부족했던 걸까? 자기 회사를 위해 몸도 돌보지 않았던 아버지. 그래도 역시 고민이 부족했기 때문에 도산해버린 걸까?

그때의 아버지는 긴장으로 똘똘 뭉쳐 있었다. 열심히, 앞만 보고 일했다. 고민하라고 한들 그럴 여유조차 없었다.

"고민하고 싶어도 그러지 못하는 경우는 없나요?"

"물론 그런 경우도 있겠지." 아이의 아버지는 순순히 인정했다. "하지만 장사를 하는 이상 고민하지 못한다는 건 패배를 뜻해. 고민이라고 하면 막연하지만 요는 손님이 찾아와줄지 말지니까. 그렇게 자연도태되는 거야."

도태. 그 말은 잔혹한 울림으로 아키라의 마음에 새겨졌다. 아키라의 집도 도태되었다는 뜻인가. 그때였다.

"슈퍼도 도태될 수 있단다."

아이 아버지의 한마디에 아키라는 놀라서 고개를 들었다.

"위에는 위가 있어. 애초에 우리 슈퍼는 생긴 지 아직 20년도 되지 않았어. 처음에는 도쿄의 저잣거리에 있던 작은 상점이었지. 그 상점을 경영하던 사람이 점점 가게를 키워서 지금의 슈퍼를 만들었단다. 밑천은 고작 100만 엔이었다고 하는구나."

아키라는 아이 아버지의 얼굴을 뚫어져라 쳐다보았다. 아키라의 아버지는 사업 실패로 몇 천만 엔이라는 빚을 떠안았다. 그런데 한쪽에서는 겨우 그 정도의 밑천으로 사원이 이런 집에 살 수 있을 만큼 돈을 버는 사람도 있다.

"그 사람은 어떻게 한 거예요?" 아키라는 진지하게 물었다.

"너는 정말 관심이 있구나." 아이 아버지는 카레를 먹던 숟가락을 내려놓았다. "장사의 기본은 간단해. 어떻게 하면 손님이 기뻐할까? 그걸 고민해서 제공하면 기꺼이 돈을 내고 단골도 되어주지. 그건 슈퍼든 상점이든 마찬가지야. 그 상점가에서도 우리 슈퍼를 위협할 만큼 굉장한 서비스가 나올지도 몰라. 하지만 그렇게 간단한 일이 사실은 어렵거든."

말이 나오지 않았다. 쉬운 표현이었지만 아이 아버지의 말은 장사의 근본을 정확하게 설명한 것이었다. 지금까지 보이지 않았던 세상의 이면이 어떻게 이루어져 있는지 알 것 같았다. 그것은 아키라가 처음 느껴보는 감각이었다.

"재미있었어, 너희 아버지 말씀."

오후 8시가 넘어서 아이의 집을 나섰다. 아키라의 목소리는 살짝 들떠 있었으리라.

"우리 아버지, 노력도 많이 하고 있고 사실은 동네 상점가하고 원만하게 지내길 바라고 있어. 회사와 상점가 사이에 껴서 굉장히 고생하고 있어. 난 사실 아이들한테 그런 걸 다 말하고 싶어."

"말하면 되잖아."

하지만 아이는 쓸쓸한 미소를 지으며 고개만 가로저었다. 말해도 이해 못 해. 그 표정에는 그런 체념이 보였다.

두 사람이 있는 곳은 아이의 집 앞이었다. 그 부근은 비어 있는 구획이 많은 신흥 주택지다. 가로등의 흐린 불빛이 아키라와 아이를 비추고 있었다.

"사실은 동아리 얘기를 하고 싶었어." 그제야 아키라는 겨우 말을 꺼냈다.

"야구부 매니저?"

아키라는 깜짝 놀라 아이를 쳐다보았다. "어떻게 알았어?"

"전화로 동아리 얘기를 하고 싶다고 했으니까, 왠지 그럴 것 같았거든."

"만약 괜찮으면……."

"미안." 아이는 아키라의 말을 자르고 대답했다. "나, 조금 더 테니스부를 계속해볼래."

아키라는 그저 아이의 옆얼굴을 바라볼 수밖에 없었다.

"난 서툴러. 테니스도, 사람들하고 친하게 지내는 것도. 여기서 그만두면 거기서 끝나. 하지만 계속하면 아이들하고 다시 화해할 수 있을지도 몰라. 그러니까 조금 더 힘내볼 거야. 그리고 도저히 안 되겠으면 내 쪽에서 야구부 매니저로 지원할게."

"그래, 알았어."

아키라는 그렇게 말하고 아이에게 저녁 식사에 대한 인사를 했다. 솔직히 실망했지만 분명 아이의 생각이 옳다.

"잘되면 좋겠다. 가자."

귀가를 재촉하자 현관 옆에 묶여 있던 꼬마가 기쁜 듯이 꼬리를 흔들었다.

5

"아버지 회사, 더 고민했으면 도산하지 않았을까?"

아키라가 불쑥 그런 질문을 한 것은 그날 밤의 일이었다.

여동생 지하루는 이미 잠들었고, 재취직한 회사 일이 바빠서 매일 잔업을 하는 아버지는 아직 돌아오지 않았다.

아키라의 집에서 도산했을 때의 일은 '해서는 안 되는 이야기'였다. 누가 확실하게 그렇게 금지한 건 아니지만 그런 분위기가 있었다. 특히 아버지 앞에서는. 테이블 대신 덮개를 치운 고타쓰_{안쪽에 전열}

108

기가 있고 담요 등을 덮어 사용하는 탁상 형태의 난방기구가 놓인 거실에서 어머니는 읽고 있던 책에서 고개를 들었다. 책등에는 도서관 스티커가 붙어 있다.

"글쎄, 어땠을까. 그래도 어렵지 않았을까?"

"왜요?"

어머니는 그다지 내키지 않는 기색으로 표정을 일그러뜨렸다.

"왜, 가쿠타 씨가 왔었잖니. 가끔 새빨간 자동차를 타고 오던 분."

지금도 기억하고 있었다. 언제나 번쩍번쩍 윤이 나는 빨간 선더버드였다. 귤 밭 한복판에 있는 공장에 그것만큼 어울리지 않는 자동차도 없었다.

"아버지 공장에서 만든 부품을 가쿠타 씨 공장에 납품했었어. 가쿠타 씨 공장에서는 그 부품을 사용한 공작기계를 만들어서 팔았는데, 어느 회사에서 기계에 불량이 있어서 쓸 수 없다고 했단다. 그래서 가쿠타 씨가 조사해봤더니 아버지가 만든 부품에 문제가 있다는 걸 알아냈대."

"그래서 어떻게 됐어요?"

처음 듣는 도산의 진상이다.

"그 거래처에서 가쿠타 씨한테 손해 배상을 요구했어. 가쿠타 씨는 그 배상금을 전부 아버지한테 지불하라고 했고. 우리 부품의 문제로 그렇게 됐다고 하니까, 아버지는 그걸 배상했어."

"정말 우리 부품 잘못이었어요?"

눈을 감으면 지금도 그 공장의 광경이 떠오른다. 프레스기의 규칙적인 리듬. 창밖으로 보이는 귤 밭과 가와즈의 바다. 그건 아키라가 기억하는 첫 번째 풍경이다. 아버지의 자랑스러운 빙글빙글이 경쾌한 모터 소리와 함께 부품을 토해내고, 그걸 열심히 검품하는 야스형이 있다. 그 공장에서 만들던 부품이 불량이었다면 충격이다.

"그게 문제야." 어머니는 어두운 표정으로 말했다. "아버지는 절대 그럴 리 없다고 했지. 하지만 가쿠타 씨 회사가 가장 큰 거래처였으니 거역할 수 없었겠지. 그래서 요구대로 배상할 수밖에 없었단다."

이해할 수 없다. 입을 다문 아키라에게 어머니는 어쩔 수 없다고 했다.

"가쿠타 씨한테 일을 받아야만 했으니까. 아버지는 만약 요구하는 대로 하지 않으면 더는 일을 받을 수 없다고 생각한 거야. 하지만……." 어머니는 짧은 한숨을 푹 내쉬며 말했다. "나중에 가쿠타 씨가 더 이상 거래할 수 없다고 했단다."

"왜요?" 부조리하다는 생각에 사로잡혀 아키라는 물었다. "배상했잖아요?"

"이유는 모르겠지만 더 싸게 부품을 파는 회사가 있었던 것 아닐까?" 어머니는 당시의 일을 떠올렸는지 멍한 눈으로 말했다.

"그 가쿠타라는 사람 회사 말고 새 거래처는 못 만들었어요?"

"아버지는 애썼어. 하지만 그렇게 간단한 일이 아니란다. 아버지가 발명한 기계가 있었지?"

"빙글빙글?"

"그래. 그건 원래 가쿠타 씨가 의뢰한 부품을 만들려고 고안한 기계야. 가쿠타 씨 회사를 대신할 곳을 찾는다고 해도 그리 쉬운 일이 아니란다. 게다가 가쿠타 씨하고 거래가 끊기는 바람에 은행도 더는 돈을 빌려주지 않게 되었거든."

그때 집에 찾아왔던 남자들을 아키라는 지금도 기억하고 있었다. 필사적으로 융자를 부탁하는 아버지의 목소리는 지금도 마음속 어딘가에서 계속 들려오고 있다. 비참하고 어두운 날들의 기억으로.

"가쿠타 씨에게 손해배상을 하려고 아버지는 은행에서 최대한 돈을 빌려서 쏟아부었어. 그걸 갚으려면 가쿠타 씨한테서 계속 일을 받아야 했는데 그 일이 사라져버렸지. 그래서 그렇게 된 거야. 은행에는 상환을 기다려달라고 부탁했지만, 그럴 수 없다고 하더라. 은행이 돈을 막으면 끝나는 거야."

아버지의 탄원이 거절당했을 때, 야마자키 프레스 공업의 운명은 결정된 것이다.

"하지만 엄마는 지금도 생각해."

읽고 있던 책을 손에 든 채로 어머니는 거실 유리문을 바라보았다. 가슴에 담아두었던 생각을 말하려는 어머니와, 그 말에 진지하게 귀를 기울이는 아키라가 비쳤다.

"결국 아버지는 속았던 게 아닐까."

선더버드를 타고 찾아오던 가쿠타는 번쩍번쩍 광이 나는 구두와 바지, 거기에 다소 화려한 재킷을 입은 세련된 남자였지만 아키라에게 미소 한 번 지어준 적 없는 남자이기도 했다. 그런 가쿠타가 없어서는 안 될 거래처였다면 그것은 아버지의 비극이다. 아키라의 가슴에 혐오감이 소용돌이쳤다. 그런 남자 때문에 가족 모두가 슬프고 힘든 경험을 했다고 생각하니 참을 수 없는 분노가 들끓었다.

"아버지한테는 이런 말 하면 안 된다."

입을 다문 아키라의 심정을 헤아렸는지 어머니가 말했다. 물론 아버지를 상처입히는 말을 할 생각은 없다.

"어째서 가쿠타 씨 같은 사람하고 일을 한 거예요?"

"그 사람은 전에 일하던 회사 거래처였어. 처음엔 그렇게 나쁜 사람인 줄 몰랐는데. 하지만 회사 사원으로 어울리는 것과 하청업자로 일하는 건 달라. 돈이 얽히면 사람은 변한단다. 세상이 그런 거야."

어머니의 이야기에 충격을 받은 아키라는 자기가 어쩔 수 없는 상황에서 벌어진 현실의 부조리한 문제에 이불 속에 들어가서도 늦게까지 잠들지 못했다. 아이의 아버지가 말해준 고민이라는 것을, 이 경우 어디서 했어야 했는지 아키라는 알 수 없었다.

아키라의 가슴속에 끝없이 떠오르는 것은 장사의 기본을 말하는 아이 아버지의 얼굴과 "그렇게 간단한 일이 어렵다"라는 한마디였다. 어렵다는 그 말의 의미가 지금, 혐오감과 함께 아키라의 머릿속을 가득 뒤덮으려 했다.

6

10월 말 슈퍼 공사가 차근차근 진행되는 가운데 야스다 가오리가 전학을 갔다.

가오리의 집이 경영하던 잡화점은 상점가에서 떨어진 국도변에 있다. 건물이라는 건 신기해서 사람이 사라지자 바로 노후라도 된 듯 무참한 폐허 같은 분위기를 풍기기 시작했다.

셔터가 닫힌 잡화점 앞을 지날 때마다 아키라는 이번 일의 계기가 된 가오리를 떠올리고, 슈퍼와 상점가, 기타무라 아이를 둘러싼 학교 문제를 떠올릴 수밖에 없었다. 가오리의 가게 저편에는 덤프트럭이 드나드는 공사 현장이 있고 건물이 차츰 그 골격을 드러내고 있었다. 그 잡화점 뒤에 있는 공터에 슈퍼를 짓는 것이다.

아키라는 완성되어가는 슈퍼의 크기에 놀라움을 감추지 못했다. 이렇게 큰 슈퍼가 생기면 정말 상점가는 풍전등화 아닌가? 장사는 어떻게 고민하느냐에 따라 살아남을 수 있다는 아이 아버지의 말을 믿으려 해도 만약 아키라가 상점 주인이고 이 규모를 눈으로 본다면 다리가 움츠러들 것이다. 동시에 이 슈퍼의 출점을 아이 아버지가 지도한다는 사실이 존경스럽기도 했다.

아이 아버지는 이 슈퍼를 운영하는 데 걸맞은 인물이다. 만약 자기 아버지가 아이 아버지 같은 사람이었다면 얼마나 자랑스러웠을까? 회사도 도산하지 않았을지 모르고, 물론 가쿠타 같은 남자에게 속는 일도 없었을 것이다. 아이의 아버지는 가쿠타는 발끝에도 미치지 못하는 경영 전문가가 틀림없다. 그리고 2주가 더 지났다.

"슬슬 오픈하겠네."

동아리 활동을 마치고 돌아가는 길에 평소처럼 국도변 길로 함께 돌아가던 캡슐이 울적한 표정으로 말했다.

2층짜리 슈퍼 건물은 이미 완성되어 거대한 주차장에는 눈부신 흰색 선으로 주차선이 그려져 있다. 상품을 실은 트럭이 부지 뒤쪽으로 들어가는 모습이 보였다. 슈퍼에서는 이불도 팔 테니 그렇게 되면 이불가게를 하는 캡슐네 집에도 영향이 없지는 않을 것이다.

문득 아이의 아버지가 들려준 이야기를 떠올렸다. 도쿄 저잣거리에 있던 작은 상점이 점점 커져서 이 슈퍼를 경영할 정도로 성공했다는 이야기는 강렬한 인상과 함께 아키라의 가슴속에 남았다. 대체이 가게를 여는 데 얼마나 큰돈이 들었을까? 그 사장은 그런 가게를몇 개나 가질 정도로 성공을 거둔 것이다. 그리고 아이 아버지 같은우수한 사원이 지금 그 경영을 지탱하고 있다.

"이길 수 있을 리 없지." 캡슐은 맥없이 어깨를 늘어뜨렸다.

"아저씨는 뭐라고 하셔?"

"어찌 될지 모른대. 기타무라네는 좋겠다."

캡슐은 아이에게 뭐라고 하려는 게 아니다. 하지만 슈퍼 개발 담당자의 딸이라는 사실은 캡슐에게도 어느 정도 불편한 감정을 주는게 분명했다.

"기타무라하고는 상관없잖아." 아키라는 말했다.

"그래, 나도 그렇게 생각해. 아무래도 좋으니 빨리 테니스부는 그만두고 우리 매니저나 해줬으면 좋겠다."

"다음에는 네가 설득해."

아키라의 말에 캡슐은 심란한 표정으로 걸음을 뗐다.

그러던 어느 날, 새로운 사건이 터졌다.

"허, 정말인가?"

평소처럼 거실 테이블에서 신문을 읽고 있던 아버지가 의아한 투로 말했다. 아버지는 눈썹을 찌푸리고 기사를 눈으로 좇았다.

"왜, 집 근처에 슈퍼가 생기잖아. 그 회사 기사가 실렸어." 아버지는 지면을 어머니 쪽으로 돌리며 말했다. "매수됐대."

그 한마디에 아키라의 졸음은 단숨에 날아갔다.

"데일리 키친이?"

아버지와 어머니가 들여다보는 신문을 아키라도 헐레벌떡 들여다보았다. '데일리 키친 매수'라는 제목이 눈에 들어왔다. 해설 기사가 있었다.

케이즈식품은 어제 중견 슈퍼 '데일리 키친'을 경영하는 우에하타산업 주식의 60퍼센트를 매수해, 실질 자회사로 삼았다고 발표했다. 매수 금액은 200억 엔. 데일리 키친은 창업자이자 현재 사장 우에하타 고로 씨가 1955년에 창업, 대형 점포의 강점을 살려 간토와 인근 지방에서 약 30개 점포를 확장할 정도로 성장했으나, 최근 경쟁 심화와 토지 취득세 상승 등 환경 악화의 영향으로 수익률이 떨어졌다. 한편 부실 점포 정리가 늦어지는 등 경영 문제가 부각되었다. 케이즈식품은 데일리 키친을 산하에 둠으로써 '케이즈 푸드' 명의로 운영하고 있는 자사 슈퍼 점포망의 확충을 꾀할 수 있다. 수익률 악화에 대해서도 동사의 경영 노하우를 살려 납품부터 판매까지 일관된 물류 시스템을 도입하여 해결할 수 있다고 보고 있다.

이번 매수로 우에하타 사장은 회장으로 물러난다. 우에하타 씨는 저잣거리의 작은 포목점을 중견 슈퍼로 성장시켜 '장사의 신'이라 불린 경영자였지만 마지막에는 매각이라는 형태로 일선에서 물러나게 되었다.

"매수되면 그 슈퍼는 어떻게 되는 거예요?" 아키라는 아이가 걱정되어 물어보았다.

"자본이 바뀌는 것뿐이니 아마 슈퍼 자체는 예정대로 오픈하지 않을까? 그만큼 만들어놓고 중단하지는 않겠지." 아버지는 그렇게 말하더니 바로 신문 다음 페이지로 눈을 돌렸다.

최근 아이 주변에는 사람들이 다시 조금씩 모이기 시작해, 반 친구와 책상을 붙이고 점심을 먹는 모습도 돌아왔다. 테니스부에서도 공 줍기를 끝내고 평범하게 테니스를 친다. 돌아갈 때도 친구와 함께 간다.

'계속하면 아이들하고 다시 화해할 수 있을지도 몰라. 그러니까 조금 더 힘내볼 거야.'

아이는 그 말을 정말 이루어낸 것이다.

학교에 가자 아이 주변에 몇 명의 여학생들이 모여 있었다. 화제는 물론 데일리 키친 매수다.

"잘 몰라." 아이가 난처한 표정으로 이야기하고 있었다. "하지만 슈퍼는 예정대로 오픈한대."

아버지가 말한 대로다. 그 대답에 아키라는 안심하고 매수라는 말이 갖는 독특한 뉘앙스를 가슴에서 몰아냈다. 매수되면 전쟁에 졌을 때처럼 점령군에게 유린당하는 이미지를 가지고 있었는데, 아무래도 꼭 그런 건 아닌 모양이다. 동시에 아키라는 자기가 우려했던 문제의 정체를 깨달았다.

아이였다.

매수로 직원이 해고당하면 아이의 아버지도 잘린다. 그렇게 되기라도 하면 아이의 집은 힘들어질 테고 여기에서 살지도 못하게 되는 것 아닐까. 그게 걱정되었던 것이다.

어쨌거나 다행이다. 교실 한편에서 아키라는 남몰래 안도의 한숨을 내쉬었다. 하지만······.

7

데일리 키친이 매수되고 일주일 정도 지난 어느 토요일이었다. 그날은 오전 수업뿐이었는데 비 때문에 동아리 활동도 없었다. 아이가 전화를 한 것은 집에 돌아와 얼마 지나지 않았을 때였다.

"하고 싶은 이야기가 있어. 만날 수 없을까?"

그 말에 가슴이 설렜다.

아이는 근처 공원 이름을 말했다.

"응, 괜찮아."

펄쩍 뛰고 싶을 정도로 기뻤지만 태연한 척하느라 고생했다. 공원에 가자 아이는 먼저 와서 기다리고 있었다. 공원 벤치가 젖어서 앉을 곳이 없어 둘이서 공원 안을 산책했다. 지금은 아무도 없어 쓸쓸한 놀이기구 몇 개와 그 주변에 화단과 산책로가 있었다. 화단에 꽃은 없고 차가운 비에 젖은 흙이 그대로 드러나 있었다.

"나, 전학 가."

아키라는 충격을 받았다. 심장이 펄떡펄떡 뛰고 목이 바짝 타서 힘없이 물을 수밖에 없었다.

"왜?"

아키라는 걸음을 멈추고 아이와 마주 섰다.

"아버지가 새 가게를 준비하게 됐어. 그 슈퍼는 다른 사람이 담당할 거래."

"새 가게라니, 어디서?"

"센다이."

아키라는 할 말을 잃었다. 마음속에 구멍이 뻥 뚫려서 그저 아이를 쳐다보는 게 고작이었다.

"저, 언제, 언제 이사 가?"

"다음주 토요일. 토요일에 짐을 먼저 보내고 일요일 아침에 우리는 열차로 센다이로 갈 예정이야."

"그렇게 빨리?"

충격 때문에 숨이 턱 막혔을 때였다.

"고마워." 아이는 미소를 짓고 있었다. "네게 고맙다고 말하고 싶었어. 고마워."

아이는 전학을 자주 다녔으니 어느 학교에서나 이런 만남과 이별을 경험했을까? 그렇게 생각하니 가슴이 꽉 막히는 기분이었다.

"그리고 이거, 이사 가는 센다이 주소야. 사택이지만." 아이는 꽃무늬 메모지를 아키라에게 내밀었다.

"다시…… 만날 수 있을까?" 아키라는 쭈뼛쭈뼛 받아들며 물었다.

"글쎄." 아이는 쓸쓸하게 말했다. "하지만 네게는 정말 감사하고 있어. 날 걱정해줘서 기뻤어."

그렇게 기타무라 아이는 학교를 떠났고 그로부터 2주 후 일요일, 데일리 키친은 간판만 '케이즈푸드'로 바꿔서 오픈했다.

오픈 당일, 내방객 전원에게 선물을 준다고 해서 아키라도 캡슐을 따라서 가보았다. 어쩌면 아이도 오지 않을까 기대했지만 오픈을 기다리는 행렬 어디에도 아이의 모습은 없었다.

슈퍼 정면 현관에 빨간 테이프가 쳐져 있었다. 테이프 커팅 행사가 있는 것이다. 간이 천막에 준비된 의자에 앉아 있는 시장의 모습이 보였다. 운동회 같은 행사에 반드시 얼굴을 내밀고 부탁하지도 않았는데 연설을 하는 것으로 유명하다. 게다가 시의원을 비롯해 어디에나 얼굴을 내미는 지역 정치가들도 함께 앉아 있었다.

별 생각 없이 그쪽을 보던 아키라는 그 천막 안에 앉아 있는 같은 또래의 한 소년을 보고 의아하게 생각했다. 재킷에 넥타이를 매고 파이프 의자에 앉아 있는 소년에게 슈퍼 점원으로 보이는 여성이 차를 가져다주기도 하면서 시중을 들고 있다. 내빈의 자녀일까? 이런 자리에 익숙한지 차분해 보이는 소년은 무관심한 눈으로 슈퍼 앞에 줄 서 있는 손님들을 쳐다보고 있었다.

"찾아주신 손님 여러분, 오래 기다리셨습니다. 잠시 후 오전 10시가 되면 내빈의 테이프 커팅으로 오픈식을 시작하겠습니다."

스탠드마이크 앞에 선 진행자는 그렇게 말하며 내빈의 이름을 불렀다. 시장과 내빈들이 일어서서 가위를 손에 들고 테이프 앞으로 나섰다.

"마지막으로 케이즈식품의 모회사, 도카이해운 가이도 가즈마 대표이사도 말석에 서겠습니다."

아키라는 소개를 받고 천막 안에서 일어선 사람을 응시했다.

케이즈식품의 모회사라면 상당히 큰 회사의 사장이 분명하다. 어떤 인물일까, 아키라는 앞에 서 있는 인파의 어깨 너머로 관찰했다.

호명에 앞으로 나온 사람은 아키라의 아버지와 비슷한, 아직 40대로 보이는 장신의 남성이었다. 행동거지는 분명 우아했지만 풍채가 좋은 것도 아니고, 눈빛이 날카롭거나 위압적인 분위기가 있는 것도 아니다. 어디에나 있을 법한 그 모습에 아키라는 진심으로 놀랐다. 신비한 현실을 보고 있는 기분이었다.

저 사람이 장사의 신이라는 말까지 들었던 사람의 회사를 매수했다는 건가? 아키라의 아버지나 아이의 아버지와 별다를 것 없게 생긴 저 사람이?

"케이즈푸드가 도카이해운 산하였나."

등 뒤에서 그런 말이 들려서 아키라는 저도 모르게 뒤를 돌아보며 물었다. "도카이해운이 뭔데요?"

초로의 남자가 가르쳐주었다. "대형 해운 회사야. 가이도 가즈마는 그곳 사장으로 유명한 사람이지. 신문에도 자주 나와."

지금 테이프 커팅을 마치고 고객들에게 깊이 고개를 숙인 그 인물은 여유로운 발걸음으로 손님을 맞이하기 위해 점원들 앞에 섰다.

유리로 된 출입문이 일제히 열리고 행렬이 우르르 움직이기 시작했다. 스피커를 통해 음악이 흘러나왔고 상품으로 가득한 밝은 가게 내부가 아키라의 눈앞에 펼쳐졌다. 점원들이 내방객에게 기념품을 나눠주고 있었다. 아키라도 받았다.

냉큼 포장을 뜯은 캡슐은 "뭐야, 볼펜이야?" 하며 시시하다는 듯

주머니에 쑤셔넣었다.

아이의 아버지는 분명 이 슈퍼의 오픈을 지켜보고 싶었으리라. 상점가의 작은 가게들만 보아왔던 아키라의 눈에 그곳은 다른 세계처럼 보였다.

"이길 수 있을까?" 캡슐이 불안한 기색으로 물었다.

"있어. 살아남을 길은 있댔어." 아키라는 아이 아버지의 말을 떠올리며 대답했다.

"그런 길이 어디 있는지 난 모르겠어." 캡슐이 말했다.

하지만 세상에는 그 길이 보이는 사람이 있다. 혹은 상상할 수 없는 힘으로 상대를 꺾을 수 있는 사람도 있다.

가령 저 가이도라는 사람이 그렇다는 사실에 아키라는 위화감을 느낄 수밖에 없었다. 하지만 그것이 현실이다. 아이의 아버지도, 장사의 신도 당해낼 수 없는 지혜와 재력을 가진 인물. 아마도 아키라의 아버지와는 전혀 다른 발상으로 세상을 보고, 장사의 모든 요소를 다루는 능력을 가졌으리라.

아키라도 그런 인물이 되고 싶었다.

아버지가 이루지 못한 장사의 꿈을 이루는 것이다. 그리고 아버지를 속인 가쿠타, 냉혹하게 대한 은행, 가차 없이 빚을 독촉하러 왔던 놈들에게 본때를 보여주고 싶다. 그만한 실력을 갖추고 싶다. 저 가이도 가즈마처럼……

슈퍼에 오기는 했지만 딱히 사려던 물건도 없어 넓은 가게 안을 한 바퀴 돌고 밖으로 나가자 이미 간이 천막은 치워버렸는지 없었다. 아키라가 보기에도 손님들이 많았다. 주차장은 이미 가득 찼고,

손님들이 끝없이 건물 안으로 빨려 들어갔다.

그때 12월의 연약한 태양광선을 반사하며 한 대의 자동차가 아키라와 캡슐 앞을 지나갔다.

"와, 롤스로이스잖아?"

캡슐이 그렇게 말하며 눈앞을 서행하는 자동차를 다른 손님들과 함께 신기한 것이라도 보듯 쳐다보았다. 아키라도 눈을 휘둥그레 떴다. 하지만 그것은 그 뒷좌석에 가이도 가즈마와, 아까 보았던 소년의 모습이 있었기 때문이다. 저런 아버지를 가진 아이의 심경은 어떨까? 분명 자랑스럽겠지. 그리고 틀림없이 아키라가 알 길 없는 다양한 이야기를 들을 것이다.

"부자는 좋겠다. 운전사가 모는 자동차야."

그런 말을 하면서 캡슐은 자전거에 올라타 페달을 밟았다. 녹슨 체인이 귀에 거슬리는 소리를 냈다. 아키라의 자전거도 크게 다르지 않다. 이것이 두 사람의 현실이었다.

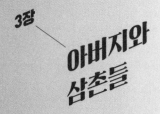

3장

아버지와 삼촌들

아버지의 이야기는 아키라 또한 이 도카이해운이라는 회사의
경영을 맡아 휩쓸릴 운명을 받아들인다는 것을 전제로 하고 있다.
아키라는 그것이 마음에 들지 않았다.

1

그때, 르네상스 시대를 설명하는 사회 선생님의 열변이 뚝 그쳤다. 교실 앞문이 벌컥 열리더니 담임교사 다시로가 고개를 내밀었다. 반 아이들이 모두 주목하는 가운데, 다시로는 교단을 향해 "수업 중에 죄송합니다"라고 한마디 사과하더니 가이도 아키라를 손짓으로 불렀다. "가이도, 잠깐."

반 아이들의 시선을 받으며 아키라는 교실 앞으로 나갔다.

메디치가의 융성에 대한 호기심이 썰물처럼 사라졌다. 아키라는 자기를 뒤덮으려는 어두운 현실을 느꼈다. 다시로의 용건은 이미 알고 있다. 할아버지에게 무슨 일이 생긴 것이다.

아니나 다를까, 아키라와 마주한 다시로는 엄숙하게, 마치 이제부터 충격적인 사실을 고하겠노라 예고하는 듯한 표정을 지었다.

"지금 집에서 전화가 왔다. 할아버님께서 돌아가셨다고 하는구나.

집에서 곧 데리러 올 테니 너는 오늘은 그만 돌아가거라."

각오는 했지만 막상 임종 소식을 듣자 심장이 벌렁거리며 온몸에서 핏기가 가시는 것을 느꼈다.

정원을 가꾸던 할아버지가 갑자기 쓰러진 것은 사흘 전이었다.

지주막하출혈이었다. 구급차로 실려간 병원에서 오랜 시간에 걸쳐 수술을 받았지만 용태가 좋지 않아 아버지가 마음을 단단히 먹으라고 했다. 카리스마 경영자로 불리며 직원들은 물론이고 친척들도 무서워했던 할아버지였지만 아키라에게는 다정했다. 장난을 쳐도 혼내지 않았다.

"할아버지는 너희 편이니까."

그것은 할아버지가 아키라와 료마에게 자주 들려주었던 말이었다. 그렇게 말하며 한쪽 눈을 찡긋 감고 장난스럽게 웃으며 아키라의 등을 툭 두드린다. 같은 부지 안에 있는 조부모의 집은 아키라 형제에게 최고의 놀이터이자 유일하게 응석을 부릴 수 있는 곳이기도 했다.

아키라를 데리러 온 도쿠야마가 운전하는 자동차 뒷자리에는 창백하게 질려 당장이라도 졸도할 듯한 얼굴의 료마가 있었다. 도쿠야마는 먼저 료마가 다니는 중학교에 들렀다가 그대로 여기로 온 것 같았다. 아키라가 귀가하자 집에는 이미 친척들과 회사 사람들이 몰려와 있었다. 스스무 삼촌과 다카시 삼촌 두 사람이 심각한 표정으로 뭔가 의논하고 있었고, 숙모들은 어머니와 함께 장례식을 준비하고 있었다.

시신은 이미 병원에서 돌아와 조부모가 살던 집 안방에 안치되어 있었다. 할아버지는 선향과 국화 향기가 가득한 방 한가운데에 깔아 놓은 이부자리에 누워 있었다.

"할아버지, 어서 오세요."

아키라는 병원에서 집으로 돌아온 할아버지 옆에 앉아 속삭였다. 그것은 분명 할아버지였지만, 다른 사람 같은 인상이었다.

갑작스러운 이별이다.

아키라의 시야가 순식간에 눈물로 흐려졌다. 아무리 이야기하고 싶어도 이제 할아버지와 이야기할 수 없다. 그날 있었던 일을 신나게 이야기하거나 의견을 구하는 일도.

그때 아키라는 처음으로 사람의 죽음을, 가족의 죽음을 마주했다.

그와 동시에 기억난 일도 있다. 아키라가 초등학생 때였다. 그 시절 아키라는 가족들 중 누군가가 언젠가는 죽는다는 사실이 몹시 두려웠다.

할아버지가 있고, 부모가 있다. 당연하게 생각하고 있었지만 그들은 영원히 있는 게 아니고 한 사람, 또 한 사람, 죽어서 사라져갈 운명이다. 그 사실을 깨달았을 때, 가족이 죽는다는 사실이 무서워서 견딜 수 없었다. 밤에 침대에 누우면 '할아버지는 언제까지 살 수 있을까?'라는 생각이 머릿속을 맴돌아 불안해서 잠이 오지 않았다.

아키라는 견디지 못하고, 어느 날 할아버지에게 그 이야기를 털어놓았다.

그러자 할아버지는 웃으며 말했다. "할아버지는 죽는 게 전혀 두렵지 않단다."

"하지만 저는 할아버지가 죽는다고 생각하면 슬퍼요. 그게 무섭단 말이에요."

아키라를 바라보는 할아버지의 눈이 조금 글썽거리는 것 같았다.

"할아버지가 죽어도 할아버지는 네 안에 있어. 네가 뭔가 하려 할 때, 뭔가를 생각하고 뭔가를 느낄 때, 할아버지도 사실은 함께 있거든. 말이나 눈에 보이는 게 아니라 마음속 훨씬 깊은 곳에서. 언제나 함께 있단다."

그때의 아키라는 할아버지가 말하는 '네 안에 있다'는 말의 의미를 이해하지 못했다. 자기 안 어디를 찾아봐도 할아버지는 없었다. 그리고 고등학교 2학년이 된 지금도 그것은 변함없었다. 할아버지가 한 말은 머리로는 이해할 수 있지만 죽음이라는 현실 앞에 그런 추상적인 생각은 무의미했다.

"어째서 이렇게 슬플까?"

그 증거로, 세상 한복판에 거대한 운석이 떨어진 것처럼 아키라의 마음은 어둠에 싸여 땅속에서 솟구치는 슬픔의 파도에 휩싸였다.

"할아버지."

아키라는 할아버지의 얼굴을 바라보며 부르다가 문득 방 천장, 장지문, 벽을 둘러보았다. 몸속에서 빠져나온 할아버지의 영혼이 아키라를 보고 있을지도 모른다고 생각했기 때문이다. 그런 일이 있을 리 없다고 머리로는 이해해도 그렇게 믿고 싶었다.

"할아버지." 아키라는 허공을 향해 중얼거렸다. "지금까지 고마웠어요. 정말, 정말 고마웠어요."

아키라는 옆에서 마찬가지로 창백한 얼굴로 할 말을 잃고 할아버지를 바라보는 료마는 거들떠보지도 않고 목이 터져라 울었다.

2

장례식은 성대하게 치러졌다.

국회의원, 유명한 대기업 사장, 회사 간부와 수많은 사원들. 생전에 할아버지와 친분이 있었던 사람들이 대거 참석한 장례식은 조문객이 무려 800명이 넘었다.

하지만 아키라는 안다. 이렇게 성대한 장례식은 솔직히 할아버지의 취향이 아니다. 만약 할아버지의 영혼이 여기 있다면 "허례허식뿐인 이런 장례식은 시시한데, 별수 없군" 하고 제단 위에서 어처구니없어할 게 틀림없다.

눈물은 더 이상 흘리지 않았다.

장례식이 끝나고 출관할 때는 아키라가 영정사진을 들었다. 화장터에서 기다리는 동안에도, 유골을 수습할 때도, 아키라는 줄곧 마음과 상관없는 곳에서 시간이 흘러가는 비현실적인 감각에 사로잡혀 있었다. 그것이 슬픔 때문인지, 비일상적인 위화감 때문인지는 모르겠다.

어쨌거나 그렇게 가족을 잃은 뒤의 어수선한 절차들이 끝나고 할아버지에게 이별을 고하는 하루는 '순조롭게' 지나갔다. 그리고 아무 일 없이 엄숙히 진행된 장례식이 끝나고, 귀찮은 문제가 생겼다.

아까부터 안방에서 아버지와 두 삼촌들의 말소리가 들려왔다.

아키라의 친가가 경영하는 사업은 과거 도카이해운이라는 하나의 회사로 존재했다. 그랬는데 지금으로부터 약 5년 전, 할아버지의 제안으로 상사 부문을 도카이상회, 관광 부문을 도카이관광으로 분리했다.

첫째인 아버지가 경영하는 도카이해운, 둘째인 스스무 삼촌이 경영하는 도카이상회, 막내인 다카시 삼촌이 경영하는 도카이관광. 이 세 회사가 서로 동등한 존재로 도카이해운 그룹이라는 어중간한 사업체를 형성하고 있는 것이다. 그런 이유로 삼촌들은 자기 사업에 바빠서 아버지와도, 그리고 아키라와도 거의 얼굴을 마주하는 일이 없었다. 그런데 할아버지의 장례식을 계기로, 아니, 터놓고 말해 상속을 계기로 요즘 빈번하게 이야기를 나누게 되었다.

"형, 그건 아니지."

따로 떨어진 거실에 있던 아키라의 귀에 흥분한 다카시 삼촌의 목소리가 들렸다. 날카로운 그 목소리에 깜짝 놀라 고개를 들어 어머니를 보았다. 동생 료마도 눈을 둥그렇게 떴지만 아버지와 삼촌들의 격한 대화를 들은 건 그때가 처음이 아니었다.

할아버지가 세상을 떠나고 몇 달이 지났다. 누가 무엇을 상속할지에 대한 의논이 난항을 겪은 것은 조금이라도 유리하게 상속을 진행해 자기 사업의 거름으로 삼고 싶다는 삼촌들의 생각 때문이었다.

어째서 저렇게 옥신각신하는 걸까…….

"모든 회사가 다 잘 굴러가고 있는 게 아니니까요." 운전사 도쿠야마는 그렇게 표현했다.

어머니 앞에서는 말수가 적은 도쿠야마지만 아키라와 둘만 있을 때는 여러 이야기를 들려주었다. 삼촌들 회사의 실적에 대해 아버지는 아키라와 료마 형제에게는 물론이고 아마 어머니에게도 자세히 설명하지 않았을 것이다. 도쿠야마는 아버지에게 듣지 않아도 도카 이해운 사원이라 이래저래 주워듣다 보니 사정에 밝았다.

"어디가 잘 안 굴러가는데? 상회? 아니면 관광 쪽?"

가이도가에서는 각각의 회사 이름을 줄여서 '상회' '관광'이라고 불렀다.

"뭐, 둘 다일까요." 아키라를 태우고 운전하는 도쿠야마는 핸들을 쥐고 태평한 목소리로 말했다. "대기업도 고전하는 세상이니 섬유 전문 상사는 꽤 어렵지요. 게다가 관광은 원래 과당경쟁으로 박리다 매 사업이니까요."

둘 다 본업의 부진을 어떻게든 메우려고 신규 사업 개척에 매진 하고 있지만 그게 마음대로 풀리지 않는 것 같았다.

"상회는 이름을 알리려고 시작한 슈퍼마켓 사업이 영 안 되는 모 양이에요. 관광은 최근에 동업 여행사를 매수했는데 그게 예상보다 더 안 좋았던 것 같더군요. 두 회사 다 적자 아니면 수지가 제로라는 것 같아요."

그런데도 도쿠야마의 말에 긴장감이 없는 이유는 모회사인 도카 이해운의 실적이 좋기 때문이다. 도쿠야마 입장에서는 다른 회사야 어찌 되었든 아키라의 아버지가 경영하는 회사만 잘 되면 일자리를 잃을 걱정도 없으니 태평한 것이다.

"하지만 그건 삼촌들 책임이잖아. 그게 왜 상속 문제로 다투는 이 유가 돼?"

"요컨대 돈을 탐내는 거예요." 도쿠야마의 이야기는 실로 흥미로 웠다. "상속 대상에는 회장님이 소유하셨던 그룹회사 주식도 있거든요. 주식도 상속세로는 현금이나 마찬가지로 가치가 있다고 보는데, 그런 건 받아도 쓸모가 없어요. 그래서 두 사람 다 자기가 경영하는 회사 이외의 주식은 사장님에게 양보하고, 그만큼 현금을 달라고 말씀하시는 거지요. 하지만 그러면 주식을 잔뜩 받은 사장님은 거기에 대한 상속세를 현금으로 내야 한답니다. 뭐, 도카이해운 주식이 회장님에게서 사장님에게로 그대로 넘어가는 건 경영에서는 바람직한 일이긴 하지만요."

"삼촌들한테 돈이 필요하면 도카이해운이 빌려줘서 도와줄 순 없는 거야?"

"사장님은 그러긴 싫으신 거예요." 도쿠야마가 말했다. "애초에 돌아가신 회장님은 가족이든 뭐든 합당하지 않은 이유로는 절대 돈을 빌려주지 않는 분이셨으니까요. 여차할 때 도움을 받을 수 있다는 안일한 생각으로는 경영을 할 수 없다고 생각하셨죠. 옳은 생각이에요. 유통 사업도 새로운 선박 취항도 스스무 사장님과 다카시 사장님이 각자 고민해서 시작한 일이지요. 그러니 그게 궤도를 타지 못해도 회장님은 절대 도와주겠다고 말씀하지 않으셨어요. 두 사람 다 그게 마음에 들지 않았던 거지요. 상회나 관광 사원들 중에는 회장님이 돌아가셨으니 사업을 정리할 기회라고 말하는 괘씸한 자도 있다고 합니다."

할아버지의 죽음이 기회?

아키라는 분노를 느꼈다. 그런 말을 하는 작자는 사람의 목숨보다 돈이 귀하다고 생각하는 게 분명하다.

"아키라 도련님." 도쿠야마는 굳이 모자를 벗고 하얀 장갑을 낀 오른손으로 듬성해진 머리를 문질렀다. "너무 신경 쓰지 마세요."

목적지 역이 보였다. 도쿠야마는 로터리로 핸들을 꺾어 역 건물로 이어지는 횡단보도 근처에서 조용히 브레이크를 밟았다.

3

"빨리 먹으렴. 또 삼촌들이 오실 거야." 어머니는 식탁에 접시를 내려놓으며 말했다.

"아직 6시인데."

료마가 투덜거렸지만 어머니의 싸늘한 시선에 목소리가 힘없이 수그러들었다. 어젯밤 늦게까지 의논했지만 결론이 나지 않아 오늘 밤 각자 변호사를 대동해 다시 의논하기로 했던 것이다.

일찌감치 식사를 마치고 방으로 돌아가려던 아키라는 아버지의 서재 앞에서 문득 걸음을 멈추었다. 정원을 바라보는 그 방에 아버지가 있었다. 아키라의 발길을 붙잡은 것은 팔걸이의자에 앉아 홀로 창밖 풍경을 바라보는 그 모습이 유난히 지쳐 보였기 때문이다.

활짝 열린 창문으로 여름의 저녁 햇빛이 비쳐들었다. 의자에 앉아 다리를 꼬고 오른손에 턱을 괴고 있는 아버지의 모습은 마치 조각상 같았다.

"아키라니?"

얼마나 그러고 있었을까, 아버지 가이도 가즈마는 복도에서 자기를 쳐다보는 아들의 존재를 깨닫고 말했다. 들어오라고 말하는 것 같아 방으로 들어가자 아버지는 말없이 눈앞에 있는 또 하나의 의자를 가리켰다.

의자 위에 놓여 있던 경영학 책을 치우고 앉자 아버지는 어딘가 울적한 눈빛으로 아들을 보며 "난처하구나"라고 중얼거려 아키라를 깜짝 놀라게 했다. 지금까지 아키라는 아버지가 그런 말을 하는 걸 들어본 적이 없었다. 강인한 정신력을 가진 아버지는 결코 약한 소리를 하는 남자가 아니었다. 언제나 회사 일만 생각하고 아침부터 밤까지 일에 몰두했다. 사실은 다정한 구석도 있지만 주위에는 늘 강한 모습만 보였던 아버지다. 그런데 지금 눈앞에 있는 아버지는 분명 고민하고 망설이고 있었다.

"상속 때문에요?"

"난 사장이 되고 10년 동안 도카이해운을 내 힘으로 끌어왔다고 생각했는데, 아무래도 착각이었나 보다. 아버지의 존재가 이렇게 컸다니…… 돌아가시고 나서야 비로소 그 위대함을 깨달았구나." 자조 어린 투로 말한 아버지는 정원으로 시선을 던졌다. "나는 그 두 사람의 요구를 받아들일까 한다."

그 말에 아키라는 눈을 번쩍 떴다.

아버지가 말을 이었다. "도카이해운의 주식은 내가 상속하고, 각각의 회사 주식은 각각의 사장들이 상속할 거야. 그렇다고 해도 '상회' '관광' 둘 다 실적이 좋지 않으니 그 주식을 상속해도 세금은 별로 들지 않겠지. 도카이해운 주식은 다르지만. 평가 차액은 금융자산으로 메워야지."

"하지만 그러면 상속세를 내기 힘든 것 아니에요?"

아버지는 한숨을 작게 내쉬며 답했다. "앞일을 생각하면 내가 주식을 상속하는 건 잘못된 판단은 아니야. 지금 삼촌들에게 도카이해운 주식을 나눠주면 도카이해운 주주가 분산되어서 지금이야 어쨌든 너희 세대로 귀찮은 문제를 미루는 꼴이 될 게다. 지금 우리 실적은 호조야. 그러니 세금 부담을 내가 맡아서 끝낼 수 있다면 그걸로 끝내고 싶구나. 이런 일로 오래 다툴 수는 없으니까. 그런 건 할아버지도 바라지 않으실 거야."

아버지의 이야기는 아키라 또한 이 도카이해운이라는 회사의 경영을 맡아 휩쓸릴 운명을 받아들인다는 것을 전제로 하고 있다. 아키라는 그것이 마음에 들지 않았다.

"제 생각은 안 하셔도 돼요. 알아서 할 테니까."

아버지는 아키라의 냉담한 대답을 가만히 듣고 있다가 대꾸했다.

"그래. 그렇구나. 하지만 나는 지금 내가 옳다고 생각하는 일을 하고 싶구나. 20년 뒤에 그것이 과연 옳았는지는 그때가 되어봐야 알겠지만."

"아버지가 양보하면 상속 문제는 해결되는 거예요?"

"아마도." 아버지는 조용히 대답했다. "다만 일방적으로 타협할 생각은 없다. 그래서는 스스무나 다카시에게도 좋지 않아. 본래 상속 문제와 회사 경영은 다른 이야기란다. 삼촌들의 회사 경영에 문제가 있다고 해서 그걸 상속 조건에 끌고 오다니 잘한 일은 아니야."

하지만 아버지의 말투는 그것에 대해 화를 내는 게 아니라 깨달음이라도 얻은 것처럼 담담했다. 한껏 옥신각신했지만 이미 마음을 굳혔다는 표정이었다. 아버지가 거기까지 양보하면 간단히 타협될

줄 알았는데, 그날 밤 가이도가에 모인 삼촌과 숙모, 그리고 변호사까지 참석한 논의는 12시가 넘도록 끝나지 않았다.

아버지의 예상을 벗어난 분쟁 요인이 있었기 때문이다. 삼촌들뿐만 아니라 숙모들도 참전한 것이다. 원래대로라면 아버지의 양보를 받아들였을지 모를 삼촌들도 숙모들의 부채질로 그만 고집을 부리기 시작했다. 예상외로 이야기가 복잡해졌다는 것은 때때로 방에서 흘러나오는 어머니의 날카로운 태도로 알 수 있었다.

"정말 탐욕스러운 사람들이야." 어머니는 그렇게 말하며 새 유리잔에 음료수를 담아 다시 방으로 돌아갔다.

격앙된 목소리를 내는 사람은 대개 다카시 삼촌이었지만 그날은 학구파로 얌전한 인상의 스스무 삼촌도 그랬다. 누군가가 이야기하면 다른 목소리가 끼어들고, 누군가가 그것을 비난하듯 따진다. 반론하는 사람이 있고, 변호사로 추정되는 차분하고 굵은 목소리가 끼어든다.

아키라는 오가는 이야기의 내용까지는 알 수 없었다. 회사, 경영, 주식, 권리. 하나하나의 단어는 고요한 밤에 산산조각으로 흩어진 파편처럼 아키라의 발밑에 날아왔지만 의미를 갖지 못했다.

이튿날 아침, 아침을 먹으려고 주방으로 내려간 아키라에게 어머니는 피로와 분노가 묻어나는 얼굴로 말했다. "사람들이 어쩜 그럴 수가 있는지."

아무래도 어젯밤 회의도 중간에 결렬된 모양이다.

"현금도 갖고 싶다, 자기들 회사 주식이 아니라 우리, 그러니까 도카이해운 주식도 일부 갖고 싶다, 하지만 가급적 상속세는 내고 싶지 않다니, 기가 막히는구나." 어머니는 화가 치민다는 듯 말하더니 이어서 삼촌들을 신랄하게 평가했다. "그런 사람들이 우리 주식을 갖다니 말도 안 돼. 스스무 도련님은 학자 같아서 경영자 행세는 하고 있지만 딱딱하기만 해서 빗자루 같지. 다카시 도련님은 젊었을 때부터 놀 줄만 알지 공부는 영 아니었어. 둘 다 경영자 타입은 아니야."

자기는 제대로 일해본 적도 없는 전형적인 유한마담이라는 사실은 제쳐둔 신랄한 분석이다. 웃음이 나온 것은 저마다 묘하게 맞는 말이었기 때문이다.

"그래서 아버지는 뭐라고 하셨어요?"

"도카이해운 주식은 못 준다고 하셨어. 그 두 사람이 경영에 참견하면 될 일도 안 될 테니 당연하지. 그나저나 삼촌들은 대체 뭘 믿고 저러는 걸까?"

화가 난다고 아이에게 그런 이야기를 하는 어머니의 부족한 인성은 그렇다 치고 애초에 이런 불화를 할아버지가 기뻐할 리 없다. 아키라는 돈을 둘러싼 친족 사이의 추악한 싸움이 그저 혐오스러울 뿐이었다.

4

"아키라, 잠깐 들어간다."

그리고 얼마 지난 어느 일요일 오후, 거실에서 책을 읽고 있던 아키라는 갑작스러운 부름에 고개를 들었다. 비쩍 마른 스스무 삼촌이 숙모와 함께 거실로 들어오더니 맞은편 소파에 털썩 앉아 아키라에게 물었다.

"학교생활은 어때?"

2층에서 친족 회의가 있다는 말은 들었다. 스스무 삼촌은 조금 일찍 도착한 것 같았다.

"그럭저럭."

학자 타입의 삼촌은 "열심히 공부해라"라고 뻔한 소리를 하고 가정부 하쓰에 씨가 내준 차를 인사 한마디 없이 받아 마셨다. 하쓰에 씨는 가이도가에서 일하는 가정부로 올해 쉰다섯 살이다. 언제나 활기차고 유쾌한 사람이지만 이때는 삼촌 내외에게 차를 내주고는 스스무 삼촌과 한마디도 나누지 않고 거실에서 나가버렸다. 어머니의 영향인지 하쓰에 씨도 삼촌들에게 좋은 감정이 없다는 건 분위기로 알 수 있었다.

"삼촌이야말로 회사는 어때요?"

아키라가 조금 심술궂은 마음으로 묻자 스스무 삼촌은 대답하기 전에 말없이 차를 한 모금 마셨다.

"그럭저럭."

"그런데 왜 계속 싸우는 거예요?"

점잔을 빼며 차를 마시던 숙모의 얼굴이 굳어졌다. 얼굴에서 손님의 가면이 싹 벗겨진 스스무 삼촌은 그 밑의 추악한 본성을 드러내더니 아키라를 노려보았다.

"누가 무슨 소리라도 했어?"

"아뇨." 아키라는 태연하게 넘겼다. "다들 순조롭다면 싸울 리 없으니까요."

"순조롭건 말건 정당한 권리를 주장하는 건 당연하지 않겠어?"

스스무 삼촌은 애써 태연한 목소리를 내려고 했지만 눈동자에는 작은 분노의 불길이 일렁거리고 있었다. 하지만 아키라도 삼촌에 대한 증오심이 있어 괜한 말인 줄 알면서도 한마디 더하기로 했다.

"사원한테 들었는데 유통 사업이 어렵다면서요?"

"뭐라고?" 스스무의 안색이 변했다.

"이것저것 얘기해주는 사람이 있거든요. 내가 부탁한 것도 아닌데. 순조롭다면 다행이지만 그런 문제가 있으면 그걸 바탕으로 이러쿵저러쿵할 테니 삼촌도 힘들겠어요."

아키라는 짓궂은 소리를 하며 머리만 꽉 찬 지식인처럼 가운뎃손가락으로 안경을 올리는 삼촌을 쳐다보았다. 삼촌의 자존심이 크게 상처 입은 건 확실했다. 숙모도 딱딱한 여교사 같은 눈으로 아키라를 보고 있다.

"넌 모르겠지만 경제는 살아 있어. 장사 환경이 상황을 크게 좌우하지. 장사를 하다 보면 그런 행운이나 불운 때문에 예측이 어긋나. 그건 어쩔 수 없는 일인데도 모든 책임을 경영자가 져야 하지. 너도 기억해둬라. 남 일이 아니니까."

"사장이니까 책임을 지는 게 당연한 것 아니에요?" 아키라의 한마디에 삼촌의 분노가 더욱 고조된 게 보였다. "누군가가 책임을 져야 한다면 사장이 질 수밖에 없잖아요."

"넌 아버지를 쏙 빼닮았구나." 스스무 삼촌이 혐오감을 드러내며 말했다.

"그런 건 상식이에요."

분노로 창백해진 숙모가 스스무 삼촌을 힐끗 쳐다봤다. 삼촌은 얄밉다는 듯 아키라를 노려봤지만 이윽고 어깨 힘을 풀고 차를 마셨다.

"상식이라, 언제까지 그런 말을 할 수 있을까?"

사장이 되어보면 안다고 말하고 싶은 것이리라. 그렇게 생각한 아키라에게 삼촌이 뜻밖의 말을 했다.

"네 아버지는 경기는 상관없다는 딱딱한 생각을 갖고 있어. 경영으로 어떻게든 된다며 물러서지 않지. 그래서 우리 슈퍼는 네 아버지에게 넘기게 될 것 같다. 남을 비난하기는 쉽지만 그게 얼마나 현실과 동떨어진 의견인지 이제 곧 알게 될 거야. 너도 아마 그때는 생각이 바뀔 거다. 그렇지?"

숙모에게 동의를 구한 삼촌은 아키라에게서 고개를 돌린 채로 차를 홀짝거렸다. 이번에는 아키라의 얼굴이 굳을 차례였다. 자세한 사정은 모르겠지만 삼촌들은 상속 다툼에 원래는 상관없는 관련 회사까지 거래 도구로 끌어들인 것이다.

"그리고 한 가지 충고하마." 스스무 삼촌은 싸늘한 표정으로 말했다. "지금 그런 이야기, 다카시 삼촌한테는 하지 않는 게 좋을 거다. 그쪽은 성미가 급하니 한 대 맞아도 몰라."

"아, 그래요." 아키라도 싸늘하게 맞받아쳤다. "조심할게요. 세상엔 자기한테 거북한 문제를 지적하면 화를 내는 사람이 있으니까."

삼촌이 분노로 창백해지고 숙모가 도끼눈을 떴다. 하지만 또 무슨 소리를 듣기 전에 아키라는 무릎 위에 내려놓았던 책을 덮고 재빨리 거실에서 나왔다.

이튿날 아침 어머니에게 들은 이야기로는 그날 가이도가의 상속 문제는 큰 틀에서 가닥이 잡혔다고 했다. 아버지는 도카이해운 주식을, 그리고 삼촌들은 자기들이 경영하는 회사의 주식 외에 예금이나 채권 같은 금융자산을 넉넉하게 상속하게 되었다는 것이다.

하지만 그게 전부가 아니었다.

"정말 삼촌들 욕심에는 정나미가 떨어지는구나." 어머니가 넌더리가 난다는 듯이 말했다.

아버지는 두 동생이 이 재산 분배를 받아들이도록 각자 끌어안고 있던 적자 사업을 도카이해운에서 인수하겠다는 조건을 내세웠다. 그렇게 함으로써 두 사람은 만성적인 적자에서 해방되고 거액의 초기 투자비를 회수할 수 있다. 결과적으로 삼촌들은 계획 이상의 돈을 거머쥐는 데 성공한 것이다.

"어쨌거나 정리됐으면 좋은 것 아니에요? 아버지도 그래도 된다고 생각했으니 찬성한 거잖아요."

"말도 안 돼." 어머니는 화가 나서 말했다. "삼촌들이 시작한 적자 사업을 사는 거야. 기가 막혀. 그런 적자 사업에 가치가 있을 것 같니? 게다가 한껏 값을 높여서 흥정하려 들더구나. 정말 뻔뻔하기 짝이 없어."

스스무 삼촌의 어딘가 사람을 업신여기는 표정이 아키라의 머릿속에 떠올랐다.

"아버지라면 분명 어떻게든 할 거예요."

어머니는 신기한 사람이라도 보듯이 아키라를 쳐다보았다. "어머나, 어지간히 아빠 편을 드는구나. 평소에는 인정하지 않으면서."

가이도가에서 어머니는 아버지를 '아빠'라고 부르지만 아키라 형제는 '아버지'라고 불렀다. 원래 '아빠'라고 불렀지만 고등학교에 들어가면서 부끄러워져서 호칭을 바꾼 것이다.

"그런 게 아니에요."

그저 아버지가 삼촌들에게 지는 게 싫을 뿐. 할아버지의 죽음을 이용하는 사람들에게 본때를 보여주고 싶은 마음뿐이었다.

"하지만 솔직히 아빠도 힘들어. 애초에 그런 사업에 손을 대는 게 무모하단 말이야. 아무리 아빠라도 할 수 있는 일이 있고 못하는 일이 있어."

그렇지만 아버지는 인수했다. 이유가 뭘까?

아키라는 알 수 있었다.

이것은 할아버지를 위한 싸움이기 때문이다. 할아버지는 세 형제 가운데 아버지만 인정하는 구석이 있었다. 할아버지는 아무리 장남이라도 역량이 없는 자에게 회사를 물려줄 정도로 만만한 사람이 아니었다. 아버지를 무턱대고 좋아할 수는 없지만 지금은 아버지의 경영 수완으로 삼촌들에게 본때를 보여주길 바랐다.

"아버지가 어떻게든 하실 거예요. 항상 호언장담하시잖아요."

아키라는 조용히 말하고는 얼른 아침 식사를 마치고 학교에 갔다.

5

할아버지의 상속 문제가 마무리되자 가이도가에는 언뜻 예전과 같은 일상생활이 돌아온 것처럼 보였다. 하지만 그것은 단순히 표면적인 모습에 지나지 않아, 아버지 가즈마가 상속으로 짊어진 짐은 생각보다 무거웠다.

여전히 바쁘게 전국을 돌아다니는 가즈마였지만 가끔 집에 있을 때도 서재에 틀어박히게 되었다. 굳게 닫힌 문 저편에서 아버지가 과연 무슨 생각을 하고 있을지, 당연히 아키라는 상상도 가지 않았다. 하지만 도쿠야마에게 '굉장히 어려운 상황'이라는 이야기는 들었다.

사장님이 이 고비를 극복할 수 있을까, 그렇게 중얼거리는 도쿠야마의 입술이 불안으로 떨리고 있었다. 묻고 싶은 게 많았지만 아버지와 이야기할 기회도 없이 시간만 흘러갔다. 아버지가 먼저 가족에게 일 이야기를 하는 경우는 거의 없었다. 그 문제로 아버지와 어머니가 예전에 이런 대화를 나눈 적이 있었다.

"당신도 일 얘기는 거의 하질 않네. 그런 이야기를 다 해주는 아버지도 있는데. 아이들도 궁금할 것 아니야."

어떤 경위였는지는 모르겠지만 그렇게 물은 어머니에게 일이 일찍 끝나 드물게 집에 있던 아버지는 이렇게 대답했다. "들어서 재미있는 얘기라면 하지."

요컨대 재미가 없으니 들려주지 않는 것뿐이라고 말하고 싶은 듯했다. 아키라는 그건 잘못된 판단이라고 생각했다. 뭐든지 혼자 끌어안고 가족에게 말해도 의미가 없다고 숨겨버린다. 그렇게 행동하니 다가가기 힘든 고고한 존재가 되고 마는 것 아닌가? 아버지의 경영 고민은 아키라가 듣는다고 어떻게 될 문제가 아니겠지만 누군가에게 이야기하면 분명히 마음만은 가벼워질 것이다.

하지만 9월의 어느 날 아침, 드문 일이 벌어졌다.

잠을 못 잤는지 피곤한 얼굴로 나타난 아버지가 식탁에 앉았다.

"아침부터 그렇게 피곤한 얼굴은 안 보여줬으면 좋겠어."

그렇게 말한 어머니에게 "가능하면 나도 보여주기 싫어, 경영상 어려운 문제가 생겨서 정말 골치가 아프군"이라며 드물게 일 이야기를 꺼낸 것은 어지간히 답답했기 때문이리라.

"도카이관광의 불량 자산은 우리 사업에서 활용할 길을 찾아내서 어떻게든 할 거야. 문제는 케이즈푸드야. 이쪽은 무모하다는 말밖에 못하겠어."

케이즈푸드는 스스무 삼촌이 시작했다가 중단될 위기에 처했던 슈퍼마켓이다. 케이즈는 가이도의 K에서 따온 것이다.

"예예." 일 이야기를 해주지 않는다고 비난했던 것도 잊고 어머니는 귀찮다는 듯이 대꾸했다. "그런 사업은 얼른 팔아버려."

"케이즈푸드, 팔 거예요?" 아키라가 물었다.

아버지는 커피 잔을 들던 손길을 멈추고 작게 고개를 저었다. "아니, 팔지 않고 어떻게든 할 수 없을까, 그걸 계속 고민하고 있단다."

"삼촌들한테 놀아난 거야."

"어머니!" 아키라가 타박했다.

"케이즈푸드는 이번 분기에 5억 엔 이상의 적자가 예상된다."

아버지의 한마디에 그때까지 잠자코 듣고 있던 료마도 고개를 들었다.

"대책 없는 출점 계획, 토지도 건물도 전부 자기 자본으로 구입해 거액의 현금을 무의미하게 투자하는 바람에 이러지도 저러지도 못하고, 고객 서비스를 향상한다는 명목으로 불필요한 직원을 잔뜩 끌어안고 있어. 경영 상태는 엉망. 해야 할 일도, 고객이 무엇을 원하는지도 전혀 모르고 있어. 하나부터 열까지 어설프게 경영한 거지."

"썩은 회사네요."

료마로서는 드물게 괜찮은 한마디였다.

"아버지가 사장이 되면 변하는 것 아니에요?" 아키라가 물었다.

케이즈푸드는 상속 때 약속한 대로 도카이해운이 사들여 일단 도카이해운의 임원을 사장으로 앉혔다는 이야기는 들었다.

"안타깝지만 내게는 유통업 노하우가 없단다." 아버지가 스스로 시인했다.

"그럼 누구 잘 아는 사람을 고용하면요?"

"그런 사람은 찾기 어려워. 세상에 인재라고 부를 만한 사람은 사실 별로 없거든. 애초에 그런 재능이 있다면 직접 회사를 경영하고 있겠지."

"그럼 스스무 삼촌은 슈퍼마켓 업계는 잘 알았던 거예요?"

아버지는 고개를 가로저으며 말했다. "아니, 그 대신 슈퍼마켓 전문가라는 사람을 한 명 영입했단다."

"그 사람이 있어도 안 되는 거예요?"

아키라의 질문에 아버지는 뜻밖의 대답을 했다.

"그 사람이 있어서 안 되는 거야. 그는 예전에 어느 슈퍼의 신규 출점 담당자였어. 그래서 그럭저럭 성공을 거둔 인물이지. 하지만 그 당시와 지금은 슈퍼마켓이 처한 환경이 완전히 달라. 그런데 그 사람은 그 환경의 차이에 적응하지 못하고 있어. 왜 그럴 것 같니?"

"사고방식이 굳어서 그렇죠?" 료마가 옆에서 끼어들었다.

"아니야." 아키라가 말했다. "고민하려고 하지 않아서 그렇겠죠."

그때 아버지는 아연한 표정으로 아키라를 쳐다보았다. 과장이 아니라 그 표정에는 놀라움이 묻어 있었다.

"맞아. 고민하려고 하지 않아서 그래. 한 가지 더 말하자면 도전을 하지 않아서 그렇지. 지금까지의 성공에 매달려서 새로운 환경에 도전하려는 기개가 없어. 그래서 아빠는 그 사람을 가장 먼저 해고했다. 스스무 삼촌이 전화하더구나. 왜 그 사람을 잘랐느냐, 미쳤느냐고." 아버지는 그때만큼은 조금 유쾌하다는 듯이 말했다. "그래서 말해줬지, 고민하지 않는 사람은 쓸모가 없다고. 이건 할아버지가 자주 하시던 말씀이기도 한데. 고민하면 어떻게든 된다."

"상황마다 다른 거지."

어머니가 잘난 척 대꾸했지만 아버지는 아무 말도 하지 않았다. 어머니에게 화를 내봤자 소용없기 때문이다.

"하지만 케이즈푸드에도 좋은 점이 있는 것 아니에요?" 아키라는 물어보았다.

"확실히 물류에는 강해. 판매할 제품을 가게에 운반하기까지 일관된 체계는 훌륭해. 그것만큼은 그 전문가의 공적이라고 해도 되겠지. 문제는 따로 있어."

"한 가지 궁금한데요." 아키라는 시점을 바꾸었다. "애초에 슈퍼라는 게 돈이 되는 사업이에요?"

"큰돈은 못 벌어. 박리다매라는 말이 있지? 슈퍼를 위해 존재하는 단어나 다름없단다. 케이즈푸드는 규모가 너무 작아."

"그럼 어떻게 해요? 열심히 해서 키울 거예요?"

아버지는 그 문제를 계속 고민하고 있었는지 한동안 침묵하다가 입을 열었다. "키우는 건 어려워. 그래서 반대로 다른 슈퍼를 사면 어떨까 생각해봤단다. 케이즈푸드 하나로는 작지만, 두 개를 합치면 커진다."

회사를 산다. 그런 아버지의 생각은 솔직히 아키라에게는 일종의 충격이었다. 그리고 동시에 생각했다.

"재미있네요."

그때까지 아키라는 회사의 경영이 그저 딱딱하기만 한 줄 알았다. 하지만 그렇지 않다. 이때 아버지의 발상은 예상을 뛰어넘어 유연하고 자유로웠다.

그 후에 케이즈푸드가 어떻게 되었는지, 아키라는 역시나 운전사 도쿠야마에게 들었다. 가즈마는 케이즈푸드의 모든 비용을 재검토해 불필요한 비용을 극한까지 줄이려 했다.

"사장님은 일단 군더더기를 제거하는 게 중요하다고 생각하셨습니다. 그러면 뭐가 문제인지, 그 문제가 보일 거라고 말씀하셨어요. 요컨대 문제에도 두 종류가 있는데, 간단히 수정할 수 있는 문제와 간단히 수정할 수 없는 문제가 있다고 하시더군요."

그건 이해할 수 있다.

아키라는 할아버지를 따라 어렸을 때부터 골프를 배웠다. 할아버지는 아키라에게 종종 이렇게 말했다. '골프엔 바로 고칠 수 있는 문제와 고칠 수 없는 문제가 있단다.'

코스상에서 고칠 수 있는 문제는 다음 샷에서 개선되지만 고칠 수 없는 버릇이나 나쁜 점은 바로 수정하기 어려워 고치는 데 시간이 걸린다. 그리고 대개 바로 고칠 수 없는 버릇이 그 골퍼의 성장을 판가름하는 포인트가 된다고 했다. 그럴 때 할아버지는 반드시 이런 말을 덧붙였다. '회사도 마찬가지다.'

할아버지에게는 많은 것을 배웠지만 특히 골프를 통해 얻은 교훈은 수도 없이 많다. 지식도 있거니와 정신적인 가르침도 있다. 나쁜 버릇에 대한 이야기는 그런 무수한 가르침 중 하나였다.

도쿠야마의 이야기를 들은 아키라는 어쩌면 자기는 아버지가 달려온 레일 위를 달리고 있는 걸지도 모른다고 생각했다. 할아버지는 흔히 제왕학이라는 말을 입에 담았다. 그 제왕학은 당연히 아버지에게도 전수했을 것이다.

"사장님이 말씀하시길." 도쿠야마가 말을 이었다. "어떤 조치를 하든, 일단 어디가 나쁜지 발견하는 게 급선무고 다음으로 그걸 고칠 수 있는지 없는지 정확히 판단해야 한다고 하셨습니다. 개중에는 고쳐지지 않는 문제도 있다고요."

"고쳐지지 않는 문제?"

"예를 들자면 사풍 같은 거라고 말씀하시더군요."

도쿠야마가 뜻밖의 말을 했다.

"사풍?" 아키라는 생각도 못 한 대답에 어리둥절했다.

"그걸 어떻게 바꿀지 고민하고 계신답니다."

아버지가 고민하는 건 어려운 수학 문제 같은 것일 줄 알았는데 아니었다.

"그런 걸로 고민한다고?"

"고민하신답니다." 도쿠야마는 웃으며 말했다. "그게 회사의 재미 있는 점인데, 뭐라고 할까요. 사원들이 해이하다고 할까, 체념한 상 태라고 하시더군요. 애초에 치열한 박리다매 장사에서 그런 의욕 없 는 태도는 치명적이라고요."

"의욕 없는 사람은 해고하면 될 텐데."

"아키라 도련님, 사장님 생각은 조금 다르답니다." 도쿠야마는 온 화하게 말했다. "사장님은 의욕을 잃을 만한 이유가 있었을 거라고 말씀하셨습니다. 처음에는 의욕이 있었지만 열심히 해도 돈이 벌리 지 않는다거나 노력해도 보상이 없다거나, 다양한 이유가 있었을 거 라고요."

"그럼 아버지는 어떻게 하시겠다는 거야?"

"글쎄요, 어쩌실까요?"

도쿠야마는 중요한 대목에서 고개를 갸웃거렸다.

6

"여, 아키라. 오랜만이다. 어때, 기말시험은 끝났어?" 다카시 삼촌 이 방에 들어오며 말했다. "힘들겠네, 아직도 더 공부해야 하니."

"괜찮아, 아키라는 형을 닮아서 성적이 좋다니까." 스스무 삼촌이 덧붙였다.

"그렇게 따지면 스스무 형도 그렇잖아. 아버지 피를 이어받아 홀

룽하게 놀고 있는 건 나뿐이네."

"웃기는 소리." 스스무 삼촌은 어이없다는 듯이 작게 내뱉었다.
"아버지는 그렇게 보여도 제국대학 출신이야. 본가에서 사립대학에
간 게 몇 년 만이더라?"

친척들 가운데 유일하게 게이오대학을 나온 다카시는 그런 야유
는 개의치도 않고 태연히 반격했다. "학력에 연연하다간 사업이 기
울 거야, 형."

은근히 스스무가 경영하는 도카이상회의 실적 악화를 지적한 것
인데, 아니나 다를까 "그건 너도 마찬가지잖아"라는 영양가 없는 대
화로 변했다.

그날은 가이도가에서 할아버지의 제사가 있어 친척들이 모여 있
었다. 삼촌들은 한발 먼저 왔지만 그렇다고 준비를 도울 생각은 전
혀 없는지 거실 소파에서 쉬고 있었다.

"그러고 보니 아키라, 네 아버지도 경영 수완을 발휘할 때로구
나." 아키라에게 화제를 던진 스스무는 심술궂은 마음이 그대로 드
러난 눈동자를 시커멓게 빛냈다.

원래 집착이 심한 스스무 삼촌이 며칠 전 아키라와의 대화를 잊
었을 리 만무해, 앙갚음하려는 속셈이 뻔히 보였다.

"어디 사는 누구 씨가 시작한 골칫거리 슈퍼 얘기예요?"

그러자 스스무의 눈에 분노가 넘쳤다. "너는 아무래도 착각하는
것 같구나. 뭐, 고등학생이 세상 물정 모르는 건 당연하니 놀랍지도
않지만. 잘 들어, 사업이라는 건 해보기 전에는 모르는 거야. 대형 컨
설팅 회사에 몇 억이나 내고도 결과가 참담해지는 경우는 흔해."

"그러니까 책임을 질 필요도 없다고 말하고 싶은가 봐요?" 아키라는 잔뜩 빈정거리는 투로 말했다.

그 말에 실실거리던 다카시까지 무서운 표정을 지었다. 그 대상에 자기도 포함되어 있다는 것을 깨달았기 때문이다.

"형은 케이즈푸드를 재건하겠다고 단언했어. 너도 기억하지?"

다카시에게 그렇게 말하자 "아아, 그랬지" 하고 크게 끄덕거렸다.

"잘 들어, 아키라. 어차피 너도 언젠가 경영자가 될 테니 좋은 걸 가르쳐주마. 케이즈푸드는 영 손익분기점을 못 넘기고 있는데, 그럴 때는 얼른 매각하든 해서 처분하는 게 옳아. 괜히 붙잡고 이것저것 해봤자 돈만 더 나가지, 성공할 가망이 없어. 그런 의미에서 네 아버지는 조금 고집을 부리는 것 아니냐? 오늘 살짝 조언을 해줄 생각인데."

"패군의 장수가 '패인'을 논하시겠다?"

빈정거리는 아키라에게 두 삼촌은 싸늘한 시선을 던졌다.

"허, 한동안 안 보는 사이에 말발만 늘었구나."

"하지만 아버지는 슈퍼를 팔지 않을 거예요."

갑자기 스스무가 다카시를 돌아보았다. "도모하라를 잘랐더라."

"그래, 그건 들었어. 너무하더군." 다카시가 대답했다.

"도모하라?"

스스무 삼촌이 도모하라 요시아키는 케이즈푸드에 있던 사장이라고 했다.

이윽고 제사가 시작되고 그 후 식사 자리가 이어졌지만 그사이 아키라는 삼촌이나 숙모들과 거의 대화를 나누지 않았다. 겉으로는 평화롭게 지내는 것처럼 보이지만 이곳에는 냉소와 증오가 소용돌이치고 있다. 숙모들의 비밀스러운 눈짓이나 삼촌의 눈매, 가정부들의 어딘가 거북한 태도. 모든 게 엉망이라 불편하기만 했다. 천성이 태평한 동생 료마만 사촌들과 사이좋게 놀고 있었는데, 아키라는 식사를 마치고 술이 돌기 시작하자 자리를 뜰 타이밍을 살폈다.

"그러고 보니 형, 도모하라를 잘랐다면서?" 다카시가 물었다.

가까이에서 듣고 있으려니 자리 분위기가 순식간에 싸늘해지는 게 느껴졌다. 아버지는 손에 들고 있던 와인 잔에서 다카시에게 시선을 돌렸다.

"회사를 위해 어쩔 수 없는 일이었다."

"하지만 다른 슈퍼마켓 전문가도 없잖아?"

"뭐, 그렇지."

그대로 아무 일도 없이 끝날 줄 알았는데 스스무가 괜한 소리를 꺼냈다. "그럼 지리도 모르는 곳에서 안내인도 없이 길을 헤매는 꼴이잖아."

"그럴지도 모르지."

아버지는 태연하게 대꾸하더니 "뭐 어떠냐"라고 대화를 끝내려 했다. 하지만……

"내 생각도 좀 해줘야지, 형." 그렇게 말한 건 다카시였다. 어지간히 술기운이 돌았는지 눈빛이 사나웠다. "도모하라는 내 친구야. 스스무 형이 부탁해서 제발 와달라고 설득했는데, 상황이 안 좋다고 내보내면 내 꼴이 뭐가 돼."

아키라는 아버지와 삼촌들의 대화를 가만히 듣고 있었다. 자리에는 친척들이 많이 모여 있었지만 술이 들어가 시끌벅적했다. 그 한

쪽에서 세 형제가 옥신각신하고 있다. 목소리는 낮았지만 그곳만 따가울 정도로 팽팽하게 긴장된 분위기였다.

"경영은 체면으로 하는 게 아니야. 게다가 넌 케이즈푸드를 어디에 매각할 수밖에 없다고 하지 않았느냐. 그때는 도모하라를 어쩔 셈이었지?"

아픈 곳을 찔린 스스무 삼촌은 고개를 떨구면서도 겨우 반론했다. "매각하더라도 고용은 유지해달라고 말할 셈이었어."

아버지의 옆얼굴에 이기적인 삼촌들에 대한 분노가 서렸다.

"그렇다면 네가 고용해라."

스스무는 그 말을 무시한 채 아버지 쪽으로 몸을 휙 돌렸다. "내 손에서 떠난 회사지만 한마디만 할게. 형은 케이즈푸드의 경영에서 실수하고 있어."

"그래, 그러냐."

아버지는 그렇게만 대답했다. 삼촌과 싸워봤자 소용없다고 생각하는 게 보였다. 자존심이 상했는지 스스무의 표정이 변했다.

"그게 다야?"

삼촌의 고함에 자리가 고요해졌다. 구석에서 벌어지고 있던 형제 간의 다툼을 주위가 깨달은 것이다.

"아버지 제사다. 그런 얘기는 그만두자. 편히 있다 가거라."

아버지는 사람들 앞에서 다투지 않으려고 자리에서 떠나버렸다.

"젠장! 우리 얼굴에 먹칠을 해놓고 미안해하는 기색도 없다니."

도모하라라는 친구의 해고가 어지간히 억울했는지 다카시는 스스무 삼촌의 편을 들었다.

"형도 도모하라를 어떻게 영입했는지 알면서!"

아버지가 자리를 뜨면서 긴장된 분위기는 풀렸지만 스스무와 다카시의 대화에 그 자리에 있는 모든 사람들이 귀를 기울이는 게 느껴졌다.

"당연히 실패할 거야." 스스무가 단언했다. "도모하라가 있어도 제대로 안 풀린 사업인데 아마추어가 성공할 수 있겠어?"

"형은 자기는 뭐든지 할 수 있다고 믿는 구석이 있으니까. 아버지가 말한 제왕학이라는 거지. 나는 고작 가신학家臣學 정도밖에 못 배웠지만."

다카시의 자기 연민에 스스무는 불쾌하기 짝이 없다는 듯 혀를 차더니 옆에서 상황을 지켜보던 아키라에게 시선을 돌렸다.

"너무 깊이 빠져서 이 저택을 빼앗기지 않아야 할 텐데!"

7

그 주 수요일, 아버지와 아키라 두 사람을 태운 자동차가 자택을 나선 건 오전 7시가 되기 전이었다. 평일이라 그런지, 골프를 치러 가기에는 약간 늦은 출발이었다.

두 사람의 골프백을 실은 자동차는 도메이고속도로를 타고 서쪽으로 향했다. 행선지는 시즈오카에 있는 골프장이다. 가슴이 설렜다. 지금 가는 곳은 아버지가 회원권을 가진 골프장 중에서도 단연 최고의 코스다. 하지만 이해할 수 없는 일도 있었다.

아버지가 그 코스에 초대하는 거래처는 정말 중요한 손님뿐이다.

거기에 아키라를 동반한다는 게 애초부터 이상했다. 아버지는 거래처 회식에 어머니를 데리고 가는 경우는 있지만 아이를 일에 끌고 다닌 적은 한 번도 없었기 때문이다. 어쩌면 상대도 골프를 좋아하는 또래 아이를 데려올지도 모른다고 생각했지만, 그렇다면 아버지도 귀띔해주었을 것이다.

정작 아버지는 어젯밤 늦게 귀가해 피로가 풀리지 않았는지 눈을 감고 자리에 몸을 깊이 묻고 있다. 아키라와 둘만 있을 때는 이것저것 떠드는 도쿠야마도 하얀 장갑에 모자를 쓰고 똑바로 앞만 보고 새침하게 핸들을 쥐고 있었다. 도쿠야마와 아버지, 도쿠야마와 아키라, 그렇게 둘씩 있을 때는 잘 떠드는데 셋이 있으니 침묵한다는 것도 이상한 일이다. 하지만 여기서 아키라가 괜한 소리를 하면 도쿠야마의 입장이 나빠질 수도 있으니 조심해야 한다. 도쿠야마는 아키라에게 중요한 정보원이다.

8시가 넘어 도착한 골프장에서 아키라와 아버지를 기다리고 있던 이는 노인과 또 한 사람, 아버지와 비슷한 세대의 남성이었다.

아키라의 눈을 끈 것은 노인이었다. 할아버지와 눈빛이 닮았다. 올곧고 맑은 눈이었다. 전쟁 중에는 작전사령부에 있었다는 할아버지에게는 등에 철심이 박힌 것처럼 강건한 분위기가 있었는데, 이 노인도 마찬가지였다.

"아들 아키라입니다. 이쪽 분은 우에하타 씨야. 그리고 이쪽이 기타무라 씨."

고개를 숙이려는 아키라의 앞에 노인이 조용히 오른손을 내밀었다. 그 오른손을 움켜쥐자 손에서 놀라운 힘이 느껴졌다. 그냥 할아버지라 생각했지만 강인한 체력과 정신력이 전해졌다.

"잘 부탁하마, 아키라 군. 오늘은 기대하고 있으마."

"저야말로 잘 부탁드리겠습니다."

노인에 이어 기타무라라는 남자와도 악수를 했다. 척 보기에도 뚝심이 좋아 보이는 탄탄한 체격의 남자였다. 잘 부탁한다는 말에 힘이 실려 있다. 노인은 어느 회사의 경영자일 테고 기타무라는 아마도 그 회사 사람일 테지만 아버지는 한마디도 설명해주지 않았다. 골프장에서는 직함도 지위도 없이 순수하게 골프를 즐긴다. 그것이 골퍼라는 아버지의 철학 때문이리라.

골프에는 그 사람의 성격이 드러난다. 과거에 할아버지가 아키라에게 숙련된 골퍼는 인생이 묻어난다고 말한 적이 있다.

노인은 시원시원했다. 샷은 호쾌하지 않지만 정확했다. 전략적이다. 그린에서 꼼꼼하게 잔디를 읽는 모습은 한 타라도 낭비하지 않는 성실함과 진지함으로 넘쳤다. 실수를 해도 변명 같은 말은 절대하지 않았다. 아키라는 그것이 이 사람의 골프이자 삶의 방식일 거라고 생각했다.

재미있는 건 노인이 데려온 기타무라 씨의 골프였다. 이쪽은 힘도 있지만 공략이 기발해서 재미있었다. 보통은 노리지 않는 곳에 공을 보내는 식으로 깜짝 놀랄 만한 잔재주를 부려서 즐거움을 주었다.

우에하타라는 노인도 기타무라도, 아키라를 어엿한 골퍼로 대하고 경의를 표해주었다. 코스가 비어 있기도 했지만 전반 9홀을 마쳤을 때 그대로 후반까지 돌지 않겠느냐고 말한 것은 놀랍게도 우에하타 노인이었다.

"우에하타 씨가 괜찮으시다면."

아버지가 동의하자 네 명의 골퍼는 클럽하우스에 들르지 않고 그대로 남은 9홀로 향해 점심 식사도 거른 채 18홀을 끝까지 돌았다.

"아키라 군, 아직 고등학생인데 실력이 굉장하네." 홀아웃을 끝내고 기타무라가 말을 걸어왔다.

"아닙니다. 기타무라 씨야말로 굉장한 골프였어요."

"나도 골프를 좋아하는 아들이 있으면 좋았을 텐데. 너하고 비슷한 또래의 딸 하나뿐인데 피아노하고 테니스에 빠져서 골프는 거들떠보지도 않아."

아키라는 쓴웃음을 지으며 기타무라 씨는 어디에 사느냐고 물어보았다.

"이와타 시내란다. 언제까지 거기 있을 수 있을지는 모르겠다만."

클럽하우스에 있는 식당 창가 자리에 앉자 어른들은 맥주로 건배를 했다. 화제는 오로지 골프 얘기뿐이고 일 이야기는 하지 않는다. 아키라도 이따금 이야기에 끼었다. 분명 접대 골프일 텐데, 아키라만 소외되지 않도록 우에하타도 기타무라도 마음을 써주었다. 네 사람이 좋아하는 골프 이야기를 하면서 화기애애한 시간이 흘러갔다.

이윽고 식후 커피가 나오자 우에하타 노인이 진지하게 말했다. "오늘은 참으로 즐거웠네. 정말 고마웠어."

테이블에 두 손을 짚더니 고개를 숙였다. 기타무라도 우에하타 노인을 따라 인사했고, 아버지가 그런 것처럼 아키라도 "저야말로"라고 인사를 나누었다.

하지만 고개를 든 아키라는 깜짝 놀랐다. 우에하타 노인의 눈에 눈물이 보였기 때문이다. 당황한 아키라에게 노인이 말을 이었다.

"오늘 하루 어울려보니 똑똑히 알겠소. 당신이라면 안심하고 맡길 수 있겠구려. 부디 내 회사를 잘 부탁합니다."

그런 것이었나. 아키라는 놀라서 가즈마를 쳐다보았다.

아버지는 이 노인이 경영하는 회사를 매수하려는 것이다. 그것이 무슨 회사인지, 아키라는 바로 눈치챘다.

슈퍼다.

"고맙습니다. 어떻게든 노력해서 보다 좋은 회사로 만들겠습니다. 기타무라 씨, 잘 부탁합니다."

아버지는 허리를 곧게 펴고 똑바로 우에하타와 기타무라를 바라본 후 깊숙이 고개를 숙였다.

8

아키라가 아버지와 함께 어느 대형 슈퍼의 오픈식에 초청된 것은 그 후로 몇 개월이 지난 겨울이었다. 우에하타가 부디 아키라도 참석해주면 좋겠다고 요청했다는 모양이다.

내빈석에 아버지와 나란히 앉은 아키라는 밝고 투명하지만 어딘가 적적한 겨울 하늘을 올려다보았다. 새로운 슈퍼가 문을 열고 그 그늘에서 하나의 회사명이 매수로 사라진다. 아키라는 그 순간에 함께했던 것이다. 그것은 동시에 케이즈푸드라는 적자 기업에 재생의

문이 열린 순간이라는 것도 아키라는 알고 있었다.

"데일리 키친의 노하우는 훌륭해. 우리는 자금을 내고 데일리가의 노하우를 내는 거야."

아버지가 한 말은 아니지만 그것은 실로 이상적인 조합이었다. 그날 골프에 동석한 기타무라라는 사람이 데일리 키친의 오픈 준비를 지휘하는 책임자라는 이야기는 나중에 들었다. 이와타 시내에 생긴 새 슈퍼도 기타무라의 손을 통한 거라고 했다. 하지만 오랜만의 재회를 기대하고 있던 기타무라의 모습은 축하 행사가 끝나도록 보이지 않았다.

"이와타 지점은 문제없이 운영될 테고 여기까지 왔으니 훌륭하게 성장하겠지. 그래서 새 일을 부탁하려고 기타무라 씨는 센다이로 보냈다."

그때 딸이 한 명 있다는 이야기를 떠올렸다. 아키라와 같은 나이의 고등학교 2학년. 그렇다면 그 딸도 함께 이와타에서 센다이로 이사 갔을까?

축하 행사와 뒤이은 연회가 끝나고 고속도로를 향해 시내를 달리는 자동차 뒷좌석에서 겨울의 따사로운 햇빛이 아버지의 옆얼굴을 비추었다.

"이와타에서 센다이라니 기타무라 씨도 힘들겠네요." 아키라는 말했다. "회사 사정으로 휘두르는 것 같아요."

아버지는 조금 뜨끔한 표정을 지었다.

"기타무라 씨한테도 사정이 있을 텐데." 아키라는 다소 비난을 담아 말했다.

"뭐, 그렇겠지."

아버지는 반론하는 대신 그저 눈을 감고 입을 다물었다. 얼마나 그러고 있었을까, 다시 눈을 뜬 아버지의 얼굴에는 일종의 결의가 서려 있는 것처럼 보였다.

"기타무라 씨도 이해하고 있어. 센다이 출점은 케이즈푸드가 반드시 잡아야 할 중요한 한 걸음이야."

마치 스스로에게 다짐하는 듯한 말이었다.

하지만 바로 그 센다이 출점에 예상하지 못한 장벽이 생겼다.

아키라는 어머니와 하쓰에 씨의 잡담으로 그 사실을 알게 되었다.

"어쩜 그렇게 비열한 짓을 한담."

기가 막힌다는 듯한 어머니의 목소리와 함께 "믿을 수가 없네요"라는 하쓰에 씨의 목소리가 들렸다. 주방 쪽이다.

코트를 벗어 의자 등받이에 걸친 아키라는 냉장고에서 우유를 꺼내며 물었다. "무슨 일이에요?"

"스스무 도련님이 우리 경쟁 업체를 후원하고 있다는구나."

"경쟁 업체를 후원하다니, 무슨 뜻이에요?"

"전에 케이즈푸드에 무슨 아무개라는 다카시 도련님 친구가 있었잖니? 슈퍼 전문가였는데 아빠가 해고한 사람. 그 사람이 센다이에서 새 슈퍼를 열었어."

저도 모르게 마시던 우유를 뿜을 뻔했다.

"왜 하필 센다이예요?"

"내 말이." 어머니가 의미심장하게 말했다. "케이즈푸드에 맞서려는 것 같아. 출점 장소가 가까워서 상권이 겹친다는구나."

아무래도 아버지에게 직접 들었는지 어머니는 상당히 자세히 알고 있었다. 나중에 안 사실이지만 도모하라라는 남자가 설립한 슈퍼의 거대 주주에 도카이상회의 이름이 있었다고 한다. 사전 논의도 없이 갑자기 튀어나온 라이벌의 출현에 케이즈푸드의 계획이 크게 틀어졌다.

아키라는 불현듯 기타무라를 떠올렸다. 전근 명령을 받은 데다 시시한 친족 다툼에 휘말려 고생하고 있다. 그런 의미에서 최대 피해자는 기타무라일지도 모른다.

"그래서 아버지는 그걸 어떻게 하실 거래요?"

"스스무 도련님에게 무슨 속셈이냐고 전화했나 봐."

"그랬더니?"

"다카시 도련님 친구가 어디에 가게를 내든 알 바 아니라고 했다는구나. 시치미도 유분수지."

"둘 다 망하지나 말아야 할 텐데……." 하쓰에가 어두운 표정으로 말했다.

그 문제로 아키라가 아버지와 대화한 것은 그로부터 며칠이 지난 어느 날 밤이었다. 밤 12시가 넘은 시각, 아버지 서재의 불이 복도로 새어나오고 있었다. 노크를 하자 들어오라는 어딘가 멍한 대답이 돌아왔다.

"기타무라 씨 가게가 힘들다고 들었는데."

"엄마가 그러니?" 아버지는 쓴웃음을 흘렸다. "뭐, 그렇게 됐다."

"그래서 아버지 예상은 어때요?"

대답하는 데 몇 초가 걸렸다. 바로 대답하지 못한 것은 아버지 스스로 출점을 미루는 게 낫다고 생각했기 때문 아닐까?

"솔직히 나는 이 업계에서는 아마추어야. 그래서 가능성이 있는지 없는지 직접 분석하지를 못해. 그걸 고민하고 결론을 내는 건 기타무라지."

"기타무라 씨는 뭐래요?"

기타무라의 의견은 어떤지 궁금했다.

"기타무라는 이길 수 있다는구나. 이유는 여러 가지라 생략하겠다만, 나는 그 의견을 믿고 예정대로 가게를 내기로 했다."

"하지만 그건 삼촌들 슈퍼가 진다는 뜻이기도 하잖아요."

그러자 뜻밖이라는 듯이 아버지가 아키라를 쳐다보았다.

"불만이니?"

"설마요." 아키라는 씨익 웃으며 말했다. "박살 내주세요."

9

연말이 정신없이 지나고 새해가 밝았다.

스스무 삼촌이 신년 행사로 가이도가에 찾아온 것은 정월 둘째 날이었다. 어머니는 상속 싸움에 슈퍼 출자 건도 있으니 올해는 찾아올 낯짝이 없지 않겠느냐고 했지만 천만에, 삼촌은 평소처럼 뻔뻔하게 가이도가에 나타났다.

형식적인 인사와 할아버지의 불단에 향을 올린 삼촌은 새해 손님들을 위해 세팅해둔 응접실에서 술을 마시기 시작했다.

"무슨 정신이람."

화가 난 어머니에게 아버지는 "불단에 기도라도 하고 싶었던 거겠지, 어때서 그래"라고 너그럽게 받아들였다.

정월 둘째 날에 사원들과 거래처가 신년 인사를 오는 것은 가이도가의 전통이다. 점심이 지났을 즈음, 기타무라가 선물꾸러미를 들고 나타났다. 정월 연휴를 맞아 센다이의 사택에서 나카노에 있는 자택으로 가족끼리 돌아왔다고 했다.

"스스무, 소개하마. 케이즈푸드의 기타무라 씨야. 지금 센다이 신규 출점을 담당해주고 있다."

아버지가 소개하자 지인들과 담소를 나누고 있던 스스무가 자리에서 일어나 신년 도장을 찍은 명함을 주머니에서 꺼내 한 손으로 쑥 내밀었다.

"예예, 소문은 많이 들었습니다."

쌀쌀맞은 태도다. 케이즈푸드라는 말만 듣고도 스스무 삼촌은 기타무라를 눈엣가시로 분류한 게 틀림없다.

"데일리 키친에 계셨다고요. 그럼 혹시 도모하라 요시아키라고 아십니까?" 스스무는 그렇게 묻고는 손목시계를 힐끗 보았다. "초대했으니 곧 올 텐데."

"예, 업계에서는 유명한 분이니까요."

그렇게 대답한 기타무라는 이 상황이 당혹스러운 표정이었다.

몇 백 명이 찾아왔다가 삼삼오오 떠나갔다. 사원도 있고 거래처나 관계자도 있으니 누가 와도 마찬가지지만 이때만큼은 아버지의 눈에서 대번에 빛이 사라졌다.

도모하라는 케이즈푸드에 맞서 가게를 낸 경쟁 업체의 사장이다. 그런 남자를 멋대로 초대하는 스스무의 의도는 심술 그 이상도 이하도 아니었다.

"오, 왔다 왔어."

마침 응접실 입구 근처에 도착한 탄탄한 체격의 남자를 발견한 스스무 삼촌이 손을 들었다. 유난히 느긋한 걸음으로 이쪽으로 걸어오는 남자가 몸에 두른 분위기에는 자신감과 대담함이 공존하고 있었다. 그도 그럴 것이 아무리 스스무 삼촌이 불렀다지만 자기를 해고한 사장의 신년 행사에 당당히 참가할 정도니 보통 뻔뻔한 성격이 아닐 것이다.

"가이도 사장님, 새해 복 많이 받으십시오."

도모하라는 해고당했다는 사실을 전혀 내색하지 않는 웃음을 보였다.

"기운차게 활약하시는 것 같군요."

담담하게 응대한 아버지도 본심을 전혀 드러내지 않았다.

"도모하라 사장, 소개하지. 이쪽이 케이즈푸드 신규 출점을 담당하는 기타무라 씨야."

스스무 삼촌의 소개로 기타무라 역시 웃는 얼굴로 고개를 숙였다.

"센다이 대결이군, 어이, 그렇지?"

스스무의 한마디에 반응한 것은 도모하라였다. 웃음을 일그러뜨리더니 갑자기 진지한 얼굴로 말했다. "아실지 모르지만 저는 바로 얼마 전까지 귀사의 기획 담당 임원이었습니다. 그랬는데 어쩌다 이렇게 친정과 싸우게 되었는지 모르겠습니다, 케이즈푸드 씨."

도모하라는 기타무라를 회사 이름으로 불렀다.

"좋게 봐주십시오."

그렇게 말한 기타무라에게 도모하라는 오만한 미소와 함께 "철저하게 나갈 겁니다"라고 선언했다.

"저로서도 가이도 사장에게 무능하다는 낙인을 받고 케이즈푸드에서 쫓겨났으니 여기서 질 수는 없거든요. 당신도 알겠지요. 어떻습니까, 매수당한 회사를 위해 일하는 기분은."

"저는 제게 주어진 일을 할 뿐입니다."

도모하라는 호전적인 남자였다. 하지만 기타무라는 그 도발에 넘어가지 않고 온화한 표정으로 대치하고 있다. 아키라는 그런 기타무라의 태도에 남몰래 감탄하고 호감을 품었다. 경쟁 업체 사장의 무례한 언동에도 자리를 생각해 감정을 드러내지 않는다.

"케이즈푸드는 그 센다이 야마테 지점에 상당히 공을 들이고 있다고 들었는데 괜찮겠어요? 만약 그게 실패하면 꽤 힘들어질 텐데. 당신 책임이 중대하겠네."

"도모하라 씨." 그때 아버지가 슬그머니 끼어들었다. "센다이 진출은 제가 결정한 일입니다. 그것을 위해 최고의 인재를 투입했습니다. 만약 실적이 생각만큼 오르지 않아도 기타무라에게 그 책임을 지울 생각은 없습니다. 책임은 전부 사장인 제가 집니다. 그러니 기타무라에게는 마음껏 해보라고 일러뒀습니다."

아버지가 기타무라에 대한 신뢰를 입에 담을수록 도모하라는 분명 불쾌하게 여길 것이다.

"그거 부럽군요. 하지만 저라면 경영 부진의 책임은 확실하게 질 겁니다. 분명 기타무라 씨도 그 정도 각오는 있겠지요."

"어떻게 될지 볼 만하겠군. 나는 편하게 앉아서 구경이나 하겠어." 스스무 삼촌이 말했다.

"크게 출자해놓고 편한 자리에서 구경이나 하겠다니 여유롭구나, 스스무."

이윽고 반론한 아버지에게 스스무 삼촌의 안색이 바뀌었다.

"슈퍼 진출에는 돈이 드니까요." 도모하라가 당연하다는 투로 말했다. "그 대부분을 차입금이 아니라 자본금으로 메꾼 건 당사의 재무 구조에 크게 기여하는 바가 있지요. 스스무 사장은 그 점을 잘 이해해주셔서 크게 신세를 졌습니다. 덕분에 비싼 간선도로 옆 좋은 땅을 살 수 있었고 건물도 훌륭하게 지었지요. 좋은 인재도 확보했고 댁보다 도심에 가까운 고소득층 주택가 부근의 최적 입지에 가게를 낼 수 있었어요. 최고의 조건을 갖추었습니다."

"일단 출점 위치는 당신 승리야, 도모하라 씨." 속이 후련하다는 듯이 스스무가 말했다.

하지만 아버지는 그런 두 사람의 이야기에 전혀 반응하지 않았다. 오히려 "생각이 완전히 반대로군"이라는 아버지의 냉담한 한마디에 두 사람이 얼굴을 마주 보았다.

"사실 우리는 땅도 건물도 사지 않았어. 땅을 임차해서 주인에게 건물을 지어달라고 한 후 우리가 그곳을 빌리는 형태로 했지. 그편이 빠르게 대처할 수도 있고 초기 투자를 줄일 수 있으니까. 기타무라의 아이디어야."

이겼다는 생각에 당당하던 도모하라의 표정이 얼어붙었다.

아버지는 이어서 말했다. "비용의 차이는 결국 상품의 가격 차이로 나타나지. 최종적으로 그건 체력 차이로 나타날 거요. 지금 확실하게 알았습니다, 도모하라 사장. 당신을 해고한 건 정답이었어요."

도모하라가 숨을 훅 삼켰을 때 뒤에서 실례, 하고 누가 끼어들었다. 새로운 손님이 명함을 들고 아버지 뒤에 서 있었다. 스스무 삼촌이 분노와 모멸감으로 입술을 부들부들 떨고 있었다.

온화한 표정으로 그 모습을 지켜보며 기타무라가 아키라에게 말을 걸었다. "아키라 군, 오픈 행사에 오지 않겠니? 센다이에도 좋은 골프장이 있어. 실은 한 번 더 너하고 라운딩을 하고 싶었거든. 요전의 빚을 갚고 싶구나."

아키라는 씨익 웃으며 끄덕였다. "고맙습니다. 꼭 갈게요. 오픈은 3월이었죠?"

"기다리마."

오른손을 살짝 들어 화답한 기타무라는 응접실에서 아는 사람을 발견했는지 인사를 하러 갔다. 그 뒷모습을 지켜본 아키라는 그대로 방으로 돌아갔지만 방금 전 어른들의 대화가 자꾸 생각나서 치밀어 오르는 웃음을 참을 수가 없었다.

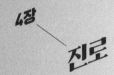

4장
진로

지금 회사도, 아버지도, 그리고 가족도,
길가에 나앉을지 말지 기로에 서 있는 게 아닐까?
중요한 갈림길이다.
도저히 대학 진학을 말할 수 있는 처지가 아니었다.

1

"자."

앞에 앉아 있는 캡슐은 아키라의 얼굴도 제대로 보지 않고 프린트를 내밀었다.

한 장 받고 뒤로 넘겼다. 진로조사표라고 적힌 그 종이를 책상에 펼친 아키라는 뺨 언저리가 굳는 걸 느꼈다.

아버지의 사업 실패로 원하지 않게 이곳 이와타로 온 지 6년의 세월이 지나고 있었다. 지금 아키라는 이곳 공립 고등학교 2학년으로 슬슬 고등학교 졸업 후의 진로를 결정해야 할 시기였다. 종이엔 대학 진학과 취직이라는 두 가지 선택지가 있었는데 대학 진학의 경우 지망 대학을 기입해야 했다. 제출 기한은 일주일 뒤다.

"모두 받았습니까?" 담임교사 무라하시는 교실을 한 바퀴 둘러보며 말했다.

본인도 같은 프린트를 오른손에 들고 있다. 대학교 때 라쿠고부채를 든 이야기꾼이 방석에 앉아 혼자 해학적인 이야기를 풀어나가는 일본의 전통 예능 연구회 소속 이었다는 무라하시의 말투는 마치 라쿠고를 연기하는 것처럼 매끄러웠다.

"그럼 설명할 테니 잘 들으세요. 마침내 여러분도 진로를 결정해야 할 시기가 왔습니다. 알다시피 우리 학교 3학년에게는 진로에 맞춰서 세 개의 코스가 준비되어 있습니다. 국립대학 진학 이과, 문과, 사립 일반입니다. 그리고 만약 취직을 희망할 경우에는……."

설명을 들을 필요도 없었다. 취직 희망자는 일단 사립 일반 코스로 들어간다. 그 코스는 취직반과 낙오한 학생들이 뒤섞인 코스라고 불렸다.

아키라가 다니는 학교는 한 학년이 400명이다. 그중 대부분의 학생이 대학에 진학하고, 취직하는 학생은 열 명도 되지 않는다. 하지만 아키라는 그 소수파 후보였다.

지금은 한숨 돌렸지만 한 번은 파산했던 집이다. 법률상 결론은 났지만 지인이나 친척에게 빌린 돈도 있어, 그런 상대에게 아버지는 월급에서 얼마씩 돈을 갚고 있었다. 아버지는 동네 가전부품 회사에서 일하고 있지만 대단한 급여를 받는 건 아니라서 생계는 당연히 빠듯한 상태였다. 도저히 대학에 진학할 수 있는 상황이 아니다.

"알겠습니까? 대충 쓰면 안 됩니다. 가족하고 잘 의논해서 기한 내에 제출하세요. 3학년 학급 배정도 이 조사표를 바탕으로 나눌 테니 그런 줄 알고, 만약 선생님하고 상담하고 싶은 사람은 언제든지 얘기하세요."

무라하시는 그렇게 말하더니 다음 연락사항으로 넘어갔다. 아키라는 다시 프린트를 뚫어져라 보다가 반으로 접어서 가방에 쑤셔 넣었다.

그날 집으로 돌아온 아키라는 일찌감치 저녁을 먹어치우고 방에 틀어박혀 참고서를 펼쳤다.

다락방을 개조해 만든 세 평 정도 되는 방이었다. 천장은 지붕 경사를 따라 비스듬하게 기울어 있고 창문으로 상점가의 북적거리는 뒷문들이 보인다. 여름에는 덥고 겨울에는 추운 방이지만 아키라는 이 방이 좋았다. 지하루는 2층의 네 평짜리 방을 쓰지만 그쪽보다 이 방이 훨씬 아늑하다. 나만의 성이라는 느낌이 드는 것이다.

참고서 페이지에는 제1차 세계대전 당시의 세계정세가 자세히 적혀 있었지만 아까부터 시선은 자꾸만 같은 자리를 맴돌고 있다. 집중이 되지 않아 아키라는 한숨을 쉬었다.

"진로라."

언젠가 그것을 고민할 날이 올 줄은 알고 있었다.

아키라가 동네에서는 제일가는 공립 고등학교에 입학했을 때 아버지도 어머니도 기뻐해주었다. 아키라도 그것이 기뻤고 지금 학교에 붙은 것이 자랑스러웠다. 하지만 일단 고등학교에 들어가니 그때까지 생각도 하지 않았던 문제가 시야에 들어왔다.

그것이 진로였다.

아키라의 아버지도 어머니도 최종 학력은 고졸이다. 아버지는 동네 회사에 들어가 그곳에서 기술을 배웠고 어머니는 맞선으로 아버지와 결혼할 때까지 사무직으로 일했다. 외삼촌 부부를 포함해 아키라의 주변 사람들은 고학력과 인연이 없었다. 입시나 환산점수 이야기를 해도 못 알아듣는 사람들뿐이다.

"졸업하면 **탄탄한** 곳에 취직해서 독립하거라."

제대로 이야기해본 적은 없지만 그것이 부모님의 속마음일 것이다. 그렇지만 지금까지 아버지도 어머니도 아키라에게 취직하라고 말하기를 망설이고 있었다. 아마 결심이 서지 않았을 것이다. 아키라는 열심히 공부했고 실제로 성적도 좋아서 교사들에게는 상위 대학을 목표로 하라는 말을 듣고 있다. 원래는 기쁜 말이지만 그럴 수 없는 게 야마자키가의 사정이었다.

반대로 아키라도 부모님 눈치를 보느라 하지 못한 말이 있었다.

대학에 보내주세요. 그 한마디다.

참고서에서 고개를 든 아키라는 책상 서랍에서 예전에 학교에서 받은 전단지를 꺼냈다. 고향을 떠나 도쿄에서 하숙하는 학생의 생활을 사례 중심으로 소개한 글이었다. 대학 학생과에서 소개해주는 쪽방 크기의 하숙방이 얼마고, 부모에게 받는 돈이 얼마고, 어떤 아르바이트를 하고 각각의 아르바이트비가 얼마인지, 그런 계산이 알기 쉽게 소개되어 있다.

몇 가지 정보를 배웠다. 육영회뿐만 아니라 대학마다 장학금 제도가 있다는 사실. 사립 수업료는 학교마다 다르지만 연간 약 40만 엔. 큰 금액이지만 가령 기숙하면서 신문 배달을 하면 수업료도 전액 내주고 매달 얼마간의 월급도 받을 수 있다. 이거라면 가계에 부담을 주지도 않을 것이다.

하지만······.

부담을 주지 않으면 그만인 문제도 아니었다. 취직해서 월급의 일부라도 집에 보태는 것과 비교하면 천지 차이다. 지하루 문제도 있다. 지하루는 아직 초등학교 6학년이지만 앞으로 교육비도 더 들 것이다. 부모님에게 이 이상 부담을 줄 수는 없었다. 그때······.

현관 유리문이 열리는 소리와 함께 "다녀왔다" 하는 아버지의 낮은 목소리가 들렸다.

밤 10시다.

1층으로 내려가자 잔업으로 지친 얼굴의 아버지가 늦은 저녁 식사를 들고 있었다.

아버지가 재취직한 전기 부품 회사는 대기업인 다이니치전기의 하청 기업이다. 아버지의 말에 따르면 다이니치전기가 워낙 잘 나가서 그 덕분에 하청 기업도 일거리가 넘친다고 했다. 그것은 다행이지만 덕분에 귀가가 언제나 늦어, 어떨 때는 한밤중에 돌아오는 일도 있었다.

"바쁜 건 좋지만 너무 바쁘기만 하잖아요."

아버지는 그 회사에서 제조부 부장이었다. 부장이라고 해도 사원이 100명도 되지 않는 회사의 부장이니 그리 대단한 것도 아니다. 아는 사람 연줄로 입사하게 되었을 때 그 회사 사장이 "지금까지 사장이었는데 평사원이면 의욕도 나지 않겠지"라며 직함만 준 것이다. 그런 아버지가 지금 식탁에서 심각한 표정으로 젓가락을 놀리고 있었다. 무슨 일이 있다는 건 묻지 않아도 알 수 있었다.

"아버지가 회사를 그만둬야 할지도 모른다는구나."

어머니의 말에 아키라는 깜짝 놀라 아버지를 쳐다보았다.

"하아."

아버지로서는 드물게 거친 목소리였다.

"왜요?"

아버지는 얼굴을 찌푸리며 대답했다. "거래처에서 손해배상을 요구하는구나. 어쩌면 우리 회사가 큰 손해를 볼지도 몰라."

그날 아버지 회사에서 '사건'이 터졌던 것이다.

납품한 부품에 불량품이 있어서 상대가 1억 엔에 가까운 손해를 보았다는 것이다. 그 거래처에서 부품을 제조한 아버지 회사에 손실을 메꾸라고 요구했고, 거래를 담당했던 아버지가 책임을 져야 할 상황이라는 것이었다. 아버지가 전에 경영했던 회사의 사정과 똑같은 이야기에 불길한 예감이 들었다.

"애초에 거래처에서도 검수를 했어. 그건 결국 품질에는 문제가 없었다는 뜻이잖아. 그런데 이제 와서 이쪽 도금 상태가 나빠서 불량이 났다니 말이 되나." 아버지가 분통이 터진다는 듯이 얼굴을 찌푸렸다.

"그렇게 말하면 안 돼요?"

어머니가 묻자 아버지가 억울하다는 듯이 대답했다.

"어쨌거나 전무가 드물게 직접 따온 일이라서. 도금이 어설픈 건 사실이지만 어째서 그렇게 되었는지 원인을 모르겠어. 애초에 수지도 맞지 않는 일을 떠맡은 꼴이었는데, 문제가 생기니 계약을 방패 삼아 무조건 배상하라고 주장하는 거야. 이쪽이 거절하면 재판으로 끌고 가겠다는 말까지 하고 있어."

"계약?" 아키라는 되물었다.

"전무가 맺은 계약인데 그 내용이 말도 안 돼."

전무는 사장의 아들로 약 2년 전에 그때까지 일하던 백화점을 그만두고 입사한 사람이라고 했다. 아무것도 모른다는 게 전무에 대한 아버지의 평가다.

학교를 졸업하고 아버지 회사를 이어받기를 거부하고 백화점에 들어갔지만 그곳 일에 싫증이 나서 지금 회사에 들어왔다. 사장 아들이니 직함은 처음부터 전무. 하지만 들어오자마자 방약무인하게 구는 전무에게 사원들이 휘둘리는 일도 적지 않았다고 한다.

"그래서 아버지가 책임을 져야 해요?" 아키라는 물었다.

"글쎄다." 아버지는 불쾌한 표정으로 대답하더니 그 이상의 질문을 거절하듯 눈앞에 놓인 밥그릇을 들었다.

만약 아버지가 지금 회사를 그만두면 누가 이 집을 지탱할까? 누가 지하루를 학교에 보내줄까?

방으로 돌아와 가방에서 진로조사표를 꺼내 한참 바라보던 아키라는 뜻을 굳히고 '취직' 항목에 동그라미를 쳤다.

2

"야마자키, 나중에 교무실로 오세요."

이튿날, 종례 시간이 끝나고 담임 무라하시가 말했다.

"거기 앉아요."

교무실로 가자 무라하시가 자기 책상 옆에 있던 파이프 의자를 아키라에게 권했다. 담임교사의 책상 위에는 그날 아침 제출한 아키라의 진로조사표가 있었다.

"야마자키는 취직할 생각인가요?"

단도직입적인 질문이었다. 아키라가 "예" 하고 짤막하게 대답하자 무라하시는 바로 질문을 덧붙였다.

"어째서?"

"대학에는 관심이 없어서요." 아키라는 대답했다.

"그럼 뭐에 관심이 있죠?"

"그렇게 물으셔도……." 아키라는 대답이 궁했다. "그걸 취직해서 찾아보려고 합니다."

무라하시는 가만히 아키라를 바라봤다. "정말 그걸로 괜찮습니까?"

"예."

대답은 없었다. 석연치 않은 건지 화가 난 건지 모를 무라하시의 시선을 마주하는 것은 고통스러웠다.

"그런가요. 알겠습니다." 이윽고 무라하시는 그렇게 말하고 진로조사표를 들었다. "됐습니다. 이건 그렇게 받아들이겠습니다."

"고맙습니다."

아키라는 일어나서 고개를 숙였다. 간단한 면담은 그렇게 끝났다.

"일이 커졌어."

그날 밤. 오후 11시가 넘어 귀가한 아버지는 시뻘건 눈으로 천장을 바라보며 가늘고 긴 숨을 토해냈다.

"왜 그래요?" 어머니는 불안을 감추지 못하는 표정이다.

"이번 일이 은행에 알려졌어."

어머니가 깜짝 놀란 듯 눈을 크게 떴다. 아버지의 말에 따르면 다이니치전기의 시즈오카 공장 담당자가 그만 은행에 이야기하고 말았다는 것이다.

"만약 손해배상을 하게 되면 앞으로 돈을 빌려주기 어려울 수도 있다는군."

아버지는 은행에 대한 깊은 불신이 있다. 가와즈에서 공장을 경영했을 때 믿었던 은행에 지원을 거절당한 경험이 있기 때문이다.

"만약 은행이 돈을 빌려주지 않으면 어떻게 되는데요?"

아키라가 묻자 아버지는 입을 굳게 다물었다가 "어디서는 빌려주겠지"라고 체념한 듯 내뱉었다. 근거도 무엇도 없는 말이다.

아버지는 일어나서 주방에 있던 됫병에 든 술을 컵에 가득 따라서 돌아왔다. 아버지가 집에서 술을 마시는 건 드문 일이다. 아버지도 냉정함을 잃고 있는 것 같아 아키라의 불안은 점점 커졌다.

만약 은행이 돈을 빌려주지 않으면 아버지 회사는 도산하는 게 아닐까? 그게 아니더라도 아버지는 책임을 지고 그만두게 될지도 모른다.

"은행은 정말 괘씸해." 아버지는 얄밉다는 듯이 말했다. "나하고 별로 나이 차도 안 나는 지점장이 운전사가 딸린 자동차로 회사에 찾아와서 이러쿵저러쿵 마음대로 떠들더라니까. 대학을 나왔는지 뭔지 모르겠지만 융자 담당하고 찾아와서는 현장 사정은 알지도 못하면서 경영에 참견을 해. 우리를 위한 일이라면서 결국 자기들 생각밖에 안 해. 은행은 그런 곳이야."

아버지의 표정에는 어두운 그늘이 있었다. 어느새 깊어진 얼굴 주름이 나이처럼 깊이 패어 고생한 흔적이 묻어났다.

아키라는 그런 아버지의 옆얼굴을 살피며 남몰래 숨을 삼켰다. 아버지도 나이가 들었구나. 겉모습만 변한 게 아니다. 어렸을 때 아키라가 올려다보았던 아버지는 좀 더 생기가 넘쳤다. 옛날의 아버지는 꿈을 가진 젊은 경영자였다. 하지만 지금의 아버지는 다르다. 기술자의 자존심에 매달리고 있는 고집쟁이 샐러리맨이다.

"여보, 이럴 때 좀 그렇지만 오늘 학교에서 전화가 왔어요. 아키라 진로 때문에."

그때 아버지 이야기를 잠자코 듣고 있던 어머니가 입을 열었다.

갑작스러운 이야기에 아버지는 술잔을 든 채로 말해보라는 듯이 침묵했다.

"취직 진로를 다시 생각해볼 수 없겠느냐고요."

아버지가 아키라를 노려보았다. "취직? 그런 걸 묻더냐?"

"뭐, 진로조사표를 내라기에 취직한다고 써서 냈어요."

담임 무라하시가 전화했다는 사실에 내심 놀라면서도 아키라는 태연한 척했다. 선생님과 면담했을 때 진로 문제는 결론이 났다고 생각했는데, 무라하시는 아키라가 생각했던 것보다 더 신중했다.

"선생님이 아깝다고 하시던데."

아버지는 어머니의 말을 듣고 팔짱을 낀 채로 테이블 위를 뚫어져라 바라보고 있었다.

"아깝다니 뭐가?" 반론한 건 아키라였다. "대학에 가는 게 전부가 아니잖아."

"아키라, 정말 그래도 괜찮겠어?"

"그럼 묻겠는데 만약 내가 대학에 가고 싶다고 하면 보내줄 거야? 그런 여유 없잖아? 그렇게까지 해서 갈 만한 가치가 있다고 생각하지 않아."

아버지가 눈을 감고 생각에 잠겼다.

어머니는 어쩌면 좋을지 모르겠다는 듯이 울적한 표정으로 그런 아버지를 쳐다보기만 할 뿐 아무 대답도 하지 않았다. 껄끄러운 침묵을 참지 못하고 아키라는 자리에서 일어나 방으로 이어지는 계단을 올라갔다.

3

아버지가 드물게 이른 시간에 귀가한 것은 그로부터 며칠이 지난 어느 날 밤이었다.

"오늘은 일찍 왔네요"

아직 식탁에 있던 아키라는 그렇게 말했지만 기운 없이 의자에 걸터앉은 아버지를 보고 입을 다물었다. 또 무슨 일이 있었던 게 분명하다.

"공장이 멈췄어."

아니나 다를까 아버지는 그런 말을 했다.

"왜?"

"부품 문제로 옥신각신하던 수주가 결국 취소됐어. 빨리 손해를 메꾸지 않으면 큰 손실이 날 거야."

아버지의 절박한 표정에서 긴장이 손에 잡히듯 보였다. 아버지 앞에 놓으려던 그릇을 손에 든 채로 어머니가 얼어붙었다.

"회사는 괜찮은 거예요?" 어머니가 물었다.

"모르겠어." 아버지는 힘없이 고개를 저었다. "전체 매출의 1할 정도가 이대로 날아갈지도 몰라."

"매출이 1할 줄면 어떻게 되는데요?" 아키라는 불안해져서 물어보았다.

"적자가 되겠지." 아버지가 말했다.

수주를 전제로 사람을 고용하고 설비에도 투자했다. 그것이 전부 헛일이 된다는 게 아버지의 설명이었다.

"그렇다면 바로 어떻게 되는 건 아니네요."

아키라는 불안을 씻어보려고 그렇게 말했다. 적자가 되는 것과 도산은 다른 문제다. 도산만 피하면 어떻게든 될 터였다.

"그렇게 쉽지가 않아." 하지만 아버지의 의견은 부정적이었다. "적자가 되면 은행이 돈을 빌려주지 않을지도 몰라. 우리처럼 작은 회사는 은행이 융자를 막으면 그것만으로 끝장이야."

"하지만 아버지 회사가 도산하면 은행도 곤란한 것 아니에요?"

"곤란하기는. 담보를 처분해서 대출금을 회수해버리면 바로 끝이야. 은행이란 곳은 어차피 그런 작자들이야." 아버지는 불쾌하다는 듯이 말하고는 혀를 차며 빈정거렸다. "정말이지, 여태까지 하던 대로 했으면 됐을걸. 사장에 반발심이 있었을지도 모르지만 전무도 공을 서둘렀어."

아버지에게는 사장의 아들인 전무의 실수가 잘 보일 것이다. 하지만 그것을 막을 만한 힘이 아버지에게는 없다. 부하로서 그저 방관한 끝에 불량품이나 배상 책임만 지는 손해 보는 역할이다.

그런 아버지의 입장이 아키라는 안타까웠다.

"은행은 안 도와줄 거래요?"

"오늘도 아침 일찍 융자 담당자가 와서 향후 수주 계획이니, 예상 실적이니, 자금 조달이니, 현재 상황을 철저하게 조사해갔어. 여차하면 자금을 회수할 작정이겠지."

하지만······.

현관문이 드르륵 열리며 누가 찾아온 건 마침 아키라가 목욕을 하고 방으로 올라왔을 때였다. 손님을 맞이하러 나간 어머니와 이야기하는 남자의 목소리가 들렸다. 어머니가 아버지에게 뭐라고 말하는 게 들렸다. 밤 9시가 가까운 시간이었다. 누구일까? 이런 시간에.

"아직도 더 물을 게 있어?"

그렇게 대꾸하는 아버지의 짜증스러운 목소리에 아키라는 고개를 들고 귀를 기울였다.

"정말 당신도 끈질기네."

아버지의 목소리에 이번에는 젊은 남자가 "부탁드립니다"라고 대답하는 목소리가 똑똑히 들렸다. 다락방에서 2층으로 내려가자 여동생 지하루도 방에서 나와 1층 상황을 살피고 있었다.

"누구야?"

지하루는 별일도 다 있다는 듯이 고개를 가로저었다. "남자가 와 있어. 회사 사람 아닐까?"

아키라도 함께 계단 밑을 엿보자 한 남자가 거실에 앉아 있는 모습이 보였다. 탁자를 사이에 두고 아버지와 마주 앉은 남자는 번듯한 양복 차림이었고, 옆에는 검은 가방이 놓여 있었다.

"이제 야마자키 씨한테 달렸습니다."

남자의 말에도 아버지는 말이 없었다.

"이대로라면 니시노전업엔 융자를 해주고 싶어도 못 합니다."

니시노전업은 아버지가 다니는 회사다.

"그렇게 말하지 마시오. 융자 여부는 당신들 은행이 정하는 일인데 해주고 싶어도 못 한다는 게 말이 돼?"

"죄송합니다, 은행 내부 사정이 복잡해서. 하지만 저는 니시노전업에 융자를 해드리고 싶습니다." 남자가 호소하듯 아버지를 쳐다보며 말했다.

"그럼 내가 아니라 사장이나 전무한테 물어야지. 나한테 물어서 어쩌려고."

"야마자키 씨가 가장 정확하게 상황을 파악하고 계시니까요."

분명 아버지가 말했던 그 은행원일 것이다. 아무래도 아직 뭔가 궁금한 게 있어서 일부러 집까지 찾아온 것 같았다.

"확실히 이번 수주 감소는 타격이 큽니다. 하지만 제대로 된 재생계획을 만들어 실적을 되살릴 절차만 명확하게 제시하면 지점장을 설득할 수 있을 겁니다."

"지점장은 뭐라던가?"

남자는 고개를 푹 수그리고 우물거렸다. "솔직히 말씀드려 융자에는 소극적입니다."

"그럼 불가능하잖아. 한 번 정하면 움직이지 않는 완고한 사람이라고 들었는데."

"그렇다고 이대로 포기하실 겁니까, 야마자키 씨?"

아버지는 회의적이었지만 남자의 태도는 진지함 그 자체였다.

"전 어떻게든 니시노전업의 힘이 되고 싶습니다. 부탁드립니다."

아버지는 대답하지 않았다. 상대를 뚫어져라 쳐다보기만 할 뿐이었다. 대체 얼마나 그러고 있었을까.

"어이, 구도 씨한테 차 좀 내줘."

남자의 열의가 아버지를 움직인 순간이었다. 긴장이 훅 풀렸는지 "고맙습니다, 사모님" 하고 어머니가 내준 뜨거운 차를 마신 남자, 구도 다케후미는 무릎을 꿇고 앉은 채로 옆에 내려놓았던 가방에서 서류 뭉치를 꺼내 탁자 위에 펼쳤다.

"어이, 편하게 앉아. 웃옷도 벗고. 집 안에서 그렇게 갑갑한 차림을 보면 숨이 막혀."

"죄송합니다, 실례하겠습니다."

구도가 벗은 웃옷을 어머니가 받아서 거실 벽에 걸었다.

"그래서 뭐가 궁금하다는 건가?"

"니시노전업은 제조 비용을 얼마나 절감할 여지가 있는지 상세하게 계산해보고 싶습니다."

"경비 절감 계획이라면 어제 전무가 정리해서 제출했을 텐데."

아버지의 말에 구도가 반대로 "야마자키 씨는 혹시 보셨습니까?" 하고 도발하듯 쳐다보았다.

"아니."

아버지의 대답에 구도가 한 통의 서류를 아버지 앞에 내밀었다.

"이게 전무에게 받은 경비 절감 계획입니다."

말없이 그 서류를 훑어본 아버지는 이윽고 한숨과 함께 그것을 다시 구도에게 돌려주었다.

그런 아버지에게 구도가 단언했다. "이 계획에 적힌 숫자는 솔직히 신빙성이 없습니다. 상황을 무시하고 보기에만 좋은 숫자를 늘어놓은 것에 지나지 않으니까요. 저희도 융자 심사의 프로입니다. 이걸로 지점장을 설득하기란 불가능에 가깝습니다. 제가 원하는 건 니시노전업의 장래를 제대로 예측할 수 있는 진짜 계획입니다."

무거운 침묵이 내려앉았다.

이윽고 아버지가 낮은 목소리로 대답했다. "알았네."

그리고 아버지와 구도 사이에서 아키라는 알아들을 수 없는 대화가 시작되었다.

"야, 가자."

계단에서 몸을 내밀고 아래층을 엿보고 있던 지하루를 불러서 방으로 돌려보내고 아키라도 다락방으로 이어지는 계단을 올라갔다. 이런 시간에 찾아와서 상세한 숫자를 계산해내려는 것이다. 구도의 태도로 봐도 상황이 상당히 위태롭다는 것을 알 수 있었다.

지금 니시노전업이라는 회사도, 아버지도, 그리고 아키라의 가족도, 길가에 나앉을지 말지 기로에 서 있는 게 아닐까?

중요한 갈림길이다. 도저히 대학 진학을 말할 수 있는 처지가 아니었다.

4

"야, 아키라. 너 취직할 거야?"

걸어가면서 그렇게 물은 캡슐은 아키라와 눈도 마주치지 않고 아 득한 도로 저편을 쳐다보고 있었다.

"그렇지 뭐."

학교 교문을 나왔을 때였다.

"왜?"

캡슐의 질문에 어떻게 대답할지 아키라는 고민했다. 동아리 활동 이 끝났는지 자전거를 탄 반 친구들이 우르르 두 사람을 앞질러갔다.

"잘 가."

"또 보자."

둘이서 함께 손을 들어 친구들에게 인사했다. 아키라는 어떻게 설 명할지 고민했다. 아키라의 진심은 캡슐도 알고 있다. 그 마음을 숨 기는 것도 변명하는 것도 의미가 없어, 아키라는 저도 모르게 중얼 거렸다.

"지금 우리 집 힘들어."

캡슐에게서 돌아온 것은 그런 아키라를 배려하는 듯한 조금 무거 운 침묵이었다.

"네가 그렇게 말하니 분명 그렇겠지." 캡슐은 잠시 입을 다물었다 가 하늘을 올려다보았다. "힘들겠구나."

"어쩔 수 없지." 아키라는 말했다. "어느 집이나 사정이 있잖아. 그걸 다 말하다 보면 끝이 없어."

절반은 자기를 타이르는 말이었다.

"그러네."

캡슐은 길게 말하지 않고 아키라와 함께 걸었다. 말이 없어도 캡슐이 진심으로 아키라를 걱정해준다는 건 알고도 남았다. 그런 절친의 존재가 아키라는 고마웠다.

지금 야마자키가 직면한 문제는 절대적인 궁지가 분명했다. 하지만 그 궁지에 아키라가 할 수 있는 일은 아무것도 없다. 다만 마른침을 삼키고 숨을 죽이며 행방을 지켜볼 뿐이다. 그리고 결과를 받아들인다……

서로의 집이 있는 오래된 상점가가 가까워졌다.

"잘 풀리면 좋겠다."

캡슐은 그렇게 한마디 하고는 아키라의 어깨를 툭 치고 집이 있는 이불가게로 들어갔다. 어딘가 쓸쓸한 그 뒷모습이 가게 안으로 사라지는 것을 지켜본 아키라는 한동안 가게 앞에 서서 '미하라침구점'이라는 간판을 올려다보았다.

적적한 상점가의 이불가게다. 그리 장사가 될 리는 없지만 그래도 아들을 대학에 보낼 만한 여유는 있는 게 분명했다.

넌 좋겠다.

간판을 올려다보고 있으려니 서글퍼져서 아키라는 느릿느릿 발길을 돌렸다. 자기가 아무것도 하지 못하는 아이라는 사실이 너무나 속상했다.

지금 아키라의 주위에는 눈에 보이지 않는 유리 벽이 있다. 갑갑하고 잔혹한 벽이다. 밖에서 일어나는 일을 어찌지도 못하고 손가락만 빨며 지켜볼 수밖에 없는 벽이다.

"잘 풀리면 좋겠다라."

방금 전 캡슐이 한 말을 아키라는 소리 내어 말해보았다.

그렇다, 딱 한 가지 할 수 있는 일이 있다면 그것은 기도이리라. 기도로 소원이 이루어진다면 얼마든지 기도하겠다. 하지만 세상에는 기도가 통하지 않는 일이 있다는 것을 아키라는 이미 알고 있다.

단지 현실의 파도에 휩쓸려 흘러갈 수밖에 없는 운명이 있다는 것도 안다. 과연 그 운명은 바꿀 수 있는 걸까? 아니면 아무리 노력해도, 고생해도, 결국 처음부터 정해진 것일까?

아키라는 어느 쪽이 맞는지 알 수 없었다. 오로지 자신의 무력함이 분할 따름이었다.

놀랍게도 그날 밤에 구도가 또 찾아왔다.

오후 9시가 넘어서였다.

아버지는 그 얼마 전에 귀가했지만 구도가 찾아올 줄 처음부터 알았던 것 같다. 어젯밤과 마찬가지로 거실에 들이더니 바로 열띤 대화가 시작되었다. 아키라가 열어둔 다락방 문 너머로 아래층에서 "그 숫자로는 약합니다"라거나 "실현 불가능해요"라는 말이 이따금 들려왔다.

12시가 지났을 때 누군가 다락방 계단을 올라오는 소리가 들리더니 지하루가 고개를 쏙 내밀었다.

"오빠, 아빠하고 저 아저씨 아직도 저러고 있는데 괜찮은 걸까?"

걱정스러운 얼굴로 그렇게 묻는다. 지하루도 나름대로 아버지를 걱정하고 있다.

"괜찮아." 아키라는 지하루가 걱정하지 않도록 일부러 태평한 말투로 대답했다. "그보다 넌 그만 자."

"오빠는?"

아키라가 책상 위에 펼쳐놓은 문제집을 보고 지하루가 물었다. 구도가 찾아온 뒤로 전혀 집중할 수 없었다. 지금 아래층에서 가족의 미래를 좌우할 담판을 벌이고 있는데 공부를 할 기분이 아니었다.

"조금만 더 있다가 잘게."

아키라는 소용없는 줄 알면서도 펼쳐놓았던 수학 문제집을 마주했다. 토론하는 목소리는 점점 커졌고 때로 흥분이 뒤섞여 아키라의 다락방까지 들려왔다. 화장실 때문에 한 번 내려갔을 때 구도와 눈이 마주쳤다. 새벽 1시가 넘었다. 아버지는 등을 돌리고 서류를 들여다보고 있었다.

"밤늦게 미안하구나." 구도가 고개를 숙이며 말했다.

새삼 자세히 보니 20대 초반이 아닐까 싶을 정도로 젊어 보였다. 아키라의 형이라고 해도 통할 나이다.

"저희야말로 신세가 많습니다."

아버지는 아키라와 구도의 대화를 흘려들으며 심각한 표정으로 팔짱을 끼고 있었다.

"역시 안 되나."

아버지가 그런 말을 흘린 것은 아키라가 방으로 돌아가려 할 때였다.

"계약 내용이 너무 나쁩니다." 구도가 말했다. "이 내용으로는 상대만 유리하고 반론의 여지가 없으니까요. 야마자키 씨도 이 계약서를 보셨죠?"

"난 기술자야. 계약서 내용이 좋은지 나쁜지, 그런 것까지는 알 수 없어."

"그런 말은 안 통합니다." 구도가 똑똑히 말했다.

엄격한 말투였다. 아버지는 반론하지 않았다.

"전문이 아니라느니, 계약은 잘 모른다느니, 그런 변명이 통한다면 재판이 왜 필요하겠습니까? 이제 와서 이런 말을 하기는 뭐하지만 너무 허술해요. 아무리 비용 절감 계획을 세워도 회사의 그런 안일한 구석을 박멸하지 않는 한 또 같은 일이 벌어지지 않겠습니까?"

아버지는 질책에 가까운 구도의 말을 가만히 듣고 있었다.

"미안하군." 이윽고 아버지가 작은 목소리로 사과했다. "그 점에 대해서는 사원 교육을 철저히 하도록 사장에게 제안하지. 그러면 융자를 받을 수 있을까?"

잠시 침묵이 내려앉았다. 유리문 너머로 서류를 진지하게 살펴보는 구도의 옆얼굴이 보였다.

"모르겠습니다."

이윽고 그 입에서 기대에서 어긋난 말이 흘러나오자 아버지가 어깨를 축 늘어뜨렸다.

"서류를 이만큼 만들어도 안 되나."

"야마자키 씨." 구도가 탄식 어린 목소리로 말했다. "이 정도 자료는 그리 드문 것도 아닙니다. 단순히 숫자만 맞춘 자료를 만드는 회사도 있지만 애초에 그런 건 논할 가치도 없지요. 저는 이번 불량이니시노 전무의 개인적인 책임이라고도 생각하지 않고, 하물며 야마자키 씨의 관리 실수라고도 생각하지 않습니다. 하지만 세상은 그렇게 생각하지 않겠지요. 야마자키 씨는 우수한 기술자지만 거기에 머물러서는 안 됩니다. 조직을 움직이려면 그 조직의 논리가 있어야 합니다. 니시노 씨 회사에서 그걸 해야 할 사람이 바로 야마자키 씨 아닙니까? 전무에게 맡겼다가 생긴 빚이라고 해도 그걸 갚는 건 결국 사원들입니다. 야마자키 씨는 좀 더 적극적으로 경영에 관여해야 하는 것 아닙니까?"

온화한 말투였지만 구도의 발언은 당당하고 굳건했다.

"난 못해. 일개 고용인이야."

니시노전업은 경영하던 회사가 도산하고 길거리에서 헤매던 아버지를 거둬준 회사다. 사장도, 그 아들인 전무도, 아버지에게는 은인이고 지금 하는 일은 아버지에게 주어진 자비다. 결코 아버지가 굴리는 회사라고 생각하지 않을 것이다.

하지만 그때 바로 구도가 되받아쳤다.

"야마자키 씨는 일개 고용인이 아닙니다. 다들 야마자키 씨를 신뢰하고 따르지 않습니까. 지금 니시노전업은 창업 이래 가장 큰 위기에 처해 있는데 그렇게 한발 물러나 계실 겁니까?" 구도는 예상도 못 한 강한 어조로 말했다. "내일 아침, 아니, 벌써 오늘 아침이군요. 경영회의가 있다고 들었습니다. 거기서 야마자키 씨가 이번 건을 총괄해 문제 제기를 해주실 수 없겠습니까? 사내 체계를 뜯어고쳐야 합니다. 그렇게 보고해주세요. 그게 융자 승인 조건이 될 겁니다."

아버지는 복잡한 얼굴로 팔짱을 꼈다. "그걸 말하면 전무의 얼굴에 먹칠을 하는 꼴이 돼. 이번 일은 내게도 책임이 있고."

"야마자키 씨 한 사람에게 책임을 떠넘기면 해결된다는 겁니까? 그래도 되는 겁니까?" 구도는 덤벼들 기세로 말했다. "그래봤자 아무것도 해결되지 않습니다."

아키라는 몸을 굳히고 귀를 기울였다.

"야마자키 씨." 구도가 몸을 내밀고 차분한 목소리로 말했다. "만약 야마자키 씨가 책임을 지고 사직한다면 저는 이 융자를 결단코 반대할 작정입니다."

"그래……."

아버지의 대답은 그 말을 마지막으로 끊겼다. 책상다리로 앉아 등을 구부린 아버지는 두 손을 무릎 언저리에 얹은 채로 고개를 숙이고 있다. 아키라는 조용히 그 자리에서 물러나 계단을 성큼성큼 올라갔다. 구멍이 뻥 뚫린 마음을 누가 뒤흔드는 기분이었다.

이제 끝났다고 생각했다. 구도의 은행이 돈을 빌려줘도 아버지가 직업을 잃게 될 것은 명백했다. 야마자키가의 생계는 점점 더 빠듯해질 것이다. 도저히 진학 이야기를 꺼낼 상황이 아니다.

'그럼 뭐에 관심이 있죠?'

담임 무라하시와 나누었던 대화가 갑자기 뇌리에 떠올랐다.

뭐든 상관없다. 아키라는 생각했다. 이 집을 살리고 아버지를, 어머니를 편안하게 모실 수 있다면 어떤 일이든 상관없다.

"생활을 위해 일하는 게 뭐가 나빠?" 아키라는 중얼거렸다. "지금 내게 그것 말고 뭐가 있냐고?"

"은행에서 뭐라고 하던가?"

니시노전업 사장 니시노 요시하루는 복잡한 감정이 뒤섞인 눈으로 경리부장을 쳐다보았다.

지금 회사가 처한 궁지에 대한 위기감과 두려움, 이 사태를 초래한 것에 대한 후회와 분노, 절망, 그리고 구제에 대한 기대. 모든 감정이 뒤섞인 가운데 유일하게 결여된 것이 있다면 그것은 반성일지도 모른다.

"지금 구도 씨가 품의서를 작성하고 있다고 들었습니다."

품의서란 일반기업의 기획서에 해당하는 문서라고 보면 된다.

"아직도 그러고 있어?"

억누를 수 없는 짜증을 목소리에 드러낸 건 전무인 니시노 요시나오였다.

사장 요시하루는 올해 69세, 아들 요시나오는 46세로 아직 젊다. 거액의 손해배상을 청구한 이와타전기와의 거래는 작년 요시나오가 독단으로 결정한 일이었다. 이와타 시내에 본사가 있는 상장 기업인 이와타전기는 거래액이 커서 계약이 성사되었을 당시 요시나오는 향후 10년은 수익의 핵심이 될 거라고 으스댔다. 하지만 막상 뚜껑을 열어보니 원가를 안일하게 예측하는 바람에 거래는 적자. 공명심 때문에 아무에게도 의논하지 않고 전부 혼자 추진한 요시나오의 능력 부족이 의도치 않게 드러나는 꼴이 되었다. 거기에 아직도 원인을 알 수 없는 불량이 발생하는 바람에 거액의 손해 배상까지 겹쳤다. 이것도 원래는 이와타전기 내부의 기술적 문제일 가능성이 높은데 요시나오는 그렇게 주장하기는커녕 상대의 요구를 그대로 믿어 반론다운 반론도 하지 않았다.

"요전에 경비 절감 계획을 내라고 해서 냈는데, 대체 은행은 무슨 생각인 거야?"

요시나오가 대충 만든 계획의 신빙성이 낮아서 구도가 고생하고 있는데, 엉뚱한 화풀이를 하고 있다.

"저, 그 건 말입니다만." 야마자키 고조가 손을 들며 발언하자 요시나오가 불쾌한 눈빛으로 쳐다보았다. "구도 씨가 이번 같은 사태를 방지하기 위해 수주 단계까지 포함해서 사내 체계를 개선해서 보고해달라고 요청했습니다."

"야마자키 씨가 그런 말을 할 입장은 아니지." 대번에 고조를 향한 요시나오의 눈에 분노가 서렸다. "애초에 불량은 제조부 책임이야. 제대로 된 제품을 출하했다면 이런 일은 벌어지지 않았을 텐데, 그건 모르는 척하고 회사 탓으로 돌리는 건가?"

요시나오의 말 한마디 한마디가 고조의 가슴을 찔렀다.

"제조부도 사태는 심각하게 받아들이고 있습니다." 고조는 힘겹게 말했다. "이만한 클레임이 발생했는데도 여전히 지적받은 도금 불량의 원인이 어디에 있는지 해명하지 못했습니다. 제조 공정이나 재료, 인원도 포함해 변경된 요소는 없었습니다. 정전, 이물 혼입 외에 생각할 수 있는 모든 가능성을 검토하고 있습니다."

요시나오는 혐오감을 드러내며 고조를 노려보았다. 사장은 눈을 감고 팔짱을 낀 채로 가만히 듣고 있다.

"그래서 뭐야? 제조부에는 책임이 없다는 말인가?"

"아니, 그런 말씀이 아닙니다. 과실이 있다면 당연히 책임을 져야 한다고 생각합니다. 다만 재료가 되는 기반은 이와타전기 쪽에서 지급받은 부품입니다."

그 발언에 회의에 참가한 다른 부장, 과장들이 희미하게 고개를 끄덕거렸다. 드러내놓고 말하지는 않지만 모두 이번 문제를 받아들이지 못하고 있다. 불량이 발생하면 하청 탓, 그것은 발주처인 이와타전기의 횡포가 아닌가?

"그럼 이와타전기에 문제가 있다는 건가?"

"이제 와서 이와타전기의 검증 작업을 문제 삼아도 어쩔 수 없다는 건 잘 압니다. 그러니 이런 일이 앞으로 발생하지 않도록 수주 시 심사 체계나 조건 검토에 사원들이 참여하거나, 테스트 단계 검증을 모두 함께한다거나, 사내 체계를 바꿔야 하지 않겠습니까?"

"요컨대 내가 혼자 수주한 게 잘못이라고 말하고 싶은 거로군."

"아니, 잘못이라고 말하는 게 아닙니다. 이번 일을 밑거름 삼아 새로운 행동 지침을 만들어야 한다는 말씀을 드리는 겁니다. 초안을 만들어봤으니 검토해주시겠습니까?"

구도와 둘이서 철야로 만든 서류였다. 사장과 전무, 참석자 전원에게 서류를 돌렸다.

"제가 생각한 내용은 전부 담았습니다. 아직 부족하거나, 모자란 점도 많겠지요. 여러분 의견을 들어 제대로 된 계획을……."

"요컨대 은행이 달라는 거잖아." 전무가 고조의 말을 끊고 말했다. "그럼 그걸로 해. 여기에 회사 인감을 찍어서 은행에 제출하라고. 그럼 되잖아."

"전무님, 그래서는 근본적인 해결이 안 됩니다."

이의를 제기한 고조에게 전무가 날카롭게 외쳤다. "이런 건 책임 전가야! 불량은 우리 제품에서 나온 거야. 그런데 제조 부문 책임자로서 사과 한마디도 하지 않고, 그것도 모자라 체계가 잘못됐다느니, 수주 방식이 잘못됐다느니 남 탓만 하다니. 그래서 되겠어, 야마자키 씨?"

고조는 입술을 깨물었다. 각오하고 제안해보았지만 요시나오의 반응은 예상과 다르지 않았다.

이와타전기에 대한 극단적인 저자세, 직접 체결한 계약서의 문제점, 적자 거래를 단행한 판단 미스. 그 책임을 지금 고조 한 사람에게 떠넘기려는 것이다.

니시노전업은 니시노 부자의 동족 회사다. 누군가 손실 책임을 진다면 그것은 사장도, 전무도 아니다. 사원 중 누군가, 이번 일로 말하면 고조 본인이다.

"그래서?" 요시나오가 다시 입을 열었다. "경비 절감 계획에 이 행동 지침을 은행에 제출하면 융자를 승인해준다는 건가?"

질문을 받은 경리부장은 허둥지둥 자세를 바로잡았다. "가능성은 있을지도 모릅니다."

미덥지 못한 대답에 전무는 입을 다물었고 사장이 천장을 바라보았다.

"은행에 달렸나."

가시 돋친 목소리로 말한 요시나오는 사장과 눈짓을 주고받더니 고조를 향해 "야마자키 씨, 끝나고 사장실로 와"라고 말하더니 회의를 끝냈다.

사장실로 들어간 고조를 보는 사장의 눈은 어딘가 멍했다. 지난 한 달 사이 갑자기 늙은 것처럼 보였다. 한편 회의 때의 불쾌함을 그대로 끌고 온 전무는 팔걸이에 몸을 묻고 다리를 꼬고 있었다.

"이번 일은 정말 곤란해." 느리게 입을 연 것은 아버지인 요시하루 사장이었다. "야마자키 씨, 당신도 하고 싶은 말은 많겠지. 하지만 각자 생각이 어떻든 수억 엔의 배상을 떠안아 우리 회사가 위기에 처했다는 현실은 현실로 받아들일 수밖에 없어."

"교섭은 하고 있지만 이와타전기가 좀처럼 거래 재개에 응하지 않아." 요시나오가 짜증스럽다는 듯이 끼어들었다. "지금 생산 체계에 문제가 있으니 방식을 바꾸라는 거야. 이와타전기하고 계속 거래하려면 거기에 응하는 수밖에 없어. 무슨 소리인지 알겠지?"

숨 막히는 긴장감에 고조는 잠시 침묵했다.

"그만두라는 말씀입니까."

무거운 침묵 속에서 고조가 물었다. 대답은 바로 나오지 않았다.

"사내 체계를 바꿔야 한다고 당신이 방금 자기 입으로 말했잖아." 요시나오는 방금 전 고조가 제출한 서류를 비웃듯 손에 들더니 테이블 위에 툭 내던졌다. "당신 생각은 어떤지 모르겠지만 사내 절차는 바꿔봤자 밖에서 볼 때는 똑같아. 바뀐 모습을 보여주려면 책임자를 바꿔서 제대로 마무리하는 수밖에 없지. 그건 은행 입장에서도 마찬가지일 거야."

구도와 토론을 거듭한 고조로서는 그렇게 생각할 수 없었다. 하지만 그걸 주장해봤자 소용없는 일이었다. 지금 고조는 홀로 황야에 외로이 내던져진 절망을 느꼈다. 그것은 과거에 자기 회사를 도산에 이르게 하고, 속수무책으로 채권자들에게 고개를 숙일 수밖에 없었을 때 맛보았던 것과 똑같은 감각이다. 아내와 두 아이들을 생각하면 위가 뒤틀리는 것처럼 고통스러웠다. 앞으로 어떻게 살아가야 할지 막막했다. 사회의 거친 파도에 내몰려, 그 혹독함에 그저 다리가 움츠러들었다.

그만두겠습니다.

그 한마디가 나오기를 재촉하는 침묵 속에서, 고조는 두 주먹을 불끈 쥐고 말없이 그저 테이블의 한 점을 노려보는 수밖에 없었다.

바로 그때, 문을 두드리는 소리가 났다.

"사장님, 이와타은행에서 찾아오셨습니다."

경리부장이 들어와 보고하자 그제야 고조는 고개를 들었다. 사장이 황급히 의자에서 일어난 것과 거의 동시에 "바쁘실 텐데 죄송합니다" 하는 귀에 익숙한 탁한 목소리와 함께 지점장 하야미가 들어왔다. 그 뒤에 검은 수금 가방을 든 구도의 모습도 보였다.

고조와 눈이 마주치자 작게 고개를 숙인 구도는 권하는 대로 소파 끝자리에 앉았다.

"이번에는 큰 폐를 끼쳤습니다."

니시노 부자가 고개를 깊숙이 숙였다.

"아니, 폐라니요. 다 일인걸요."

두 사람을 따라서 고개를 숙인 고조는 그렇게 대답하는 하야미의 날카로운 눈빛을 보고 뭔가 할 말이 있어서 찾아왔다는 것을 대번에 알아차렸다.

융자를 거절할 셈인가.

같은 생각을 했는지 니시노 부자도 표정이 굳어 있었다.

옆에 앉은 구도가 가방을 열고 말없이 자료를 하야미에게 건넸다. 그것이 무엇인지, 내용을 확인할 것도 없다. 고조와 함께 정리한 경비 절감 계획서다.

"계획서는 봤습니다. 저희도 이번 융자를 거듭 검토했는데, 향후 예측을 좀 들어보고 싶어서요. 향후 이와타전기의 거래는 어쩌실 생각입니까?"

실로 단도직입적인 질문이었다.

"물론 계속 거래할 생각입니다."

요시나오가 대답하기 무섭게 하야미가 날카롭게 지적했다.

"이런 적자 상태로 말입니까?"

"아닙니다, 앞으로 수지를 개선할 생각입니다."

"어떻게?"

입에 발린 말만 하는 요시나오에게 하야미는 가차 없이 질문했다.

까다로운 남자라는 이야기는 구도에게 듣기는 했지만 하야미의 대화를 직접 보는 것은 처음이었다.

과거에 궁지에 몰린 자기 회사에 융자를 해달라고 단골 신용금고 지점장에게 애원했을 때의 기억이 고조의 뇌리를 스쳤다.

그때의 지점장은 "융자는 불가능하다"는 말뿐이었다. 예상 실적도 묻지 않고, 하물며 구체적인 이유도 말하지 않았다. 아무리 실적이 오를 여지가 있다고 설명해도, 아무리 서류를 제출해도, 결론이 정해진 융자 거절 앞에서 그런 것은 아무런 의미도 없었다.

은행은 믿을 수 없다. 고조의 그런 생각은 복잡한 은행 심사에 깊이 뿌리박힌 불신과 융자 심사에 대한 몰이해 탓도 있었다. 하야미 지점장이 융자에 부정적이라는 말은 구도에게 이미 들었다. 하지만 그것과 별개로 지금 대화로 융자를 결정하려 한다면 그것은 공정하다고 생각되었다.

"앞으로는 수지가 맞지 않는 거래는 거절하고 수익성이 좋은 거래를 중심으로 수주하려 합니다."

"그렇게 생각대로 간단히 실현될 것 같습니까?"

요시나오의 대답을 하야미가 안일하다는 듯이 튕겨냈다. 대담한 태도였다. 하지만 그 태도에는 오래도록 융자 현장에서 수많은 회사를 보아왔다는 자신감이 묻어났다. 이 남자에게 형식적인 방편은 통하지 않을 것이다. 구도가 융자 서류 작성에 고심한 이유를 알 만했다.

"아무래도 전무님의 실적 예측은 안일한 것 같습니다."

하야미가 그런 말을 하자 분노와 수치로 표정을 바꾼 요시나오가 사납게 반응했다.

"어디가 안일하다는 겁니까?"

"자네, 그거."

지점장의 말에 구도가 다른 서류를 꺼내서 하야미에게 건넸다.

하야미는 전무 앞에서 그 서류를 펼쳤다. 빨간 색연필 첨삭으로 가득한 그 자료가 무엇인지 고조도 바로 알아보았다. 전무가 은행에 제출한 실적 예상 서류였다.

"이와타전기의 적자 거래를 중단하고 벌이가 되는 일만 받겠다. 전무님은 지금 그렇게 말씀하셨지요. 그렇다면 이와타전기 거래는 일시적으로 축소되어야 합니다. 어디에 그렇게 적혀 있습니까?"

요시나오가 턱을 쑥 집어넣는 게 보였다. 대답은 없다.

하야미가 몰아세웠다. "당신 예상으로는 쭉 상승하는 숫자뿐이잖습니까? 모순되지 않습니까?"

요시나오는 얼굴을 시뻘겋게 물들였지만 반론의 여지는 없었다.

"이런 엉성한 계획서를 내면 융자를 해주고 싶어도 못 합니다, 전무님." 하야미가 도발적인 어조로 말을 이었다. "당신에게 사업 계획이란 무엇입니까? 그저 은행을 설득하기 위한 서류입니까? 아닙니다. 사업 계획이란 회사를 발전시키고 성장시키기 위해 필요한 로드맵입니다. 오늘 아침에 이 경비 절감 계획서를 보지 않았다면 지금쯤 융자는 거절하겠다고 말씀드리려던 참이었습니다."

"말이 심하신데 경비 절감 계획서도 제가 제출한 것 아닙니까?"

표정을 억눌러 억지웃음을 지은 전무에게 하야미는 말없이 계획서를 펼쳐 보였다. 서류를 힐끗 쳐다본 전무가 안색을 바꾸더니 따지듯 구도를 쳐다보았다.

"죄송합니다, 주신 계획서로는 조금……." 구도가 말을 흐렸다.

"조금 뭡니까?"

그렇게 말하며 고조를 쳐다보는 요시나오의 시선에 뜨거운 분노가 보였다.

"살펴보았는데 그건 전무님의 희망적 관측에 지나지 않는다는 인상이더군요." 구도 대신 하야미가 노골적으로 말했다. "근거도 없이 원자재비를 1할 감소하겠다느니, 외주비를 절반으로 줄이겠다느니, 그걸로 이익을 창출하겠다고 해도 한 톨의 설득력도 없습니다. 그런 건 단순한 공상이에요. 전무님, 당신에게 진심으로 회사의 미래를 예측할 마음이 있습니까? 임기응변으로, 눈앞의 필요 자금만 손에 넣으면 어떻게든 된다는 생각이겠지요. 그런 회사에 융자를 해서 제대로 변제를 받을 수 있을까요? 당신 서류를 아무리 꼼꼼히 봐도 니시노전업의 미래상이 보이지 않습니다. 보이는 건 경영자의 오만한 자세뿐이었습니다."

하야미는 그렇게 말하더니 고조를 돌아보며 고개를 숙였다.

"구도가 자택까지 쫓아가서 폐를 끼쳤습니다."

니시노 부자의 경악에 찬 시선을 받으며 고조는 조심스럽게 대답하는 수밖에 없었다.

"아닙니다, 저야말로."

"구도에게 들었는데 아침 회의에서 향후 사내 체계 개선에 대해 의논하실 예정이었다고요."

하야미의 질문에 거북한 침묵이 내려앉았다.

"제가 제안을 드렸으니 조금 시간을 주실 수 없겠습니까?"

고조의 부탁에 하야미는 무릎을 툭 치며 대답했다.

"알겠습니다. 그 결론을 기다려 이번 융자를 하도록 하겠습니다."

예상도 못 한 말에 고조가 눈을 휘둥그레 떴다.

"고맙습니다!"

그 옆에서 사장이 테이블에 문지를 기세로 머리를 조아렸다.

아마도 거절당할 줄 알았던 요시나오도 "고, 고맙습니다" 하고 반쯤 믿지 못하겠다는 기색으로 고개를 숙였다.

"이게 다 구도 씨 덕분입니다. 어떻게 감사를 드려야 할지."

다시 고개를 숙인 사장에게 구도가 말했다. "아닙니다, 감사라면 야마자키 씨에게 하십시오. 지난 이틀 동안 밤늦게까지 야마자키 씨와 함께 계획을 재검토해서 수정했습니다. 어젯밤은 철야까지 했죠."

"그랬습니까?"

사장이 놀라서 눈을 휘둥그레 뜨고 고조를 쳐다보았다. 한편으로 요시나오는 입술을 깨물고 외면했다.

"실적이 항상 호조인 회사는 없습니다." 그때 하야미가 무거운 어조로 말했다. "어떤 회사든, 물론 저희 같은 은행도 반드시 뭔가 문제가 발생해 때로 위기에 빠질 때가 있습니다. 그럴 때야말로 회사의, 경영자의 진가가 드러나는 순간 아닐까요? 정식으로 품의를 승인하면 구도가 '금소'를 가져올 겁니다."

금소란 금전소비대차계약서의 줄임말이다.

"구도가 사장님과 전무님에게 사무적으로 확인할 사항이 있으니 조금 더 시간을 주시겠습니까? 저는 다음 약속이 있어서 이만."

"알겠습니다. 야마자키 씨, 배웅을 부탁하네."

사장의 말에 현관까지 나가 하야미를 배웅한 고조는 다시 정식으로 인사했다.

"덕분에 살았습니다. 고맙습니다. 구도 씨에게도 뭐라 인사를 드려야 할지."

"야마자키 씨는 고등학생 아드님이 있으시다고요."

뜻밖의 한마디에 고조는 당혹스러워하면서 대답했다. "예, 올해 고등학교 3학년입니다."

대체 아키라와 이 융자가 어떻게 연결되어 있는지 모르겠다.

"구도는 저희 은행에서도 조금 특이한 직원입니다." 하야미가 말했다. "구도는 댁의 아드님과 같은 고등학교를 나와서 일단 도쿄의 대학에 들어갔습니다."

하야미는 고조도 아는 일류 대학의 이름을 말했다.

"하지만 대학 2학년 때 가업이 도산해 대학을 자퇴하고 저희 은행에 들어왔어요. 고졸 자격으로요. 예전에 야마자키 씨가 가능하면 아들을 대학에 보내주고 싶다고 말씀하셨다고요. 꼭 보내십시오. 구도는 그래서 노력하는 거라고 했습니다."

고조는 잠시 할 말을 잃었다.

구도와 어쩌다 그런 이야기를 나눈 것은 작년이었을까. 그것을 지금까지 기억하고 있었다니. 그걸 위해 밤을 새면서 이 니시노전업을 구해주려 했나.

"그랬습니까. 고맙습니다. 정말 고맙습니다."

가슴속에서 치밀어 오르는 감정을 억누르고 고조는 몇 번이고 고개를 끄덕거리며 감사를 표했다. 그런 고조의 어깨를 툭 두드리며 "회사, 잘 부탁합니다"라는 말을 남긴 하야미를 태운 지점장 전용차가 회사 부지를 빠져나갔다.

자동차가 시야에서 사라진 뒤에도 그 자리에 우뚝 선 고조의 뺨에 그때 한 줄기 눈물이 흘러내렸다.

그날 밤, 아버지는 평소보다 이른 오후 7시쯤 집으로 돌아왔다. 마침 아키라도 식사를 마치고 슬슬 방으로 돌아가려던 참이었다. 어젯밤 한숨도 자지 못한 아버지는 피곤할 텐데도 뭔가 후련한 표정이었다.

회사에서 무슨 일이 있었나? 그걸 물어보기 전에 아버지가 아키라를 똑바로 쳐다보며 말했다.

"아키라, 넌 대학에 가거라."

너무 놀라 목소리가 나오지 않았다.

"……하지만."

"집 걱정은 하지 마." 아버지가 말했다. "회사는 괜찮다. 아버지도 그대로 지금 회사에서 일하게 됐어. 그러니 너는 대학에 가거라."

"잘, 풀렸어요?"

"그럭저럭."

가슴속 응어리가 풀리며 후련해졌다. 저주 마법이 풀려서 마음을 덮고 있던 두꺼운 구름이 사라졌다.

아버지는 그날 회사에서 있었던 일을 아키라에게 들려주었다. 회사에서 어려운 입장이었다는 이야기. 하야미라는 지점장의 이야기. 그 후 마음을 바꾼 사장과 전무가 없었던 일로 해달라며 붙잡았다는 이야기. 그리고 구도의 이야기.

"구도 씨는 분했던 거야. 모처럼 들어간 대학을 그만두고 일을 해야 했던 거지. 하지만 그 말을 듣고 아버지도 깨달은 게 있다. 너도 같은 마음 아니었을까. 그걸 이해해주지 못했어. 미안했다, 아키라." 어머니가 내준 맥주잔을 내려놓으며 아버지가 말했다. "그걸 구도 씨가 가르쳐줬어. 다음에 그 사람을 만나면 꼭 인사하렴."

아버지 고조에게도, 아키라에게도, 그때 눈앞에 새로운 길이 열렸다. 혼자 힘으로는 결코 열지 못했던 문이다.

과거에 아버지는 은행에 모든 것을 빼앗겼다고 했다. 어떤 의미로는 그럴지도 모른다. 하지만 이번에는 줄곧 미워했던 그 은행이 고조를 구하고, 아키라에게 새로운 진로를 열어주었다.

"수라장을 빠져나온 기분이야." 아버지는 떨리는 한숨을 토했다. "그나저나 인생에는 온갖 일이 생기는구나."

정말 그렇다. 하지만 사람은 그것에 맞서야만 한다. 과연 내게 그만한 힘과 용기가 있을까? 깊은 안도에 가슴을 쓸어내린 아키라의 마음속에는 다시 펼쳐진 미래에 대한 기대와 불안이 뒤엉켜 있었다.

5장

취업 전선

취직 협정의 면접 해금일은 아직 2주나 더 남았다.
그렇다면 이 전화는 명백히 협정 위반이다.
신사협정은 어느 한 곳이 어기면 전부 어긴다.

1

　7월 중순의 어느 목요일, 다치바나 고타는 도쿄대학 혼고 캠퍼스에 은사인 가미야마 마사하루 교수를 찾아갔다.

　예년보다 장마가 길어지긴 했지만 어제 오후는 천둥을 동반한 폭우로 도내 여기저기에서 침수 피해가 있었다. 날이 밝자 구름 한 점 없이 맑게 갠 도쿄 상공에 성큼 다가온 한여름을 연상케 하는 태양이 쨍쨍하게 빛났다.

　다치바나는 캠퍼스 여기저기에 있는 물웅덩이가 새파란 하늘을 비추는 아름다운 광경에 마음이 씻기는 걸 느끼며 걸음을 뗐다. 가끔 출장을 제외하고 대부분의 평일을 마루노우치의 사각형 빌딩 속에서 아침 일찍부터 밤늦게까지 지내는 다치바나에게 계절감이 느껴지는 이런 풍경을 피부로 느끼는 것 자체가 드문 일이었다.

　정문으로 들어가 조금 멀리 돌아서 산시로 연못을 옆으로 바라보며 걸어간 다치바나는 대학 시절을 그리워하면서도 이윽고 경제학 연구동 건물을 보고는 그날 용건을 떠올리고 표정을 가다듬었다.

그날 다치바나가 가미야마를 찾은 이유는 학생들에게 산업중앙 은행을 추천해달라고 부탁하기 위한 것으로, 이는 인사부에 들어간 후로 5년째 이어지고 있는 연례행사였다.

"교수님, 오랜만에 뵙습니다."

가미야마 교수의 연구실을 찾은 다치바나는 문을 열고 들어가 깊숙이 고개를 숙였다.

다치바나가 경제학부 학생이었던 시절 가미야마는 아직 햇병아리 조교수로 신진 기예였지만 그 후의 눈부신 업적으로 지금은 계량 경제학의 권위자로 이름을 날리고 있다. 당연히 유명해진 가미야마의 수업에는 우수한 학생들이 모여든다.

"자네는 해마다 고개 숙이는 각도가 깊어지는군. 드디어 진짜 은행원이 됐나."

잔뜩 어질러진 책상 앞에 앉은 가미야마는 그런 말로 다치바나를 놀렸다. 앙증맞은 콧수염에 우악스러운 얼굴. 대학 교수라기보다 토목 작업이 어울릴 것 같지만 이만큼 명석한 인물을 다치바나는 여태 본 적이 없다.

"전 옛날부터 진짜 은행원입니다, 선생님. 이거, 과일 젤리입니다. 입에 맞으면 말씀해주세요. 얼마든지 가져오겠습니다."

"오, 늘 미안하네. 하지만 그렇게 마음을 써주면 근질근질하단 말이야."

"그런 말씀 마세요. 냉장고에 넣어두겠습니다."

연구실 냉장고를 멋대로 연 다치바나는 포장된 상자를 그대로 넣고 중앙에 있는 긴 테이블 앞에 앉았다.

"올해도 벌써 자네가 찾아올 계절이 되었는가."

"예. 빠르지요. 인사부에 들어간 지 벌써 5년입니다. 은행에 들어간 지는 20년이고요."

책상에서 일어난 가미야마는 직접 커피를 끓여서 내주었다. 싸구려 인스턴트커피다.

"그리하여 혁명의 패배자는 자본주의의 앞잡이로 전락했도다."

과거에 학생운동에 나름대로 몰두했지만 겁을 먹고 좌절, 다치바나가 산업중앙은행에 입사한 것은 1969년 4월이었다. 다치바나가 경험한 마지막 학교 축제에서는 그 유명한 하시모토 오사무 일본의 소설가이자 평론가로, 도쿄대 학생운동이 한창이었던 1968년 재학 당시 작성한 축제 포스터 선전 문구로 주목을 끌었다의 '막지 마세요, 어머니'라는 선전 문구가 넘실거렸고, 학생들 사이에서는 《체게바라 평전》이 팔렸다. 물론 다치바나도 번역서를 사서 읽었지만 지금 되돌아보면 그때의 들뜬 열기는 대체 무엇이었을까? 백일몽 속을 정처 없이 헤매던 청춘이었다. 다치바나는 가슴속에 번진 쓸쓸한 학창 시절의 기억을 어중간한 쓴웃음으로 속이며 본론을 꺼냈다.

"교수님, 혁명 이야기는 이제 그만하세요. 오늘은 올해 채용 건으로 부탁드릴 일이 있어 찾아왔습니다."

다치바나는 산업중앙은행 인사부에서 채용 담당 현장을 맡고 있다. 직함은 채용 그룹 차장이다.

은행 취직을 꿈꾸는 학생들 눈에는 우는 아이도 울음을 그치는 권력자로 보이겠지만 다치바나 역시 흔히 그렇듯 원하는 학생에게는 외면당하고 필요 없는 학생은 달라붙는 딜레마에 시달리고 있다.

가미야마의 수업을 듣는 학생들은 도시은행 채용 담당자로서는 실로 보물섬인데, 아니나 다를까 매년 산업중앙은행에 입사하는 건 기껏해야 한 명 내지 두 명이다.

"올해는 세 명이든 네 명이든 채용하려 합니다. 제발 선생님께서 추천해주실 수 없을까요?"

잠자코 있던 가미야마는 언제나 그렇듯 올해도 똑같은 질문을 했다. "하지만 은행에 들어가서 뭐가 재미있나?"

"은행에는 은행만의 재미가 많습니다." 이것도 항상 하는 대답이지만 다치바나는 허리를 곧게 폈다. "업무 폭도 넓고, 국제 부문도 급격하게 성장하고 있습니다."

"이 경기에 흥청거리다가는 조만간 된통 혼날 거야."

"흥청거리는 건 은행이 아니라 정부의 금융 정책이니까요."

가미야마의 경고는 흘려듣고 다치바나는 가방에서 클립으로 집은 엽서를 꺼내 가미야마에게 보여주었다. 은행 앞으로 온 자료 청구 엽서 중에서 가미야마의 수업을 듣는 학생들을 수업 명부에서 간추린 것이다. 가미야마는 그것을 한 장씩 살펴보았다.

"내 수업을 듣지 않는 학생이 섞여 있군."

대학교수들이 흔히 그렇지만 가미야마도 호방해 보이지만 까다로운 면이 있어 조심해야 한다.

"실례했습니다."

황급히 사과한 다치바나에게 가미야마는 한 장의 엽서를 밀어냈다. 엽서를 전부 살펴본 가미야마는 "흐음" 하고 한참 생각에 잠겼다.

"어떻습니까, 저희 은행에 가라고 한 말씀 해주시겠습니까?"

"어렵겠는데."

그 말에 낙담하면서 "그 점을 어떻게든" 하고 부탁하자 가미야마는 손을 내저었다.

"아니, 그런 의미가 아니야. 자네가 부탁하면 산업중앙은행은 좋은 곳이라는 말 정도는 언제든 해줄 수 있지. 하지만 자네가 정말로 원하는 인재가 과연 수많은 일자리 중에서 은행 부문을 고를지가 문제야. 하지만…… 지금 본 학생들 가운데 최고의 인재가 있더군."

다치바나는 교수가 테이블에 내려놓은 엽서를 손에 쥔 채로 물었다. "누굽니까?"

"자네 눈으로 확인해보게. 누가 우수한지. 그 학생은 내가 말한다고 들을 사람이 아니야. 직접 생각해서 판단할 테니까. 하지만 적어도 자료를 청구했다는 건 조금이라도 은행에 관심이 있다는 뜻이겠지."

최고의 학생이 누구인지, 다치바나는 궁금했다.

하지만 가미야마가 해답을 알려주는 일은 드물다. 가미야마는 학생들이 주어진 과제를 철저하게 고민하게 만든다. 다양한 해법이 생겨난다. 결과보다 수단의 독창성을 중시하는 스타일이다.

한편으로 지금의 다치바나는 반대다. 과정보다 결과가 중요하다.

이번 취직 전쟁에서 산업중앙은행의 대졸 채용 목표는 300명. 도시은행이니 그 정도야 모으려고 마음만 먹으면 쉬울 거라 생각하겠지만 그것은 착각이다. 학생의 질을 유지하면서 이 인원수를 채우기란 늘 어려운 일이다. 특히 가미야마의 제자들처럼 우수한 학생은 설령 취직 빙하기에도 강력한 우위에 있다.

"물론 조만간 한 명씩 만나보겠습니다. 그나저나 다른 은행에서는 무슨 말이 없던가요?"

의자 등받이에 몸을 기대고 느긋하게 인스턴트커피를 마시던 가미야마가 빈정거렸다. "다치바나, 전부터 생각했는데 자네가 다니는 은행은 너무 느긋해. 도시은행 열두 곳의 채용 담당자가 전부 찾아왔네. 방금 냉장고 안을 보고 다른 선물이 없어서 안심했는지 모르겠지만 사실은 냉장고에 다 안 들어가서 어제 정리했지. 뭐, 과일 젤리는 좋아하는 디저트니 내가 먹겠네만. 이런 세상에서 구재벌이라고 방심하고 있다가는 뒤통수를 맞을 거야. 회사 이름만으로 번영할 수 있을 만큼 녹록한 세상이 아니야."

"명심하겠습니다."

취직 협정이라는 건 있지만 채용 활동이 언제 시작되어도 이상하지 않았다. 협정이라고 해도 어디까지나 '신사' 협정이지 구속력은 없다. 어느 은행이든 채용 활동이 해금되기 전에 새치기하면 그때가 취직 전쟁의 시작이다. 점잔을 부릴 때가 아니다. 그때, 은행 인사부는 글자 그대로 전쟁터가 된다.

2

세컨드 샷을 절호의 위치에 보냈는데 2미터 거리의 버디퍼트는 예상보다 미끄러져 컵에서 10센티미터나 떨어진 오른쪽으로 굴러 갔다.

"주장, 집중해, 집중."

가이도 아키라는 함께 라운딩을 하던 소노하라의 목소리에 가볍 게 오른손을 들어 말없이 대답했다. 소노하라는 아키라가 주장으로 있는 골프부 매니저다. 함께 아르바이트를 하는 골프장에서 연습 라 운딩 중이다. 마지막 일반 손님들이 홀아웃한 뒤라 뒤에서 쫓아오는 팀도 없다.

여름의 저녁 해가 그린에 뜨거운 햇살을 비추어 페어웨이의 기복 이 코스에 아름다운 그림자를 드리우고 있었다.

분명 집중력이 떨어졌다. 한 번의 플레이가 아니라, 골프 자체에. 골프뿐만 아니라 요즘 매일 뭘 해도 마음이 싱숭생숭해서 한 점에 집중할 수가 없다. 취직이 신경 쓰이기 때문이다.

"그냥 너희 회사에 들어가지그래?"

태평하게 말하는 소노하라에게 한마디 대꾸했다. "싫어. 내 인생 은 내가 결정해. 누가 가업에 얽매일 것 같아?"

"하지만 가고 싶은 회사가 없으면 별수 없잖아. 차라리 대학원에 간다던지, 너라면 가미야마 교수님도 환영할 텐데."

대학에 남는 건 아키라도 생각해보았다. 하지만 연구자로 살아갈 마음은 없다. 경제학 공부를 좋아하는 것과 그것을 직업으로 삼는 것은 다른 문제다.

"하지만 정말 안 이어받을 거야, 너희 회사?"

소노하라는 늘 아픈 구석을 찌른다.

"절대 안 이어받을 거야. 얼른 상장이라도 해서 누구 다른 사람한테 사장을 맡길 것이지."

가업은 잇지 않겠다. 언제나 아키라가 공언하는 말이었다. 물론 아버지도 어머니도 반대해서 사사건건 부딪치고 있다.

아버지는 대형 상선회사에서 일을 배우고 오라는 제안도 했다. 하지만 그것은 가업을 잇는 것을 전제로 한 이야기라, 도저히 받아들일 수 없었다.

그날 오후 8시가 다 되어서 귀가한 아키라는 현관에 있는 구두를 보고 손님이 왔다는 것을 알았다. 아버지의 사업 관계자라는 건 가지런히 놓인 가죽구두로 알 수 있었다.

"손님이 왔어요?"

바로 주방으로 들어간 아키라는 거기서 저녁 식사 준비를 하고 있는 어머니와 가정부 하쓰에 씨에게 물었다.

"고니시 씨하고 나카하시 씨가 오셨어. 중요한 회의래."

고니시 후미오는 아키라의 아버지가 경영하는 도카이해운의 상무. 나카하시 역시 이사 중 한 명이다. 이른바 경영 중추를 맡고 있는 사람들로, 굳이 일요일에 회사가 아니라 가이도가에 모였다는 건 보통 일이 아니다.

"비밀 회담인가?"

그 말을 듣고 어머니는 걱정스러운 표정으로 응접실이 있는 방향의 벽을 바라보았다. "큰일 났어. 미쓰토모상선이 우리가 운항하는 페리 항로에 맞서서 새로 뛰어들기로 결정했다나 봐. 그렇게 되면 대기업이니 고객을 상당히 빼앗길지도 모른데.”

냉장고에서 차가운 보리차를 꺼낸 아키라는 한 컵을 벌컥벌컥 단숨에 비우고 손등으로 입가를 훔쳤다.

“그 대책 회의인가 보네요.”

“회사보다 여기가 편하다고 해서 오후부터 계속 저러고 있어.”

결국 그날 밤 회사의 중역들은 오후 10시가 다 되도록 가이도가에 머무르며 향후 대책을 의논하고 돌아갔다. 그렇지만 그리 간단히 결론이 날 문제도 아니라 다음으로 미룬 것이라고 했다. 그것을 아키라는 이튿날 어머니에게 듣고 알았다.

고민하는 아버지의 모습을 보니 예전에 할아버지가 돌아가셨을 때가 생각났다. 상속 문제로 삼촌들에게 거액의 금융 자산을 넘기고 짐 덩어리 사업을 매수했다. 매출 500억 엔의 회사도 항상 리스크와 맞닿아 있다. 자기는 상관없다고 고집을 피워도 아키라 역시 가이도가의 일원으로서 미쓰토모상선의 신규 참가에 어떻게 대처해야 할지, 과연 그게 잘 먹힐지, 관심이 갈 수밖에 없었다. 그것은 뒤를 잇는 것과는 전혀 다른 문제였다.

아버지와 그런 이야기를 나눌 수 있었던 건 그로부터 일주일쯤 지난 어느 토요일 오후였다. 그날 졸업논문 준비로 대학 도서관에 갔던 아키라가 돌아오자 아버지가 드물게 거실에서 혼자 책을 읽고 있었다. 회사는 토요일을 격주로 쉬었는데 아버지가 집에 있는 날은 거의 없다.

아버지는 아키라를 보더니 책 페이지에 시선을 떨어뜨린 채로 나지막이 말했다. “왔느냐.”

"힘드신가 봐요." 아키라는 아버지의 얼굴에 새겨진 피로를 무시할 수 없어 그렇게 물었다.

"들었니?"

"지난주 고니시 씨, 나카하시 씨하고 회의했잖아요. 말씀 안 하셔도 얘기는 들려요."

아버지는 책을 덮고 아키라가 아니라 눈앞에 있는 허공을 바라보았다. "정말 첩첩산중이구나. 아니, 해운회사니까 첩첩해중인가. 하지만 이번 일은 조금……."

농담조로 말했지만 사태의 심각성이 말투에 묻어났다.

아버지는 무릎 위의 책을 테이블에 돌려놓았다. 정원에는 한여름의 햇살이 쏟아지고 실내는 밝은 자연광으로 가득했다.

"우리 고객은 우리가 가장 잘 알아. 하지만 그것만으로는 이길 수 없지. 맞서기 위해서는 그만한 대책이 필요해."

"대책이라니, 어떻게 하시려고요?"

"지금 주요 항로에 취항하고 있는 낡은 페리부터 해결해야겠구나. 새 선박을 취항시키는 거지. 그리고 예약 시스템을 개선할 거야. 100억 엔 정도 투자하게 된다."

도카이해운의 매출을 생각하면 상당히 큰 설비 투자다.

"도박이네요."

"아니야." 아버지는 즉각 부정했다. 신념이 드러난 얼굴로, 생각보다 더 강한 시선으로 아키라를 똑바로 바라보았다. "이건 전략이다. 확실하게 이길 수 있다고 생각하니까 하는 거야. 300명의 사원과 그 가족을 모 아니면 도인 도박으로 위험에 내몰 수는 없어. 이 투자를 통해 반드시 이길 수 있다."

"그런 결론이 났으면 이미 이긴 거나 마찬가지겠네요."

자신감을 드러내는 아버지에게 얄미운 소리를 해보고 싶었다.

"아니, 그러기 위해서는 아직 최대의 장벽이 남아 있어. 그걸 어떻게 해결할지가 당장 골칫거리구나."

"장벽이라뇨?"

아키라의 물음에 아버지가 대답했다. "자금 조달."

다시 말해 대출이다. 100억 엔의 설비 투자라고 호언장담한다지만 그만한 돈을 현금으로 갖고 있을 리 없다. 물론 변통할 수 있는 자금은 얼마간 있겠지만 부족분은 당연히 은행에서 빌려야 한다. 그 대출을 어떻게 할지가 문제라는 말이다.

"그건 너무 허황된 얘기네요." 아키라는 말했다. "돈도 없으면서 설비 투자를 하면 이길 수 있다니."

"회사는 다 그런 거야." 아버지는 쌀쌀하게 대꾸하더니 반대로 물었다. "너야말로 취직은 어쩔 셈이냐?"

"선배한테 이것저것 물어봤어요."

"얼마 전에 퍼시픽 사장을 만났는데 널 꼭 자기 회사로 데려가고 싶다더구나. 갈 마음은 없느냐?"

또다. 아키라는 기가 막혔다. 퍼시픽은 대형 운송회사다. 아버지는 어지간히 아키라를 해운업계로 끌어들이고 싶은 모양이다. 하지만 업종에 얽매이지 않고 폭넓게 정보를 수집한 후보 중에 사실 퍼시픽도 포함되어 있었다.

"거긴 기업 체질이 낡았어요. 카리스마 사장의 수직 명령으로 전부 정하는 회사인 것 같아요. 그런 회사에 평생 있을 순 없잖아요."

아버지는 뭐라 말하려다가 입을 다물었다. 무슨 말을 하고 싶은지는 안다. 평생 있을 필요는 없다. 우리 회사를 이어받아라.

"그럼 어디 갈 셈이냐?"

"후보로는 소닉, 센트레아자동차 정도일까요."

아키라는 말없이 시선을 떨어뜨리더니 일단 테이블에 놓았던 책을 끌어당겼다.

"대학은 4년이면 끝난다. 하지만 일은 평생 가는 거야. 차분히 생각하거라."

"물론 그럴 거예요."

하지만…….

아키라의 그 말은 그날 밤에 걸려온 전화로 간단히 부정당했다.

"가이도 아키라 씨입니까?"

처음 듣는 목소리였다.

"저는 소닉 인사부 다카사키라고 합니다. 갑작스럽지만 내일 면접 시간을 내주십사 전화 드렸습니다."

면접? 취직 협정의 면접 해금일은 아직 2주나 더 남았다. 그렇다면 이 전화는 명백히 협정 위반이다. 신사협정은 어느 한 곳이 어기면 전부 어긴다.

"몇 시입니까?" 아키라는 물어보았다.

"내일 오전 8시에 본사 7층 인사부로 와주시겠습니까? 접수처에 대학과 성함을 말씀하시면 안내해줄 겁니다."

상대의 말투에는 초조함이 묻어났다. 내일은 일요일인데 일단 취직 전쟁의 포문이 터지면 휴일도 상관없는 모양이다. 전화를 끊은 아키라는 드디어 시작되었다는 고양감과 동시에 일말의 불안도 느꼈다. 정말 소닉으로 괜찮은 걸까? 그런 의문이 다시 뇌리를 스쳤기 때문이다.

잠시 후 센트레아자동차의 인사부에서도 전화가 와서 오후에 면접이 잡혔다. 마찬가지로 자료 청구 엽서를 보냈던 회사 몇 군데에서 연락이 와 내일부터 면접 일정이 눈 깜짝할 사이에 채워졌다. 게다가 그사이에 친구들의 전화가 몇 통, 누가 어디에 몇 시에 부름을 받았다는 상세한 정보가 들어왔다.

"아키라, 또 전화 왔어."

오후 11시를 바라보는 시간에 아래층에서 어머니가 아키라를 불렀다.

"산업중앙은행 인사부 다치바나라고 합니다. 가미야마 연구회 2기 학생입니다."

"말씀은 많이 들었습니다."

다치바나의 이름은 알고 있다. 하지만 면식이 있는 건 아니고 그저 같은 교수의 연구회 졸업생 명부에 산업중앙은행 인사부라는 직함이 실려 있어 기억하고 있었을 뿐이다.

다치바나가 말을 이었다. "일전에는 자료를 요청해줘서 고마웠습니다. 조금 이르지만 내일 아침, 면접을 진행하고 싶은데 저희 은행까지 와주실 수 있겠습니까?"

"내일 말입니까?"

"벌써 다른 곳 면접이 잡혔습니까?" 다치바나의 목소리에 긴장감이 물어났다.

"예. 죄송합니다."

"어디입니까?"

조금 망설인 끝에 소닉의 이름을 댔다.

"은행이 메인은 아닙니까?"

"업종이 아니라 관심 있는 회사를 골랐습니다. 은행이라고 무조건 좋은 것도 아니고, 산업중앙은행에 자료는 청구했지만 다른 은행에는 청구하지 않았습니다."

전화 너머에서 고민하는 듯한 침묵이 있었다.

"알겠습니다. 내일 일정을 알려줄 수 있으신지요?" 면접 일정을 알려주자 다치바나가 대답했다. "그 후라도 상관없으니 이야기를 나누고 싶습니다."

"하지만 늦어질지도 모릅니다. 시간도 예측이 안 되고요."

"몇 시든 상관없습니다." 다치바나도 물러서지 않았다. "밤늦게라도 기다릴 테니 부디 와주십시오."

"알겠습니다."

그렇게까지 나온다면야. 아키라는 그런 마음으로 수화기를 내려놓았다.

올해 취직 전쟁에서는 경기 호황을 배경으로 어느 기업이나 채용 인원을 대폭 늘렸다. 전무후무한 공급 과잉 시장, 즉 학생 측에 유리한 상황으로 채용하는 기업도 필사적이다. 상대방이 진지한 이상 아키라도 어중간한 마음으로 면접을 보러 갈 수는 없었다.

내일은 승부의 하루가 되리라.

3

"알겠습니다. 인연이 된다면 오늘 밤 연락드리겠습니다. 고맙습니다."

이게 몇 번째 학생일까?

호텔 연회장을 빌린 면접 장소에는 전부 서른 개의 면접 부스가 설치되어 있었다. 그중 하나에 들어가 학생들의 면접을 보고 있는 다치바나는 학생의 뒷모습이 시야에서 사라진 것을 확인하고 면접 기록에 크게 가위표를 그리고 평가 의견을 덧붙였다. 지식, 능력 둘 다 가망 없음.

첫날부터 벌써 다치바나의 가슴에 초조함이 생겨났다.

어제 오후, 경쟁사 아사토은행이 협정을 위반하고 학생들을 면접에 불러냈다는 정보가 들어와 급히 헤드헌터를 소집, 일제히 면접 약속을 잡았다. 어제 하루만 채용 인원의 10배에 가까운 전화를 걸었을까.

그리고 이날, 아침 8시부터 시작된 채용 면접에서 다치바나가 면접을 본 사람은 약 스무 명. 이 회장 전체에 하루 500명이 넘는 학생이 찾아왔지만 솔직히 탐나는 학생은 적다. 면접은 이 연회장 외에도 도내 네 군데에서 실시하고 있는데 수시로 들어오는 중간보고도 감이 썩 좋지 않다.

한발 늦었나. 다치바나는 입술을 깨물었다.

다치바나 역시 출신 대학 학생을 중심으로 전화를 걸었지만 가미야마 교수의 제자로 이날 확실한 약속을 잡은 건 겨우 세 명뿐이었다. 그 세 명은 오전에 타사 면접을 보는데, 만일 거기서 채용 내정을 받으면 끝이다. 게다가 그럴 가능성이 지극히 높다. 다치바나의 책임 문제로 번질 수도 있는 사태였다.

가미야마 교수는 자료를 청구한 학생들 가운데 최고가 있다고 했다. 다치바나는 그 후의 정보로 그것이 가이도 아키라라는 학생이 아닐까 점치고 있었다. 골프부 주장도 맡고 있는 문무를 겸비한 인물로, 도내 입시 명문고에서 그대로 도쿄대에 들어온 수재. 도카이 해운의 경영자 집안이라는 것도 하나의 매력이었다. 하지만 다치바나는 바로 그 가이도 아키라를 떠올리며 저도 모르게 얼굴을 찌푸렸다. 어떻게든 와달라고 말은 했지만 확실한 약속을 잡지 못했다. 유일한 희망은 라이벌이 은행이 아니라 제조회사라는 점이지만 채용하지 못하면 아무 위안도 되지 않는다.

그때 또 한 명의 학생이 찾아와 부스 옆에 섰다. 면접을 보조하는 조사 담당자가 재빨리 다치바나에게 지원서를 건넸다.

"예, 기다리고 있었습니다."

내면의 씁쓸한 표정을 감추고 웃음을 지어 보이며 다치바나는 학생에게 의자를 권하고 그날 몇 번째인지 모를 질문을 반복했다.

"어째서 저희 은행을 지원했는지, 그 이유부터 들어볼까요?"

오후 8시가 다 되어서야 모든 면접이 끝났다.

산업중앙은행에서는 한 명의 학생에 최소 두 명의 행원이 붙어서 면접을 본다. 복수의 평가가 일치해야 비로소 당락을 정하는 구조다. 최초 면접관이 가위표를 쳐도 두 번째 사람이 동그라미를 치면 다시 한번 면접을 추가해 본인의 적성을 판단한다.

"이렇다 할 인재가 참 없네요."

부하의 한탄을 말없이 들으며 다치바나도 동감했다.

평가표 집계 작업이 끝나자 벌써 밤 11시가 넘었다.

인사 채용 담당자에게 여름휴가는 없다. 일단 취업 전쟁이 시작되면 막차로 돌아가기만 해도 다행이다. 심야 택시 귀가가 그나마 나은 편이고, 여차하면 회사에서 묵어야 한다.

이 시기의 인사부는 불야성이다. 그렇다고 냉큼 채용을 결정할 수도 없다. 채용한 인재에는 막대한 비용이 들기 때문이다. 그 비용에 걸맞은 사람이어야만 한다.

"차장님, 접수처에 가이도 씨라는 분이 오셨다는데요."

입사 1년차 헤드헌터의 전언에 다치바나는 고개를 들었다. 계속 신경 쓰였다.

"이쪽으로 모셔. 응접실을 비워주겠나? 거기서 면접을 봐야겠어."

확실히 몇 시든 상관없다고는 했다. 무심코 벽시계를 보고 말았다. 하지만 이런 시간에 찾아올 줄은 몰랐다.

이윽고 노크 소리와 함께 당혹스러운 얼굴의 헤드헌터가 한 사람의 학생을 데리고 들어왔다.

술과 담배 냄새가 났다.

"자네, 술 마셨나?"

다치바나는 원래 성미가 급한 사람이다. 하루 종일 학생들과 진지하게 마주했다. 그 긴장감과 스트레스가 상대가 술을 마시고 왔다는 사실에 단숨에 불타올랐다.

"죄송합니다."

술자리에서 그대로 달려온 것 같았지만 가이도의 태도는 멀쩡한 사람과 다르지 않았다.

"게다가 이렇게 늦을 거라면 연락 정도는 줬으면 좋았을 텐데." 다치바나는 한마디 더했다.

"오후부터 계속 면접을 보느라 연락할 시간도 없었습니다. 그 후에 임원분이 식사에 불러주셔서 방금 전에야 풀려났습니다. 저도 시간이 늦어서 오늘은 그만두려 했지만 어제 전화해주신 다치바나 씨라는 분과 약속이 있어서 찾아왔습니다."

"내가 그 다치바나네만."

그렇게 말하자 가이도의 눈에 희미한 분노가 서렸다.

"몇 시라도 상관없다고 하지 않으셨습니까?"

"그랬지. 하지만 이렇게 늦게, 그것도 술까지 마시고 제대로 된 면접이 되겠나?"

"괘씸하다고 말씀하시는 거라면 돌아가겠습니다. 밤늦게라도 상관없다고 해서 찾아온 것뿐입니다. 실례했습니다."

가이도는 훌쩍 일어나 바로 방에서 나가려 했다.

"잠깐 기다리게." 다치바나는 등을 돌리고 나가려는 청년을 불러 세웠다. "자네는 산업중앙은행에 지원한 것 아닌가? 이야기 정도는 나누고 가지그래?"

뭐라 반박할 줄 알았는데 가이도는 서늘한 눈빛으로 다치바나를 쳐다보았다. 그 눈도, 차분한 태도도, 그날 만난 다른 학생들과는 확실히 달랐다.

침착하고 사려 깊은 풍모, 독특한 분위기가 있다. 그것이 고도의 지성에 의한 것인지, 혹은 성장 환경의 차이인지는 모르겠다.

다치바나는 감정적인 발언을 후회했다. 확실한 약속을 잡지 못해 몇 시든 상관없으니 기다리겠다고 말한 것은 다름 아닌 다치바나 본인이었는데.

"잘 와줬네." 다치바나는 조용히 돌아와 소파에 앉은 가이도에게 말했다. "그래서 다른 회사 면접은 어땠나?"

"센트레아자동차에서 내정을 받았습니다."

다치바나는 입을 헤 벌리고 고개를 들었다.

그 센트레아자동차가 단 하루의 면접으로 채용을 결정하다니 바로 믿기 어려웠다. 업계 톱을 자랑하는 센트레아에는 우수한 학생들이 수도 없이 면접을 보러 갔을 텐데.

"소닉은?"

"내일 임원 면접을 볼 예정입니다."

"그 후에 결정할 건가?"

"아니요." 가이도는 대답했다. "일단 보류할 생각입니다. 다른 회사도 찾아가보고 확신이 생기면 결정하고 싶습니다."

"그 조건을 소닉도 센트레아자동차도 받아들였나?"

"물론입니다. 그렇지 않으면 거절할 수밖에 없었으니까요."

"1지망이 아닌가?"

다치바나는 놀라움을 금치 못했다. 만약 1지망으로 면접을 봤다면 도저히 그런 행동은 용납되지 않는다. 채용하는 기업에도 사정이 있다. 올지 말지 모르는 학생을 위해 내정을 한 자리 비워둔다는 것은 곧 특별 취급이다.

그나저나 어떻게 생겨 먹은 녀석인가. 뻔뻔하달까, 대담하달까.

다치바나는 그날 몇 번이나 반복했던 질문을 떠올렸다.

저희 은행이 1지망입니까?

오늘 면접을 본 모든 사람이 "물론입니다"라고 확답했다.

애초에 거기서 우물쭈물하는 학생이 있으면 면접에서는 바로 가위표를 친다.

"몇 군데, 관심이 가는 회사가 있습니다. 취직 협정 기한까지 관심이 있는 회사의 선배를 찾아갈 생각이었는데 그 절반도 못 가보고 이렇게 채용 면접이 시작되고 말았습니다. 그런 상태에서 어떻게 1지망이라는 말을 할 수 있겠습니까?"

"알겠네." 다치바나는 면접용 평가표를 소파 옆으로 내던졌다. "자네는 우리 은행 선배를 만났나?"

"아직 못 만났습니다."

"그럼 내가 자네와 대화하지. 나는 자네와 같은 연구회 선배이기도 해. 다만 우리 은행은 자네를 붙잡아두기 위해 괜한 내정을 장담할 수는 없네. 그래도 괜찮나?"

"물론입니다."

다치바나는 고개를 끄덕이고 은행원 생활 20년의 지식과 경험을 바탕으로 산업중앙은행에 대해 설명했다. 형식적인 면접이 아니다. 동문 선배로서의 진심이었다.

그 이야기에 가이도는 열심히 귀를 기울였다.

4

아키라는 망설이고 있었다.

다치바나의 이야기는 참고가 되었고 은행 업무도 대강 파악했다. 하지만 그것은 머리로 이해한 것뿐이고 실감이 부족했다. 대체 세상에서 은행은 어떤 존재인가? 그로부터 얼마 지나지 않아 아키라는 그것을 현실의 문제로 인식하게 되었다.

"아키라, 아버지가 산업중앙은행 사람들을 데려오셨어. 인사도 할겸 함께 이야기를 들으면 어떻겠느냐고 하시는구나."

아래층에서 올라온 어머니가 태평하게 말하기에 술이라도 마시고 있나 하고 응접실로 가자 예상과 달리 예민한 분위기였다. 응접 세트의 긴 의자에 도카이해운 담당자 두 사람이 앉아서 진지한 눈빛으로 아버지와 대치하고 있었다. 아버지는 아키라를 등진 자리에서 다리를 꼬고 뺨을 괴고 있었다. 그 분위기로 심기가 불편하다는 것을 알 수 있었다.

아키라가 들어가자 간단한 자기소개를 하느라 대화가 잠시 끊겼다. 30대 중반이 안도 쇼지, 조금 더 젊은 부하가 호사카라고 했다. 둘 다 산업중앙은행 영업본부 행원이었다.

지금까지 어떤 토론을 나누고 있었는지 아키라는 상상도 가지 않았다. 하지만 상당히 격렬한 응수가 오갔다는 것은 대강 짐작할 수 있었다.

"당신들이 뭘 알아?" 그때 아버지가 거칠게 내뱉었다. "은행은 항상 그래. 공격적으로 나가려 하면 자금을 빼고, 보수적으로 나가면 돈을 빌려줄 테니 적극적으로 경영하라고 하지. 대체 당신들 진심은 어디에 있나?"

의심으로 똘똘 뭉쳐 적개심마저 느껴지는 태도로 두 사람의 은행원을 싸늘한 눈초리로 쳐다보고 있다. 예상을 뛰어넘은 불온한 분위기에 아키라는 숨을 죽였다. 그리고 깨달았다. 이 회의에 아버지가 굳이 아키라를 부른 이유는 은행원의 현실을 보여주려는 의도가 아닐까? 아버지는 아키라가 산업중앙은행의 면접을 본 걸 알고 있다.

"사장님, 제가 말씀드리는 건 100억 엔을 못 빌려드린다는 뜻이 아닙니다."

아무래도 두 사람은 아버지가 요청한 지원에 긍정적으로 대답하지 않은 모양이다.

"자네가 새 선박은 투입하지 않는 게 좋겠다고 했잖아."

"페리 투입을 재검토하는 게 낫겠다고 말씀드린 것뿐입니다."

"그게 곧 돈을 못 빌려준다는 말이잖아. 어차피 우리 회사의 체력을 문제로 삼겠지." 아버지는 날카롭게 말했다.

하지만 안도는 전혀 동요하지 않고 도카이해운이라는 일국의 군주와 맞서고 있다. "페리는 그만두시지요, 사장님."

안도가 진지하기 그지없는 얼굴로 아버지를 바라보았다. 얼마 전 면접을 보았던 산업중앙은행 인사부의 다치바나는 틀림없이 엘리트였지만 어딘가 관료의 분위기가 있었다. 하지만 안도에게서는 실로 비즈니스 일선에 있는 전문가의 엄격함과 총명함이 느껴졌다.

아버지는 말없이 그런 안도를 노려보고 있었다.

"지금 도카이해운이 투자해야 할 곳은 페리가 아닙니다. 여객 수

송은 곧 사양 산업이 될 겁니다. 현시점에서 수익성도 낮아요. 다른 회사도 마찬가지입니다. 계속 과당경쟁에 뛰어들 작정이십니까?" 안도는 아버지를 정면으로 바라보며 물었다.

"하지만 우리 회사는 지금까지 그렇게 해왔어. 이제 와서 사업을 전환하라는 건가, 자네는?"

"그렇습니다."

안도의 대담한 발언에 아키라도 놀랄 수밖에 없었다. 이 남자는 역사 있는 해운회사, 도카이해운의 업태를 바꾸라고 말하고 있는 것이다.

"여객은 있어도 됩니다. 페리 항로는 유지하시지요. 하지만 지금 100억 엔 규모로 투자할 대상은 페리가 아닙니다. 화물선입니다. 해외 항로를 개척하지 않겠습니까?"

할 말을 잃은 아버지에게 호사카가 업무용 가방에서 자료를 꺼내 테이블에 펼쳤다. 기존 사업의 수지를 상세히 분석한 자료였다.

앞으로 여객은 성장하지 않는다. 그 대신 아마 일본 산업은 급속하게 공동화가 진행되어 저렴한 노동력을 찾아 아시아 각지로 국내 제조 공장이 몰리게 될 것이다. 안도가 조사부 자료를 근거로 설명을 덧붙였다.

"그 물류를 선점하는 겁니다. 바로 지금이 기회입니다." 안도가 역설했다.

가만히 이야기에 귀를 기울이던 아버지가 물었다. "배는 어떤 종류로 하나?"

"파나맥스 파나마 운하를 통과할 수 있는 최대 규모의 선박을 통칭하는 용어 사이즈의 벌크 캐리어, 그러니까 분할 선적 선박을 두 척, 케이프 사이즈케이프 타운 남쪽에 위치한 희망봉을 돌아서 운항해야만 하는 크기의 선박와 파나맥스 사이즈의 컨테이너선을 한 척……."

"잠깐, 잠깐만 기다리게." 아버지가 당황해서 말을 막았다. "자네 꿈이라도 꾸고 있는 건가? 한번에 그만한 무게를 채울 화물이 어디 있어? 페리라면 관광 개발 때문에 몰려드는 손님으로 어떻게든 되 겠지. 하지만 화물 수송으로는 주문을 채우기 어렵지 않겠나?"

"아닙니다." 안도는 무겁게 고개를 저었다. "일본 일렉트로닉이 조만간 중국 선전에 공장 설립을 발표할 겁니다. 그중 두 척을 일본 일렉트로닉 전용선으로 해주시겠습니까? 일본 일렉트로닉도 만약 귀사가 그렇게 해준다면 5년간 사용하겠다고 합니다."

"5년……." 아버지는 신음하듯 중얼거렸다.

그것이 파격적인 조건이라는 것은 표정으로 알 수 있었다. 5년 동 안 중기 선박 계약은 신조선新造船을 도입하는 리스크를 경감하는 데 도움이 되기 때문이다.

"지금 공표는 하지 않았지만 대형 제조사를 중심으로 줄줄이 새 공장을 설립할 계획이 나오고 있습니다. 장소는 대부분이 아시아로, 거기엔 반드시 해운이 필요합니다. 신조선에 드는 기간을 역산했을 때 지금 결단을 내리면 선행자의 이익을 충분히 기대할 수 있습니다."

아버지의 침묵이 이어지는 가운데 실내는 마치 전쟁터의 작전회 의처럼 긴장감이 감돌았다. 100억 엔이나 되는 투자 이야기를 안도 는 너무나 쉽게 뒤집었다. 다만 그것을 부정하고 끝내는 게 아니라, 그것을 상회하는 아이디어와 비즈니스 제안을 들고 온 것이다. 회사 경영의 근간에 관한 부분에 은행원이 이렇게까지 진지하게 파고들다니. 아키라는 놀라움을 금할 수 없었다. 동시에 은행에 가서 방문상담 업무를 할 거냐고 물었던 소닉 임원의 말이 가슴속에 번졌다.

이게 방문 상담인가?

지금 안도와 호사카가 맡고 있는 일은 실로 회사의 미래를 건 진검승부다. 뱅커가 아이디어와 지식, 그리고 정보를 무기로 아버지와 호각 이상으로 겨루고 있다.

"경영학에 '성공의 포로'라는 말이 있네만." 이윽고 아버지가 조용히 말했다. "나도 어느새 그렇게 변했는지도 모르겠군. 나뿐만 아니라 우리 회사 전체가 그 굴레에 얽매여 있었다고도 할 수 있어."

한 번 성공을 거둔 사람은 반대로 그 성공 경험에 얽매여 실패한다. 안도와 호사카는 그런 딱딱한 사고에서 나온 경영 전략의 약점을 찔러 지금 고려할 수 있는 최고의 경영 전략을 펼쳐 보인 것이다.

그날 두 사람이 돌아갈 때였다.

"아아, 인사부 다치바나와 만났다고 들었습니다. 저희 회사에 승산은 있을까요?" 안도가 생각났다는 듯이 아키라에게 물었다. 안도는 알고 있었던 것이다.

"글쎄요. 하지만 오늘 안도 씨의 제안은 훌륭했습니다."

진심으로 대답한 아키라에게 안도가 불쑥 오른손을 내밀었다.

"그럼 함께합시다. 기대하겠습니다."

옆에서 아버지가 불쾌한 표정을 지었지만 다른 말은 하지 않았다.

그 손을 움켜쥔 아키라에게 안도는 말없이 미소를 짓더니 깊이 묵례하고 돌아갔다.

5

"교수님 덕분에 우수한 인재를 채용했습니다. 고맙습니다."

그날 도쿄대 연구실에 가미야마 교수를 찾아간 다치바나는 인사를 하며 우직하게 들고 온 과일 젤리를 냉장고에 넣었다.

"허, 벌써 끝났나? 언제나 그렇지만 빠르군."

가미야마는 어이없다는 듯이 중얼거리더니 커피를 끓여주었다.

"올해는 가미야마 연구실에서 두 명 데려왔습니다. 닛타 군하고 가이도 군입니다."

"그 두 사람인가. 괜찮군."

제자의 이름을 들은 가미야마는 딱히 놀라는 기색도 없이 그렇게 말하더니 "그나저나 가이도 군을 용케 뽑았네"라고 다치바나에게는 기쁜 감상을 들려주었다.

"고맙습니다. 교수님 덕분입니다."

"나? 그건 아니야."

"아닙니다, 최고라고 말씀해주셔서 무슨 일이 있어도 데려와야겠다 싶었거든요."

"최고?"

가미야마는 며칠 전 만났을 때 일을 이미 잊어버린 듯했다.

"며칠 전에 말씀하셨잖습니까. 인사드리러 왔을 때요."

"뭐, 확실히 그렇게 말하긴 했네만……."

"가이도 군 얘기가 아니었던 겁니까?"

모호한 대답에 다치바나는 당황했다.

"물론 가이도 군은 우수해. 솔직히 은행에는 아까우니 대학에 남으라고 말하고 싶었을 정도야."

"그건 곤란합니다, 교수님."

다치바나가 쓴웃음을 흘리며 대꾸하자 가미야마는 "농담일세"라고 어딘가 체념한 미소를 지었다.

"옛날 같았으면 대학에 남을 법한 학생이 지금은 모두 기업으로 가버리니 난처한 일이야. 뭐, 도쿄대에 남아봤자 은행 지점장만큼 월급을 줄 수 있는가 하면 불가능하지만."

"선생님, 일은 돈으로 하는 게 아닙니다."

다치바나는 마치 인사 면접을 보는 취업준비생 기분으로 모범적인 대답을 했다.

"맞는 말이야."

고개를 끄덕이는 가미야마에게 다치바나가 조심스레 물어보았다.

"그럼 선생님께서 최고라고 말씀하신 건 닛타 군입니까?"

"아니……."

그럴 리 없다. 이렇게 말하면 조금 그렇지만 가미야마 연구실의 '윗물'은 전부 채용했다.

"그럼 누구입니까?"

다치바나는 물어보았지만 가미야마는 "누군들 어떤가" 하고 흘려버렸다.

가미야마 교수와의 만남은 어중간한 기분으로 끝났다. 연구실에서 나온 다치바나는 떨떠름한 얼굴로 캠퍼스로 나와 역이 아니라 다른 건물에 들렀다.

"며칠 전 자네 은행에서도 강사를 파견받았던 경영전략 세미나 성적이 나왔으니 보고 가게나."

돌아가려는 참에 그런 말을 들었기 때문이다. 누가 가장 뛰어난 '전략적 사고'를 하는지 판단하는 시험이라는 가미야마의 설명이 아직도 귀에 남아 있다. 산업중앙은행이 이 세미나에 파견한 것은 본점 영업부 조사관 안도였다.

현관으로 들어가 옆쪽에 있는 게시판 앞에 선 다치바나는 금방 그 게시물을 발견했다. 성적은 제출한 보고서에 케이스 스터디를 담당한 강사 다섯 명의 평가를 집계한 것이다. 그 결과를 바라보던 다치바나는 1위란에 적혀 있는 이름을 보고 어리둥절했다.

야마자키 아키라.

경제학부 4학년이다. 학부생이 수많은 대학원생을 제치고 톱에 섰다. 그것을 보았을 때 다치바나는 저도 모르게 "앗!" 하고 소리를 질렀다. 야마자키 아키라라는 이름이 낯익었기 때문이다.

처음 가미야마 교수를 만났을 때였다. 산업중앙은행을 지망하는 연구실 출신 학생들의 엽서를 보여주었다. 그것을 본 가미야마 교수가 연구실 출신이 아닌 학생이 섞여 있다면서 한 장의 엽서를 빼냈다.

"그 학생이다."

그렇다, 분명 그때 가미야마는 "이 안에 최고가 있다"고 말했다. 하지만 그 학생이 연구실 출신이라는 말은 하지 않았다.

실수했다!

황급히 연구동을 빠져나온 다치바나는 캠퍼스 안 공중전화를 찾아서 은행 인사부에 연락했다.

"도쿄대 야마자키 아키라라는 학생과 연락했는지 알아봐줘."

기다리는 시간이 이토록 길게 느껴진 것은 오랜만이었다.

"자료 청구 엽서를 체크했지만 야마자키 아키라라는 학생은 없었습니다."

"그럴 리 없어. 엽서는 분명……."

있었다고 말하려던 다치바나는 숨을 헉 삼켰다. 손에 들고 있던 가방을 열어 안을 들여다보았다. 어떻게 이런 일이. 가방 바닥에 짓눌려 구겨진 엽서를 발견한 다치바나는 자신의 실책에 얼굴을 찌푸렸다.

"미안. 알았어, 그만 됐어."

일단 수화기를 내려놓고 엽서 연락처에 적힌 야마자키 아키라의 전화번호로 연락했다. 전화 신호음이 울리기 시작했다.

여름 햇살이 전화 부스 안에 내리쬐어, 가만히 있는데도 온몸에서 땀이 솟았다. 하지만 지금 다치바나의 땀에는 다른 이유가 섞여 있었다.

"받아. 제발, 받아." 다치바나는 기도에 가까운 마음으로 빌었다.

신호음은 영원히 이어질 것처럼 계속 울렸다.

6장

뱅커의 탄생

가이도 아키라와 야마자키 아키라.
아키라와 아키라인가.
아키라 대결이로군.

1

"부장님, 연수가 얼마 안 남았네요, 잘 부탁드립니다. 기대하고 있겠습니다."

인사부 다치바나로부터 확인 전화가 온 것은 4월 20일 오후였다.

올해도 그런 계절인가.

마루노우치에 있는 산업중앙은행 본점, 7층에 있는 부장실에서 하네다 가즈오는 힘없이 한숨을 쉬었다.

"올해 신입행원은 어때?"

"다들 훌륭한 인재입니다." 다치바나가 대답했다.

이 남자는 항상 그렇게 말한다.

"정말이야?"

"정말입니다, 부장님. 인사부 직원들도 기대하고 있습니다. 부장님의 '융자 일도양단'은 올해도 연수 메인 이벤트니까요."

"일도양단은 무슨." 무심코 웃고 말았다.

올 4월에 입사한 대졸 신입행원은 약 300명. 산업중앙은행에서는 매년 3주에 걸친 신입사원 연수를 실시하는데, 그 핵심이 마지막 5일 동안 치르는 융자 전략 연수다.

신입행원 세 사람이 한 조가 되어 치르는 이 연수는 실전에 가까운 거래처 데이터를 바탕으로 여신 판단, 돈을 빌려줄지 말지에 대한 판단으로 우열을 가린다. 하네다는 융자부장으로 그 강평을 담당한다. 누가 붙였는지 '융자 일도양단'이라는 이름이 붙었다.

일류 은행인 산업중앙은행의 융자부장이라고 하면 일본 은행융자의 보수파로, 실로 어떤 일에도 흔들리지 않는 일류 뱅커이자 그 강평을 들을 영예로운 기회는 좀처럼 얻기 힘들다. 더군다나 입사한 지 한 달도 되지 않은 신입행원들의 품의서를 상대로 강평을 해주니 신입사원 연수의 핵심에 걸맞은 최고의 프로그램이라고 해도 과언이 아니었다. 고작 신입사원 연수에 융자부장이 직접 **출마한다**는 것은 다른 도시은행에서는 있을 수 없는 일로, 이것만 봐도 산업중앙은행이 얼마나 신입사원 교육에 주력하는지 알 수 있다.

"하지만 작년 취업 전쟁은 심각한 공급자 시장이었잖아."

대규모로 채용한 인재 수준은 보통 평년보다 낮은 편이다.

하네다는 조금 짜증스러웠다. 인사부의 의욕은 모르는 바가 아니지만 이 프로그램은 다분히 빛 좋은 개살구다. 신입사원이 쓴 품의서는 전부 엉망이고, 평이하고 시시한 품의서는 읽어봤자 지루하기만 하다. 하나같이 교과서를 그대로 베낀 듯한 얌전한 내용뿐이라 늘 불만스러운 마음으로 강평을 하게 된다.

메인 이벤트인지 뭔지 모르겠지만 요컨대 인사부가 원하는 건 '신입사원을 위해 융자부장이 일부러 찾아와서 강평을 했다'는 사실뿐이다. 솔직히 거절하고 싶다. 하지만 그것이 융자부장이 으레 해야 할 업무라면 함부로 거절할 수도 없었다.

"뭐, 나도 기다려지기는 해." 하네다는 다소 야유를 담아서 덧붙였다. "별로 기대는 하지 않네만. 모두가 기뻐해준다면야 가야지."

2

가이도 아키라가 손에 받은 것은 매출 30억 엔의 중소기업 재무 데이터였다. 상세한 회사 개요와 3분기까지의 대차대조표, 손익계산서 및 상세한 부속명세서로 구성되어 있었다.

"모두 데이터는 받았나?" 클래스 담당 오다가 교단에서 물었다.

300명의 신입행원은 한 반에 30명으로 나뉘어 3주 동안 함께 지낸다. 각각의 클래스에는 본부에서 선발한 조사관이라는 직함의 장래가 유망한 젊은 행원이 '클래스 담당'으로 붙어서 은행원에게 필요한 기본적인 지식과 기술을 가르친다.

오다는 산업조사부 조사관으로 지난 2주 동안 가이도 아키라가 속한 '6반'에서 교편을 쥔 남자였다.

올해는 전부 10개 반이니 클래스 담당도 열 명. 수많은 본부 조사관들 중에서 선발된 만큼 오다는 상당히 우수한 남자가 분명했다.

"그럼 이제부터 절차를 설명할 테니 잘 들어보도록." 오다는 어딘가 익살스러운 어조로 말을 이었다. "지금 여러분은 세 명이 한 팀으로 나뉘어 있다. 그 팀에서 이 회사의 데이터를 분석해 융자를 할지 말지 여신 가부를 판단한다. 즉 융자 품의서를 작성하는 것이다."

융자 품의서의 착안점이나 구성은 이미 오다가 지금까지 가르친 프로그램에서 설명했다. 다른 반도 모두 조건은 같다.

"작성 분량은 자유다. 실전 형식이며, 일단 해당 회사의 요구사항은 마지막 페이지에 기재된 바와 같다."

펼쳐서 확인해보니 융자 희망 금액과 희망하는 변제 기한 등 희망 차입 조건이 기재되어 있었다.

"품의서 마감은 내일 오후 3시. 모든 반의 품의서는 꼼꼼히 채점해서 순위를 매긴다. 상위 두 팀에 뽑히면 그 팀은 본점 강당에서 열리는 파이널에 진출한다. 질문 있는 사람?"

클래스메이트 한 명이 손을 들었다. "파이널에서는 구체적으로 무엇을 합니까?"

"좋은 질문이다. 이게 조금 재미있거든. 추첨으로 한쪽 팀이 회사 역할, 다른 한쪽이 은행 역할을 맡는다. 회사 팀은 재무 데이터를 근거로 은행에 제출할 융자 신청서를 작성하는 거지. 나머지 은행 팀은 그렇게 제출받은 서류를 바탕으로 융자 여부, 즉 여신 가부를 판단한다."

재미있군. 아키라는 그렇게 생각했다.

"회사 팀은 어떤 기준으로 판단합니까? 그걸로 여신 판단 기술을 알 수 있습니까?" 누군가가 물었다.

"좋은 질문이다." 오다가 조용하게 말했다. "결론부터 말하면 형식이 신청서든 품의서든, 회사를 보는 안목의 우열은 일목요연하다. 게다가 강평을 담당하는 건 하네다 융자부장이다."

하네다의 이름이 나온 순간, 클래스에 긴장이 감돌았다.

"이 융자 전략 프로그램은 융자부가 전면적으로 지원하거든. 자네들 품의서는 전부 융자부 조사관이 평가한다. 알겠나, 그들 모두 실전에서 활약하는 바쁜 사람들이다. 대충할 생각 마라."

당연히 대충할 사람은 없다.

산업중앙은행에 입사한 사람이라면 3주에 걸친 연수에서 이 프로그램이 얼마나 중요한지 알기 때문이다. 이곳의 성적이 그 후의 진로에도 영향을 끼친다고 할 정도다.

오다가 시계를 보며 말했다. "시간은 내일 오후 3시까지. 그럼 시작할까."

동시에 각 반으로 나뉜 동기 300명이 데이터 페이지를 넘기는 소리가 들리는 것 같았다.

신입행원들의 장대한 경주가 지금, 시작되었다.

3

"뭐, 전형적인 중견기업이네." 구리하라 슈스케가 말했다.

세이호쿠대학 출신의 구리하라는 보트부였다는 말에 걸맞게 몸이 탄탄한, 어디로 보나 스포츠맨 스타일의 남자였다. 세이호쿠에서는 산업중앙은행에 매년 수십 명이 입사하는데, 구리하라는 소위 말하는 운동부 특채로 학업 성적과 상관없이 입사가 결정된 경우다.

"이 정도 실적이라면 빌려줘도 문제없지 않을까?"

진지하게 말한 것은 다카야마 기요히코. 산업중앙은행에서는 드물게 지방 국립대학 출신으로 어딘가 위축된 분위기가 있다. 창백한 동안으로 외모도 연약한 인상이다. 두 사람 다 성실하고 좋은 녀석들이지만 '유능'한 인상은 없다. 좋지도 나쁘지도 않다고 할까.

오후 8시가 넘자 연수실에는 책상을 붙이고 검토하는 팀이 그밖에도 몇 팀이나 생겼다. 다른 사람들은 기숙사에서 방이나 식당에 모여 검토하고 있을 게 틀림없다. 경쟁의식은 점점 더 높아져 여기저기에서 뜨거운 토론이 펼쳐졌다.

신입사원 연수 기간에는 참가자 모두 산업중앙은행 기숙사에서 숙식하기 때문에 마음만 먹으면 24시간 주어진 과제에 몰두할 수 있는 환경이다. 그것을 지나친 관리로 받아들여 압박을 느끼는 동기도 있지만 골프부 합숙에서 비슷한 경험을 한 아키라는 별로 신경 쓰이지 않았다. 입사 초 3주 정도야 이런 '유사 군대 생활'도 괜찮지 않을까 하는 정도였다. 이번처럼 시간이 걸리는 과제를 받았을 때는 편리하다.

아키라는 정리한 자료에 시선을 떨어뜨렸다.

모델 기업은 버젓한 중소기업이라고 해도 될 규모지만, 매출은 해마다 감소하고 있다. 그에 따라 이익도 감소해 전기에는 약 1000만 엔의 적자. '지속적 경영난'이다.

"어떻게 생각해, 가이도?" 구리하라가 물었다.

아키라는 직접 계산한 재무 분석 시트를 책상에 내려놓으며 대답했다. "매출 30억 엔에 적자 1000만 엔은 그리 큰 문제는 아니겠지."

"그럼 빌려준다고 할까?"

판단해야 할 요구 내용은 1억 엔의 융자, 5년 분할 상환이다.

은행에 있어 융자 여부는 제대로 상환할 수 있는가에 대한 판단이라고 해도 무방하다. 그것은 개인이 돈을 빌려줄 때와 똑같다. 상대에게 그냥 주는 거라면 또 몰라도, 돌려받지 못할 돈을 빌려줄 바보는 없다.

"근거가 문제야. 적자 금액이 크지 않다는 이유만으로 빌려준다고 하면 우리는 분명 파이널에 남지 못할 거야." 아키라가 말했다.

이 융자 전략 프로그램에 참가한 팀은 약 100개. 거기서 톱에 서려면 흔해 빠진 분석과 결론으로는 불가능하다.

"가령 이 적자가 내년에도 이어진다면? 우리는 아직 그것도 검토하지 않았어."

"아, 그런가." 허를 찔린 듯이 구리하라가 말했다.

"재무 분석은 대강했지만 그걸 어떻게 해석할지도 문제야. 예를 들어 이 회사는 매출이 30억 엔인데, 7억 엔의 대출도 있어. 지금 1억 엔을 빌려주면 대출금은 8억 엔이 돼. 그게 과연 많은 걸까, 적은 걸까? 자기자본비율도 문제야." 아키라는 말을 이었다. "15퍼센트밖에 안 돼."

"적은 거 맞지?" 다카야마가 역시 어딘가 자신 없는 목소리로 물었다.

자기자본비율은 회사의 전체 자산에 대한 자기 자본, 즉 밑천이 되는 금액의 비율을 뜻한다.

"제조업의 이상적인 자기자본비율은 30퍼센트잖아. 그 절반밖에 안 돼. 이래서는 재무 안전성이 높다고 할 수 없어." 아키라는 고개를 끄덕이고 말을 이었다. "아마 다른 그룹은 그 부분의 타당성을 꼼꼼하게 정리할 거야. 하지만 그것만으로는 톱이 될 수 없어. 검토사항을 좀 더 늘려야 해, 가급적 많이."

"예를 들면?" 구리하라가 물었다.

"뭐라도 상관없어. 일단 이 자리에서 생각나는 걸 전부 말해보자. 이 회사의 기술력은 어느 정도인지, 업계 동향은 어떻고 앞으로 성장할지 쇠퇴할지, 대출 금리 수준은 얼마로 정하는 게 적당한지, 담보는 없는지. 이것저것 많잖아."

"오호라."

두 사람은 약간 존경이 섞인 눈빛으로 아키라를 바라보았다.

"아직 시간은 있어." 아키라는 두 사람에게 제안했다. "지금부터 뭘 검토해야 할지, 어쨌거나 최대한 많이 뽑아보자. 더 이상 없다 싶을 정도로."

"하지만 실전에서 그렇게까지 할 필요가 있을까?" 구리하라가 이론을 표했다. "애초에 융자 담당은 시간에 쫓겨서 잘 시간도 거의 없다잖아. 하나의 회사에 그렇게 수고를 들일까?"

"이건 실전이 아니야, 연수야." 아키라는 단언했다. "그러니까 해야 해. 게다가 실전에서도 시간이 있으면 철저하게 검토할 거야. 내 말이 틀려?"

"뭐, 그건 그럴지도." 다카야마가 말했다.

"검토 사항의 숫자와 분량으로 승부하자는 거지, 가이도?"

구리하라도 받아들이고 기합 소리와 함께 보고서 용지를 펼치더니 생각나는 대로 검토 사항을 써내려가기 시작했다.

"좋아, 앞으로 한 시간, 각자 생각나는 아이디어나 시점을 써보자. 한 시간 후에 모아서 실제로 검토해야 할 사항과 그렇지 않은 것을 분류하는 거야. 괜찮지?"

"오케이." 구리하라가 대답했다.

다카야마는 묵묵히 볼펜을 놀리고 있다.

파이널에 올라갈 테다. 아키라는 다짐했다. 당연히 그만한 자신은 있었다.

4

완성된 품의서는 50페이지가 넘었다. 모든 검토를 더한 혼신의 품의서다. 세 사람이 내린 결론은 '융자 보류'였다.

클래스별로 치른 검토회에서 아키라 팀의 품의 내용은 실로 절찬을 받았다. 내용을 발표한 뒤에 사방에서 쏟아진 박수와 찬동의 목소리를 아키라는 당연한 반응으로 받아들였다.

"용케 여기까지 조사해서 검토했네."

오다가 놀랄 정도로 꼼꼼한 품의서였기 때문이다. 융자는 해주느냐 마느냐 두 가지 선택밖에 없으니 '보류'라는 결론을 내린 팀도 적지는 않았다. 하지만 업계 동향이나 회사 안팎의 경영 환경까지 고려해 향후 전망까지 분석한 품의서는 없었다. 모두 그렇게 넓은 시야를 가지지 못했기 때문이다. 그런 의미에서 적어도 이 반에서는 압도적인 승리를 거둔 셈이다.

"훌륭해."

오다는 그렇게 말하고 발표를 마친 아키라 팀의 품의서를 교단 위에 쿵 내려놓았다. 내용도 물론이지만 분량으로도 아키라 팀의 품의서를 능가할 팀은 있을 리 만무했다. 실제로 그 뒤로도 몇 팀의 발표가 이어졌지만 전부 아키라에게는 아쉬웠다. 그것은 오다의 짤막한 평가에도 드러났다.

발표가 다 끝나고 오다는 종이상자에 모든 팀의 품의서를 넣었다.

"이제부터 인사부와 융자부 합동 팀이 여러분의 품의서를 채점한다. 아마 그 사람들은 밤을 새겠지. 고생이 따로 없어. 참고로 심사는 3차까지 한다."

교실이 술렁거렸다. 중요한 프로그램이라는 말은 들었지만 그렇게 신중하게 하다니, 모두 놀란 것이다.

"1차 심사에서 3분의 1로 줄이고 2차에서는 열 팀으로 줄인다. 3차에서 파이널에 나갈 두 팀의 품의서를 고른다. 이 중에서 파이널에 남을 팀이 나오길 기도하마. 모두 수고했다." 오다는 그렇게 말하고 아키라를 힐끗 쳐다보더니 교실에서 나갔다.

그 결과는 이틀날 오전 10시에 발표되어 연수원 복도에 걸렸다. 결과가 어떤지는 보러 가기 전에 이미 알았다. 구리하라가 숨을 헐떡이며 달려왔기 때문이다.

"어이, 어이, 가이도. 우리, 올라갔어!"

"그래."

냉정한 대답이었지만 아키라의 가슴에도 기쁨이 스멀스멀 번졌다. 그 정도로 열심히 했으니 당연히 뽑힐 거라고 되뇌었지만 실제로 결과가 나오기까지 확신은 없었다. 어쨌거나 산업중앙은행에는 각 대학의 수재들이 득실거리기 때문이다.

"기뻐하기엔 일러, 구리하라." 아키라는 말했다. "아직 파이널이 있어. 거기에서도 이기자."

'파이널에 오른 팀은 오후 12시 45분에 제1회의실로.'

게시물에는 그렇게 적혀 있었다.

구리하라, 다카야마와 함께 셋이서 회의실로 가니 그곳에는 파이널에 오른 또 하나의 팀이 먼저 와 있었다.

"여어, 가이도."

그중 한 사람의 얼굴을 본 순간 아키라가 입을 열기 전에 상대방이 먼저 이름을 불렀다. 이 녀석인가. 내심 놀랐지만 바로 그러려니 하고 경계 태세에 들어갔다. 이 녀석이라면 파이널에 남는 게 당연하다.

"그래, 야마자키." 아키라는 그렇게 대답하고 원탁을 사이에 두고 반대편에 셋이서 나란히 앉았다. "너희 팀이었어?"

"너희 품의서 훌륭했다면서?"

어디에서 들었는지 야마자키 아키라가 그렇게 말했을 때, 문이 열리더니 한 남자가 부하를 데리고 회의실로 들어왔다. 아키라도 알고 있는 인사부 차장 다치바나였다.

"모두 고생했다." 다치바나는 자리에 앉으면서 말했다. "그럼 파이널 순서를 설명할 테니 잘 듣도록. 여러분 중 어느 한쪽이 지금부터 융자를 신청하는 회사 역할, 다른 쪽이 은행 융자 담당자 역할을 맡는다. 회사 역할을 맡은 팀은 이제 나눠줄 재무 자료를 꼼꼼히 읽고 융자 신청서를 작성한다. 반대로 은행 역할은 내일 그 융자 신청서를 분석해 융자 가부를 판단해 품의서를 작성한다. 시간은 각각 여덟 시간이다. 서로 맡은 역할을 완수해주길 바란다. 파이널에 진출한 여러분에게는 검토 장소로 이 회의실을 제공한다. 질문 있나?"

야마자키 팀에서 한 명이 재빨리 손을 들었다. "저희가 그걸 작성하는 동안 다른 사람들은 뭘 합니까?"

그 말에 회의실에 웃음이 일고 긴장이 조금 풀렸다.

다치바나도 웃으며 말했다. "다른 반도 회사와 은행 역할로 나뉘어 자네들과 같은 과제를 푼다. 자네들도 첫날은 회사 역할이 융자 신청서를 만들고, 은행 역할은 졸업 시험을 치러야 해."

첫 질문자가 불만스러운 소리를 냈다.

"둘째 날은 그 반대로, 회사 역할이 시험을 치르고 은행 역할은 품의서를 작성하는 일정이다. 그리고 사흘째에는 이 연수원에서 본부 빌딩 강당으로 이동해, 여러분은 단상에 올라가 토론회를 연다. 거기에는 하네다 융자부장도 참가해 강평을 해주실 예정이다." 질문 없나, 하는 표정으로 다치바나가 사람들의 얼굴을 둘러보았다. "좋다, 그럼 역할을 정하겠다. 제비를 뽑아."

가이도 팀은 구리하라가 뽑았다. 회사 역할이다.

"그럼 은행 역할을 맡은 제군은 퇴실하도록."

야마자키 팀이 오른손을 들어 가볍게 인사하고 자리에서 일어섰다. 모두 회의실 밖으로 나가자 다치바나는 가져온 봉투에서 모의 회사의 데이터를 꺼냈다. 100페이지나 되는 두툼한 자료였다. 재무부터 자산, 사장의 개인 데이터까지, 모든 게 망라되어 있다.

"사실 이건 실제 회사의 데이터다." 다치바나가 말했다. "이름은 일본공업으로 바꿔두었지만 진짜 데이터에 가까우니 조심히 다뤄야 해. 그리고 절대 은행 팀에는 보여주지 말 것. 이제 오후 9시까지, 여덟 시간이 자네들의 검토 시간이다. 기대하겠다."

다치바나가 일어섰을 때 시계가 정확히 오후 1시를 가리켰다.

그 뒷모습을 배웅하고 아키라는 실재하는 회사의 자료라는 데이터를 살펴보았다. 가장 먼저 살펴본 것은 손익계산서다. 매출이나 경비, 수익 현황 등이 기재되어 있는 서류다.

"이건……." 아키라는 무심코 신음했다.

다른 두 사람도 아연실색해 입을 다물고 있다.

매출은 15억 엔으로 비교적 작은 회사였다. 문제는 실적이다.

반년 연속 적자. 3년 전에는 흑자였지만 4년 전에는 적자, 5년 전엔 흑자였다. 다시 말해 적자와 흑자를 반복하고 있는 암울한 실적이었기 때문이다.

"가이도. 이 데이터, 얼마를 빌리라는 말이 없어." 구리하라가 부들거리며 말했다.

"설마." 모든 서류를 살펴보았지만 정말이었다. "신청 금액도 우리가 정하라는 건가?"

"이건 어렵겠어, 가이도. 은행 팀이 유리한 것 아닐까?"

아니, 그럴 리 없다. 이런 회사에서 융자를 요청하면 바로 결정하기 어렵다. 아무리 야마자키 아키라라도 분명 고민할 것이다.

"어쩔 거야, 가이도?"

"해보는 수밖에."

아키라는 그렇게 말하고 다시 서류를 꼼꼼히 살펴보았다. 구매 전표와 지불 예정 경비, 입금 예정이 적힌 서류가 섞여 있었다.

"자금 조달도 직접 하라는 건가? 잠깐…….

데이터를 간단히 대차변으로 나누어 계산기에 입력했다. 두 번 계산해보고 고개를 들었다. 구리하라와 다카야마가 얌전히 아키라의 말을 기다리고 있었다.

"이 회사, 내버려두면 다음 달에 쇼트가 나."

"진짜? 얼마?"

아키라의 말에 구리하라도 필사적으로 자료를 뒤적거렸다.

"대충 계산해서 3000만 엔 내지 4000만 엔 정도. 예금과 입금 예정액만으로는 지불 예정액을 메꿀 수 없어."

"우엑."

말은 그렇게 하면서도 구리하라는 몇 번이나 전자계산기를 두드리며 고개를 갸웃거렸다. 가끔 흥미로운 아이디어는 내지만 정확성이 필요한 작업은 서툰 타입이다. 오히려 다카야마가 그런 점에서는 뛰어나다. 다카야마는 이미 자금 조달표를 작성하고 있다. 셋이서 데이터를 정리하기 시작했다.

작성한 것은 과거 6개월, 향후 6개월의 자금 조달표다.

표 작성을 마치고 무거운 침묵 속에서 이윽고 다카야마가 곤혹스러운 목소리로 말했다. "다음 달, 약 4000만 엔, 쇼트."

쉽게 말해 현금이 부족해진다는 뜻이다.

"적어도 그 이상 융자를 받지 않으면 끝장이란 뜻인가."

이미 세 사람의 검토는 시작되었다.

"다음 달까지면 아직 시간이 있잖아. 환금할 수 있는 자산이 있을지도 몰라."

구리하라다운 창의적인 말에 아키라도 고개를 끄덕였다.

세 사람 다 이런 회사 상태에서 4000만 엔이나 되는 융자 신청은 어렵다고 직감했다. 융자를 받으려면 신청 금액을 최대한 줄여야 한다. 회사 팀으로서는 은행에 전적으로 의지하는 융자 신청서로는 승산이 없다는 걸 알기 때문이다.

"하지만 이 실적으로는 결국 오래 못 가지 않을까?" 아키라가 말했다.

실적은 지속적인 쇠퇴. 업종은 금형 제조업으로 화려하게 성장할 업계도 아니다. 게다가 능력을 넘어선 상환에 시달리고 있다. 솔직히 예금이 얼마가 있어도 메꾸지 못한다.

"우리가 경영자라면 어떻게 해야 할까?" 아키라가 불쑥 물었다.

두 사람이 놀란 얼굴로 아키라를 쳐다보았다. 아키라는 그런 두 사람이 아니라 회의실의 허공을 바라보며 되풀이했다.

"만약 우리가 이 회사를 경영하고 있다면 어떻게 할 것 같아?"

그 순간, 어떤 생각이 아키라의 가슴에 떠올랐다.

"뭔가 좋은 아이디어라도 있어?"

아키라는 그렇게 묻는 구리하라의 얼굴을 쳐다보며 말했다. "잘 될지는 모르겠지만, 나한테 한 가지 생각이 있어."

"하네다 부장님, 슬슬 가실 시간입니다."

비서의 말에 "예에" 하고 성의 없이 대답한 하네다는 책상 위에 펼쳐놓았던 서류를 느긋하게 정리해 미결재함에 넣었다.

어디서 지켜보고 있었던 것처럼 인사부 다치바나가 때마침 문을 노크하고 고개를 내밀었다. "모시러 왔습니다."

"자네, 직접 데리러 오지 않으면 내가 도망칠 거라 생각하는 거지?"

하네다는 농담하면서 상의를 걸치고 다치바나와 함께 본점 지하 1층에 있는 대강당으로 향했다.

"그 파이널 라운드의 회사 데이터, 봤나?" 엘리베이터 안에서 하네다는 조금 장난스럽게 물었다.

"봤습니다." 다치바나가 대답했다. "부장님의 고약한 심보가 여실히 드러나 있더군요."

요놈 봐라. 예전에 직속 부하였던 다치바나도 하네다 못지않게 입이 험하다.

"그래서야 융자를 신청하기도 망설여질 겁니다. 빌려주는 쪽도 마찬가지겠지요."

"그래서 결과는 어떻지?"

다치바나는 파이널에 오른 두 팀의 보고 내용을 알고 있을 터였다. 하지만 다치바나는 고개를 저었다. "그게, 모르겠습니다."

"모른다고? 무슨 뜻이지, 차장? 자네는 자기가 보지도 않은 서류를 내게 보여주려는 건가?"

"아닙니다. 그게 아니라 올해 파이널 팀의 요청으로 자기들 융자 신청서는 은행 팀에게만 보여주고 싶다고 해서, 본심사까지 개시를 거부했습니다."

"허. 그런 소리를 하다니, 재미있는 신입이군."

예상치 못한 이야기에 하네다는 흥미를 느꼈다.

"부장님, 도카이해운 아시죠?"

"암, 알지."

"그곳 가이도 사장의 아들이 제안한 겁니다. 인사부 안에서 검토했는데 뭐, 실전 형식인 데다가 파이널 팀으로는 그간의 팀과 비교해도 상당히 우수해서 요청을 들어주자고들 하더군요."

하네다는 저도 모르게 씨익 웃었다. 재미있는 일이 생길 듯한 예감이 든다.

이윽고 엘리베이터가 지하 1층에 도착해 하네다가 강당에 발을 들여놓자마자 모두 벌떡 일어서서 박수를 쳤다. 항상 똑같은 연출이지만 마치 자기가 우두머리라도 된 기분이라 내심 흥겹다. 하네다가 단상으로 올라가 심사위원장 자리에 앉을 때까지 이어지던 박수는 다치바나 차장이 사회용 마이크 앞에 서는 순간 멎었다.

"그럼 지금부터 융자 전략 프로그램 파이널 라운드를 시작하겠습니다. 먼저 파이널에 오른 두 팀을 여러분에게 소개하겠습니다."

세 사람씩 두 팀이 마주 보는 형태로 이미 단상에서 준비하고 있었다. 입사 동기 300명의 선망에 가까운 시선 속에서 다치바나가 한 명씩 소개했다.

"먼저, 가이도 아키라."

하네다는 실눈을 뜨고 자리에서 일어선 남자를 보았다. 늘씬한 장신이지만 가녀린 느낌은 조금도 없다. 차분하게 회장의 청중을 바라보는 모습은 미래의 간부 후보라는 인상을 뚜렷하게 각인시켰다.

나머지 두 사람에 이어서 다치바나가 다른 한 팀으로 소개를 이어갔다.

"야마자키 아키라."

신기한 남자다. 하네다는 그렇게 생각했다. 일어서서 하네다에게 묵례한 남자에게서 뭔가 따스한 매력이 넘치는 것처럼 보였기 때문이다. 이런 곳에서 이런 인상을 받는 것도 이상할지 모르지만 다정함 같은 분위기가 스며나오는 남자였다. 나머지 두 사람도 이어서 소개되었고, 이것으로 여섯 명의 파이널 멤버가 모두 모였다. 하네다는 아무 정보도 듣지 못했지만 각각의 팀에서 누가 리더인지 알 것 같았다.

눈앞의 자료에 두 사람의 프로필이 있었다.

가이도 아키라와 야마자키 아키라.

아키라와 아키라인가. 아키라 대결이로군. 해학을 즐기는 뇌는 시시한 말장난을 떠올렸다. 하네다는 이름도 그렇지만 두 사람의 공통점은 눈이라고 생각했다. 두 사람 다 눈빛이 좋다. 허세가 없는 맑은 눈이다.

"자, 누가 일본공업의 경리부장인가?"

다치바나의 말에 회장 안에서 웃음이 일었다.

그렇다, 이것은 진지한 학예회다. 회사 대 은행. 여기 있는 300명은 앞으로 쭉, 아마도 은행에서 퇴직하는 날까지 저 구도 속에서 살게 되리라. 일어선 사람은 가이도 아키라였다. 그것을 본 다치바나가 말을 이었다.

"오, 그럼 가이도 부장님, 귀사의 방문 목적부터 말씀해주시겠습니까?"

다치바나도 상당한 연기파다. 하네다는 어이없는 기분으로 가이도에게 시선을 옮겼다.

"소개해주셔서 감사합니다. 단도직입적으로 말씀드려서 오늘 산업중앙은행에는 저희 일본공업에 융자를 부탁드리려고 찾아왔습니다. 그럼 먼저 저희 회사의 실적을 설명해드리고 이어서 미리 작성해온 희망 융자액을 기입한 서류를 보여드리겠습니다."

융자부장 하네다, 총출동한 인사부 직원, 그리고 입사 동기들의 시선을 받으며 가이도가 막힘없이 술술 말하자 그것을 신호로 회장 안에 자료가 배부되었다.

하네다도 받았다. 두툼하니 묵직한 자료다.

"여덟 시간이라는 제한 시간 내에 작성한 것치고는 상당한 분량이로군."

그런 생각을 하며 표지를 넘긴 하네다는 순간 제 눈을 의심했다. 거기에는 일본공업 측, 다시 말해 가이도 팀의 희망 융자액과 그 조건이 적혀 있었다.

희망 융자액 7000만 엔.

상환 기간 5년.

담보 없음.

"제정신인가!"

어디를 어떻게 하면 이렇게 황당한 금액이 나오지? 무심코 고개를 들자 어딘가 한심한 표정의 다치바나와 눈이 마주쳤다.

저 가이도란 남자는 무슨 생각을 하고 있는 거지? 올해는 훌륭한 인재가 많다고 누가 말했던가?

파이널 과제로 제시한 데이터는 하네다가 과거 지점장 시절에 직접 담당했던 회사의 자료다. 그 회사는 추가 융자를 요청한 3개월 후에 도산했고, 하네다는 은행원 인생에서 유일하게 대출금을 돌려받지 못했다. 다행히 손실액이 적어서 하네다는 그 후로도 계속 출세할 수 있었지만 만약 하네다가 이 회사의 요청대로 융자해줬다면 지금 부장 자리에 앉아 있지 못했을지도 모른다.

그때 이 회사가 요청한 융자액은 4000만 엔으로, 하네다는 그 융자를 거절했다. 사실 그 이상의 답이 있을 리 없다. 하네다는 방금 전 느꼈던 가이도 팀에 대한 기대가 급속하게 수그러드는 것을 느꼈다.

이 팀은 이 회사가 과연 얼마가 필요한지, 자금 조달부터 잘못 계산한 게 아닐까? 그런데 이렇게 두꺼운 신청서를 작성해오다니, 어차피 내용도 시시할 게 분명하다. 아니나 다를까 회장에서 "어엇!" 하는 목소리가 연이어 나왔다. 파이널 팀을 제외한 모든 사람들은 미리 모범 답안을 받았다. 하네다보다 먼저 와서 단상에 올라가 있던 융자부 관계자들도 얼굴을 찌푸렸다. 그 표정들이 이렇게 말하고 있었다. '황당하군.'

"그럼 설명하겠습니다." 하네다와 회장 안에 있는 사람들의 동요에는 전혀 개의치 않고 가이도 아키라가 말을 이었다. "저희 회사는 오랫동안 정밀기계 금형제조를 담당해왔습니다만, 이번에 염원하던 야마토전기산업과 신규 거래가 결정되어 그것으로 전기 대비 약 2억 엔의 수익 증가로 매출이 16억 8000만 엔, 이익도 3000만 엔 증가하여 경상수익 8000만 엔을 달성했습니다."

하네다는 뭔가 꿈이라도 꾸고 있는 게 아닌가 의심했다.

아니면 늙어서 귀가 나빠졌나? 수익이 증가했다고?

"어이, 다치바나 차장." 눈을 휘둥그레 뜨고 마이크 앞에 서 있던 다치바나를 작게 불렀다. 당혹스러운 표정으로 몸을 숙여 다가온 다치바나에게 물었다. "자네, 내가 준 과제는 제대로 전달했겠지?"

"물론입니다." 다치바나는 혐의를 부정하듯 불안한 눈빛으로 하네다에게 귀띔했다. "재무 데이터가 첨부되어 있으니 보십시오."

"그게 왜?"

"보세요."

다치바나는 같은 말을 반복하고 사회자석으로 돌아갔다. 무슨 말인지 모른 채로 하네다는 두꺼운 신청서를 넘기다가 할 말을 잃었다. 숫자가 다르다! 거기에 기재된 숫자는 하네다가 건넨 오리지널 데이터와는 완전히 달랐다.

"이건……." 하네다는 태연한 표정으로 마이크를 쥐고 있는 가이도를 휘둥그런 눈으로 쳐다볼 수밖에 없었다. "분식이잖아!"

그래서인가! 하네다는 그제야 이해했다.

회사 팀이 융자 신청서를 본심사까지 공개하기 싫었던 이유는 분식 사실을 완전히 은폐해 숨기고 싶었기 때문이다. 저 가이도 아키라란 남자는 대체!

가이도 팀은 하네다가 준 데이터를 분식 기재해 수익이 없는데도 신규 수주를 날조해 이익을 낸 것처럼 꾸민 것이다.

그때 하네다는 몸속에서 솟구치는 전율을 느꼈다. 재미있군!

설마 자기 데이터를 이런 식으로 이용할 줄은 생각도 못 했다. 하지만 만약 일본공업 경영자가 악의를 품고 산업중앙은행을 속여서라도 융자를 끌어내려 했다면 이런 분식회계도 있을 수 있다. 또다시 술렁거리는 소리가 잔물결처럼 회장을 뒤덮으려 했다.

"쉿!" 그때 가이도가 입술 앞에 손가락을 세웠다. "모두 조용히 해 줘. 아무 말도 하지 마. 부탁이야!"

폭소가 휘몰아쳤다. 객석에 있는 신입사원들도 당연히 하네다가 낸 오리지널 데이터 내용을 알고 있다. 가이도 팀이 신청서에 분식회계 데이터를 썼다는 걸 이윽고 깨달은 듯했다. 실실거리는 얼굴, 아연히 쳐다보는 얼굴, 어떻게 될지 숨을 삼키고 있는 얼굴, 회장 안의 모든 사람들이 다양한 감정을 담은 눈빛으로 단상을 바라보고 있다. 지금 이 회장에서 분식 기재 사실을 모르는 사람은 세 명뿐이다.

은행 팀 파이널 멤버 세 명이다.

하네다는 지금 자기가 저 자리에 앉아 있다면 어떤 결론을 내릴지 생각하며 가이도 팀이 작성한 자료를 자세히 점검했다. 숫자를 쭉 살펴본 하네다는 마음속에 경악이 퍼져나가는 것을 금할 수 없었다. 이 분식은 대단히 훌륭하다.

하네다 역시 지금까지 몇 번이나 진짜 분식 장부를 보았고, 꿰뚫어 보았는지 모른다. 하지만 이 자료만 봐서는 이것이 분식회계임을 꿰뚫어 보기란 거의 불가능하다.

하네다가 그런 생각을 하고 있을 때, 호기심이 뒤섞인 사람들의 시선을 한 몸에 받은 가이도는 담담히 자사 실적을 과시하고, 이제야 겨우 필요 경비를 설명하는 참이었다.

"이렇게 신규 수주로 저희 회사에서는 증가운전자금이 필요해 귀사에 융자를 부탁하고 싶습니다. 거기에 적혀 있는 대로 희망 융자액은 7000만 엔, 부디 긍정적으로 검토해주시기 바랍니다."

가이도가 자리에 앉자 회장 안은 대번에 찬물을 끼얹은 것처럼 고요해졌다.

다치바나는 곤혹스러운 표정으로 사전에 신청서를 보지 말아달라고 요청했던 가이도 팀의 진의를 곱씹고 있을 터였다. 이것이 '융자 일도양단'이 시작된 이래로 최고의 속임수라는 것은 분명했다.

하지만 각각 회사 팀, 은행 팀이라는 역할을 맡아 주어진 배역에 충실하게 실전과 똑같이 서류를 작성해보라고 명령한 것도 인사부였다. 가이도 팀이 작성한 자료는 그런 인사부의 지시를 역으로 이용한 기발한 술책이다. 아니, 기발한 술책이라고 해도 실제로 일어날 가능성은 다분히 존재한다. 그런 의미에서 인사부 역시 화를 내고 싶어도 내지 못하는 상황이리라.

"가이도, 수고했다. 그럼 이어서……." 다치바나는 마침 대각선 뒤쪽에 나란히 앉아 차례를 기다리고 있던 은행 팀 세 사람을 돌아보았다. "은행 팀 융자과장은 누구지?"

예상대로 야마자키 아키라가 손을 들었다.

"융자과장 야마자키입니다." 마이크를 건네받은 야마자키의 차분한 목소리가 회장 안에 울려퍼졌다. "시작에 앞서 저희 결론을 먼저 말씀드리겠습니다."

하네다는 팔짱을 끼고 눈을 감았다. 다치바나는 조용히 앞쪽을 바라본 채로 꼼짝도 하지 않았다. 그 시선은 회장의 신입사원들이나 뭔가 다른 것이 아니라 그저 아무것도 없는 공간을 꿰뚫어 보고 있을 뿐이었다. 마치 예상을 초월해 폭주하고 있는 이 연수의 전말을 통탄하는 것 같기도 했다.

그때, 야마자키가 말했다. "저희 결론은⋯⋯."

하네다는 눈도 깜빡하지 않고 숨을 삼켰다.

"융자 보류입니다."

6

야마자키의 말이 울려퍼진 순간, 한층 더 큰 술렁임이 강당의 공기를 뒤흔들었다.

보류? 이 신청을 승인하지 않겠다는 건가?

"모두 조용히. 야마자키." 그때 다치바나가 호명했다. "증가운전자금 대출인데 어째서 보류인가?"

그 말에는 가이도 팀의 분식회계가 얼마나 뛰어난지 인정하는 구석이 있었다.

"아닙니다." 그때 야마자키는 자기를 바라보는 가이도를 똑바로 쳐다보았다. "이 신청서에 첨부한 재무 데이터는 분식입니다."

이번에야말로 아무도, 아무 말도 하지 못했다.

몇 초 동안 강당 안은 아무도 없는 것처럼 정적의 바닥에 가라앉았다. 모두가 석고에 갇힌 것처럼 동작을 멈추었다. 그 정적을 깨고 한마디의 질문이 하네다의 귀에 닿았다.

"어떻게 알았지?" 가이도였다.

야마자키가 대답했다. "재고를 늘렸던데?"

가이도는 질문 의도를 파악하려고 야마자키를 뚫어져라 쳐다보았다.

"매출이 늘면 자재 구매도 늘어. 재고도 늘겠지. 금형 가격은 하나에 몇 천만 엔이나 해."

"알아."

두 사람의 문답을 모두가 숨을 죽이고 지켜보았다.

"하지만 금형은 일본공업의 재고가 아니야."

가이도는 대답하지 않았다.

야마자키가 말을 이었다. "금형 소유권은 보통 의뢰주에게 있어. 다시 말해 그것을 작성한 일본공업이 아니라 어디까지나 의뢰주의 자산이야. 일본공업은 다만 그것을 맡고 있는 것에 불과해. 그런 의미에서 재작년까지 일본공업의 재무 처리는 공정했어. 하지만 작년 처리 방법은 명백히 부자연스러워. 그걸 단서로 우리는 2억 엔 가까운 매출 증가라는 사실의 신빙성을 철저히 검증했어. 너희는 자재 구매에도 손을 댔는데, 그건 상당히 훌륭했어. 하지만 이런 분식에는 반드시 마지막에 문제가 남아. 이익의 행방이지. 매출이 증가해 이익이 나면 그 이익은 어딘가에 축적되어야만 해. 보통은 새로운 투자나 예금으로 남거나, 둘 다인 경우가 많지. 하지만 그 처리가 분식회계에서는 제일 어려운 점이야. 너희는 그것을 다양한 감정 과목으로 분산해서 속이려 한 것 같은데, 거기에 누가 봐도 부자연스러운 게 들어 있었어."

가이도는 어리둥절한 표정으로 야마자키를 바라보았다.

"부자연스럽다니, 뭐가?"

"현금."

야마자키의 대답을 들은 순간, 하네다는 외마디 소리를 지를 뻔했다. 방금 전엔 놓쳤지만 가이도가 작성한 재무 데이터에는 3500만 엔이나 되는 현금이 있다고 적혀 있었기 때문이다.

"이런 매출 규모로 현금이 3500만 엔이나 있다니 부자연스러워. 따라서 이 재무 데이터는 신용할 가치가 없다는 게 우리 결론이다. 일본공업의 정식 재무 데이터는 몰라. 하지만 은행을 속여서 거액의 융자를 받으려는 경영자가 있어도 이상하지 않다고 판단했어."

고개를 든 하네다의 눈에 웃음을 흘리는 가이도의 모습이 보였다.

"역시 야마자키 아키라야."

뭐지, 이 두 사람은?

저도 모르게 두 눈을 휘둥그레 뜨고 있던 하네다는 그때 "부장님, 하네다 부장님" 하고 부르는 다치바나의 목소리에 정신을 차렸다.

"어떻게 보셨습니까. 강평을 부탁드립니다."

"먼저 솔직한 감상을 말하지." 하네다는 자리에서 일어나 이마에 맺힌 땀을 훔쳤다. "스릴 넘치는 대결이었다. 다른 말이 떠오르지 않는군."

"그 말씀은, 최대의 찬사로 받아들여도 되겠습니까?"

다치바나 녀석, 쓸데없는 소리를 하다니.

하네다는 내심 불쾌하게 여기면서도 인정할 수밖에 없었다.

"그렇다. 하지만 이렇게 심장에 나쁜 프로그램은 내년부터 재점검하는 게 나을지도 모르겠군."

회장에 웃음소리가 퍼졌다.

하네다는 진지한 얼굴로 말을 이었다. "은행은 사회의 축소판이다. 여기엔 각양각색의 사람들이 얽혀 있지. 여기에 오는 모든 사람들에게는 그들만의 인생이 있고, 절박한 사정이 있다. 그걸 잊지 마라, 제군. 돈을 벌 수 있다고 무작정 빌려주는 게 대부업자라면 상대를 보고 살아 있는 돈을 빌려주는 게 뱅커다. 대부업자와 뱅커 사이에는 결코 메울 수 없는 거리가 있다. 똑같은 돈을 빌려주더라도 뱅커가 빌려주는 돈은 빛나야만 한다. 세상에서는 돈에 색이 없다고들 하지만, 색을 입히지 않는 뱅커는 대부업자나 마찬가지다. 상대를 생각하고 사회를 위해 돈을 빌려주도록. 돈은 사람을 위해 빌려주어라. 돈을 위해 돈을 빌려주었을 때 뱅커는 단순한 대부업자가 된다. 하지만 오늘 내 설교가 아무렴 어떤가. 지금은 솔직하게 우리가 자랑하는 뱅커가 탄생했음을 칭찬하고 싶다. 훌륭한 분석이었다."

폭소가 터졌다.

"그리고 훌륭한 분석이었다. 자네들 같은 신입사원을 우리 은행에 맞이할 수 있어 자랑스럽다. 산업중앙은행에 온 것을 환영한다. 자네들은 우리의 새로운 동료다. 함께 싸우는 동료다."

부하에게 사회를 넘긴 다치바나가 우레와 같은 박수를 받으며 강당을 뒤로한 하네다를 배웅하러 다가와 깊숙이 고개를 숙였다.

"부장님, 정말 고맙습니다. 사무실까지 모시겠습니다." 엘리베이터에 올라탄 다치바나가 야마자키 팀이 작성한 융자 보류 품의서를 펼쳤다. "부장님, 이 코멘트 보셨습니까?"

'추가. 재고 처리 실수만으로는 이 안건이 분식회계라고 확신할 수 없었다. 하지만 현금 가공계상에 대해서는 회사 팀 세 사람이 모르고 계상했을 리 없다. 아마도 진짜 데이터를 의도적으로 분식해 호도할 수 있는 자신들의 우위를 감안해 은행 팀인 우리에게 힌트를 준 게 아닐까. 그런 의미에서 공정한 대결이었지만, 실전이라고는 말하기 어려운 측면이 있음을 첨언해둔다.'

"뭐 이런 녀석들이 다 있지?" 하네다는 다치바나와 얼굴을 마주 보았다. "대단하군."

"예, 대단하지요."

"자네가 둘 다 채용했나?"

"물론입니다." 다치바나가 싱글벙글 웃으며 말했다.

"어이, 다치바나. 저 두 사람 어디에 배치했어? 이다음에 발령식이지?"

해마다 똑같은 식순이다.

"가이도는 본점, 야마자키는 야에스길 지점입니다."

서로 도쿄역을 사이에 둔 반대편이다.

"저 두 사람은 앞으로 우리 은행을 이끌어갈 인재가 될 거야. 그런데 다치바나 차장, 슬슬 이 프로그램을 재점검할 때가 아닐까?"

다치바나가 씁쓸한 표정을 지었다. "설마 이런 수법을 쓸 줄은 몰랐으니까요. 솔직히 상대방이 더 뛰어났습니다."

"그러게."

"어떻게 할지 솔직히 고민됩니다."

"뭘 고민하나." 하네다는 장난스러운 눈빛으로 말했다. "저 두 사람한테 물어보면 되잖아. 분명 자네들이 머리를 쥐어짜는 것보다 훌륭한 답이 나올 거야."

때마침 엘리베이터가 임원 층에 도착했다.

"부장님, 농담이 과하십니다." 다치바나가 말했다.

"농담 같아?" 하네다는 입술에 미소를 머금고 다치바나에게 말했다. "난 언제나 진지해."

어이없어하는 다치바나의 배웅을 받으며 하네다는 호탕한 웃음과 함께 사무실로 돌아갔다. 그렇게 하네다는 생각하지 못한 흥분 속에서 연례 행사를 마쳤다.

7장

버블

"확실히 지금은 불도저 전략이 어찌저찌 통해.
하지만 이 경기도 언젠가 끝날 거야.
그때가 되면 지금 옳았다고 믿었던 게 실수가 될 거야."

1

"10억 엔이라고요?"

회람 서류를 보고 가이도 아키라는 놀라서 저도 모르게 큰 소리를 냈다.

옆 책상에 있는 반노 히로미치가 사나운 얼굴로 돌아보며 시비조로 "뭐야, 불만 있어?"라고 내뱉었다.

방금 전 외근에서 돌아온 반노가 뭔가 큼직한 융자 안건을 가지고 돌아왔다는 건 대충 눈치채고 있었다. 은행 사무실로 돌아오자마자 반노가 가장 먼저 부본점장 고지마 나오미에게 달려갔기 때문이다.

"잘했다, 반노!" 손님이 있는데도 그런 건 아랑곳하지 않는다. 고지마의 큰 목소리가 플로어에 울려 퍼졌다. "어이, 4과장!"

아키라의 상사인 기업4과장 노자키 마사오는 고지마의 한마디에 용수철처럼 자리에서 일어나 플로어 맨 안쪽에 있는 부본점장 자리로 튀어갔다. 함박웃음을 짓는 고지마와 으스대는 반노의 표정이 보였다.

"반노가 또 한 건 했어. 자네, 반노 쪽으로는 다리 뻗고 자면 안 되겠어, 그렇지? 어이."

아키라와 같은 기업4과 2년 선배인 반노는 고지마가 아끼는 직원이다. 본점이라는 거대한 점포에서 본점장은 이사를 겸한 허수아비에 지나지 않아, 실질적으로 현장을 지휘하는 것은 부본점장인 고지마니 그보다 튼튼한 방패가 없다.

반노는 작년 4월, 이케부쿠로 지점에서 전근해오더니 연달아 대형 융자 안건을 성사시켜 4과의 에이스로서 지위를 확립해가고 있었다. 그 방식은 한마디로 불도저다. 노자키 과장의 지시로 그런 반노와 콤비를 이루고 있는 아키라는 이런 융자를 해줘도 괜찮은 건지 불안한 경우가 적지 않았다. 은행이라는 우월적 지위를 남용한다고 해도 이상하지 않은 강압적인 영업 스타일은 고지마만 모르고 있지, 거래처 평판이 상당히 나쁘다.

예를 들어 거래처 기업의 고령 임원에게 제대로 설명도 하지 않고 상속대책이라며 수억 엔 단위의 융자 안건을 따낸 일이 몇 번이나 있었다. 융자금은 전부 자본계열 보험회사가 판매하는 '일시불 노후 보험'을 사기 위한 자금으로 쓴다.

"여기에 가입해두면 돌아가셨을 때 빚도 갚아주고 상속세도 전부 낼 수 있을 만큼 보험운용 이익금이 굴러들어옵니다."

그 보험은 주식시장 운용 실적에 좌우되므로 10년 후에도 지금처럼 탄탄한 시세가 이어진다는 걸 대전제로 하는 위험한 상품이다. 반노는 그걸 은행이라는 간판의 신용을 내세워 마구 팔아대고 있었다.

반노가 올린 실적은 훌륭했지만 내용은 상당히 위험했다. 반노의 업적은 살얼음판 위에 지은 궁궐 같은 것이다. 언제였던가, 같은 기업과에 속한 선배가 한 말인데 실제로 맞는 말이었다. 그런 반노의 성격은 실제로 함께 일해보니 전제군주가 따로 없었다. 후배를 시종처럼 부렸다. 거래처에서 짜증 나는 일이 있으면 아키라의 책상에 전표를 내팽개치고 간다. 휴지통은 발로 걷어차고, 심기가 나쁘면 말도 제대로 하지 않는다.

인간적으로 전혀 존경할 수 없는 그런 인물이 이곳 본점 평가표에서는 최상위에 있으니 석연치 않은 게 당연했다. 실력이 좌우하는 세계라는 한마디로는 받아들이기 힘들었다.

고지마의 절찬을 받은 반노는 의기양양하게 다가와 아키라의 책상에 서류 뭉텅이를 던졌다.

"어이, 이거 내일 아침까지 품의서 써놔."

대체 어떤 융자 안건을 따온 거지?

서류를 읽어본 아키라는 무심코 놀라서 소리를 지르고 말았다. 10억 엔이라는 금액이 문제가 아니었다. 돈의 사용처가 문제였다.

운용자금.

10억 엔을 통째로 투자신탁 구입에 쓰겠다는 것이다. 투자신탁이라는 증권회사에 투자와 운용을 위탁하는 '일임 상품'이다. 참고로 그해 1989년은 연초부터 주가가 쭉쭉 상승해 닛케이 평균 주가가 3만 엔대를 유지하고 있었다. 지금은 벌써 10월. 오피스가에 가을의 기운이 완연한 이날, 장기금리는 전에 없던 수준까지 올랐다.

반노가 융자 안건을 따낸 상대는 기존 거래처인 신흥 제약회사였다. 분명 선대 사장이 몇 년 전에 타계해 자녀가 이어받았는데, 대형 제약회사에서 연구직으로 일하다가 갑자기 집으로 돌아와 경영 경험은 부족하다. 그런 상대에게 어떻게 영업을 했는지, 반노는 10억 엔이나 융자를 받도록 만든 것이다. 더군다나 본업에 필요한 돈이라면 또 몰라도 투자신탁을 사기 위한 자금으로 융자를 받겠다니, 실수요가 없는 곳에 이유를 붙여 융자하는 것이나 마찬가지다. 융자금의 담보는 그 돈으로 구매한 투자신탁이라는 조건이다.

"그 회사는 개발자금도 필요할 텐데요."

아키라가 말하자 반노의 눈에 날카로운 분노가 서렸다.

"그래서 뭐?" 반노가 시비 걸듯 말했다.

"만약 지금 10억 엔을 융자하면 모바라제약은 흔히 말하는 차입 과다가 됩니다. 아무리 그래도 이건 너무한……."

끝까지 말할 수 없었다. 갑자기 아키라의 가슴에 파일이 날아왔기 때문이다. 날카로운 통증에 뒷말을 삼킨 아키라에게 반노가 벌떡 일어나 불같이 화를 냈다.

"그럼 네가 빌려주고 와. 우리 융자 목표가 얼마인지는 알지? 꼭 내가 아니라도 네가 어디서 돈을 빌리겠다는 상대를 찾아오면 되잖아? 네가 할 수 있겠어, 가이도? 신입 주제에 잘난 척 떠들지 마." 반노는 계속 퍼부어댔다. "게다가 여차하면 투자신탁을 팔면 그만이야. 그런 것도 몰라? 이건 리스크 없는 융자야."

그렇다, 리스크는 없다. 주가가 계속 오르면. 하지만 그런 보장이 어디에 있나? 아키라는 그렇게 말하려다가 꾹 삼켰다. 이것은 해서는 안 되는 융자다. 하지만 반노는 아키라의 반론은 아예 듣지도 않 겠다는 듯이 등을 홱 돌리더니 또 나가버렸다.

어쩔 수 없다. 아키라는 자리에서 일어나 노자키 과장 앞으로 다 가갔다.

"과장님, 이 융자 말씀인데 조금 지나친 것 아닙니까? 본업에 드 는 자금 수요에 대처할 수 없게 됩니다."

"그럴 리 없어." 노자키는 제대로 검토도 하지 않고 말했다. "무엇 보다 10억이야, 10억! 꼭 필요한 실적이다. 게다가 모바라제약엔 바 로 얼마 전에 5억 엔을 융자했으니 당분간 운전자금은 필요 없겠지."

아키라는 그럴 리 없다고 생각했다. "하지만 며칠 전 야마시타 과 장님과 이야기했을 때는 연내에 또 자금이 필요해질지도 모른다고 했는데요."

콧김을 훅 내쉰 노자키는 어딘가 거추장스럽다는 표정으로 아키 라를 올려다보았다. "어이, 가이도. 실제 융자란 건 자네가 연수에서 공부한 것처럼 이상론이 통하지 않아. 신입사원 연수에서 얼마나 좋 은 성적을 받았는지는 모르겠지만."

노자키는 은근슬쩍 빈정거렸다. 은행에 입사한 지 3년이 지났는 데 가이도가 융자전략 연수에서 했던 '분식회계'는 여전히 입소문에 오르내렸다. 본점 안에서도 모르는 사람이 없다.

"물론 이론과 실전이 다르다는 건 잘 알고 있습니다. 하지만 이 10억 엔을 주면 차입과다가 되는 데다 본업 이외의 자금 사용으로 그렇게 되는 건 그냥 넘길 수 없습니다."

노자키는 혀를 쯧 차더니 마지못해 일어나서 플로어 안쪽에 있는 고지마 부본점장에게 의논하러 갔다. 하지만…….

"아무 문제 없어."

이야기를 들은 고지마는 어디서 건방지게 구느냐는 듯이 아키라를 쳐다보았다. 이전 융자부 차장이었던 고지마는 "내가 올린 품의는 아무도 반려하지 못한다"가 입버릇이다. 본부 융자 담당자들과 관계가 돈독하다. 반노를 유독 좋게 평가하는 만큼 산업중앙은행에서는 드문 저돌적인 타입이었다. 지금까지 특히나 머리만 굵은 이론파들이 본점을 차지하고 있다는 반성 차원에서 인사부가 보낸 새로운 뱅커였다.

"뭐 불만 있나, 가이도?"

냉정하게 판단해야 할 순간인데 고지마는 도끼눈을 떴다. 지금 이 남자의 머릿속에는 실적을 올리는 일밖에 없다. 저 눈으로 보면 가이도가 하는 말은 자기에 대한, 아니, 본점의 방침에 대한 반박처럼 비칠 게 뻔했다.

"지금 10억 엔을 융자할 경우 본업에서 운전자금이 필요해질 때 조달 여력이 있을지 걱정스러운 것뿐입니다."

"이상한 소리 하지 마." 고지마는 들은 척도 하지 않았다. "은행 융자는 수요자 기반이야. 이미 자금 수요가 있다면 또 몰라도 지금 단계에서 아직 전혀 구체적이지 않은 미래의 융자를 걱정하다니 난센스 아닌가?"

"그쪽 경리과장이 연내에 추가 자금이 필요할지도 모른다고 말했다고 합니다."

노자키가 작게 말하자, 고지마가 코를 벌름거렸다.

"그럼 그때는 자네가 품의서를 쓰면 되겠군. 그게 융자 담당자가 하는 일이야. 알겠어? 이번 융자는 우리 본점에 필요한 일이야. 자네, 제대로 일할 마음이 있는 거야? 이론파는 방해만 돼. 이슬만 먹고 살 수 있겠어?"

만약 이 융자가 실패하면 어떻게 되나? 마음속에서 솟아오르는 의문을 아키라는 집어삼켰다. 이건 잘못된 일이다. 하지만 그것을 막을 수 있는 사람이 아무도 없다.

은행뿐만 아니라 세상 전체가 보이지 않는 엔진을 타고 맹렬한 기세로 어디론가 질주하기 시작했다.

2

"이즈에 고급 리조트 시설 말씀입니까?"

산업중앙은행 영업부 안도는 도카이상회의 가이도 스스무를 힐끔 보고 그가 내민 경영 계획서를 펼쳐 잠시 훑어보았다. 이윽고 계획서를 덮고 눈을 감았다.

스스무 옆에는 또 한 사람의 남자가 있었는데 아까부터 안도를 무례한 시선으로 쳐다보고 있었다. 이 사업을 위해 스스무가 데려온 경영 컨설턴트, 기다 도모노리다.

안도의 대답을 한동안 기다리던 스스무가 결국 안달이 나서 "어때, 안도 씨?" 하고 불렀다.

"프로젝트 전체에 필요한 자금이 100억 엔. 우리는 일단 주식 매매로 얻은 10억 엔을 자본금으로 낼 테니 남은 90억 엔을 이 리조트에 융자해주면 좋겠어."

"90억 엔이라……." 안도는 한숨을 크게 내쉬며 대답했다. "조금 어렵겠습니다."

"어이어이, 안도 씨, 그건 아니지." 스스무의 안색이 바뀌었다. "여기서 바로 대답할 건 없잖아? 적어도 내부에서 검토해주는 게 도리 아닌가?"

"뭐, 검토는 하겠습니다. 다만 이 계획은……." 안도는 생각보다 단호한 눈으로 스스무를 쳐다보았다. "제가 보기엔 거의 그림의 떡에 가깝군요."

"대체 어디가 그림의 떡이란 말입니까?" 기다가 불쾌하다는 듯이 말했다.

자존심이 상했다는 건 그 태도로 알 수 있었다. 안도는 아무래도 이 계획서는 기다가 작성한 것 같다고 짐작했다.

"애초에 노하우가 없는 곳에 갑자기 100억 엔을 투자한다는 게, 글쎄요."

"당신네 은행에서 빌려만 준다면 우리는 더 낼 수도 있어."

거친 목소리로 비꼬는 스스무의 말을 안도는 웃어넘겼다.

"사장님은 호텔을 경영하신 적이 있었죠? 기다 씨는 그쪽이 본업입니까?"

"저희 사업은 폭이 넓으니까요." 기다가 불편한 심기를 표정에 드러내며 대답했다.

이런 어린 녀석에게 얕잡아 보일쏘냐, 그렇게 생각하는 게 뻔히 보였다.

"그럼 누가 경영하실 겁니까? 여기에는 적혀 있지 않은데요."

"그건 지금 인선을 추진하고 있습니다. 일류의 인재를 스카우트해서 경영을 맡길 테니 걱정 마시죠."

안도는 코웃음을 쳤다.

"뭐가 우습나?"

"사장님, 당신이 지금 해야 할 일은 이런 엄청난 신규 사업이 아닐 텐데요?"

스스무는 대답하지 못했다.

"본업을 더 강화해야 합니다. 센다이 슈퍼에 투자했던 일이 실패로 끝난 것을 잊으셨습니까? 원래는 축적할 수 있었던 돈도 적자를 메꾸느라 사라져버렸죠. 슈퍼 하나 제대로 제어하지 못한 귀사에서 이런 리조트 호텔을 관리할 수 있을 것 같지는 않군요."

스스무의 얼굴이 점점 더 붉어졌다.

"당신은 자기 자신을 전혀 모릅니다." 안도는 이어서 말했다. "장점이라면 도카이상회라는 자기 앞마당만큼은 잘 알고 있다는 점입니다. 그곳의 경영은 건실하죠. 그 이유가 뭘까요. 섬유 전문 상사라는 장사의 두려움을 잘 알고 있기 때문입니다."

"우리는 사업계획을 설명하러 온 거야. 자네 설교는 접어두지?"

그렇게 끼어든 기다를 안도가 날카로운 눈빛으로 쳐다보았다.

"어째서 이즈입니까? 이유가 뭐죠?"

"자네도 가보면 알아. 그곳은 바다도 아름답고……."

"그럼 홋카이도라도 상관없잖습니까? 규슈라도 될 테고, 이왕이면 하와이나 오스트레일리아도 좋겠죠. 그쪽은 검토했습니까?"

"말이 안 통하는군. 이즈라면 좋은 땅을 살 수 있어. 리조트 호텔을 건설하려면 광대한 토지가 필요해." 기다가 저도 모르게 꼬리를 드러냈다.

"그 말씀은 당신이 도카이상회에 바라는 건 토지 매매라는 뜻 아닙니까, 기다 씨?"

"가이도 스스무 사장은 소중한 친구야." 기다가 목소리를 낮추고 안도를 노려보았다. "이 일을 수락한 건 가이도 사장이 사업을 확장해 성공하길 진심으로 바라기 때문이야. 거기에 트집을 잡으려는 건가?"

"그럴 생각은 없습니다. 분명 훌륭한 경영 전략 노하우를 가지고 계시겠지요. 하지만 융자 심사에서 그걸 평가하는 건 저희라는 점을 잊지 마십시오. 그리고 당신은 이런 질문을 받아본 적 있습니까?" 안도는 말을 이었다. "일류 사업계획을 가진 이류 경영자와, 이류 사업계획을 가진 일류 경영자. 어느 쪽에 투자하는 게 정답일까요?"

기다가 입을 다물었다.

"답은 후자입니다. 이유는 간단합니다. 사업계획은 나쁜 점을 고치면 바로 좋아지지만, 경영자는 바꿀 수 없습니다. 투자하는 상대는 어디까지나 경영자라는 말입니다."

"가이도 사장을 우롱할 셈인가!"

침을 뛰기는 기다에게 안도는 고개를 저었다.

"아닙니다. 지금까지 실적을 감안해 솔직히 말씀드리는 것뿐입니다. 가이도 사장님, 이 계획은 당신 분수에 맞지 않아요. 생각을 바꾸는 게 나을 겁니다."

"자네 의견은 묻지 않았어!"

기다는 일어나더니 얼굴이 시뻘게진 스스무의 팔을 움켜쥐며 말했다. "돌아가요, 가이도 사장님! 이런 무례한 은행원은 정말이지 처음 보는군."

"생각할수록 분하군."

돌아가는 차 안에서도 기다와 스스무의 화는 꺼질 줄을 몰랐다.

"애초에 은행원 나부랭이가 경영 노하우는 알지도 못하면서 잘난 척하기는! 그런 놈들 때문에 일본의 산업이 제자리걸음인 거야. 그렇지 않습니까?"

"그렇고말고."

스스무는 뒷좌석에서 마루노우치 주변의 풍경을 뚫어져라 바라보며 조용히 대답했다. 기다는 숨 막힐 정도로 엄청난 분노를 느끼고 흠칫 놀라 입을 다물었다.

학자 체질로 어렸을 때부터 우수한 남자였다고 들었다.

"학교에서는 뭘 해도 최고였어. 그런데 집에서는 뭘 해도 형을 이기지 못했지. 그게 스스무 형을 콤플렉스 덩어리로 만든 거야."

스스무를 소개해준 가이도 다카시의 말이 문득 떠올랐다. 기다와 다카시는 원래 대학 동기로 유흥 친구이기도 했다.

"이류 경영자. 내가……." 고개를 든 스스무의 눈이 허공을 헤맸다.

"신경 쓸 것 없습니다. 놈이야말로 이류 뱅커예요. 그보다 지금 이야기에서 계획에 수정할 점이 있다는 걸 깨달았습니다, 사장님."

스스무가 조용하지만 격렬한 분노에 찬 시선으로 기다를 쳐다보왔다. "그게 뭔가?"

"은행입니다. 산업중앙은행은 안 되겠어요. 메인 은행을 바꿉시다. 지금 도카이상회가 산업중앙은행에게 받은 융자 전액과 예금, 그게 빠졌을 때의 안도의 표정이 가관이겠군요. 거래 중단을 타진합시다."

"그런 게 가능하겠어?"

눈빛이 흔들리는 스스무에게 기도는 씩 웃어 보였다. "가능합니다. 지금이 어떤 시대인지, 그걸 모르는 놈은 바보입니다. 도카이상회의 실적이라면 돈을 빌려줄 은행은 얼마든지 있어요. 제게 맡겨주시겠습니까? 좋은 은행을 소개할 테니."

대답은 없다.

스스무는 관용차 뒷좌석에서 앞만 똑바로 바라보며 뭔가 생각하고 있었다.

"우습게 보다니……." 이윽고 그 입술이 열리더니 희미한 목소리가 새어나왔다. "두고 봐라. 눈물을 쏙 빼주마."

"그 정신입니다, 사장님."

뒷좌석에 몸을 묻은 기다는 앞으로의 자금 조달 계획을 그 자리에서 스스무에게 떠들기 시작했다.

3

"오랜만이다, 아키라. 어때, 은행원 생활은?"

옆 테이블에서 다카시 삼촌이 말을 걸어왔다.

그날, 아자부에 있는 절에서 할아버지의 법요를 치르고 친척과 간부직원 수십 명을 소형 버스에 태워서 굳이 따로 빌린 시나가와의 어느 호텔 레스토랑으로 이동해 식사하는 자리였다.

"뭐, 그럭저럭하고 있어요." 아키라가 대답했다. "'관광' 쪽은 어때요?"

"그냥저냥." 도카이관광 사장으로 있는 다카시는 그런 대답을 하며 빈정거렸다. "그나저나 산업중앙은행은 융통성이 없어."

"무슨 일이라도 있었어요?"

"'상회'의 융자 요청을 거절했다던데. 형님이 불같이 화를 냈어."

당사자인 스스무 삼촌은 아까부터 아버지 가즈마 옆에 가서 뭔가 의논하고 있다.

융자 이야기는 처음 듣는다. 도카이해운 그룹은 영업본부 관할로, 아키라가 있는 본점 기업4과와는 다른 섹션이다. 같은 빌딩 안에 있기는 하지만 층도 다르다.

안도는 과거에 한 번 도카이해운을 담당한 뒤에 다른 부서로 이동했지만 바로 영업본부장의 부름으로 차장 승진과 동시에 복귀, 지금 다시 도카이해운 그룹을 담당하고 있다. 그런 안도와는 가끔 마주치기는 하지만 무난한 세상사 이야기 정도지 업무 이야기는 한 적이 없다.

"언제 그랬대요?"

"지난주라던데. 뭐야, 몰랐어? 정말 어떻게 생겨먹은 은행이야."

다카시는 엉뚱한 소리를 하며 업신여기듯 아키라를 쳐다보았다.

도카이관광은 현재의 호경기를 타고 관광객이 늘어 어찌어찌 실적이 향상되었지만 그 이전에 경영 부진으로 은행에 갖은 간섭을 받았다. 다카시는 그 일을 꽁하게 품고 있어, 산업중앙은행은 주거래 은행이지만 원수처럼 여겼다.

그때 아버지 가즈마가 아키라를 손짓으로 불렀다.

"봐, 부르네." 다카시가 빈정거렸다. "제대로 들어줘라."

"아키라, 넌 안도 씨에게 무슨 이야기 못 들었느냐?" 아버지가 바로 물었다.

스스무가 그 옆에서 어두운 눈으로 아키라를 보고 있다. 아무래도 방금 다카시 삼촌이 말한 융자 이야기로 의논하고 있었던 모양이다. 아키라는 바로 알아차렸지만 태연한 척했다.

"아니, 아무것도. 무슨 일 있어요?"

"이걸 좀 보렴." 아버지가 손에 든 자료를 아키라에게 건네 보여주었다.

"리조트 사업?" 아키라는 50페이지 정도 되는 사업계획서를 그 자리에서 쭉 훑어보고 스스무에게 시선을 던졌다. "이걸 하려고요? '관광'이 아니라 '상회'가?"

"다카시의 도카이관광은 자금 조달 일부를 보증해줄 거야." 스스무가 대답했다.

뒤를 돌아보았다가 맥주잔을 기울이며 이쪽을 뚫어져라 쳐다보는 다카시와 눈이 마주쳤다. 그렇게 된 거군. 아무래도 어느 틈에 두 삼촌은 새 사업계획을 위해 뭉친 모양이다. 물론 관광 사업이라는 큰 틀에서 보면 다카시 삼촌은 관련 사업이라고 할 수 있지만.

"잠깐 괜찮아?"

스스무의 부름에 여기저기서 환담이 시작된 회장에서 빠져나가 셋이서 라운지로 향했다.

"실은 이 자금 조달을 산업중앙은행에 타진했지만 잘 풀리지 않아서 난처해." 스스무가 말했다.

"안도 씨가 거절했다는구나." 아버지가 심각한 얼굴로 말했다.

아버지는 안도를 신뢰하고 있다. 아키라 역시 그렇다. 실제로 은행 안에서 안도 쇼지의 평판은 대단히 높다.

"이유는요?"

"호텔 경영 노하우가 없어서 그렇다나." 스스무의 목소리에는 원망이 서려 있었다. "호텔 경영 전문가를 데려와서 맡길 거라고 했는데도 나를 전혀 못 믿는다는 말투였어. 바로 거절당했어. 제대로 검토했는지 의심스러워."

스스무에게는 미안하지만 안도가 아니라도 스스무의 회사에 선뜻 거액을 융자해주지 않는 건 당연하다.

"어떻게 생각하느냐, 아키라." 아버지가 물었다.

"조금 어렵지 않을까요. 달리 해야 할 일이 있는 것 아니에요?"

스스무의 표정이 험악해졌다. "꽤나 아는 척하는구나. 요즘 리조트는 가파르게 올라가는 급성장 산업이야. 초기 투자는 100억 엔이지만 궤도에 오르면 주변 토지개발에 착수해 골프장을 만들 거야. 아마 인근에서는 최대의 리조트 시설이 되겠지."

"하지만 그런 경영 노하우가 없잖아요."

냉담하게 말한 아키라에게 삼촌이 울화통을 터뜨렸다.

"그러니까 전문가를 데려오겠다잖아!"

"삼촌한테 노하우가 없다고 말하는 거예요. 더 정확히는 도카이 상회에 없다는 뜻이죠. 그런 건 별로 권하지 못하겠어요. 자본이 적은 회사는 '상자'를 만들면 안 돼요. 노하우로 승부해야죠. 반대로 노하우가 없는 곳에 투자하는 건 잘못이에요. 슈퍼도 그랬잖아요."

"흥, 그건 도모하라 녀석이 멍청해서 그래." 스스무는 자기의 관리 소홀은 덮어두고 그렇게 단정했다. "하지만 이번엔 달라. 나도 전력으로 임할 거야."

"그런데 왜 리조트 개발이죠? 이거 삼촌 아이디어예요?"

아키라가 묻자 아픈 곳을 찔렸는지 스스무가 시선을 피했다.

"우리도 우수한 사람은 있어. 다 같이 의논한 결과야."

"그런가요. 하지만 자금을 조달하지 못하면 불가능하잖아요."

"그래서 말인데, 아키라." 그때까지 이야기를 듣고만 있던 아버지가 물었다. "네게 묻고 싶은데 만약 도카이상회 주거래 은행을 산업중앙은행에서 다른 은행으로 바꾸면 뭔가 영향이 있느냐?"

아키라는 스스무의 눈에 떠오른 심술궂은 빛을 보았다.

"산업중앙은행은 우리한테는 너무 융통성이 없어. 말이 더 잘 통하는, 비즈니스 파트너에 걸맞은 은행으로 갈아탈 생각이야."

스스무의 입에서 나온 것은 '미쓰토모은행'이었다. 구재벌이지만 요즘 과도한 융자로 유명하다.

"상담하러 갔더니 바로 융자를 해주겠다더군. 하는 김에 산업중앙은행에서 우리한테 해준 기존 융자도 전부 대신 갚아주겠다는 거야. 회사와 개인 예금도. 다시 말해 도카이해운 그룹 자회사 두 개를 거래처에서 잃는 거지."

"두 개라고?" 아키라는 되물었다. "설마 '관광'도 은행을 바꿀 셈이에요?"

"그 설마야." 스스무의 입술에 웃음이 퍼졌다. "아무래도 그 안도 씨라는 양반은 우리 경영 방침을 이해 못 하는 것 같거든. 사고방식이 낡았다고 해야 하나. 요즘은 스피드 경영 시대야. 소극적인 은행을 설득하고 있을 겨를은 없어. 우리 계획에 찬성해 자금을 제공해주는 은행하고 손을 잡는 게 사업 확대에는 꼭 필요한 일이라고 판단했다."

"안도 씨한테는 벌써 말했어요?"

"아직이다." 아버지가 대답했다.

그 표정을 보니 이 사태를 심각하게 여긴다는 걸 알 수 있었다. 그룹 회사 두 곳의 이탈로 도카이해운의 평가가 떨어진다면 향후 자금 조달, 나아가서는 경영전략 전반을 수정해야 하기 때문이다.

"영향은 없을 겁니다." 아키라가 대답했다.

스스무는 아키라가 당황할 거라고 생각했는지도 모른다. 숨을 훅 삼키는 모습은 아키라의 대답에 대한 약간의 경악과 실망을 말해주고 있었다.

"어째서 그렇게 장담하느냐?" 아버지가 물었다.

"확실히 도카이해운 그룹 전체에 대한 융자액이 감소하는 건 아깝다고 생각하는 사람이 있을지도 모릅니다. 하지만 그건 최종적으로는 큰 문제가 아닐 거예요. 그보다 문제가 있다면 만약 삼촌들의 회사에 만일의 경우가 생겼을 때의 영향일까요."

아키라의 아버지, 가이도 가즈마가 이끄는 도카이해운의 매출은 지금 600억 엔에 육박한다. 지금의 호경기를 등에 업고 유례없는 고수익을 거두고 있다.

"그래, 알겠다." 스스무는 그렇게 말하더니 아키라에게서 시선을 휙 돌려서 아버지를 보았다. "들은 대로야, 형. 우리는 산업중앙은행에서 미쓰토모로 바꿀 건데 상관없지?"

"그렇게까지 말한다면 마음대로 해라. 하지만 미쓰토모은행이 정말 융자해줄까?"

반신반의하는 아버지에게 스스무는 당연하다는 듯이 대답했다. "당연하지. 이런 시절에 딱딱한 소리나 하고 있는 건 산업중앙은행뿐이야. 실제로 산업중앙은행이 주거래 은행이라서 주식에서 돈 벌기회를 놓치거나 토지 투자 타이밍을 놓친 '피해 사례'도 여기저기서 나오고 있어. 형도 다시 생각해보면 어때? 미쓰토모 담당자를 소개해줄게."

"아니, 됐다."

도카이해운의 거래 은행은 주거래 은행인 산업중앙은행을 필두로 열 손가락으로도 모자라지만, 미쓰토모은행과는 거래가 없다.

"5년 안에 형님네 회사 매출을 따라잡겠어." 스스무 삼촌은 자신만만하게 선언했다. "조만간 사업 확대에 필요한 돈과 사람이 모일 거야. 그렇게 되면 남은 일은 실행뿐이지. 잘 있어라, 산업중앙은행 양반!"

스스무는 아키라에게 그렇게 말하더니 자리에서 일어났다.

4

"가이도." 이름을 부르는 소리에 뒤를 돌아보니 안도가 다가와 손을 홀쩍 들었다. "여, 잠깐 시간 되나?"

둘이서 영업 플로어 밖으로 나와 휴게 공간으로 갔다.

오후 8시가 지났지만 본점 안은 아직 대부분의 직원들이 남아 있어 활기가 넘쳤다. 호경기인 요즘, 융자 안건이 산처럼 쏟아져 매일 철야를 해도 모자랄 정도였다.

"오늘 자네 숙부님 두 분이 찾아오셨어. 혹시 용건은 들었나?"

"리조트 개발 건 말씀입니까?"

"맞아." 안도는 그렇게 말하더니 자동판매기에서 산 커피를 한 모금 마셨다. "그만한 프로젝트라면 지원해도 되지 않겠느냐는 의견도 솔직히 없는 건 아니었어."

"강하게 밀고 나갔으면 됐을지도 모른다는 뜻인가요?" 아키라는 물어보았다.

은행은 항상 경쟁에 노출되어 있다. 신중한 융자 자세를 유지하는 산업중앙은행은 건실한 이미지인 한편, 적극적인 융자 전략을 펼치고 있는 경쟁 은행에 비해 실적에서 밀리고 있었다.

"그래." 안도는 아키라가 아니라 벽을 가만히 바라보며 말했다. "하지만 나는 융자 보류를 주장했어. 그 결과 미쓰토모로 갈아타겠다는군."

"혹시 입장이 난처해지셨다거나……?"

걱정하는 아키라를 보고 안도가 웃었다.

"설마." 하지만 그 미소를 바로 거두더니 혼잣말처럼 중얼거렸다. "아무래도 걱정스러워. 자네 숙부님들 말인데, 허풍쟁이 말에 속고 있진 않나?"

안도는 경영 컨설턴트라고 했다는 기다라는 남자에 대해 설명했다. 스스무는 리조트 개발 아이디어가 마치 회사 내부에서 나온 것처럼 말했지만 실제로는 그 컨설턴트의 제안이었던 모양이다.

"물론 절대라는 표현은 쓰면 안 되겠지. 하지만 지금까지 내 경험으로 볼 때 스스무 사장도 다카시 사장도 그 안건을 다룰 만한 능력이 없어."

아키라는 잠자코 그 옆얼굴을 바라보았다.

"은행을 바꾸겠다면 끝난 일이야. 내가 할 수 있는 건 고작해야 그쪽이 말한 융자 요청을 거절하고 그만두는 게 좋다고 조언하는 것뿐이고, 그 이상은 할 수 없어. 우리가 거절한 그 돈을 내겠다는 은행이 나와서 경영자가 그걸 받아들이겠다면 이제 운명에 따르는 수밖에 없겠지. 하지만……" 안도가 유난히 진지한 눈빛으로 아키라를 바라보았다. "그 사업계획은 아마 실패할 거야."

그 말투에는 확신에 가까운 의견이 담겨 있었다.

"어떻게 저지할 수 없나?" 안도는 진지하게 물었다. "그대로 가면 도카이상회, 도카이관광 두 회사에 근무하는 수많은 사원들과 그 가족이 길거리에 나앉게 될지도 몰라. 하다못해 지금 수준의 실적으로 괜찮으니 조금 더 참고 본업에 전념하라고 그 두 사장을 설득할 수는 없겠나?"

"아버지께 말씀드려보겠습니다. 제가 말한다고 들을 삼촌들은 아니니까."

아니, 아버지가 말씀하신들 귀 기울여 듣기나 할지.

스스무와 다카시의 공통점은 아버지에 대한 반발심이다.

지금 삼촌들은 어디까지나 계획일 뿐이라 해도 아버지의 사업에 비견할 가능성을 손에 넣었다. 장대한 야망과 함께.

"거래 중단은 결정됐습니까?"

"그래." 안도가 대답했다. "걱정 마, 도카이해운에 대한 거래 방침에는 아무런 영향도 없다."

아키라는 조용히 숨을 들이쉬었다 내쉬며 말했다. "고맙습니다."

"우리 은행에서 그 두 곳에 내준 융자는 이번 달 말에 전부 미쓰토모가 대신 상환해준다더군. 아마도 그 타이밍에 리조트 개발을 시작하지 않을까? 시간이 별로 없어."

"알겠습니다. 설득해보겠습니다."

안도는 아키라의 어깨를 툭 두드리고 두어 걸음 걸어가다가 뒤를 돌아보았다.

"그나저나 어때, 그쪽 일은?"

뜻밖의 질문에 어떻게 대답해야 할지 아키라는 순간 판단이 서지 않았다.

"유가증권 투자 자금으로 10억 엔을 낸다면서?"

"알고 계셨습니까?"

깜짝 놀란 아키라에게 안도가 고개를 끄덕였다.

"차장 회의에서 그런 얘기가 나왔거든. 하지만 그거, 자네 안건이 아니지? 반노인가?"

"예, 맞습니다. 하지만 지금은 시대가 그러니까요."

아키라의 말에 안도는 낮고 긴 숨을 내뱉으며 커피가 든 종이컵 테두리를 빤히 쳐다보았다.

"그럴까?" 한마디 의문과 함께 안도의 시선이 아키라에게 돌아왔다. "확실히 지금은 불도저 전략이 어찌저찌 통해. 하지만 이 경기도 언젠가 끝날 거야. 그때가 되면 지금 옳았다고 믿었던 게 실수가 될 거야. 올바른 융자란 어느 시대에나, 경기가 어떨 때라도 명확한 원칙에 바탕을 두고 있어. 실수요와 타당성, 그 유가증권 투자에 그게 있을까?"

아키라는 별안간 깨달았다. 살벌한 융자 현장에서 무엇을 목표로 해야 할지 방향을 잃고 있었다는 것을.

"돈은, 사람을 위해 빌려주어라."

이어진 안도의 한마디에 아키라는 화들짝 놀랐다.

언젠가 들었던 말이다. 그렇다, 신입사원 연수 마지막 날이었다. 파이널에 출전했던 아키라와, 신입사원들 앞에서 그 말을 해준 것은 당시 융자부장이었던 하네다 가즈오였다.

"그걸 잊지 마. 잊지만 않으면 괜찮아."

안도는 그렇게 한마디 하고는 천천히 등을 돌려 아키라 곁에서 떠났다.

안도의 모습이 사라지자 아키라는 나직이 중얼거렸다. "그랬어."

굉장히 중요한 일인데, 어느새 잊고 있었다. 커피를 비운 아키라는 손안의 종이컵을 힘껏 구겼다.

5

가이도가의 응접실에 갑자기 찾아온 침묵 속에서, 잔뜩 불만스러운 표정으로 두 사람이 나란히 앉아 있었다.

"형님이 하고 싶은 말은 알겠어." 스스무 삼촌이 입을 열었다. "하지만 이번 사업은 도카이해운하고는 상관없고, 피해를 주는 것도 아니야. 우리가 하고 싶은 대로 그냥 놔두면 안 될까?"

말은 정중했지만 성가셔 죽겠다는 말투가 스스무의 마음을 여실히 반영하고 있다. 아버지는 말없이 스스무를 바라보고 있었다. 어떻게든 설득하고 싶지만 그 방법을 찾지 못하고 있는 것이다.

"물론 너희 회사가 어떤 사업을 계획하든 참견할 생각은 없다. 하지만 이 건에 대해서는 다시 한번 검토해보는 게 좋겠다고 말하는 거야."

스스무는 45도 각도로 비스듬히 고개를 기울여 벽을 쳐다보았다. 다카시는 불만을 얼굴에 한 겹 바른 채로 팔짱을 끼고 있다.

"형님이 잔걱정이 많은 건 알지만, 검토라면 이미 다 해봤고 그 결과 괜찮다고 판단한 거야." 다카시는 무거운 한숨을 섞어 말했다.

"한 번 더 사업계획서를 보여주겠니?"

아버지는 표면적인 대화로는 끝이 나지 않을 거라고 생각했겠지만 "그런 건 안 가져왔어"라는 스스무의 한마디에 꺾여버렸다.

산업중앙은행 안도의 충고를 받아들여 아버지가 두 사람을 자택으로 부르는 형태로 마련된 대화 자리였지만 계속 어긋나고 있었다.

"우리가 승인한 사업계획을 형님이 또 보겠다니. 우리보다 경영에 자신이 있을지 모르겠지만 조금 선을 넘는 것 아니야?" 스스무는 노골적으로 불쾌감을 드러냈다.

"이번 사업은 금액도 크고 리스크도 크다. 산업중앙은행 안도 씨도 몹시 걱정하고 있어. 솔직히 나도 동감이다."

"그럼 설령 이 사업이 망한다 쳐, 형님이 어떤 피해를 본다는 거야?" 성미가 급한 다카시는 이미 흥분하기 시작했다. "필요한 돈은 전부 은행에서 조달할 거야. 형님한테 돈을 빌려달라는 것도 아니잖아."

"내가 피해를 보고 안 보는 문제가 아니다." 아버지는 끈기 있게 말했다. "너희가 피해를 볼지도 모른다고 말하는 거야."

두 삼촌은 동시에 어이없다는 듯이 한숨을 내쉬더니 각자 발밑을 굽어보거나 천장을 올려다보았다. 이 두 사람은 이미 결심을 굳혔다. 그 뜻을 바꿔보려는 아버지의 노력에 초조함과 허무함이 감돌기 시작했다.

"이런 말은 하기 싫지만 형님은 우리를 우습게 보는 것 아니야?" 스스무 삼촌이 말했다. "자기만 옳고, 우리가 하는 일은 인정하려 하지 않아. 형님은 지금까지 항상 그랬어. 어렸을 때부터. 그리고 이번에도. 이제 그런 건 지긋지긋해."

"스스무, 그건 오해다." 아버지가 즉시 반론했다. "너희가 하고 싶은 일은 하면 돼. 나만 옳다고 생각한 적도 없다. 하지만 이 사업계획은 다시 생각해야 해. 어쩌면 너희는 내게 반발심이 있을지도 모르지만, 조금 더 냉정해지면 어떻겠느냐."

"반발심이라니, 뭐야?" 다카시의 목소리가 날카로워졌다. "어디까지 우습게 볼 거야?"

"이 사업은 그만두는 게 낫다. 걱정돼서 하는 말이야."

"형님이 하고 싶은 말은 알겠어." 스스무가 들으란 듯이 한숨을 내쉬었다. "하지만 더 이상 할 말은 없어. 우리는 자유롭게 회사를 경영할 생각이고, 거기에 잔소리를 듣는 건 솔직히 불편해. 그만 참견하면 좋겠어."

옆에서 대화를 듣고 있는 아키라에게도 아버지의 눈에 떠오른 당혹감이 보였다. 그래도 이 두 사람을 설득할 말이 없을지 찾고 있다. 하지만 그 시도는 결실을 맺지 못하고 지금 당장이라도 스러질 것 같았다.

"대체 형님은 언제부터 은행의 전령이 된 거야?" 다카시가 비웃듯 말했다. "산업중앙은행은 전혀 모험을 하지 않는달까, 돌다리를 두드리고도 건너지 않는 비즈니스만 상대하니 곤란하다고. 말하자면 그건 완성된 부자의 발상이지. 앞으로 성장할 젊은 회사가 그러면 사업 기회를 놓쳐. 바로 이번 계획처럼."

"그 사업 기회에는 리스크도 있어. 너희가 떠안으려는 리스크는 성공했을 때의 이익에 과연 걸맞을까?"

아버지가 차분히 설명했지만 두 삼촌은 귀담아듣지 않았다.

"그러니까 그런 것도 포함해서 다 검토했다고 하잖아." 스스무가 지겹다는 듯이 말했다. "아마 안도 씨 말을 듣고 위기감을 느꼈겠지만, 애초에 안도 씨는 거래를 놓쳐서 원망하고 있을 것 아니야. 미쓰토모은행으로 갈아탄 거래처를 좋게 말할 리 없어."

"딱히 그런 마음은 없을 겁니다." 잠자코 듣고 있었지만 끝내 참지 못하고 아키라가 끼어들었다. "안도 씨는 그런 생각을 할 사람이

아니에요. 요전에 만났을 때는 삼촌들의 이번 계획을 진심으로 걱정
했어요."

"말은 잘하는군. 애초에 은행원이 사업의 뭘 안다는 거야?" 다카
시가 내뱉었다.

"그럴까요? 적어도 삼촌들보다는 많은 사례를 봤을 겁니다."

"잘 안다고 믿는 것뿐이야." 다카시가 증오에 찬 눈빛으로 아키라
를 쳐다보았다. "실적이 악화된 회사에 은행이 찾아와서 하는 짓이
란 무조건 비용 삭감 요구뿐이야. 경비를 삭감하면 돈이 남는다는
단순한 생각밖에 없으니까. 기가 막혀서 말도 안 나온다. 그 정도 지
식으로 장사를 안다고 생각하다니 착각도 유분수지."

"그럼 삼촌들이 믿고 있는 기다 씨는 어떤데요?" 아키라는 물어
보았다. "정말 신용할 수 있는 사람이에요?"

"기다는 내 친구야." 다카시가 버럭 화를 냈다. "네가 기다의 뭘
안다고 그러는 거냐. 아무것도 모르는 주제에 잘난 척 떠들지 마라,
아키라."

"실례했군요."

정식으로 싸움에 응할 마음도 들지 않아 아키라는 어깨를 슬쩍
움츠리고 입을 다물었다.

그때 아버지가 물었다. "100억 엔이나 되는 투자금을 회수하지
못했을 경우는 고려했느냐?"

"필요 없어." 스스무는 확신에 차서 대답했다. "일단 회수 불가능
한 사태가 생길 가능성이 없어. 그러니까 그런 대비책을 고려할 필
요가 없다는 뜻이지."

"형님, 지금이 어떤 세상인지 몰라서 그래?" 다카시가 비웃듯이 말했다. "부동산 가격은 계속 상승하고 있어. 만약 건설할 리조트 시설이 영업 수지가 맞지 않아도 그걸 매각할 곳은 얼마든지 있어. 걱정할 필요 없다고."

아버지는 두 동생을 지그시 바라보다가 마지막으로 말했다. "그래. 그렇다면 더 이상 아무 말도 않겠다."

"당연한 소리." 스스무가 바야흐로 아버지에 대한 적개심을 뚜렷이 드러내며 말했다.

"우리도 형님한테 한마디 하지." 다카시가 덧붙였다. "해운업처럼 고루한 사업에 얽매여서 다각화를 게을리 하다가는 형님네 회사야말로 조만간 위험해질 거야. 그때 우리한테 울며 매달려도 늦어."

아버지는 마음대로 지껄이는 두 삼촌의 이야기를 그저 흘려들을 뿐, 제대로 대답도 하지 않았다.

"기다라고 했나, 사업계획을 세우는 쪽도 그렇지만 그걸 덥석 무는 쪽도 참." 의기양양하게 돌아간 삼촌들을 배웅한 아버지가 탄식했다.

"또 거기에 돈을 빌려주는 쪽도 똑같아요. 대체 뭘 심사한 건지."

스스무 삼촌이 경영하는 도카이상회, 다카시 삼촌의 도카이관광. 산업중앙은행이 그 두 회사에 빌려주었던 융자금은 미쓰토모은행의 차입으로 전액 상환받는다. 즉 미쓰토모은행은 대위변제하는 그 융자금에 더해서 이 리조트 개발 자금까지 융자하려는 것이다.

"미쓰토모는 완전히 폭주하고 있어요."

그때 아키라의 가슴속에는 반노가 따낸 거액 융자가 떠올랐다.

본업과는 상관없는 투자를 위해 융자받는 10억 엔의 돈. 그런 융자를 따낸 동료가 있고, 칭찬해 부추기는 상사가 있다. 미쓰토모뿐만 아니다. 결국 우리도 똑같지 않은가.

허무함이 쌓여갔다.

6

"다음 달에 운전자금을 부탁할 수 없을까요?"

그날 오후, 아키라를 찾아온 남자는 뜻밖의 말을 했다. 남자의 이름은 도쿠다 마쓰오, 모바라제약의 경리부장이다.

"잠깐만요. 다음 달 말씀입니까?" 아키라는 황급히 물었다.

언젠가 운전자금이 필요할 거라는 말은 들었지만 그 시기가 이렇게 빨리 올 줄은 생각도 못 했다.

"연내 정도로 예상하고 있었는데 제조 부문 요청이 앞당겨져서."

저돌적인 장기 말 차車에 백발이 난 것처럼 강건하게 생긴 도쿠다지만 겉모습과는 반대로 예의 바르고 온후한 남자다.

"이게 예상 자금출납표, 그리고 시산표試算表, 복식부기에서 원장부기의 계산을 검증한 것으로 재무 변동 상태를 나타낸 수학적 검사표입니다. 그리고 융자액 말씀인데, 가능하다면 5억 엔을 부탁드려도 될까요?"

'가능하다면'이라고 소극적으로 표현했지만 자금출납표를 보면 몇 달 안에 5억 엔의 자금이 필요해지는 건 확실했다. 도쿠다는 이율이나 차입 기간 등 희망 조건을 덧붙이고 돌아갔다.

그날 저녁, 아키라는 반노가 복귀하기를 기다려 모바라제약의 융자 신청 건을 알렸다.

"다음 달?" 반노는 대번에 불쾌한 표정을 지었다. "그런 말은 못 들었어."

도쿠다가 제출한 자금출납표를 힐끗 보더니 쯧 하고 날카롭게 혀를 찼다. 품의가 어려워질 것을 알기 때문이다. 바로 지난달에 운용자금으로 10억 엔의 융자를 해줬으니 타이밍이 너무 나쁘다.

그래도 자금 수요가 있다는 건 사실이니 대응해야 한다.

"너, 꼴좋다고 생각하고 있지?"

반노는 지난번 융자 때 아키라가 운전자금 수요가 있다는 걸 지적하며 반대한 것을 아직도 꽁하게 여기고 있다.

"아뇨, 그런……."

"내놔!" 반노는 아키라가 펼치고 있던 모바라제약의 신용 서류를 낚아챘다. "이 건은 내게 맡겨!"

서류를 가방에 넣더니 반노는 오후 5시밖에 안 지났는데 다시 웃옷을 들고 나가버렸다. 모바라제약에 가는 것이리라. 이 품의는 어쩌면 10억 엔의 운용자금은 비교도 되지 않을 정도로 어려워질 것이다.

모바라제약의 도쿠다 부장이 심각한 표정으로 찾아온 것은 그 이튿날이었다. "어제 융자 건 말씀인데, 반노 씨가 다시 생각해봐달라고 하더군요."

"무슨 말씀입니까?"

어제저녁, 모바라제약을 찾아간 반노가 이번 융자는 다른 은행에 신청해달라고 했다는 것이다.

"반노 씨가 이유를 말하던가요?"

"10억 엔을 빌려준 지 얼마 되지 않았다고." 도쿠다는 난처한 얼굴로 말했다. "하지만 그 10억 엔의 운용자금을 빌렸을 때는 본업인 운전자금과 상관없이 빌려준다고 했습니다."

"반노 씨가 정말 그렇게 말했습니까?"

"네, 반노 씨뿐만 아니라 고지마 부본점장님도 같은 말씀을 하셨습니다."

아키라는 플로어 맨 안쪽에 있는 고지마의 빈자리를 힐끗 쳐다보았다. 시간만 있으면 거래처를 도는 고지마의 열의는 인정한다. 하지만 지금 그 열의는 헛도는 것 같았다. 모바라제약의 운용자금 융자가 성사된 배경에는 고지마의 활약이 있었겠지만 거기에는 비현실적인 '약속'이 섞여 있었던 셈이다.

"그랬습니까⋯⋯." 아키라는 두 사람의 폭주에 입술을 깨물었다. "그래서 도쿠다 씨는 뭐라고 대답하셨습니까?"

"그러면 곤란하다고 말씀드렸는데." 도쿠다가 굵은 눈썹으로 울상을 지었다. "다른 은행이라도 해도 저희는 창업 이래 거의 산업중앙은행하고만 거래했습니다. 다른 도시은행과 거래가 없지는 않지만 담보도 없는데 신용으로 5억 엔이나 빌려주는 관계는 아닙니다. 그렇다고 벤처 캐피털에 부탁해 증자하려 해도 시간이 너무 촉박해요. 반노 씨에게 그렇게 말씀드렸더니 내부에서 의논해보겠다며 돌아갔는데, 상황이 어떤지 궁금해서 말입니다."

적어도 오늘 아침 회의에서 반노는 이 문제를 보고하지 않았다.

어쩌면 고지마와 뭔가 의논했을지도 모르지만 아키라는 모르는 일이다.

"죄송합니다. 아직 반노 씨도 구체적인 방침을 세우지 못한 것 같습니다."

"뭐, 아직 하루밖에 안 됐으니까요." 도쿠다는 아키라에게서 시선을 돌리고 잠시 침묵했다가 입을 열었다. "다만 모바라 사장님이 화를 내셨습니다. 약속이 다르다고."

모바라의 성격은 한마디로 완고함 그 자체다. 그리고 꼼꼼한 면과 부모에게 물려받은 회사를 키우려는 야심이 공존하고 있다.

"죄송합니다." 아키라는 다시 한번 사과했다. "고지마 부본점장님도 반노 씨도 이렇게 바로 운전자금이 필요할 줄은 몰랐던 것 같습니다."

"그건 그렇지만……." 도쿠다는 난처한 표정으로 숨을 길게 들이쉬고는 말을 이었다. "자금 수요가 발생한 이상 어떻게든 해주셔야죠. 만약 10억 엔을 융자받지 않았다면 그 정도 지원은 그리 어렵지 않았을 텐데요."

그랬다. 모바라제약의 실적을 고려하면 어떻게든 되었으리라.

"자금이 필요한 건 다음 달이니 아직 시간은 있지만 꼭 좀 부탁합니다, 가이도 씨."

도쿠다는 고개를 깊이 숙이고 돌아갔다.

"가이도, 잠깐."

노자키 과장이 아키라를 부른 것은 은행 셔터가 닫힌 오후 3시 이

후였다.

　노자키를 따라 부본점장실에 들어가자 그곳에는 고지마와 반노 두 사람이 있었다. 모바라제약 안건이라는 건 바로 알았다. 고지마가 못마땅한 기색으로 입을 다물고 있었다. 노자키와 아키라가 들어가기 전에 반노와 뭔가 의논한 것 같은데 그 내용은 알 길이 없었다.

　"니토은행에 요청해보면 어때? 거기는 지금 어느 은행보다 적극적으로 신규 여신을 따내려 하잖아."

　"니토라면 이미 예금 거래가 있어서, 도쿠다 과장이 타진해보았다는데……." 반노가 목멘 소리로 말했다. "5억 엔은 역시 어렵다는 반응이었다고 합니다."

　고지마가 입술을 깨물었다. 여신 담당부와 돈독한 고지마는 반대로 말하면 그러한 부서의 사정도 잘 안다. 이번 5억 엔 지원의 어려움을 누구보다 잘 알 것이다.

　"우리 은행에서 지원 품의를 올려보는 수밖에 없지 않겠습니까, 부본점장님?"

　노자키의 말에 고지마가 고민에 빠졌다. 얼마나 그러고 있었을까, 이윽고 중얼거리듯 말했다.

　"그러는 수밖에. 반노." 고지마는 신뢰하는 부하에게 말했다. "이 품의, 자네가 쓰게. 가이도한테는 벅차. 게다가 모바라제약 사정은 자네가 잘 아니까."

　"알겠습니다." 반노가 굳은 표정으로 대답했다.

반노가 모바라제약에 5억 엔을 융자하는 품의서를 완성한 것은 그다음 주 초였다. 그 품의서는 아침 일찍 과장의 미결재함에 들어가 있었다. 내용은 모른다. 반노가 그 품의에 대해 아키라에게 한마디도 해주지 않았기 때문이다. 밤을 샌 듯한 반노가 피로가 묻어나는 얼굴로 외근을 나갔다. 직후에 노자키 과장이 그 서류를 펼치고 검토하기 시작했다. 그리고 오후 시간.

"반노, 잠깐 보세."

노자키가 사무실로 복귀한 반노를 불렀다. 낮은 목소리로 품의 내용에 대해 뭔가 이야기했다.

이윽고 반노는 서류를 들고 제자리로 돌아왔다. 이제 피로에 짜증까지 겹친 반노는 수금해온 전표를 아키라의 책상에 내팽개쳤다.

"잠깐, 반노 씨. 너무한 것 아니야?"

그 태도를 보다 못한 베테랑 여성 행원 도미타가 눈썹을 찌푸렸다. 도미타는 사무 처리를 담당하는 일반직이다. 하지만 반노는 대답도 하지 않고 등을 돌려 자기 자리에 앉더니 과장이 반려한 품의서를 수정하기 시작했다.

"뭐야, 저 태도." 도미타가 아키라의 얼굴을 마주 보면서 중얼거렸다. "품의서 하나 반려당했다고 감정적으로 굴다니, 어떻게 된 거 아냐?"

과장이 무슨 지적을 했는지는 모르겠지만 그날 밤 11시가 지나도록 반노는 돌아갈 생각도 하지 않고 책상에 들러붙어 품의서를 수정하고 있었다. 딱히 아무 이야기도 듣지 못했지만 의리상 일을 하고 있던 아키라도 자정이 지나자 회사에서 나왔다.

이튿날 아침, 반노가 새로 쓴 품의서는 아침 일찍 노자키 과장의 미결재함에 들어가 있었다. 아마도 노자키가 지적한 문제를 해결했으리라. 노자키가 결재하자 상사인 고지마에게 넘어갔다. 아키라는 그 품의서를 심각하게 검토하는 고지마의 모습을 멀리서 지켜보았다. 몇 번 고개를 들고 고민하고 있다. 그 모습은 품의의 난항을 예고하는 듯했다.

"반노."

이윽고 반노를 부른 고지마는 세세한 지시를 내리기 시작했다. 그리고 저녁 내내 서류가 고지마와 반노 사이를 몇 번이나 왕복했을까. 고지마는 융자 업무 경력이 긴 만큼 품의에 까다롭다. 좀처럼 승인이 나지 않았다. 몇 번을 수정한 끝에 겨우 품의서가 고지마의 손에서 벗어난 것은 밤 9시가 지났을 때였다.

품의는 그대로 반노의 손을 타고 같은 본부 빌딩 6층에 있는 융자부로 넘어가, 모바라제약에 대한 융자 품의는 본격적인 심사에 들어갔다. 융자부 담당 조사관은 니시오카라고 하는데 융자부 안에서도 특히나 까다롭고 엄격하기로 유명한 남자였다. 고지마와 언성을 높여 싸운 적도 한두 번이 아니다.

"내가 올린 품의는 아무도 반려하지 못한다"고 호언하는 고지마는 융자부 안에 강한 인맥이 있지만 사실 그것만으로 융자 심사를 통과할 정도로 산업중앙은행의 여신 판단은 호락호락하지 않다. 누가 말했는지는 잊어버렸지만 '썩어도 준치'인 것이다.

니시오카의 첫 회신이 돌아온 것은 그 이튿날 오전이었다.

외근을 나가려던 반노는 수화기를 턱과 어깨 사이에 낀 채로 책상에 얹어두었던 검은 가방을 바닥에 내려놓고 옆쪽 캐비닛에서 모바라제약 품의서를 꺼냈다.

"예. 몰랐습니다. 갑작스러운 이야기라…… 담보는 없습니다. 사장의 개인 자산 말입니까? 어쨌거나 회사에 다 쏟아부어서…… 자산 관리표? 알겠습니다. 예…… 예…….."

예상한 결과지만 니시오카의 반응이 좋지 않았는지, 얌전하게 대답하는 반노의 표정이 대번에 흐려졌다.

이윽고 수화기를 내려놓은 반노는 바로 전화를 걸었다. 내용을 들어보니 상대가 모바라제약의 도쿠다라는 것을 바로 알 수 있었다.

"며칠 전 그 건 말입니다만, 5년치 매출 계획이 필요합니다."

반노의 옆자리에서 아키라는 귀를 의심했다. 호경기를 주체 못 하는 요즘 세상에 아무리 융자 여부를 결정하기 어려운 안건이라 해도 그렇게까지 할 필요가 있을까 싶었기 때문이다. 하지만 담당 조사관 니시오카가 그것을 요구하는 이상 작성하지 않으면 다음 단계로 넘어갈 수 없다.

"죄송합니다, 그리고……." 반노의 요청은 계속 이어졌다. "현재 개발 중인 신약의 완성 시기와 예상되는 총매출도 필요합니다. 죄송합니다, 본부에서 꼭 필요하다고 해서."

전화 너머에서 도쿠다가 떨떠름해하는 것이 느껴졌다. 거듭 부탁하며 수화기를 든 채로 고개를 숙인 반노는 다른 거래처와의 약속 시간을 걱정하며 허둥지둥 외근을 나갔다.

니시오카의 요청은 그 이튿날도 이어졌다. 반노가 얌전하게 이야기를 듣고 모바라제약에 추가 자료를 요청하는 일이 되풀이되었다.

그 이튿날도…….

반노와 니시오카의 응수가 이윽고 노자키 과장과 니시오카의 응수로 바뀐 것은 또 그 이튿날이었다. 결론은 나지 않았다.

마침내 고지마가 교섭에 나섰다. 융자부도 니시오카의 상사인 담당 차장 미와가 조율에 나서면서 모바라제약의 융자 문제에 대한 교섭은 대단원을 맞이했다.

"현장이 따낸 안건을 거절하겠다는 건가!"

보다 더 상세한 자료를 주고받은 끝에 결국 고지마는 버럭 고함을 질렀다. 그렇게 설득했는데도 미와는 아무래도 부정적인 견해를 거두지 않는 듯했다. 그 험악한 토론을 플로어의 행원들이 지켜보는 가운데 고지마는 시뻘건 얼굴로 침을 튀겼다.

"본부가 현장의 의견을 존중하지 않다니, 어떻게 된 거야, 차장! 우리는 이걸로 먹고산다고!" 저희도 심사로 먹고산다고 대답하기라도 했는지, 고지마는 수화기에 대고 버럭 소리를 질렀다. "웃기지 마!"

그대로 교섭은 결렬되고 뒤에는 무거운 분위기만 남았다. 쭈뼛쭈뼛 자리에서 일어선 노자키가 말없이 부본점장 앞에 섰다. 자기 자리에서 추이를 지켜보던 반노도 일어섰다. 아키라도 그 뒤를 따랐다.

"저 미와라는 남자는 정말 고집불통이군."

마음대로 풀리지 않아 어지간히 분했는지 고지마는 분노로 안색이 창백했다.

"어떻게 할까요?"

"어쩔 수 없지, 본점장님께 부탁드려서 밀어붙이는 수밖에."

"잘 부탁드리겠습니다." 노자키가 죄송스럽다는 듯이 말하며 공손히 고개를 숙였다.

하지만 예상하지 못한 사태가 벌어진 건 그로부터 얼마 후였다.

"이번 일은 융자부 말이 맞을지도 모르겠군." 본점장 가키누마는 고지마를 매섭게 쏘아보며 말했다. "이런 중요한 자금 수요가 있다면 그런 운용자금을 우선해서는 안 되었어. 융자도 회사의 실적이 있어야 한다는 말을 들어도 별수 없지. 미와 차장은 뭐라던가?"

"절대 승인 못 하겠답니다."

"자네는 본업의 운전자금 수요가 있다는 걸 몰랐나?" 그건 반노를 향한 질문이었다.

"몰랐던 건 아니지만 이렇게 빨리 필요하다는 말은 듣지 못했습니다."

"본점장님, 정말 죄송하지만 이번만 융자부를 설득해주실 수 없겠습니까?"

고지마의 부탁에 가키누마는 내키지 않는 투로 대답했다. "미안하네만 난 이 품의, 자신이 없어. 융자부에 내기 전에 내가 봤다면 그 단계에서 다시 생각해보라고 했을 거야."

본점의 내부 규칙상 급한 품의 안건은 부본점장의 승인만으로 안건을 진행할 수 있었다. 이 안건은 가키누마에게는 사후에 보고했다.

"거절하고 오게, 부본점장."

"제가 말입니까?" 고지마가 난색을 표했다.

"거절한다면 자네 말고 누가 있나? 그렇지 않으면 그쪽도 받아들이지 않을 거야."

고지마는 본점장실 바닥에 깔린 녹색 카펫을 심각한 표정으로 쳐다보았다. 이윽고 그 입에서 흘러나온 "예"라는 작은 대답으로 모바라제약의 융자 품의는 마무리된 것처럼 보였다.

하지만…….

그다음 주, 융자 보류를 전하러 간 고지마가 헐레벌떡 은행으로 돌아왔다. 노자키를 불러 반노를 데리고 부본점장실로 사라지더니 문이 닫혔다. 무슨 일이 벌어졌는지는 그 직후에 걸려온 도쿠다 부장의 전화로 밝혀졌다.

"부본점장님에게 뭔가 들으셨습니까, 가이도 씨?"

"아뇨, 아무것도. 지금 돌아와서 그대로 회의하러 들어갔습니다."

"실은 사장님이 불같이 화를 내셨습니다. 전 옆에서 듣고 있었는데, 성격이 그렇다 보니 융자할 수 없다는 얘기를 들은 순간 약속이 다르지 않느냐며…….'

"그래서 어떻게 됐습니까?" 아키라는 물어보았다.

"그게…….'

솔직히 사과하면 될 것을, 고지마는 "융자하겠다고 말한 적은 없다"고 주장했다는 것이었다.

"언질이 문제가 됐습니까."

수화기를 든 채로 탄식한 아키라에게 그게 조금 다릅니다, 하고 도쿠다가 뜻밖의 말을 했다.

"사장님은 알다시피 꼼꼼한 성격이라 매일 직접 업무일지를 쓰십니다. 비망록의 의미도 있습니다만 거기에 고지마 씨가 한 말을 적어두워서. 운전자금은 지금까지 그랬던 것처럼 융자하겠다는……."

모바라는 그 자리에서 일기를 보여주며 융자하지 않겠다면 고소하겠다고 화를 냈다고 한다. 아키라는 사태의 심각성에 문이 닫혀 있는 부본점장실을 쳐다보았다.

"사장님은 진심입니다." 도쿠다가 말했다. "만약 이대로 융자가 보류된다면 소송도 불사할 겁니다. 농담을 모르는 성격이랄까, 이렇게 되면 절대 뜻을 굽히지 않는 면이 있으니까요. 저희는 법정에서 싸워도 아무런 이득도 없고, 원만히 해결할 수 있다면 그게 서로를 위한 일이라고 생각합니다만."

"전적으로 동감합니다."

"어떻게 안 될까요, 가이도 씨?"

도쿠다의 물음에 아키라는 대답이 궁했다.

밀실에 틀어박힌 저 세 사람은 어떤 대책을 협의하고 있을까? 하지만 융자 보류는 본점장의 강한 의지다. 그것을 이제 와서 뒤집을 수는 없다. 그때 아키라의 눈에 당일 주가를 나타내는 지표 게시판의 숫자가 들어왔다. 요 며칠 시세는 연일 반등했다. 그 자리에서 모바라제약이 구입한 투자신탁의 어제 가격을 조사하니 구입 당시보다 300엔 정도 올랐다.

"투자신탁을 매각하면 어떠십니까?"

돌발적인 생각에 지나지 않았지만 실제로 말해보니 생각보다 좋은 아이디어처럼 느껴졌다.

"매각? 바로 지난달에 샀는데요?"

"예. 지금 팔면 손해는 보지 않습니다."

전화 너머에서 도쿠다가 당황하며 말했다. "괜찮겠습니까, 가이도 씨? 그쪽에도 사정이 있을 텐데."

"고지마 부본점장님이 그런 말은 하지 않았습니까?"

"아니요, 전혀."

그렇다면 고지마는 모바라제약의 자금 조달보다 은행의 사정을 우선한 것이다. 혹은 융자해준 지 얼마 안 되는 10억 엔을 변제한다는 생각조차 못 했거나.

"사장님도 처음부터 적극적이지 않으셨으니 매각에는 동의하실 겁니다. 다만 그것만으로는 자금 조달이 해결되지 않습니다."

도쿠다의 말대로다. 하지만 만약 투자신탁을 매각해 10억 엔의 융자를 회수할 수 있으면 해결의 길이 열린다.

8

"일이 난처해졌군." 가키누마 본점장은 팔짱을 낀 채로 고지마를 쳐다보았다.

방금 전의 회의로는 결론이 나지 않아 가키누마와 함께 다시 의논하게 되었다. 그 자리에 아키라도 불려간 것은 다행이었다.

"죄송합니다."

아까부터 몇 번째일까, 고지마가 사과하고 뒤따라서 반노도 고개를 숙였다.

"이제 와서 심사 결과는 바뀌지 않아. 그렇다고 융자를 보류하면 문제가 생긴다." 가키누마가 말했다. "결국 어느 쪽이든 막다른 길인가……."

"저, 한 말씀 드려도 되겠습니까."

팔걸이의자에서 뺨을 괴고 있던 가키누마가 눈을 돌려 아키라를 바라보았다.

"모바라제약은 요컨대 5억 엔의 운전자금만 있으면 불평하지 않을 겁니다. 하지만 그러려면 지난달에 융자한 10억 엔의 운용자금이 걸림돌이 됩니다. 그렇다면 그걸 일단 변제받으면 어떨까요?"

노자키 과장이 얼굴을 찌푸렸다. 짜증 섞인 얼굴의 반노가 활활 타오르는 눈으로 쏘아보았다.

"안 돼." 일언지하에 부정한 것은 고지마였다. "그 10억 엔을 변제한다는 건 투자신탁을 매각한다는 거겠지. 반노가 고생해서 모바라 사장에게 따낸 융자야. 사장도 알고서 빌렸어. 그걸 일단 변제받는다니 어이가 없군."

"그럴까?" 가키누마의 한마디가 노발대발하는 고지마의 앞을 막았다. "상대방은 투자신탁 매각에 동의하겠나?"

아키라를 향한 질문이다.

"도쿠다 부장의 말로는 해약에는 아마 사장도 동의할 거라고 했습니다."

"멋대로 나서지 마, 가이도!" 고지마가 격앙했다.

이 남자는 일단 손에 쥔 숫자를 놓치는 걸 용납 못 하는 것이다.

"하나의 가능성으로 모바라제약에 물어본 것뿐입니다. 그렇게 한다는 말은 안 했습니다. 지금 투자신탁을 매각하면 수수료를 제하고도 약간의 매각 이익을 확보할 수 있습니다."

"그렇게까지 할 필요가 있을까?" 노자키가 부정적인 소리를 했다.

아키라를 향한 눈은 건방지게 굴지 말라고 말하고 싶은 눈치다. 고지마도, 노자키도, 그리고 반노도 생각하는 건 자기 성과, 실적밖에 없다.

"모바라 사장을 설득해서 다른 은행에 빌리게 하는 게 역시 현실적이지 않나?"

이어지는 노자키의 발언에 아키라는 통탄했다.

이 사람들은 가망이 없다. 문득 뇌리를 스친 것은 그 한마디였다. 돈은 사람을 위해 빌려주어라.

하지만 고지마도, 노자키도, 반노도, 사람을 위해서가 아니라 돈을 위해서, 돈벌이를 위해서 돈을 빌려주고 있다. 목표, 실적, 인사고과. 아키라에게는 그들의 머릿속이 빤히 보였다. 그 우선순위 속에서 거래처, 거기에서 일하는 사람들은 밑바닥에 가라앉아 있다.

그때 가키누마가 노자키에게 물었다. "다른 은행에서 빌리도록 설득할 수 있나?"

"오늘은 결론이 나지 않았지만 내일이면 사장의 화도 가라앉을지 모릅니다. 내일 제가 한 번 더 찾아가서 설득해보겠습니다."

가키누마가 노자키의 거무스름한 얼굴을 뚫어져라 쳐다보았다.

"그럼 부탁하겠네. 결과는 바로 보고하도록."

본점장이 참석한 회의는 일단 마무리되었다. 가키누마가 집무실에서 나가자 반노가 아키라의 팔을 와락 붙잡더니 분노로 달아오른 얼굴을 들이댔다.

"어이, 가이도." 반노가 아키라의 가슴을 꾹꾹 찔러대며 말했다. "멋대로 굴지 마. 그 운용자금 융자를 따내는 데 얼마나 고생했는지 네가 알기나 해? 부본점장님도 몇 번이나 찾아갔단 말이다."

"그 운용자금은 거래처를 생각한 융자가 아닙니다." 아키라의 단호한 대꾸와 동시에 당장이라도 한 대 칠 것처럼 반노가 콧구멍을 벌름거렸다. "상대가 원하지 않는, 본업 외의 거액 투자를 강요한 것 아닙니까? 만약 주가가 떨어지면 되돌릴 수 없습니다."

"넌 바보냐?" 반노가 짜증스럽다는 듯이 내뱉었다. "신문을 봐. 주가는 내려가도 일시적이거나, 조금 주춤하는 정도야. 장기적인 트렌드로 보면 주가는 계속 상승해. 그 투자 자금이 적자가 되는 일은 절대 없어. 10억 엔, 노 리스크. 원원이야."

그런 건 환상이다. 그렇게 생각했지만 아키라는 잠자코 있었다.

"나 원!" 반노는 그렇게 내뱉고 자리로 성큼성큼 돌아갔다.

이번에는 고지마가 손짓했다. "자네 말이야, 왜 거래처하고 그렇게 멋대로 교섭을 해?"

"교섭한 게 아닙니다. 제 나름대로 해결책을 모색했을 뿐입니다."

"누가 자네더러 해결책을 모색하래? 앞으로 이런 무분별한 행동은 자제하게, 가이도."

노자키에게도 한 소리 들을 줄 알았는데, 고지마의 말이 들렸는지 냉담한 눈빛으로 쳐다만 볼 뿐이다. 책상 전화로 모바라제약에 연락을 취한 노자키는 내일 아침 일찍 사장과 미팅 약속을 잡고 뺨을 풍선처럼 부풀리며 크게 한숨을 쉬었다. 하지만……

그 이튿날, 반노를 데리고 모바라제약을 찾아간 노자키는 얼어붙은 얼굴로 본점으로 허둥지둥 돌아왔다.

"부본점장님, 변호사가 동석했습니다. 모바라 사장은 진심입니다. 그 일지의 기록을 재판에 증거로 쓰겠답니다."

고지마는 안색이 바뀌어 곧바로 본점장에게 보고하러 달려갔다.

고지마와 노자키, 그리고 반노만 가키누마의 집무실로 사라졌다. 어제 일이 있어서 그런지 아키라는 아예 부르지도 않았다. 회의는 한 시간 가까이 이어졌다. 이윽고 창백하게 질린 세 사람이 억울한 표정으로 자리에 돌아왔다.

"가이도." 노자키가 불렀다. "품의서를 써. 본점장님이 자네한테 시키라고 지시하셨다."

눈도 마주치지 않고 지시하는 그의 말에 아키라는 귀를 의심했다.

"내용은 어떻게 할까요?"

팔걸이의자에 앉은 노자키가 시선을 들어 귀찮다는 듯이 쳐다보았다. "내용? 그건 자네가 어제 직접 말했잖아. 그걸로 하라는군. 자네는 쉽게 생각하는 모양인데, 어려운 품의야. 서둘러. 빨리 하지 않으면 모바라 사장 성격에 정말 고소장을 보내고도 남을 테니까. 혹여나 그렇게 되면 말짱 도루묵이야."

묵례와 함께 노자키 앞에서 물러난 아키라는 모바라제약 서류를 받으러 불만스러운 표정의 반노에게 다가갔다. 반노가 아키라의 가슴팍에 서류를 집어던졌다. 본점장이 아키라의 제안을 지지한 것도, 그 중요한 품의를 반노가 아니라 아키라에게 맡긴 것도 불만스러운 것이다.

"정말 쓸 수 있겠어, 가이도?" 반노는 빈정거리며 말했다.

"사실 이미 반은 썼습니다."

"반이나 썼다고?" 반노가 못 믿겠다는 표정으로 아키라를 쳐다보았다.

"어제 구성을 다듬어 초안을 써놨습니다."

"서류도 없는데?"

"숫자는 머릿속에 들어 있으니까요."

아키라를 쳐다보는 반노의 눈이 크게 벌어졌다. "맘대로 해."

총총히 외근을 떠나는 반노를 지켜본 아키라가 품의서를 작성해 노자키의 미결재함에 넣은 것은 그날 오후였다.

"어이, 빠른 건 좋지만 대충 쓴 건 아니겠지?"

그렇게 말한 노자키는 품의서를 펼치자마자 입을 꾹 다물었다. 그러곤 아키라가 쓴 품의서를 꼼꼼하게 읽었다.

"아무래도 연수 때 분식회계를 한 실력은 진짜인가 보군."

이윽고 감탄 어린 눈빛과 함께 그런 말을 하더니 품의서를 바로 고지마의 미결재함에 올렸다.

"뭐야, 벌써? 너무 빠르잖아."

고지마가 노골적으로 불신감을 드러내며 품의서를 쭉 확인하더니 아키라 앞에서 그것을 정신없이 읽었다. 그리고 눈을 감았다. 팔짱을 끼고 생각에 잠겼다. 다시 눈을 떴을 때, 고지마는 뭔가 믿을 수 없는 존재를 바라보는 눈으로 아키라를 쳐다보았다. 뭐라도 트집을 잡을 작정이었다는 것은 꼭 본인이 아니더라도 그 태도로 알 수 있었다. 내용이 마음에 들지 않는다는 것도 얼굴에 드러나 있다. 하지만 성난 얼굴로 품의서에 다시 시선을 던진 고지마는 귀신에 홀렸다 깬 것처럼 짧은 한숨을 내쉬었다.

"이 품의서는 특별히 본점장님도 보시겠다는군."

그 말만 하고 싱거울 정도로 간단히 승인 도장을 찍더니 아키라에게 품의서를 돌려주었다.

"지금 바로 가져가. 그리고…… 가이도."

고개를 숙이고 걸음을 떼려던 아키라를 고지마가 불러세웠다.

"그 품의 말인데……." 가운뎃손가락으로 안경을 밀어 올리며 아키라를 매섭게 쏘아보았다. "잘 썼더군."

9

"두 회사 다, 입금을 확인했습니다. 이제부터 저희 은행의 융자를 전액 변제하는 절차로 들어가겠습니다."

본점 영업부 응접실에 안도의 사무적인 목소리가 울려 퍼졌다. 가이도 스스무와 다카시 두 사람은 얼굴을 잠깐 마주 보더니 안심한 표정을 지었다.

안도는 부동산을 비롯한 담보 설정 서류를 꺼내 미쓰토모은행 담당자에게 건넸다. 조용한 실내에 서류를 확인하는 긴박한 분위기가 감돌기 시작했다.

"맞습니다. 확실하게 받았습니다." 미쓰토모 담당자는 그 순간 이겼다는 표정으로 안도를 쳐다보았다. "그나저나 산업중앙은행에는 미안하게 됐군요. 한 곳이면 또 몰라도 두 군데나, 소중한 거래처를 저희가 모셔가서."

"어쩔 수 없지요, 미쓰토모은행으로 바꾸겠다고 하시니. 설득해서 들어주실 사장님들도 아니고요."

안도의 말투에는 한 조각 미련도 없었다. 그것이 불만스러웠는지 다카시가 입을 열었다.

"우리도 오래 인연을 맺은 산업중앙은행하고 계속 거래하고 싶었는데, 사업계획을 전혀 평가해주지 않으니 말이죠."

"그거 아까운 일이네요, 안도 씨. 이렇게 훌륭한 사업계획을." 미쓰토모은행 본점 영업부 담당자는 동업자로서 우월감을 드러내며 여유로운 표정으로 말했다.

"저희 은행은 좀처럼 융통성이 없어서요." 안도는 태연한 표정으로 말했다.

"가장 융통성이 없는 건 안도 씨, 당신 아니겠어? 처음부터 부정적인 의견이었잖아. 우리도 회사의 명운을 건 일대 사업이니, 당연히 이해해주는 은행과 손을 잡아야 하지 않겠나." 지금까지 쌓인 원한으로 스스무가 빈정거렸다.

노크 소리와 함께 응접실에 들어온 직원이 '완료' 도장을 찍은 금전소비 대차계약증서를 안도에게 건네주었다.

"상환 처리가 완료된 모양입니다. 이로써 저희 은행과의 거래는 전부 해지되었습니다. 일이 잘 풀리면 좋겠군요."

"빈말은 그만해, 안도 씨. 사실은 그런 생각 하지도 않으면서." 스스무는 안도에 대한 불신을 숨기지 않았다.

"그렇지 않습니다." 안도는 표정 하나 바꾸지 않았다. "저희 은행에서는 지원하지 못했지만 미쓰토모은행과 손을 잡은 이상 꼭 성공하십시오."

"그런 번지르르한 소리만 해대고, 속 편하군. 그야말로 은행 그 자체야."

혐오감을 드러낸 스스무에게 미쓰토모 담당자가 "저희 은행은 다릅니다, 사장님" 하고 익살을 떨었다. 예예, 알다마다요, 하고 가볍게 대꾸한 스스무는 문득 진지한 시선으로 안도를 바라보았다.

"우리 리조트 사업을 거절한 걸 머잖아 후회할 거야, 안도 씨."

안도는 그 말에는 대꾸하지 않고 두 사람에게 고개를 숙였다. "오랫동안 거래해주셔서 감사했습니다."

"오늘 자네 숙부님들이 다녀갔어."

그날 밤, 일부러 아키라의 자리로 찾아온 안도가 말했다. 둘이서 지하에 있는 카페 코너로 내려가 종이컵에 든 커피를 샀다.

"그 두 회사에는 아무것도 해줄 수 없었어. 미안하네."

"안도 차장님 나름대로 최대한의 조언을 해주셨다고 생각합니다. 아버지도 기뻐하셨어요."

"바꾸지 못했으니 어떤 노력도 의미가 없어." 안도는 조용히 커피를 입으로 가져가며 말했다.

"그게 경영자로서 삼촌들의 한계겠지요."

"예상을 뒤엎고 대성공이라도 거두어준다면 기쁠 텐데." 안도는 그렇게 말하고 불쑥 물었다. "이건 다른 이야기인데 제약회사에 융자한 10억 엔을 상환하게 했다면서?"

어디서 주워들은 게 틀림없다.

"문제가 커질 것 같아서요.

"고지마 부본점장이 용케 동의했네."

"어찌어찌, 사실 본점장님 동의를 얻어서 반쯤 밀어붙였습니다."

"그랬겠지."

아키라가 작성한 품의서는 이튿날 융자부 결재를 통과해 며칠 후에는 5억 엔의 융자가 이루어졌다. 노자키는 그 안건을 담담히 사무적으로 대처했고 반노는 침묵을 고수하고 있다. 그리고 고지마는 아키라의 의견을 제대로 들어주게 되었다.

"자네는 고지마 씨한테 인정받은 거야. 그 사람은 그런 면이 있어. 거칠지만 본성은 나쁘지 않아." 종이컵에 남은 마지막 한 모금을 비운 안도의 눈빛이 문득 아득해졌다. "이런 경기가 계속되면 정말 편할 텐데."

"무슨 뜻입니까?"

"주식이 영원히 오르고, 땅값도 계속 올라. 세상은 호경기가 당연해지고 투자하면 반드시 돈을 벌어. 그런 세상이 계속된다면 은행에, 아니, 세상에 이보다 더 편한 일이 어디 있겠나. 하지만 글쎄, 이제 곧……." 안도는 입을 다물고는 종이컵을 구겨 근처의 휴지통에 툭 던졌다. "갈까? 바쁠 텐데 시간을 빼앗았군."

안도는 그렇게 말하고는 엘리베이터를 향해 걸어갔다.

8장 — 로사리오

"넌……."

다시 입을 연 아버지의 목소리는 눈물로 갈라졌다.

"너는 은행원이니 나처럼 되지 않도록, 거래처를 구해주려무나.
너라면 할 수 있어."

1

원래 물건을 곱게 쓰는 편이긴 하지만, 벽장을 정리하는데 잡동사니를 모아서 보관해둔 상자에서 로사리오가 나왔다. 그 사실에 야마자키 아키라도 깜짝 놀랐다. 오래전에 잃어버린 줄 알았기 때문이다. 아니, 애초에 아키라는 어린 시절의 기억 밑바닥에 묻힌 그 로사리오를 오랫동안 잊고 있었다.

"야스 형······."

그때 아키라는 기치조지에 있는 은행 독신자 기숙사에서 과거에 아키라의 아버지가 경영한 공장에서 일하던 야스하라 시게히사의 살가운 얼굴을 떠올리고 한동안 감회에 젖었다. 그 후에 야스 형이 어떤 인생을 살았는지 아키라는 모른다. 그리고 야스 형도 아키라가 지금까지 어떤 인생을 살아왔는지 모를 것이다.

아키라가 간신히 대학을 졸업하고 은행에 들어가 2년째 기업 대상 융자를 담당하고 있다고 하면 어떤 표정을 지을까? 좋아하는 담배를 물고 놀라서 눈을 휘둥그레 뜨고 조금 복잡한 표정을 지을지도 모른다.

조금 더 일찍 은행에 들어가서 아버지 회사를 도왔다면 좋았을 텐데. 야스 형이라면 그렇게 말할 것 같다. 분명 야스 형에게도 은행은 어떤 의미에서 적이었을 것이다. 아버지가 신청했던 융자 때문에 몇 번이나 찾아왔던 지점장이나 담당자는 아버지의 회사를 냉담하게 바라보았다. 아이였던 아키라도 느꼈을 정도니 마찬가지로 직원이었던 야스 형도 느꼈을 것이다.

곤란에 처한 사람이 있으면 손을 내밀라. 크리스천이었던 야스 형으로서는 그런 당연한 일조차 하지 않는 은행원이라는 존재는 이해를 뛰어넘은 존재였을지도 모른다.

야스 형은 회사를 떠나는 마지막 날까지 아키라와 지하루를 아껴주었다. 그리고 아버지에게도 어머니에게도 원망 한마디 없이 떠났다…… 성실하고 다정한 사람이었다.

야스 형의 존재는 잊고 있었지만 어린 날에 자란 그런 감정은 아키라의 마음에 스며들어 사람을, 사회를 판단할 때의 기준이 되었다. 그 기준은 은행에 들어가 회사에 돈을 빌려주는 일이 직업이 된 지금도, 아니, 지금이기에 더욱 아키라에게 소중한 가치가 되었다.

회사가 어떤 상태인지는 숫자를 보면 알 수 있다. 매출이 늘고 있는지, 이익은 나고 있는지. 그런 건 재무제표에 기재되는 금액을 보면 일목요연하다. 하지만 굉장히 중요한 요소인데, 숫자만 봐서는 알 수 없는 것이 있다.

바로 사람의 마음이다. 그리고 그 속내다.

돈은 사람을 위해 빌려주어라. 은행에 입사해 참가한 신입사원 연수에서, 당시 융자부장이었던 하네다가 한 말이다. 그가 말하는 '사람'이 과연 사회 구성원으로서의 사람을 뜻하는 건지, 아니면 거래처 경영자 본인이나 직원들을 뜻하는지는 모르겠지만 사람이 모든 것의 중심이라는 발상은 그때 아키라의 마음속에 깊이 자리 잡았다.

2

고후쿠바시다리 근처에 있는 그 복합빌딩은 에이다이길에서 안쪽으로 하나 들어간 길에 접해 있었다. '닫힘' 단추를 누르자 흔들거리며 3층까지 올라간 엘리베이터는 고장 난 게 아닐까 걱정스러울 정도로 자꾸 멈추더니 덜컹거리는 소리와 함께 열렸다.

이구치팩토리 사무소는 지저분한 그 층에 있었다.

사장 이구치 마사노부가 5년 전, 대형 제조사 연구직에서 독립해 세운 기계 설계 회사다. 회사의 주력 상품은 3차원 CAD를 구사한 최첨단 기술이다. 사장 스스로 그것을 전문으로 하는 엔지니어이고 직원은 세 명, 경리와 잡무는 이구치의 아내 유코가 맡고 있다. 자녀는 둘. 첫째가 아들로 초등학교 5학년, 막내가 딸로 유치원 상급반. 네 가족은 부모가 산 세타가야의 단독주택에 살고 있었다.

아키라가 고개를 내밀자 안쪽에서 이구치가 살가운 표정으로 일어섰다. "아아, 마침 잘 왔어요, 야마자키 씨. 안 그래도 지금 전화하려던 참이었는데."

좁은 사무실 구석을 파티션으로 가려서 작은 4인용 테이블을 놓았는데, 그곳이 미팅과 손님맞이를 겸하는 공간이다.

"실은 다음 달에 부족해질 것 같아서 또 부탁 좀 드리려고요."

융자 상담이다.

아키라는 서류 가방에서 노트와 볼펜을 꺼내며 물어보았다. "얼마나 필요하십니까?"

"실은 지금 수주한 계약이 상당히 어려워서요. 외주비를 계속 선지급하고 있거든요. 사실은 지금쯤 들어와야 하는데……. 가능하면 3000만 엔 정도 부탁할 수 있을까요?"

아키라는 노트에 금액을 기입하며 미묘한 금액이라고 생각했다.

이구치팩토리는 매출이 5억 엔도 되지 않는 회사로, 재작년엔 적자, 작년엔 흑자였지만 이익은 500만 엔이다. 그렇지만 차입금은 지금도 1억 2000만 엔이나 남아 있어, 거기에 3000만 엔을 더하면 전부 1억 5000만 엔을 대출하는 셈이 된다. 회사의 능력을 생각하면 차입이 지나치다고 해도 과언이 아닌 영역에 도달했다.

세상은 유례없는 호경기에 춤을 추고 있는데 이구치팩토리는 그 호경기에 뒤처진 외딴섬처럼 광채가 없었다.

"시산표는 있습니까?"

시산표란 회사의 실적을 실시간으로 알 수 있는 자료다. 하지만 이때 이구치는 면목 없다는 표정으로 뒷머리를 짚었다.

"있나?"

바로 옆에 있던 부인을 향한 질문이었다.

"석 달 전 자료라면……." 유코가 아키라의 얼굴을 쳐다보면서 대답했다. "조금 오래됐나요?"

"4월 자료입니까."

지금은 7월. 이구치팩토리는 12월에 결산을 하니 이미 반년 이상 지난 셈이다.

"6월까지의 시산표를 세리사 선생님께 작성해달라고 하십시오."

6월, 6월, 하고 중얼거리며 유코는 책상 위에 있는 메모용지에 적었다. 부인의 직함은 일단 전무지만 계속 전업주부였다가 남편의 회사 설립을 계기로 일손을 돕기 시작했을 뿐이라 직책은 장식이나 다름없다. 경리도 세리사에게 어깨 너머로 배워서 하고 있을 뿐이어서 재무 자료는 읽을 줄 모른다.

아키라는 참고삼아 유코가 보여준 4월 시산표를 펼쳐 확인하고 물어보았다. "일부 경비가 빠져 있는 것 아닙니까?"

"굉장해요. 어떻게 아셨어요?"

눈을 둥그렇게 뜬 유코는 "은행에 다니니 당연하지"라는 사장의 말에 고개를 순순히 수긍해도 되는지 망설이는 기색이었다.

"4월만 외주비 비율이 너무 낮아서 조금 이상하다 싶었습니다."

"세리사 선생님께 깜빡 잊고 보내지 않은 전표가 뒤늦게 나왔거든요." 아니나 다를까 유코가 설명했다.

"500만 엔 정도입니까?"

"맞아요."

유코는 어떻게 그런 것까지 아는지 의아하다는 표정으로 아키라가 돌려준 시산표를 다시 쳐다보았다.

내용을 읽을 줄 모르는 사람에게 재무 자료는 영양가 없는 숫자의 나열에 불과하다. 하지만 아키라에게는 그 숫자 너머에 있는 것이 보였다. 은행원이라면 누구나 갖고 있을 법한 능력이지만 아키라의 경우 재능에 가까울 정도로 평범한 수준을 훨씬 능가했다.

하나의 숫자에서 그 배경에 있는 정보를 정확하게 읽어내고 의미를 부여한다. 자금이 어떻게 조달되고 어떻게 흘러가는지, 그렇게 된 이유는 무엇인지, 아키라는 그런 정보를 몇 개의 숫자로 추측하는 기술이 탁월했다.

"그럼 4월까지는 플러스마이너스 제로인가……." 아키라는 중얼거리면서 생각에 잠겼다.

축적한 자산이 없는 이런 회사는 호조일 때는 문제가 없지만 한 번 실적이 악화되면 대번에 무너지기 쉽다. 아키라는 자기를 바라보는 두 경영자에게 시선을 돌렸다.

"일단 최신 시산표를 세리사 선생님께 부탁해 작성해주시겠습니까? 그전에는 품의를 쓸 수 없습니다."

메모하는 유코의 옆에서 이구치 사장이 불안한 표정을 지었다.

"빌릴 수 있을까요?"

"지금 확답을 드리기는 어렵습니다." 그 자리에서 바로 아키라가 결론을 내릴 수도 없었다. "최선을 다해보겠지만, 달리 조달할 길은 없습니까? 다른 은행에서 신규 개척반이 찾아왔다거나."

"설마요." 그럴 리 있겠느냐는 듯이 이구치가 손을 내저었다. "있었으면 벌써 빌렸죠."

"사장님, 빌려주니까 빌린다고 생각해선 안 됩니다."

문득 마음에 걸려 아키라는 못을 박았다. 이구치는 좋은 사람이지만 그래서 어딘가 안일한 면이 있다.

"야마자키 씨한테는 항상 야단을 맞네요." 이구치는 쓴웃음을 흘리며 머리를 긁적였다.

제대로 이해하긴 했을까? 그런 생각이 아키라를 답답하게 했다. 기술자인 이구치는 일에 지나치게 구애되는 경향이 있다. 그 결과 어떤 기계를 도입해 더 좋은 걸 만들 수 있다면 회사 실적도 고려하지 않고 발주해버린다. 그런 일이 아키라가 아는 것만 두 번이나 되었다. 결국 그 후 대금 지불에 고생하거나 일이 끝난 순간 잉여 설비가 되고 만다.

"2월에도 뭔가 사셨죠, 사장님. CAD입니까?"

아키라가 지적하자 이구치는 뜨끔한 표정을 지었다. CAD란 설계용 컴퓨터 기기를 말한다.

"어떻게 알았어요?"

"숫자를 보면 압니다. 게다가 사원도 한 명 늘었군요."

눈에 익은 사무소 공간에 새로 설치된 부스가 하나 있었다.

"그 새 CAD 때문에 계약사원을 고용했어요."

"그걸 꼭 사야만 일을 할 수 있습니까?"

"일을 못하는 건 아니지만 효율이 나빠서요. 좋은 걸 만들고 싶은 욕심도 있고요."

맞는 말처럼 들리지만 조금 더 신중하게 검토해줬으면 하는 게 속마음이다.

"계약사원이든 뭐든 사람을 고용하고 설비 투자를 하면 어지간히 수주가 확보되지 않고서는 비용을 회수하지 못합니다. 그보다 다소 시간은 걸리더라도 지금 있는 인원과 기재를 활용하는 게 나아요. 사장님 방식으로는 고정비만 떠안을 뿐, 매출이 늘어도 이익이 남지 않을 가능성이 있습니다."

"그런가요?" 이구치는 침울한 표정으로 반론을 삼켰다.

하고 싶은 말은 안다. 경쟁사에 뒤처질 수도 없고, 최첨단 CAD를 구사할 수 있다는 점을 내세우는 회사인 이상 새로운 CAD로 교체하지 않으면 경쟁력이 떨어진다고 생각하는 것이다.

이구치가 전에 일하던 대기업이라면 그래도 되겠지만 이런 작은 회사에서 그러면 자금 조달은 언제까지고 힘겨울 뿐이다.

"그나저나 이번 분기 예상은 어떻습니까?"

아키라가 묻자 침울하던 이구치의 표정이 확 밝아졌다.

"실은 게이힌기계에서 큰 계약을 따낼 것 같아요."

게이힌기계는 일본을 대표하는 기계 제조의 대기업이다.

"그거 한 건만 해도 매출이 5000만 엔이나 되는 데다가 매달 몇 천만 엔 단위의 하청도 들어올지 모릅니다."

"희소식이네요."

성사되면 흑자 전환이 확실하다. 더 나아가 도약할 가능성도 있다.

"그 계약은 언제쯤 마무리될 것 같습니까?"

"다음 달입니다. 그렇게 되면 또 운전자금이 필요해질 테니 그전에 자금 조달 문제를 정리해두고 싶어요. 그러니 꼭 좀 부탁합니다. 야마자키 씨밖에 믿을 구석이 없어요." 이구치 사장이 머리를 깊이 숙였다.

"알겠습니다. 아까 말씀드린 시산표, 빨리 부탁드리겠습니다."

노트를 덮고 일어선 아키라는 문득 유코의 책상에 있는 통장에 시선이 멎었다. 산업중앙은행 통장 위에 시라미즈은행 통장이 놓여 있었다. 명의는 이구치 유코, 정기예금이다.

"시라미즈은행에서 통장을 만드셨습니까?"

"아아, 이거요." 유코가 조금 난처한 표정으로 통장을 덮었다. "딸 때문에 치료비를 모으고 있어요. 산업중앙은행에서 만들까 했는데 회사하고는 분리하는 게 좋을 것 같아서요."

"치료비라면, 심장 때문에?"

"맞아요. 만약 이럴 줄 알았으면 당신도 회사를 그만두지 않았을 텐데, 그렇지?"

딸 고토네 이야기가 나온 순간 이구치의 표정이 어두워졌다.

몇 년 전, 부부의 장녀 고토네는 심각한 확장성 심근병증이라는 판정을 받았다. 고토네가 살기 위한 치료법은 심장 이식밖에 없다. 하지만 현재 일본에서 유아는 이식 수술이 어려워 해외에서의 이식 수술이 유일하게 남은 방법이다. 하지만 그러려면 최소한 5000만 엔, 경우에 따라서는 1억 엔이 넘는 비용이 든다. 그것은 지금의 이구치에겐 도저히 감당할 수 없는 금액이었다.

"빨리 치료비가 마련되면 좋겠네요."

"고토네의 목숨과 치료비 사이의 속도 경쟁이니까요. 절대 질 수 없어요."

아키라는 스스로에게 다짐하듯 말하는 유코에게 수긍하며 이구치팩토리를 뒤로했다.

야마자키 아키라가 융자를 관리하는 거래처는 전부 50개사 정도였다.

역 반대편에 있는 마루노우치 지점에 비해 아키라가 배속된 아에스길 지점의 거래처는 작은 곳이 많았는데, 그중에서도 이구치팩토리는 가장 작은 부류에 드는 회사다.

그렇지만 아키라에게 이구치의 회사가 특별한 이유는 아무래도 자기 처지와 닮은 구석이 있기 때문이었다. 회사를 그만두고 자신의 공장을 차린 아버지는 이구치와 같은 기술자 출신이었다. 이구치의 아내가 그런 것처럼 아키라의 어머니도 회사 경영은 아무것도 모른 채 무아지경으로 아버지의 회사를 도왔다.

오빠와 여동생, 어린 남매가 있다는 점도 같다. 하지만 그 여동생이 중병에 걸려 목숨이 위태롭다는 것은 야마자키가에는 없었던 불행이다.

아키라는 이구치의 자녀들을 몇 번 보았다. 여름방학처럼 오랫동안 학교에 가지 않을 때 회사에 데려오는 경우가 있기 때문이다. 비좁은 사무실에서 초등학교 5학년인 오빠는 심심해서 칭얼거리는 동생을 능숙하게 돌봤다. 동생의 휠체어를 밀어 니혼바시 부근을 산책하는 모습을 본 적도 있다.

"기특하네. 힘내, 마사히로."

그렇게 칭찬한 아키라에게 마사히로는 종종 씩씩한 얼굴을 살짝 일그러뜨리며 쑥스러운 듯 웃었다. 일하는 부모 대신 자기가 여동생을 지켜야 한다, 마사히로의 그런 생각이 느껴져서 그때마다 아키라는 가슴이 뜨거워졌다. 마사히로의 모습에 지하루의 손을 잡아끌며 놀러 다녔던 자기 모습이 떠올랐기 때문이었다.

이 회사는 반드시 지키고 싶다. 마사히로를 위해서도, 고토네를 위해서도. 하지만…….

"어이, 야마자키. 이건 좀 힘든 것 아니야?" 아키라가 제출한 품의서를 보고 우에하라 과장은 생각에 잠겼다. "게이힌기계에서 수주를 받는다고 해도 아직 확정된 것도 아니고, 만약 지금 추이라면 부채를 갚을 여력이 없어. 자네도 알 텐데."

이구치가 나중에 제출한 6월까지의 시산표에 따르면 이구치팩토리는 상반기에 수백만 엔의 적자를 냈다.

"하지만 저희가 지원하지 않으면 이 회사는 문을 닫게 됩니다."

"뭐, 그건 그렇지만……."

우에하라가 중얼거렸을 때 불쑥 뒤에서 엄격한 목소리가 날아와 과장과 아키라의 대화를 끊었다.

"망하고 말고는 우리 은행이 고민할 문제가 아니야."

부지점장 후도 고지였다. 반으로 정확히 가른 머리, 은테 안경 너머의 냉철한 눈으로 이쪽을 바라보고 있는 이 남자는 오랫동안 본부에서 심사 업무를 경험한 남자였다.

"은행 업무는 어디까지나 빌려줄지 말지 결정하는 거지, 망할지 말지는 상관이 없어." 후도가 말했다.

"그건 그렇지만 이구치팩토리의 경우, 저희가 융자하지 않으면 확실하게 자금 조달이 막힙니다."

"그래서?" 후도가 도발적으로 물었다.

"그래서…… 지원하고 싶습니다."

"그런 건 융자 이유가 못 돼. 그런 이유로 융자하면 은행은 순식간에 산더미 같은 불량채권을 떠안게 될 거다." 후도는 입술을 깨무는 아키라를 엄격한 눈빛으로 바라보았다.

로봇 뱅커라는 별명을 가진 후도는 정상참작이라는 말이 전혀 통하지 않는 남자였다. 이구치팩토리에 대한 지난번 품의에서는 미진한 실적을 호되게 지적하다가 마지막에는 지점장 마쓰다에게 "이번에는 내가 책임지겠네"라는 말을 듣고 마지못해 승인 도장을 찍었다. 융자한 2000만 엔을 겨우 1년 연장하는 품의였는데도 말이다.

"조금 더 상의해봐." 우에하라는 한숨을 삼키며 그렇게 말하더니 품의서를 도로 내밀었다.

상의해보라고 해도…….

초조한 마음으로 자리로 돌아왔다. 지금 이구치팩토리에 이렇다 할 재료는 없다.

아키라는 고뇌했다.

4

"일은 어떠냐?"

어쩐 일인지 아버지가 기숙사로 전화를 한 것은 그 주말이었다.

"그럭저럭." 기숙사 전화에 대고 아키라는 대답했다.

"그러니……." 그렇게 한마디 한 아버지는 한동안 말이 없었다.

그 모습에 평소와 다른 분위기를 감지한 아키라가 물었다. "무슨 일 있어요?"

"다음 주에 정년퇴직이라 전화했다. 여러모로 힘들게 해서 미안했다. 그리고 고맙다는 말을 하고 싶어서."

조금 쑥스러운 듯 중얼거리는 말에 아키라는 가슴이 뜨거워지는 것을 느꼈다. 감사해야 하는 것은 아키라다.

회사가 도산해 한 번은 나락에 떨어졌던 아버지는 달아나지 않고 채권자들을 설득했고, 샐러리맨으로 동네 중소기업에서 정년까지 근무했다. 빠듯한 생활 속에서도 대학에 보내주었고 아키라가 은행에 취직을 결심했을 때도 말없이 인정해주었다. 이렇다 할 취미도 없이 그저 묵묵히 일만 한 인생이다.

저야말로 고마워요.

그렇게 말하고 싶었지만 왠지 쑥스러워서 "이제 어떻게 할 거예요?"라는 질문으로 대신했다.

"아직 아무 생각도 없구나."

그렇게 말한 아버지는 문득 생각에 잠기더니 "넌 가와즈에 살았을 때를 기억하느냐?"라고 물었다. 갑작스러운 질문이다.

"그야 기억하죠."

"그러니……." 아버지는 잠시 침묵했다가 이윽고 진지한 목소리로 사과했다. "그때는 너희를 힘들게 해서 미안했다."

"뭘요, 괜찮아요." 아키라는 웃으며 말했다.

아버지가 이렇게 사과하는 건 처음이다. 뭔가 평소와 다른 아버지의 모습은 감회와 함께 나이가 드셨구나, 하는 감상을 가져왔다.

"가끔 떠올리면서 이런 생각을 한단다. 당시의 나는 안일했다고. 조금 더 경험이 있었다면 그렇게 되지는 않았을지도 몰라."

당시 아버지 회사의 실적이 어땠는지 아키라는 모른다. 지금 그 자료가 남아 있으면 누구보다 꼼꼼하게 분석해 아키라 나름대로 거기서 답을 찾을 수 있을지도 모르지만, 이룰 수 없는 일이다.

"아버지는 열심히 했어요." 진심에서 우러난 말이었다. "그 결과 그렇게 된 건 어쩔 수 없는 일이에요. 굳이 사과할 필요 없어요. 다 아니까."

전화 너머에서 아버지는 말문이 막힌 것 같았다.

"고마워요, 아버지." 아키라는 겨우 그 말을 할 수 있었다. "지금까지 고생 많으셨어요."

"넌⋯⋯." 다시 입을 연 아버지의 목소리는 눈물로 갈라졌다. "너는 은행원이니 나처럼 되지 않도록, 거래처를 구해주려무나."

"네, 알고 있어요."

"너라면 할 수 있어. 열심히 해라. 또 연락하마."

아버지의 전화는 그렇게 끊겼다.

'구해주려무나.'

그것은 아버지의 진심에서 우러난 소원이었다.

이구치팩토리가 다시 머릿속에 되살아났다. 품의서 수정 지시를 받은 지 이미 일주일이 지났다. 그동안 매일같이 이구치팩토리를 찾아가 다양한 검토를 반복했다. 겨우 그 내용을 담은 사업계획을 이구치와 함께 다듬은 게 바로 어제였다. 그 계획을 바탕으로 품의서를 새로 써서 제출한 것은 어젯밤.

노력한 보람이 있어 우에하라 과장의 승인은 받아냈다. 그 품의서
는 오후 8시가 지나 부지점장의 미결재함에 들어갔는데, 공교롭게
도 후도가 거래처 공장 견학으로 지방에 출장을 간 바람에 허공에
뜬 채로 주말을 맞이했다.

구하고 싶다. 하지만……. 냉정한 시각으로 볼 때 3000만 엔의 융
자가 승인될지는 불확실하다. 만약 승인을 받지 못하면 이번 달
25일, 이구치팩토리는 첫 번째 부도를 낸다. 그렇게 되면 도산이다.

위가 뒤틀릴 정도로 긴장되었다. 어머니, 여동생과 함께 가와즈의
집을 달아나듯 뒤로했던 기억이 또렷하게 떠올랐다. 낯선 남자들이
돈이 될 만한 물건을 찾아 집을 휘젓고 다녔던 광경은 트라우마가
되어 아키라의 마음에 들러붙어 있었다. 그렇게 만들고 싶지 않았
다. 하지만 그러려면 후도가 최대의 난관이다. 후도만 돌파하면 뒷
일은 어떻게든 된다. 하지만…….

5

"야마자키, 잠깐."

월요일 오전, 후도가 손짓으로 아키라를 불렀다.

"솔직히 말해 이 회사에는 융자하고 싶지 않아."

후도의 책상에는 이구치팩토리의 파일과 아키라가 쓴 품의서가
있었다. 상황을 감지하고 우에하라 과장도 일어섰다.

"사업계획을 새로 쓴 건 좋지만, 이걸로는 상환 자금이 약해. 회사 규모에 비해 신용 여신이 너무 많아. 이래서는 여차할 때 지점의 여신 관리체계가 문제가 돼."

신용 여신이란 담보가 없는 융자를 뜻한다. 여신 관리체계를 염려하는 것은 일종의 보신이지만 후도는 그것을 태연히 입에 담으며 "어째서 게이힌기계 수주에 따른 매출 예상이 이 계획에는 빠져 있나?" 하고 갑자기 핵심을 찔렀다.

"수주한다는 확증이 없습니다."

원래는 게이힌기계와의 신규 거래를 사업계획에 담고 싶었지만 아직도 결론이 나지 않았다. 지난 2주 가까이 이구치는 게이힌기계를 빈번하게 찾아가 마무리 교섭을 계속하고 있지만 솔직히 난항을 겪고 있다.

"뭔가 문제라도 있나?"

"문제는 없지만 경쟁사가 있는 것 같습니다."

이익지상주의인 게이힌기계는 비용이 빡빡하기로 유명하다. 신규 발주는 여러 회사를 경쟁시켜 기술력뿐만 아니라 비용이 저렴한 쪽을 선택한다. 지금 이구치는 한창 그 가격 경쟁 때문에 고심하고 있었다. 수주는 탐난다. 하지만 이 이상 견적 금액을 낮추면 적자가 된다. 그래서는 의미가 없다.

"게이힌기계에서 그 설계 하청을 수주할 수 있으면 신용도도 높아져. 그게 새로운 수주로 이어진다. 회사는 그런 식으로 커지는 거야. 지금 수주하지 못하면 아마 앞으로도 대기업 상대 수주 전쟁에서 지겠지. 이구치팩토리에게 이번 안건은 회사의 장래성을 측정할 시금석이 될 거야."

아키라는 말없이 끄덕일 수밖에 없었다. 분명 후도의 말도 일리가 있다. 하지만 그것은 동시에 수주를 따내지 못했을 때 이구치팩토리의 평가가 어떻게 될지 암시하는 이야기였다.

"솔직히 수주 가능성은 반반입니다." 그날 오후 찾아간 아키라에게 이구치는 심각한 표정으로 말했다. "김칫국을 마셨달까, 처음에는 이미 수주를 따낸 거나 다름없다고 생각했는데 점점 어려운 요구를 하네요."

"결과는 언제쯤 나옵니까?"

"다음 주에는 나올 겁니다." 이구치가 대답했다.

"만약 수주에 성공하면 이익률이야 어쨌든 품의는 어떻게라도 통과될 겁니다."

"수주를 따낸다면 그렇겠죠." 이구치는 민감하게 알아차리고 물었다. "만약 못 따내면 융자는 어렵다는 뜻입니까?"

"불가능하다고 결정된 건 아니지만 상당히 어려운 상황입니다."

후도를 움직이려면 뭔가 좋은 재료가 필요한데 지금의 이구치에게 그것은 기대할 수 없었다.

"개인적인 제안입니다만." 아키라는 한참 고민하다가 말을 꺼냈다. "다른 은행을 찾아가보시면 안 되겠습니까?"

이구치가 얼빠진 표정으로 아키라를 쳐다보았다.

"제가 이런 말을 하는 것도 이상하지만 솔직히 지금 저희 은행에만 의지하는 건 리스크가 큽니다."

"그건 융자를 할 수 없다는 말입니까?"

"그럴 가능성도 있다는 뜻입니다."

이구치는 오늘따라 옆에서 얌전하게 앉아 있던 아내와 시선을 주고받았다. 그때였다.

"엄마, 엄마."

여자아이 목소리에 아키라는 흠칫 놀랐다. 파티션 건너편에서 나는 목소리였다. 눈치를 못 챘지만 고토네가 회사에 와 있는 듯했다.

"잠깐 실례할게요." 유코가 그렇게 말하고 일어섰다. "엄마, 여기 있어. 고토네 옆에 있어."

고토네의 목소리가 드문드문 들려와서 아키라는 목이 메었다. 조용히 있으라고 미리 타일렀을 것이다. 하지만 못 견딜 정도로 불안해진 게 아닐까?

그렇게 만든 것은 아키라다. 내용은 몰라도 대화 분위기나 부모의 불안에 아이는 민감하게 반응한다. 아키라는 부족한 배려를 부끄러워했다.

"아이들이 이쪽에 와 있었습니까?"

"여름방학이라." 이구치는 조금 난처한 얼굴로 대답했다.

"마사히로는?"

"서점에 다녀온다고 방금 나갔습니다. 둘이서 빈집을 지키게 하는 것도 마음에 걸리고 회사 일도 밤늦게 끝나곤 하니, 그럴 바에야 여기서 함께 있는 게 나을 것 같아서요. 그나저나 지금 그 이야기 말입니다만, 야마자키 씨." 달력을 보면서 이구치가 원래 화제로 돌아갔다. "야마자키 씨가 그렇게 말한다면 일단 찾아가보겠습니다. 하지만 만약 다른 은행에서 융자를 승인해준 뒤에 산업중앙은행에서도 융자해준다고 하면 그때는 어떻게 하면 됩니까? 이중으로 신청하는 건 위험한 것 아닙니까?"

"저희 쪽은 제가 어떻게든 해볼 테니, 그때는 다른 은행에서 융자를 받으세요." 아키라는 말했다.

혼날 각오는 되어 있었다. 하지만 이구치팩토리가 살아남을 가능성은 조금이라도 남겨두고 싶다. 자금이 필요한 날까지 시간이 없다. 새로 융자를 신청하려면 타이밍이 아슬아슬했다.

"그리고 야마자키 씨, 어느 회사의 신용 조회 좀 부탁할 수 없을까요? 우리 거래처인데 요즘 몇 달 지불이 늦어져서요."

"확인해보겠습니다."

아키라는 사무실에서 나올 때 이구치가 회사명을 적어준 메모를 가방에 넣으며 복합빌딩을 뒤로했다.

6

8월 셋째 주가 되었다. 시간이 흐르는 건 눈 깜짝할 새였다. 세상은 오봉 매년 양력 8월 15일을 전후로 죽은 조상의 영혼을 기리는 일본의 최대 명절 연휴인데 아키라에게는 우울한 기운이 짙은 일주일이었다.

이구치의 전화는 오봉 연휴가 끝난 첫 월요일 밤에 걸려왔다. 오후 8시가 넘어 슬슬 퇴근할까 하고 책상 위를 정리하고 있을 때였다.

"얘기 좀 할 수 있을까요?"

침울한 목소리로 내용을 어느 정도 예상할 수 있었다. 불길한 예감에 사로잡힌 아키라는 순간 숨을 삼키고 "바로 찾아뵙겠습니다, 마침 퇴근하려던 참이라"라고 대답하고 수화기를 내려놓았다.

평소의 영업용 가방이 아니라 개인용 가방을 들고 이구치의 회사에 가자 아직 대부분의 사원이 남아서 일을 하고 있었다.

"밖으로 나가실까요?"

이구치를 따라 근처 카페에 갔다. 사원이 들으면 안 되는 이야기이리라.

"오늘 게이힌기계에서 연락을 받았습니다. 수주하게 됐습니다."

나쁜 소식만 상정하고 있던 아키라는 정반대의 대답에 할 말을 잃었다.

"잘된 것 아닙니까? 축하드립니다."

하지만 이구치의 표정은 어두웠다.

"그건 잘됐지만 또 다른 문제가……."

"문제?"

"실은 딸의 상태가 악화되어서 입원하게 되었어요. 달래가며 버텨왔지만 선생님 말씀으로는 가급적 빨리 결단을 내리는 게 좋겠다고 하시네요."

아키라는 난처한 기색으로 고개를 떨군 이구치를 뚫어져라 쳐다보았다.

"수술 말씀입니까?"

거기에는 거액의 비용이 들 터였다.

"실은 그런 봉사단체가 있어서, 거기서 지원을 받을 수 있을 것 같아요. 그러면 올해 안에 미국에 가서 장기제공자가 나타나기를 기다릴 수 있습니다."

"병환의 진행은 걱정스럽지만 지원을 받을 수 있다니 다행 아닙니까?" 이구치가 어두운 표정을 짓는 이유를 알 수 없어 아키라는 되물었다. "부족한 수술비를 보태주겠지요."

"그래요. 다만 이럴 때⋯⋯." 갑자기 이구치가 입술을 깨물었다. "노무라 머시너리라는 회사를 기억합니까, 야마자키 씨? 왜, 얼마 전에 신용 조회를 부탁한 회사 말입니다. 대금 지불이 자꾸 늦어진다는."

요코하마에 있는 회사로 산업중앙은행 요코하마 지점이 거래하고 있어 그 담당자에게 상황을 물어 이구치에게 대답해주었다. 20년 역사의 중견 기계 제조사로 거래처들도 건실하고 자금 조달도 딱히 문제는 없다고 했다.

"오늘 파산 신청을 했답니다."

"뭐라고요?"

그 말을 끝으로 아키라는 아무 말도 하지 못했다. 요코하마 지점 융자 담당자는 그런 말은 한마디도 없었다. 그런데 어째서⋯⋯.

깜짝 놀란 아키라에게 이구치는 말을 이었다. "들은 얘기로는 두 달 전에 이 회사 재무부가 상품 선물 거래인지 뭔지로 수십억 엔 단위 손실을 낸 모양이에요. 그래서 대번에 자금 조달이 악화됐다는 겁니다. 아마 은행에서도 그런 사실은 파악하지 못했겠지요."

아키라는 무심코 테이블 너머로 몸을 내밀며 물었다. "노무라 머시너리 채권은 얼마나 됩니까?"

"전부 5000만 엔 정도. 저희에게는 큰 거래처였던 터라."

그 금액을 들은 순간 아키라는 눈앞이 캄캄해져서 의자에 털썩 주저앉았다. 망연한 눈빛으로 눈앞의 이구치를 바라보았다. 이구치는 지금 모든 감정을 잃어버린 표정이었다.

"그곳에서 들어온 돈으로 이번 달 변제 자금을 충당할 예정이셨지요?"

재빨리 묻자 이구치가 힘없이 수긍했다.

"일전에 말씀드렸던 타행 융자 신청은 어떻게 됐습니까?" 아키라는 연달아서 빠르게 물어보았다.

"했어요."

"어떻게 됐습니까?"

"틀렸습니다. 결과적으로 다른 은행에서 조달하는 것은 불가능합니다."

하지만 이건 산업중앙은행 한 곳에서 지원할 수 있는 사태가 아니다. 설사 이번에 어떻게든 3000만 엔을 융자해준다 해도 5000만 엔의 불량 채권은 지금의 이구치팩토리를 벼랑 끝으로 내몰기에 충분한 금액이다.

"미안합니다, 야마자키 씨." 이구치가 바싹 마른 입술을 벌려 한여름이 단숨에 한겨울이 된 것처럼 갈라진 목소리를 토해냈다. "이대로 가면 이번 달 25일에 우리 회사는 첫 번째 부도를 내게 될 겁니다. 폐를 끼치게 됐습니다."

7

그다음 날 아침, 지점장실에 무거운 분위기가 흘렀다.

엄격하고 차가운 눈빛으로 아키라를 바라보던 후도가 말했다. "이건 불가능하겠군."

마쓰다 지점장은 아까부터 심각한 표정으로 팔짱을 낀 채 말이 없다. 우에하라는 마치 자기 실수를 반성하듯 입술을 다물고 있다.

반론하는 사람은 아무도 없다.

후도는 테이블 위에 보고서를 내던졌다. 어젯밤 아키라가 철야로 만든 자금 조달표와 고려할 수 있는 재건 계획을 정리한 자료였다. 불가능하다는 건 산업중앙은행이 이 이상 이구치의 회사를 지원하는 게 불가능하다는 의미다. 하지만 여기서 물러설 수는 없었다.

"5000만 엔의 손실은 나지만 저희가 지원하면 사업을 지속할 가능성을 가진 회사입니다." 아키라는 말했다. "이번에 3000만 엔의 융자를 신청했는데 그것과 별개로 이 적자 보전 비용으로 긴급 품의를 상신하게 해주십시오."

마쓰다가 내키지 않는 표정을 지었을 뿐, 그 자리의 누구도 대답하지 않았다.

"부탁드립니다." 테이블에 박을 정도로 머리를 숙였다.

"신용 여신은 얼마지, 우에하라?" 후도가 물었다.

과장이 신용 관리대장을 열어 거기에 기재된 숫자를 들여다보았다. "현재 4000만 엔. 만약 3000만 엔을 융자하면 그대로……."

"담보는 자택인가?"

말을 끊은 후도의 날카로운 말투에 우에하라는 주눅이 들어 몸을 뒤로 젖혔다.

"그렇습니다. 그 외에도 보증협회 보증이 붙은 융자가 있으니 저희 은행 실손은 4000만 엔 정도입니다."

"4000만 엔이라, 좀 더 줄이고 싶은데…… 뭔가 없나, 뭔가……."

후도는 길고 가느다란 손끝으로 턱 언저리를 문질렀다. 상사들의 시선은 추가 지원이 아니라 이미 채권 회수를 보고 있었다. 아키라는 그 전개에 당황했다.

"부지점장님, 품의하게 해주십시오. 돕고 싶습니다."

"불가능해, 야마자키." 우에하라가 말했다.

아키라가 돌아보자 과장은 말없이 고개를 좌우로 저었다.

"더 이상 이 회사에 자금을 들이붓는 건 그만두는 게 좋아."

"하지만 지금 이구치 씨 회사는 중요한 기로에 놓여 있습니다. 따님의 목숨도 걸려 있습니다. 만약 여기서 도산하게 되면 이식도 불가능해질지 모릅니다."

"딸의 목숨?" 후도가 되물었다. "무슨 소리야, 야마자키?"

"따님이 확장성 심근병증으로 입원해 있습니다. 심장 이식 수술을 받지 않으면 위험하다는데, 국내에서는 어려워서 미국에서 기증자를 기다릴 수밖에 없는 상황입니다. 그러려면 막대한 자금이 필요하고, 지금 여기서 회사가 망하면 따님의 목숨은 구할 수 없습니다."

"허." 후도가 실눈을 뜨더니 우에하라를 향해 지시했다. "이구치 부부의 예금 명세서를 가져와."

불길한 예감이 들었다. 자리를 비운 우에하라가 잠시 후 컴퓨터로 출력한 예금명세서를 내밀었다.

후도는 그것을 뚫어져라 바라보다가 말했다. "전무 계좌에서 매 달 다른 은행으로 50만 엔을 송금하고 있군."

"입금처를 조사해. 만일 차압할 수 있으면 우리 손실을 줄일 수 있어."

"잠깐만요." 아키라는 후도에게 치밀어 오르는 분노를 터뜨렸다. "부지점장님, 그 돈은 이구치 씨가 따님의 수술비로 매달 적립한 돈 입니다. 그것까지 차압당하면 따님 수술이 불가능해집니다. 그럼 그 아이는……."

마사히로가 휠체어를 미는 광경을 떠올린 아키라는 그만 말문이 막혔다.

결국 넌 도울 수 없는 것 아닌가? 그런 절박한 감정은 보이지 않 는 굳은 벽에 부딪혀 스스로에게 가시처럼 박혔다.

어렸을 때, 지하루와 함께 불안한 마음으로 바라보았던 광경. 아 버지와 어머니를 구하고 싶었는데 어쩌지도 못했던, 무력한 자신. 조금이라도 아버지 같은 경영자를, 회사를, 직원과 그 가족을 구하 기 위해 은행원이 되었던 게 아니었나?

'거래처를 구해주려무나.' 그런 아버지의 말이 가슴을 때렸다. '너 라면 할 수 있어.'

대체 내가 뭘 할 수 있나? 결국 은행원이 되어도 아무것도 하지 못하잖아.

마음속 절규는 당장이라도 아키라의 가슴을 찢어놓을 것 같았다.

"야마자키, 자네는 이 일에서 손 떼." 그렇게 명령하는 후도의 목소리가 아키라를 현실로 끌고 왔다. "앞으로 이구치팩토리 사람과 일절 접촉하지 말게. 알겠지?"

번득거리는 눈빛이 아키라를 쏘아보았다. "우에하라, 이곳 담당은 자네가 이어받아. 오늘 당장 찾아가서 부채 총액이 얼마인지 확인해. 알겠지? 그리고 절차대로 진행한다. 부도 당일에 입금된 자금은 전부 융자 상환에 충당해. 채권 회수 서류에 문제는 없는지 미리 확인해두고."

예, 하고 묵직하게 대답한 우에하라는 담담히 이어지는 후도의 지시를 듣고 있었다. 아키라는 그 이상 어떤 발언도 허락받지 못하고 회의 종료와 함께 관리하던 모든 자료를 우에하라에게 넘겨야 했다.

"은행이라는 게 다 이래." 서류를 인수인계하며 우에하라가 작게 중얼거렸다. "실망했을지 모르지만 자네도 알 때가 올 거야."

그딴 건 알고 싶지 않다.

아키라는 외부인으로 밀려났다. 우에하라가 자리로 돌아가 이구치팩토리 방문 약속을 잡기 시작했다.

그날 밤, 오후 9시가 지나 은행을 나선 아키라는 홀로 고후쿠바시 근처의 복합빌딩으로 걸어갔다.

이제부터 하려는 일이 은행원으로서 결코 용납되지 않는 일이라는 건 안다. 하지만 아키라는 은행원이라는 입장이나 직함은 아무래도 상관없다고 생각했다. 그런 건 사람 목숨에 비하면 한없이 시시하고 가벼운 가치에 불과했다.

평소처럼 아직 사원 모두가 남아 일을 하고 있을 줄 알았는데 문을 연 순간 예상 밖의 분위기에 아키라는 우뚝 멈췄다. 불은 켜져 있었지만 그 좁은 사무실은 쥐 죽은 듯 고요했다.

사원의 모습은 없다. 그와 동시에 CAD까지 사라진 것을 알아차린 아키라는 그 자리에 얼어붙었다. 아무도 없나? 그렇게 생각했을 때였다.

"여깁니다." 어디선가 그를 부르는 목소리가 들렸다.

안쪽 부스 한 곳에 이구치가 있었다. 두 손을 머리 뒤로 깍지 끼고 있다. 힘없이 탁한 그 눈에 비치는 건 아키라가 아니라 더러운 현실이 분명했다.

"사장님." 아키라는 그렇게 중얼거리며 절망에 좀먹힌 남자를 바라보았다. "CAD는요?"

"직원들한테 줬어요." 이구치가 대답했다. "퇴직금 대신이지."

"퇴직금……."

아키라는 모든 것을 포기한 남자의 눈을 바라보았다.

"오늘 당신네 과장이 왔어요. 야마자키 씨, 담당이 바뀌었다고요. 우리 융자는 역시 불가능……."

"예금, 옮기세요." 아키라는 다급히 이구치의 말을 잘랐다. "고토네의 수술비, 시라미즈은행 정기예금에 넣으셨죠? 그 예금을 내일 아침 일찍 해약해서 다른 곳으로 옮기십시오."

"무슨 소리를 하는 겁니까, 야마자키 씨?" 이구치가 말했다. "설마 그런 예금까지 은행이 손을 댈 리……."

"고토네의 생명을 구하고 싶으시겠죠?"

이구치는 멈칫 입을 다물더니 뺨이라도 한 대 맞은 사람처럼 아키라를 쳐다보았다. 구정물 같았던 이구치의 눈동자에서 차츰 탁한 빛이 사라지더니 겨우 한 줄기 의지가 떠올랐다.

"……아, 알겠습니다."

그 대답을 듣고 아키라는 조용히 이구치팩토리 입구에서 밖으로 나왔다. 그리고 계단을 두 단씩 뛰어내려가 끈적거리는 한여름 밤에 파묻힌 야에스의 뒷골목으로 달려갔다. 그것이 아키라가 이구치와 나눈 마지막 대화였다.

그 이틀 후 25일, 이구치팩토리는 첫 번째 부도를 내고 그대로 도산했다.

8

벽장에서 찾은 로사리오를 소중히 손수건으로 감싸 책상 서랍에 넣은 아키라는 정리하던 손길을 멈추고 기차조지역 근처에서 점심이라도 먹을까 하고 기숙사 방에서 나왔다.

3월, 초봄의 따사로운 햇볕이 쏟아지는 조용한 토요일 오후였다.

그저께 영업본부로 전근 명령을 받았다. 마무리 삼아 시작한 대청소가 생각보다 큰일이라 방은 순식간에 발 디딜 틈도 없게 되었다. 하지만 아직 하루는 길다. 일단 한숨 돌리자.

우편함 바닥에 있는 항공우편을 발견한 것은 신발장까지 갔을 때였다. 신발장과 바로 반대편 벽에 기숙사 방별로 우편함이 있다. 발신인의 이름을 본 순간, 아키라는 신으려던 구두를 신발장에 도로 넣고 편지를 들고 다시 방으로 돌아갔다.

봉투 뒷면에는 이렇게 적혀 있었다.

이구치 유코.

미국 주소다.

　겨우 봄이 다가왔네요. 잘 지내시나요?

　작년 8월, 저희 회사 도산으로 야마자키 씨에게 큰 폐를 끼쳤던 점 깊이 사과드립니다. 그리고 그 직전에 시라미즈은행 예금을 다른 은행으로 옮기도록 남편에게 조언해주셔서 정말 고마웠습니다. 덕분에 모처럼 모은 치료비도 지킬 수 있었고 봉사 단체 분들의 적극적인 기부활동 덕도 있어 지난 2월, 고토네는 무사히 미국 병원에서 심장 이식을 받을 수 있었습니다. 아직 경과는 지켜보고 있지만 일단은 순조로워서 이쪽 의사 선생님 말씀으로는 이대로 가면 곧 퇴원할 수 있을 거라고 합니다.

　그 소식과 감사를 더 빨리 야마자키 씨에게 전해야 한다고 생각하면서도 바쁜 나날을 보내다 보니 늦어졌습니다. 죄송합니다.

　지금 고토네가 살아 있는 건 야마자키 씨 덕분입니다. 정말 고맙습니다. 남편도 "야마자키 씨는 은행원 인생을 내던져가면서 고토네의 목숨을 구해주었어"라고 회사가 도산한 뒤에 눈물을 흘리며 감사의 말을 했습니다. 남편은 고토네 치료로 미국에 왔을 때 이쪽에 있는 일본계 기업 구인 공고를 보고 취직하게 됐습니다. 예상치 못한 전개지만 이것도 인생인가 봅니다.

　저희 부부에게 이런 행복을 주신 야마자키 씨에게는 아무리 고맙다고 말씀드려도 이 마음을 표현할 길이 없습니다.

다른 이야기지만 일본을 떠날 때, 봉사 단체 리더를 맡고 계신 분인데 야마자키 씨를 안다고 말씀하시는 분이 계셨습니다. 하마마쓰 시내 교회에서 목사로 계시는 야스하라 시게히사라는 분입니다. 저희 사정을 이야기하다가 우연히 도와주신 은행원이 야마자키 씨라는 것을 알고 야스하라 씨가 얼마나 기뻐했는지 모릅니다.

"아키라는 그런 올곧은 아이입니다. 어렸을 때부터 그랬습니다." 그렇게 말씀하시며 사람들이 보는 앞인데도 눈물을 흘리셔서 놀랐습니다. 만약 야스하라 씨와 만나게 되면 안부를 전해주세요. 저희는 행복합니다.

이구치 유코

9장

아버지의
유언

"아키라, 넌 너만의 인생을 살아라. 있는 힘껏.
어떤 의미로 네가 은행을 선택했을 때 난 부러웠다."

1

　가이도 아키라가 그 소식을 받은 것은 5월의 어느 날 오전이었다.

　아직 휴대전화도 메일도 그리 보급되지 않은 시절, 입사 6년 차를 맞이한 아키라는 영업본부의 본인 책상 앞에 있었다. 본점 기업과에서 이곳으로 이동 발령을 받은 것이 재작년이었다. 눈앞엔 거래처에서 요청한 거액 지원 자료가 산더미처럼 쌓여 있고, 여러 서류철에는 내일 이후 융자를 실행할 예정인 전표들이 미기입인 채 들어 있다. 쉴 새 없이 울려대는 외선 전화와 내선 문의. 그때 아키라는 오전 9시가 되는 순간 돌입하는 전쟁터 같은 다망함 속에 묻혀 있었다.

　"가족분 전화입니다."

　연결해준 교환원의 말에 얼떨떨하게 대답한 아키라의 귀에 어딘가 다급한 목소리가 날아들었다.

　"아키라? 엄마다. 실은 지금 회사에서 전화가 왔는데 아버지가 쓰러지셨대."

엇! 아키라는 외마디 소리를 질렀다. 사고가 일시 정지했다.

"아침에 회의를 하다가 갑자기 상태가 안 좋아졌다고 고니시 씨가." 고니시 후미오는 도카이해운 상무로 관리이사였다. "사원들 눈도 있어서 구급차가 아니라 회사 관용차로 히로오병원 응급실로 이송했대. 다행히 전문 선생님이 바로 봐주셨다는데 뇌출혈일지도 모르니 정밀검사를 한다는구나. 엄마는 지금 갈 건데 의식은 있다니까 넌 오지 않아도 돼. 하지만 일단 사정이 그러니 연락해두려고."

"알았어요." 쓰다 만 전표에 자기가 기입한 숫자에서 의미가 빠져나가는 것을 느끼며 아키라는 대답했다. "만약 상황이 바뀌면 연락해주세요. 그리고 입원하면 또 알려줘요. 이쪽 일이 정리되는 대로 그리로 갈 테니."

"무슨 일이야, 가이도?" 같은 팀 차장이 조금 걱정스러운 얼굴로 쳐다보았다.

"아버지 상태가 나빠졌다고 해서요."

"괜찮은 거야?"

급환으로 실려갔으니 괜찮다고 말할 수는 없으리라. 아키라는 그런 생각을 하면서 모호하게 대답했다.

"걱정되면 가봐."

"아닙니다. 이제부터 정밀 검사를 한다니 지금 가봐도 소용없을 겁니다. 무슨 일이 생기면 부탁드릴지도 모르겠습니다만."

차장에게 인사를 하고 다시 전표로 의식을 돌렸지만 아무래도 집중하지 못하고 시간만 흘러갔다.

오후가 되어서야 동생 료마가 전화했다.

"지금 병원에 있는데 위험할지도 모르겠어."

료마의 목소리는 기운 없이 침울했다.

"어떻게 위험해?"

"뇌혈관이 터져서 피가 나고 있다고 하네. 지주막하출혈이야."

수화기를 움켜쥔 채로 아키라는 창문에 눈길을 돌렸다. 눈부신 빛의 입자가 부서지는 마루노우치의 풍경이 지금 이 순간 흑백 정지화면으로 변했다.

"어때?"

온몸의 피가 쏴아아 소리를 내며 떨어지는 듯한 충격을 받으며 아키라는 다급하게 물었다. 어떠냐니 뭐가? 대체 난 뭘 묻고 있지? 우스꽝스러울 정도로 당황하고 있는 자신을 추스를 수가 없었다.

아버지는 아직 65세로 젊다. 지금까지 이렇다 할 질병도 없었고 정기 검진도 받지 않았나. 그렇게 스스로를 위안해보았다.

"지금 급히 수술할 거래. 다섯 시간 정도는 걸리는 모양이야. 그래도 반반이라나 봐."

"반반……?"

료마가 하는 말의 뜻이 뇌에 침투하는 데 몇 초의 시간이 걸렸다.

"살 수 있을지 없을지 지금 단계에서는 뭐라고 말할 수 없대."

말없이 수화기를 움켜쥐고 있는 아키라에게 료마의 깊은 탄식이 들려왔다. 절망의 나락에서 솟아오르는 듯한 침울한 한숨이었다.

"어머니는 어쩌고 계셔?"

어머니를 찾는 목소리를 동료가 듣는 게 싫어서 아키라는 수화기를 가렸다.

"지금 병원 침대에서 주무시고 계셔. 충격을 받아서…… 일단 형한테 연락해달라고 해서."

이번에는 아키라가 깊은 한숨을 쉴 차례였다. 의사 소견을 들은 어머니는 충격적인 소식에 직접 아키라에게 연락할 기력조차 잃은 게 분명했다.

"하지만 의식은 있는 거지?"

"있다고 해야 하나, 없다고 해야 하나."

료마의 연락을 받기 전까지 "의식이 있으면 괜찮을 거야"라고 스스로를 위안했지만 그것도 불안해졌다.

"아까는 의식이 있다고 했는데."

"쓰러진 직후겠지. 확실히 있었어. 나도 불려가서 지켜봤으니까. 난 도저히 빠질 수 없는 일이 있어서 뒷일은 고니시 씨한테 부탁하고 나중에 왔는데, 그때는 이미 몽롱한 상태였어."

동생 료마는 지금 도카이해운에서 사원으로 근무하고 있다.

자기 인생은 직접 정하겠다고 은행으로 간 아키라와는 반대로 료마는 대학 졸업과 동시에 도카이해운 입사를 선택했다.

"오늘 가능하면 일 끝나고 올 수 있어? 어머니도 저렇고 형이 와주면 아버지도 아마 기운이 날 거야. 저기, 의식이 있으면 말이야."

"지금은 어떤 상태야?"

"일단 잠들어 계셔. 이제 곧 수술이니 끊을게. 아마 오후 6시 넘어서야 끝날 거야. 또 연락할게. 그럼."

전화는 거기서 끊겼다.

2

"가느다란 혈관이 터졌습니다. 굵은 쪽이 아닌 게 불행 중 다행이 랄까요." 백라이트 보드에 붙인 CT 촬영 사진을 비교하며 담당의 가와모토가 말했다.

엄격하고 날카로운 눈빛을 가진 남자다. 사진을 바꾸어 사인펜으로 환부로 짐작되는 자리에 동그라미를 치더니 이따금 안경을 이마 쪽으로 올려 얼굴을 들이밀고 살펴보았다. 놓친 점은 없는지, 뭔가 다른 병변이 없는지, 혹은 뭔가 착각한 건 아닌지. 아마 그런 무언의 체크를 반복하고 나서 수술 후의 피로가 드러난 얼굴로 이쪽을 바라 보았다.

일단 수술은 성공했지만 아버지 가즈마의 용태는 결코 낙관할 수 없었다. 출혈이 멈추면 다행이지만 만약 재발하면 그때는 상당히 높은 확률로 '위험'하다. 그런 설명이었다.

"다만 뇌는 이걸로 됐다 치고 문제는…… 아아, 왔군."

노크 소리와 함께 한 여의사가 들어왔다.

"순환기계 전문의 쇼지입니다. 이다음 설명은 쇼지가 해드릴 겁 니다."

쇼지는 빠릿빠릿한 40대 의사로 의사답게 화장기가 없었다. 그녀 가 끌어안고 있던 대형 노란 봉투에서 엑스레이 사진을 꺼내 보드에 끼웠다.

"이건 가즈마 씨의 폐 CT 사진입니다."

인사도 하는 둥 마는 둥 하고 쇼지는 본론으로 들어갔다. 가슴 주머니에서 꺼낸 포인터를 길게 빼며 다시 그 사진을 응시했다.

"여기." 쇼지는 포인터 끝으로 천천히 폐 부근을 가리켰다. 오른쪽 폐 중간 부분이었다. "잘 안 보이겠지만 병변입니다."

병변. 신경을 거스르는 그 표현에 아키라는 말없이 의사를 보았다. 쇼지는 새로운 사진을 보드에 끼웠다.

"헤리컬 CT 촬영에 동의해주셔서, 이쪽이 보다 상세한 사진입니다. 쉽게 말씀드리자면 폐 단면도입니다."

아키라 옆에서 료마가 갑갑한 듯 꿈지럭거렸다. 아키라도 사진을 들여다보았지만 적어도 아키라의 눈으로는 어디가 어떤 병변인지 알 수 없었다.

"지금까지 정기 검진을 받으셨다고 들었는데, 어디에서 받으셨지요?"

결론을 말하기 전에 쇼지는 화제를 바꾸었다. 료마가 회사 근처에 있는 클리닉의 이름을 댔다.

"회사에서 계약한 병원이라."

가와모토는 그 이름을 메모하며 질문했다. "마지막 검사는 언제?"

오가는 질문과 대답을 듣고 있는 아키라의 가슴에 불안이 커졌다.

"한 1년 전에 받았습니다. 그때는 이상이 없다고 했는데."

대강의 정보를 들은 뒤 쇼지는 잠시 뜸을 들였다가 말했다. 암으로 보입니다, 라고.

"이미 전이도 보입니다. 여기, 그리고…… 여기. 여기와 여기도."

손에 든 포인터로 상세한 단면 사진의 여기저기를 가리켰다.

료마가 낮고 긴 숨을 삼키는 게 느껴졌다. 아키라는 아무 말도 할 수 없었다. 아니, 쇼지의 말을 들으면서 그 사진을 바라보는 게 전부였다.

포인터를 접어 가슴 주머니에 가만히 넣은 쇼지는 그런 아키라와 료마 두 사람을 유감스럽다는 듯이 바라보며 말했다. "가즈마 씨는 상당히 무리했던 것으로 보입니다."

그 말에 아버지가 짊어지고 있던 것의 무게를 느끼고 아키라는 아연실색했다.

"어째서…… 어째서 이렇게 될 때까지 몰랐을까?"

아키라의 질문은 의사를 향한 게 아니라 자문에 가까웠다.

"저희 병원도 정기 검진을 하고 있으니 이런 말씀을 드리기는 그렇지만 완벽하게 병변을 꿰뚫어 보기란 어려운 일입니다. 특히 이 부위는 놓치기 쉬운 곳이라……. 그리고 지주막하출혈 같은 질환은 언제 어떻게 생기는지 아직 해명하지 못했습니다. 지금 이 순간 제가 걸릴지도 모르고, 두 분이 걸릴지도 모릅니다. 그런 질병입니다."

옆에 있던 가와모토 의사는 고개를 숙인 채 조용히 듣고 있었다. 지주막하출혈에 폐암, 아버지의 육체는 실로 질병의 소굴이었다.

"나을 수 있을까요?" 말이 목구멍에 걸려 힘겹게 빠져나왔다. "이 암은 치료받으면 나을 수 있습니까?"

낫는다고 말해주길 바랐다.

하지만 쇼지는 심각한 현실을 그대로 비추는 시선으로 아키라를 바라보았다.

"조금 더 상세히 검사해봐야 알겠지만 만약 이대로 아무 일도 없으면 앞으로 1년입니다."

가이도 스스무는 어두운 사장실에 홀로 서서 멍하니 창밖을 보고 있었다.

책상 위에는 방금 팩스로 받은 서류가 읽다 만 채로 흩어져 있었다. '로열 마린 시모다'의 수지 보고다. 100억 엔을 투자한 리조트 호텔은 계획대로 토지 매수를 완료하고 그 후 1년 반에 걸쳐 호텔을 건설, 이윽고 작년에 개업에 이르렀다.

컨설턴트 기다의 추천으로 스스무가 호텔 지배인에 앉힌 것은 미야모토 기요노부라는 남자였다. 미국의 고급 호텔 체인에서 경영에 참여한 경험이 있는 호텔맨으로 기다가 "이보다 더 좋은 인재를 일본에서 확보하기는 어려워"라고 호언장담한 남자였다. 퇴직 후 호텔 평론가로 활약하고 있던 미야모토는 당초 스스무의 제안을 거절했다. 고객층을 아는 고급 호텔 체인과 신설 리조트 호텔은 사정이 다르다는 이유였지만 그것을 기다가 설득한 것이다. 물론 보수를 비롯해 상응하는 조건을 제공한 것은 말할 것도 없다. 그렇게 모든 준비를 마치고 미야모토가 지휘한 사전 PR 활동도 빈틈이 없었다. 남은 것은 손님이 오기를 기다리는 것뿐이었다. 그런데……

개업한 지 1년이 지난 현시점에서 고객 수요는 당초 예상을 훨씬 밑돌았다. 실로 회사의 명운을 건, 아니, 스스무의 인생을 건 이 사업에서 실패는 용납되지 않는다.

"어째서야, 기다 씨. 왜 실적이 오르지 않지?"

기다도 같은 자료를 받았을 테니 방금 전화로 물어보았다.

"아직 이름이나 평가가 알려지지 않아서 그렇습니다. 조급해할 필요 없어요. 호텔 설립이라는 게 원래 이런 법입니다."

그런가, 하고 말한 스스무는 솔직히 낙담하며 불안을 씻어내지 못한 채로 수화기를 내려놓았다.

"그럼 지금보다 더 홍보비에 돈을 들이란 말인가?"

개업 전에 실로 퍼붓듯이 쓴 광고선전비의 액수는 솔직히 전문 상사처럼 수수한 업계에서는 생각할 수도 없는 규모였다. 그것을 계속한다고 생각만 해도 겁이 날 정도다. 더군다나 직원 급여나 은행 차입금 상환을 생각하면 수중의 자금은 눈 깜짝할 사이에 줄어든다.

호텔 지배인 미야모토는 팩스로 수지 보고를 보낸 직후에 전화를 했다.

"사장님, 죄송합니다."

기다와는 달리 미야모토의 첫마디는 사죄였다. 요즘 월별 실적을 보고할 때마다 사과한다. 독설 평론가로 유명했던 남자였지만 미야모토는 성실한 실무자였다. 기다의 의견이 잘못되었다고 생각하지는 않지만 미야모토의 사죄가 스스무에게는 더 자연스러웠다.

"원인이 뭐야?"

그렇게 물은 스스무에게 미야모토가 대답했다.

"가격을 너무 높게 설정했는지도 모릅니다."

로열 마린 시모다의 숙박 가격은 수요가 가장 많은 트윈룸이 1박에 8만 엔. 어디까지나 목표는 고급 리조트였기 때문에 그에 걸맞은 스태프와 서비스를 철저히 갖추었으니 스스무는 결코 비싼 가격은 아니라고 생각했다. 게다가 가격을 그렇게 설정한 이유도 있었다.

대출을 상환하고 고용한 종업원들에게 급여를 지불한다. 그 외에도 이래저래 드는 유지비를 고려하면 반대로 이 가격이 아니면 경영을 할 수 없다. 그게 너무 비싸다는 미야모토의 지적은 곧 이 리조트 사업의 근간에 관한 문제라고 해도 무방했다. 이제 와서는 늦은 이야기다. 하지만 솔직히 "정말 이 값으로 괜찮을까?"라는 의문은 스스무도 없지 않았다. 너무 비싸지 않나 하는 생각은 당초 계획 때부터 쭉 머릿속 어딘가에 남아 있었다.

"당신도 그렇게 생각해, 미야모토 씨?"

무심코 물은 스스무에게 수화기 너머에 일순 침묵이 생겼다가 신중한 대답이 돌아왔다.

"서비스 질을 생각하면 트윈 8만 엔은 타당한 가격이겠지요. 다만 손님들의 평가에는 다양한 요소가 얽혀 있습니다. 세상의 경기라거나 경쟁 호텔의 가격대라거나."

이 사업을 입안하고 자금을 조달했을 때의 경기는 실로 절호조로 모두가 그 호조가 지속되리라 믿어 의심치 않았다. 과열된 경기에 경고하는 목소리도 없지는 않았지만 진정한 의미로 그 후의 추락을 예측한 사람이 과연 얼마나 있었을까?

1989년 마지막 영업일에 3만 8915엔이라는 사상 최고가를 기록한 닛케이 평균 주가는 그 후 하락 일로를 걸어 지금은 1만 엔 이상 하락했다. 경기의 절정기는 지났다. 기업 실적도 악화되어 요즘 중소기업의 대다수가 적자인 세상이다.

"가격대를 낮추는 게 나을까?" 스스무가 물었다.

"아닙니다. 오픈 1년 만에 고급 노선을 바꾸는 건 현명한 방법이 아닙니다. 그렇게 되면 지금까지 잡은 고객을 배신하는 셈이 됩니다. 그보다 여행 패키지 판매 채널 말씀인데 어떻게 안 되겠습니까?" 미야모토가 아픈 구석을 찔렀다.

로열 마린 시모다에는 직접 숙박 예약을 하는 손님과 도카이관광이 기획한 여행 패키지 손님, 두 종류가 있다.

이 리조트 계획에는 다카시의 도카이관광에 자금 조달 보증을 부탁한 관계로 여행 패키지 판매 창구를 도카이관광이 독점하는 계약을 맺었다. 당초에 이것은 이상적인 구조로 보였다. 스스무로서는 속을 잘 아는 도카이관광이 손님을 모아주니 가격 설정 조건도 포함해 안심할 수 있었다. 다카시 역시 창구를 일임함으로써 수익 기회를 늘릴 수 있다. 하지만 그 계획은 어디까지나 숙박객이 쇄도한다는 것을 전제로 하고 있었다. 따라서 생각만큼 손님이 모이지 않는 상황이 되자 도카이관광의 부족한 모객력이 갑자기 문제가 되었다.

"다른 여행사까지 창구를 늘리면 공실은 줄어들 겁니다."

미야모토의 의견은 지당했다. 하지만 그러면 호텔 수익률이 떨어진다. 다카시의 도카이관광이라 독점 계약을 하는 대신 수수료는 낮게 설정했지만 대형 여행대리점은 그럴 수 없다.

"어쨌거나 숙박만 해주면 돈은 어떻게든 쓰게 할 수 있습니다." 미야모토가 주장했다. "물품 판매나 옵션 투어, 식사. 에스테와 마사지 같은 서비스를 이용해주면 거기에서도 수익은 오를 겁니다. 손님이 오는 게 우선 아닐까요."

"알았어." 스스무는 대답했다. "그렇다면 서두르는 게 좋겠지. 도카이관광 쪽에 독점 계약 해지를 신청해보지."

그렇게 말하고 미야모토의 전화를 끊었다.

"가격을 너무 높게 설정했다는 지배인의 지적은 어느 정도 이해해. 하지만 반대로 싸다고 손님이 올까? 그건 그것대로 의문 아니야?"

바로 그날 점심 식사에 불러내 고민을 털어놓자 다카시는 부정적인 의견을 냈다.

"뭔가 좋은 아이디어 없어?"

"아니, 그런 건 현장 사람들이 생각해야지."

문제는 있지만 타개책은 보이지 않는다. 그것은 이것이 난제라는 반증이기도 했다.

"현장 쪽 아이디어는 미야모토하고도 검토하겠지만 객실을 채우지 못하면 아무 소용이 없어."

그 말에 다카시는 뭔가 감지했는지 입을 다물었다.

스스무는 말을 이었다. "그래서 너한테 묻고 싶은데, 여행 패키지 판매는 어때?"

"솔직히 썩 좋지는 않아." 다카시가 대답했다.

"그 결과, 너도 봤겠지만 수지가 계속 그 상태야. 지금 우리가 가장 우선해야 할 점은 어쨌거나 그 호텔의 객실을 채우는 일이야."

다카시가 생각에 잠긴 표정으로 바라보았다.

스스무는 본론을 꺼냈다. "이건 그냥 의견인데 만약 도카이관광의 판매 채널로 객실을 못 채우겠다면 일시적이라도 다른 여행대리점에 판매를 푸는 건 어떨까 싶어."

다카시의 눈에서 감정이 사라졌다. 말없이 이쪽을 바라보는 얼굴에는 어릴 적 싸우다가 달려들 때의 표정이 어른거렸다.

"그건 안 되지." 아니나 다를까 다카시는 반대했다. "우리도 로열 마린 차입에는 20억 엔이나 보증을 섰어. 20억 엔이야. 그렇게 쉽게 계약을 변경하다니, 형, 실망이야."

"하지만 예상보다 더 공실이 나고 있어. 가능하면 조금 더 판매를 확대하고 싶어."

"그런 건 나도 알아." 옛날부터 성급한 면이 있는 동생이라 그런 태도에도 익숙해서 화는 나지 않았지만 스스무의 불안은 사라지지 않았다. "만약 이 리조트 사업에서 실패하면 가즈마 형한테 웃음거리만 될 거야. 그것만은 안 돼. 앞으로 필사적으로 할게."

그렇게까지 말한다면.

"부탁하마."

스스무는 짤막하게 대답하고 잔에 반쯤 남아 있던 런치 와인을 입에 머금었다.

도카이상회가 10억 엔을 출자해 설립한 로열 마린 시모다가 미쓰토모은행에서 조달한 자금은 90억 엔. 그 돈을 빌리려고 도카이상회가 70억 엔, 나머지를 도카이관광이 연대보증을 섰다. 연대보증이란 돈을 빌린 본인이 갚지 못할 경우 대신 변제한다는 약속을 하는 계약이다. 도합 100억 엔을 투자한 이 리조트 사업에서 실패하면 큰형에게 웃음거리가 되는 것으로 끝나는 게 아니라 '상회'도 '관광'도 공멸이다.

"두고 봐, 형. 우리 실력을 보여줄 테니."

다카시가 호언장담했을 때 스스무의 휴대전화가 울렸다. 낯선 번

호였다. 조금 망설였지만 통화 단추를 눌렀다.

"가이도 사장님 휴대전화 맞습니까?" 남자 목소리가 말했다.

"맞아, 그런데?"

"저는 도카이해운 상무 고니시라고 합니다. 실은 오늘 아침 가즈마 사장님께서 쓰러지셔서 히로오병원에 입원하셨습니다. 일단 그래서 연락드리고자……."

"형이?" 스스무는 무심코 중얼거렸다. 다카시가 조용히 이쪽을 바라보고 있다. "어떤 상태지?"

"지금 정밀 검사를 하고 있는데 지주막하출혈 가능성이 농후하다고 해서……."

"형님이 쓰러졌다는군. 지주막하……."

휴대전화 송화구를 가리고 말해주자 다카시가 느릿하게 눈을 크게 떴다.

"위험한가?"

"아직은 뭐라 말씀드릴 수 없습니다. 이제 수술에 들어갑니다."

"알겠어. 시간을 봐서 그쪽에 가지. 지금 병원인가? 형수님께도 그리 전해줘."

"죄송합니다. 부탁드립니다."

고니시는 정중한 말투로 그렇게 말하고 전화를 끊었다.

"폐암도?"

스스무는 저도 모르게 고니시의 얼굴을 뚫어져라 바라보고 말했다. 도카이해운의 관리이사는 근면해 보이는 얼굴을 일그러뜨리며 침울한 눈빛으로 쳐다보았다.

"정밀 검사로 발견했습니다. 조직 검사는 하겠지만 아마 틀림없을 거랍니다. 아키라 씨와 료마 씨 두 분이 직접 의사의 설명을 들었습니다."

"그거 큰일 났군." 스스무는 그렇게 중얼거리다가 물어보았다. "꽤 진행됐다던가?"

"아무래도 그런 모양입니다."

스스무는 폐암의 경우 콩알만 한 크기의 종양이라도 온몸에 전이될 가능성이 있다는 이야기를 들은 적이 있었다. 비교적 빨리 발견해도 가령 몇 년 후의 생존율은 다른 암보다 낮다. 발견하기 어려운 곳에 있었다니 그저 불운일 뿐이다. 게다가 지주막하출혈까지 겹쳤다니 지금 살아 있는 게 이상할 정도다.

"어쨌거나 장기 입원이겠군. 회사는 괜찮은가?"

고니시가 심각한 표정을 지으며 말했다. "사장은 공석인 채로 일단 제가 대행하게 됐습니다."

"료마는 아직 이른가."

고니시의 표정 속에서 뭔가가 움직였다. 무슨 말을 하고 싶은지는 안다. 료마가 차기 사장이 될 예정으로 입사했다는 사실은 모두가 알고 있지만 입사한 지 아직 4년, 사장이 되기에는 너무 젊다.

"그건 제 입으론 아무 말씀도…… 사장님의 의향도 있을 테고요."

약으로 잠들어 있는 형의 얼굴만 방금 전에 보고 왔다. 건강한 형의 얼굴이 익숙한 눈에 침대에 누워 있는 남자는 열 살은 더 나이 들어 보였다. 큰 병을 앓을 때는 자기도 모르게 몸도 피폐해지는 걸까?

그리고 가족 대기실에 간 스스무는 침울한 형수를 위로하고 아키라와 료마 두 사람을 만났다. 아키라와는 산업중앙은행과 거래를 끊은 이후로 영 껄끄러운 관계가 이어져서 얼굴을 맞대는 것도 거북했다. 무슨 말을 해도 집중하지 못하는 형수, 잔뜩 화가 난 것처럼 입술을 꾹 다문 아키라, 그 두 사람 옆에서 불안한 듯 울상을 짓고 있는 료마가 있다. 스스무는 그런 료마 곁으로 가서 속삭였다.

"병에 대해서는 아무것도 해줄 수 없지만 회사 일로 곤란한 일이 생기면 의논해라. 같은 도카이해운 그룹이잖니."

그렇게 말하며 어깨를 툭 두드리자 료마는 답례를 하며 살가운 미소를 머금었다.

4

"아버님 상태는 어떤가?"

안도의 권유로 함께 식사를 간 것은 가이도 가즈마가 쓰러지고 두 달쯤 지난 7월이었다. 장마의 끝을 알리는 오후의 소나기가 도쿄를 훑고 간 밤이었다. 신바시에 있는 초밥집 카운터에 있으니 손님이 드나들 때마다 축축한 공기가 발밑으로 들어왔다.

"항암 치료는 하고 있지만 효과가 얼마나 있는지는 사실 모르겠습니다."

용태는 일진일퇴를 반복하고 있다.

"그런가……."

그 말을 끝으로 안도는 조용히 맥주잔을 보았다. 그 표정에 깃든 무언의 의도를 깨달은 아키라는 그것이 말이 되어 나오길 기다렸다.

"사장, 바뀐다면서?" 안도는 카운터 정면을 바라본 채로 물었다.

과거에 도카이해운을 담당했던 안도지만 지금은 기획부로 이동했다. 기획부 기획그룹 차장이 안도의 직책이다. 여신 부서를 벗어나도 중요한 정보는 확실하게 파악하고 있다. 안도의 세심한 성격은 부서와 상관없이 건재했다.

"예. 아버지의 의향도 있어서 그러는 것 같습니다."

암 선고를 받은 아버지는 자기 죽음을 직시하고 병마와 싸우면서도 거기에 철저히 대비하려 했다. 사후, 가족이나 회사가 혼란에 빠지지 않도록 지금부터 할 수 있는 조치는 전부 해두려는 생각이다.

반쯤 강제로 퇴원하더니 항암 치료를 받아가면서 업무에 복귀해 격무를 해내고 있다. 아버지의 정신력은 보통 사람의 영역을 훨씬 초월한 것이었다.

"고니시 상무님이 사장에 취임하는 방향으로 사내에서 조정한다는 것 같습니다."

고니시는 아키라도 어렸을 때부터 잘 알고 있었다. 화려함이나 카리스마는 없지만 온순하고 독실한 조정자 타입이다.

"고니시 씨라면 알고 있어." 안도도 말했다. "내가 담당이었을 때 자주 이야기를 나눴거든. 그분이 당분간 사장 자리에 앉는 건 나쁘지 않군."

"저도 그렇게 생각합니다." 아키라도 찬성했다. "게다가 아버지 생각이나 이념은 고니시 씨에게 깃들어 있으니까요. 아버지의 노선을 계승해주겠지요."

그러자 안도가 뭔가 생각에 잠겼다가 입을 열었다. "생각대로 고니시 사장으로 안착할지가 문제로군."

"뭔가 문제라도 있습니까?"

"어쩌다 주워들었는데 고니시 상무의 사장 승진에 반대하는 사람이 있다는 것 같아. 못 들었나?"

"전혀요." 아키라는 놀라서 안도를 쳐다보았다. "누구에게 들으셨습니까?"

"도카이해운 담당자하고는 잘 아는 사이인데 어제 그런 말을 하더군. 그런 문제로 회사 내부가 분열하면 가이도 사장이 모처럼 고심한 계획이 무용지물이 돼."

"하지만 고니시 상무가 아니면 대체 누가 사장을 한다는 겁니까? 아오타 전무인가요? 확실히 그 사람도 나쁘지 않을지 모르지만 나이도 많고 격무를 맡기는 건 가혹합니다."

의견을 낼 입장은 아니지만 아버지의 의향에 반하는 동향이 있다는 말만 들어도 마음이 불편해졌다.

하지만 안도의 대답은 생각도 못한 것이었다.

"아니, 아오타 전무가 아니야. 실은 자네 동생이야."

"료마가?" 아키라는 놀라서 되물었다. "설마요."

"고니시 씨가 그렇게 말했다더군. 분명 료마 씨가 미래에 사장이 되는 건 기정 노선이라고 생각하지만……."

아키라는 저도 모르게 생각에 잠겼다.

훗날에야 료마가 사장이 되더라도 모든 일에는 타이밍이라는 게 있다. 료마는 아직 연수 중인 신분으로 사장 자리에 취임하기에는 너무 이르다. 아버지는 그래서 고니시를 일단 사장에 앉혀 중계 역할을 맡기려고 생각했을 것이다.

"무엇보다 료마가 그런 이야기를 받아들일 리 없습니다."

아키라는 뺨에 안도의 시선을 느끼고 돌아보았다.

"아니, 본인 스스로 사장 자리에 관심을 보이고 있다고 들었어."

"설마……."

아키라는 너무 놀라서 말이 나오지 않았다.

5

그날 밤, 안도와 식사를 마친 아키라는 은행 기숙사가 아니라 시부야구 쇼토에 있는 본가로 돌아갔다.

"어머나, 아키라. 어쩐 일이야, 평일에 돌아오다니." 어머니가 놀란 얼굴로 물었다.

어머니는 지금 낮에는 병원에 가고 밤에는 집으로 돌아오는 생활을 계속하고 있다.

"식사는?"

"하고 왔어요. 료마 있어요?"

"아직 안 돌아왔어. 누구하고 회식이 있다나."

시계는 오후 10시를 가리키고 있었다.

"어머니, 료마가 도카이해운 사장이 된다는 얘기 들었어요?"

어머니의 표정이 어두워졌다. "그래, 그럴 작정인가 봐."

"그 녀석이 할 수 있을 것 같아요? 아직 입사한 지 몇 년밖에 안 됐어요. 아버지도 사장을 이어받을 때까지 20년 가까이 현장을 돌며 경험을 쌓았는데, 말도 안 돼요."

"난 모르겠구나. 하지만 적어도 아버지는 반대하신다. 너하고 같은 의견이야."

"그렇겠지." 아키라는 조금 마음이 놓여 중얼거렸다. "누가 그 녀석한테 사장을 하라고 꼬드기는 거죠?"

그러자 어머니는 조금 난처한 표정으로 말했다. "누가 그러는 게 아니라 료마가 자기 입으로 사장이 되고 싶다고 했어."

아키라는 이마를 짚었다.

문제의 료마는 자정이 넘어서야 돌아왔다.

"어라, 왔어?"

술에 취해 벌건 얼굴로 돌아온 료마는 웃옷을 거실 의자 등받이에 툭 던지더니 냉장고 문을 열었다.

"형, 맥주 마실래?"

"필요 없어."

더 마실 셈인지 캔 맥주를 꺼내온 료마는 빈 의자에 앉아 캔 따개를 잡아당겼다. 가이도가에서는 예나 지금이나 주방을 거실 대신 사용하는 경우가 많다. 테이블 위에 있는 리모컨을 들어 텔레비전을 켜길래 뉴스라도 보나 했더니 아키라의 뒤에서 심야 프로그램의 시끌벅적한 소음이 들려왔다.

"료마." 아키라가 입을 열었다. "너 사장이 되겠다고 했어?"

료마는 텔레비전만 보면서 바로 대답하지 않았다.

"뭐, 그래."

시큰둥하니 공허한 대답처럼 들리지만 속에는 아키라에 대한 경계심이 묻어 있었다.

"네가 사장을 할 수 있겠어?"

"할 수 있지. 나 혼자 하는 것도 아니고 임원들도 그대로니까 괜찮잖아. 임원 인사를 건드릴 생각은 없어."

아키라는 동생을 바라보았다. 이 녀석은 아무것도 모른다.

"입사하고 몇 년이나 됐지? 영업 좀 해봤다고 회사를 이해한 건 아니잖아. 업계 안이라면 몰라도 세상 물정도 제대로 모르면서 회사를 어떻게 다루려고 그래?"

대답은 없었다. 또 등 뒤에서 웃음소리가 들려 아키라는 손을 뻗어 리모컨을 잡아 '꺼짐' 단추를 눌렀다.

아키라의 이름을 부르며 타이르는 어머니의 말은 "뭐하는 거야?" 라는 동생의 나직한 중얼거림과 겹쳤다.

"지금 네게 사장은 무리야." 아키라는 동생을 쏘아보며 말했다. "어리석은 짓은 그만둬. 서두르지 않아도 어차피 나중에 사장 자리는 돌아와. 고니시 씨한테 맡기고 당분간은 회사 업무를 배우는 걸 최우선으로 해. 아버지도 그렇게 말씀하고 계시잖아?"

아버지를 입에 담은 순간 아키라를 쏘아보고 있던 료마가 시선을 피했다.

"아버지가 뭐라고 하든 상관없어. 난 내 마음대로 하고 싶은 것뿐이야."

"네 마음 문제가 아니야. 네게는 무리라고 말하는 거야."

"형하고 무슨 상관이야?" 료마가 뺨을 부들부들 떨며 말했다. "뭐야, 형은 자기가 하고 싶은 일을 하겠다며 회사를 이어받지 않았잖아. 형은 인사에 참견할 자격이 없어."

"자격은 없어. 하지만 네가 눈앞에서 구렁텅이에 빠지는 걸 잠자코 보고 있을 수는 없어. 그러니 마음을 바꿔."

"들어봐, 지금 나하고 비슷한 나이로 벤처 회사를 차린 녀석도 많아. 형은 은행원이니 그런 거 잘 알 것 아냐. 도카이해운의 업무를 몰라도 새로운 발상으로 경영하면 되는 거야."

"너, 진심으로 그렇게 생각하는 거냐?" 아키라는 기가 막혔다. "잘 들어, 벤처라는 건 높은 리스크를 감수하고 뛰어든 녀석들이야. 게다가 너는 완전히 착각하고 있는데 그 사람들은 어디까지나 자기 전문 분야에서 승부하는 거야. 이것만은 절대 지지 않을 거라 자신하는 제품을 내세우는 거라고. 새로운 발상으로 경영하겠다고? 네가 언제부터 그렇게 발상이 풍부한 사람이 됐지? 평범한 창조력과 머리밖에 없는 사람이 그런 재주를 부릴 수 있을 리 없잖아?"

한 번 입을 열자 세상 물정 모르는 동생에 대한 울분이 봇물 터지듯 치솟았다.

"도카이해운의 사업은 1년에 절반 이상이 사라지는 벤처와는 달라. 300명의 사원과 그 가족을 지탱하는 회사야. 그런 회사의 경영을 짧은 생각으로 하려는 거야? 자기 회사나 자기 업계를 제대로 모르는 녀석은 절대로 회사를 경영 못 해. 그렇게 쉬운 일이 아니야."

"난 벌써 4년이나 일했어." 료마는 적개심을 드러내면서 말했다. "그동안 회사 일도 쭉 지켜봤고, 업계 동향도 매일 접했어. 영업에 서는 이미 중견이고 형이 말하는 것처럼 세상 물정을 모르는 것도 아니야. 자기만 세상을 다 안다고 착각하지 마. 은행만 세상이 아니 라고."

"적어도 나는 너보다 많은 회사를 봐왔어." 아키라는 말했다. "아마추어에서 겨우 벗어난 사람이 사장을 맡아서 성공한 회사는 하나 도 없어."

"회사하고 상관없는 사람은 나서지 마."

료마는 분노로 창백해진 얼굴로 그렇게 한마디 내뱉더니 캔 맥주를 들고 벌떡 자리에서 일어나버렸다.

찜찜한 침묵 속에 남겨진 아키라는 작게 혀를 찼다. 옆에서는 예 상하지 못한 형제 싸움에 어머니가 당혹스러운 표정을 짓고 있었다.

"확실히 나는 회사하고 상관없는 사람이에요." 그런 어머니를 상 대로 아키라는 한탄했다. "그래서요? 명백히 잘못된 점을 지적하는 것뿐이잖아요. 어머니는 어떻게 생각해요?"

"사업은 잘 모르겠지만 료마가 이걸로 성장해주면 좋겠구나." 어 머니는 여전히 태평한 소리를 했다. "료마는 네게 굉장히 콤플렉스 를 품고 있어. 어렸을 때부터 공부도 놀이도 널 당해내지 못했잖니. 그래서 실력을 증명할 기회를 원하는 게 아닐까?"

"내 탓이란 말이에요?" 아키라는 기가 막혀서 중얼거렸다.

"그렇다는 건 아니지만, 아키라. 이럴 때니 긍정적으로 생각하자. 어쩌면 료마가 사장이 되어서 도카이해운이 어느 때보다 성장할지도 모르잖니."

아키라는 깊은 한숨을 내쉬었다.

6

"상태는 어때요?"

토요일 오후, 병실로 아버지를 찾아간 아키라는 애써 태평한 말투로 물었다.

"그냥저냥 그렇다."

아버지는 창백한 표정으로 미소를 지었다. 홀쭉해진 뺨, 앙상한 이마에서는 건강했던 시절의 아버지 얼굴을 상상할 수 없었다.

병실 창문으로 뜨거운 늦여름의 9월 하늘이 보였다. 지난주부터 아버지는 다시 치료를 위해 입원했다.

"닫을까요?"

"그냥 둬라." 커튼을 잡은 아키라에게 아버지는 다소 불편해진 오른손으로 가슴까지 덮여 있던 시트를 조금 걷어내며 말했다. "하늘이 보이니까."

아버지가 쓰러진 직접적인 원인이 된 지주막하출혈이라는 병은 아버지의 오른쪽 반신에 경미한 마비라는 흔적을 남기고 떠나갔다. 하지만 동시에 발견된 암만은 어찌할 방도가 없었다. 항암제나 방사선 치료 같은 평범한 대처로 앞으로 얼마나 살 수 있을까?

"책 가져왔어요. 저번에 말씀하신 거."

아키라는 서점 커버에 싸인 책 한 권을 아버지에게 건넸다. 마케팅에 관한 최신 서적이었다.

"고맙다. 기다리던 책이었거든. 이렇게 새 책을 읽을 수 있다는 것만으로도 살아 있는 가치가 있구나."

이날 아버지는 조금 기분이 좋아 보였다.

"그때 지주막하출혈로 그대로 저세상에 갔으면 아마 분명히 할아버지한테 혼났을 거야. 뭘 하고 있느냐고. 어차피 죽을 거면 제대로 마무리를 하고 죽으라고 말이야. 암은 힘들지만 좋은 점도 있어. 죽을 때까지 유예가 있다는 거야. 그사이에 해야 할 일을 할 수 있지."

어떻게 대답해야 할지 몰라 아키라는 잠자코 있었다.

아버지는 말을 이었다. "덕분에 지난 넉 달 동안 마음에 걸렸던 일이나 해야 할 일은 대부분 처리했다."

입원했을 때 아버지는 이 침대를 작전 본부 대신 삼아 다양한 대책을 마련했다.

현재 매출 600억 엔이 넘는 도카이해운은 이 불황 속에서도 괜찮은 실적으로 비교적 순조로워 보이지만 회사를 이끄는 건 그리 쉬운 일이 아니다. 사장으로 결재해야 할 일, 결단을 내려야 할 일은 멈추지 않고 항상 솟아난다. 병에 걸려도 일은 기다려주지 않는다.

한편으로 병세는 서서히 악화되고 있었다. 아버지는 다른 사람이 된 것처럼 마르고 늙었다. 상태가 나쁠 때는 혼자 힘으로 침대에서 일어나지 못할 때도 있어, 아버지의 분투와는 상관없이 병마는 시시각각 아버지의 육신을 갉아먹었다. 침대에서 할 수 있는 일에는 한계가 있다. 거래처를 방문하거나 미팅에 출석하는 일은 고니시 상무가 대행하고 있었다.

지금 도카이해운 안팎에서 최대의 관심사는 아버지가 언제 사장에서 물러나고, 누구에게 그 자리를 넘기는가 하는 일이었다. 좋든 싫든 아버지가 사장직에서 물러나야 할 시기는 시시각각 다가오고 있었다.

"그러고 보니 며칠 전에 산업중앙은행 담당자가 문병을 왔다. 사장 후임 인사를 걱정하는 것 같더구나."

아키라는 조용히 아버지를 바라보았다. 합리적인 양위라면 고니시 상무, 하지만 지금 거기에 동생 료마가 끼어들었다.

"료마는 아직 어려." 아버지는 눈을 가늘게 뜨고 창문 너머 푸른 하늘을 바라보며 말했다. "서둘러 사장을 맡을 필요는 없다고, 그렇게 일렀건만……."

"저도 그렇게 말했어요."

아버지와 도카이해운 사장 인선에 대해 이야기하는 건 실은 이게 처음이었다. 서로 피하고 있던 부분도 있다. 아키라에게는 자기는 가업을 버렸다는 생각이 있었고, 아버지에게도 계승을 거부하고 은행에 들어간 장남에게 이제 와서 회사 이야기를 한들 어쩌겠느냐는 생각이 있었으리라.

"그 녀석은 뭐라고 하더냐." 아버지가 힘없는 목소리로 물었다.

"귀를 닫아버린 것 같았어요. 어머니는 저에 대한 반발심 때문에 그렇다고 하시더군요. 그게 사실인지는 모르겠지만."

오호라. 아버지는 그렇게 작게 중얼거리더니 잠시 침묵했다. 유난히 진지한 눈빛으로 병실 벽을 바라보고 있다.

"고니시 씨를 지명하면 되잖아요." 아버지에게 말해보았다.

"그런데 고니시가 좀처럼 수락해주질 않는구나."

"왜요?"

"임원들 사이에 알력 다툼이 있다는 거야. 그 사람도 은근 소심해."

"료마는 뭐래요?"

"자기는 문제없이 사장직을 맡을 수 있다는구나. 상당한 자신감이야. 료마가 그렇게 자신감이 넘칠 줄은 몰랐다." 아버지는 기가 막힌다는 듯이 말했다. "그 자신감에 걸맞은 실력이 있다면 두말할 나위 없지만 안타깝게도 지금의 료마에게는 어렵겠지."

"결국 못 정했나요."

"아니, 고니시에게는 무슨 일이 있어도 맡아달라고 당부해뒀다. 당장 다음 주라도 절차를 밟을 생각이야."

언뜻 기운 없어 보였지만 그 말에는 건강했을 때의 아버지와 다름없는 강경함이 넘쳤다.

"그게 나아요. 우리 융자 담당자도 가슴을 쓸어내리겠네요."

아버지는 희미하게 웃으며 말했다. "이제 나도 퇴물이구나."

서운한 기색은 없었다. 오히려 후련하고 밝은 목소리였다.

"치료에 전념하세요."

"그렇게 조금 연명해도 마음고생만 하고 별로 좋은 일은 없을 것 같은데, 걱정거리가 끊이질 않으니."

아버지가 조용한 목소리로 아들의 이름을 불렀다.

"아키라, 넌 너만의 인생을 살아라. 있는 힘껏. 어떤 의미로 네가 은행을 선택했을 때 난 부러웠다."

건강했을 때 아버지는 결코 그런 이야기를 하지 않았다. 이것은 자기 죽음을 전제로 한 이야기라는 걸 아키라는 눈치챘다.

"사실 나는 할아버지 뒤를 이어 사장이 되는 것 이외의 선택지를 거의 생각하지 않았어. 그게 당연하다고 생각했고 주위도 그렇게 생각했지."

"뭔가 달리 하고 싶은 일은 있었어요?"

사장이 아닌 아버지의 모습을 아키라는 상상할 수가 없다. 젊은 시절의 아버지에게 도카이해운이라는 가업에 뛰어드는 것 말고 다른 희망이 있었는지 문득 궁금해졌다.

"대학에서 경영학 공부를 하고 싶었다."

너무나 아버지다웠다.

"하지만 도카이해운이라는 실전을 이만큼 경험할 수 있었으니 최고의 현장에서 배웠다고 해도 되겠지. 결코 순조롭다고만 할 수는 없는 업계에서 망한 회사도 있거니와 흡수합병으로 재편된 회사도 있어. 실로 수많은 실제 사례들을 보면서 도카이해운은 화려함은 없지만 비교적 순조롭게 성장을 이루었다. 나는 그게 자랑스럽구나."

"왠지 사장 퇴임 인사 같아요."

아버지는 그러니, 하고 웃었다.

"순조롭게 성장했다고 해도 사실은 많은 일이 있었어. 불황이 계속되었을 때는 자금 조달로 고생한 적도 있었고, 경영 전략 책정 단계에서 안도 씨 같은 뱅커의 도움을 받은 적도 있었지. 최대의 위기는 할아버지가 돌아가셨을 때였다. 그때는 너도 알다시피 삼촌들이 벌인 부업의 뒷수습도 했지."

아키라도 기억하고 있었다. 경영자로서 아버지가 고뇌하는 모습을 그때 아키라는 처음 보았다. 그 일은 아키라로 하여금 경영에 관심을 품게 했고 은행이라는 직장을 선택하는 동기가 되었다. 안도는 지금도 아키라가 추구하는 이상적인 뱅커다.

"하지만 내 경영 전략은 결코 나 혼자서는 이룰 수 없었다. 다행히 내 주변에는 대단히 우수한 사람들이 많았어. 아직 사장이 된 지얼마 되지 않아 경험이 없었을 때는 할아버지가 회장으로 건재하셔서 많은 것들을 배웠지, 세상에서 제왕학이라 부르는 것도 포함해서. 내가 경영을 그르치지 않은 것은 결국 그런 사람들이 받쳐주었기 때문이야."

"하지만 그런 사람들을 곁에 둔 건 아버지예요." 아키라는 말했다. "전 도카이해운에 들어가지 않고 은행이라는 직장을 선택했어요. 덕분에 다양하고 많은 타입의 경영자를 볼 수 있었는데, 순조롭게 실적을 키우는 경영자에게는 반드시 훌륭한 조언자가 있었어요. 그런 사람들을 골라서 사귀는 거죠."

그런 점에서 삼촌들은 아버지와는 정반대였다.

스스무 삼촌은 성격이 까다롭고 유난히 자존심이 세다. 다카시 삼촌은 성미가 급해 화가 많고 남의 이야기를 듣길 싫어한다. 사원은 오로지 두 사람의 눈치만 볼 뿐, 잘못됐다고 생각해도 그것을 진언할 환경이 아니다. 게다가 삼촌들이 데려오는 브레인들은 언제나 엉망이었다.

슈퍼 경영을 맡겼던 도모하라도, 리조트 개발을 제안했던 기다도 그랬다. 도모하라는 입만 살았지 실력이 없었고, 기다는 정체 모를 면이 있었다. 삼촌들 이야기를 하자 아버지는 뜻밖의 말을 했다.

"스스무도, 다카시도 나름대로 고생했어. 좋든 싫든 지금의 회사를 맡았지. 그게 삼촌들에게 주어진 명제였다. 그런 의미에서 삼촌들도 스스로 인생을 결정할 수 없었어."

아키라는 눈을 크게 떴다. 그런 식으로 생각한 적은 한 번도 없었기 때문이다. 아버지뿐만 아니라 삼촌들도 타고난 운명을 거스르지 못하고 살아왔다는 건가.

아키라는 반대로 삼촌들은 도카이해운이라는 가업에 매달려 살아왔다고 생각했다. 하지만 아버지의 이야기는 전혀 다른 삼촌들의 일면을 설명하는 것이었다.

"스스무는 교직에 나가고 싶어 했고, 다카시는 분명 디자인 쪽에 관심이 있었어. 그런데 지금은 전문 상사와 관광업이라는, 본인의 의사나 바람과는 전혀 상관없는 회사를 경영하고 있으니 그건 그것대로 비극이지."

비극이라. 그리고 그 비극은 아버지 가즈마에 대한 반발심이라는 부산물을 가져왔다.

"그 리조트 사업은 어떻대요?" 아키라는 물어보았다. "어쨌거나 상회도 관광도 거래 기업이 아니라서 상황을 전혀 모르겠어요."

"잘되고 있으면 다행인데."

아버지는 그렇게 말했지만 잘되고 있다고 생각하지 않는다는 건 어렴풋이 알 수 있었다.

"사람 눈이라는 건 참 신기해." 아버지는 조용히 중얼거렸다. "순수하게 경영을 바라볼 때는 실수하지 않는 일도 괜한 감정이 더해지면 좋지 않은 방향으로 향하지. 잘못된 길인 줄 모르고 그게 옳다고 믿어버린다."

"아버지는 실수한 적 없었어요?"

"있지." 아버지는 대답했다. "하지만 다행히 마지막까지 눈치채지 못한 실수는 거의 없었어. 냉정하게 바라보면 어디선가 실수를 깨닫는 법이다. 내 경우에는 실수했다고 생각하면 바로 되돌아왔어."

"그건 옳은 선택이네요." 아키라는 말했다.

"하지만 그게 의외로 어려워." 아버지는 뜻밖의 말을 했다. "왜냐하면 그때는 이미 어느 정도 투자를 했기 때문이지. 그만둔다는 건 투자 회수를 포기한다는 걸 뜻한다. 그 회수액이 크면 클수록 그만둔다는 결단이 어려워져. 하지만 계속하면 그 손실은 더 커진다. 지금 그만두는 게 최선책인데 그 결단을 하질 못해. 손해를 봄으로써 얻는 것도 있는데 말이지."

그동안 아버지와 이런 경영 논의를 나눈 적은 거의 없었지만 지금의 아키라는 아버지의 이야기를 자연스럽게 받아들일 수 있었다.

"하지만 길은 있는 것 아닐까요?" 아키라는 말했다. "예를 들어 스스무 삼촌이 전에 슈퍼마켓을 시작했잖아요. 그건 실패했죠. 하지만 아버지는 그걸 인수해서 성공했어요. 다시 말해 뭔가 방법은 있다는 뜻이잖아요."

"대부분의 경우 어딘가에 해결책은 있단다, 아키라. 절망적인 상황에서 비로소 경영자의 진가가 드러나지." 아버지는 말했다. "실수했어도 사실 해결책은 어딘가에 있어. 그걸 찾아내면 실수를 정답으로 바꿀 수 있다. 하지만 대개 해결책을 찾기란 어려워. 그걸 찾는 사이 점점 손실이 커져서 되돌아갈 수 없는 곳까지 가고 말지. 실수를 인정하는 것 자체가 해결책인데, 그걸 모를 때도 있어. 그것 역시 하나의 실수지."

선문답 같은 말을 한 아버지는 조용히 눈을 감았다. 배에 얹은 손이 천천히 오르내렸다.

"나는 가족 복도 있었고 직원이나 거래처 복도 있었다. 모두에게 감사하고 있어. 네게도 마찬가지야, 아키라."

"저는 아버지에게 아무것도 해드리지 못했어요."

아키라는 진심으로 그렇게 말했다. 고백했다 말해도 좋을 정도로. 아버지가 천천히 고개를 젓더니 입술에 온화한 미소를 머금었다.

"그렇지 않아. 너는 내가 하지 못한 일을 해줬다. 나 대신 자유로운 인생을 살아줬어. 그것만으로 충분해."

아키라는 아버지를 물끄러미 바라보았다. "죄송해요, 아버지."

"왜 사과하느냐?" 아버지가 눈을 크게 뜨고 어딘가 놀란 표정을 지었다.

"회사를 이어받지 않아서 죄송해요."

아버지는 물끄러미 천장을 바라보며 말했다. "네가 지금 회사에 있었다면 네게 사장을 맡겨도 됐겠구나."

"그건 과찬이에요." 아키라는 피식 웃으며 말했다.

아버지는 아들을 침대에서 진지한 표정으로 바라보며 말했다. "내가 죽으면 내키지 않을지도 모르지만 료마를, 아니 도카이해운을 신경 써주겠니?"

"신경은 쓸 수 있어도 제가 조언을 할 수는 없어요, 아버지." 아키라는 말했다. "저는 도카이해운의 사원도 아니고 융자 담당자도 아니에요. 아무 상관도 없는데 참견하면 귀찮게만 여길 거예요. 아버지가 삼촌들에게 조언해줘도 듣지 않았잖아요. 똑같아요."

"그런가……." 아버지는 쓸쓸하게 말했다. "그럴지도 모르지. 하지만……."

그때 병실을 노크하는 소리가 들리더니 쇼지 의사가 간호사와 함께 들어왔다. 아키라를 보고 작게 묵례했다. 아키라도 마찬가지로 인사했다.

"그럼 전 이만 돌아갈게요. 곧 어머니가 올 거예요."

아키라가 그렇게 말하며 아버지의 침대에서 떨어졌을 때였다.

"아키라." 아버지가 아키라를 불러 세웠다. 돌아보자 뜻밖에 진지한 눈빛이 아키라를 향하고 있었다. "실은 지금 생각하고 있는 문제가 있다만…… 아니다, 됐다."

아버지로서는 드물게 어중간하게 말을 끊었다.

생각하고 있는 문제? 그게 구체적으로 무엇인지, 아키라는 짐작이 가지 않았다. 가이도가의 문제인지, 어머니 문제인지, 아니면 료마 문제인지. 하지만 그것과는 별개로 남은 인생에서 아버지 나름대로 뭔가를 아키라에게 남기려고 필사적이라는 점만은 명확하게 전달되었다.

"알았어요. 또 올게요."

아키라는 아버지의 시선을 똑바로 바라보고는 의료진을 지나쳐 병실 밖으로 나왔다.

가즈마의 투병은 점점 더 처절해졌다.

문병을 갈 때마다 용모는 무참하게 변해갔고 이미 일반식은 몸이 받아들이지 못했다. 혼자서는 일어나지도 못해서 몇 명이 붙어 목욕을 시키고 생활의 대부분을 남에게 의존해야 했다.

누가 봐도 가즈마의 임종이 다가오고 있다는 건 명백했다. 아키라는 여전히 일로 바빴지만 휴일에는 병원에 달려가 되도록 아버지와 함께 지냈다. 아버지는 잠들어 있거나 깨어 있어도 의식이 몽롱해서 무슨 말을 하는지 모를 때도 있었지만 그래도 이따금 평범하게 돌아와서 말할 때도 있었다.

병마와의 싸움은 패색이 짙었지만 가즈마는 결코 싸움을 멈추지 않았다. 담당의인 쇼지조차 혀를 내두를 정도로 가즈마는 결코 아프다거나 고통스럽다는 말을 하지 않고 오로지 싸움을 계속했다.

도카이해운에 새로이 사장으로 취임한 고니시를 만난 것은 추위가 혹독해진 11월 말이었다.

병상의 아버지가 고니시와 료마를 설득해 고니시에게 사장 자리를 넘긴 것에 료마도 마지못해 수긍했다.

"잘 부탁드립니다, 고니시 씨."

그렇게 고개를 숙인 아키라에게 고니시는 송구스러워하며 대답했다. "저야말로."

아버지와 면회를 마치고 나온 고니시의 표정이 조금 창백했다. 아버지에게 남은 시간이 그리 길지 않다는 것을 가슴에 새긴 게 틀림

없었다.

"아버지 뒤를 이어주셔서 고맙습니다. 실은 걱정하고 있었습니다. 료마가 이어받겠다고 고집을 부려서."

고니시는 복잡한 표정을 지었다. "솔직히 정말 제가 사장이 되길 잘했는지 우려도 있습니다. 료마 씨가 언젠가 사장직을 맡을 때까지 가교 역할을 할 수 있으면 좋겠지만 이런저런 소리를 하는 사람들이 있어서요."

고니시가 염려했던 임원들 사이의 알력 다툼이다.

"도카이해운 사장이 되어서 가이도가와 결별을 꾸미는 것 아니냐면서. 저는 그런 생각은 절대 없습니다."

"알고 있어요."

고니시의 성격은 옛날부터 알고 있다. 아버지가 신뢰하고 중용한 인물로 당연히 아키라도 신용하는 남자다. 가이도가의 사람이라면 받아들이지만 다른 사람이 사장을 맡는 것에는 거부감을 보인다. 동족 기업으로 오랜 역사가 있다 보니 그런 반응이 나오는 것도 어쩔 수 없을지 모르지만 확실히 고니시도 안쓰럽다.

"힘들겠지만 잘 부탁드립니다. 아버지도 안심하고 계실 겁니다."

"그건 그럴지도 모르지만 주식 문제도 있으니." 고니시는 심각한 표정으로 말했다.

아버지는 도카이해운의 8할에 가까운 주식을 소유한 대주주다.

만약 아버지에게 만일의 경우가 생기면 그 주식은 료마가 이어받을 것이다. 그렇게 될 경우 회사는 대주주인 료마의 의향에 반하는 경영이 불가능하다. 고니시는 단순한 장식품에 지나지 않고 결과적으로 료마가 회사를 지배하는 것이나 마찬가지다.

"료마 씨하고는 최근에 말씀 나눠보셨습니까?"

"아니요."

아키라가 평소 은행 기숙사에서 생활하면서 쇼토의 본가에는 가끔밖에 돌아가지 않는 탓도 있다. 하지만 료마 쪽도 아키라를 피하는 구석이 있었다. 어차피 이야기해봤자 싸우기만 할 뿐, 그런 생각에 굳이 아키라 쪽에서 료마와 대화하려고도 하지 않았다.

"아무래도 이 사장 인사를 흔쾌히 받아들이지 못하는 눈치라."

아키라는 어이가 없었다. 세상 물정 모르는 료마의 행동에 화가 났다. 지금은 도카이해운에 있어 근래에 없는 위기다. 그런 중요한 시기에 회사에 무엇이 최선인지 생각하지 않고 고집을 부리려 하다니, 용서할 수 없었다. 무엇보다 이번 사장 인사로 료마는 사장은 되지 못했지만 신설한 영업기획부 부장에 취임했다. 이사 겸 영업기획부장이 료마의 새로운 직함이다. 최연소 이사로 장래 사장 취임을 향한 발판을 깔아준 것이다. 퇴임한 아버지 대신 지금은 창업 가문을 대표하는 입장이라지만 과분한 대우다.

"마음 쓰지 마세요." 아키라는 말했다. "동생은 아직 사장을 맡기엔 무리가 있고 너무 어려서 그걸 모르는 겁니다. 지금 누가 사장에 적임인지 따진다면 고니시 씨 말고는 생각할 수 없습니다. 말하기는 쉽지만 사장직은 그리 쉬운 일이 아니에요."

고니시는 안도한 표정으로 답례를 했다. "가이도 사장님의 구심력에는 아득히 미치지 못하지만 최선을 다하겠습니다."

병원 복도에서 나눈 짧은 대화였다. 그 후 아버지의 병세가 점점 악화되자 이번엔 모두가 부담이 될까 봐 자주 찾아오지 않게 되었다.

새해가 밝고 눈 깜짝할 사이에 4월이 되었다. 그 첫 주 토요일 오후, 아키라가 찾아갔을 때 거의 뼈와 가죽만 남은 아버지가 창백한 얼굴로 눈을 뜨고 있었다.

"기분은 어때요?"

아버지는 거친 숨을 쉬며 "아무래도 좋지 않구나"라고 뺨을 실룩였다. 웃으려 했는지도 모르지만 그런 노력은 온몸을 뒤덮은 고통과 호흡곤란 때문에 지워지고 무거운 침묵으로 변했다. 한동안 그런 모습을 지켜보던 아키라는 너무나 고통스러워하는 아버지의 표정에 복도로 나와 간호사를 불렀다.

병실로 돌아가자 가쁜 숨을 쉬며 아버지가 아키라를 처다보았다.

"아키라……." 아버지가 이름을 부르더니 시트 위에서 손을 움직여 아키라의 손을 움켜쥐었다.

"지금 쇼지 선생님이 올 거예요." 아키라가 귓가에 대고 말했다.

아버지는 눈을 굳게 감고 아키라의 손을 쥔 손끝에 힘을 실었다. 이런 힘이 어디 있었나 싶을 정도로 강한 힘이었다.

"어머니를 불러올게요."

아버지의 용태에 범상치 않은 변화를 느낀 아키라는 그렇게 말하고 일어서려 했다.

그때.

"아키라." 아버지의 입에서 갈라진 목소리가 나왔다. "듣거라."

아키라는 자기 손을 쥔 손끝에서 생명의 기운이 서서히 빠져나가는 상실감을 느끼며 아버지의 손을 꽉 움켜쥐었다.

"네게는…… 내, 모든 게 있다. 앞으로 많은 일이 생기겠지만, 그때, 내가 어떻게 생각하고, 어떻게 행동할지…… 너는 알 거야. 너는, 나를 뛰어넘어다오. 내가 하지 못했던 일을 이루어다오……."

아버지는 처절한 얼굴로 아키라를 바라보고 있었다. 이 말을 하려고 아버지는 온몸에서 힘을 쥐어 짜내고 있다. 아버지가 쏟아낸 장절한 마음을 아키라는 남김없이 정면에서 받아들이려 했다. 암에 침식당한 전신의 고통과 싸우면서 아버지는 아키라에게 마지막 메시지를 맡기려는 듯했다.

"어머니를, 다독여주렴. 내가 죽으면 네가 가이도가를 이끌어다오. 네게는, 그만한 능력이 있다. 그리고…… 너는 내키지 않겠지만 부탁하고 싶은 게 있다. 네게만 할 수 있는 부탁이야."

"뭐든지 말씀하세요, 아버지."

아키라는 그렇게 말했지만 뭔가 말하려던 아버지의 입에서는 아무 말도 나오지 않았다. 눈을 굳게 감고 더욱 거세진 고통의 파도가 육신을 지나가길 기다렸다. 문이 열리고 담당의 쇼지가 빠른 걸음으로 다가와 아버지를 살펴보았다. 맥을 짚고 용태를 살폈다. 그리고 옆에서 상황을 지켜보던 아키라를 절박한 표정으로 돌아보았다.

"가족분들께 연락해주시겠습니까?"

아키라는 순간 할 말을 잃었지만 바로 아버지의 귓가에 말했다.

"아버지, 아버지……!" 몇 번이나 불러보았지만 반응은 없었다. "바로 어머니하고 료마가 올 거예요. 힘내요. 힘내세요……!"

아키라는 병실을 뛰쳐나갔다.

8

그날 밤, 가이도 가즈마가 처절한 투병 끝에 숨을 거뒀다.

향년 66세. 경영자로서 너무 이른 죽음이었다. 아버지의 시신은 일단 가이도가로 모신 뒤에 장례식장으로 옮겨 밤샘과 장례식이라는, 사람이 죽었을 때의 공허한 의례를 치르고 마침내 무로 돌아갔다. 상주가 된 아키라에게 그 일련의 일들은 너무 정신이 없어서 슬픔을 실감할 여유조차 없을 정도였다.

고별식을 전부 마치고 화장터에서 쇼토의 자택으로 돌아와 친척들이 한자리에 모였다. 도카이해운 고문 변호사 나카타니가 자리에 모인 유족들 앞에 섰다. 아버지의 대학 시절 친구이기도 한 나카타니는 아버지와의 추억을 이야기하며 애도를 전했다.

"가즈마 사장님은 유언장을 작성해두셨습니다. 저에게 개봉과 발표를 맡기셨으니 여기서 여러분께 알리고자 합니다."

"유언장? 그런 얘기는 못 들었는데."

그렇게 말한 건 다카시 삼촌이었다. 아니, 다카시 삼촌뿐만 아니라 아키라도 처음 듣는 이야기였다.

"형수님, 알고 있었어요?" 스스무 삼촌이 물었다.

어머니가 대답했다. "유언장을 쓰겠다는 말은 들었지만 내용은 몰라요."

"뭐, 어때. 선생님, 발표해주시죠."

스스무의 한마디에 나카타니가 사람들 앞에서 밀봉된 하얀 봉투를 가위로 잘랐다. 아버지의 직필로 편지지 몇 장이나 되는 유언장이 모습을 드러냈다.

"그럼 읽겠습니다." 나카타니가 엄숙한 목소리로 말했다. "……유언자 가이도 가즈마는 이 유언장을 통해 다음과 같이 유언을 남긴다. 쇼토의 자택 토지 건물은 아키라에게 물려주지만 어머니가 그대로 여기서 안심하고 살 수 있도록 배려해다오. 이어서 내 금융자산에 대해서는 다음과 같이 분할해서 남기기로 한다."

유언장에는 내용이 상세하게 적혀 있었는데, 각각의 재산에 대해 어머니와 아키라, 료마의 몫을 분할했다.

듣고 있던 아키라는 문득 고개를 갸웃거렸다. 쇼토의 토지 건물 자산 가치는 상당하지만 그것을 감안하더라도 아키라의 몫은 적고 료마에게는 후하게 분배되어 있었기 때문이다. 반대로 말하면 아키라가 손에 넣는 금융자산은 거의 미미하다고 할 수 있었다.

하지만 그것은 옳은 일이다. 료마는 장래에 도카이해운의 사장이 되겠지만 회사 경영은 언제 어느 때, 어떤 일이 벌어질지 모르기 때문이다. 개인 재산을 털어 넣어야 할 상황도 생길지 모른다. 그때를 위해 료마에게 금융자산을 두둑하게 분배해두는 건 나쁘지 않다. 아버지도 분명 같은 생각을 했을 것이다. 하지만 유언장에는 그 기묘한 분배의 이유는 적혀 있지 않았다. 아버지의 유언은 재산을 여러 사람에게 상세하게 분배하는 내용이었다. 삼촌들이나 숙모, 그리고 아버지를 세심히 모셨던 고용인들에게도 어느 정도 재산을 남겨주었다. 생전에는 그리 느끼지 못했지만 이 정도로 남몰래 마음을 쓰는 사람이었다는 걸 유언으로 처음 깨달았다.

나카타니 변호사가 읽는 유언이 가경에 이르렀다.

"내 개인 명의의 유가증권은 다음과 같이 분배한다."

이 역시 투자 유가증권이나 투자신탁의 대부분을 료마가, 일부는 어머니가 상속했다. 어째서 료마의 상속분만 후한가. 이쯤 되자 듣고 있던 친척들도 위화감을 느꼈는지 "아키라한테는 차갑네"라고 말하는 숙모의 목소리가 들리기도 했다.

"그럼 마지막으로 도카이해운 주식에 대해서."

친척들 사이에서 나오던 잡음이 그 순간, 멎었다.

"내가 소유한 모든 주식은, 아키라에게 양도한다."

모두가 한순간 제 귀를 의심하듯 정적에 휩싸였다. 아니, 얼어붙었다고 해도 무방했다.

"어이, 정말이야? 형님은 제정신이야?"

성급하게 감상을 말한 것은 다카시 삼촌이었다. 스스무 삼촌은 불쾌한 기색으로 팔짱을 끼고 입을 다물었다. 그런 소란 속에서 불만스럽다는 듯이 툭 내뱉은 것은 역시 료마였다.

"그게 뭐야. 형은 도카이해운하고는 아무 상관도 없잖아!"

"유언을 명확하게 하기 위해 나 가이도 가즈마가 자필로 위의 내용을 적고, 여기에 서명과 날인을 한다."

변호사가 날짜와 성명을 읽음으로써 유언 발표는 끝났다.

침묵이 숨 막힐 정도로 무겁게 변했다.

"유언은 이상입니다. 확인하고 싶은 분은 직접 보십시오."

나카타니가 테이블 위에 유언장을 펼쳤지만 내용을 확인하려는 사람은 아무도 없었다.

"선생, 이 유언을 작성했을 때 참석했습니까?" 스스무가 물었다.

"물론입니다." 나카타니가 대답했다. "고인은 자기 의사로 이 유언장을 작성했다는 것을 지켜봐달라고 했습니다. 그래서 제가 내용을 확인하고 문장을 다듬었습니다."

유언장은 아버지의 달필로 적혀 있기는 했지만 그 병세를 보여주듯 군데군데 필적이 흐트러진 곳이 있었다.

"세상에, 이런 유언을 남길 줄이야."

다카시 삼촌이 황당하다는 듯이 말하며 아키라를 뚫어져라 쳐다보는 게 느껴졌다.

이런 뜻이었나……. 반쯤 넋이 나간 상태로 아키라는 생각했다. 아버지가 마지막에 하려 했던 말.

'너는 내키지 않겠지만 부탁하고 싶은 게 있다.'

이런 방법은 옳지 않아요, 아버지. 아키라는 속으로 생각했다.

도카이해운이라는 회사를 이어받길 거부한 아키라에게 이런 형태로 회사를 떠밀다니. 아버지로서는 아키라를 주주로 만들어 료마의 경영 체제에 대한 감시를 강화하려는 생각이었을 것이다. 하지만 료마는 기뻐하지 않을 테고, 애초에 받아들이지도 않으리라.

"농담도 정도껏 해, 정말!" 료마가 아키라에게 말했다. "형, 형이 상속한 주식, 나한테 팔아."

"그러는 게 나을지도 모르겠다."

아키라도 그렇게 말했을 때, 날카로운 목소리가 울렸다.

"무엇을 위한 유언이니!" 어머니였다. 어머니가 눈물을 머금고 료마와 아키라를 번갈아 쏘아보았다. "아버지가 그렇게 해달라고 부탁하시잖아! 그런데 너희 맘대로 그런 소리를 하다니!"

그때까지 계속 참아왔던 감정이 터져나왔는지, 어머니는 체면도 아랑곳없이 통곡했다. 얼이 빠진 친척들이 서로 쳐다보는 가운데 아키라는 방에서 어머니를 거실을 겸한 주방으로 모시고 나와 의자에 앉혔다.

"커피 마실래요? 어머니."

"에스프레소로 주렴."

아키라는 어머니를 위해 에스프레소 머신에서 커피를 내리는 중에 냉장고에서 350밀리리터 캔 맥주를 하나 꺼내 캔 따개를 당겼다. 술이라도 마시지 않고는 못 버틸 기분이다.

"네가 하고 싶은 말은 알아." 이윽고 어머니가 말했다. "하지만 아버지가 하고 싶은 말도 알아."

그런가. 그 말밖에 할 수 없었다.

"아버지는 사실 네가 도카이해운을 이어받길 원했어. 료마와 너, 어느 쪽이 사장에 걸맞은지는 누구나 알아. 하지만 네게는 네가 원하는 일을 하게 해주고 싶다는 마음도 있었어. 아버지는 속으로 줄곧 그런 갈등을 품고 계셨을 거야."

"하지만 그럼 료마는요. 제가 참견하는 걸 바라지 않을 텐데요?"

"그럴지도 몰라." 어머니도 인정했다. "하지만, 그래도 아버지 말씀을 들어다오."

그런 건 이유가 되지 않는다. 하지만 하염없이 눈물을 흘리는 어머니를 앞에 두고 아키라는 더 이상 아무 말도 할 수 없었다.

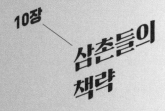

10장

삼촌들의 책략

이날 두 사람이 던진 책략에는 도카이상회뿐만 아니라 도카이관광,
나아가 로열 마린 시모다의 명운이 걸려 있다고 해도 과언이 아니었다.

1

"이 타이밍에 추가 융자 말씀입니까?" 미쓰토모은행 본점 영업부에하타 사다오는 요란한 목소리를 내며 과장스럽게 놀라는 시늉을 했다. "융자를 말하기 전에 이 실적 좀 어떻게 안 되겠습니까?"

응접실 테이블에는 가이도 스스무가 지참한 재무 자료가 펼쳐져 있었다.

로열 마린 시모다 창업으로부터 5년. 도카이해운에서는 가이도 가즈마가 세상을 떠난 지 2년이 지났고 지금도 과거에 관리책임자였던 고니시가 사장을 맡고 있다.

은행 본부 빌딩 15층에 있는 응접실에서는 오테마치의 오피스거리가 보였다. 에어컨 장치에서 나오는 냉기가 땀이 송골송골 맺힌 목덜미를 어루만졌다.

스스무가 경영하는 도카이상회의 3월 회기 결산은 적자였다. 본업도 어렵지만 더 심각한 것은 로열 마린 시모다였다. 개업 당초에는 플러스마이너스 제로에 가까웠지만 거품 붕괴와 함께 실적은 급속히 악화, 최근 2분기 연속 적자로 마침내 지난 분기 적자액이 5억 엔을 넘었다.

"토지 매수와 건설, 호텔 완성까지 2년. 더욱이 개업 3년은 적자일 거라고 당초부터 예상하고 있었지만 이 불경기로 만회가 조금 늦어지고 있습니다."

한껏 허세를 부렸다. 하지만 '줄행랑은 천하일품'이라고 악평 높은 미쓰토모은행의, 게다가 본점 조사관인 에하타를 그런 말로 설득할 수 있을 리 없다.

"확실히 계획에서는 그랬지요. 하지만 연간 5억 엔이나 적자라면 얘기가 달라집니다."

"이런 사업은 시기를 타니까요. 실적이야 어떻든 저희는 해야 할 일을 확실하게 하고 있습니다. 그러니 조금만 더 지켜봐주실 수 없겠습니까?"

스스무는 며칠 전 컨설턴트 기다가 한 말을 그대로 따라했다.

그때 스스무는 확실히 그렇다고 수긍했지만 같은 말을 들은 에하타는 "이걸 어떻게 잠자코 지켜봅니까?"라고 반박했다.

"개선 경향이 보인다면 또 몰라도 개업 이래로 가동률은 자꾸 악화되고 적자도 확대되고 있어요. 이래서야 추가 지원은커녕 지금까지 융자한 자금도 상환을 요구하고 싶을 정도입니다."

융자할 때는 비굴하게 다가왔으면서 일단 실적이 나빠지자 가차없이 추궁한다. 실로 손바닥을 뒤집는 듯한 태도는 '줄행랑 미쓰토모'라는 별명에 걸맞았다.

"가능한 한 모든 조치는 하고 있습니다." 스스무는 울컥해서 반론했다. "줄일 수 있는 비용은 삭감했고 지배인을 중심으로 서비스 질도 향상시켰습니다. 모객도 도카이관광에서 주력 상품으로 대대적으로 판매하고 있고요."

"언제부터요?" 에하타가 거침없이 물었다.

"언제부터냐니, 계속 해왔다니까요. 특히나 도카이관광 광고는 올해 들어 홍보비도 올렸습니다."

"회복 기미가 보이지 않잖습니까."

"이제부터입니다, 에하타 씨." 스스무는 역설했다. "지금이 창업기에서 가장 중요한 시점입니다. 힘들 때야말로 적극적으로 모객을 해서 어떻게든 로열 마린의 장점을 알리려고요. 그러기 위해서는 이 3억 엔의 자금이 꼭 필요합니다."

대답은 없다.

에하타는 스스무가 가져온 자료를 손에 들고 뚫어져라 들여다보면서 의자 등받이에 몸을 기대고 다리를 꼬았다.

"모객 채널로 도카이관광은 너무 약해요. 대형 여행대리점을 끼거나 조금 더 고민해주세요. 객단가가 다소 떨어져도 비어 있는 것보다는 훨씬 낫잖습니까."

지당한 의견이지만 한 가지 문제가 있었다.

다카시다.

그 이튿날, 아자부에 있는 중화요리점에서 다카시와 함께 식사를 하기로 한 스스무는 은행에서 있었던 일을 솔직하게 말하기로 했다.

"그 에하타라는 놈이, 그런 말을 했어?"

아니나 다를까 성미 급한 다카시는 벌써 관자놀이 핏대를 세우기 시작했다.

"대리점 확충이 융자 조건이라는 거야." 스스무는 에하타 탓으로 돌리며 용건을 전했다. "나도 그 의견에는 찬성할 수 없지만 지금 미쓰토모가 빠지면 자금 조달이 어려워져."

다카시가 술에 취한 눈으로 쏘아보았다. "어이, 형. 설마 그래서 정말 다른 대리점을 붙이려는 건 아니겠지?"

전에 같은 이야기를 했을 때는 여기서 물러났다. 3년 전의 일이다. 그때 모객에 자신감을 드러냈던 다카시였지만 성과는커녕 손님은 줄어들고 있다. 가능하다면 다카시와 옥신각신하고 싶지 않았지만 상황이 너무 나빴다.

"미안하지만 이번만큼은 추가를 검토할 수밖에 없어, 다카시."

"바보 같은 소리 마." 다카시가 험악한 표정을 지었다. "애초에 손님이 오지 않는 건 미야모토 지배인의 방식에 문제가 있어서 그런 거야. 호텔의 매력이 부족한 거라고."

"물론 그것도 바꿔갈 생각이야." 스스무는 말했다. "하지만 그러려면 시간이 필요해. 그러니 일단 손쉽게 모객 루트부터 확보하고 싶어."

"그럼 미쓰토모에 우리 연대보증도 풀어달라고 해." 다카시는 되지도 않는 소리를 했다. "우리 보증 금액만큼 상환하든지."

"잠깐, 그러지 말고." 스스무는 극단적인 말을 하는 동생을 달랬다. "유감이지만 지금은 대출금을 상환할 여유도 없어. 그렇게 급하게 결론을 낼 건 없잖아."

다카시가 토라진 것처럼 입을 다물었다. 막내라 응석받이로 자란 탓인지 말이 안 통하는 아이 그대로였다.

"대형 대리점하고는 계약 기간을 설정할 거야. 그 사이에 재방문 고객으로 북적거리게 되면 그 후에는 필요 없어. 그 다음은 지금까지처럼 도카이관광 한 곳에서 맡아줘. 그럼 되잖아?"

다카시는 스스무를 물끄러미 쳐다보면서 그 제안의 이점에 대해 고민했다.

"꼭이야, 형." 다카시가 언질을 잡으려는 듯 매섭게 쳐다보았다.

그 강한 시선을 받으면서도 다카시가 조건을 수락했다는 사실에 스스무는 내심 안도했다.

"하지만 안심하기에는 이를지도 몰라." 다카시가 말을 이었다. "형이 이번에 조달하는 건 경비 지불 자금이잖아. 그것도 1년도 못 가서 다음 돈이 필요해질 거야. 그렇게 됐을 때 버틸 수 있겠어?"

그것은 스스무도 계속 마음속에 담아두고 있는 문제였다.

"은행에서 몇 억 엔을 받아내겠다고 그때마다 에하타한테 잔소릴 들을 순 없잖아. 보다 근본적인 타개책이 있어야 하지 않겠어?"

의미심장한 다카시의 표정을 보고 무슨 말을 하려는지 금방 알아차렸다.

"도카이해운 말이냐."

"그래." 다카시가 대답했다. "이제는 가즈마 형도 없어. 그럼 도카이해운에 출자를 받아내던지, 차입금을 보증하게 하면 자금 조달도 숨통이 트일 거야."

"고니시가 받아들일까?" 스스무는 염려를 입에 담았다.

"그쪽은 안 돼. 그게 아니라 료마를 사장으로 만들어야지."

다카시가 뜻밖의 소리를 했다. 하지만 생각해볼 것도 없이 좋은 아이디어였다.

"오호라, 그런 방법이 있었군."

사실 형 가즈마가 병으로 쓰러졌을 때 사장이 되라고 료마를 꼬드긴 것은 스스무와 다카시였다. 료마의 마음을 돌리는 건 식은 죽 먹기였지만 그 후 가즈마가 반강제로 고니시를 사장으로 지명해 두 사람의 계획은 실패했다. 하지만 지금이 기회일지도 모른다.

다카시가 말을 이었다. "도카이해운 안에는 고니시를 탐탁지 않게 여기는 놈들이 적잖이 있어. 그건 형도 알지? 소위 말하는 반대 세력이라는 거지. 아키모토가 그 필두야."

아키모토 조지는 도카이해운의 영업 담당 상무다.

스스무는 잠시 생각하다가 입을 뗐다. "부추겨볼까?"

2

도카이해운의 아키모토 조지가 가이도 스스무의 식사 초대를 받은 것은 그로부터 2주쯤 지난 목요일이었다. 스스무가 지정한 도라노몬에 있는 빌딩 최상층의 중화요리점 개별실로 가자 스스무가 먼저 와 있었다.

"여, 오랜만이야. 바쁜데 불러내서 미안하군."

웃으며 맞이하더니 조심스러워하는 아키모토를 "괜찮아, 괜찮아" 하며 억지로 상석에 앉혔다.

"오늘은 초대해주셔서 감사합니다."

쭈뼛거리며 고개를 숙인 아키모토는 과거 도카이해운 상사 부문에서 스스무의 밑에서 영업을 담당한 과거도 있어 잘 아는 사이였다. 그 상사 부문은 그 후 분사해서 도카이상회가 되었지만 아키모토는 영업 수완을 높이 평가받아 '해운'에 남았다.

테이블에는 또 한 자리가 세팅되어 있었다.

"다카시야. 그 녀석은 약속 시간 전에 온 적이 없어."

그러자 마치 그 말을 들은 것처럼 다카시가 헐레벌떡 안으로 들어왔다.

바로 생맥주와 전채요리가 담긴 접시가 나오고 식사가 시작되었다. 스스무의 단골인지 식자재도 최상이었지만 술과 요리를 먹으면서도 아키모토는 영 불편했다. 군이 식사에 불러낸 목적이 아무래도 짐작이 가지 않았다. 스스무뿐만 아니라 다카시까지 온 것을 보면 단순한 변덕이나 정탐이라기엔 너무 과해서 뭔가 있는 게 분명했다.

경제부터 정치, 골프까지, 두 사람의 화제는 활기차게 끊이질 않았다. 표면적으로는 맞장구를 치면서도 아키모토는 가시방석에 앉은 것처럼 불편했다. 여기저기 튀던 화제가 이윽고 사업 이야기에 이른 것은 한 시간이나 지났을 때였다.

"그나저나 해운 실적은 어때?" 마치 겸사겸사 생각났다는 듯이 스스무가 물었다.

"뭐, 경기가 이러니 저희만 좋을 수는 없지요." 아키모토는 말을 흐렸다.

"적자인가?"

"아니요. 소소하지만 이익은 났습니다. 문제는 전년도보다 올해 실적입니다. 경기가 이러니까요."

확실히 경기는 나쁘다. 하지만 그것과는 별개로 아키모토에게는 속에 쌓인 불만이 있었다. 다름 아닌 고니시 사장의 경영 방침이다. 선대 가즈마의 경영 노선을 계승한다고 말은 하지만 한마디로 융통성이 없다. 경기 침체라는 역경에 위축되어 지나치게 소극적이다.

이럴 때야말로 공격적이고 적극적인 자세가 필요한데 고니시는 아키모토를 비롯한 영업부가 주장하는 적극책은 매번 배제하고 오로지 축소 균형으로만 기울었다. 이래서는 경기와 공멸하기만 하지, 수익 증가는 머나먼 꿈이다.

"고니시는 어때? 옆에서 보면 영 주눅 들어 있는 것처럼 보이는데."

마치 아키모토의 마음을 꿰뚫어 보는 듯한 스스무의 지적에 저도 모르게 고개를 끄덕이고 말았다.

"바로 그렇습니다. 물류가 줄었다고 설비 투자는 극단적으로 줄이고, 영업비도 자꾸 삭감하고 있습니다. 이래서는 마음껏 일할 수가 없습니다."

"어차피 경리밖에 할 줄 모르는 남자야."

스스무의 한마디는 실로 고니시라는 남자에 맞아떨어지는 표현이었다.

경리, 꼼꼼하고 소심한 남자.

세상을 떠난 가이도 가즈마에 대한 충성심으로 경영을 하고 있겠지만 이런 환경이다. 가즈마라면 뭔가 손을 썼으리라. 적어도 그런 아이디어가 있는 사람이었다. 하지만 고니시에게는 그것이 없다.

"이대로 가면 '해운'은 울지도 날지도 못하는 새겠군. 경리 출신이 실권을 잡고 영업부가 찬밥 신세라니, 그런 회사가 성공할 리 없어."

"지당한 말씀입니다."

내 생각이 바로 그거다. 아키모토는 속이 후련했다.

"어이, 아키모토. 언제까지 고니시한테 맡겨둘 셈이야?" 그때까지 두 사람의 대화를 듣고 있던 다카시가 말했다. "자네가 사장을 하면 어때?"

"아뇨, 저는."

아키모토는 고개를 저었지만 솔직한 진심이기도 했다. 객관적으로 경영을 바라보고 평가할 수는 있어도 직접 사장이 되어 도카이해운을 이끌어나가기는 어렵다.

"왜? 뭘 눈치를 봐? 이렇게 어려운 시기일수록 영업부 출신인 자네가 회사를 이끌어야지, 어쩌려고?"

"천만에요, 저는 사원이 따라주지 않습니다."

다카시의 말에도 아키모토는 진심으로 그렇게 말했다.

거기에는 이유가 있었다. 도카이해운은 이른바 가이도가의 가업으로, 대대로 가이도가 사람이 사장을 맡아온 동족 기업이다. 오랜 세월에 걸친 동족 지배로 혈연이 아니면 경영자가 될 수 없다는 폐쇄성은 있지만 몸을 맡기면 편한 점도 얼마든지 있다. 의사 결정도 빠르고 경영 책임은 전부 사장이 진다. 어려운 경영 판단도 사장이

'이렇게 하라'고 말하면 그걸로 그만이다.

하지만 지금의 고니시는 아니다. 다 같은 고용인이라는 시선에서 비판을 받고, 항상 불만의 화살받이가 된다. 오랫동안 가이도가의 동족 기업이었던 도카이해운 안에는 가이도가 사람이라면 괜찮지만 외부인은 받아들일 수 없다는 정신 구조가 뿌리 깊게 박혀 있는 것이다.

"그럼 누가 하면 돼?"

다카시의 질문에 아키모토는 고민해보았다.

"사실은 료마 씨라고 생각합니다만."

이윽고 그렇게 대답한 순간 그 자리에 기묘한 침묵이 내려앉았다.

"료마라." 다카시가 중얼거렸다.

스스무는 엄지손가락을 턱에 대고 뭔가 생각하더니 다카시와 시선을 슬쩍 주고받으며 말했다. "료마라도 상관은 없지. 자네가 료마의 뒤를 봐주면 되니까."

"제가 말입니까?" 아키모토는 갑작스러운 이야기에 당혹스러워하면서 말했다.

"우리도 그렇지만 역시 사장은 영업 출신이 맡아야 해. 어차피 잠자코 있어도 조만간 료마가 사장이 될 거잖아. 그게 몇 년 앞당겨지는 것뿐이야."

"료마도 형님이 돌아가셨을 때는 사장을 맡을 생각이었다던데." 다카시가 말했다.

"그랬습니다."

그렇게 대답한 아키모토의 머릿속에 료마를 사장으로 내세운 후의 그림이 어렴풋이 떠올랐다.

"고니시는 성과를 못 내. 그건 이미 알잖아. 하지만 자네에게 사장 자리가 벅차다면 료마한테 시켜도 되지 않겠어? 그리고 자네는 뒤에서 지휘하면 돼."

확실히 일리가 있다.

고니시는 2년을 했다. 지난 2년 동안 사내에는 억누를 수 없는 불만이 쌓였다. 이대로 고니시가 계속해도 실적 호전은 바라기 어렵다. 그렇다면 이 타이밍에 사장 교체도 **있을 수 있지 않은가?**

"생각해보겠습니다."

그러자 다카시가 답답하다는 듯이 말했다. "생각한다고 뭐가 돼? 자네가 그럴 마음이 있으면 먼저 고니시를 설득해. 우리도 힘이 되어줄게. 고니시도 료마가 사장이라면 받아들일 거야. 자기의 부족함도 지난 2년 동안 통감했을 테고. 지난 2년을 되돌아보면 료마에게도, 당신들 영업부에게도 인고의 시기였다고 할 수 있지 않겠어? 더 이상 참을 필요 없어."

고니시 체제 2년 동안 대체 도카이해운이 어디로 향하고 있는지, 무엇을 하고 싶은지, 방향성이 보이지 않는 채로 답답하게 지내왔다. 지금의 경영 방침을 이해하고 받아들이는 사람은 영업부에 한 명도 없다. 영업 목표는 내려오지만 고객에 제안할 수 있는 새로운 내용이 아무것도 없기 때문이다.

신조선 또는 운송선, 신규 사업, 기업 매수…… 아키모토가 제안한 사업 확장 계획, 경영 전략이 채용된 적이 한 번이라도 있었던가?

없다. 시기상조, 시황이 좋지 않다, 리스크가 너무 크다, 사업계획으로 전망이 나쁘다. 트집을 잡기는 쉽다. 그렇다고 대안이 있나 하면 그것도 아니다. 종래와 변함없는 라인업, 가격 체계, 고객을 유지하면서 매출을 높이라는 말뿐이다.

환경이 악화되고 경쟁이 치열해지는 가운데 옛날과 똑같은 방법으로는 수익은 점점 줄어들기만 한다. 이대로는 도카이해운의 실적은 갈수록 떨어질 것이다.

"앞으로 도카이해운을 이끌 사람은 자네야." 스스무의 말투는 확신에 차 있었다. "자네가 사장 자리에 앉는 게 아니라, 료마를 앉히고 배후에 서는 게 낫다면 그러면 되잖아?"

"지금 아무것도 하지 않는 건 오히려 태만이야. 정의는 우리 편이라고."

지당한 말씀. 다카시의 한마디에 아키모토는 무심코 고개를 끄덕거렸다.

고니시를 끌어내리고 료마를 사장에 앉힌다. 현 체제에 불만을 품으면서도 행동을 일으키기에는 아직 이르지 않나, 스스로 근거 없는 상식에 사로잡혔지만 그게 실수였는지도 모른다.

"기다려도 좋은 일은 하나도 없어. 행동하려면 지금이야."

다카시의 말에 아키모토는 마음이 기우는 것을 느꼈다.

이런 이야기를 듣게 될 거라고는 이곳에 오기 전까진 상상도 못 했다. 하지만 일단 듣고 보니 자연스러운 필연처럼 여겨졌다. 아키모토는 전율 같은 흥분을 느꼈다.

"귀중한 의견 고맙습니다." 방심하면 금방이라도 떨릴 듯한 목소리로 두 사람에게 인사하며 고개를 숙였다. "돌아가서 바로 계획을 세워보겠습니다."

고개를 끄덕인 스스무는 근처에 있던 병을 들어 반쯤 비어 있던 아키모토의 잔을 채웠다.

"도카이해운의, 아니, 도카이해운 그룹의 미래에 건배!"

아키모토는 두 손으로 잔을 쥐고 공손히 들어올려 단숨에 비웠다. 맛있는 술이다. 실로 이것이 가주로구나.

"잘될까?"

마음에 드는 여성을 옆자리에 앉히고 허리에 손을 두른 다카시는 그 자리에 어울리지 않는 진지한 표정으로 물에 희석한 양주를 마시는 스스무에게 물었다.

아키모토와 헤어진 두 사람이 향한 곳은 단골 클럽이었다.

스스무의 표정은 중화요리점에서 원형 테이블에 앉아 있을 때보다 오히려 굳어 있는 것처럼 보였다. 마음은 모르는 바가 아니었다. 아키모토 앞에서는 여유로운 표정을 지었지만 스스무의 머릿속은 자금 조달 문제로 가득했다.

"잘 풀리면 좋겠지만……." 눈썹을 찌푸린 스스무는 심각한 표정으로 잔을 노려보았다.

이날 두 사람이 던진 책략에는 도카이상회뿐만 아니라 도카이관광, 나아가 로열 마린 시모다의 명운이 걸려 있다고 해도 과언이 아니었다.

목적은 도카이해운의 연대보증이다. 재무 상태가 건실한 도카이해운이 보증한다면 로열 마린 시모다의 실적과 상관없이 미쓰토모은행은 분명 융자에 응할 것이다. 일단 고니시를 끌어내리고 다루기 쉬운 료마를 사장으로 옹립한다. 그러려면 아키모토는 필요 불가결한 뒷배였다.

"아키모토라면 어떻게든 할 거야."

다카시의 말에 아키모토에 대한 신임이 엿보였다.

후계자로 고니시를 지명한 것은 가즈마지만 이사들 중에는 불도 저처럼 영업부를 이끌어온 아키모토가 어째서 사장이 아닌가 하는 목소리도 있었다고 들었다. 사내 정치의 균형으로 봐도 고니시 체제의 교착 상태를 타파할 수 있는 사람은 아키모토 외에는 생각할 수 없다.

"형님, 그렇게 심각한 표정 짓지 말라니까." 다카시는 여전히 생각에 잠긴 스스무에게 말했다. "그 녀석은 할 거야. 난 알아. 못 느꼈어? 그 녀석은 불만덩어리였잖아. 우리 사정이 아니더라도 어차피 고니시는 이대로 못 가."

"너는 속 편하구나. 그렇게 쉽게 풀리면 누가 고생하겠어?"

그 말과는 달리 지금 스스무의 입술에 일그러진 미소가 떠오르는 것이 보였다.

3

"사장을 그만두라는 말인가?"

그때 고니시의 표정에는 뚜렷한 역정이 떠올랐다. 타원형 테이블에서는 그런 고니시의 맞은편에 앉은 상무이사 아키모토가 형형한 눈빛으로 쳐다보았다.

이사회 석상이었다.

이사회 초반, 결산 내용에 대해 난바 경리부장이 상세한 보고를 했다. 거기까지는 예정대로였지만 문제는 그 후였다. 결산 내용에 의견은 없는지 묻자 발언 허가를 얻은 아키모토는 뜬금없이 경영 방식을 비판했다.

결산 문제점 지적으로 시작해 목표 관리를 비롯한 경영면의 관리에 대한 비판, 나아가 소극적인 경영 자세야말로 문제라는 아키모토의 지론으로 발전해 끝내 "사장으로서 책임을 져야 하지 않느냐"는 말이 튀어나왔다. 사내에 불만이 쌓여 있다는 건 고니시도 알고 있었지만 설마 이 정도일 줄은 몰랐다.

"경영 계획과 실적이 너무 동떨어져 있습니다. 대체 당신은 언제까지 이렇게 경영할 셈입니까?" 아키모토는 흥분으로 얼굴을 벌겋게 물들이며 고니시를 손가락질했다. "아니, 언제까지 사장 자리에 앉아 있을 셈인지 묻고 싶군요."

"사장 지위에 연연할 생각은 없네. 하지만 여기는 내 거취에 대해 거론하는 자리가 아닐 텐데?"

고니시는 반론했지만 그때 문득 어떤 사실을 깨닫고 입을 다물었다. 자기를 바라보는 이사들의 눈빛이다. 그 눈에 범상치 않은 기척이 담겨 있었다. 이 자들은 사전에 이렇게 될 줄 알고 있었던 게 아닐까? 그것을 눈치챈 순간 고니시의 몸속에서 뭔가가 뜨겁게 끓어올랐다.

"대체 당신들은 뭘 꾸미고 있는 건가!" 거친 목소리로 고니시는 그 자리에 있는 사람들에게 따져 물었다.

"꾸미는 게 아니라 우려하는 겁니다."

아키모토는 화살처럼 날카로운 눈빛으로 고니시를 쏘아보았다.

"지난 2년 동안 당신의 경영 방침에 따라 있는 힘껏 노력했습니다. 하지만 지금 우리는 당신의 리더 자격에 큰 의문을 품고 있습니다. 성장에서 밀려난 현재 상황, 그리고 미진한 결산을 마무리하면서 당신에게는 당연히 가져야 할 위기감이 없어요. 대책도 없이 우리 이사들이 제의한 설비 투자와 신규 전략은 무조건 부정했죠. 우리는 이런 폐쇄적 상황에 강한 우려를 표명합니다. 지금 현 체제를 총괄해 명확한 평가를 내리고 가급적 신속하게 조직을 재편해야 하지 않겠습니까, 의장님?" 아키모토는 일어서서 의장을 맡은 총무부장 고사카를 향해 한층 큰 목소리로 말했다. "이에 고니시 후미오 대표이사의 해임을 건의합니다."

너무나도 갑작스러웠다.

"잠깐 기다리십시오, 아키모토 씨." 동요한 고사카가 마치 아키모토를 진정시키려는 듯이 두 손을 앞으로 내밀고 흔들었다. "당신, 진심으로 하는 소리입니까?"

"이유는 지금 말씀드린 바와 같습니다. 이 자리에서 찬반 결정을 부탁드립니다."

"아니, 조금 더 냉정해져야 하지 않겠습니까? 무엇보다 이러한 형태로……."

"고사카 이사회 의장을 해임할 것을 건의합니다." 갑자기 아키모토가 고사카의 말을 가로막으며 내질렀다. "찬성하는 분은 거수해 주십시오."

고니시는 눈을 부릅떴다. 출석한 이사 아홉 명 가운데 그 자리에서 여섯 명이 손을 든 것이다. 이쯤 되니 확실했다. 이것은 아키모토의 돌발적인 행동도 뭣도 아니다. 사전에 교섭한 의도적인 쿠데타였다. 그 자리에서 새 의장으로 임명된 것은 국제영업 담당 하세가와였다. 흥분으로 붉게 물든 눈으로 하세가와가 일어서서 목소리를 높였다.

"이사 여러분께 찬반 거수를 부탁드립니다. 고니시 후미오 대표이사의 해임에 대해 찬성하시는 분은 거수를 부탁드립니다."

말이 끝나기가 무섭게 손이 올라왔다.

"이런 이사회가 말이 됩니까?"

고니시가 일어서서 항의했지만 이미 늦었다.

"과반수의 찬성을 얻었으므로 고니시 후미오 대표이사의 해임이 가결되었습니다."

거수는 강행되었고 하세가와의 선언과 함께 회의실은 불온한 술렁임으로 가득 찼다. 겨우 몇 분 만에 벌어진 해임극이었다. 여전히 의장석에 앉아 있던 고사카가 창백한 얼굴로 입술만 부들부들 떨고 있었다.

"대체 당신들은 이 회사를 어쩔 작정이지? 아키모토, 자네는 이런 짓까지 해서 사장이 되고 싶나?" 고니시가 물었다.

아키모토는 이겼다는 자신감과 빈정이 담긴 표정을 지으며 말했다. "당신 해임을 건의한 건 이 도카이해운을 궁지에서 구하기 위한 일이야. 내가 사장이 되다니 천만의 말씀, 나는 일개 병졸로 이 회사를 떠받들 각오야."

"그럼 누구를 사장으로……."

고니시가 물었을 때 아키모토와 다른 이사들의 시선이 말석에 앉아 있는 한 남자를 향했다.

가이도 료마였다.

"의장, 새로운 건의다." 아키모토는 이어서 말했다. "이 자리에서 가이도 료마 씨를 대표이사로 선임하고자 한다."

이미 반론할 말도 잃은 고니시 앞에서 신임 사장의 탄생을 위한 절차는 담담하게 진행되었다.

"과반수의 찬성을 얻었으므로 가이도 료마 씨의 대표이사 취임이 이 자리에서 승인되었습니다."

하세가와의 담담한 선언에 료마가 일어나서 깊숙이 고개를 숙였다. 건의에 찬성한 이사들이 차례로 일어나 박수를 치기 시작했다. 그 자리에 홀로 남은 고니시만 다른 세상에 남겨진 것 같았다.

떨리는 심호흡을 몰아쉰 고니시는 고개를 젖히고 조용히 눈을 감았다.

"너, 사장이 됐다고? 무슨 생각을 하는 거야?"

그날 밤, 쇼토의 본가로 돌아간 아키라는 료마가 귀가하기를 기다려 따져 물었다.

시간은 이미 자정이 넘었다.

고니시 사장 해임 소식은 이사회가 끝난 직후 총리부장 난바 기요히코가 다급하게 아키라에게 알렸다. 그 후 고니시도 직접 연락했지만 그의 입에서 나온 것은 자신의 역부족을 탓하는 말과 아키라를 향한 사죄였다.

"형과는 상관없잖아."

아키모토를 비롯한 이사들과 축배라도 들고 왔는지 술에 취한 료마는 아키라와 눈도 마주치지 않고 짜증스럽게 대답했다.

"네가 꾸민 일이야?"

"알 게 뭐야. 사장이 되어달라고 부탁하니까 받아들인 것뿐이야. 고니시로는 앞날이 뻔해."

"앞날이 뻔하다고?"

아키라는 동생을 뚫어져라 쳐다보았다.

입사 이래로 대부분의 회사 생활을 아키모토가 이끄는 영업부에서 보냈다는 건 알고 있다. 지난 2년 동안 영업기획부장으로 얼마나 실력을 쌓았는지 모르겠지만 도저히 고니시를 굽어볼 정도로 능력이 있을 것 같지는 않았다.

"자만하지 마." 아키라는 생각한 대로 말했다. "너 진심으로 도카이해운의 사장을 맡을 수 있다고 생각하는 거야?"

"그러니까 수락했지." 료마는 증오 어린 눈빛과 함께 대답했다. "어찌되었던 영업부가 경리부 소인배한테서 주도권을 되찾았어. 일그러졌던 경영을 바로잡을 거야."

"도카이해운의 경영은 일그러지지 않았어."

아키라가 못을 박자 료마가 날카롭게 되받아쳤다.

"외부인이 뭘 알아? 이건 이사회에서 결정한 일이야. 주주라고 쓸

데없이 참견하지 마. 형이 해도 되는 건 주주총회에서 이 인사를 무조건 승인하는 것뿐이야. 형식적인 주주니까."

"그러냐." 이미 무슨 말을 해도 소용없다는 것을 깨달은 아키라는 무릎을 탁 치고 일어섰다. "그래, 열심히 해봐라. 내가 할 수 있는 말은 그것뿐이다."

료마는 아무 대답도 하지 않았다.

료마는 실수하고 있다. 여기서 그 실수를 바로잡기 위해 아버지는 아키라에게 도카이해운의 주식을 양도한 걸까?

그렇다면, 그건 불가능한 일이다. 이제부터는 그저 운명에 따르는 수밖에 없다.

4

"사장 취임 축하한다, 료마. 앞으로 우리는 같은 경영자 동지로 군." 스스무는 서빙 받은 맥주 잔을 살짝 들며 말했다.

"잘 부탁드립니다."

료마는 잔을 가볍게 부딪치고 단숨에 절반을 들이켰다.

아자부주반에 있는 이탈리안 레스토랑이었다. 스스무 옆에서 테이블에 앉아 있는 다카시는 골프라도 다녀왔는지 캐주얼한 차림이었다. 목에는 네커치프를 세련되게 두르고 있었다.

"어때, 요즘은?" 스스무가 다카시에게 물었다.

그것만으로 골프 이야기라는 것을 알아차렸는지 다카시는 얼굴을 찌푸리며 그날 라운딩에 대한 감상을 늘어놓았다.

"아무래도 생크공이 잘못 맞아 의도하지 않은 곳으로 날아가는 일가 나서 골치야."

"삼촌들도 참 좋아하네요."

두 사람의 지나친 열정에 료마가 기가 막힌다는 듯이 말하자 "너는 왜 안 해?"라고 다카시가 물었다.

"나한텐 안 맞아요."

료마는 가볍게 대꾸했지만 골프를 치지 않는 이유는 명확했다.

형 아키라가 골프를 좋아하기 때문이다. 게다가 실력도 상당하다. 돌아가신 할아버지도 아버지도 골프를 좋아했고, 가이도가 사람들은 다들 실력 있는 골프광들뿐이라 그런 것까지 형하고 비교당하기는 싫었다.

"그러고 보니 그 리조트 호텔에 골프장은 없네요."

지루한 골프 이야기를 끝낼 생각으로 료마는 화제를 던졌다.

"골프를 치고 싶은 손님에게는 근처 골프장 할인권을 발행해주는데, 그건 우리 리조트의 약점이기도 해." 스스무가 갑자기 진지한 표정을 지으며 말했다. "실은 그런 것도 포함해서 이번에 로열 마린 시모다를 개편해볼 생각이야."

"개편?"

"그래. 골프장 개발까지는 아니더라도 우선 호텔 내부 인테리어를 바꿔볼까 해. 5년 동안 영업해보니 개선할 점이 보여. 미야모토 지배인이 간곡히 부탁해서."

"괜찮지 않겠어요? 미야모토 씨 아이디어라면 분명히 성공할 거예요."

"네가 그렇게 말해주니 기쁘구나. 그렇지, 다카시?"

다카시는 와인 잔을 한 손에 들고 태평하게 덧붙였다. "난 형님 계획을 지원할 생각인데 너도 같이하지 않을래? 앞으로는 같은 그룹 기업끼리 손을 잡는 거지. 이로써 로열 마린 시모다도 제대로 궤도에 오를 거고. 사장 취임 첫 사업으로 그룹의 방향성을 근본적으로 수정해서 서로 상승효과를 노리는 거야."

"좋네요." 예상대로 료마는 동의했다. "해운도 뭔가 할 수 있는 일이 있으면 말씀하세요. 얼마나 조달하려는데요?"

"50억." 스스무가 진지하게 눈을 빛냈다. "지금, 그 조달 계획을 세우고 있는데 가능하면 네 도움도 받고 싶어. 꼭 돈을 내라는 건 아니니 걱정하지 마."

그러곤 가방에서 두꺼운 자료를 꺼냈다. 로열 마린 시모다의 실적 보고서와 예측, 그리고 도카이상회의 결산서였다.

"조금 얘기가 길어질 텐데 들어주겠어?"

스스무는 양해를 구하고 이야기를 시작했다.

5

"도카이상회가 리조트 사업을 전개하고 있는 건 여러분도 알고 계시겠지만 이번에 그 사업 개편을 위해 은행에서 자금 조달을 계획하고 있습니다. 이에 대해 얼마 전 도카이상회 및 도카이관광 사장으로부터 지원 요청이 있었습니다. 이에 그룹 기업의 결속을 강화하기 위해 우리 회사도 거기에 연대보증이라는 형태로 지원하고자 합니다."

이사회가 끝나갈 무렵이었다. 료마의 갑작스러운 제안에 그 자리에 있던 임원들이 대번에 침묵했다.

"저, 구체적으로는 얼마입니까?"

그렇게 질문한 것은 아키모토 상무였다. 고참 선원처럼 생긴 얼굴은 임원이라기보다 노동자처럼 볕에 그을려 있다. 하지만……

"50억 엔입니다. 로열 마린 시모다가 조달할 운전자금을 연대보증이라는 형태로 지원하고 싶습니다."

료마의 이야기에 아키모토의 표정이 흐려지고 회의실에 긴장이 흘렀다.

"로열 마린 시모다의 실적은 어떻습니까?"

다른 임원이 그런 질문을 하자 경리부장 난바가 로열 마린 시모다의 자료를 전원에게 나눠주었다. 며칠 전 삼촌들이 보여준 재무 자료다.

"창업 이래 계속 적자지만 지금 경기를 생각하면 선전하고 있는 편입니다. 저희가 보증하는 자금은 로열 마린 시모다에 꼭 필요한 돈입니다. 아마 다음 분기 이후부터 흑자로 전환되겠지요."

테이블을 둘러싼 임원들은 아무도 대답하지 않았다. 하지만 여기 있는 임원들이 이 제안을 달갑게 여기지 않는다는 것은 은연중에 흐르는 분위기로 알 수 있었다.

"뭔가 의견 있는 분은 말씀하세요. 없으면 결재하겠습니다."

료마는 잠자코 임원들의 얼굴을 둘러보았다. 어딘가 신임 사장의 눈치를 보는 미묘한 분위기가 감돌고 있었다.

"저, 한 말씀드려도 되겠습니까?" 손을 들고 발언을 구한 것은 고참 임원 하시구치였다. "현재 저희 회사 재무 내용도 이 불경기로 악화되고 있습니다. 당장의 자금 조달에도 고심하는 상황에서 50억 엔이나 되는 연대보증은 은행에서 볼 때도 문제가 있지 않을까 싶습니다."

"산업중앙은행에는 숨기면 됩니다. 어차피 연대보증은 장부기록 대상이 아니니까요." 료마는 태연하게 말했다. 하시구치가 뭔가 말하고 싶은 눈치를 보였지만 료마는 무시하고 거듭 이어서 말했다. "이 리조트 사업은 꼭 성공할 겁니다. 아니, 성공시켜야만 합니다. 도카이상회가 사운을 건 신규 사업이기도 합니다. 성공하면 도카이해운도 사업 영역이 넓어집니다. 예를 들어 이 리조트를 내세워 새로운 여객선 항로를 개척해도 되겠죠. 전체적으로 수익이 저조한 때인 만큼 신규 아이템이 갖는 매력도 있어요. 어떻습니까, 하시구치 씨?"

하시구치의 입에서 나온 것은 "글쎄요"라는 모호한 대답이었다.

미적지근한 대답에 료마는 정색하고 선언했다. "분사 이래로 도카이해운 그룹이 모두 달려들어 하나의 사업을 한 적은 없었습니다. 그런 뜻에서도 이 지원에는 의미가 있습니다."

열성적으로 말했지만 료마를 똑바로 쳐다보는 임원은 얼마 되지 않았다. 테이블의 한 곳을 바라보거나 자료를 들여다보는 임원들에게서 기대한 반응은 느껴지지 않았다. 열의가 허공에 메아리쳐 광대가 된 기분이다. 끝내 료마는 언성을 높였다.

"여러분은 도카이해운 그룹 사원이라는 자각이나 연대감이 없습니까? 불만이 있으면 지금 말하세요!" 료마는 임원들을 한참 노려보다가 입을 열었다. "찬성하는 분은 거수 부탁합니다."

고참 임원들이 슬금슬금 손을 들었고, 이렇게 이사회의 승인이 떨어졌다.

11장

후회와 의혹

마치 고속 엘리베이터로 급강하하는 것처럼
바닥으로 미끄러지는 감각에 눈이 핑 돌았다.
절망의 엘리베이터다.

1

"고다이라제철 취급 물량이 지난 반년 동안 7퍼센트나 감소했는데 이유가 뭡니까?" 가이도 료마는 담당 임원 하세가와를 바라보며 질문했다.

올해 52세인 하세가와는 할아버지가 도카이해운에 있었을 때부터 근무해온 고참 멤버다. 건실함이 장점인 남자로 행동이 온화하다.

"조건 교섭이 타결되지 않아 지금까지 저희가 맡았던 일이 타사로 넘어갔습니다. 얼마 전 가격 인상 교섭에서 결렬된 거래입니다."

"흐음." 료마는 손가락으로 턱을 어루만지며 자료에 기재된 화물 취급 숫자를 한참 들여다보았다. "가격을 올려서 거래가 줄었다, 그 뜻입니까?"

그 말에 하세가와는 손수건으로 이마를 훔치던 손길을 멈추었다.

이 남자는 무슨 말을 해도 표면상으로는 결코 반론하지 않는다.

그 대신 뒤에서 사사건건 료마의 방식을 비판한다는 소문은 들었다. 정말이지, 마음에 들지 않는군. 료마는 그런 생각을 했다.

아버지의 사후, 2년 동안 사장을 맡았던 고니시의 경영은 가이도 가 사람이 아니라는 의식이 강했던 탓인지 언제나 보수적으로, 고객 제일이니 신뢰니 하는 말은 쓰면서 수익 향상이나 신규 사업 확대라 는 적극적인 노선은 아예 포기하고 있었다. 료마가 볼 때는 그야말 로 잠자코 자리만 지키며 먹이를 얻어먹는 애견 같은 근성이었다. 회사 경영은 실적 향상이 최고다. 지금까지 해온 대로만 계속하는 경영은 건실해 보이지만 아무것도 하지 않는 것이나 마찬가지다.

그래서 사장에 취임하고 지난 1년 동안 료마는 소위 말하는 적극 경영을 방침으로 내세웠다. 료마의 경영 이론은 극히 단순했다. 요 컨대 매출을 늘리고 지출을 줄이면 된다. 그러면 자연히 이익은 남 고 회사 실적은 발전한다. 중요한 매출이 늘지 않는데 새로운 시책 을 외면했던 고니시의 경영 방침은 완전히 잘못되었다. 몇 십 년이 나 해운업에 종사하면서 아버지의 말대로 움직이기만 하고 고민을 하지 않은 결과, 사장 자리에 앉아 있었지만 아무 생각도 못 하는 장 식품으로 전락한 것이다. 두 삼촌의 협력과 아키모토의 뒷배를 얻어 사장직에 취임한 이후로 료마는 온 힘을 다해 달려왔다.

적극 경영, 그리고 스피드 중시.

그것이 료마가 내건 슬로건이다.

하지만 그런 료마의 경영 방침으로도 당면한 실적은 전혀 개선되 지 않았다. 회사 경영이 이렇게 마음대로 풀리지 않는 건가. 실적 악 화에 대한 초조함과 함께 료마의 마음은 과거에 없던 중압감에 짓눌렸다. 경기 감속도 하나의 중요한 원인이리라. 하지만 그 이상으로 현재 이사들이 료마 체제에 갖고 있는 무언의 반감이 더 큰 문제다. 특히 이 하세가와를 필두로 구 고니시파라 불리는 사람들이 심각하다. 이사회에서는 잠자코 있었으면서 뒤에서는 냉담하게 료마의 전략을 혹평하고 비웃는 패거리도 있다. 면종복배面從腹背가 따로 없다. 그런 놈들이 무슨 말을 하고 싶은지는 안다.

가즈마 사장이라면 이러지 않았을 텐데. 그렇게 말하고 싶으리라.

그들의 가슴속에는 깊이 배여 떨어지지 않는 하나의 척도가 있다. 할아버지에게 이어받은 회사를 더욱 발전시킨 아버지의 경영이 바로 그것이다.

"젊다는 건 양날의 검이야." 료마가 사장에 취임했을 때, 축하하러 달려온 스스무 삼촌이 한 말이었다. "체력, 기력이 넘쳐나서 새로운 일을 열정적으로 해낼 수 있지. 하지만 한편으로 젊음 때문에 질투와 반감을 살 우려도 있어."

그런 스스무는 고니시를 끌어내리려고 아키모토를 설득해 사장 취임의 포석을 깔아주었다.

"다소 시간은 걸리겠지만 이사들도 네 입맛에 맞춰서 바꾸는 게 좋아."

그것은 다카시 삼촌의 조언이었다. 처음에는 걱정이 지나치다고 여겼지만 실제로 사장 자리에 앉아보니 확실히 거추장스러웠다. 이사들 중에는 료마가 내는 시책을 완곡한 표현으로 거부하는 사람도 적지 않다. 취임하자마자 착수한 인사제도 개편도 그랬다. 인건비를 절감하려고 탄력근무제를 도입하고 퇴직금 규정까지 건드려 대대적으로 개혁할 작정이었다. 그런데 인사부나 경리부에서 "그렇게 하면 이러저러한 문제가 생긴다"는 핑계로 거부해서 갑자기 핵심이 빠졌다. 각 부문의 목표를 재설정하라고 지시하자 중기 계획으로 정해진 일이니 지금은 불가능하다고 한다. 그렇다면 중기 계획을 수정하라고 하자 그건 은행 등 관계 각처에 배포한 내용이라 지금 고치는 건 현명한 처사가 아니라고 한다.

만약 아버지가 살아계셨다면 적합한 조언을 해줬을지도 모르지만 아키모토까지 거리를 두기 시작한 지금, 진심으로 받들어주는 측근이 없다는 사실도 료마에게는 불행이었다. 지금 이 회사에는 진심으로 신뢰할 수 있는 간부가 없다. 료마는 고립되어 있었다. 거품 붕괴가 한창인 가운데 해운업계의 적정 운임 시세는 이미 무너지기 시작했다. 세상이 느끼는 불황보다 더 심각한 상황이다.

도카이해운을 둘러싼 환경은 나날이 악화되어가고 있었다.

"사장님, 잠깐 시간 괜찮으십니까?"

임원 회의를 마치고 회의실을 나가려던 료마에게 경리부장 난바가 다가왔다.

도카이해운에서 잔뼈가 굵은 사원인데 평소 은행 상대 업무를 해서 그런지 분위기가 은행원과 똑같았다. 어두운 색조의 양복에 하얀 셔츠, 사각 셀룰로이드 안경을 쓴 신경질적인 인상의 갸름한 얼굴이 지금 료마의 뒤에서 고개를 숙이고 있었다. 남들이 들으면 안 되는 이야기인지 난바는 다른 임원들이 회의실에서 나가기를 기다렸다.

"실은 미쓰토모은행에서 저희 회사 재무 자료를 제출해달라고 함니다."

"미쓰토모가?"

도카이해운의 주거래 은행은 산업중앙은행이고 그밖에도 여러 대형 은행과 거래가 있지만 미쓰토모와는 거래가 없다. 할아버지가 사장으로 있던 시절에 융자 관련 시비가 있어 그 이후 출입을 금지했다는 이야기는 들은 적이 있다. 그런 미쓰토모가 자료를 요구하다니 영문을 알 수 없었다.

"어째서 우리가 그런 자료를 제출해야 하지?"

"로열 마린 시모다 보증 건입니다. 보증인인 저희 회사의 상황을 파악해둘 필요가 있다고……." 난바는 문득 입을 다물더니 심각한 목소리로 물었다. "사장님은 따로 들으신 바가 없습니까?"

"듣다니, 뭘?" 료마가 물었다.

"아무래도 운영이 잘되지 않는 눈치입니다, 사장님."

난바는 어두운 표정으로 의자를 두 개 끌어와 하나를 료마에게 권하고 자기는 옆 의자에 앉았다. 그러곤 서류철에서 신문기사를 꺼내 들었다.

부진에 허덕이는 거품 리조트 개발

여백에 난바의 손 글씨로 도쿄경제신문이라는 출처와 지난주 날짜가 적혀 있었다. 료마에게는 그러고 보니 그런 특집 기사가 났었지 하는 정도의 기억밖에 없었다.

"이 기사에 로열 마린 시모다 이야기도 나오는데 모객에 고생하는 것 같습니다. 주식이나 지가가 이미 상승한 1980년대 말부터 1991년 사이에 건설된 골프장이나 리조트 시설 경영이 줄줄이 악화되고 있다고, 로열 마린 시모다도 취재해갔습니다. 지금은 성수기에도 객실이 차지 않는다고."

난바가 내민 기사를 훑어본 료마는 잠시 말문이 막혔다.

"설마 파산하지는 않겠지?"

무심코 그렇게 물었지만 난바는 대답하지 않았다. 대답할 길이 없었다.

"사장님께서 상황을 여쭤봐주실 수 없겠습니까?"

로열 마린 시모다의 장래성은 과거 스스무 삼촌에게 상세한 설명을 들었다. 재무 내용도 확인했다. 호텔 경영 전문가도 있고 경영에 빈틈은 없을 터였다.

"실제로 최근엔 골프장도 파산하는 곳이 적지 않습니다. 아무래도 로열 마린 시모다에 대해 쓴 이 기사의 내용은 사실인 듯합니다."

어떻게 아느냐고 묻자 난바는 얼마 전 영업부 직원이 근처로 출장을 갔을 때 살펴보라고 부탁했다는 것이다.

"본격적인 성수기 전이긴 했지만 손님이 거의 없었다고 합니다. 예상보다 심각한 상황이 아닐까 추측됩니다." 난바는 조심스레 시선을 들었다. "만일의 경우 강 건너 불구경하듯 모른 척할 순 없습니다. 어쨌거나 연대보증이 들어가 있으니."

"다음 주에 숙부들과 식사할 예정이니 물어보도록 하지."

료마는 손에 든 신문기사를 힐끔 보고 난바에게 돌려주면서 내심 동요를 억눌렀다.

2

전화 너머에서 간사이 사투리가 들려왔다. "얼마 전 신청하신 융자 건 말씀인데, 은행 내부적으로 검토한 결과 보류 결정이 나서요. 참말로 죄송합니다."

상대는 컨설턴트 기다의 소개로 융자를 부탁한 간사이의 지방 은행 지점장이다. 이런 불황 속에서 많은 은행이 신규 융자에 소극적인 현재, 그걸 역으로 사업 기회로 여기고 적극적으로 융자한다는 소문이었다. 하지만 결과는 지금까지 찾아간 은행과 마찬가지거나, 그 이상으로 빠르고 간단히 거절을 통보해왔다.

"그렇습니까……." 수화기를 끊고 깊은 한숨을 쉬고 나서 상황을 지켜보던 다카시에게 시선을 돌렸다.

"안 된대?"

힘없이 끄덕인 스스무는 위를 쥐어짜는 긴장감에 얼굴을 찌푸렸다. 다카시는 벽을 노려보며 성난 태도로 팔짱을 끼고 있었다. 로열 마린 시모다가 도카이해운의 연대보증을 얻어 미쓰토모은행에서 50억 엔의 운전자금을 받은 게 작년이었다. 그중 절반을 미야모토 지배인이 희망하는 인테리어 비용으로 썼지만 손님은 늘지 않았고 전기에도 연간 5억 엔이 넘는 적자를 냈다.

문제는 로열 마린 시모다에 융자를 끌어오느라 조달 여력을 잃어 본업의 운전자금까지 빌리기 어려워진 점이다. 그런 이유로 매일 이렇게 미쓰토모은행 이외에 융자해줄 곳을 찾고 있다. 스스무는 위가 쓰라려서 책상 위에 있던 위장약 몇 알을 입에 털어넣었다.

"다른 곳은?"

스스무의 목소리에도 절박한 기색이 섞여 있었다. 지금 조달이 어려운 건 다카시의 도카이관광도 마찬가지다.

"그럼 분할 매각할 자산은 없어, 형?"

"있었으면 벌써 했어."

아니, 해왔다. 거품이 한창일 때 구입해 잔뜩 가격이 떨어진 주식까지, 팔 수 있는 건 다 팔았다.

"대체 기다는 뭐래, 형?" 다카시가 성난 목소리로 물었다.

"시간이 조금 더 필요하다는군."

"그 녀석은 몇 년째 그 소리야? 기다리다가 우리가 빈털터리가 되겠어. 아니, 이미 빈털터리잖아. 그 녀석 믿어도 되는 거야?"

"네가 데려온 남자잖아!" 스스무가 버럭 소리쳤다. "달리 누구를 믿으라는 거야? 미야모토 지배인?"

그때 노크 소리와 함께 경리부장 히다카가 조심스럽게 고개를 내밀었다.

"간사이 중앙은행에서 거절했어. 기다 씨 위광으로 어떻게든 되지 않을까 기대했는데."

스스무가 분한 기색으로 말하자 히다카는 얼굴을 일그러뜨렸다. 긴장된 분위기의 이유를 알아차린 눈치였다.

"사장님, 그 기다 선생님 일로 보고 드릴 건 있습니다." 히다카가 소파 끝에 앉으며 말했다. "로열 마린 시모다를 지을 토지를 취득할 때 이용한 부동산 업자를 기억하십니까?"

"미쓰와개발 말인가?"

기다의 소개로 이용한 도쿄에 본사가 있는 중견 부동산 업자였다.

"그렇습니다. 방금 전 첫 번째 부도를 냈다고 합니다."

스스무가 흠칫 놀라 고개를 들었다. "우리도 뭔가 영향이 있나?"

"아니요." 안도한 것도 잠시, 히다카는 우려되는 이야기를 꺼냈다. "방금 전 그때 미쓰와 담당자였던 남자가 재취직 자리를 찾아 저희 회사를 찾아왔습니다."

"빠르기도 하군."

빈정거린 스스무에게 히다카는 말을 이었다. "당시 저희가 매입한 토지와 관련해 신경 쓰이는 이야기를 들었습니다. 그때 저희가 취득한 토지 비용 30억 엔 가운데 20퍼센트가 백마진으로 기다 선생님에게 흘러 들어갔다고 합니다."

스스무는 황망하게 히다카를 쳐다보았다.

"어이, 30억 엔 토지의 20퍼센트라면 6억 엔이잖아? 그런 거액의 자금이 기다 씨한테 흘러 들어갔다는 거야? 애초에 대체 그 토지는 얼마였던 거야?"

"미쓰와개발이 취득한 가격은 10억 엔 안팎이었다고 합니다."

그 세 배나 되는 가격을 불렀다는 뜻이다.

"분명히 그때 기다 씨는 저렴하게 사는 거라고 했잖아?" 속에서 끓어오르는 분노를 퍼부을 곳을 찾지 못하고 스스무는 다카시를 돌아보며 말했다. "어디가 싸다는 거야!"

"나한테 말하지 마." 다카시가 울컥 화를 내며 맞받아쳤다.

"처음부터 거짓말이었잖아."

"난 모르는 일이야. 애초에 형은 그 주변 땅값을 조사했을 것 아니야?"

"조사했지."

기다가 직접. 스스무는 입술을 깨물었다.

히다카는 이어서 말했다. "그 기다 선생님 말씀인데 주식 신용 거래로 거액의 부채를 끌어안고 있다고 합니다. 미쓰와 기다 선생님은 거품 시절에 친밀한 관계였는데 저희 같은 계약 건을 잔뜩 소개했다고요. 하지만 그렇게 번 자금을 기다 선생님은 주식에 쏟아부어 큰 손해를 보았고, 미쓰와에서도 수억 엔의 지원을 받았다고 합니다. 미쓰와 채권자들이 기다 선생님과 연락을 취하려 하는데 지금 연락이 되지 않는다고 합니다."

주식은 1989년 12월 정점을 찍은 후로 거의 반 토막 수준이다. 그래도 바닥이 보이지 않는다. 만약 기다가 아직 주식을 보유하고 있다면 그 손해는 계속 커지고 있을 것이다.

다카시가 다급하게 휴대전화를 꺼내 기다의 번호로 연락했다. 심각한 얼굴로 휴대전화에 귀를 대고 있다가 "안 돼, 안 받아"라는 한마디와 함께 매달리듯 스스무를 쳐다보았다.

"제기랄! 개자식!"

스스무가 뼈마디가 불거진 손으로 소파 팔걸이를 힘껏 내리쳤다. 학자 기질을 가진 스스무의 평소 언행과 동떨어진 모습에 히다카가 눈을 휘둥그레 떴다. 부하 앞에서 감정을 드러낼 정도로 스스무는 궁지에 몰렸다.

"기다 선생님과 마지막으로 연락하신 게 언제입니까, 사장님?"

"2주 전이야. 로열 마린 시모다 문제로 의논했어. 은행에 제출할 재건 계획을 기다가 작성해주겠다고 했는데."

"그 후로 연락은요?"

"없어."

스스무는 아연실색해 천장을 바라보았다. 마치 고속 엘리베이터로 급강하하는 것처럼 바닥으로 미끄러지는 감각에 눈이 핑 돌았다. 절망의 엘리베이터다.

"히다카, 우리 결제 기한을 미룰 수는 없나?"

이리 되면 어음 만기일 연장이든 뭐든 가릴 때가 아니다. 스스무는 그런 각오로 물었지만 경리부장은 심각한 표정으로 고개를 저었다.

"말도 안 됩니다. 그런 짓을 하면 신용 문제가 됩니다."

"그럼 어음을 회수해. '선불'로 받아."

"사장님……." 히다카가 떼를 쓰는 아이를 타이르듯 말했다. "불가능합니다."

"그럼 어쩌란 말이야!"

끝내 격앙한 스스무에게 그에 못지않은 큰 목소리로 "그걸 알면 이 고생을 왜 해, 진정해!"라고 외친 다카시는 히다카를 돌아보았다.

"뭔가 다른 방법이 있겠지?"

하지만 돌아온 것은 그저 곤혹스러운 눈빛뿐이었다.

3

7월 둘째 주, 산업중앙은행의 미즈시마 간나가 도카이해운을 방문했다.

간나는 대학을 졸업하고 바로 은행에 입사해 시부야 지점, 그 후 니혼바시 지점 융자과를 거쳐 승진과 함께 영업본부에 배속된 경력 사원이다. 직함은 조사관이지만 은행 본부라는 거대 조직 속에서는 아직 신참이나 다름없었다. 간나의 전임자는 승진하면서 미주 본부로 옮겼지만 간나의 희망은 국내 심사 섹션으로, 이 법인영업부 조사관이라는 직함은 그녀의 희망에 따른 것이었다.

인수인계는 5일.

낮에는 '신임 인사' 도장을 찍은 명함을 들고 전임자가 담당하던 수십 개의 회사를 닥치는 대로 돌고 저녁부터 사무 관련 인수인계를 했다. 도카이해운은 전임자가 말하길 '조금 걱정스러운 회사'였다.

중흥의 시조라 불리던 가이도 마사쓰네가 키운 회사를 가이도 가즈마가 이어받아 더욱 갈고닦으며 대담한 수익 구조 개혁을 거쳐 연 매출 600억 엔이 넘는 회사로 키웠다. 그런 가즈마가 갑작스러운 병환으로 쓰러진 후, 관리이사였던 고니시가 사장을 이어받았지만 반목하는 임원들의 쿠데타로 지금은 창업 가문 혈통인 가이도 료마가 사장 자리에 앉아 있다고 했다.

전임자의 이야기에서 특히나 간나의 관심을 끈 것은 과거 도카이해운을 이끌었던 가즈마와 그 동생들의 갈등이었다. 그것은 거기에서 끝나지 않고 현 사장 료마의 형에 대한 반발심으로도 이어졌다고 한다. 가이도가의 장남, 가이도 아키라는 가업을 잇지 않고 다른 길을 선택했다. 어쩌면 아키라의 그런 선택은 자신의 운명에 대한 저항이었을지도 모른다. 간나는 그런 생각을 했다.

"료마 사장의 경험 부족은 부정할 수 없어. 가이도가의 제왕학이 그런지는 모르겠지만 취임 2년 만에 벌써 무슨 전제군주처럼 굴어." 인수인계로 도카이해운을 방문한 뒤에 전임자는 료마에 대해 그렇게 말했다. "가끔 폭주하는 타입이니 조심해. 자존심이 세니까 말조심하고. 수틀리면 거래도 위험해져. 어쨌거나 숙부들의 회사는 그런 이유로 미쓰토모은행으로 갈아탔으니까."

썩 좋은 평가는 아니었다.

한편으로 도카이해운에는 다른 관심거리도 있었다.

가이도 아키라다.

신입사원 연수의 '융자 일도양단' 테스트에서 그가 한 **분식회계**는 전설처럼 내려오고 있고 실제로 아키라는 현재 신진기예 조사관으로 화려하게 활약하고 있는 최고 수준의 뱅커다. 그 아키라는 다섯 개로 나뉘어 있는 영업본부의 다른 섹션 소속이었는데 부임 당일 간나를 찾아왔다.

"당신이 우리 쪽을 담당한다고 들었어. 잘 부탁해."

그렇게 말하며 악수를 청하는 아키라에게 간나는 극도로 긴장했다. 이 사람이 그, 가이도 아키라?

입사 연차는 고작 3년 차이인데 간나에게는 구름 위의 존재에 가까웠다. 그나저나 얼마나 똑똑하고 무서운 사람인가 했는데 실제로 만나본 아키라는 아무 거리낌 없이 털털한 성격이었다. 은행 안에서도 가이도 아키라의 평판은 대단히 좋았다.

은행에서는 혈연의 회사를 담당할 수 없다는 규칙이 있다. 부정 융자를 방지하기 위함이다. 때문에 가이도는 같은 영업본부에서도 다른 섹션이라 평소 접점은 없지만, 든든하게도 "무슨 일 있으면 의논해"라고 해주었다.

그리고 오늘. 간나는 약속한 오전 10시에 도카이해운 응접실에서 경리부장 난바를 기다리고 있었다. 전임자의 말에 따르면 운전자금 수요가 있다는데, 품의서를 작성하려면 최신 실적을 알 수 있는 시산표를 받아야 하기 때문이다.

이윽고 노크 소리에 시선을 돌린 간나는 살짝 놀랐다. 난바의 뒤로 한 남자가 따라 들어왔기 때문이다.

"담당이 바뀌었다고 들어서요. 며칠 전에는 자리를 비워 실례했습니다."

그렇게 말하며 인사한 것은 다름 아닌 가이도 료마였다. 황급히 명함을 꺼낸 간나는 처음 만나는 료마의 어딘가 고집스러운 표정에 전임자의 평을 떠올렸다.

"슬슬 운전자금을 빌려야 해서 오늘 와주십사 부탁드렸습니다. 5억 엔 정도입니다만."

난바의 설명에 "싸게 부탁합니다"라고 말하는 료마의 눈에는 웃음기가 없었다.

"은행은 방심하면 금방 높은 금리로 빌려주는 터라."

료마의 가시 돋친 말투에 간나는 무심코 물어보았다. "그런 일이 있었습니까?"

"지금은 불경기라 금리가 자꾸 내려가고 있는데 대출 금리는 좀처럼 내려갈 줄 모른다고 경영자들끼리 늘 한탄하거든." 료마가 불쑥 말을 놓았다. "실제로 도카이상회의 스스무 사장도 난처해하고 있어. 미쓰토모에서 빌린 금리가 계속 그 자리에서 내려오질 않아서."

미쓰토모와 산업중앙은행은 다릅니다, 그렇게 말하고 싶었지만 잠자코 있었다. 도카이해운에 적용하는 금리는 전부 최고 우대 금리다. 그리고 실질 금리가 떨어질 때마다 낮추고 있다. 그것은 인수인계 때 이미 확인했다. 료마의 발언은 신규 담당자에게 잽을 날려본 것이리라.

"귀사의 경우 항상 최고 우대 금리를 연동하도록 사전에 정해놓았기 때문에 그럴 일은 없습니다. 안심하세요."

간나도 료마의 견제를 간단히 받아칠 만한 재량은 있지만 료마는 아무 대꾸도 하지 않았다.

"며칠 전 전화로 말씀하신 6월까지의 시산표입니다. 이거면 되겠습니까?" 난바가 손에 든 서류를 내밀었다.

"잠시 확인하겠습니다."

대차대조표 증감을 살펴보고 큰 변화가 없음을 확인한 간나는 이어서 손익계산서를 펼쳤다. 대차대조표란 쉽게 말해 회사의 재산과 부채의 단면도 같은 것이다. 손익계산서는 이름 그대로 회사가 얼마나 벌었는지, 또는 적자인지를 매출과 비용의 차감으로 명료하게 표시한 것이다.

지금의 경기에선 많은 회사들이 매출이 줄어 적자에 빠져 있다. 도카이해운만 예외일 리 없어, 실적 면에서 고전하고 있다. 그래도 흑자는 확보하고 있고 대차대조표가 말해주는 재무 내용도 건전하다.

"어떻습니까?" 난바의 말투에도 불안이 어른거렸다.

"현재 경기를 고려하면 건투하고 계신 걸로 보입니다." 간나는 솔직한 감상을 말했다.

하지만…… 그때 숫자를 훑어보고 있던 간나의 손끝이 멈췄다.

"저……." 고개를 들자 이쪽을 뚫어져라 바라보는 료마와 눈이 마주쳤다. "이 5000만 엔은 뭔가요? 영업 외 수익으로 잡혀 있는데요."

자칫하면 놓칠 수 있을 만큼 미세한 변화가 료마의 얼굴을 스쳐간 것처럼 보였다. 옆에 있던 난바를 힐끗 보더니 '아차' 싶은 투로 표정을 일그러뜨렸다.

"라운드 넘버네요." 간나는 물어보았다.

끝자리가 없이 깔끔하게 떨어지는 숫자를 말한다. 금리가 붙으면 아무래도 끝자리가 생긴다.

"보험 해약금이었나……." 난바가 둘러대려 했다.

"어디 보험입니까?"

"거기까지 필요합니까? 그렇다면 확인해보겠습니다만."

간나는 눈앞의 자료를 펼치고 말했다. "보험이 아닌 것 같은데요. 주신 자료에도 그런 명세는 없습니다."

"그런가요. 나중에……."

간나는 난바의 말을 가로막았다. "지금 확인해주시겠습니까?"

대답이 없다.

"번거로우시다면 제가 돌아가는 길에 경리부에 들러서 확인하겠습니다."

"아니, 그건 삼가주시겠습니까?"

난바의 낭패한 기색은 간나의 의혹을 확신으로 바꾸기에 충분했다. 전임자에게 들은 도카이해운 그룹 회사와의 거래 경위가 머릿속에 떠올랐다. 도카이상회와 도카이관광 두 곳이 산업중앙은행과 갈라선 뒤에 미쓰토모은행을 주거래 은행으로 삼았다. 그 원인이 이즈에 신규 개업한 리조트 호텔이라는 사실, 그 경영이 원활하지 않다는 점 등. 도카이해운 그룹사 사장들이 부추겨서 결국 고니시를 내쫓고 료마를 사장에 앉혔다…….

"이건 보증료입니까?"

그렇게 생각한 것은 융자 경험을 쌓은 은행원의 감이라고 해야 할까. 난바가 시선을 피했다. 마른침을 꿀꺽 삼키더니 주먹으로 이마를 짚는다. 곤혹스러운 마음을 숨기지 못하는 경리부장 옆에서 료마가 적반하장으로 나왔다.

"뭐가 문제지? 로열 마린 시모다는 말하자면 그룹 회사니 뜻을 함께하는 건 당연하잖아."

"얼마나 보증하셨죠?" 간나는 물어보았다.

5000만 엔의 보증료. 가령 요율이 1퍼센트라면…….

"50억 엔." 료마가 대답했다. "제반 지불 자금으로 필요한 돈이야. 미쓰토모은행 차입에 보증을 섰는데 그게 문제가 되나?"

"당연히 문제가 되지요." 간나는 저도 모르게 말했다. 난바를 쳐다보고 요청했다. "로열 마린 시모다의 결산서를 보여주세요."

당황해서 경리부로 내려간 난바는 곧바로 몇 가지 서류를 들고 돌아왔다.

"이게 전부입니까?" 간나는 기가 막혀서 물었다.

50억 엔이나 보증을 섰으면서 가지고 있는 건 요약 결산서뿐이고 상세 명세조차 없다. 결산 내용은 예상보다는 나쁘지 않았지만 문제는 숫자의 신빙성이다. 정말 이 내용이 맞을까?

간나는 그런 의문을 억누르고 물었다. "얼마나 보증하셨죠? 최근에 차입하셨습니까?"

"실은 작년에……."

그 대답에 간나는 고개를 갸웃거렸다.

전임자는 보증 건을 모르고 있었다. 하지만 이런 형태로 시산표나 결산서에 계상되면 반드시 눈에 띌 터였다.

"그렇다면 작년에도 5000만 엔의 보증료를 받았을 텐데요. 어느 계정 과목에 넣으셨습니까?"

"그게, 도카이상회와의 거래로 상쇄하는 형태로……."

"은행에 숨기려고 그러신 겁니까?"

정색하고 질문한 간나에게 난바는 변명 같은 말로 대꾸했다.

"아니, 그럴 생각은……."

"어째서 이런 보증을 하셨죠?"

비난하듯 따지는 간나에게 료마가 강경한 태도로 지론을 펼쳤다.

"로열 마린 시모다는 도카이해운 그룹이 총력을 다해 임하고 있는 사업이야. 이 사업은 곧 흑자로 전환될 거야. 그때까지 지원해주면 어떻게든 돼. 도카이상회도 도카이관광도 우리 식구다. 사원도 많아. 우리만 편하게 살 수는 없어. 어떻게든 이 사업을 성공시킬 거야."

"희망과 현실은 다릅니다, 사장님." 간나가 말했다. "그리고 이 이상 로열 마린 시모다의 보증은 중단해주십시오. 이 일을 아키라 씨는 알고 계십니까?"

만약 가이도 아키라가 들었다면 반드시 말렸을 것이다. 하지만.

"형?" 아키라의 이름을 꺼낸 순간 료마의 안색이 바뀌었다. "그 이름은 꺼내지 마. 형은 우리 회사하고 상관없어."

간나는 흠칫 숨을 삼켰다. 알고는 있었다. 하지만 이 정도로 거부 반응을 보일 줄은 생각도 못 했다. 하지만 그렇게 말하는 료마의 눈을 똑바로 쳐다보고 거기에서 일종의 망설임을 느낀 순간, 간나는 깨달았다. 료마는 알고 있는 게 아닐까? 자기의 잘못된 판단으로 연대보증에 동의하고 말았다는 사실을, 그것이 실수라는 것을. 하지만 이 남자는 그것을 인정할 수는 없는 것이다. 경영자로서 자신의 패배를 인정하는 셈이니까.

그것은 단순히 허세라는 얄팍한 말로는 표현할 수 없다. 아마도 그것은 이 남자의 인생과 밀접하게 연관되어 있으리라. 어렸을 때부터 사회인이 되기까지 가이도가라는 세련된 집안 안에서 늘 형과 비교당하며 살아왔다. 그런 굴절된 감정과 환경이 몇 십 년의 세월을 거치면서 변모해 이런 고집스러운 성격을 형성한 게 아닐까?

"아키라 씨는 귀사의 대표 주주입니다. 주식의 대부분을 가진 대주주이기도 합니다. 상관이 없을 수 없어요."

간나의 지적에 료마는 아이처럼 부정했다.

"아니야! 형은 가업을 버리고 마음대로 사는 것뿐이야. 우리가 어떻게 되건 타격도 없고 곤란할 일도 없어. 그런데 실상은 아버지를 꼬드겨서 그런 유언을 쓰게 했다고. 그렇게 주주가 된 인간이 하는 말을 내가 들을 것 같아?"

"옳은 이야기라면 어떤 사람의 의견이라도 귀를 기울이는 게 경영자 아닙니까?" 간나의 말에 료마가 움찔했다. "하지만 지금 당신은 굳이 진실에 귀를 기울이려 하지 않는 것처럼 보이는군요."

료마가 거칠게 내뱉었다. "두고 봐. 로열 마린 시모다는 회복해서 일본 최고의 리조트 오아시스로 유명해질 테니까. 호텔은 매일 만실, 골프에 해수욕, 온천 이용객으로 북적거리는 굴지의 고급 리조트지. 어때, 당신은 상상도 못 할 거야."

"유감이지만 전 전혀 상상이 되지 않는군요." 간나는 냉담하게 대답하고 난바를 쳐다봤다. "당장 로열 마린 시모다의 상세한 재무 자료를 제출해주시겠습니까? 가능하면 도카이상회 자료도 함께요."

도카이해운이 직면한 사태의 심각성에 간나는 입술을 깨물었다.

4

가끔은 식사라도 어떠십니까?

도카이해운 사장직에서 쫓겨난 후에 자회사 데일리 키친 사장으로 옮겨 간 고니시 후미오의 정중한 초대 편지에는 용건이 적혀 있지 않았다. 편안한 식사 초대로도 보였지만 굳이 이 시기에 아키라와 식사를 함께하자는 이상 뭔가 하고 싶은 이야기가 있다고 보는 게 자연스러우리라.

고니시의 비서에게 전화를 걸어 주말 토요일에 시간을 정해주자 며칠 후 안내장이 왔다. 아카사카의 프렌치 레스토랑, 오후 7시.

고니시는 먼저 와서 기다리고 있었다.

도카이해운 담당 미즈시마 간나에게 로열 마린 시모다 연대보증에 대한 정보를 들은 것이 바로 사흘 전이다. 현재 간나의 부서에서 로열 마린 시모다를 비롯한 도카이상회 재무 상황을 정밀 조사해 향후 대응 계획을 세우고 있다. 만약 고니시가 계속 사장으로 있었다면 적어도 이런 일은 벌어지지 않았으리라. 오랜만이기도 해서 다양한 화제의 이야기가 나왔지만 아무래도 대화가 겉돌았다. 고니시가 본론을 꺼낸 것은 디저트와 식후주가 나오고 나서였다.

"실은 오늘 식사에 모신 것은 긴히 의논할 일이 있어서입니다."

아키라는 잔을 든 채 진지한 표정으로 허리를 곧게 편 고니시의 말을 기다렸다.

"며칠 전에 총무부장 고사카를 비롯해 몇 명과 식사를 했는데 회사 내부에서도 료마 씨의 체제에 상당히 위기의식이 높아지고 있다고 합니다."

잠자코 잔을 기울였다.

"로열 마린 시모다의 실적 부진이 발단이 되어 상회와 관광 두 회사의 자금 조달도 급속히 악화되고 있는 것 같습니다. 도카이해운에 거액의 보증채무를 돌린 두 회사의 소행도 비열하지만, 그 계략에 그대로 넘어간 료마 사장도 허점이 있습니다."

아키라는 내심 놀라서 고니시를 쳐다보았다. 이 온후한 남자가 이렇게까지 료마를 나쁘게 말하다니 뜻밖이었기 때문이다.

고니시는 말을 이었다. "이제 와서 제가 이런 말씀을 드리는 그렇지만 지금 료마 사장의 경영으로는 조만간 한계가 옵니다. 어떻게든 해야 합니다."

"그건 고사카 씨가 하는 말인가요?" 고개를 끄덕인 고니시에게 아키라는 저도 모르게 성을 냈다. "그건 좀 아니지 않습니까? 료마는 분명 잘못했어요. 하지만 경영은 료마 혼자 하는 게 아닙니다. 고사카 씨는 임원회를 구성하는 멤버예요. 그렇게 위기감을 느꼈다면 뒤에서 험담하기 전에 임원으로서 해야 할 소임이 있는 것 아닙니까? 자기들 책임은 뒷전이고 이제 와서 무슨 소릴 하는 겁니까?"

"맞는 말씀입니다. 부끄러운 이야기라 죄송스럽습니다. 단도직입적으로 말씀드리겠습니다. 임원들이 그런 시도를 하지 않은 건 아닙니다. 매번 료마 사장을 옳은 길로 이끌려고 노력은 했답니다. 하지만 료마 사장은 그런 의견에 전혀 귀를 기울이지 않고 결국 독단으로 치달았습니다. 지금 이대로는 도카이해운의 미래를 그릴 수가 없습니다. 무례한 부탁이라 송구스럽지만, 아키라 씨……." 고니시가 자세를 가다듬으며 말을 이었다. "도카이해운으로, 아니 가이도가의 가업으로 돌아와주실 수 없겠습니까?"

뜻밖의 요청에 아키라는 할 말을 잃었다.

"저는 은행원이지, 도카이해운 사원도 임원도 아닙니다. 게다가 료마가 있잖아요. 애초에 고니시 씨를 경질하고 료마를 사장으로 앉힌 건 지금 임원들 아닙니까?"

"만약 아키라 씨가 와주신다면 미리 교섭해두겠습니다."

이사회를 통해 료마를 사장 자리에서 끌어내리려는 것이리라.

"고니시 씨가 하면 되잖아요."

"가능하다면 했겠지요. 하지만 저로는 다른 임원들이 따라오지 않습니다. 그러니……."

"저는 일개 주주에 지나지 않습니다." 아키라는 말했다. "게다가 그 주식도 아버지가 억지로 떠맡긴 거예요. 이제 와서 도카이해운을 맡을 수는 없습니다. 그보다 다 함께 료마를 받쳐주세요. 그 녀석은 경험이 없을 뿐이지 절대 어리석지 않습니다. 이렇게 부탁합니다."

그렇게 말하며 고개를 숙인 아키라에게 고니시는 입을 다문 채로 아무 대답도 하지 않았다.

5

어쩌면 좋지. 어쩌면…….

분노, 원통함. 그리고 결코 인정하고 싶지는 않지만…… 후회. 료마의 마음속에서 그런 감정들이 이윽고 어쩔 수 없을 만큼 격렬한 불안으로 화학 변화를 일으켰다. 의자 등받이에 몸을 기대고 눈을 감자 아직 오전인데 피로가 왈칵 밀려들었다. 로열 마린 시모다의 실적 부진을 계기로 밤에도 잠 못 드는 날이 이어졌다.

"지금은 적자지만 재건하면 돼."

스스로를 위안해보기도 했지만 그럴 만한 묘안이 없다. 동시에 로열 마린 시모다에 반대했던 형 아키라나 임원들의 싸늘한 눈빛이 지워지지 않는 얼룩처럼 머릿속에서 떠나지 않았다.

그것 봐라.

멍청하기는.

뭐하고 있는 거야?

책임질 수 있어?

무능력하군.

바로 지금 귓가에서 속삭여대는 것처럼 비난은 료마의 머릿속에 파고들어 몇 겹으로 쌓여갔다. 정신을 차리고 보면 가슴이 벌렁벌렁 뛰고 온몸이 땀에 젖어 있다.

지금도 그랬다. 넓은 사장실 안에서 혼자 헐떡이던 료마는 머릿속에서 계속 메아리치는 환청이 멀어져갈 때까지 홀로 견뎌야만 했다.

"냉정해져. 깊이 생각하지 말고 더 객관적으로 상황을 파악해."

자기 입으로 중얼거리는 말까지 임원의 목소리로 변환되어 들렸다. 어느새 료마는 정신적으로 벼랑 끝에 몰려 있었다. 뭔가 하려고 해도 모든 게 귀찮아서 행동할 기력이 나지 않았다. 전부 내던질 수 있다면 얼마나 편할까. 하지만 그조차 료마에게는 허락되지 않는다. 사장직이 이런 것이었음을 비로소 통감했다. 퇴로가 없다. 아무도 구해주지 않는다. 어떻게 이 회사를 경영해야 할까. 지금 어떻게 하면 이 국면을 타개할 수 있을까. 아무리 생각해도 답이 나오지 않는 난제가 머릿속에서 자꾸 맴돌 뿐이다.

노크 소리와 함께 서류를 든 경리부 과장 구사노가 들어왔다. 격렬한 초조감과 절망에 흔들리던 료마는 핏기 없는 얼굴을 찌푸렸다.

"사장님?" 구사노가 료마의 안색을 보고 놀란 듯했다. "괜찮으십니까? 안색이 좋지 않은 것 같습니다만."

"그래, 알고 있어." 료마는 대답했다.

"한 번 병원에 가보심이."

이 녀석, 진심으로 하는 소린가? 그렇게 날 배제하려는 건 아닐까?

"사장님, 힘드시면 오후 일정을 취소하고……."

그 순간 료마의 머릿속에서 미처 억누르지 못하고 끓어오른 뭔가가 터져나왔다. "시끄러워!"

6

팀 회의를 마친 아키라가 책상에 돌아오기를 기다렸다는 듯이 전화벨이 울렸다.

"가족분입니다."

연결해준 부하의 목소리와 함께 전화가 연결되었다.

"여보세요, 아키라?" 어머니가 몹시 당황한 기색으로 말했다. "실은 지금 병원에 있는데, 료마가 당분간 입원하게 됐어."

"입원?" 아키라는 놀라서 물었다.

"요즘 집에서도 울적해서 걱정은 했는데, 회사에서 상태가 나빠져서 병원에 갔더니 아마 극도의 피로 때문일 거래. 게다가 통합 실조증일 우려도 있다는 거야. 선생님 말씀이 회사에 있으면 악화되니까 한동안 입원하는 편이 나을 거라고 하시는구나."

"병원은 어디예요?"

"시나노마치병원이야. 한 달 정도는 쉬어야 한다고."

"누가 함께 있어요?"

어머니는 몇 명의 임원 이름을 말했다.

"일단 네게도 알려야 할 것 같아서."

"그래요……. 알았어요."

전화를 끊은 아키라는 도카이해운 담당 간나의 자리로 갔다.

"료마가 입원했어. 오래 있을지도 몰라."

간나의 눈동자가 불안으로 흔들렸다.

"아까 회의 중에 난바 부장이 전화한 것 같았는데……."

"아마 이 이야기일 거야. 직접 상황을 들어봐줘."

제자리로 돌아간 아키라의 가슴속에서 정체를 알 수 없는 먹구름
이 퍼져 나갔다.

7

아키라가 료마를 보러 병원에 간 것은 그로부터 일주일 뒤였다.
더 빨리 가고 싶었지만 아키라와의 면회 자체가 료마에게는 부담이
될지도 모른다고 해서 자제하고 있었다. 료마는 병실 침대에 누워
있었다. 잠들어 있는데도 안색이 나빴다.

"일이 이렇게 되어서 죄송합니다."

아키라가 온다는 소식에 복도에서 대기하고 있던 사원들 사이에
서 고사카가 다가와 고개를 숙였다. 살펴보니 고니시도 있었다.

"정신적으로나 육체적으로나 상당히 무리하셨던 터라……."

말없이 듣고 있던 아키라는 료마가 처한 상황을 이해하고 깊이
탄식할 수밖에 없었다. 진퇴양난, 그야말로 사면초가. 게다가 그것
을 혼자 감당해야만 했다.

고사카가 그날 긴급 임원회의에서 당분간 하세가와 전무가 사장

대행을 맡기로 했다고 말했다. 하세가와는 현명한 남자지만 이렇게 된 이상 누가 해도 어려운 일이다.

"실은 료마 사장님께서는 치료에 전념하기 위해 대표직을 내려놓고 싶다는 의사를 밝히셨습니다."

"료마가 그렇게 말했습니까?"

고사카의 말에 아키라는 놀라서 상대를 뚫어져라 쳐다보았다.

"아키라 씨." 그때 고니시가 진지한 목소리로 아키라의 이름을 불렀다. "돌아와주실 수 없겠습니까?"

"또 그 이야기입니까."

아키라가 시선을 발밑으로 돌리자 복도 끝에서 대기하고 있던 임원들도 다가왔다. 고니시의 탄원이 이어졌다.

"아키라 씨, 지금 도카이해운을 지휘할 수 있는 건 아키라 씨뿐입니다. 부디 돌아와주십시오." 고니시는 한 걸음 물러나 깊숙이 고개를 숙이며 말했다. "이렇게 부탁드립니다."

"아니, 고니시 씨. 그러니까 저는……."

그때 눈앞의 임원들이 나란히 고개를 숙이는 바람에 아키라는 말을 삼킬 수밖에 없었다. 마침 병원에서 나온 어머니가 그 모습에 놀라 눈을 휘둥그레 떴다.

"부탁드립니다!"

임원들의 입을 모은 탄원에 아키라는 말했다. "잠깐 기다리세요. 다들 뭔가 착각하는 것 아닙니까? 저도 이 상황을 어떻게 타개해야 할지 모릅니다. 저를 지나치게 과대평가하는 겁니다."

"아키라 씨가 해도 안 되는 거라면 체념할 수 있습니다." 고사카가 진지한 눈빛으로 아키라를 바라보았다.

"그럴 순 없습니다." 아키라는 말했다. "여러분이 료마를 사장으로 선택했습니다. 료마를 위해 힘을 빌려주세요. 모두 힘을 합하면 뭔가 해결책을 찾을 수 있을 겁니다. 그 가능성을 믿어주세요."

아무도 대답하지 않았다.

입술을 깨무는 사람, 실망이 뒤섞인 눈으로 아키라를 보는 사람, 다양한 반응을 직접 본 아키라는 "실례"라는 한마디만 남기고 그 자리에서 벗어날 수밖에 없었다.

8

1인실 창문으로는 메이지신궁 외부 정원의 숲이 보인다. 하지만 지금 그곳에는 블라인드가 쳐져 있었다. 침대를 들여다보고 료마가 잠든 것을 확인한 아키라는 문병이라지만 딱히 할 일도 없어 벽 쪽에 있는 소파에 앉아 책을 읽기 시작했다.

얼마나 그러고 있었을까, 문득 고개를 들자 료마가 눈을 뜬 걸 깨닫고 아키라는 책을 덮었다. 소파에서 일어나 료마를 들여다보았다.

"기분은 어때?"

감정을 읽을 수 없는 멍한 눈이 천장을 보고 있었다. 그때였다.

"분해."

료마의 입에서 그런 말이 흘러나와 아키라는 흠칫 놀랐다.

"분해. 정말 너무 분해."

"그만하자. 넌 네 나름대로 애썼어. 어쨌거나 지금은 회사 일을 생각하지 마. 넌 지친 거야. 마음이 비명을 지른 거라고."

그때 아키라는 물끄러미 천장을 올려다보는 료마의 눈에서 눈물이 흘러내리는 것을 보았다.

"그만하자니까……." 기도하듯 중얼거리던 아키라의 목소리가 떨렸다. 갑자기 료마의 원통한 마음이 이 병실의 공기를 타고 몸속 깊이 파고든 것처럼 느껴졌기 때문이었다. "빨리 나아서 또 힘내면 되잖아. 천천히 쉬고 상쾌한 머리로 생각하면 뭔가 좋은 아이디어가 나올지도 몰라."

"아니야, 이젠 틀렸어." 그때 료마가 말했다. "형은 알고 있겠지만 나한테는 불가능해. 그걸, 깨달았어……."

료마의 입에서 흘러나온 약한 소리에 아키라는 저도 모르게 동생의 얼굴을 바라보았다. 이런 말을 하는 동생이 아니었다. 언제나 고집스레 살아오지 않았던가.

료마의 눈이 다시 아키라를 향했다. "형은 이렇게 될 줄 알았지?"

"그런 말은 그만하자니까. 그만 쉬어, 료마."

"알고 있었지?" 하지만 료마는 눈물로 얼룩진 얼굴로 거듭 물었다. "내가 실패하리라는 걸."

"료마……."

아키라는 달래듯 말했지만 료마는 듣지 않았다.

"확실하게 말해줘. 내가 그렇게 사장 재목이 아니야?"

아키라는 무거운 한숨을 푹 내쉬며 료마를 바라보았다. "재목의 문제가 아니야. 너는 경험이 조금 부족했던 것뿐이야."

딱딱한 나무 열매 같은 눈이 아키라를 올려다보았다. 그대로 입을 다문 동생에게 "좀 쉬는 게 낫겠다"라고 말하고 등을 돌린 아키라는 "있지, 형"이라는 목소리에 다시 고개를 돌렸다.

"부탁이 하나 있어."

다시 침대 옆으로 돌아가 료마를 굽어보았다.

"나 대신 도카이해운을 맡아줘." 저도 모르게 말을 삼킨 아키라에게 료마는 이어서 말했다. "형이라면 할 수 있을 거야. 부탁이야, 회사를 구해줘. 그 배에 직원들이 있어. 이대로 가면 침몰해."

아키라는 동생의 의식이 몽롱한 건 아닌지 의심스러워 뚫어져라 쳐다보았다. 꿈과 현실 사이를 오락가락하는 듯한 료마의 눈이 아키라를 바라보았다.

"부탁이야." 료마가 다시 한번 말했다.

그 눈을 잠시 바라보던 아키라는 아무 말 없이 병실을 나왔다.

그날 밤, 어머니가 있는 쇼토의 본가로 돌아갔다.

가볍게 식사를 마치고 불안한 기색으로 "오늘 밤은 자고 가렴"이라고 말하는 어머니의 청에 따라 기숙사에는 외박 연락을 했다.

하는 일도 없이 거실에서 텔레비전을 틀어놨다가 그마저도 지루해져서 책장에서 재미있어 보이는 책을 골라서 읽었다. 하지만 침대에서 눈물을 흘리던 료마의 표정이 줄곧 아키라의 뇌리에 박혀 떠나지 않았다. 료마는 료마대로 최대한의 노력을 했다.

경영자로서, 아니, 사회인으로서의 경험조차 부족한 채로 리더가 된 료마를 제대로 받쳐줄 실무 대표라도 있었다면 결과는 완전히 달랐으리라. 하지만 실제로는 그런 료마의 경험 부족을 삼촌들이 역으로 악용해 자금 조달의 도구로 이용했다. 이제 와서 누가 나쁜지 따져봤자 헛일이지만 울화와 함께 료마가 안쓰러워서 내심 속이 뒤집어지는 것 같았다.

2층으로 올라간 아키라는 료마가 자기 서재로 쓰고 있는 방에 들어가보았다. 과거에 아버지가 서재로 썼던 방이다. 책상도 의자도 예전 그대로라, 휴일에 여기서 종종 책을 읽던 아버지의 그리운 모습이 떠올랐지만 서재를 들여다본 아키라는 책장에 최신 마케팅이나 경영이론 서적이 상당히 많아진 것을 보고 놀랐다.

"료마, 넌 열심히 했어." 아키라는 아련히 중얼거렸다.

료마가 사장이 된 이후로 만나면 반박하기만 했다.

어떤 의미론 아키라가 정해진 길이 싫어서 도카이해운 입사를 거부한 것이 료마의 운명을 어그러뜨리고 여기까지 몰아세운 것이다. 아키라는 어렸을 때부터 자기 운명과 싸워왔다. 그 결과 료마가 운명에 농락당해, 결과적으로는 운명에 휩쓸리고 말았는지도 모른다.

"결국 운명은 거스를 수 없다는 뜻인가." 아키라는 서재에 우두커니 서서 중얼거렸다.

그다음 주, 가이도 아키라는 인사부에 사표를 제출했다.

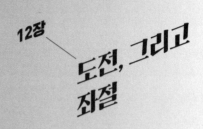

12장

도전, 그리고 좌절

"그게 너의 좋은 점이야. 네 눈에는 언제나 모두가 잃어버리는 원점이 보여.
 숙명을 짊어진 녀석만 할 수 있는 일이야."
"뛰어넘어야만 하는 숙명이라는 것도 있겠지."

1

도카이해운 사장이 된 가이도 아키라는 사장 취임 당일 경리부장 난바와 함께 산업중앙은행 미즈시마 간나를 찾아갔다.

안내받은 응접실은 아키라가 은행원 시절에 수많은 고객들과 각양각색의 회의를 했던 장소이기도 했다. 그 단독 공간에 빌려주는 쪽인 은행원이 아니라 빌리는 쪽의 기업 사장으로 앉아 있다니 기묘한 일이다.

"오래 기다리셨습니다."

응접실에 들어온 간나는 명함을 교환할 때는 미소를 지었지만 바로 심각한 표정으로 테이블 맞은편 팔걸이의자에 앉았다.

"불쑥 찾아와서 미안하지만 오늘은 인사가 목적이 아니야. 사과하러 왔어."

"잠깐만 기다리세요." 간나가 다급히 말리더니 문을 힐끔 쳐다보왔다. "한 명 더 올 거예요."

"후도 부장님인가?"

아키라가 퇴직하고 영업본부 내에서 인사이동이 있어 도카이해운을 관할하는 그룹의 부장이 후도로 바뀌었다는 소식은 이미 들었다. 융자에 대해서는 보수적이기로 유명한 후도가 담당 라인의 수장 자리에 앉은 것은 도카이해운에게는 아마도 불리하게 작용하리라.

하지만 간나는 고개를 가로저었다. "실은 그룹 내에서 담당자가 변동되었습니다. 앞으로는 그 직원이 메인이고 저는 서브로 들어갑니다. 어쨌거나 어려운 안건이라. 아마 가이도 씨도 아는 분일 텐데."

"누군데?"

간나가 대답하기 전에 노크 소리와 함께 한 남자가 성큼성큼 들어왔다. 그 남자를 본 순간 아키라는 저도 모르게 벌떡 일어섰다.

"야마자키……!"

"사정은 들었어. 일단 앉아." 가이도에게 다시 착석을 권한 야마자키는 인사도 하는 둥 마는 둥 넘기고 진지한 표정으로 말했다. "그나저나 갑작스러운 사장 취임에는 놀랐어."

"부득이한 상황이었어. 그보다 한마디 사과하게 해줘."

정중하게 말한 가이도 아키라는 자세를 가다듬고 야마자키 아키라를 마주 보았다.

"연대보증 건은 정말 미안하게 됐다."

연대보증 자체도 문제지만 도카이해운은 그것을 산업중앙은행에 숨겼다. 분식이라고 해도 부정할 수 없는 경리 처리로, 사실 은행 내부에서도 그런 방식을 문제 삼고 있다고 들었다. 그래도 불문에 부친 건 이번 사장 교체로 체제 일신에 대한 기대가 있었기 때문이다.

"이미 지난 일이야. 그보다 문제는 로열 마린 시모다 쪽이야. 실제로 상황이 어때?"

야마자키 아키라의 지적은 지당했다. 적자 해소 전망은 있는지, 운영 실태는 어떤지. 의문은 끝이 없었다.

"이다음에 도카이상회 스스무 사장을 만날 예정이야. 그 후에 앞으로의 일을 의논하고 싶어. 우리도 운전자금이 필요한데, 일단 그걸 처리하지 못하면 아무것도 못 해."

"맞아. 다만……." 야마자키가 진지하게 바라보았다. "최선을 다할 생각이야. 어떻게든 이 문제를 극복해보자."

"잘 부탁할게."

가이도는 정중하게 고개를 숙이고 가져온 최신 시산표를 펼쳐서 현재 실적에 대해 설명하기 시작했다.

"아직 우리한테도 운은 있는 것 같군." 가이도 아키라는 산업중앙은행에서 나와 도카이상회로 향하는 자동차 뒷자리에 몸을 묻으며 말했다.

"무슨 말씀입니까?"

옆에 있던 난바의 질문에 아키라는 대답했다. "아까 야마자키 말이야."

"입사 동기인 것도 어떤 인연일까요."

대화 중에 그런 이야기도 나왔다.

"글쎄, 하지만 그것뿐만이 아니야. 만약 저 녀석이……." 차창을 흐르는 오테마치의 광경에 시선을 던지며 아키라가 말했다. "저 녀석이 품의했는데 승인이 나지 않는다면 다른 누가 해도 통과 못 해. 만약 야마자키가 우리를 포기한다면 그때…… 도카이해운도 끝나는 거야."

2

"사장 취임을 축하해야 하나, 위로해야 하나."

히비야에 있는 도카이상회를 찾아가자 마중 나온 스스무가 그렇게 말하며 아키라를 맞이했다.

"썩 축하할 일은 아니지요. 갑자기 지금 조달 위기에 직면했으니까요."

처음 들어간 스스무의 사장실에서는 히비야공원이 보였다. 그 풍경을 힐끔 보고 경계하는 눈초리로 이쪽을 살피는 스스무를 똑바로 쳐다보며 본론을 꺼냈다.

"바로 말씀드리겠습니다. 로열 마린 시모다의 상황을 설명해주십시오. 전기 결산이 끝났으면 개요를 알고 싶습니다. 그리고 최신 시산표, 정확한 숫자가 알고 싶어요."

스스무는 부루퉁한 표정을 지우고 내선 전화를 걸었다. "도카이해운 가이도 사장이 오셨다. 로열 마린 시모다의 자료를 가져와. 최신 시산표도."

미리 준비해놓았는지, 그로부터 10분도 지나지 않아 경리부장 히다카가 자료를 끌어안고 사장실로 들어왔다.

"적자인가……." 아키라는 먼저 최신 시산표를 훑어본 후 중얼거렸다.

전기는 연간 통산 약 5억 엔의 적자.

개업한 지 6년. 료마가 사장일 때 입수한 결산서 등의 자료는 훑어보고 왔다. 흑자였던 적은 단 한 번도 없다.

"지난 몇 달 동안 적자액은 줄어들고 있어." 스스무가 변명조로 말했다. "2월 한 달만 보면 작게나마 흑자야. 일단 자금 조달도 안정적이고."

자금 조달이 안정적인 이유는 2년 전에 도카이해운의 연대보증으로 50억 엔을 긴급 조달했기 때문이다. 그중 절반 이상은 이미 적자를 메우느라 사라졌지만 당장 운영할 만큼의 돈은 남아 있었다. 반대로 말하면 그 자금이 바닥날 때까지의 승부다. 로열 마린 시모다 단독으로 운전자금을 조달하기는 어렵기 때문이다.

"료마를 부추겨서 연대보증서에 도장을 찍게 했다고요. 지금 그게 저희 회사 자금 조달에 최대의 걸림돌이 되고 있습니다. 료마가 저렇게 된 것도 그 때문이에요. 그 점은 어떻게 생각하십니까?" 아키라는 날카롭게 따지며 스스무와 대치했다.

"그야 안쓰럽고 유감스럽지." 스스무가 거북한 눈치로 말했다. "하지만 한마디 한다면 난 우리 상황을 제대로 설명했고 료마도 받아들여서 보증을 선 거야. 그걸 이제 와서 이래저래 따지면 억울해."

"안 따질 수 있겠어요?" 아키라는 눈앞의 자료를 손끝으로 툭툭 쳤다. "솔직하게 로열 마린 시모다의 전망은 어떻습니까? 슬슬 위험하다는 소문까지 돌고 있다고 들었습니다만."

그러자 스스무가 눈을 부릅뜨고 성을 냈다. "누가 그런 말을 해! 업계에 말 많은 놈들이 있는 건 알아. 하지만 호텔 모객도 확실하게 늘고 있으니 수익이 날 때까지 조금만 참으면 돼. 그걸 믿었기 때문에 료마도 연대보증에 서명한 거야. 지금 그걸 부정하면 그야말로 료마의 열의를 저버리는 짓이야."

"열의라고 하셨습니까? 제게는 그저 삼촌들의 감언에 넘어간 걸로 보입니다만."

"어떻게 생각하든 네 자유야, 아키라. 하지만 넌 은행원이잖아. 아니, 전직 은행원인가. 그렇다면 이 숫자를 봐. 로열 마린 시모다의 실적은 조금씩이지만 좋아지고 있어." 스스무가 열띤 목소리로 말했다. "연대보증이 도카이해운 자금 조달의 발목을 잡는 결과가 된 건 미안해. 어쨌거나 우리 일로 고민하느라 거기까지는 생각도 못 했어. 하지만 그건 그쪽 사정이지. 반대로 말하면 료마는 그걸 각오하고 우리 사업을 지원해준 거야. 네 눈에는 위험한 다리를 건너는 것처럼 보일지도 모르지만 그렇지 않아. 우리를 믿어줘. 부탁이다."

스스무는 그렇게 말하더니 깊숙이 고개를 숙였다.

3

"어떻게 생각해?"

사장실 테이블에 자료를 펼치고 이미 한 시간가량 로열 마린 시모다의 재무 자료를 읽고 있던 아키라는 마찬가지로 테이블 맞은편에서 서류에 몰두해 있는 두 사람에게 물었다. 경리부장 난바와 과장 구사노, 두 사람이었다.

"그러게요……." 난바가 오른손에 든 서류를 바라보며 작은 한숨을 내쉬었다. "솔직히 이 숫자가 사실이라면 로열 마린 시모다에는 아직 약간의 가능성이 남아 있을지도 모릅니다."

"사실이라면 말인가." 난바가 무슨 말을 하려는지 안다. "그 서류의 숫자를 믿나?"

난바는 자료를 테이블에 내려놓고 팔짱을 낀 채로 생각에 잠겼다.

"아니요."

단호하게 대답한 것은 난바가 아니라 구사노 쪽이었다.

"어디가 마음에 걸리지?" 아키라는 물어보았다.

"예를 들어 이 3월 자료를 보면 가동률이 4퍼센트 개선되어 43퍼센트입니다. 하지만 구체적으로 매출의 어디가 늘었는지 보면 숙박부만 늘고, 레스토랑 매출은 현상 유지거나 약간 수익이 감소했습니다."

"그건 나도 마음에 걸렸어." 아키라는 끄덕거리며 말했다.

가동률은 일상적으로 8할이나 9할에 이르는 도심 호텔과 달리 리조트 호텔의 경우 4할 정도가 적정선이다. 그걸 넘지 못하는 호텔 경영은 위험수위로 볼 수 있다.

"사장님은 어떻게 보십니까?" 구사노가 물었다.

"한 달 실적만으로는 아무리 들여다봐도 거기에 숨겨진 거짓을 꿰뚫어 보기 어려워. 한 분기의 결산서를 봐도 마찬가지야." 아키라는 구사노에게 말한다기보다 자기 생각을 정리하려고 하는 듯했다.

"하지만 이렇게 5년 치의 결산서를 나란히 놓고 보면 그동안 돈이 어떻게 움직였는지 흐름을 알 수 있지. 외상 거래 대금, 재고, 어음 잔고……. 대체 이 호텔이 어느 정도의 운전자금을 필요로 하고 그걸 어디서 조달했는지. 그 흐름을 파악하면 이 결산서의 의도가 보여. 이 로열 마린 시모다의 결산서, 재무제표는 부자연스러운 점으로 가득해."

의자 등받이에서 몸을 일으킨 아키라는 구사노를 똑바로 쳐다보았다.

"이건, 분식회계다."

4

"갑자기 시간을 내달라니 불안한데, 무슨 일이라도 있었어?"

이튿날, 아키라가 구사노와 함께 도카이상회를 찾아간 것은 오전 11시였다. 스스무뿐만 아니라 다카시도 불렀다. 로열 마린 시모다의 연대보증 관련이라는 건 두 사람도 알고 있을 터였다. 스스무와 다카시 외에 도카이상회의 경리부장 히다카도 동석했다.

"어제 받은 로열 마린 시모다의 재무 자료, 저희 쪽에서 정밀히 확인한 결과 부자연스러운 부분이 몇 군데 있어 다시 여쭤보려고 왔습니다."

"뭐야, 겨우 그런 걸로."

김이 샜다는 듯이 말한 것은 다카시였다. 어디까지나 사소한 문제라고 말하고 싶은 태도는 단순히 허세가 분명하다.

"그런 말로 끝날 문제가 아닙니다."

아키라는 어제 받은 자료를 테이블에 잔뜩 펼쳤다. 자잘한 메모로 가득한 자료였다.

"그러면 먼저 숙박 객수와 객단가를 알 수 있는 장부를 보여주시겠습니까?"

"실례합니다만, 말씀하시는 의도가 무엇입니까?"

그렇게 물은 이는 히다카였다. 표정 변화는커녕 감정 한 조각 드러내지 않는 이 남자는 냉철함 그 자체였다.

"이 서류에 적힌 숫자의 근거가 궁금해."

"갑자기 말씀하셔도 그 자료는 저희 쪽엔 없습니다."

"그럼 호텔에서 당장 팩스로 받아. 가령 흑자가 된 2월 한 달 치라도 상관없어. 그 달은 전월보다 매출이 증가했는데도 개별적으로 보면 어메니티나 클리닝 비용은 똑같이 유지되고 있어. 보통 매출이 늘면 당연히 그에 관련된 비용도 늘게 되는 법인데 이런 일은 불가능한 것 아닌가, 히다카 부장?"

"타당한 지적이지만 그건 한 가지 방편을 써서." 히다카가 매끄럽게 설명하기 시작했다. "비용을 절감하려고 어메니티 단가를 낮췄습니다. 객실 클리닝도 지금까지 정사원이 해왔던 서비스를 파견직으로 전환했습니다. 그 결과 언뜻 보면 매출 증가와 비용 감소라는 모순되는 내용이 나왔지만 그야말로 경영 노력의 결실입니다."

예비지식도 선입관도 없는 사람이 들으면 넘어갈 듯한 그럴싸한 설명이다.

"그런가. 그럼 그걸 증명할 수 있는 관련 계약서를 보여줘." 아키라는 말했다. "파견이라면 파견회사와 로열 마린 시모다 사이에 계약서가 있을 테지. 당장 보여줘."

"당장이라고 말씀하셔도 로열 마린 시모다 담당자에게 문의해봐야 하는데, 시간을 좀 주시겠습니까?" 히다카는 교묘하게 회피했다.

"그렇다면 제가 직접 문의해보도록 하지요."

아키라의 옆에서 구사노가 휴대전화를 꺼내며 말하자 그때까지 냉정했던 히다카가 처음으로 당황하는 기색을 보였다.

"잠깐만요, 경리라면 또 몰라도 이쪽은 노무 쪽이니 누가 담당자인지 알아봐야 합니다."

"그건 알고 있어."

그때 끼어든 아키라의 한마디에 히다카가 눈을 휘둥그레 떴다.

"무슨 뜻입니까?"

"실은 이 숫자를 확인할 때 우리는 지금 히다카 씨가 둘러댄 것처럼 그럴 가능성도 고려했어. 그래서 그때 여기 구사노가 로열 마린 시모다에게 연락해 객실부 담당자에게 직접 비용 삭감의 구체적인 내용에 대해 문의했다."

히다카의 표정에서 감정이 사라졌다.

다카시는 불쾌한 표정으로 다리를 꼰 채 창밖에 시선을 던지고 있었고, 스스무는 시선을 떨구고 얼어붙은 얼굴로 고개를 돌린 채 이 상황의 승산을 계산하는 것처럼 보였다.

"결론부터 말하지. 지금 당신이 한 이야기는 전부 엉터리야. 반론할 말이 있으면 해봐."

대답은 없다.

얼굴 근육 하나 꿈쩍이지 않고 히다카는 가만히 테이블 한 곳을 쳐다보고 있었다. 테이블에 펼쳐진 로열 마린 시모다의 재무 자료 하나를 손에 든 아키라는 그 자리에서 잘게 찢어 히다카의 얼굴에 내던졌다.

"헛수작 부리지 마, 히다카." 아키라는 상대를 노려보며 분노에 찬 목소리로 말했다. "로열 마린 시모다의 진짜 재무 서류를 당장 이리로 가져와!"

스스무와 다카시, 둘 다 얼어붙어서 히다카의 눈치를 보고 있다.

"당장!"

아키라의 노성에 히다카의 얼굴이 꿈틀거렸다. 사장실에서 뛰쳐나간 히다카가 곧바로 서류를 한 아름 들고 돌아왔다.

아키라와 구사노는 한참이나 그 자료를 집중해서 읽었다. 부풀어가는 적자, 전혀 개선되지 않는 가동률, 고전하다가 염가 판매를 택한 모객, 절박한 자금 조달……

아키라의 뺨은 분노로 달아올랐고 심각한 상황에 저도 모르게 신음이 흘러나왔다. 눈앞에 보이는 건 지금까지 스스무 삼촌에게 받은 자료와는 전혀 다른 참상이었다. 거기에는 로열 마린 시모다의 잔뜩 일그러지고 추악한 실태가 있었다.

아키라는 두 삼촌을 향해 싸늘하게 말했다. "대체 얼마나 이기적인 겁니까? 무모한 리조트 사업에 거액의 자금을 쏟아붓고, 신용할 수 없는 남자에게 속아넘어간 건 바로 삼촌들이잖아요. 만약 누가 이 사업 실패의 책임을 져야 한다면 삼촌들 말고 누가 있다는 겁니까? 분식회계로 료마를 속여 연대보증에 끌어들이다니, 삼촌들이 한 짓은 범죄입니다."

"뭐야, 우리를 형사 고발이라도 할 셈이야?" 다카시가 적반하장으로 거칠게 말했다.

"고발한다고 연대보증을 철회할 수 있습니까?" 아키라는 모멸 어린 시선으로 쳐다보았다. "솔직히 말씀드리죠. 삼촌들의 능력으로 이 리조트 사업을 바로잡기는 불가능해요."

"그럼 어쩌라고?" 다카시가 따지고 들었다. "우리한테 각오라도 하란 거야? 길바닥에 나앉으라고? 잊지 마, 이제는 도카이해운도 이 리조트 사업과 운명 공동체야. 료마는 착한 녀석이지만 넌 최악이야, 아키라. 뭐라도 되는 양 우리 사업을 흙 묻은 발로 헤집지 마."

엉뚱한 화풀이를 하는 다카시를 바라보는 아키라의 눈동자에서 감정이 사라졌다. 그리고 단도직입적으로 물었다.

"이대로 가면 모두 파멸입니다. 그래도 상관없습니까?"

완전히 핏기가 가신 스스무는 거기에 무슨 의미라도 있는 것처럼 바닥 한 점만 노려보며 꼼짝도 하지 않았다.

"우리가 여기서 반목해봤자 아무것도 해결되지 않습니다. 당신들의 무책임한 사업과 악의 때문에 도카이해운 그룹의 모든 사원이 길바닥에 나앉을 위기에 처했어요. 그걸 왜 모르는 겁니까?"

다카시가 콧방귀를 뀌며 입술을 비죽거렸다. 아연하게 눈앞의 허공을 노려보는 스스무의 모습은 이 짧은 회견 사이에 10년은 늙은 것처럼 시들어 보였다.

"끔찍한 얘기네." 가이도 아키라의 설명을 들은 야마자키 아키라는 신음 어린 첫 마디를 내뱉었다. "법적 조치는 취할 거야?"

"감정적으로는 그러고 싶지만 연대보증 자체를 무효화할 수는 없어. 삼촌이나 경리부장을 고소한다고 해서 이 상황을 타개할 수 있는 건 아니니까."

그의 말에 야마자키 아키라는 고개를 끄덕였다.

삼촌들의 분식 재무 자료는 사기 수준에 가까웠다. 하지만 그것은 어디까지나 이쪽 문제지, 사정을 모르는 미쓰토모은행이 연대보증 조건으로 융자한 이상 보증 자체를 무효로 돌릴 수는 없다. 미쓰토모은행은 이른바 '선의의 제삼자'이기 때문이다.

"이대로 방치하면 로열 마린 시모다는 조만간 벽에 부딪혀." 가이도 아키라는 말했다. "로열 마린이 미쓰토모은행에서 받은 융자는 140억 엔. 그중 70억 엔을 도카이상회가, 20억 엔을 도카이관광, 그리고 나머지 50억 엔을 우리가 연대보증하고 있어."

파산하면 미쓰토모은행이 각각의 회사에 연대보증채무를 청구하게 된다.

"하지만……." 가이도는 말을 이었다. "도카이상회와 도카이관광에는 그만한 돈을 변제할 능력이 없어. 연쇄 도산은 피할 수 없을 거야. 그리고 우리는……."

야마자키는 가만히 이야기에 귀를 기울였다.

"연대보증채무액인 50억 엔은 소유 자산 일부를 매각하는 방향으로 진행하게 되겠지만 현재 우리 연간 이익은 약 10억 엔. 로열 마린 시모다가 파산할 경우, 그 시점에서 5년 치의 수익이 날아가게 돼. 그게 끝이 아니야. 도카이상회도 관광도 원래 도카이해운 안에 있다가 그 분야로 독립한 거야. 이 두 회사와의 거래는 여전히 도카이해운 총매출의 5퍼센트 가까이 돼."

도카이해운의 매출은 약 600억 엔, 즉 그중 30억 엔 가까이가 도카이상회 및 도카이관광을 상대로 한 거래다.

"두 회사가 도산하면 그만큼의 매출을 잃는 셈이니 이익을 더 압박하는 결과가 될 거야."

"타격이 크겠군." 야마자키가 솔직한 감상을 말했다.

"아니, 그걸로 끝나면 차라리 다행이지. 가장 위험한 건 이미지 추락일지도 몰라. 로열 마린 시모다, 도카이상회, 도카이관광이라는 그룹이 한꺼번에 무너지면 도카이해운의 실적도 의혹의 눈길을 받을 가능성이 높아. 물론 거래처에 상황 설명은 하겠지만 과연 그걸 믿어줄지, 도산 의혹이 있는 선박 회사에 짐을 맡기려 하지는 않을 테니까."

만일 배를 차압당할 경우 선박 화물도 함께 묶일 가능성이 있기 때문이다.

"그럼 어쩔 거야?" 야마자키가 물었다. "넌 대체 어떻게 하고 싶은데?"

"로열 마린 시모다를 매각하고 싶어." 가이도는 처음으로 의견을 말했다. "파산하기 전에 팔고 빠지는 거야."

"그건 도카이상회의 뜻이야?"

가이도 아키라의 제안에 놀란 간나가 야마자키 옆에서 숨을 삼키고 있었다.

"스스무 삼촌의 양해는 얻었어."

이곳에 오기 전…….

"로열 마린 시모다를 팔라는 말이야?"

블라인드 너머로 비쳐드는 햇빛이 스스무의 발밑에서 반사되었다. 찬란하게 부서지는 그 햇살을 바라보다가 시선을 돌리자 경악으로 눈을 부릅뜬 스스무의 표정이 보였다. 사실 아키라는 매각 이야기를 꺼내자마자 화를 내지 않을까 경계하고 있었다. 하지만 이 순간 스스무를 뒤덮고 있던 먹구름이 깨끗이 걷힌 것처럼 보였다.

"아니, 애초에 그 호텔이 팔리기는 해?"

쉽게 믿을 수 없다는 의심이 스스무의 말투에 묻어났다. 아하, 그렇게 된 건가. 그 순간 아키라는 삼촌의 속마음을 이해했다.

말로는 하지 않았지만 로열 마린 시모다는 스스무에게 상당히 무거운 짐이리라. 만약 손을 뗄 수만 있다면 제발 그러고 싶다, 그것이 진심 아닐까?

"그건 해보기 전에는 모릅니다." 아키라는 스스무의 눈을 들여다보았다. "매각하는 방향으로 진행해도 괜찮다는 말씀이지요?"

다짐을 받아내듯 묻자 스스무답게 허세를 부렸다. "가능성이 있다면 검토해봐. 그럼 로열 마린 시모다의 융자금은 어떻게 되지? 지금 융자금은 우리가 상환하라고 하는 거면 매각해도 의미가 없어."

"맞는 말입니다." 아키라는 수긍했다. "융자금을 인수해주는 대신 회사 자체는 거의 공짜로 넘긴다거나, 그런 조건으로 계약하면 좋겠지만 경우에 따라서는 몇 할은 이쪽에서 부채를 인수하고 나머지는 구매한 쪽에서 상환해주는 조건이 될지도 모릅니다. 다만 벌써부터 조건을 걱정해도 소용없습니다. 일단 로열 마린 시모다에 관심을 가질 상대를 찾아봐야죠."

"어떻게 찾을 거야?" 스스무가 물었다. "누구한테 부탁하면 돼? 미쓰토모은행?"

"아니요……." 아키라는 고개를 가로저었다. "이 문제는 산업중앙은행에 의뢰하고 싶습니다."

"산업중앙에?" 스스무가 뜻밖이라는 듯이 물었다. "미쓰토모로 갈아탔는데도 우리를 도와준다는 건가?"

"도카이해운 실적에 큰 영향이 있으니까요. 그리고 이 이야기는 반드시 비밀에 부쳐주십시오."

"아, 알았어." 스스무는 심호흡하듯 깊이 숨을 들이마셨다.

"하지만 팔릴까요?" 간나가 의혹을 제기했다. "로열 마린 시모다를 사려면 그만한 메리트가 있어야 하는데, 지금 실적만 봐서는 도저히 그 호텔을 원할 회사가 있을 것 같지가……."

"맞는 말이야." 가이도 아키라는 진지한 눈빛으로 쳐다보며 말했다. "가령 매각 가격은 공짜라도 좋아. 대신 로열 마린 시모다의 차입금을 인수해준다거나, 그런 조건으로 찾아볼 수는 없을까?"

"그 호텔을 공짜로 팔겠다는 건가요?"

간나는 이번에야말로 깜짝 놀라 소리를 질렀다.

"들어봐, 야마자키." 가이도는 각오를 굳힌 눈빛이었다. "로열 마린 시모다에 문제가 많다는 건 잘 알고 있어. 상대는 기업 회생 펀드든 뭐든 상관없어, 경영 노하우가 확립된 회사라면 조건 여하에 따라서는 메리트가 있을 거야. 140억 엔이라는 차입금이 너무 크다면 감액에도 응할게. 그래서 만약 매수처를 찾을 수만 있다면, 로열 마린 시모다에서 일하는 많은 사원들과 도카이상회, 도카이관광을 구할 수 있어. 어때?"

야마자키 아키라는 한참 동안 대답하지 않았다.

눈을 감고 지그시 고민했다. 얼마나 그러고 있었을까, 천천히 눈을 뜨더니 짤막하게 알겠다고 대답했다.

6

"그렇게 중요한 걸 어째서 나한테 상의도 없이 추진했어?"

그날 밤이었다. 로열 마린 시모다 매각 이야기를 하자 다카시는 화난 눈으로 스스무를 쳐다보았다.

야에스 근처의 어느 빌딩 지하 양식 레스토랑이었다.

"다른 방법이 있어?" 스스무가 물었다. "로열 마린 시모다에 돈을 빌려줄 다른 곳이 있으면 말해봐. 없잖아. 전엔 도카이해운 연대보증으로 겨우 미쓰토모에 수락을 얻어냈지만 이제 그 방법은 안 통해."

"문제는 그게 아니야." 다카시는 반론했다. "아키라는 우리 일은 조금도 고려하지 않는다는 걸 말하는 거야. 이 리조트 사업을 처음부터 비웃었잖아. 그 녀석, 우리 사업을 망칠 셈이야."

사업. 과연 이 상황을 사업이라고 할 수 있을까? 그런 의문과 함께 스스무의 안에서 다카시에 대한 불만이 꿈틀거렸다.

"그럼 어쩌란 말이야?"

다카시는 늘 그랬다. 자기는 제대로 돈도 내지 않으면서 입만 살았다. 비판적이고 감정적이다. 그렇다고 효과적인 수단을 생각해내지도 않는다. 기껏해야 몹쓸 친구를 데려와 부추기는 게 고작이다. 컨설턴트 기다가 그 좋은 예로 애초에 다카시가 기다를 데려오지 않았더라면 리조트 사업은 시작하지도 않았을 것이다.

"설사 사업을 매각하더라도 난 미쓰토모은행에 의논해야 한다고 봐." 다카시는 말했다. "로열 마린 시모다 창설 때부터 지원해준 건 미쓰토모은행이니까. 주거래 은행에 상의도 없이 사업 매각처를 찾다니 말도 안 돼, 형. 아무리 연대보증을 해줬다고 해도 그렇게까지 아키라가 시키는 대로 할 필요는 없잖아."

"딱히 시키는 대로 하는 건 아니야." 스스무는 울컥해서 반론했다. "애초에 이런 상황이 되었는데도 미쓰토모는 아무 말도 없잖아. 아키라보다 훨씬 전부터 로열 마린 시모다가 어렵다는 건 알고 있었는데, 그놈들은 그냥 고리대금업자야."

"그럼 아키라는 뭔데?" 다카시가 옆자리 손님이 돌아볼 정도로 큰 목소리로 말했다. "우리 감시자야?"

"넌 그냥 아키라가 하는 일이 마음에 안 드는 거잖아."

"그래, 마음에 안 들어." 다카시는 오른손에 쥔 포크를 내려놓으며 말했다. "그 녀석을 보고 있으면 죽은 형님이 떠올라. 언제나 높은 곳에서 당당하게 우리를 내려다보고 있었지. 자기는 대담한 행동은 아무것도 못 하면서. 형님만 그런 게 아니야. 아버지도 똑같았어. 우리 중에서 형님만 인정하고 특별 취급했잖아. 분하지도 않아?"

다카시는 잊고 있던 감정을 자극하며 스스무의 얼굴을 들여다보았다.

"잘 들어, 형. 이 리조트는 망하지 않았어. 즉 아직 가능성이 있다는 뜻이야. 백보 양보해서 매각 가능성을 찾는 건 형 자유지만 만약 정말로 매각했을 때는…… 그때가 우리가 지는 순간이 될 거라는 건 염두에 둬."

7

"영업 제2부 담당자 말로는 퍼시피코가 예전에 이즈에서 리조트 개발을 계획한 적이 있답니다."

간나가 가져온 정보에 같은 조사관 마키노 다쓰야가 말했다. "그건 어디까지나 과거형이잖아."

마키노는 정보개발부 조사관. 로열 마린 시모다 매각 의향을 접수해 이번 안건의 담당자로 미즈시마 간나와 함께 작업팀에 들어온 남자다. 정보개발부에는 산업중앙은행이 거래하는 기업 매매 정보를 비롯해 거래처의 사업수요 등 다양한 정보가 모여든다. 마키노는 기업 매매 관련 정보 담당자다.

"표면상으로는요." 간나는 대답했다. "하지만 그건 거품 경제로 부동산 가격이 폭등한 탓이라고 해석할 수 없을까요? 지금이라면 얘기해볼 가치가 있을지도 몰라요."

"외국계인가." 야마자키 아키라는 물어보았다. "담당자하고 얘기해볼 수 있을까?"

퍼시피코 리조트는 싱가포르에 본사를 두고 있는 고급 리조트 호텔 체인이다. 아시아 각지부터 미국 서해안에 이르는 관광지에서 리조트 호텔을 운영하고 있다.

"아시아 총괄 매니저가 한 달에 한 번 정도는 일본을 찾는 것 같습니다."

로열 마린 시모다의 매매 제안을 할 수 있을지 없을지, 교섭 상대의 선별에는 신중함이 요구된다.

매수 후보 기업에 대해 철저히 연구하고 의사 결정이 가능한 확실한 상대에게 매수에 관심이 있는지 문의한다. 실제 교섭은 비밀 유지 계약서를 체결한 상태에서 진행해야 하며 조건 합의, 상대 기업의 상세 조사 등에 필요한 시간을 고려하면 몇 달의 시간은 눈 깜짝할 사이에 지나간다.

그 후 마키노가 추가로 세 회사를 추천했지만 전부 해외 자본 리조트 체인들뿐이었다.

"결국 가능성은 외국계뿐이네요. 국내 기업은 피폐하니 어쩔 수 없겠지만." 간나가 탄식했다.

수중의 패가 적다.

"국내 대형 호텔들은 대체적으로 실적이 악화되어서 매수에 응하는 곳이 있을 것 같지 않아요." 마키노가 말했다. "시티호텔이라면 그나마 매수처가 있을지 모르지만, 엄청난 적자 리조트니까요. 경영 노하우가 있으면서 매수 후 얼마 동안의 적자까지 떠안을 수 있는 기업이라면…… 일단 외국계 자본을 검토해보는 게 타당하겠지요."

야마자키 아키라가 퍼시피코 리조트의 아시아 총괄 매니저와 만난 것은 그로부터 2주 후였다.

"반응이 좋아야 할 텐데."

롯폰기 아크힐스에 있는 회사 응접실에서 기다리는 동안 간나가 긴장된 표정으로 말한 데에는 이유가 있었다. 퍼시피코 리조트 외에 선별한 세 개의 리조트 체인으로부터 이미 '의향 없음' 회신을 받았기 때문이다. 불경기의 나락에 가라앉은 일본에서 적극적인 매수는 어려우며 새로운 매수 계획도 없다는 게 그 이유였다. 경기가 나쁘니 더욱 나빠진다, 실로 마이너스의 연쇄다.

"오래 기다리셨습니다. 매니저 양이라고 합니다."

짧은 일본어로 자기소개를 한 남자는 야마자키와 비슷한 또래였다. 사전에 영업본부 담당자에게 얻은 정보에 따르면 양은 홍콩 출신 중국인으로, 미국 비즈니스스쿨을 졸업하고 몇 군데 호텔에서 경험을 쌓은 뒤에 퍼시피코 리조트에 발탁된 실력파라고 했다. 퍼시피코에서 그의 권력은 절대적이라, 일본을 비롯해 아시아의 신규 호텔 계획은 양이 큰 권한을 쥐고 있다고 전해 들었다.

"어떤 용건입니까?"

서설이 일절 없다. 명함을 교환하고 소파에 앉자마자 본론을 꺼낸 양은 진지한 눈빛으로 야마자키를 쳐다보았다.

"솔직히 여쭙겠습니다. 기업 매수에 관심이 있으십니까? 일본 관광지에 있는 리조트 호텔입니다만."

아키라의 말에 양은 솔직하게 질문했다. "자산 규모와 매출은 어떻게 되죠?"

"장부상 100억 엔 정도의 자산이 계상되어 있지만 거품 경제 때의 자료입니다. 매출은 40억 엔 정도."

"객실 수는?"

"150실입니다."

"적자로군요." 양은 앞으로 내밀었던 몸을 의자 등받이에 기대더니 잠시도 고민하지 않고 대답했다. "솔직히 관심은 없습니다."

옆에서 간나가 숨을 삼키는 게 느껴졌다. 그 옆에는 연결해준 영업본부 담당 조사관이 있었는데, 표정 없는 얼굴 그대로 도와주려고도 하지 않았다. 어쨌거나 양이 관심이 없다고 하면 관심이 없는 거라고 그 옆얼굴이 아키라에게 말하고 있었다.

"입지가 뛰어난 리조트로 귀사 체인의 노하우라면 회생할 수 있을 거라고 생각합니다. 검토해주실 여지도 없습니까?"

"들어보세요, 야마자키 씨." 양이 테이블에 늘어놓은 아키라 일행의 명함을 보면서 말했다. "퍼시피코는 최근 CEO가 바뀌었습니다. 그래서 방침이 바뀌었지요. 지금까지는 매수도 했지만 앞으로는 새 호텔은 직접 지을 겁니다. 어지간한 호텔이 아니면 매수하지 않습니다. 소개해주신 호텔로는 어렵습니다."

"그 방침에 예외는 없습니까?"

"없습니다." 양은 두 손을 가슴 앞에 펼치며 말했다. "장기 경영 계획이 얼마 전에 나왔으니 앞으로 5년은 변하지 않을 겁니다. 만약 그때까지 그 호텔이 남아 있으면 다시 얘기를 들어볼 수는 있겠지요. 그때까지 버틸 수 있습니까?"

"아뇨." 야마자키는 고개를 가로저었다.

양의 이야기가 단순 명쾌했기 때문에 반론의 여지가 없다.

"시간 내주셔서 감사했습니다."

희망을 걸었던 퍼시피코 리조트에의 매각은 이 순간 끝났고, 아키라 팀의 작업은 다시 처음으로 돌아갔다.

8

몇 주가 지나도록 로열 마린 시모다의 매각처 물색은 난항을 겪고 있었다.

"경영을 개선해서 어느 정도 재무 내용을 가다듬은 후라면 조금 더 쉽고 비싸게 팔 수 있을 텐데요."

간나의 말은 지당했다. 로열 마린 시모다가 끌어안은 과제는 각양각색이었다. 가령 거품 경제 때 빌려서 여전히 높이 설정되어 있는 융자 금리도 그중 하나. 실적 악화를 이유로 미쓰토모은행이 인하를 거부하고 있기 때문이다.

40대 이상의 종업원 비율이 높은 것도 과도한 인건비 상승의 원인이다. 하지만 권고사직은 상응하는 비용이 들기 때문에 그것도 마음대로 할 수 없다. 한편 도카이상회나 도카이관광도 로열 마린 시모다의 영향으로 자사 자금 조달에 고심하고 있어 자금을 융통할 여유는 전혀 없었다.

로열 마린 시모다의 매각 문제는 어두운 바다를 정처 없이 표류하는 것처럼 방향성을 잃어가고 있었다.

하지만……

그 암흑 속에 돌연 한 줄기 광명이 비친 것은 그로부터 일주일쯤 지난 어느 날이었다.

"야마자키 차장님, 노토지마호텔이라고 들어보셨어요?"

그날 아침, 얼굴에 홍조를 띠고 영업본부 사무실에 나타난 마키노가 책상에 경제신문 사본을 내밀었다. 날짜는 벌써 몇 달 전이었다.

노토지마호텔, 하코네 기도야료칸 매수

산업면 하단에 실린, 겨우 몇 줄짜리 기사였다.

"노토지마호텔?"

"호쿠리쿠에 있는 중견 호텔이에요. 기업 규모가 그리 크지 않아서 매수처로 검토하지 않았는데, 이 기사를 보고 조사해봤더니 그밖에도 호텔이나 료칸을 몇 개나 매수했더라고요. 실적 부진에 허덕이는 곳을 매수해서 이름은 그대로 두고 모객이나 기획을 바꿔서 회생시키고 있는 모양입니다. 조사해보니 노토지마의 자본이 들어간 호텔이나 료칸이 이만큼이나 되더라고요."

마키노가 이어서 보여준 리스트에는 열 곳이 넘는 호텔이 적혀 있었다.

"이렇게나 많아요? 하지만 일반적으로는 별로 못 들어봤네요."

간나의 이야기에 마키노가 고개를 끄덕거렸다.

"지난 몇 년 사이에 급성장한 회사입니다. 사장이 상당한 수완가예요."

"사장이 어떤데?" 아키라는 관심이 가서 물어보았다.

"원래는 노토지마호텔 창업가의 차남으로 가업을 이을 생각은 없었다는 모양입니다."

마키노는 그렇게 말하며 업계지에서 발췌한 듯한 인터뷰 기사 사본을 내밀었다. 아무래도 아키라에게 보고하기 전에 노토지마호텔에 대해 상당히 조사한 것 같았다.

사장 무코다 하루키는 마흔 남짓한 젊은 경영자였다. 일본에서 대학을 졸업하고 네바다주립대학 호텔경영학부를 거쳐 투자 은행에서 근무한 별종이다. 그 남자가 노토지마호텔의 사장에 취임한 것은 5년 전으로, 가업인 호텔을 경영하던 형의 건강 악화가 계기였다.

"업계에선 풍운아 같은 존재로 보고 있어요." 마키노가 설명했다.

"투자 은행 출신이라는 점이 재미있네요." 간나가 말했다. "노하우가 있다고는 해도 노토지마호텔은 중견 규모예요. 이만한 자금이 있었을 것 같지는 않은데, 어쩌면 배후에 투자 펀드가 있을지도요."

그럴 가능성은 충분했다.

"우리 은행하고 거래는?" 아키라는 물어보았다.

"가나자와 지점입니다." 마키노가 대답했다. "연락해볼까요?"

"바로 부탁해."

하나의 가능성이 사라졌는가 하면 생각지도 못한 곳에서 새로운 가능성이 생긴다. 결국 사업이란 그런 일의 반복일지도 모른다. 아키라는 새삼 그런 생각을 했다.

9

"바쁘실 텐데 일부러 찾아와주셔서 고맙습니다."

응접실에 들어간 야마자키 아키라는 정중하게 고개를 숙이며 노토지마호텔의 무코다에게 소파를 권했다.

"아닙니다, 마침 출장으로 도쿄에 나온 터라. 저야말로 흥미로운 이야기를 들려주셔서 고맙습니다."

티셔츠에 구겨진 재킷, 통 좁은 바지와 스니커즈를 신은 편안한 차림새는 언뜻 봐서는 신진기예 호텔 경영자 같지 않았다.

"매수 사안이라면 구체적인 회사명을 모르면 이야기가 되지 않겠죠. 사인하겠습니다."

"고맙습니다."

비밀유지 계약서를 테이블 너머로 내밀자 무코다는 조항을 쭉 훑어보고 바로 서명을 해서 돌려주었다.

"바로 본론으로 들어가겠습니다. 로열 마린 시모다라는 리조트 호텔을 아십니까?"

"알고 있습니다."

아키라가 호텔 이름을 대자 그렇게 대답한 무코다의 눈빛이 날카로워졌다. 그때까지의 온화한 분위기가 돌변해 단숨에 민완 사업가의 태도로 바뀌었다.

"지금 매수처를 찾고 있습니다."

테이블에 펼친 것은 로열 마린 시모다의 관광용 팸플릿과 회사 개요다.

"유이자 부채 총액은 얼마지요?"

무코다는 매출과 손익만 적혀 있는 개요표를 보고 바로 질문했다.

"140억입니다."

"재무제표를 보여주시겠습니까?"

3기분의 서류를 건네자 무코다는 익숙한 태도로 내용을 점검하기 시작했다. 투자 은행에서 근무한 경험이 있는 남자다. 전문가에게 의논하지 않고도 로열 마린 시모다의 상황을 판단할 수 있을 터였다.

혼잣말을 중얼거리면서 5분 정도 서류를 살펴보았을까, 무코다는 불쑥 고개를 들고 단도직입적으로 물었다. "얼마에 매각하길 원합니까?"

"정식으로 결정한 건 아니지만 이 유이자 부채를 인수해주신다면 가격은 제로에 가깝다고 생각하셔도 됩니다."

"확실히 그 점이 걸림돌이군요. 그나저나 미쓰토모은행은 신설 호텔에 용케 이만한 돈을 융자했군요. 그야말로 거품 아닙니까?" 무코다는 기가 막힌다는 듯이 감상을 말했다. "잘은 모르지만 로열 마린 시모다에 융자한 곳은 미쓰토모은행 한 곳뿐인 것 같군요. 이 자료를 보면 주주인 도카이상회의 주거래 은행도 미쓰토모은행이네요. 어째서 산업중앙은행이 M&A를 중개하는 겁니까? 이런 경우는 보통 미쓰토모은행이 할 텐데요."

"로열 마린 시모다의 융자금 중 50억 엔은 저희 은행 거래처인 도카이해운의 연대채무보증이 끼어 있습니다."

"아하, 그런 이유 때문이군요." 다시 자료에 시선을 떨어뜨린 무코다는 생각에 잠겼다가 불쑥 고개를 들고 물었다. "이 근처에 경쟁 호텔이 있다는 건 알고 있습니까?"

"도보 몇 분 거리에 선빌리지 시모다라고 하는 리조트 호텔이 있습니다." 간나가 대답했다.

"뭔가 걸리는 점이라도 있습니까?"

"아니, 그냥 해본 말입니다." 무코다는 아키라의 질문에 제대로 대답해주지 않고 화제를 바꿨다. "이 안건에 대해 다른 매수처는 있습니까?"

"저희가 의논드린 건 무코다 씨뿐입니다. 다만……."

"서두르고 있다는 뜻이군요." 무코다는 이해하고 있었다. "시간을 좀 주십시오. 근시일 내에 저희 대리인을 통해 연락드리겠습니다."

이윽고 한줄기 가능성을 끌어낸 순간.

"부디 긍정적인 검토를 부탁드립니다."

야마자키 아키라는 깊숙이 머리를 조아렸다.

10

"노토지마호텔?" 손에 들고 있던 찻잔을 테이블에 내려놓은 미쓰토모은행 에하타의 목소리가 험악해졌다. "산업중앙은행이 거길 찾아냈다는 겁니까?"

미쓰토모은행 응접실이다.

이날, 스스무는 담당자인 에하타에게 로열 마린 시모다의 매각 의향을 전하러 왔다. 아닌 밤중에 홍두깨라고 반대할 줄 알았는데 스스무의 예상과 달리 에하타는 냉정하게 받아들였다.

"아직 접촉만 한 단계지만 일단 검토해보겠다고 하는군요. 이시카와의 유서 깊은 호텔이라나."

"처음 들어보는 호텔이군요. 유서는 깊을지 몰라도 자본력은 별 볼 일 없겠죠." 에하타는 회의적이었다. "그런 곳이 어떻게 로열 마린 시모다를 매수할 수 있단 말입니까?"

"아무래도 배후에 투자 펀드가 있는 게 아닌가 하고."

스스무는 설명으로 들은 무코다의 프로필을 그대로 전했다.

"오호라, 사장에게 그런 경력이······." 에하타는 뭔가 생각에 잠겨서 벽 한 곳을 노려보며 침묵하다가 말을 이었다. "하지만 어차피 팔려면 다른 곳도 있을 텐데."

스스무는 조심스레 물어보았다. "어디 짐작 가는 회사라도 있습니까?"

"저희는 그쪽 인근 기업과는 밀접한 인연이 있어서요. 그런 의미로는 경험이 있는 만큼 유리하죠."

"그러셨습니까?" 스스무는 놀라서 물었다.

"실은 로열 마린 시모다 근처에 선빌리지 시모다라는 호텔이 있는데." 인접한 라이벌 리조트 호텔이다. "그 호텔을 경영하는 집안이 그 지역에서 택시나 버스 회사를 소유하고 있는 명문가입니다.

모회사는 이즈 시모다 관광교통이라고 하는데, 사장인 가메야마 씨는 현의원도 지낸 지역의 유력 인사입니다. 다시 말해 돈이 있어요. 로열 마린 시모다를 매수해줄 수 없는지 저희가 제안해볼까요?"

"꼭 좀 부탁드립니다." 스스무는 노토지마호텔은 고려도 하지 않고 냅다 대답했다.

"누마즈 지점을 통하면 바로 미팅 약속을 잡을 수 있을 겁니다. 그쪽 일정이 잡히는 대로 다음 주라도 제가 직접 가서 교섭해보지요." 에하타는 반쯤 승리를 확신한 미소를 지었다.

"하지만 아무리 배경이 튼튼하다고 해도 부채가 그만큼 불어난 저희 호텔을 매수할 만한 자금 여유가 있을까요?"

스스무가 불안한 기색을 내비치자 에하타는 기다렸다는 듯이 말했다. "돈이 없으면 빌려주면 그만입니다. 선빌리지 시모다만 승낙하면 수중에 자금이 있든 없든 상관없어요. 그다음은 저희 미쓰토모 은행에서 융자하겠습니다. 맡겨만 두세요."

에하타는 빙그레 웃으며 표정에 자신감을 드러냈다.

"산업중앙은행보다 먼저 해치우겠습니다. 기동력은 미쓰토모가 뛰어나요."

11

무코다를 만난 며칠 후, 노토지마호텔 대리인이 야마자키 아키라에게 연락했다. 은행 내부 회의를 마치고 자리로 돌아가자 간나가 물었다.

"차장님, 골드베르크라는 회사를 아세요? 방금 전 전화가 왔는데 노토지마호텔 대리인이라고 하던데요."

아키라는 고개를 갸웃거렸다. 처음 들어보는 회사명이다. 아마도 최근에 증가하기 시작한 기업 매매를 전문으로 처리하는 회사가 아닐까?

"조사해봤는데 불브룩스 M&A 부문에 있던 일본인을 중심으로 3년 전에 세운 회사인 것 같아요."

"잠깐, 불브룩스라면……." 간나의 설명에 마침 함께 있던 마키노가 눈을 휘둥그레 뜨며 말했다. "무코다 사장이 근무했던 투자 은행이잖아?"

"맞아요. 아마 이 회사가 노토지마호텔을 지원하고 있어서 그만한 투자나 매수가 가능했던 게 아닐까요?"

"그 골드베르크라는 곳은 규모가 어느 정도지?" 아키라가 물었다.

"홈페이지를 봤는데 사원은 30명도 되지 않는 작은 회사 같아요. 오피스는 롯폰기고, 분위기는 외국계네요."

상장하지 않아 재무 정보를 모르겠지만 노토지마호텔의 투자 매수 경위를 봐도 뛰어난 수완을 엿볼 수 있었다.

"엄청 깐깐한 상대가 오는 것 아닐까요?" 마키노가 경계심을 드러냈다. "어려운 교섭이 될지도 모르겠어요."

"대표인 미하라 씨라는 분이 이번 주에라도 미팅을 하고 싶다고 하네요."

간나의 말을 듣고 아키라는 문득 고개를 들었다. "미하라?"

"왜 그러세요?" 간나가 의아한 표정으로 물었다.

"성 말고 이름도 알 수 있어?"

"히로시래요. 홈페이지에 실려 있어요."

그 이름을 들은 순간 자연히 미소가 번졌다.

"그래, 불브룩스인가."

그런 말이 자연히 흘러나왔다. 간나와 마키노는 영문을 몰라 어리둥절했다. 어째서 눈치를 못 챘을까? 머릿속에서 따로 흩어져 있던 기억의 회선이 갑자기 연결된 느낌이었다.

그리고 이틀 후 오후 2시, 산업중앙은행 응접실에서 한 남자가 아키라를 기다리고 있었다.

골드베르크 대표, 미하라 히로시다.

듬직한 덩치에 혈색도 좋아 어디로 보나 수완 있는 금융 전문가라는 인상이었다.

"이쪽이 야마자키 차장입니다."

먼저 들어가 있던 간나가 소개한 순간 미하라가 "여, 오랜만이야"라고 말하며 오른손을 내밀었다.

아키라도 대답했다. "정말 오랜만이다. 일본에 돌아왔구나. 왜 연락 안 했어?"

아무래도 구면 같은 두 사람의 대화에 간나와 마키노가 어리둥절한 표정을 지었다.

"미안, 미안. 회사 설립하느라 뭐 하느라 정신이 없어서. 요즘에야 자리를 잡아서 슬슬 연락해보려 했더니 이렇게 됐네. 정말 기막힌 우연이야."

"진짜 놀랐어." 아키라도 웃으며 말했다. "하지만 건강해 보여서 안심했어, 캡슐."

12

"그나저나 너희 회사가 노토지마호텔 대리인이라니 놀랐어."

미하라와 히비야의 호텔 바에서 재회한 것은 그날 밤 10시가 넘어서였다.

"그 매수 안건들을 척척 처리하시다니 대단하세요."

존경의 눈빛으로 쳐다보며 그렇게 말한 것은 이날 밤 미하라와 개인적으로 술을 마신다는 걸 알고 따라온 간나였다.

"아니, 정말 대단한 건 무코다 사장이야." 미하라가 말했다. "일단 벤처 캐피털을 설득해서 기울어가던 료칸을 세 군데나 매수해 회생시켰어. 옛날 동료였던 나를 부른 건 그다음이었지."

"매수한 호텔이나 료칸에 노토지마라는 이름을 붙이지 않고 원래 이름을 그대로 살린 게 특이해요." 간나가 말했다.

"원래 노토지마호텔이라는 이름의 지명도는 없는 거나 마찬가지니까." 미하라가 대답했다. "반대로 이름을 바꾸면 그때까지 이용해주던 고객을 잃을 수도 있어. 그리고 호텔마다 개성을 살리면서 흑자로 바꾸는 게 무코다의 스타일이거든. 직원들도 애착이 있는 이름이 바뀌면 매수되었다는 적나라한 느낌에 불쾌할 테니까."

"그렇다면 로열 마린 시모다도 그 이름 그대로 계속 영업할 수 있나요?"

간나의 질문에 미하라는 모호하게 대답했다. "글쎄, 매수할 수 있으면 말이지만."

"한 가지 마음에 걸리는 점이 있는데." 아키라가 말했다. "선빌리지 시모다라는 리조트 호텔이 있어. 로열 마린 시모다의 라이벌 호텔로 볼 수 있지. 거기하고 뭔가 있어?"

"선빌리지 시모다."

이름을 들은 순간 미하라의 표정 속에서 뭔가가 뒤로 숨더니 눈에 보이지 않는 장막이 스르르 내려왔다.

"미안. 그건 지금 설명할 수 없어. 뭐, 조만간 알게 될 거야." 미하라는 여동생 이야기로 화제를 돌렸다. "그나저나 지하루는 잘 지내?"

"그래, 잘 지내. 집 근처 대학을 졸업하고 같은 시청 동료하고 결혼해서 행복하게 살고 있지."

"그렇구나, 잘됐다. 부모님은?"

미하라의 아버지가 3년 전에 돌아가셨다는 소식은 어머니에게 들어서 알고 있었다. 본가인 이불가게는 이미 접었고 홀로 남은 미하라의 어머니는 근처 요양원에서 지낸다고 했다.

"응, 건강하셔. 3년 전에 아버지가 심근경색으로 쓰러져 위험할 뻔했지만 다행히도 괜찮아지셨어." 아키라는 말했다. "아버지도 어머니도 고생만 하다가 이제야 겨우 평온한 생활을 보내고 계셔."

"그래. 다행이다." 위스키 잔을 오른손에 든 미하라의 눈빛이 아득해졌다. "그리워. 가끔 생각하곤 해. 이런 곳에서 난 뭘 하는 걸까 하고. 이와타 이불가게의 아들이잖아. 거기서 부모님을 모시고 느긋하게 사는 게 좋지 않았을까 하고."

"그건 나도 그래." 아키라는 말했다. "하지만 결국 이건 우리가 선택한 길이야. 대학 때부터 너는 해외에서 활약하는 뱅커가 되고 싶다고 했지."

"용케 기억하네." 미하라는 조금 놀란 표정이었다.

"실제로 그렇게 됐잖아." 아키라는 진지한 얼굴로 말했다. "넌 대단해."

"너야말로 하고 싶은 일을 하고 있는 것 아니야?"

"아니." 어두운 바의 공간을 바라보며 아키라는 고개를 저었다. "아직 멀었어. 구하고 싶어도 구하지 못하고 저버린 회사가 대체 몇 군데인지, 그때마다 내 무력함을 통감해."

"그게 너의 좋은 점이야." 마치 과거의 캡슐로 돌아간 것처럼 미하라는 아키라의 어깨를 철썩 때렸다. "네 눈에는 언제나 모두가 잃어버리는 원점이 보여. 숙명을 짊어진 녀석만 할 수 있는 일이야."

숙명.

그 말에 간나가 의아한 표정을 지었지만 미하라도 아키라도 설명하진 않았다. 아키라가 어떻게 자랐고, 어떻게 은행에 들어갔는지.

그 한마디에 아키라는 지금 여기에 있는 자신의 존재 의의를 찾아낸 기분이었다. 그 한마디에 인생이 응축되어 있는 기분마저 들었다. 하지만 그것은…….

가이도 아키라도 마찬가지 아닐까? 문득 그런 생각이 들었다.

그뿐만이 아니다. 가이도 스스무도, 다카시도, 그리고 료마도. 전부 그들이 짊어진 숙명에 휘둘린 게 아닐까.

"뛰어넘어야만 하는 숙명이라는 것도 있겠지."

그때 중얼거린 야마자키 아키라의 한마디는 다른 누가 아니라 자신을 향한 말이었다.

13

그날.

고속열차와 일반열차를 갈아타고 누마즈에서 택시에 올라탄 무코다와 미하라가 향한 곳은 시내 중심부에 있는 건물이었다.

이즈 시모다 관광교통이라는 역사가 느껴지는 현판이 걸린 출입구를 지나 접수처에서 이름을 대자 바로 최상층으로 안내해주었다. 응접실이 빌딩 뒤편에 접하고 있어서 그런지 조용한 골목에 들어온 것처럼 조용했다.

바로 노크 소리와 함께 세 명의 남자가 들어왔다. 지난 몇 달 동안 매수 교섭 상대로 몇 시간씩 토론하고 술잔을 나눈 남자들이다.

"많이 기다리셨죠. 선약이 조금 길어져서."

그렇게 말하며 팔걸이의자에 앉은 초로의 남자는 위엄이 있었다. 좋은 혈통, 나아가 이 지역 최고의 기업 그룹을 이끌어온 자신감과 경험이 그렇게 느끼게 하는 건지도 모른다.

가메야마 나오테루는 이 지역 경제계의 중진 중 한 명으로 지역 정치에도 커다란 영향력을 가졌다고 일컬어지는 인물이다. 그런 가메야마가 지금 평소보다 진중한 눈빛으로 무코다와 미하라를 쳐다보았다.

뭔가가 다르다. 미하라는 그렇게 느꼈다. 지금까지 몇 번 만나보면서 가메야마의 인성이나, 때로는 감정적으로 구는 성격을 이해했기에 알 수 있는 미묘한 위화감이다.

"오늘은 바쁘신 가운데 시간을 내주셔서 고맙습니다." 미하라가 상체를 쑥 내밀었다. "슬슬 마음을 굳히셨을 때라 생각됩니다. 좋은 대답을 기대하고 찾아왔습니다. 잘 부탁드립니다."

노토지마호텔 대리인으로 선빌리지 시모다 매수를 타진한 것은 약 열 달 전의 일이었다. 신뢰할 수 있는 업계 루트를 통해 선빌리지 시모다의 경영이 악화되었다는 정보를 얻은 것은 그보다도 1년 전.

리조트 호텔 업계 진출. 그것은 무코다의 염원이라 할 수 있었다.

무코다의 꿈은 해외의 일류 호텔에 필적하는 고급 리조트를 전 세계에 운영하는 것이다. 미하라가 하는 일은 그 장대한 꿈을 실현하기 위한 지원에 지나지 않는다.

국내에서 계속해온 매수는 말하자면 그 초석을 다지기 위한 과정이자 연습으로, 무코다 하루키라는 남자의 수완을 세상에 알리고 경제적 기반을 쌓기 위한 전초전이었다. 선빌리지 시모다 매수는 그런 무코다가 최상의 타이밍을 기다려 선택한 안건이었다.

이즈 시모다 관광교통이라는 이 지역 굴지의 자본을 자랑하면서도 지금 선빌리지 시모다는 거품 붕괴 이후의 불황으로 피폐해져 모회사의 골칫거리로 변했다. 어떻게든 산하 기업을 지키려는 가메야마의 방침으로 지탱해왔지만 최근 모체인 이즈 시모다 관광교통의 실적 자체가 악화되어, 노토지마로서는 바라마지 않던 매수 기회가 찾아왔다. 역사와 전통을 가진 이 호텔을 매수할 수 있다면 일단은 국내 리조트 호텔 진출의 교두보가 될 터였다.

하지만 이 데면데면한 태도는 뭘까? 내심 고개를 갸웃거린 것도 잠시.

"무코다 씨, 당신은 우리 사풍이나 전통을 존중해주겠다고 하셨죠. 정말입니까?" 가메야마의 입에서 마치 전제를 의심하는 듯한 질문이 튀어나왔다.

"물론입니다. 지금까지 인수한 호텔도 전부 그렇게 운영해왔습니다." 무코다가 다소 놀라서 대답했다.

하지만 돌아온 것은 기묘한 침묵이었다.

뭔가 하고 싶은 말이 있는데 망설이는 듯한 거북한 분위기가 감돌자 미하라가 먼저 물어보았다.

"무슨 일이라도 있었습니까?"

"뭐, 비밀로 해달라고 했는데 그래서야 이야기가 되질 않으니 제가 말씀드리겠습니다."

가메야마 옆에서 끼어든 것은 선빌리지 시모다의 사장 아네자키였다. 아네자키는 가메야마의 데릴사위로, 지금은 실적 부진에 허덕이는 선빌리지 시모다를 맡고 있지만 미래에 이즈 시모다 관광교통의 사장으로 주목받는 핵심 인물이다.

"무코다 씨, 로열 마린 시모다에도 손을 뻗고 있다던데 대체 어떻게 된 일입니까?"

무코다의 옆얼굴에 긴장과 경악이 퍼뜩 스쳤다. 눈을 가늘게 뜨며 경계심을 드러냈다.

"그 얘기는 어디서……?"

"어디든 무슨 상관입니까." 아네자키가 평소의 온화한 태도가 아닌 매서운 말투로 쏘아붙였다. "우리 호텔로도 모자라 로열 마린 시모다까지 매수해서 어떻게 경영할 생각입니까? 우리는 전통과 격식 있는 호텔입니다. 하지만 그쪽은 거품 시절에 덜컥 진출한 것도 잠시, 고급 리조트로 홍보하면서 지금은 염가 여행 패키지로 입에 풀칠하고 있는 호텔이에요. 당신은 그런 호텔에도 손을 뻗치고 있습니까? 지조가 없어 보이는군요."

"잠시만요." 무코다가 당황해서 말했다. "그것과 이건 다른 문제라고 생각해주시면 안 되겠습니까?"

"근처의 라이벌 호텔이에요. 아니, 라이벌이라는 말도 아깝습니다. 물과 기름입니다."

단호한 아네자키의 말에 무코다도 핏기가 가셨다.

"아무래도 신용할 수 없군요. 이래서야 직원들이 받아들이지 않을 겁니다. 당신은 우리 사풍을 경시하는 것 같군요."

추가로 발언한 것은 가메야마의 오른팔이라는 모리 가즈히코. 이즈 시모다 관광교통의 금고 수문장으로 불리는 남자다. 이즈 시모다 관광교통이 얽힌 사업은 모리가 수락하지 않는 한 실현되지 않는다.

"그렇지 않습니다." 무코다가 당황해서 말했다. "당연히 여러분을 존중할 것이고 선빌리지 시모다의 전통은 반드시 지키겠습니다."

세 사람에게서 돌아온 것은 완고한 침묵이었다.

"저, 대체 그 이야기는 어디서 들으셨습니까?" 미하라가 확인하듯 물어보았다.

노토지마호텔의 로열 마린 시모다 매수 정보를 아는 곳은 한정적이다. 무코다 측, 미하라를 포함한 관계자의 정보 관리는 절대적이다. 그렇다면 산업중앙은행이나 당사자인 로열 마린 시모다 쪽인가.

누군지 모르겠지만 어떻게 이런 어리석은 짓을.

미하라의 뱃속에서 뜨거운 분노가 끓어올랐다.

"이번 일은 일단 백지로 돌려야겠습니다." 마침내 최악의 한마디가 가메야마의 입에서 나왔다. "이렇게 망설여질 때는 그만두는 게 좋아. 억지로 추진해봤자 좋은 일이 없어."

"가메야마 사장님, 기다려주십시오." 미하라는 오른손을 내밀어 당장이라도 일어서려는 가메야마를 말렸다. "누가 어떤 말을 했는지는 모르겠습니다. 하지만 저희는 반드시 선빌리지 시모다를 흑자로 만들고 성공으로 이끌겠습니다. 그러니 다시 한번 검토해주실 수 없겠습니까? 이렇게 부탁드립니다."

테이블에 이마가 닿을 정도로 고개를 숙인 미하라의 귀에 그때 무코다의 목소리가 들려왔다.

"누구에게 무슨 말씀을 들었는지 모르겠습니다. 실제로 로열 마린 시모다를 사지 않겠느냐는 제안을 받아 검토하고 있는 건 사실입니다. 저는 로열 마린 시모다를 선빌리지 시모다의 아넥스, 신관으로 쓸 수 없을까 고민했던 것뿐입니다. 하지만 그게 완전히 착각이었다는 걸 지금 알았습니다. 부족한 식견이 부끄러울 따름입니다."

고개를 든 미하라가 본 것은 진지한 눈빛으로 세 사람을 마주하고 있는 무코다의 옆얼굴이었다.

"로열 마린 시모다에 대한 검토는 철회하겠습니다. 혼자 미래를 구상하다가 괜한 걱정을 끼쳐드려 송구합니다. 그건 없었던 일로 치고 다시 한번 고려해주시면 안 되겠습니까?"

"그럼 그쪽 매수는……." 아네자키가 물었다.

"물론 거절하겠습니다. 약속드립니다."

미하라는 꼼짝도 하지 않고 무코다의 대답을 듣고 있었다.

가망이 없겠어, 이건. 미하라는 마음속으로 중얼거렸다. 끝났어, 아키라.

13장 — **내우외환**

"어째서 실적이 개선되지 않는 걸까.

경기가 나빠서, 경쟁사 덤핑이 치열해서, 지금까지 그런 생각만 해왔는데

이제야 그런 이유 이전에 심각한 문제를 끌어안고 있다는 걸 깨달았어."

1

"아키모토 본부장이 잠시 뵙고 싶다고 합니다."

오후에 예정된 거래처 방문을 마치고 회사로 돌아온 가이도 아키라에게 비서가 알렸다. 어지간히 급한 용건인지, 비서 뒤에 이미 아키모토가 와서 서 있었다.

"죄송합니다, 사장님." 성급하게 사장실로 들어온 영업본부장의 첫마디는 사죄였다. "다이요제지에서 거래를 중단하고 싶다고 합니다."

귀를 의심한다는 게 이런 걸 두고 하는 말이리라. 아키라는 저도 모르게 아키모토의 얼굴을 뚫어져라 쳐다보고 말았다. 기가 막힌 상황에 말이 나오지 않았다.

"다이요제지가?"

도카이해운에는 핵심이라 할 수 있는 주요 거래처가 몇 군데 있는데, 다이요제지는 그중 하나였다. 거래도 오래되어 할아버지 대까지 거슬러 올라간다.

"이유가 뭐야?" 아키라는 벌떡 일어나서 물었다.

다이요제지와의 거래가 중단되면 실적에 상당한 타격을 받게 된다. 적자로 전락하는 게 아닐까? 갑작스럽게 치밀어오른 위기감에 가슴이 막막한 동시에 위화감을 느꼈다. 다이요제지에는 바로 며칠 전 사장 취임 인사를 다녀왔다. 그때 거래를 중단하겠다는 말은 전혀 나오지 않았는데 이렇게 갑자기…….

"아무래도 경쟁사에서 저희를 상회하는 조건을 내놓은 듯해서."

"경쟁사? 어디지?"

아키모토가 고개를 가로저었다. "모르겠습니다."

"조건은?"

"물어봤지만 확실하게는……." 아키모토는 명확하게 대답하지 못하고 고개를 숙였다.

"긴급 회의를 열어야겠어." 그 자리에서 비서에게 지시했다. "영업과 경리부 과장급 이상을 소집해. 밤이라도 상관없어."

"바로 상세 보고서를 올리겠습니다. 죄송합니다."

그때, 등을 구부리고 사장실에서 조용히 물러나는 아키모토를 바라보는 아키라의 뇌리에 어떤 생각이 번뜩 구체적인 윤곽을 그렸다.

거품 붕괴 후의 환경 악화, 로열 마린 시모다에 대한 연대채무보증, 그런 것만이 이 회사의 위기가 아니다. 회사가 닳고 있다. 아키라는 지금 또렷이, 회사의 틀이 삐걱거리는 소리를 들은 것 같았다.

그날 오후 8시. 도카이해운 회의실에는 무거운 분위기가 감돌고 있었다.

"우리 거래량은 결국 어디에 빼앗긴 겁니까?"

경리과장 구사노가 물었지만 아키모토의 정보 수집은 낮에 아키라가 보고받은 시점에서 거의 진척이 없었다.

"왜 모르는 겁니까? 일을 앗아간 상대조차 알아내지 못했단 말입니까?"

구사노의 초조한 마음도 이해한다. 갑작스러운 실적 악화로 경리부가 느끼는 위기감은 상당한 것이었다.

"조건이 문제라면 거래 조건을 다시 점검해 화물을 되찾을 순 없습니까?"

문외한인 경리부, 그것도 아랫사람인 과장이 지적하자 아키모토가 기분이 상한 듯 내뱉었다. "그럴 수 있었으면 이미 했어."

뭔가가 잘못되었다.

아키라는 그 답을 찾으며 이 대화를 지켜보고 있었다.

영업은 어떤 의미에서 정보가 생명이다. 중요한 거래처를 잃었으면서 그 상대조차 파악하지 못하고 있다. 조건에서 지기 전에 조직의 자세에 어떤 문제가 있었을 것이다.

사장에 취임한 지 3개월.

연대보증 문제라는 막중한 과제에 휘둘리는 한편, 취임 인사 등 외부 세상만 눈여겨보았다. 하지만 일단 시선을 회사 내부로 돌려보니 거기에도 마찬가지로, 아니, 거기에야말로 문제가 깊이 뿌리를 내리고 있었다.

분개하는 구사노 옆에서는 경리부장 난바가 논의에 끼어들지도 않고 방관자를 고수하고 있었다. 들썩거려봤자 마땅한 방도가 없다는 피로감이 회의실 전체를 감싼 것처럼 나른했다. 조직의 피로감, 세월에 따른 마모, 정체감이 짙은 그늘을 드리웠다.

"그럼 다이요제지와의 거래는 포기하겠다는 말씀이군요. 그러면 금년도 목표를 달성하기 위해 어떤 대책을 취할 건지 말씀해주시겠습니까?" 예산 담당이기도 한 구사노가 따져 물었다.

"대책? 그렇게 쉬운 일이 아니라는 건 경리부도 알잖아."

아키모토가 격앙하자 회의실은 더더욱 공허한 탈력감에 물들어 갔다.

"그만. 다이요제지 사장과 직접 대화하겠다." 아키라의 한마디에 아키모토가 고개를 번쩍 들었다. "갑작스럽게 거래를 중단하는 이유가 뭔지, 직접 들어야겠어."

그렇게라도 하지 않으면 도저히 받아들일 수 없었다.

"일부러 찾아올 줄은 몰랐네."

아키라가 시나가와구에 있는 다이요제지를 찾아간 것은 회의로부터 이틀 후였다. 다망하기 그지없는 사장 마나베에게는 회의 후 바로 미팅을 요청했지만 시간이 난 것이 이날 오후 4시였다.

"취임 인사를 드린 지도 얼마 되지 않았는데, 일이 이렇게 되어 죄송합니다."

아키라의 사과를 태연히 듣고 있는 마나베는 일흔을 바라보는 나이에도 겉모습은 50대 후반이라고 해도 통할 만큼 젊어 보였다.

"내부에서 검토했는데 그쪽에는 유감스러운 결과가 되었네. 다만 이제 와서 거래를 어떻게 해달라고 해도 늦었소, 가이도 씨."

마나베는 온화한 남자지만 태도는 대기업 경영자답게 명확했다.

"알고 있습니다. 다만 향후 참고로 삼고자 연유를 여쭈러 왔습니다. 실례가 아니라면 어느 해운 회사로 바꾸었는지 알려주실 수 없겠습니까?"

"미시마라인으로 바꿨네."

아키모토가 정보 수집을 어떻게 했는지는 모르겠지만 마나베는 선뜻 회사명을 알려주었다. 그것도 뜻밖의 이름을. 미시마라인의 기업 규모는 도카이해운의 약 절반이다.

"역시 운임이 상당히 저렴했습니까?"

"싸기야 했지. 하지만 꼭 그게 이유는 아니야."

마음에 걸리는 발언이다.

"그렇다는 말씀은……."

"자네 쪽은 대처가 좋지 않았어."

직접적인 지적에 아키라는 얼어붙었다.

아키모토는 운임과 같은 거래 조건에서 '패배'했다고 보고했다. 하지만 마나베의 말은 그 보고를 정면에서 부정하는 것이었다.

"무슨 뜻인지 여쭤봐도 되겠습니까?" 아키라는 당혹감을 느끼며 물어보았다.

"모르고 있나?"

"부끄럽습니다만."

마나베가 말을 이었다. "현장에서 불평이 끊이질 않았어. 짐이 쏟아져도 적당히 넘기고 보상까지 몇 달이나 걸려. 늦게 도착해도 날 씨 때문에 어쩔 수 없다며 뭉개버린다는군. 더군다나 사죄나 설명도 제대로 하지 않는다니, 귀사가 우리 제품에 운반 노하우가 있다고는 해도 참을 수가 있어야지. 나쁘게 생각 말게, 지금까지 배짱 장사를 해왔으니 그 값을 치렀다고 생각하고 단념해."

배짱 장사. 너무 놀라서 한동안 말이 나오지 않았다.

"그랬습니까…… 죄송했습니다."

아키라는 그저 뼈저리게 사과할 수밖에 없었다.

2

"상태는 어때?"

그날, 료마를 만나러 시나노마치에 있는 병원에 간 아키라는 침대 옆에 있던 의자를 끌어당겨 앉았다.

"그냥 그래. 미안, 블라인드 좀 걷어주겠어?"

1인실 침대 등받이를 올리고 책을 읽고 있던 료마의 표정에서는 이제야 겨우 예전의 건강한 모습을 엿볼 수 있었다. 일어나서 한쪽 끈을 잡아당기자 7층 창문으로 어둑하니 흐린 하늘과 메이지신궁 외부 정원의 신록이 보였다.

다이요제지를 시작으로 지난 일주일 동안 아키라는 가급적 많은 거래처를 직접 찾아갔다. 스스로 고객을 접하고 직접 도카이해운의 평가를 듣기 위해서다. 거기서 나온 정보는 아키라의 위기감을 자극하기에 충분하고도 남을 정도였다. 이대로 가면 어느 거래처가 다이요제지와 같은 판단을 내려도 이상하지 않다.

특히 할아버지 때부터 이어진 거래로 친밀하다고 생각했던 거래처일수록 도카이해운의 '배짱 장사'를 지적한 것이 아키라에게는 충격이었다. 그것이 점점 더 도카이해운이라는 조직에 대한 아키라의 위기의식을 부추기는 결과가 되었다.

과연 어디에 문제의 본질이 있는지, 어떻게 대처하면 좋을지, 아키라는 지난 며칠 동안 고민하고 또 고민했다. 그리고 겨우 어떤 결심을 굳히고 료마에게 알리러 온 것이다. 료마와 상관있는 일이기 때문이었다.

"로열 마린 시모다는 어떻게 됐어?"

어지간히 마음에 걸렸는지 료마는 가장 먼저 그것을 물었다.

"그저께, 산업중앙은행에서 연락을 받았는데 가나자와에 있는 유서 깊은 호텔이 매수 의향을 보였다는구나. 오늘 거기 사장이 대리인하고 함께 누마즈에 갈 일이 있다고 가는 김에 현지를 시찰하고 오겠다고 했어. 교섭에는 긍정적으로 응해주는 것 같아. 성공할지도 몰라."

"그래. 다행이다." 료마가 미소를 보였다.

아키라가 말했다. "료마, 실은 다이요제지와의 거래가 끊겼다."

"설마." 료마의 눈이 경악으로 벌어졌다. "그 회사하고는 개업 이래로 쭉 거래해왔잖아. 왜?"

"처음에 들었을 때는 나도 내 귀를 의심했어. 하지만 끊길 만한 이유가 있었어. 그걸 알려준 건, 거래처야."

전통 있는 기업이라는 간판, 오래 지속된 거래, 안정된 실적. 거기에 안주해 스스로 반성할 줄 모르는 영업, 그리고 현장에서 벌어지는 일이 상부에 정확하게 전달되지 않는 소통의 부재. 그 모든 것이 거래 중단과 연관이 있다.

"료마, 너를 사장에 앉힌 건 아키모토지. 그래서 오늘은 네게 미리 말해두려고 찾아왔어." 이윽고 아키라는 병실을 찾은 목적을 말했다. "아키모토를 경질하겠다."

대답은 없었다.

"경리부장 난바도 교체하고 구사노를 승진시킬 거야. 만연한 구폐를 끊어내지 않는 한 도카이해운에 내일은 없다." 아키라는 감정을 잃은 눈으로 응시하며 말했다.

3

"부르셨습니까?"

아키라와 반대쪽 소파에 앉은 아키모토는 무슨 용무인가 하는 표정으로 아키라의 말을 기다렸다.

"아키모토 씨도 알다시피 요즘 거래처를 여기저기 찾아가 이런저런 이야기를 듣고 왔어. 먼저 말해주는 고객도 있었고, 무거운 입을 겨우 떼고 말해준 사람도 있었지."

잠시 어리둥절한 기색을 보이던 아키모토가 아키라의 눈치를 보았다.

"아키모토 씨, 다이요제지가 왜 거래를 중단했는지, 어째서 제대로 확인하지 않았나?"

단도직입적으로 물은 아키라에게 '뭐야, 또 다이요제지 이야기야'라는 듯이 아키모토는 짜증스러운 표정을 지었다.

"묻지 않은 게 아닙니다. 그쪽도 제대로 말하지 않았고요. 그 이상 물어도 의미가 없다고 생각했습니다."

아키모토의 직함은 상무이사 겸 영업본부장으로 두말할 필요 없이 영업 활동의 핵심이다. 임원들에게 손을 써서 아버지가 사장직을 맡긴 고니시를 끌어내린 게 아키모토였다.

료마를 부추겨서 사장에 앉힌 이면에는 소위 사장의 후견인으로 회사를 지배하려는 생각도 있었을지 모른다. 한편으로 료마의 예상치 못한 폭주로 계획이 틀어지자 재빨리 등을 돌리고 뒤에서 온갖 험담을 한 것도 아키모토였다.

"우리가 성실하게 일 처리를 해주지 않았다는 게 마나베 사장의 설명이었어. 뭔가 문제가 있었던 것 아닌가?"

"예? 일 처리 말입니까?" 아키모토는 시치미를 뗐다. "그런 얘기는 못 들었습니다만."

"최근에도 짐이 무너져서 심각한 클레임이 있었을 텐데?"

"클레임?" 밀고 당기기에 능숙한 교활한 눈이 아키라의 표정을 살피고 있다. "죄송합니다, 조사해보기 전에는."

그렇게 회피하려는 아키모토에게 아키라는 몸을 내밀었다.

"사실대로 말해주지 않겠나?"

"아니, 사실대로라고 말씀하셔도……."

"그럼 이건 뭐지?"

어떻게든 속이려던 아키모토의 앞에 영업부 직원이 쓰는 일지 사본을 툭 던졌다. 실실거리던 웃음을 삼키고 어색하게 침묵하는 아키모토를 지켜보며 아키라는 일지를 손에 들었다.

"읽어볼까? '7월 2일. 다이요제지 사카가미 부장이 지난번 짐이 무너진 일에 대하여 재발 방지 대책 보고와 사죄를 요청.' 8월에도 똑같은 기록이 있어. 사죄하러 오라고. 이건 한 달이나 방치했다는 뜻이지."

"죄송합니다. 바빴을 때라 도무라 과장에게 맡겼던 것 같습니다."

"그럼 지금 도무라를 불러서 확인할까?" 입을 다물어버린 아키모토에게 아키라는 단호하게 말했다. "어째서 실적이 개선되지 않는 걸까. 나는 그걸 쭉 고민해왔어. 경기가 나빠서, 경쟁사 덤핑이 치열해서, 지금까지 그런 생각만 해왔는데 이제야 그런 이유 이전에 심각한 문제를 끌어안고 있다는 걸 깨달았어. 그건 바로 오만함이다. 고객 부재의 본질이라고 해도 좋아."

대답은 없었다. 골프로 검게 그을린 남자가 고개를 숙이고 조용히 숨을 내쉴 뿐이었다.

"현장의 목소리가 사장인 내게 올라오지 않는다, 그것도 모자라 거래 중단 원인까지 내게 숨기다니. 아키모토 씨, 솔직히 묻겠는데 지금 나와 아키모토 씨 사이에 신뢰 관계라 부를 수 있는 게 있나? 사사건건 문제를 숨기고 입맛에 맞는 사실만 늘어놓지. 이제 그런 건 내 쪽에서 사양하겠다."

아키모토의 표정에 그늘이 드리웠다. 가만히 대답을 기다리는 아키라를 향한 아키모토의 뒤늦은 반응은 헛웃음이었다.

"사장님, 본부장은 힘든 자리입니다." 아키모토는 일그러진 미소를 지으며 항변했다. "분명 클레임을 간과한 건 잘못했지만 그동안 제가 놀았을 것 같습니까? 이런 단 하나의 실수를 들어 탓하시면 곤란합니다. 부당한 처사 아닙니까?"

"틀렸어." 아키라는 조용히 말했다. "아키모토 씨는 사내 정치는 잘하지만 우리 회사 영업을 이끌 리더로서는 결정적으로 자질이 부족해. 바로 고객을 존중하는 마음이다. 잘못을 사죄하지도, 반성하지도 않고 어차피 거래가 끊길 일 없다고 배짱을 부리는 그 태도, 일단 고객을 우습게 보는 영업맨은 두 번 다시 고객의 신뢰를 얻을 수 없어. 내 말이 틀렸나?"

"잠깐만요. 말씀이 너무하신데, 그건 저더러 그만두라는 말입니까? 농담하십니까, 저를 대신할 사람이 어디 있단 말입니까?" 아키모토가 적반하장으로 나왔다. "우리 같은 동족 사장이 지배하는 어려운 회사에서 부하들의 불만을 잠재우고 근무 의욕을 유지시키는 리더십을 발휘할 수 있는 사람이 내부에 있습니까? 제가 해온 건 말하자면 가이도가의 뒤치다꺼리입니다. 사장님은 그걸 전혀 이해하지 못하는 것 아닙니까?"

"뒤치다꺼리를 해줄 필요는 없어." 아키라는 바로 부정했다. "내게 필요한 건 고객의 목소리를 충실하게 반영하고, 적절하게 대처할 수 있는 임원이자 관리직이야. 누가 현장의 불만을 덮으라고 했지? 나는 불만이 있다면 바로 듣고 싶다. 바로 거기에 다음 경영으로 이어지는 힌트가 있어. 아키모토 씨의 방식으로는 사장은 아무것도 모르고, 아무것도 보이지 않는 벌거벗은 임금님이 되고 말아. 료마가 그렇게 된 것처럼."

"그래서 날 자르시겠다?" 아키모토는 어깨를 들썩거리며 웃더니 허세나 다름없는 소리를 내뱉었다. "후회해도 모릅니다. 그래서 어디로 보내시려고요? 파견입니까?"

"당신은 벌써 예순이야. 은퇴를 고민해도 좋은 나이 아닐까?"

"그렇습니까?" 아키모토가 눈에 뚜렷한 적개심을 드러내더니 등받이에 몸을 내던지고 다리를 꼬았다. "마지막으로 한 가지만 알려주시죠. 누가 나를 대신합니까? 부장대리 오노데라입니까? 아니면 데시마? 하나같이 어중간한 놈들뿐인데요. 그래서 영업부를 바로잡을 수 있겠습니까?"

될 대로 되라는 듯이 부하의 이름을 언급하는 아키모토에게 아키라는 뜻밖의 이름을 댔다.

"당신에게 후임 인사를 알려줄 의무는 없지만, 가르쳐주지. 케이즈푸드 기타무라 도시오 전무를 발탁할 생각이다."

"케이즈푸드?" 아키모토는 껄껄 웃었다. "이쪽 전문가가 아니잖습니까? 그런 곳에서 사람을 불러봐야 부하들은 따르지 않을 겁니다. 노파심에서 말씀드리는데 은행원 발상으로 회사 재생은 불가능하지 않겠습니까?"

"고맙게 참고하지."

아키모토는 훨훨 타오르는 눈빛으로 아키라를 쳐다보았지만 결국 반론은 하지 못했다.

아키모토가 사장실에서 나가자 아키라는 왈칵 밀려든 피로감을 견디지 못하고 팔걸이의자에 몸을 묻은 채로 눈을 감았다. 얼마나 그러고 있었을까, 다시 노크 소리와 함께 비서가 들어왔다.

"산업중앙은행 전화입니다. 급히 사장님을 찾습니다."

책상 전화로 받자 야마자키 아키라가 그답지 않게 다급한 목소리로 말했다. "로열 마린 시모다 매각 건, 어디선가 정보가 유출됐어. 지금 노토지마호텔 측에서 매수 이야기는 없었던 일로 해달라고 통보해왔어."

"설마!"

갈라진 목소리로 겨우 반응한 가이도 아키라는 더 이상 뒷말을 잇지 못했다.

4

"무슨 일입니까, 이렇게 우르르. 게다가 산업중앙은행까지."

명함을 교환하면서 에하타는 빈정거리는 눈으로 야마자키 아키라를 쳐다보았다. 상사인 차장 세타와 함께 상대가 권하는 소파에 앉기는 했지만 아키라뿐만 아니라 미하라도 동석한 상황에 한마디 했다. 도카이상회의 응접실이었다.

"내밀히 드릴 말씀이 있어 찾아왔는데 말입니다."

"예측 못 한 사태가 생겼으니까요. 로열 마린 시모다 건입니다."

"로열 마린?"

스스무의 말에 에하타가 한쪽 눈썹을 실룩거리며 뒷이야기를 기다렸다.

"제가 말씀드리죠." 아키라가 설명을 시작했다. "이미 들으셨겠지만 저희 은행에서는 로열 마린 시모다의 매각처로 노토지마호텔과 교섭 테이블에 앉아 있었습니다. 그런데 예상하지 못한 사실이 드러나 무코다 사장께서 갑자기 교섭 중단을 통보했습니다."

"예상하지 못한 사실?"

"정보 누설입니다."

에하타는 어리둥절하며 물었다가 아키라의 한마디에 숨을 혹 삼켰다.

"노토지마호텔이 로열 마린 시모다 매수를 검토하고 있다는 정보를 흘린 자가 있습니다."

"실례지만, 그래서 그 교섭은 전혀 재개될 가망이 없다는 뜻입니까?" 차장인 세타가 물었다.

세타는 탄탄한 체격에 키도 190센티미터쯤 된다. 체력으로 쭉쭉 밀어붙이는 타입이다.

"유감이지만, 없습니다." 미하라가 대답했다. "노토지마는 로열 마린 시모다에 큰 관심을 갖고 있었고 조건만 맞으면 매수는 진행됐을 겁니다."

"미쓰토모에서도 노토지마호텔의 매수 의향은 알고 계셨지요?"

아키라가 화제를 돌리자 에하타가 뜻밖이라는 듯이 말했다. "잠깐만요. 확실하게 말씀드리겠는데 도카이상회의 주거래 은행은 저희 미쓰토모입니다. 자회사인 로열 마린 시모다도 어느 은행이 거들떠보지도 않아 저희가 든든하게 지원해왔어요. 그런 저희가 로열 마린 시모다에 관한 중요한 경영 정보를 알 권리가 있는 건 당연하지 않습니까?"

"당신이 정보를 얻은 걸 문제 삼는 게 아닙니다. 문제는 그다음입니다." 아키라는 미쓰토모은행 담당자를 쏘아보았다. "당신은 그 정보를 누군가에게 말씀하셨죠?"

"제가? 무슨 소리를 하는 겁니까?"

일언지하에 부정한 에하타 옆에서 세타가 신중하게 대화를 지켜보고 있었다.

"미쓰토모은행에서는 로열 마린 시모다의 라이벌 리조트 호텔에 매각을 제안했다고 들었는데, 아마도 선빌리지 시모다겠지요?"

눈을 가늘게 뜬 에하타의 표정이 아키라의 지적이 옳다는 것을 증명했다.

"그때 상대에게 노토지마호텔이 로열 마린 시모다의 매수를 검토했다는 말을 했어요. 아닙니까?"

에하타는 바로는 대답하지 않았다. 머릿속에서 수많은 생각의 톱니바퀴가 덜컹거리며 돌아가고 있었다. 하지만 아키라의 한마디에 그 얼굴에서 핏기가 사라졌다.

"저희가 아무 확증도 없이 이런 말을 하러 왔다고 생각합니까?"

"몰랐어." 결국 버틸 수 없었는지 에하타가 고백했다. "노토지마호텔이 라이벌 호텔까지 매수하려 했다는 걸 어떻게 알았겠어?"

실내에 내려앉은 무거운 침묵 속에서 사과한 것은 다름 아닌 세타였다.

"이번 일은 저희 실수입니다. 죄송하게 됐습니다."

두 손으로 무릎을 짚고 깊숙이 머리를 조아리는 세타에게 아키라는 냉담한 반응을 보였다.

"아무리 사과를 받아도 이 사태는 수습할 수 없습니다. 오늘은 미쓰토모은행의 매수 교섭 상황을 보고하고 향후 문제를 의논하신다고 들었습니다. 그렇다면 그걸 말씀해주시겠습니까? 저희도 지금 가진 정보를 제공하겠습니다. 앞으로 각자 따로 움직이지 말고 정보를 공유해서 작업 효율을 도모할 수 있을 겁니다. 어떻습니까?"

"지당한 말씀입니다." 세타는 떨떠름한 표정으로 말을 이었다. "에하타가 선빌리지 시모다에 로열 마린 시모다 매수를 제안한 건 아시는 바와 같습니다. 하지만 유감스럽게도 교섭 테이블에 앉아보지도 못하고 그 자리에서 거절당했습니다. 선빌리지와 로열 마린의 알력에 대해서는 저희도 인식이 안일했다고 반성하고 있습니다."

참패 보고에 스스무의 얼굴이 창백해졌다.

"산업중앙은행에는 다음으로 어떤 매수처 후보를……."

세타의 물음에 아키라는 고개를 가로저었다. "아니요. 외국계 대형 호텔, 국내 대형 호텔을 차례로 만나봤지만 아직 못 찾았습니다."

매각 교섭의 향방은 지금 깊은 안개 속에 묻혀, 무거운 침묵 속에서 출구 없는 생각만 정처 없이 맴돌고 있었다. 그때, 그 정적에 끼어든 사람이 있었다. 미하라였다.

"저, 만약 괜찮다면 제가 한마디 드려도 되겠습니까?"

"무슨?" 스스무가 놀란 얼굴로 미하라를 보았다.

"실례지만 이런 상황에서 단기간에 매수처를 찾기란 대단히 어려울 겁니다." 미하라다운 직설적인 의견이었지만 아무도 반론하지 않았다. "한 가지 제안을 드리겠습니다만, 동종업계 밖으로 눈을 돌려보면 어떨까요?"

"그러면 수도 없이 많잖아." 스스무가 말했다. "그야말로 지푸라기 속에서 바늘 찾기야."

"맞습니다." 미하라는 부정하지 않았다. "하지만 그것을 찾는 게 저희 일입니다."

5

야마자키 아키라가 롯폰기에 있는 골드베르크 본사 사무실을 찾아갔을 때, 미하라는 넓은 책상을 빼곡하게 채운 서류에 묻혀 있었다. 유리 벽으로 나뉜 사무실은 개별 공간이 ㄷ자로 붙어 있는 세련된 구조로 그 중앙에 응접실이라기보다는 사원들이 휴식하기 위한 테이블과 의자가 있고, 벽에는 미니바까지 있었다.

"잘 왔어." 책상 맞은편에서 미하라가 깊은 숲속을 사흘 밤낮 헤맨 사람처럼 피곤한 표정으로 말했다.

커다란 책상 위에는 지금 서류들이 난잡하게 널브러져 있었다. 로열 마린 시모다의 경비 분석, 다양한 정보와 재무 서류, 로열 마린 시모다의 여행 패키지 전단지까지 있다. 아키라가 제공한 산업중앙은행에서 작성한 기업 정밀 조사 보고서 사본이 수많은 부전지를 달고 쌓여 있었다.

"진전이 없나 보네."

상대의 얼굴을 보며 말한 아키라에게 미하라는 잠시 침묵했다가 시인했다.

"뭐, 그런 셈이지. 동종업계 사이의 매매 가능성은 낮아. 그렇다면 어떤 회사가 매수처가 될 수 있을까……."

아키라에게 하는 말이라기보다는 자문에 가까웠다.

"앞으로 호텔업 진출을 계획하고 있는 회사라거나."

"두 군데 있었어." 미하라가 대답했다. "신뢰할 수 있는 정보원에게 넌지시 타진해봤는데 한 곳은 차기 5개년 계획에 호텔업을 넣을지 말지 고민하는 단계라 시기상조, 나머지 한 곳은 이미 호텔 토지 매수를 완료해서, 이쪽은 너무 늦었어."

"민감한 질문이라 미안한데." 아키라는 손에 든 서류를 책상에 툭 던지며 물었다. "어떤 매수처에 접근하고 있는 거야? 설마 면식도 없이 불쑥 찾아가 회사를 파는 건 아닐 테고."

"다양해." 의자 등받이를 뒤로 젖히고 미하라는 나른한 동작으로 깍지 낀 두 손을 가슴에 얹었다. "우선 우리하고 경영 자문 계약을 체결한 회사가 수십 곳 있어. 전부 중견 내지 대형 기업이야. 호텔 업계로는 너도 이미 알고 있는 노토지마호텔, 우리 단골 중 한 곳이야. 그밖에 다양한 성장 판도에 있는 IT기업, 조선, 섬유, 식품 관련 회사. 대부분의 경우 회사를 매수할 동기가 존재해. 하지만 한편으로는 낯선 회사에 제안하러 갈 때도 있어."

"그 패 중에 로열 마린 시모다에 관심을 보이는 회사는 없다?"

미하라는 두세 번 의자 등받이를 흔들다가 대답했다. "없어."

단호한 대답이다.

"하지만 오해는 하지 마. 그건 우리 패가 적어서 그런 게 아니야.

일반론으로 말하면 기업 매매는 지금 압도적인 판매자 시장이야. 멀쩡한 매물이라면 반드시 팔 자신이 있어. 하지만 현실적으로는 매물에 걸맞은 회사가 적어. 심각한 적자로 재무 상태가 나쁘거나, 종업원 10명 미만인 영세하고 아무런 장점도 없는 대기업 하청업체, 그런 회사는 아무리 기다려도 매수처가 안 나타나."

미하라는 설명하면서 자기 머릿속을 정리하는 것 같기도 했다.

"난 지난 사흘 동안 과연 로열 마린 시모다에 어떤 세일즈 포인트가 있을지 필사적으로 찾았어. 그리고 알아낸 사실이 있어." 미하라는 일단 말을 끊었다가 다시 이었다. "이 회사에는 매물로서의 매력이 상당히 부족해. 기껏해야 설비가 비교적 새롭다는 점 정도야."

"동감이야." 아키라도 솔직하게 대답했다. "적어도 매수로 140억 엔이나 되는 차입금을 인수할 정도의 메리트는 없어."

"좋아. 의견이 일치했어." 미하라가 장난스럽게 말했다. "요컨대 우리는 매물 가치가 전혀 없는 회사를 팔려고 한다, 그런 뜻이야."

어떻게 생각해도 그것이 현실이다. 속일 수도 지울 수도 없는, 엄연히 실재하는 사실이다.

"팔리는 건 팔려. 팔리지 않는 건 안 팔려." 미하라가 말했다. "하지만 그렇게 따지면 팔리지 않는 건 절대 안 팔리겠지. 그렇지만 눈속임이나 거짓말은 안 돼. 정정당당하게, 정면승부로 매수처를 찾아야 해."

"어떻게?"

아키라의 질문에 미하라가 몹시 진지한 표정으로 의자 등받이에서 몸을 뗐다. "지금, 그걸 고민하고 있어."

"막다른 골목이네요." 간나는 한숨 섞인 목소리로 말하며 의자 등받이에 몸을 기댔다.

노토지마호텔 교섭에 실패하고 한 달이 지나 새해가 밝았다. 이미 로열 마린 시모다에 대해서는 모든 요소를 샅샅이 연구했다고 해도 좋다. 오후 5시부터 열린 정례회의 자리였다.

"그렇지만 이대로 손가락만 빨고 있으면 시간만 흘러." 마키노가 진척 없는 상황에 지친 기색으로 말했다.

"하지만 뭔가 걸린단 말이죠." 간나는 손에 들고 있던 볼펜을 서류 위로 굴리며 말했다. "우리가 이렇게 열심히 찾고 있는데, 가이도 사장 말이 뭘 하고 있느냐고. 어제 미팅하러 갔는데 아직도 매수처를 못 찾았다고 잔뜩 화를 내더라고요."

도카이상회 가이도 스스무를 말하는 것이다.

"불평만 하면서 직접 매수처를 찾지도 않고, 일이 이렇게 돼서 미안하다는 말은 한마디도 없고. 애초에 로열 마린 시모다라는 리조트호텔을 시작한 건 가이도 형제잖아요. 그런데 우리만 악착같이 일하고 당사자인 본인들은 남 일처럼 태연히 구경만 하고 있어요. 경영 책임을 전혀 못 느끼는 태도예요. 그런 회사를 구하는 게 과연 은행의 역할일까요?"

"로열 마린 시모다가 망하든 도카이상회가 잘못되든 우리가 알 바 아니잖아. 도카이해운이 연대보증채무를 지고 있다는 게 문제일 뿐이지."

마키노의 의견은 합리적이다.

"도카이해운을 구하려고 하는 일이라는 건 저도 알아요." 간나의 스트레스도 상당히 커졌다. "이런 M&A를 추진하는 것보다 도카이해운의 채무 부존재를 주장하는 게 낫지 않을까요? 분식결산서로 속였잖아요, 그 사람들. 소송하면 돼요. 왜 안 하는 거예요?"

"가이도 아키라는 숙부들을 몰아세우긴 싫은 것 같아."

야마자키 아키라의 설명에 간나는 불만스러운 표정을 지었다.

"왜요? 저는 도저히 이해 못 하겠어요."

"형제간의 반발심과 불화 때문에 지금은 삐걱거리고 있지만 그걸 극복하고 다시 한번 결속력을 되찾으려 했던 료마 씨 때문이야. 소송을 걸면 가이도가는 완전히 단절되어버려. 그런 사태는 피하고 싶다는 게 그 녀석의 생각이야."

"너무 착해요." 간나가 반쯤 체념한 투로 말했다.

"지금은 경영자지만 가이도 아키라의 본성은 우리하고 같은 뱅커야." 야마자키 아키라는 말했다. "착하지 않아. 그렇게 보이더라도 거기에는 고뇌와 고민 끝에 선택한 합리적인 판단이 있을 거야. 그 녀석도 내심 속이 부글부글 끓겠지."

"감정적으로 굴고 싶진 않지만." 간나가 말했다. "로열 마린 시모다도 도카이상회도 한데 뭉쳐서 짓밟아주고 싶어요."

그 말에 폭소할 뻔했던 아키라가 문득 웃음을 거두었다.

"아, 죄송해요, 차장님."

"아니, 그게 아니라." 화나게 했다고 착각한 듯한 간나를 오른손을 들어 제지했다. "그런 방법도 가능하지 않을까?"

아키라의 말뜻을 이해하지 못하고 두 사람은 어리둥절한 표정으로 얼굴을 마주 보았다.

7

"그나저나 네가 밥을 먹자니, 어쩐 일이야?" 스스무는 어딘가 의심하는 눈초리로 아키라를 바라보며 말했다.

가이도 아키라가 가끔 이용하는 신바시의 양식점이었다. 대부분이 테이블이지만 개별실도 있다. 그중 한 곳에서 아키라는 테이블을 사이에 두고 스스무와 마주 앉아 있었다.

"산업중앙은행에서 로열 마린 시모다 건으로 타진해와서요."

"상대를 찾았나?" 음식을 먹던 스스무가 손길을 멈추고 기대에 찬 눈으로 쳐다보았다.

"아니요."

그 대답에 스스무는 다시 음식으로 시선을 돌렸다.

"지금 상태로 로열 마린 시모다의 매각은 불가능합니다."

하지만 아키라의 한마디에 다시 고개를 들었다.

"산업중앙은행과 골드베르크에서 검토를 거듭했지만 지금 이대로 매각은 어렵다는 게 결론입니다. 미쓰토모 에하타 씨에게는 산업중앙은행에서 연락해 의견을 조율하고 있지만⋯⋯. 미쓰토모에서도 매수자 물색에 난항을 겪고 있어, 매각으로 넘길 부채를 조금이라도 줄이지 않는 한 매각은 어려울 거랍니다."

"부채를 줄이라니, 얼마나 줄이라는 거야?" 스스무는 경계하며 물었다. 금액에 따라서는 사활 문제가 되기 때문이다.

"그건 매수자의 생각에 따라 다르겠지요." 아키라가 대답했다. "로열 마린 시모다의 은행 차입은 140억 엔. 그중 50억을 삭감할지 100억을 삭감할지, 혹은 절반인 70억일지…….."

"잠깐, 아키라." 스스무가 놀라서 제지했다. "요컨대 그 삭감분을 우리가 떠맡으라는 거냐?"

"가능합니까?"

"불가능해. 50억 엔은커녕 5억도 어려워."

"그래서 로열 마린 시모다의 매각이 불가능한 겁니다."

"그럼 그만큼 도카이해운에서 대신 내주면 안 되겠니? 이래서는 공멸이야."

아키라는 스스무를 물끄러미 쳐다보며 말했다. "실은 다이요제지와 거래가 끊겼습니다."

"……설마."

과거에 스스무나 다카시가 도카이해운 상사 부문과 관광 부문에 있던 시절부터 다이요제지는 부동의 핵심 고객 중 하나였다. 그걸 잃는다는 것에 얼마나 큰 의미가 있는지 스스무는 알고 있었다.

"조사해보니 다이요제지 외에 주요 거래처도 저희에 대한 불만이 상당하다는 걸 알았습니다. 어쩌면 떠나는 거래처가 더 늘어날지도 몰라요. 우리가 모르는 사이에 도카이해운의 간판은 색이 바래고 신뢰를 잃고 있었던 겁니다."

"도카이해운은 괜찮은 거냐?"

놀라서 묻는 스스무에게 아키라는 의연히 대답했다. "인사 평가를 재정립해 누수를 막고 수직적 경향이 강했던 조직을 개편할 겁니다. 영업이나 재무, 그리고 선박 운항까지 밀접하게 엮은 팀을 만들어 일단 거래처의 신뢰를 회복하고 비용 절감을 꾀하는 개혁에 착수했습니다."

"그래서 아키모토를 잘랐나." 보아하니 스스무의 귀에도 들어간 모양이다. "케이즈푸드의 기타무라를 앉혔다고. 그 남자에게 도카이해운 영업부를 이끌 만한 힘이 있을까?"

"있습니다. 그건 삼촌이 누구보다 잘 아실 텐데요."

쓸쓸한 기억이 되살아났는지 스스무가 불쾌한 표정을 지었다.

과거에 케이즈푸드에 맞서 스스무가 지원한 슈퍼마켓은 겨우 1년 반밖에 버티지 못했다. 입지 선정, 제품군, 유통, 모든 면에서 기타무라가 이끄는 케이즈푸드에 전혀 미치지 못해 파리만 날리던 지점은 2년 연속 적자가 일찌감치 확정된 단계에서 철수를 결정한 경위가 있다.

"사업 재편으로 부실 사업을 폐지할 겁니다. 여객선 사업에서도 손을 뗄 생각입니다."

스스무의 눈이 휘둥그레 벌어졌다. "페리는 도카이관광 사업하고 직결되어 있어. 진심이냐, 아키라?"

"지금 기타무라 씨를 비롯해 새 임원들과 논의하고 있는데 사업 재편의 골격이 확정되면 도카이관광과는 따로 논의할 생각입니다."

도카이관광이 팔고 있는 각종 여행 패키지에는 도카이해운의 내항 페리가 들어 있다.

"여객선 사업에 투입하던 자본을 가스나 자동차, 그밖에 화물선에 재투자할 생각입니다. 폐선과 신조선이 포함된 재편이 될 테니저희도 살아남기 위해 자본을 조달해야 합니다. 로열 마린 시모다와엮인 연대채무는 저희에게도 사활 문제입니다. 현재의 도카이해운은 옛날처럼 유유자적 배짱 장사를 하던 도카이해운이 아닙니다. 살아남기 위해 체면 따질 것 없이 전력으로 싸우지 않으면 순식간에무너질 겁니다. 지금 도카이해운은 최대 위기에 봉착해 있습니다."

잠자코 듣고 있던 스스무가 자학적으로 웃었다. "도카이해운이위기면 우리는 어떻다는 거냐? 로열 마린 시모다는 거액의 융자에심각한 적자 상태, 더군다나 본업인 도카이상회 실적도 침체 상태에서 옴짝달싹 못하고 있어. 사업을 재편하면 어떻게든 될 거라 믿는너는 차라리 나아."

"그렇지 않습니다. 도카이상회도 방법에 따라서는 현재 상황을타파할 수 있어요."

"위로하는 거냐?" 스스무가 헛웃음을 흘렸다. "섬유 분야 전문 상사가 뭘 할 수 있겠어?"

"할 수 있습니다. 삼촌만 그럴 생각이 있다면." 아키라는 스스무의 눈을 똑바로 들여다보며 말했다. "산업중앙은행의 야마자키가이런 제안을 했습니다. 실은 로열 마린 시모다를 처분할 방법이 없는 건 아닙니다."

스스무의 눈이 커졌다. "어떤 방법인데?"

아키라는 두 손으로 무릎을 짚고 스스무와 정면으로 대치했다."도카이상회를 파십시오."

"뭐라고!"

스스무는 그대로 한참 말을 잃었다. 두 눈을 부릅뜬 채로 뒷말을 잇지 못했다.

"로열 마린 시모다만으로는 매수할 곳이 없습니다. 하지만 도카이상회라면 아마 매수자를 찾을 수 있겠지요. 그게 야마자키의 생각입니다." 아키라는 이어서 설명했다. "도카이상회는 많은 대기업과 거래하고 있습니다. 매수 상대가 볼 때 이 두터운 고객층은 매력적으로 비칠 겁니다. 팔 수 있습니다."

"로열 마린 시모다는 어쩌고?"

"우선 도카이상회와 함께 매각할 수 없는지 찾아보겠습니다. 도카이상회의 자산 가치, 기업의 역사, 앞으로 얻을 이익을 고려하면 로열 마린 시모다의 부채를 인수해줄지도 모릅니다. 그것도 매각처의 의향에 따라 달라지겠지만……."

스스무가 오른손 엄지의 손톱을 물어뜯기 시작했다. 고민할 때의 버릇이다.

"내가 얻는 건?" 이윽고 조용히 흘러나온 물음에 스스무의 본심이 보였다.

"조건 여하에 따라서는 도카이상회의 파산을 피할 수 있습니다." 아키라는 말했다. "지금 이대로는 로열 마린 시모다의 파산은 물론이고 도카이상회도 벽에 부딪히게 됩니다. 동시에 연대보증채무를 청구당할 저희 역시 궁지에 빠지게 됩니다. 하지만 도카이상회를 매각하면 파산을 피할 수 있을지도 모릅니다."

"그리고 난 사장에서 잘리는 거군."

"그것도 교섭에 달렸습니다. 종업원의 고용 유지, 사장직의 지속. 그런 바람을 전하고 교섭에 임할 거니까요."

"상대가 거부할지도 몰라."

거듭 부정적인 발언을 하는 스스무에게 아키라가 단호하게 반응했다.

"한마디 해도 되겠습니까? 저희 반대를 무시하고 사기꾼의 입담에 속아 로열 마린 시모다라는 리조트 호텔을 세운 건 삼촌들이잖아요. 이제 와서 그걸 탓할 생각은 없지만 경영자인 이상 책임을 지는 건 당연한 것 아닙니까?" 아키라는 조용히 말했다. "이건 화해안입니다. 삼촌들도 저도, 료마도, 가이도 가문 사람으로 숙명을 지고 태어났어요. 그 굴레를 버리고 새로운 첫걸음을 내딛기 위한 화해안이라고요. 도카이해운의 상황은 말씀드린 바와 같지만, 그래도 최대한 협력하겠습니다. 그러니 긍정적으로 검토해주실 수 없겠습니까?"

아키라는 스스무를 똑바로 바라보았다.

8

"설마 아키라가 하는 말을 들을 건 아니지, 형?"

이야기를 전해 들은 다카시는 미심쩍은 눈초리로 스스무를 바라보았다.

스스무는 찻잔을 들어 한 모금 홀짝일 뿐, 대답하지 않았다.

도카이관광 사장실이었다.

아키라와 함께 식사한 것이 이틀 전 밤, 그리고 스스무가 직접 다카시에게 "할 말이 있다"고 연락한 것이 이날 낮이었다.

"뭐야, 웃기지 마!" 스스무의 속내를 꿰뚫어 본 다카시가 소리쳤다. "도카이상회까지 팔면 뭐가 남아? 아키라는 그저 연대보증이 싫어서 그런 소리를 하는 거야. 자기들 좋으려고 형한테만 책임을 떠넘기는 거잖아. 여객선 사업을 정리한다고? 그런 얘기는 전혀 못 들었어. 그런 걸 아키라의 독단으로 정하다니 용납 못 해."

도카이관광 사장실에서 다카시가 핏대를 세웠다. 하지만 지금 다카시가 분노를 활활 불태울수록 골똘히 고민하는 스스무의 초췌한 모습을 부각시키기만 하는 것 같았다.

"들어봐, 다카시." 스스무는 격앙한 다카시에게 말했다. "여러 가지를 생각해봤는데 나는 그만 은퇴할까 해."

그 한마디에 다카시가 숨을 삼켰다. 예상치 못한 말이다.

"무슨 소리야? 아키라한테 한마디 들어서 그래? 애초에 로열 마린 시모다를 우리가 팔아달라고 부탁한 것도 아니야. 아키라하고 산업중앙은행이 결탁해서 멋대로 추진한 거잖아. 난 인정한 적 없어."

"넌 항상 그렇게 말하는데, 그럼 달리 무슨 방법이 있지?" 스스무의 목소리가 잔뜩 메마른 땅처럼 건조하게 들렸다. "로열 마린 시모다를 흑자로 바꿀 만한 구체적인 해결책이 있어?"

"지금은 불경기라 그래. 로열 마린 시모다뿐만 아니야. 다른 호텔도 실적은 다 비슷해. 이 불경기만 빠져나가면 손님은 반드시 돌아올 거야."

"그게 언젠데?" 스스무가 물었다. "언제 경기가 좋아져? 올해 후

반? 내년? 내후년?"

"그런 걸 어떻게 알아." 다카시가 어이없다는 듯이 대답했다. "하지만 언젠가 반드시 회복돼. 그때까지만 참으면 돼."

"참으려면 돈이 필요해." 스스무가 말했다. "돈을 빌려주는 건 은행이다. 주거래 은행인 미쓰토모는 더 이상 로열 마린 시모다에 융자해주지 않겠지. 로열 마린 시모다를 위해 우리 회사는 본업의 운전자금까지 쏟아붓고 말았어. 이런 상황에서 언제가 될지 모르는 경기 회복을 기다릴 수는 없어."

지난 이틀 동안 스스무 나름대로 아키라의 제안을 숙고했다는 것을 그 태도로 알 수 있었다.

"아키라가 그러더구나." 스스무가 희미하게 웃었다. "이건 과거의 굴레를 청산하고 새로운 첫걸음을 내딛기 위한 화해안이라고. 생각해보면 너나 나나 어렸을 때부터 형하고 비교당하고 무시당했지. 그런 형에게, 주위에 본때를 보여주고 싶어서, 우리 실력을 인정받으려고 여러 가지 일들을 해왔어. 하지만 그래서 실제로 벌어진 결과는 뭐였지?"

스스무는 다카시에게 솔직한 질문을 던졌다.

"맞서려는 마음에 만든 슈퍼는 참패, 큰 적자를 내고 부득이하게 철수했지. 거품 경기를 배경으로 승부수를 던진 로열 마린 시모다는 보다시피 처참한 상태로 회복할 방도는커녕 본업까지 위협하는 존재가 되어버렸어. 결국 우리가 거액의 비용과 시간과 노력을 들여 증명한 것은 오로지 우리의 무능함뿐이었다. 우리는 실력을 인정받으려다가 아이러니하게도 무능함을 세상에 드러냈을 뿐이야. 우리는 그저 평범한 보통 사람이야."

다카시가 숨을 삼키고 스스무를 바라보았다. 놀랍게도 지금 스스무의 눈에 그렁그렁 맺힌 눈물이, 요즘 들어 급격히 주름진 뺨 위로 굴러떨어졌다.

"보통 사람?" 다카시의 눈에 빈정거리는 웃음기가 떠올랐다. "그거 좋네. 보통 사람? 그럼 가즈마 형님은 보통 사람이 아니었다는 거야? 아키라는 또 어떻고? 뭐가 달라? 우리하고 똑같은 보통 사람이었잖아. 태어날 때는 보통 사람도 천재도 없어. 우연히 처한 상황이 똑같은 사람을 보통 사람으로도, 천재로도 만드는 거지. 우리에게 부족한 건 재능이 아니야. 운이지!"

감정적으로 목소리를 쥐어 짜낸 다카시에게 스스무가 조용히 말했다. "로열 마린 시모다를 처음 계획했을 때 기억해? 그때 형님도 아키라도 그 자리에서 그만두라고 했어. 두 사람 다 우리가 어찌 될지 알았던 거야. 하지만 우리는 몰랐어. 이유는 여러 가지야. 하지만 나중에 말하기는 쉬워. 우리는 후각이 없었던 거야."

"그러니까 그건 우리 탓이 아니라고 하잖아."

짜증을 내며 오른손으로 무릎을 내려친 다카시를 스스무는 그저 서글픈 눈으로 바라보았다.

"이유야 어쨌든 지금 우리는 로열 마린 시모다를 지탱할 만한 돈이 없어. 로열 마린 시모다만 고전하는 건 아닐지도 몰라. 그렇다면 이건 지구전이야. 체력이 없는 자부터 탈락하겠지. 우리가 탄 차는 얼마 안 되는 기름으로 사막 한복판을 헤매고 있는 거야. 이 제안은 내게 물과 기름을 들고 구조하러 온 헬리콥터나 다름없어. 이렇게 된 마당에 회사를 팔고 돈을 벌 생각은 없어. 생활이 곤란하지 않을 정도의 돈만 받아서 은퇴할 거야."

그것은 스스무의 확실한 패배 선언이었다. 다카시는 분노와 빈정이 뒤섞인 표정을 지었다.

"그게 형이 내린 결론이야?" 다카시가 내뱉듯 말했다. "좋겠어, 형은 그렇게 빠질 수 있어서. 그럼 난 어떻게 돼? 로열 마린 시모다 융자에 20억 엔이나 보증을 서준 끝에 운명 공동체가 되어 망하란 거야? 그런 어중간한 결과가 어딨어? 나를 버리고 구명보트에 탈 거야? 난 어떻게 돼, 난! 어떻게 되냐고!"

그때 다카시의 눈을 본 순간, 스스무는 엉뚱한 향수를 느꼈다.

그리운 눈빛이다. 스스무와 말싸움을 하다가 졌을 때, 분하다는 듯 쳐다보던 그 눈빛이다. 어렸을 때의 여러 기억들이 맹렬한 속도로 머릿속을 스쳐가 스스무는 조용히 미소를 머금었다.

어느새 그로부터 벌써 60년 넘는 세월이 지났다. 놀라운 일이다. 하지만 그 시간은 정말 눈 깜짝할 새였다. 그리고 지금의 내가 있다. 가족에게 보호받으며 풍족하고 고생 모르는 가정에서 자라, 일류대학을 졸업하고 가업에 종사했다. 차남의 역할을 강요하는 가족에 대한 반발, 형 가즈마를 향한 질투. 별것도 아닌, 그런 사사로운 감정과 알력 때문에 스스무의 인생은 예상치도 못한 곳에 표류했다.

대체 내 인생은 무엇이었을까.

차분히 자문한 스스무는 다카시의 눈빛을 피하듯 천장을 올려다보고 영혼에서 우러난 한숨을 토해냈다.

"난 절대 인정 못 해." 다카시가 거듭 말했다. "형은 바보야. 아무것도 몰라."

"그럴지도 모르지." 스스무는 천천히 일어나면서 말했다. "하지만 난 이미 정했어. 오늘은 네게 그 말을 하러 왔다."

"웃기지 마!"

다카시가 주먹을 치켜들더니 테이블을 힘껏 내리쳤다. 스스무는 그런 다카시에게 등을 돌렸다.

"다카시, 이제야 한 가지 깨달은 게 있어. 패배 선언은 승리 선언보다 몇 배나 더 용기가 필요하다는 사실이야. 하지만 패배 또한 인생이지. 서글프지만, 그게 내가 받아들여야 할 유일한 현실이구나."

9

사흘 후, 미하라가 연락해왔다.

야마자키 아키라와 간나 두 사람이 롯폰기에 있는 골드베르크 사무실을 찾아갔을 때 플로어 가장 안쪽 공간에서 두 사람을 맞이한 미하라는 손에 든 서류를 응접세트 테이블에 툭 내려놓았다.

도카이상회에 관한 상세한 분석이다. 서류를 집으려던 아키라는 미하라의 한마디에 우뚝 손길을 멈췄다.

"다이니치맥주."

덥수룩하게 수염이 난 미하라의 얼굴에 그때 자신만만한 미소가 떠올랐다.

"도카이상회는 섬유 회사예요, 미하라 씨. 맥주하고 섬유가 무슨 상관이죠?" 간나가 이해가 가지 않는다는 듯이 물었다.

"다이니치맥주는 몇 년 전부터 화학 부문에 주력해 연구 개발을 추진해왔는데 요즘 인조섬유 신소재 개발에 성공했어. 지금 상품화 단계에 돌입했지." 미하라가 이야기한 것은 다이니치맥주에 관한 최신 정보였다. "다이니치맥주는 이 화학 부문을 성장시키기 위한 판매 채널을 확보하고 싶어 해. 맨바닥부터 시작하면 돈도 들고 시간도 걸리지만 도카이상회를 매수하면 손쉽게 판로를 확보할 수 있어. 정보원은 말할 수 없지만 다이니치맥주가 적당한 섬유 상사를 물색하고 있다는 소문이야."

"도카이상회를 매수하면 그 거래 채널을 그대로 활용할 수 있다는 건가요?"

간나도 그제야 상관관계를 이해한 것 같았다.

"게다가 도카이상회도 다이니치맥주가 제조한 신소재라는 경쟁력 있는 상품을 다룸으로써 매출을 늘릴 수 있어." 미하라가 덧붙였다. "이 매칭은 쌍방에 메리트가 있어, 시너지 효과를 기대할 수 있지."

"다이니치맥주 쪽 인맥은, 제안을 들어줄 상대는 있어?"

아키라의 물음에 미하라는 바로 대답했다.

"물론. 재미있는 교섭이 될 거야, 아키라."

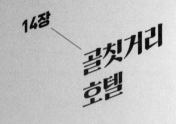

14장

골칫거리
호텔

"달리……."

스스무는 목소리를 쥐어짰다.

"달리 어디, 우리 회사를 사줄 만한 기업은…… 없나?"

놀랍게도 기력을 쥐어짜지 않으면 목소리조차 나오지 않을 정도로 절망하고 있었다.

1

미하라 히로시의 연줄은 다이니치맥주 기획담당 이사, 사와타리 히로유키였다.

"오랜만입니다. 오늘 시간 내주셔서 고맙습니다."

"아니, 나야말로. 불브룩스를 그만두고 일본으로 돌아왔다는 소문은 들었는데." 응접실에서 인사한 미하라에게 사와타리는 그렇게 말하더니 조용히 명함을 바라보았다. "이 회사는……?"

"기업 매매를 전문으로 하는 회사입니다."

"아웃인 전문?"

아웃인이란 해외 기업의 일본 기업 매수를 뜻한다.

"천만에요, 그렇게 커다란 교섭은 아직 못 합니다. 국내 기업을 다루고 있습니다."

"뭐 좋은 매물이라도 있나?"

소파를 권하며 테이블 맞은편에 앉은 사와타리는 바로 본론으로 들어갔다.

사와타리에게는 '괜찮은 정보'가 있다는 말만 전해두었다. 다이니치맥주 기획 담당 임원이라고 하면 기업 매매의 핵심 인물이라, 그런 모호한 정보로 미팅 약속을 잡을 수 있었던 것은 미하라와 사와타리의 신뢰 관계 덕분이다.

사와타리를 알게 된 건 미하라가 불브룩스의 기업 매수 부문에 있었던 약 5년 전이다. 그때 사와타리는 다이니치맥주 사장 후보라 불리던 인재로 평판대로 사와타리가 사장으로 있던 당시 다이니치맥주 미주지사는 비약적으로 성장했다.

"새로운 섬유를 개발해 판매 채널 구축을 서두르고 계시다고 들었습니다. 좋은 매물이 있는데, 소개해드려도 되겠습니까?"

일본인답지 않게 이목구비가 뚜렷한 사와타리의 풍모 중에서도 특히 인상 깊은 것은 눈이었다. 맹금류가 떠오르는 날카로운 눈빛이다.

"어떤 매물인가?"

"귀사의 신규 사업에 기여할 판매 채널을 가진 전문 상사입니다. 상세히 말씀드려도 되겠습니까?"

사와타리는 입을 꾹 다물더니 뭔가를 머릿속으로 생각하기 시작했다.

관심이 없을 리는 없다. 다이니치맥주가 판매 채널을 확보하려고 매물을 찾고 있다는 정보는 사전에 입수했다. 미하라는 발밑에 내려놓은 가방에서 한 통의 서류를 꺼내 사와타리 앞에 내밀었다. 비밀 유지 계약서다. 여기에 사와타리가 사인하면 도카이상회라는 구체적인 후보와 조건을 설명할 수 있다.

사와타리의 손이 바로 움직였다. 하지만 분명 사인할 줄 알았던 예상은 빗나가고 사와타리는 조용히 손을 거두었다.

"어디서 들었는지 모르겠지만 출자 관련 얘기라면 사양하겠네."

"M&A에 관심이 없다는 말씀입니까?"

"없어."

사와타리의 너무나 즉각적인 대답으로 교섭은 단숨에 끝을 향했다. 미하라의 내면에 초조함이 생겨났다.

"실례지만……." 미하라는 그래도 냉정함을 유지하며 물었다. "그건 신소재 판매 전략에 기업 매수라는 선택지는 없다는 뜻입니까?"

사와타리의 표정이 처음으로 흔들리더니 대답을 망설였다. "물론 검토는 하고 있네. 하지만 그것과 이 이야기는 별개 문제야."

"저희가 소개할 수 있는 회사 내용에 따라서는 귀사에 메리트가 될 수도 있습니다만."

"가능성이야 있겠지. 하지만 적어도 지금은 관심이 없네."

"그러십니까. 바쁘실 텐데 실례했습니다."

예상이 빗나가 쩔쩔매는 미하라에게 사와타리는 태연히 말했다. "아닐세. 또 뭔가 있으면 연락 주게나. 이번에는 인연이 없었지만 미하라 씨 소개라면 분명 그럴 만한 내용이었겠지. 다음 기회에는 꼭 함께하세."

석연치 않다. 그런 속마음을 끌어안고 미하라는 짧은 미팅을 마치고 다이니치맥주를 뒤로할 수밖에 없었다.

2

"불발로 끝났다……?"

그 소식을 들은 가이도 스스무는 그 자리에 주저앉을 뻔하다가 겨우 책상에 기대서 버텼다. 전화 너머에서는 다이니치맥주 담당자의 반응에 대해 설명하는 미하라의 목소리가 이어지고 있었다.

"유감이지만 현시점에서는 다이니치맥주에 매각할 수 있는 가능성은 거의 사라졌다고 봅니다."

"달리……." 스스무는 목소리를 쥐어짰다. "달리 어디, 우리 회사를 사줄 만한 기업은…… 없나?"

놀랍게도 기력을 쥐어짜지 않으면 목소리조차 나오지 않을 정도로 절망하고 있었다.

전화 상대가 잠시 침묵하다가 대답했다. "현재 검토 중입니다."

나는 어리석은 놈이구나. 그렇게 생각했다.

처음에 매각 제안을 들었을 때는 솔직히 분개했다. 하지만 정작 어떤가. 일단 그것을 받아들이자 어느새 그 제안에 강하게 의존하고 있었다. 굴레, 눈에 보이지 않는 중압과 불안, 회사 안팎의 갖가지 문제. 스스무는 그런 것들에 짓눌리고 있었던 것이다. 일단 그 사실을 깨닫자 이제 어떤 방법이든 좋으니 설령 그것이 패배라 할지라도 그 번뇌로부터 해방되고 싶다는 생각이 강렬한 욕구가 되어 스스무를 지배했다. 하지만 이젠 스스무의 가슴속에서 급속히 부푼 실망이 온몸을 마구 뒤흔드는 것 같았다.

스스무는 통화가 끝난 수화기를 움켜쥔 채로 손을 뗄 수 없었다.

"만약 회사가 팔리지 않으면……."

다시 가혹한 현실의 무게가 스스무의 가슴을 짓눌렀다. 언제 끝날 지조차 알 수 없는 고통이다. 누구에게 털어놓지도 못하고 그저 끝 없이 속으로 참아야만 하는 고행…….

언젠가 정말로 이 고통에서 벗어날 수 있는 날이 올까?

눈을 굳게 감은 스스무는 불안함에 허덕이며 구원을 갈구했다. 그 구원이 예상치 못한 형태로 나타난 것은, 그로부터 한 달 정도 지난 5월이었다.

"이게 새로운 매수처 후보 리스트야. 독자적으로 선별해서 유력 한 후보순으로 나열했어."

미하라가 그렇게 말하며 내민 서류에는 50개사에 가까운 회사명 이 적혀 있었다.

"솔직히 도카이상회만이라면 매각하기 어렵지 않을 거야. 거기에 로열 마린 시모다라는 빚덩어리가 딸려 있는 게 문제지. 때문에 매 수처는 대기업으로 한정돼."

다이니치맥주에 매수 제안을 거절당한 뒤로 미하라가 이끄는 골 드베르크 사내에서 인터넷이나 유가증권 보고서와 같은 다양한 채 널을 활용해 겨우 만들어낸 리스트였다. 하지만…….

그 리스트 최상위에 있는 회사명을 본 야마자키 아키라는 무심코 고개를 들었다.

"어이, 캡슐, 다이니치맥주가 들어 있어."

실수라고 생각했다. 하지만.

"눈치챘어?" 미하라가 의미심장하게 말하며 씨익 웃었다. "실은 방금 급히 넣어뒀어."

어느 회사의 개요표를 툭 내민다. 주식회사 마키타니.

"섬유 쪽 중견 상사야. 들어봤어?"

"아니, 처음이야." 아키라는 대답했다.

"미상장인데 기업 규모는 도카이상회보다 약간 커."

"이 회사가 왜?"

"지나가는 소문으로 들었는데 매물로 나왔나 봐. 그것도 어제오늘 이야기야." 미하라는 의외의 정보를 갖고 있었다. "정보를 준 사람 말로는 다이니치맥주가 매수하려 했던 게 이 회사가 아닐까 하더군."

"잠깐. 매물로 나왔다는 건 이 마키타니와 다이니치맥주의 교섭은……." 아키라는 눈을 부릅뜨며 말했다.

"깨졌을 가능성이 지극히 높지." 미하라는 진지한 말투로 말했다. "그런 이유로 이 후보 리스트에 급히 다이니치맥주를 추가한 거야. 우리도 아직 운이 다하진 않은 것 같아, 아키라."

3

약속한 11시 정각에 다이니치맥주 본사 접수처에서 이름을 대자 이전과 같은 응접실로 안내해주었다.

지난번 제안과 관련해 다시 한번 이야기를 나눌 수 없겠습니까?

미하라가 사와타리에게 연락해 그렇게 말하자마자 사와타리는 이튿날 11시라는 시간을 지정했다. 아마 가장 빨리 잡을 수 있는 시간이었으리라. 관심이 있다는 증거다.

"실은 우리 쪽에서도 연락해보려던 참이었네."

아니나 다를까, 곧바로 들어온 사와타리는 테이블 맞은편에 앉더니 이전과는 다른 태도를 보였다.

"비밀 유지 계약서가 있다면 주겠나."

미하라가 내민 계약서에 사인한 사와타리는 미하라가 가방에서 꺼낸 서류를 힐끔 보더니 비로소 회사명을 소리 내어 말했다.

"도카이상회였나."

"알고 계시는군요."

"일단 매수 검토 대상에는 들어가 있었네. 다만⋯⋯." 사와타리는 말을 끊고 서류를 보며 신중하게 단어를 선택했다. "그 전에 더 괜찮은 매물이 나왔거든."

아마도 그것이 마키타니라는 중견 상사였으리라.

"미리 여쭙고 싶은데 그 회사와는 이제 교섭을 중단하신 겁니까? 혹시 재개할 가능성은 없습니까?" 미하라가 물었다.

"없어." 사와타리는 단언했다. "조건이 맞지 않아서 최종적으로 보류했네."

신용 정보 데이터베이스에 등록된 마키타니는 업태는 도카이상회보다 크지만 미하라의 분석으로는 거래처가 편중되어 있었다. 신소재를 널리 팔고 싶은 다이니치맥주로서는 부족한 판매 채널이 최종적으로 매수에 이르지 못한 요인일지도 모른다.

사와타리는 그 자리에서 도카이상회의 개요, 과거 10년치 재무 내역을 훑어보았다.

"이 리조트 사업은 어떻게 출구를 찾아낼 생각인가?"

예상대로 로열 마린 시모다에 관한 기재 페이지에서 사와타리가 질문을 던졌다. 핵심을 찌르는 질문이다.

"재건을 전제로 채무를 인수해주실 수 없겠습니까?"

사와타리는 신중하게 고민했다. 이윽고 나온 것은 기대에서 빗나간 대답이었다.

"이건 제외하고 도카이상회만 살 수는 없나? 우리로서는 그 편이 매수하기 편해."

"그건 알고 있습니다." 간단히 물러설 수는 없다. "하지만 어떻게든 이 리조트 사업까지 포함해서 고려해주실 수 없겠습니까?"

"연대보증채무가 있군." 사와타리는 예리하게 지적했다.

"로열 마린 시모다 차입금 중에서 70억 엔에 대해 도카이상회가 연대보증채무를 지고 있습니다."

"대체 이 두 회사를 얼마에 팔겠다는 건가?"

단도직입적인 질문이다.

"채무 전액을 인수해주신다면 주식을 전부 양도하겠습니다."

"받아들일 수 없네." 미하라의 제안에 사와타리는 확고하게 대답했다. "화학 부문 신규 사업을 위해서는 도카이상회가 확실히 유효한 매물이라는 건 인정해. 하지만 우리는 로열 마린 시모다를 경영할 노하우도 없고, 그럴 의향도 없네."

"로열 마린 시모다의 부채를 경감하는 조건으로는……."

"안 돼." 사와타리는 선을 그었다.

"어디까지나 로열 마린 시모다는 빼라는 말씀이군요."

미하라의 말에 사와타리가 고개를 끄덕였다.

"도카이상회만 사고 싶네. 로열 마린 시모다에 대한 연대보증도 해제하고. 그게 가능하다면 마땅한 금액을 제시해주게. 그래야 검토해볼 수 있겠어."

4

"로열 마린 시모다를 제외한다라······." 야마자키 아키라는 힘없이 중얼거리며 오른손 손가락으로 턱을 짚고 생각에 잠겼다. "단순히 로열 마린 시모다의 부채를 경감한다거나, 그런 조건으로는 검토할 여지가 전혀 없다는 뜻이야?"

"그래." 테이블 위에 놓인 자료를 지그시 바라보는 미하라는 사와타리와 나눈 대화를 머릿속으로 반추하는 것처럼 보였다. "다이니치맥주와 계속 교섭하려면 떼어내는 방안을 생각하는 수밖에 없어."

사와타리와의 미팅 결과를 토대로 한 회의였다.

도카이상회 회의실에는 아키라와 간나, 가이도 아키라도 있다. 테이블 중앙 자리에서는 스스무가 팔짱을 낀 채로 꼼짝도 않고 이야기를 듣고 있었다. 그 옆에서 미쓰토모은행의 에하타가 얌전한 표정으로 귀를 기울이고 있었다.

"다이니치맥주 이외의 매수처 후보는?"

가이도 아키라의 물음에 미하라가 대답했다. "우리 담당 팀이 비밀리에 조사하고 있지만 마땅한 곳이 없습니다. 합병 후의 시너지 효과를 고려해도 다이니치맥주를 가장 유력한 후보로 검토해야 합니다."

"하긴 지금의 로열 마린 시모다로는 손을 내밀 곳이 없겠지." 가이도 아키라가 탄식하며 말했다. "어쨌거나 그 부채 금액으로는 불가능해. 100억 엔 정도로 압축할 수 있다면 누가 살지도 모르지만."

"그렇습니다." 미하라가 대답했다. "하지만 그러려면 누군가 이 빚을 대신 짊어져야 하죠."

그 누군가가 누구인지, 지금 모두가 조심스럽게 스스무의 눈치를 보았다.

"불가능해."

스스무가 신음에 가까운 소리로 답하자 무거운 침묵이 응접실을 채웠다. 그것과 대조적으로 큰길에 접한 창문으로 한낮의 찬란한 하늘이 또렷하게 보였다. 5월 하순의 푸른 하늘과 하얀 구름이 떠 있는 한가로운 풍경화다.

침묵이 10초 가까이 이어졌을까.

"그렇다면 미쓰토모은행에서 도카이상회가 차입한 로열 마린 시모다의 연대보증을 해제해주시겠습니까?"

야마자키 아키라의 한마디에 그때까지 잠자코 있던 에하타가 화들짝 놀란 표정을 지었다.

"해, 해제? 그건 불가능합니다." 일언지하에 부정했다.

"그것만 해제해준다면 도카이상회만 다이니치맥주에 매각할 수 있어요. 스스무 사장은 그 자금으로 로열 마린 시모다의 융자금을 변제할 수 있습니다."

에하타는 심각한 표정으로 입을 다물었다.

"다이니치맥주는 얼마나 낼까?"

가이도 아키라의 질문은 미하라를 향한 것이었다.

"그쪽의 구체적인 희망액은 듣지 못했지만 도카이상회의 자산이나 수익력, 역시, 그런 가치를 포함해 50억 엔 전후가 아닐까요."

그 매각 대금을 전부 변제에 써도 로열 마린 시모다에는 90억 엔의 융자가 남는다.

"지금 이대로 가면 로열 마린 시모다는 확실하게 파산합니다. 그렇다면 50억 엔이라도 회수하는 게 현명하지 않습니까?"

야마자키 아키라는 에하타에게 말했다. "일단 내부에서 검토해주시겠습니까?"

"뭐, 그렇게 말씀하신다면." 에하타가 마지못한 표정으로 탄식하듯 말했다.

애초부터 쉬운 문제가 아니라는 건 그 자리에 있는 모두가 알고 있다. 하지만 달리 선택지가 없다. 그러나……

5

그로부터 일주일쯤 지난 어느 날 오후, 야마자키 아키라는 가이도 아키라와 산업중앙은행 응접실에서 마주 앉아 있었다. 간나와 마키노, 두 담당자 외에 도카이해운에서는 경리부장이 된 구사노도 함께 와서 진지한 표정으로 펼쳐놓은 노트를 무릎 위에 올려놓고 있다.

"며칠 전 미쓰토모은행 에하타 씨가 조건 변경 품의 결과를 알려 줬어." 가이도 아키라의 목소리에는 희미한 분노가 묻어났다. "만약 도카이상회를 50억 엔에 매각한다면 우리에게 추가로 융자금 중 20억 엔에 대해 연대보증을 해달라는군."

"20억 엔의 추가 연대보증? 무슨 근거로 그런 말을 한답니까?" 마키노가 물었다.

"도카이상회는 로열 마린 시모다의 차입에 70억 엔의 보증 잔액이 있어."

"단순히 그 차액이라는 말인가요? 구질구질하네요."

혐오감을 드러낸 마키노의 반응과 함께 떨떠름한 분위기가 그 자리에 감돌았다.

"하지만 미쓰토모은행은 로열 마린 시모다의 토지나 건물에 저당권을 걸었잖아요. 과잉 담보 같은데요." 간나의 의문은 지당했다.

"그건 나도 에하타 씨에게 지적했어." 가이도 아키라가 대답했다. "로열 마린 시모다의 토지 건물은 평가액이 격감해서 담보 가치가 폭락했다는 게 그쪽 주장이야."

"그래서 뭐라고 대답했어?"

"검토해보겠다고 했어. 불쾌한 제안이지만 고려하지 않을 수도 없으니까."

야마자키의 질문에 대한 가이도의 대답에서 어려운 현실이 엿보였다.

도카이해운 입장에서는 50억 엔의 연대보증에 고심하고 있는 현재 상황에서 더 무거운 짐을 떠안게 된다. 수락할 수 없는 제안이지만 쉽게 풀 수 있는 문제도 아니다.

"미쓰토모의 조건을 거절하면 다이니치맥주의 도카이상회 매수도 없던 얘기가 돼. 다이니치맥주를 대신할 다른 매수처 후보가 나타날지도 모르지만 매각 가격은 어쨌거나 50억 엔 전후겠지. 다시 말해 이번과 마찬가지로 미쓰토모는 찬성하지 않을 거야."

"요컨대 미쓰토모가 허락하지 않는 한 도카이상회의 단독 매각은 어렵다는 뜻인가요?" 간나가 물었다.

"그래. 미쓰토모은행은 연대보증액인 70억 엔을 상회하는 매각액이 아니면 도카이상회 연대보증을 해제하지 않을 방침이야. 교섭은 해봤지만 변경의 여지가 없어." 가이도는 심각한 눈빛으로 야마자키를 비롯한 산업중앙은행 뱅커들을 바라보며 말을 이었다. "그럼 도카이상회를 매각하지 못하고 이대로 가게 되면 어떻게 될까?"

"로열 마린 시모다는 머지않아 벽에 부딪힐 거예요."

간나의 대답에 가이도 아키라가 끄덕였다.

"그래, 로열 마린 시모다의 융자액은 140억 엔이야. 그중 50억 엔은 우리가 연대보증을 섰고, 70억 엔은 도카이상회에, 나머지 20억 엔은 도카이관광에 연대보증채무가 있어. 과연 그만한 돈을 낼 수 있을지……."

바로 그 점이 문제였다. 만약 지불하지 못하면 연쇄 도산을 피할 수 없다.

"도카이상회와 도카이관광에는 그만한 지불 능력이 없어." 야마자키 아키라가 무거운 목소리로 단정했다. "아마도 그 시점에서 파산하겠지. 하지만 도카이해운은……."

야마자키의 시선을 받은 가이도가 위기감을 드러내며 대답했다. "아니, 우리도 무사하다고는 할 수 없어. 해운업계 전체가 불황에 빠진 요즘 50억 엔이나 되는 연대보증채무는 큰 타격이야. 순조롭게 가도 회복하는 데 5년은 걸려. 먼저 살아남을 수 있을지 없을지 기로에 몰릴 테고, 가령 살아남더라도 신조선 같은 적극적인 계획을 세울 수도 없어. 결과적으로 경영이 어려워질 게 뻔해."

가이도 아키라의 예측이 결코 엄살이 아니라는 것은 그 자리에 있는 모두가 알고 있었다.

"그렇다면 추가로 20억 엔의 연대보증을 받아들일 경우에는 어떻게 될까?" 가이도의 가설은 계속 이어졌다. "우선 도카이상회를 매각하고 그 매각 대금을 로열 마린 시모다의 융자 변제에 충당할 수 있지. 중요한 점은 일단 그 시점에서 도카이상회가 파산을 면할 수 있다는 점이야. 아마도 도카이상회는 다이니치맥주 산하에서 급성장하겠지. 어쩌면 상장할 정도로 회사가 커질지도 몰라. 그런데 문제는 우리야."

중요한 문제였다.

"로열 마린 시모다의 융자는 140억 엔에서 90억 엔으로 감소해. 실은 이로 인한 금리 부담이 줄어서 로열 마린 시모다의 최종 적자는 20억 엔으로 압축될 거야. 메리트는 그밖에도 있어. 다이니치맥주의 해운 분야에 우리가 참여할 여지가 있다는 거지. 다만 금리 부담이 줄었다고는 해도 역시 로열 마린 시모다는 계속 적자야. 로열 마린 시모다가 파산했을 때 우리가 과연 살아남을 수 있을지는 역시나 닥쳐봐야 알아. 그다음부터는 일종의 도박이야."

가이도 아키라의 말이 끊기자 실내에 무거운 침묵이 밀려들었다.

과연 어느 쪽을 우선해야 하나. 현상 유지인가, 도카이상회 매각인가. 어느 쪽도 상황은 녹록지 않다.

"네 판단은 어때?" 야마자키가 물었다.

가이도는 차분한 목소리로 말했다. "도카이해운으로서는 미쓰토모은행의 제안을 받아들여 20억 엔의 연대보증을 추가로 설 생각이야. 그걸로 일단 도카이상회를 구하겠어."

간나가 숨을 삼켰다. 마키노는 경악이 섞인 표정으로 눈도 깜빡이지 않았다. 노트에 메모하고 있던 경리부장 구사노의 얼굴은 그 생각을 미리 들어서 알고 있었는지 비통한 결의에 차 있었다.

"삼촌들과는 많은 일이 있었어. 하지만 도카이상회도, 도카이관광도, 원래는 할아버지가 도카이해운의 한 부문으로 만들어내고 아버지가 발전시킨 회사야. 말하자면 가족이지. 확실히 연대보증을 서게 된 경위도 그렇고 승복할 수 없는 일은 많아. 부아도 치밀어. 하지만 만약 연대보증을 서지 않았어도 이 상황에서 방관할 수는 없었을 거야. 역시 어떻게든 도우려 했겠지."

야마자키는 눈을 감고 뭔가 깊이 생각하기 시작했다.

간나와 마키노는 심각한 눈빛으로 가이도를 바라보며 침묵하고 있었다. 이 경영 판단의 시비를 가릴 방법이 없어 어떻게 대답해야 할지, 어떻게 대처해야 할지 모르는 것이다. 그 옆에서 구사노가 얼어붙은 것처럼 뱅커들의 반응에 숨을 죽이고 있다.

그때, 스윽 눈을 뜬 야마자키 아키라가 테이블에 있던 서류 더미에 손을 뻗었다. 뭔가를 찾더니 이윽고 로열 마린 시모다의 재무 서류를 끄집어냈다. 페이지를 조용히 넘기는 소리만 한동안 실내에 울리다가 이윽고 어느 한 곳에서 멈추었다. 거기에 나열된 숫자를 물끄러미 바라본다.

얼마나 그러고 있었을까, 야마자키는 짧은 한숨과 함께 서류를 테이블에 되돌려놓고 가이도 아키라에게 물었다. "그래서? 네 경영 방침은 알겠어. 확실히 현상 유지보다 추가 보증으로 도카이상회를 매각하는 게 나아. 하지만 그래도 최종적으로 벽에 부딪힌다는 사실은 변함없어. 그렇다면 어떻게 하고 싶은지, 너는 그 답을 이미 준비해놨겠지?"

간나와 마키노가 아연한 표정으로 두 사람의 아키라를 번갈아 보았다. 대체 이 두 사람 사이에 어떠한 의견의 일치가 있었고, 대체 이 두 사람에게는 무엇이 보이는 걸까?

"살아남기 위해서는……." 이윽고 가이도가 말했다. "로열 마린 시모다를 흑자로 만드는 수밖에 없어."

"어떻게?"

야마자키가 묻자 이윽고 마법에서 풀려난 것처럼 구사노가 움직이더니 가져온 새로운 자료를 테이블 너머로 내밀었다.

"실은 이 계획을 짜려고 골드베르크 미하라 씨의 힘을 빌렸어. 호텔 매수와 재건에 관해 그들은 전문가니까."

수십 페이지는 될 법한 두툼한 자료였다.

"조직 개혁의 골자, 향후 마케팅, 나아가 필요한 구조조정 상세 내용에 관해서는 거기에 자세히 써놨어. 숙박 시스템 쇄신과 해외 고급 리조트와의 제휴, 인터넷을 이용한 해외 고객 유치가 개혁안의 핵심이야."

야마자키 아키라가 자료를 훑어보기 시작했다.

"흑자로 만들기 위해 반드시 은행의 협조가 필요한 게 두 가지 있어." 가이도 아키라가 말을 이었다. "첫 번째가 금리 인하. 두 번째는 구조조정 비용 지원이야. 도카이상회를 매각해 유이자 부채를 90억 엔까지 줄이고 이 계획을 실행하면 현재 연간 5억 엔 이상의 적자를 내고 있는 로열 마린 시모다는 적어도 2년 이내에 흑자로 돌아설 거야. 아니, 그렇게 만들고 말겠어."

"미쓰토모은행의 반응은?" 야마자키가 물었다. "이미 설명했겠지. 그들은 이 계획을 신용하던가?"

"유감이지만." 가이도가 천천히 고개를 가로저었다. "로열 마린 시모다의 현재 실적 악화를 이유로 금리 인하도 거부당했어."

가이도 아키라가 조용히 던진 시선에는 운명과 싸우는 남자의 결의가 강하게 깃들어 있었다.

"로열 마린 시모다의 도산은 반드시 막을 거야." 가이도는 단호한 목소리로 선언했다. "그러니까…… 그러니까 산업중앙은행에서 로열 마린 시모다에 융자해줄 수 없을까? 그걸로 로열 마린 시모다에 대한 미쓰토모은행의 융자를 전액 변제하고 싶어. 반드시 그 호텔을 흑자로 만들겠어. 140억 엔의 자금이 필요해."

15장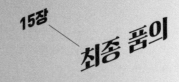

최종 품의

"이끌어낼 거야."
아키라는 강한 어조로 말했다.
"이끌어내야만 해. 도카이해운 그룹을 구하기 위해.
가이도도, 그리고 나도, 운명을 극복할 거야."

1

"어떻게 생각해?"

도카이해운의 가이도 아키라를 보내고 자기 자리로 돌아가려던 간나에게 마키노가 조심스러운 목소리로 물었다. 뒤를 돌아보니 잔뜩 주눅 든 얼굴이 간나를 보고 있었다.

"어떻게라니?"

"가이도 아키라 사장의 요청 말이야. 난 무리라고 생각해. 불가능해." 야마자키 아키라가 모습을 감춘 영업본부 플로어를 힐끗 쳐다보며 마키노는 창백한 얼굴로 말했다. "이 안건은 통과되지 못할 거야. 안 그래?"

미즈시마 간나는 대답할 수 없었다.

창업 이래 계속 적자를 내며 허덕이는 리조트 호텔. 그것을 구제하기 위한 거액의 자금 투입에서 경제적 합리성을 찾아낼 수 있을까? 그런 결정을 수긍하는 조직의 논리가 어디에 있단 말인가?

애초에 합리적이지 않은 융자라고밖에 할 수 없는 자금을 빌려준 것은 미쓰토모은행이다. 폭리를 취하고 적자인데도 금리를 낮추지 않는다. 가이도 아키라의 제안은 해석에 따라서는 멋대로 군 미쓰토모은행의 불량 채권을 인수하겠다는 뜻으로 보인다.

"금리를 인하하고 도카이상회의 M&A를 승인하는 건 원래 주거래 은행인 미쓰토모의 의무야." 마키노의 주장은 정론이었다. "하지만 녀석들은 그걸 내던졌어. 즉 거래처의 재생보다 자기들 채권 보전을 우선한 거야. 놈들은 융자금만 회수할 수 있으면 도카이해운 그룹이 어떻게 되든 개의치 않아. 이 안건은 손해 보는 패야, 미즈시마. 리스크는 있지만 지금 이대로 도카이해운만 지키는 쪽으로 생각해야 해. 미쓰토모의 거래처까지 돌봐줄 필요는 없어."

"마키노 씨 말이 옳아. 하지만 그건 이론일 뿐이잖아." 간나는 표정을 지우고 대답했다. "그렇게 해도 결과는 마찬가지야. 미쓰토모 은행은 결국 강제로 채권을 회수하겠지. 도카이해운이 심각한 사태에 빠지는 것도 마찬가지야. 이론에만 얽매여서는 이 사태를 타개할 수 없어."

"그럼 어떻게 품의를 구성할 거야?" 마키노는 목소리를 낮추었지만 비통하게 얼굴을 일그러뜨렸다. "나는 이 품의를 쓸 자신이 없어."

"하지만 야마자키 씨는 받아들였어."

"말도 안 되는 짓이야." 마키노는 단정했다. "가이도 사장하고는 입사 동기잖아. 천하의 야마자키 아키라도 정에 휩쓸려 정상적인 판단 능력을 잃은 거야. 무엇보다 후도 부장이 이런 품의를 통과시킬 것 같아?"

그 이름을 듣자 간나 역시 반론하려던 말을 삼켰다.

후도의 여신 판단은 지극히 보수적이다. 모호한 논리는 그 자리에서 거절하고 안일한 미래 예측은 결코 믿지 않는다. 일체의 불필요한 위험을 배제하고 일단 회수하려고 마음먹으면 철저하게 비정해지는 정신의 소유자다.

"솔직히 말해 나도 이 안건이 어떻게 될지 모르겠어." 간나는 말했다. "하지만 야마자키 씨가 맡는다면 힘을 보태고 싶어. 이 안건에는 이론도 정치적 판단도 통하지 않아. 흔치 않은 어려운 품의겠지. 회사를 구할 것인가, 은행의 논리를 관철할 것인가. 무엇을 위해 돈을 빌려주는가. 은행의, 아니, 뱅커의 존재 의의를 시험당하는 거야. 그러니 이 안건은 추진할 가치가 있다고 봐."

간나의 결의에 마키노는 깜짝 놀란 표정으로 숨을 삼켰다. 그리고 눈을 깜박거리는 것도 잊고 간나를 바라보며 단호하게 말했다. "우리 뱅커들에게 가장 무의미한 논의가 있다면 바로 이상론이야. 그런 것에 무슨 의미가 있지? 이상을 논하며 현실을 취한다, 그게 은행이라는 조직 아닌가? 이 품의는 분명 실패할 거야. 만약 통과된다면 그건, 기적이야."

그렇게 말한 마키노는 냅다 등을 돌리고 빠른 걸음으로 떠나갔다.

야마자키 아키라의 이야기를 들은 미하라는 심각한 표정으로 팔짱을 낀 채 고민에 잠겼다.

밤 10시. 골드베르크에 있는 미하라의 집무실이다.

"미쓰토모은행이 연대보증을 해제하지 않는 한 다이니치맥주에 도카이상회를 매각하기란 불가능하다, 그렇게 생각하면 될까?"

재차 확인하는 아키라에게 미하라가 팔짱을 풀면서 대답했다. "불가능해. 그 후에 사와타리 씨하고 몇 차례 더 얘기를 나눴는데 로열 마린 시모다는 제외해달라고 몇 번이나 요구하더라. 반대로 미쓰토모가 태도를 누그러뜨릴 가능성은 없어?"

"……없어." 아키라는 단언했다. "도카이해운에서 요청한 뒤에 우리도 미쓰토모은행 에하타 씨를 상대로 교섭해봤는데 하필 불량 채권이 급증하는 타이밍이라 불가능하다는군."

"뭐가 불량채권이야. 그런 건 그냥 구실이잖아. 누가 미쓰토모 아니랄까 봐." 미하라는 분통을 터뜨리다가 진지한 눈으로 아키라를 바라보았다. "그나저나 괜찮아, 아키라? 아무리 너라도 로열 마린 시모다가 빌린 미쓰토모은행의 융자금을 전면적으로 대신할 자금을 융자하는 마술 같은 일이 가능할 리 없잖아?"

"뭐, 불가능하겠지."

아키라의 대답에 미하라는 입을 떡 벌렸다.

"불가능하다니! 너, 그럼 어쩌려고? 가이도 사장에게 거절 통보를 할 거야? 검토해봤지만 무리였습니다, 하고?"

"아니." 아키라가 고개를 가로저었다.

눈앞에 놓인 자료에서 시선을 떼지 않고 바야흐로 뭔가를 조용히 생각하고 있다. 그 눈앞에는 도카이해운, 도카이상회와 도카이관광, 그리고 로열 마린 시모다의 대차대조표가 나란히 있었다.

"로열 마린 시모다의 유이자 부채는 140억 엔." 유이자 부채란 섭게 말해 빌린 돈이다. "설립한 지 7년, 지금까지 흑자였던 적은 한 번도 없어. 은행 거래는 미쓰토모하고만 했어. 이 호텔에 산업중앙은행이 신규로 융자하기란 불가능해. 품의할 것도 없어."

"그럼 미쓰토모은행의 융자를 어떻게 인수하려고?" 미하라는 그렇게 묻다가 퍼뜩 고개를 들더니 씨익 웃었다. "아하, 알겠다. 너, 혹시 로열 마린 시모다를 도산시키려는 것 아니야?"

아키라는 말없이 듣고 있었다.

"그 시점에서 도카이상회와 도카이관광도 도산하고, 둘 다 채무가 사라지게 돼. 그 타이밍을 노려 도카이해운이 도카이상회의 스폰서로 나선다, 이거 아닌가?"

"그건 탁상공론이야." 아키라의 일축에 미하라는 콧등을 찡그렸다. "법적 정리로는 이 세 회사를 구할 수 없어."

"그럼 어쩌려고?"

눈앞에 늘어놓은 서류에서 하나를 집어든 아키라는 거기에 새로운 그림과 숫자를 기입해서 미하라 앞에 쓱 내밀었다. 그것을 응시하던 미하라가 고개를 들었을 때, 그 얼굴에 있는 것은 뚜렷한 경악이었다.

"부탁이 있어. 로열 마린 시모다를 분리했을 때, 바로 도카이상회를 매각할 수 있도록 사전에 교섭해줄 수 없을까?"

"알았어." 미하라가 대번에 흥분한 목소리로 대답했다. "그런데 이 계획, 가이도 사장한테는 말한 거야?"

"어제 설명했어. 도카이상회와 도카이관광은 가이도가 설득해줘야 해. 합의를 이끌어내면 품의서를 쓸 거야."

"만약 이끌어내지 못했을 때는……."

미하라는 하던 말을 꿀꺽 삼켰다. 아키라의 눈빛에서 범상치 않은 결의를 보았기 때문이다.

"이끌어낼 거야." 아키라는 강한 어조로 말했다. "이끌어내야만 해. 도카이해운 그룹을 구하기 위해. 가이도도, 그리고 나도, 운명을 극복할 거야."

2

가이도 아키라가 스스무와 다카시, 두 사람의 숙부와 만난 것은 6월 첫째 주 목요일 오후 4시가 지나서였다.

도카이상회 사장실이다. 회사 매각 문제도 있어 스스무와는 종종 만났지만 다카시와는 오랜만이다.

"뭐야, 이 바쁜 시기에 할 말이라니. 시시한 일로 불러낸 건 아니 겠지?"

다카시는 들어오자마자 비어 있는 소파에 털썩 주저앉더니 의심이 가득한 눈으로 아키라를 쳐다보았다. 다카시가 도카이상회 매각에 반대한다는 것은 비밀리에 들어서 알고는 있었다. 동시에 사업 재편을 통해 여객선 사업에서 물러나려는 도카이해운의 움직임도 다카시에게는 마음에 들지 않을 것이다.

신경질적인 수재 타입의 스스무는 말이 통하는 면이 있지만 다카시는 감정적이다. 매사를 호불호로 판단한다. 한 번 싫어하면 철저하게 싫어한다. 그것이 다카시다.

그리고 지금, 노크와 함께 비서가 새로운 손님의 방문을 알렸다.

"뭐야, 누가 또 와?" 다카시는 사장실에 들어온 사람을 보고 저도 모르게 벌떡 일어났다. "료마! 너, 이제 괜찮은 거냐?"

"오랜만입니다. 꽤 오랫동안 요양했으니까요. 여러모로 걱정을 끼쳐드렸습니다."

스스무와 다카시는 얼굴을 마주 보았다.

"뭐, 이렇게 외출도 할 수 있게 됐으니 다행이구나." 다카시가 어색한 투로 말했다.

스스무는 료마에게 비어 있는 소파를 권하며 사과했다. "연대보증 일은 미안했다. 그러려던 건 아니지만 널 몰아세우고 말았어. 미안하구나."

"그건 내 책임도 있어요."

료마의 한마디에 아키라뿐만 아니라 두 숙부도 놀란 얼굴로 쳐다보았다.

"삼촌들이 보여준 재무 서류의 모순을 난 꿰뚫어 보지 못했어요. 하지만 형은 알아봤죠. 제가 경영자로서 역부족이었던 거예요." 아키라를 돌아본 료마는 솔직하게 사과했다. "미안해. 내가 판단을 그르쳐서 회사에 피해를 줬어. 그것도 모자라 직무를 다하지도 못했지. 언젠가 제대로 사과하고 싶었어. 정말 미안해."

료마는 무릎에 손을 짚고 깊숙이 고개를 숙였다.

"그만 됐어." 아키라는 속에 줄곧 품고 있던 응어리가 녹아 가슴 속에서 따스한 온기로 변하는 것을 느꼈다. "넌 열심히 했어. 도카이해운의 사업뿐만 아니라 로열 마린 시모다를 어떻게든 구하려 했던 네 마음은 진짜였어. 나도 거기서 배운 점이 있어."

아키라의 말에 이번에는 료마가 고개를 들어 뜻밖이라는 표정을 지었다.

"삼촌들도 들어주세요." 아키라는 마침내 그날의 본론을 꺼냈다. "도카이해운은 옛날에 하나의 회사였어요. 그런데 지금은 세 개의 회사로 따로따로 존재하죠. 문제는 회사를 나눈 이유예요. 경영 효율 같은 합리적인 이유가 아니라, 형제나 친척이 하나의 회사 안에 공존하기 어려웠던 게 아닐까. 속박이나 거리감을 해소하지 못했기 때문에 분사했던 게 아닐까. 지금 우리가 직면한 어려운 현상은 바로 그 결과입니다."

"뭐야? 가즈마 형님이나 네가 했으면 이렇게 되지는 않았을 거란 말이냐?" 다카시가 눈에 불온한 기색을 내비쳤다.

"우리가 서로 열린 마음으로 함께 고민했다면 올바른 경영 방침을 세울 수 있었을 거란 뜻입니다."

"누가 알아? 네가 하는 말은 결과론이잖아."

그렇게 단정하는 다카시에게 아키라는 지금 이 순간 정면에서 맞섰다.

"이 자리에서 한 가지 확실하게 짚고 넘어가죠. 로열 마린 시모다의 실적은 완전히 벼랑 끝에 서 있습니다. 그 점에 대해 삼촌들이 이 상황을 어떻게 생각하는지, 지금 이 자리에서 다시 확인하고 싶습니다."

"이제 와서 무슨 소리야?" 다카시가 날카롭게 말했다. "로열 마린 시모다는 물론이고 스스무 형의 도카이상회까지 매각해버리려던 녀석이."

"매각할 수밖에 없는 상황에 내몰렸다는 게 제 인식입니다만." 아키라가 말했다. "그렇죠, 스스무 삼촌?"

"형!"

다카시가 입을 열려는데 스스무가 제지했다.

"……맞아."

그 발언에 다카시가 혀를 쯧 하고 찼다.

"다카시 삼촌은 어떻게 생각하죠?"

"넌 그런 거나 물으려고 날 불렀어?" 다카시는 대답은 하지 않고 퍼부어댔다. "잘 들어, 로열 마린 시모다는 우리 사업이야. 어떻게 할지는 우리가 정해."

"아직 존속이 가능하다는 뜻입니까?" 아키라가 냉정하게 물었다.

다카시는 팔짱을 낀 채로 고개를 홱 돌렸다. "당연하지."

그 이상 논의해봤자 아무 성과도 없다. 그렇게 판단한 아키라는 말을 이었다. "그럼 이다음은 스스무 삼촌하고 료마에게 하는 말이니, 다카시 삼촌은 참고삼아 들어보세요. 미쓰토모은행은 도카이상회의 연대보증채무를 해제하는 대신 저희에게 20억 엔의 추가 보증을 요구했습니다. 다카시 삼촌도 그건 알고 계시겠죠."

료마가 놀라서 뭔가 말하려고 입을 열었지만 말은 나오지 않았다.

"그게 뭐?" 말을 던진 건 다카시였다.

"미쓰토모은행은 이미 채권 회수에 나섰습니다." 아키라는 분명하게 말했다. "로열 마린 시모다에 무담보로 융자할 일은 일절 없을 겁니다. 뿐만 아니라 앞으로 도카이상회와 도카이관광이 자금을 조달하려 해도 기껏해야 변제한 만큼의 금액을 반년에 한 번 다시 빌리는 정도의 지원에 그칠 겁니다."

팔걸이의자에 앉은 채로 스스무가 이마에 손가락을 짚고 있다.

"그런 건 네 억측이잖아." 다카시는 고집스러운 태도를 고수했다. "미쓰토모는 로열 마린 시모다의 창업을 지원한 은행이야. 아직 140억 엔의 융자 잔액도 있어. 그런 거래처를 저버릴 리 없잖아."

아키라는 이제 반론조차 하지 않았다.

"현재 로열 마린 시모다는 연간 5억 엔의 적자를 내고 있습니다. 이대로 가면 앞으로 2년 안에 끝납니다. 그때 우리의 회사가 어떻게 될지는 굳이 설명할 필요도 없겠죠."

"그래서 넌 어쩔 건데?" 다카시가 물었다. "미쓰토모은행의 요구대로 20억 엔의 추가 연대보증을 받아들일 셈이냐?"

스스무가 퍼뜩 고개를 들어 확인하듯 아키라를 쳐다보았다.

도카이해운이 추가로 보증을 서면 도카이상회를 다이니치맥주에 매각할 수 있다. 그렇게 되면 스스무는 막다른 상황에서 벗어날 수 있다.

"그 요청에 대해 예의 검토했습니다." 아키라는 말했다. "솔직히 몹시 어려운 판단이었습니다. 결론부터 말씀드리면 그 요청은, 거절할 겁니다."

스스무가 천천히 고개를 들어 천장을 바라보았다. 료마는 아무 말도 하지 못하고 아키라를 바라보고 있다. 다카시는 드센 눈빛으로 아키라를 쏘아보다가 시선을 바닥으로 내리꽂았다.

"훌륭한 마음가짐이군." 다카시가 보란 듯이 말했다. "넌 결국 본인 사정만 생각하는구나. 자기는 이 이상 리스크를 떠안지 않겠다는 뜻이냐? 차라리 미쓰토모은행이 더 신뢰가 가."

다카시에게 더 이상 해줄 말은 없었다.

묵살한 아키라는 준비해온 서류를 노란 봉투에서 꺼내 세 사람에게 하나씩 건넸다.

"이건?" 스스무가 고개를 들었다.

"산업중앙은행에서 제안한 구제책입니다. 로열 마린 시모다가 살아남으려면 이 방법 말고는 없습니다."

료마가 눈도 깜빡이지 않고 정신없이 서류를 읽어 내려갔다.

내용을 읽은 스스무의 눈동자도 파르르 떨렸다. 믿을 수 없다. 그 표정이 그렇게 말하고 있었다.

"산업중앙은행은 무슨, 이제 와서 엉터리로……."

다카시는 그 서류를 사납게 펼쳤다가 숨을 훅 삼켰다. 말없이 입을 다물더니, 이윽고 무겁고 긴 한숨을 토해냈다.

3

"미즈시마, 잠깐 시간 되나?"

회의를 마치고 자리로 돌아가려 할 때였다. 목소리가 나는 쪽을 돌아보니 영업본부 부장 후도가 손짓하는 게 보였다. 시선이 마주치자 대답도 하기 전에 후도가 부장실로 사라졌다.

"도카이해운 안건 말인데, 그 후로 어떻게 됐지?"

서류를 끌어안은 채로 서둘러 부장실로 들어가자 후도의 질문이 바로 날아왔다. 50억 엔의 연대보증과 로열 마린 시모다의 실적 악화를 감안해 도카이상회를 다이니치맥주에 매각하는 방향으로 진행하고 있다는 보고는 이미 했다.

"그게, 미쓰토모은행이 연대보증 해제에 조건을 걸어서……." 경위를 설명하자 후도가 미간을 찡그리는 게 보였다. "도카이해운의 가이도 사장은 어떻게든 미쓰토모은행의 융자를 저희 은행에서 대신 인수해줄 수 없겠느냐고."

후도는 책상에 두 팔꿈치를 괸 채로 조용히 생각에 잠겼다가 이윽고 엄격한 눈빛으로 물었다. "야마자키는 뭐라고 대답했나?"

"그 방향으로 검토하겠다고."

간나의 대답에 후도가 눈썹을 찌푸렸다. 대번에 심기가 불편해지더니 눈에 분노가 서리는 게 보였다.

"로열 마린 시모다에 140억 엔을 빌려주겠다는 말인가? 그래서 미쓰토모은행의 융자를 변제한다고? 말도 안 되는 소리. 야마자키는 무슨 생각이야? 그런 리조트 호텔에 융자할 수 있을 턱이 없잖아. 그것도 140억 엔이나."

"하지만 부장님." 그 역정에 주눅 들면서도 간나는 필사적으로 항변했다. "안 그러면 도카이상회를 매각할 수 없습니다. 도카이상회만 매각하면……."

"그런 문제가 아니야!" 후도가 말을 끊었다.

머리 회전이 빨라 뱅커로서는 우수하지만 쉽게 격앙하는 타입이다. 대번에 얼굴이 벌게지더니 마치 눈앞에 분노의 대상이 있는 것처럼 빈 공간을 노려보았다.

"품의서는 자네가 쓰나?"

"아니요." 간나의 대답에 후도가 눈을 치켜떴다. "이번 안건은 야마자키 씨가 쓰겠다고 합니다."

"야마자키가 이 품의를?" 그때 간나는 후도의 입술에 일그러진 미소가 감도는 것을 보았다. "재미있군. 박살을 내주지."

후도不動는 그 이름처럼 한 번 결정하면 바꾸지 않는 남자다.

"잘 들어, 야마자키한테 전해. 난 이 안건에는 반대라고 말이야. 망해가는 리조트 호텔에 돈을 빌려주는 멍청이가 어디 있어?"

반론하려 해도 할 말을 찾지 못했다.

"알겠습니다."

그렇게 대답하고 고개를 숙인 간나는 재빨리 부장실을 뒤로하는 게 고작이었다.

4

"사장님, 어떠셨습니까?"

가이도 다카시가 회사로 돌아가자 기다렸다는 듯이 경리부장 다가가 사장실로 들어왔다. 오후 6시가 지난 시간이었다.

"어떻기는." 다카시는 불쾌한 심기를 그대로 드러내며 말했다. "아키라 녀석, 자기 하고 싶은 말만 하고, 사람을 우습게 보는 것도 정도껏 하라고 말하고 싶었어."

다가는 분에 찬 다카시의 말을 곤혹스러운 표정으로 듣고 있다가 본론을 꺼냈다. "실은 방금 전 자금 조달 현황을 점검했는데 슬슬 운전자금을 조달하는 게 좋을 것 같습니다."

"얼마나?"

"다음 달 말까지 3억 엔 정도가 필요합니다."

"통상 운전자금이야?" 다카시는 방금 전 아키라에게 들은 미쓰토모은행의 융자 방침을 떠올리며 물었다.

"아닙니다. 평소의 운전자금이라면 2억 엔 정도지만 이번에는 특별히 다키모토여행사에 지불할 금액이 있어 그만큼 증가했습니다. 어음을 현금으로 지불해달라고 해서요. 그 문제에 대해서는 사장님께 며칠 전 의논드린 바와 같습니다."

그랬다. 기억해낸 다카시는 무심코 얼굴을 찌푸렸다.

어음으로 지불하면 석 달 후에 결제하지만 현금은 유예가 없다. 애초에 어음 결제 약속을 현금으로 바꿔달라니 괘씸한 소리지만 로열 마린 시모다의 실적 악화를 우려한 모양이다. 거절하고 싶어도 다키모토는 대형 여행사라 도카이관광과 제휴한 패키지가 많다. 그쪽에서 손을 떼면 곤란하다고 판단해 부득이하게 지불 조건 변경에 응했던 것이다.

"내일 미쓰토모은행에서 에하타 씨가 오시니 그때 부탁드리겠습니다."

"몇 시야?"

도카이상회 문제에 대해 에하타에게도 이야기를 듣고 싶던 참이었다.

"10시입니다. 동석하시겠습니까?"

다카시는 고개를 끄덕였다.

아키라에게는 그렇게 말했지만 미쓰토모은행을 전면적으로 신뢰할 수 있는가 하면 그렇다고 단언할 처지도 못 되었다.

"그리고 사장님, 내일 일본상공조사에서 온다고 합니다." 사장실에서 물러나기 전 다가가 지금 생각났다는 듯이 덧붙였다. 신용조사회사다. "적당히 답변하겠습니다."

다키모토여행사뿐만 아니라 업계에서도 로열 마린 시모다의 실적 부진에 주목하고 있다. 요즘은 어느 거래처에서 의뢰했는지 신용조사원이 빈번히 찾아오고 있다.

로열 마린 시모다에 대한 도카이관광의 연대보증은 20억 엔.

도카이관광은 기껏해야 매출 80억 엔 규모의 회사다. 게다가 최근의 불경기로 현재 실적이 악화되어 매달 적자와 흑자를 반복하고 있다.

책상에 내던진 노란 봉투에서 방금 전에 받은 서류를 꺼내보았다. 아키라의 의향을 받아들여 산업중앙은행 담당자가 세웠다는 그 계획이 다카시에게 요구하는 건 다름 아닌 경영자로서의 '총괄'이었다. 경영자로서 패배를 인정하라. 그렇게 말하는 것이나 마찬가지다.

"날 뭘로 보고."

치밀어 오르는 분노에 다카시는 혼자서 거친 말을 쏟아냈다.

지금은 도카이해운의 사장이 된 아키라의 모습이 형 가즈마와 겹쳐 보였다. 이 계획을 인정하면 가즈마에게 굴복하는 거나 다름없다.

웃기지 마.

이런 사면초가 상태에서도 어딘가에 역전의 스위치가 있을 것이다. 로열 마린 시모다를 재건하고 연대보증채무의 불안을 불식해줄 스위치가. 다카시는 응접세트의 팔걸이의자에 몸을 묻은 채로 지혜를 쥐어짜보았다. 하지만 아무리 고민해도 나오는 것은 없었다.

그저 시간만 흘러간다. 그 시간은 모래시계의 모래다. 한 알 한 알이 손가락 사이로 굴러떨어진다. 아무리 주워 담으려 해도 확실하게 손끝에서 사라져간다. 그리고 마지막 한 알이 떨어졌을 때, 그 역시 모래가 되어 작은 구멍으로 빨려 들어가리라.

방금 전까지 끓어오르던 분노가 사라지더니 다카시는 이 현실에 전율을 느끼는 자신을 깨닫고 아연실색했다. 정녕 방법이 없는 건가? 고독 속에서 다카시는 홀로 고뇌했다.

5

"그건 그렇고 조만간 운전자금을 부탁드리고 싶습니다."

거래처를 도는 김에 최신 시산표를 받으러 온 것뿐이었던 에하타는 다가의 한마디에 서류를 가방에 넣던 손길을 멈췄다.

"얼마나 말입니까?"

"3억 엔 정도."

"3억 엔이라, 글쎄요." 표정을 일그러뜨리며 방금 가방에 넣은 시산표를 다시 한번 바라보았다. "2억 엔 정도라면 이자 상환 후에 어떻게 될 것 같습니다만."

거래처에 대한 지불 조건이 변경되었다고 말하자 에하타는 쌀쌀맞게 대답했다.

"어째서 거절하지 않은 겁니까? 결국 운전자금을 조달해야 해서 힘들어지는 건 도카이관광이잖아요."

다카시는 위화감을 느꼈다. "에하타 씨, 3억 엔도 조달하지 못할 정도로 우리 실적이 나쁜 것도 아니잖아. 전기에도 흑자를 냈는데 뭐가 문제야?"

"뭐가 문제냐니, 당연히 로열 마린 시모다가 문제죠." 에하타는 망설이지 않고 단언했다. "연간 5억 엔의 적자를 내고 있어요. 당국 지도 방침도 있어서 지금은 여러모로 어려운 상황입니다. 어쨌거나 귀사에는 20억 엔이나 되는 연대보증이 있으니까요."

"로열 마린 시모다를 팔 수 있었는데 일을 망친 게 대체 누군데?"

홧김에 다카시는 스스무에게 들은 에하타의 정보 누설을 끄집어냈다. 하지만 고개라도 꾸벅 숙이고 사과할 줄 알았던 에하타는 뻔뻔하게 대꾸했다.

"그건 그거고요."

"그럼 로열 마린 시모다 매각처 물색은 어떻게 되고 있지?" 다카시는 울컥해서 물었다.

"그건 좀 어렵겠어요. 적자가 그 모양인데, 조금 생각해보면 아는 것 아닙니까, 사장님?"

에하타의 그 오만한 태도에 다카시의 분노가 훨훨 타올랐다.

"로열 마린 시모다의 적자 원인을 따져보면 절반은 당신네 고금리 때문이잖아. 그걸 인하하는 것도 거부했다면서? 그 호텔을 망하게 만들 셈이야?"

"천만에요, 망하게 하다니요." 에하타는 태연히 대답했다. "다만 저희도 저희만의 규칙이 있어서요. 그렇게 리스크가 큰 융자면 그 정도는 받아야 수지가 맞죠."

"본업이 적자라면 그 말도 이해해." 말하다 보니 점점 흥분해서 다카시는 소리를 높였다. "하지만 은행에서 빌린 금리가 너무 높아 적자가 되다니 받아들일 수가 없군. 금리를 공짜로 해달라는 게 아니야. 하다못해 통상 수준으로 인하해달라는 거잖아."

하지만 에하타는 전혀 귀담아듣지 않았다. "그게 그 호텔의 통상 금리입니다. 그 정도 비용을 흡수하는 건 당연한 일이고, 그런 계획이었으니 융자했던 겁니다. 제 말이 틀립니까?"

뻔뻔한 반박에 다카시는 대답을 찾지 못했다. 뱃속에서 치밀어 오르는 쓸쓸함에 무심코 얼굴을 찌푸렸다. 절망이 그런 맛이리라.

"한 가지 묻고 싶은데." 다카시가 숨 막히는 침묵을 깼다. 차분한 목소리였다. "로열 마린 시모다에 향후 자금 수요가 생겼을 때, 거기에는 응해줄 텐가?"

에하타가 무슨 생각을 하는지 모를 시선으로 다카시를 쳐다보았다. "글쎄요. 그건 그때 가봐야 알지요."

"미쓰토모은행은 우리를 어떻게 생각하고 있지? 주거래 은행이잖아. 도와줄 생각은 없는 건가?"

"몇 년 전까지는 기업과 은행이 이인삼각으로 성장한다고들 했지요." 에하타는 그립다는 듯이 말했다. "하지만 지금은 다릅니다, 사장님. 은행은 은행, 회사는 회사. 은행에 우는소리를 하면 곤란해요."

"우는소리? 당신은 이게 우는소리라는 거야?"

"지금 은행이 도와주네 마네 하셨잖아요." 에하타는 뻔뻔하게 말했다. "저희는 장사로 돈을 빌려드리는 거지, 자원봉사를 하는 게 아닙니다. 리조트 호텔을 경영하는 건 당신들이지 저희 은행이 아니란 말입니다. 돈은 냈으니 계획대로 운영하셔야죠. 로열 마린 시모다의 현재 상황은 명백한 계약 위반입니다. 그런데 금리를 내려라 마라, 착각하시면 곤란해요."

"그건 당신 의견인가, 아니면 은행 의견인가?"

"그게 그거죠." 에하타는 얼어붙은 황야에 몰아치는 바람 같은 목소리로 웃었다. "불만이 있으면 호텔을 흑자로 만든 다음에 말씀하시죠. 이 운전자금, 2억 엔이라고 써두겠습니다. 1억 엔은 어디 다른 데서 조달하세요. 애초에 그런 점이 안일하다는 겁니다."

에하타는 어처구니없다는 식으로 말하더니 들으란 듯이 요란한 한숨을 쉬었다.

"사장님, 어떻게 할까요?" 에하타를 배웅한 다가가 창백한 얼굴로 돌아왔다. "1억 엔을 어디서 조달해야 하는데……."

다카시는 대답할 수 없었다. 어떻게 해야 할지 모르겠다. 하지만 반대로 알게 된 사실도 있었다. 미쓰토모은행은 이미 신뢰할 만한 상대가 아니라는 사실이다. 그것이 우는소리든 아니든, 도움을 청할 수 있는 상대도 아니다.

"유가증권이 있지?" 다카시는 이윽고 하나의 답을 찾아냈다. "그걸 처분해."

"그건 좀……." 다가가 망설였다. "1억 엔을 만들려면 상당한 평가 손해를 봅니다. 그것만으로도 적자 요인이 될 수 있습니다."

"달리 다른 방법이 있나?" 다카시는 경리부장을 노려보며 고함쳤다. "자금 조달이 최우선이야."

다가는 입술을 꽉 깨물고 뭔가 억누르려 했다. 그럼에도 차마 억누르지 못한 말이 끝내 흘러나왔다. "이런 식으로 자금 조달을 하다간 언젠가 파산합니다. 로열 마린 시모다를 어떻게 하지 않는 한 불가능해요. 사장님, 어떻게든 해주십시오."

간절한 그 한마디에 다카시는 결국 감정을 폭발시켰다.

"시끄러워, 닥쳐! 그런 건 알고 있어!"

실례했습니다, 라는 한마디를 남기고 다가가 물러났다. 어떻게든 할 수 있다는 생각과 달리 당장이라도 터질 것처럼 불안과 절망이 부풀어 올랐다.

다카시는 홀로 사장실에서 그 감정들을 참고 견뎌야만 했다. 지금 다카시가 서 있는 곳은 바로 경영의 낭떠러지 앞이었다. 어떻게든 될 거라는 안일한 생각은 이미 산산조각 났다. 이제 퇴로는 어디에도 없다.

경기 탓일지도 모른다. 친구였던 기다의 악의에 속은 건지도 모른다. 하지만 모든 책임을 지는 것은 다른 누가 아닌 다카시 본인이다. 힘없이 책상에 두 손을 짚고 고개를 숙인 채로 얼마나 있었을까. 결국 다카시는 책상 위 결재함을 벽에 집어 던지고 찻잔을 바닥에 내동댕이쳤다.

"망할!"

산산조각 난 파편을 짓밟은 발로 몇 번이나 힘껏 책상을 걷어찼
다. 한바탕 날뛴 다카시는 이윽고 어깨를 들썩이며 의자에 털썩 주
저앉았다. 그리고 책상 한복판에 동그마니 놓여 있는 서류를 응시했
다. 아키라가 건넨 구제책이다. 거기에 적힌 그래프와 해설은 말하
자면 다카시의 자존심을 박살 내는 것이나 다름없었다. 하지만……

지금 다카시에게 요구되는 것은 오로지 그 자존심을 버리는 일이
다. 그리고 자신의 패배를 인정하는 일…….

휴대전화를 꺼낸 다카시는 이윽고 울리는 신호음에 귀를 기울이
고 아키라가 전화를 받길 기다렸다.

발밑에 강렬한 햇볕이 비스듬히 쏟아지고 있었다. 휴대전화를 귀
에 댄 채로 창문을 돌아본 다카시는 생각보다 찬란한 빛에 눈을 가
늘게 떴다.

6

그 전화는 은행 안에서 회의를 마친 야마자키 아키라가 자리로
돌아오길 기다렸다는 듯이 걸려왔다.

"도카이해운 가이도 아키라 사장입니다."

전화를 연결해준 간나가 어딘가 불안한 눈빛인 것은 그 소식의
중요성을 이해하고 있기 때문이었다.

"……이쪽은 합의됐어." 전화를 받은 순간, 가이도 아키라가 말했
다. "이제 그쪽에서 추진해줘."

"알았어. 또 연락하지."

짧은 통화를 마친 야마자키는 이미 완성한 품의서를 손에 들었다. "이걸 살펴보고 문제가 없으면 날인해주겠어?"

"이건……." 간나의 눈이 놀라움으로 커졌다. "벌써 품의서를 다 쓰셨어요? 대체 언제."

"품의서 구성은 미리 짜놨어. 나머지는 소견을 정리하는 것뿐이니까. 그 정도라면 시간은 별로 안 걸려."

처음으로 보는, 야마자키 아키라의 승부를 건 품의서다.

게다가 간나도 마키노도, 며칠 전 가이도 아키라와의 미팅 이후로 어떤 내용의 품의인지 듣지 못했다. 자리로 돌아가자마자 냉큼 열어보았다.

'융자 희망 금액 140억 엔.'

가장 먼저 시야에 들어온 그 숫자를 본 순간, 덜컹하는 심장 소리가 들린 것 같았다. 정말로 할 작정이다. 하지만…….

소견을 읽기 시작한 간나가 "엇!" 하고 작게 외친 것은 그 직후였다. 아키라가 쓴 소견을 파고들듯이 읽었다. 그리고 지금, 간나는 뺨이 달아오르고 숨이 찰 정도의 흥분을 금할 수 없었다.

이 품의, 대단하다.

힐끔 훔쳐본 야마자키 아키라의 책상은 회의라도 갔는지 공석이었다. 첨부된 분석 자료를 펼친 간나는 거기서도 저도 모르게 숨을 삼켰다. 자기도 똑같은 회사의 모습을 보았고, 숫자를 보았는데, 아키라의 분석은 치밀하고 해석은 창의로 넘쳤다.

도카이해운, 도카이상회, 그리고 도카이관광. 이 세 회사는 대체 무엇이며, 어떤 모습이어야 하는가. 지금까지 얼마나 뜻하지 않은 방향으로 나갔고 결과적으로 현재의 상태가 되었는가.

그곳에 존재하는 것은 야마자키 아키라라는 걸출한 뱅커의 눈으로 본 하나의 우주였다.

마이크로 수준의 분석으로부터 모든 방향으로 쏘아올린 논리의 화살. 그것이 기상천외하면서도 의문의 여지 없이 마땅한 필연성과 결합해 화려하고도 대담한 결론으로 집약되어간다.

끝까지 읽은 뒤에도 간나는 한동안 그 품의서에서 눈을 떼지 못했다. 아연하게 머릿속 어딘가로 제 숨소리를 듣고 있었다.

물론 야마자키 아키라에 관한 온갖 소문은 들었다. 신입사원 연수에서 가이도 아키라와 펼친 드라마는 지금도 회자되는 전설이다. 적확한 업무 처리, 신속하고 정확한 판단. 그것은 매일 옆에서 보았으니 알고 있다. 알고 있지만, 이것은……

차원이 다르다.

서랍에서 인감을 꺼낸 간나는 떨리는 손으로 지정된 칸에 날인하고 야마자키 아키라의 책상에 살며시 돌려놓았다.

7

야마자키 아키라가 품의서를 들고 부장실에 들어가자 후도는 검토하던 서류에서 고개를 들어 표정 없이 소파를 가리켰다. 도카이해운 융자 안건에 대해 직접 설명하고 싶다고 요청한 것은 아키라였다. 후도 역시 통상적인 절차로 품의서를 상신하라고 말하지 않았다. 사무적인 서류 회람이 아니라 직접 의견을 주고받아야 할 막중한 안건이 있다면, 바로 이것이 그에 해당한다. 그런 점에서 두 사람의 인식은 일치했다는 뜻이다.

"그래서?"

부장실에 있는 응접세트에 마주 앉자마자 여담도 없이 본론이 시작되었다.

"며칠 전 보고 드린 대로 도카이상회의 예상 매각 가능액은 약 50억 엔입니다. 한편으로 도카이상회가 로열 마린 시모다의 융자에 연대보증한 금액은 70억 엔으로, 미쓰토모는 연대보증 해제 조건으로 차액인 20억 엔을 도카이해운에 추가 보증하도록 요청했습니다."

"그 추가 보증을 받아들이는 건가?"

후도는 웃는 시늉도 하지 않고 아키라의 눈을 직시했다.

"아니요. 거절할 겁니다."

"당연하지." 후도가 말했다.

그 눈동자 속에서 무수한 톱니바퀴가 회전하는 소리가 들리는 것 같았다.

"확실히 추가 보증은 거절하는 게 상식적이지만 동시에 도카이상회의 매각이 암초에 걸립니다."

"미쓰토모의 판단은 그냥 허세 아닌가?" 후도는 솔직한 의문을 제기했다. "세게 나가서 운이 좋으면 도카이해운의 추가 보증을 얻어낸다, 하지만 실제로 매각이 결정되면 그건 그것대로 수긍한다. 아니야?"

"그건 저도 생각했습니다. 하지만 미쓰토모는 지금 꼼짝도 할 수 없는 상태입니다. 이유는 대장성 재정, 통화, 금융을 담당하는 일본의 중앙행정기관으로 2001년 재무성으로 명칭이 바뀌었다 때문입니다."

후도는 숨을 훅 들이마시고 눈을 가늘게 떴다. 은행에 있어 대장성은 감독기관임과 동시에 소위 말하는 가상의 적에 가깝다.

"기업부가 파악한 소문입니다만 아마도 내달 상순에 미쓰토모에 감사가 들어갈 겁니다."

대장성 은행국의 감사는 불시가 전제지만 어차피 한통속이다. 대장성 담당자를 통해 결행일은 사전에 새어나간다. 그 또한 금융계의 관례다.

"아마도 이번 감사로 거액의 불량 채권이 드러나지 않을까 싶습니다. 중견 종합건설사 쪽 공방이 포인트가 될 겁니다."

"**위험**한 곳들을 끌어안고 있으니까."

미쓰토모은행은 도산 소문까지 도는 중견 종합건설사 여러 곳의 주거래 은행으로, 바야흐로 그 융자가 종합건설사들의 생사여탈을 쥐고 있다. 대장성 감사에서는 거래처에 대한 융자를 확실하게 회수할 수 있는가의 여부가 판단 포인트다. 회수가 어렵다면 불량 채권 예비군으로 '분류'된다. 파산이 우려되는 거래처가 되면 만일의 경우에 대비해 '대손충당금'이라는 '비용'을 계상해야만 한다. 상대의 도산으로 발생할 손실액을 미리 계상해두는 것이다. 이것이 은행의 수익을 직격한다.

"이번 감사로 아마 로열 마린 시모다도 '파산 우려 기업'으로 분류될 겁니다."

그렇게 될 경우 미쓰토모은행은 채권액의 70퍼센트를 대손충당금으로 계상해야 한다. 140억 엔의 70퍼센트니 약 100억 엔이다.

"그렇겠지. 도카이상회도 그 시점에서 도산인가. 매각을 걱정할 처지가 아니겠군. 도카이관광도 연쇄 도산하겠지."

"문제는 도카이해운입니다." 이윽고 핵심이 나왔다. "로열 마린 시모다가 파산하면 연대보증채무로 50억 엔을 갚아야 합니다. 더욱이 도카이상회 및 도카이관광과도 거래가 있으니 그로 인한 매출 감소와 대손 손실까지 감안한다면 본디 얻어야 할 이익과 상쇄해도 50억 엔을 넘는 적자가 나겠지요."

"어쩔 수 없는 일이지." 후도는 의연하게 말했다. "전임 사장이 한 일이라지만 자업자득이야."

"맞는 말씀입니다." 그것은 아키라도 인정할 수밖에 없었다. 변명이 통할 상황이 아니기 때문이다. "다만 실제로는 이미지 실추로 인한 매출 감소, 나아가 경영 개선 지연 등의 영향으로 실적은 더욱 악화될 겁니다. 그렇게 되면 도카이해운도 무사하지 못합니다."

"무사태평한 회사가 이 세상에 어디 있겠어." 후도는 역설적으로 부정했다. "그런 회사는 어디에도 없어. 기업 규모와 상관없이 요즘 시대에 기업은 항상 존망을 건 싸움을 강요당하지. 우리 역시 마찬가지야. 싸우는 이상 질 수도 있는 것 아닌가?"

"그건 부정하지 않겠습니다. 하지만 패배를 회피할 수 있는데 굳이 지도록 두는 게 득책은 아닙니다. 아직 방법은 있습니다." 아키라는 손에 든 품의서를 후도 앞에 내밀며 말했다.

하지만 후도는 힐끔 쳐다보기만 할 뿐 품의서에 손을 뻗지 않았다. 내용을 읽어볼 가치도 없다고 말하고 싶은 건지 모른다.

"야마자키, 한 가지 묻겠는데." 의자 등받이에 몸을 기댄 후도가 차분하게 물었다. "도카이해운 그룹이 과연 살아남을 수 있을지, 그 관건이 되는 열쇠는 로열 마린 시모다야. 과연 그 리조트 호텔을 구제할 수 있는가가 포인트지. 하지만 내 경험으로 볼 때 거품 시기에 설립해 과거 7년에 걸쳐 계획과 달리 적자만 내고 있는 호텔을 재건하는 건 불가능에 가까워. 유일한 가능성이 있다면 일단 파산시킨 뒤에 재생시키는 방법밖에 없어."

"그래서는 도카이해운 그룹을 구할 수 없습니다." 아키라는 강한 어조로 대답했다. "도카이상회와 도카이관광의 사원과 그 가족들이 길거리에 나앉게 됩니다. 어쩌면 도카이해운도 그 뒤를 따를 가능성이 있습니다. 더군다나 그 가능성은 생각보다 큽니다."

"그래서 미쓰토모은행의 융자를 대신 인수하자는 건가?" 후도가 칼날처럼 날카로운 시선을 던지며 물었다. "미쓰토모은행의 무모한 융자를 우리 은행이 뒤치다꺼리하라는 거야?"

"어떤 의미로는 말씀하신 바와 같습니다." 아키라는 인정하며 말했다. "리조트 호텔에 진출한 것은 완전히 그릇된 경영 판단이었습니다. 거기에 편승해 설립한 지 얼마 되지 않은 호텔에 당초 90억 엔, 최종적으로 140억 엔이나 되는 융자를 해준 미쓰토모은행의 방침은 용인할 수 없는 일입니다."

"더군다나 그 거래처는 우리 은행의 충고를 무시한 것으로도 모자라 등을 돌린 놈들이야." 후도는 중요한 사실을 덧붙이는 것을 잊지 않았다. "그들은 미쓰토모은행에 운명을 걸었어. 그 또한 경영 판단이니 응당 책임을 져야 해."

"하지만 여기엔 도카이해운이 얽혀 있습니다. 도카이해운과는 주 거래 은행으로 오랫동안 거래해왔습니다. 도카이상회도, 도카이관 광도 독립하기 전에는 똑같은 한 회사의 사업 부문들이었습니다. 저 희 은행과 갈라선 경위도 경제 합리성이라기보다 오히려 형제인 경 영자들 사이의 아집이나 알력이 근간에 있었습니다. 하지만 그것도 이제는 과거의 일입니다. 혼자만 어떻게든 살아남으면 족하다는 발 상으론 도카이해운이 직면한 이 난국을 타개할 수 없습니다."

"그게 로열 마린 시모다에 융자하는 이유가 되나?" 후도는 험악 한 목소리로 묻더니 확실하게 선을 그었다. "그런 리조트가 부활할 수 있을 리 없어."

"아니요, 저희 은행이라면 구제할 수 있습니다."

당당하게 주장하는 아키라에게 이때 후도가 느낀 것은 단순한 분 노가 아니었다. 그것은 일종의, 그렇다! 의문이었다.

"어째서 그렇게 필사적인가?" 그 의문은 머릿속에 떠오르자마자 바로 후도의 입에서 새어나왔다. "도카이해운만이라면 그나마 이해 가 가. 도카이상회니, 도카이관광이니, 리조트 호텔이니, 미쓰토모은 행에 맡기면 그만이잖아. 그들이 그걸 선택한 거야. 우리가 아니라. 우리가 그렇게까지 해야 할 이유가 어디에 있나? 어째서 자네는 그 런 곳까지 구제하려는 건가?"

"그건······." 뭔가가 아키라의 눈동자 속에서 심경을 비추는 것처 럼 섬세하게 흔들렸다. "그게 바로 제가 은행에 있는 이유이기 때문 입니다."

예상치 못한 말에 당황했는지, 놀란 사람처럼 한쪽 눈썹을 실룩거린 후도는 말없이 뒷말을 재촉했다.

　"제 아버지는 과거에 회사를 도산시킨 적이 있습니다." 아키라는 천천히 말했다. 무거운 기억의 문을 여는 기분이다. 대번에 쓰라린 감정이 가슴에 가득 퍼졌다. "제가 초등학교 5학년, 여동생은 아직 유치원생이었습니다. 그때 아버지는 가족과 회사, 직원들을 지키기 위해 필사적이었습니다. 지금도 은행 지점장에게 아버지와 어머니가 나란히 융자를 애원하는 모습을 잊을 수 없습니다. 은행에서 볼 때는 구할 가치가 없을 정도로 작은 회사였을지 모릅니다. 하지만 그런 회사도 소중한 것을 지키며 존재합니다. 직원들과 그 가족들의 생활, 그리고 미래입니다. 그때의 경험이 그것을 가르쳐주었습니다. 철없다고 생각하실지 모르지만 저는 구할 수 있는 사람이라면 온 힘을 다해 구하고 싶습니다. 그게 제 마음입니다. 회사에 돈을 빌려주는 게 아니라 사람에게 빌려준다, 이건 그것을 위한 품의입니다."

　후도는 잠시 아키라를 바라본 채로 침묵했다. 그리고 느릿하게 책상 위의 품의서에 손을 뻗어 내용을 읽기 시작했다.

　후도가 페이지를 넘기는 메마른 소리를 들으며 아키라는 갑자기 마음속에 튀어나온 기억의 회랑을 헤매고 있었다. 아버지가 소중히 아꼈던 공장과 기계, 다정했던 야스 형, 귤 밭의 가파른 비탈과 그 너머로 보이는 어둡게 빛나는 바다…….

　거래처에 몇 번이나 고개를 숙이는 아버지. 찰흙 인형을 챙겨준 긴가쿠. 창밖으로 손을 흔들며 배웅해준 친구들. 아키라를 데리고 지하루의 손을 끌며 걷는 어머니의 창백한 표정. 아키라 가족이 탄

자동차를 쫓아오던 꼬마. 이와타로 향하는 열차 안에서 느낀 불안감. 외조부모와 외삼촌 내외가 마중 나왔을 때의 안도감. 거실에서 아버지와 토론하는 이와타은행 구도의 진지한 눈빛. "넌 대학에 가거라." 그렇게 말하는 아버지의 표정. 무질서하게 뒤엉킨 기억은 켜켜이 뭉쳐 용솟음치듯 아키라의 가슴을 가득 채웠다.

나는 왜 여기에 있는가?

나는 왜 은행원인가?

왜, 사람을 구하려는 건가?

하지만 아키라는 알고 있다. 지금 아키라가 구하려는 건 알지도 못하는 수많은 사람들과 가족이지만 사실은 아키라 자신이다.

그들을 구함으로써 진실로 구원받는 것은 자신임을.

그때, 품의서 마지막 페이지를 읽은 후도가 치켜든 시선이 과거로 날아가 있던 아키라의 의식을 다시 현실로 데려왔다.

"로열 마린 시모다를 재건하려면 커다란 문제점이 두 가지 있습니다." 아키라는 품의의 구체적인 내용을 언급했다. "한 가지는 경영 전략 문제, 또 한 가지는 재무 문제입니다. 후자는 차환에 따른 금리 절감으로 극적으로 개선할 수 있습니다. 현재의 로열 마린 시모다는 연간 약 5억 엔의 적자를 내고 있습니다만 몇 년 안에 흑자화될 겁니다."

재건을 위한 경영 전략은 호텔 경영에 절대적인 노하우가 있는 골드베르크 미하라가 보장해주었다.

후도가 바늘 같은 시선으로 아키라를 쳐다보았다.

"읽으신 바와 같이 **로열 마린 시모다에는 융자하지 않을 겁니다.**" 아키라는 그 눈을 향해 말했다. "저희 은행이 융자할 상대는 어디까지나 도카이해운입니다."

후도가 숨을 혹 삼켰다. 이 거액의 품의 안건을 곰곰이 헤아려 타당성을 판단하고 있다.

"먼저 도카이해운에 140억 엔을 융자합니다." 아키라는 말을 이었다. "도카이해운은 그것을 전액 로열 마린 시모다에 출자해, 미쓰토모은행의 차입금을 상환하고 그곳과의 거래를 해지합니다. 이 시점에서 로열 마린 시모다는 연간 수억 엔의 금리 부담으로부터 해방됩니다. 동시에 적자 호텔에 배당을 기대할 수는 없으니 자본 비용은 거의 제로가 되며, 새로운 경영 전략의 수립과 함께 손익은 단숨에 근소한 적자 수준으로 개선됩니다."

후도는 여전히 말이 없었다.

"다만 미쓰토모은행을 대신할 때 조건이 있습니다. 로열 마린 시모다 융자와 관련해 미쓰토모은행을 상대로 도카이상회는 70억 엔, 도카이관광은 20억 엔의 연대보증채무가 있습니다. 이 시점에서 두 회사의 연대보증채무가 해소되는 셈인데, 그 대신 도카이상회, 도카이관광은 모든 주식을 도카이해운에 양도합니다. 로열 마린 시모다는 원래 도카이상회의 100퍼센트 자회사니 이것으로 관련 회사는 모두 도카이해운 산하로 들어가게 됩니다."

이윽고 후도가 입을 열어 조용히 물었다. "그걸 두 회사 사장이 받아들였나?"

"최종적으로 승인했습니다. 오늘 중으로 도카이해운과 두 회사 사이에 서면으로 합의서를 체결할 겁니다. 여기까지가 1단계라고 보시면 됩니다."

후도는 팔짱을 낀 채 나직한 신음을 냈지만 말은 나오지 않았다.

"2단계로 도카이해운의 산하 기업이 된 도카이상회를 다이니치 맥주에 매각합니다. 조건은 이미 협의했고, 매매 금액은 50억 엔이 될 전망입니다. 매각과 동시에 그 금액을 저희 은행에 상환, 이로써 도카이해운에 대한 이번 융자액은 140억 엔에서 90억 엔으로 감액 됩니다. 그 금액은 도카이해운의 재무 내용을 감안하면 충분히 허용 범위 안에 들어옵니다. 더욱이······." 아키라는 품의서를 펼치고 거기에 그려진 새로운 도면을 가리켰다. "도카이상회를 매각할 때의 조건으로 도카이상회가 거래하던 해운 물량을 도카이해운에서 독 점하는 조건을 포함하는 것에 대부분 동의를 얻었습니다. 당초 거래 금액은 연간 수억 엔 정도였지만 향후 핵심 수익원으로 성장을 기대 할 수 있고, 그 가능성은 충분합니다. 남은 건 도카이관광인데 이쪽 은 본사를 도카이해운 빌딩으로 이전하는 것 외에 사무 부문을 통합 하여 연간 1억 엔 정도의 경비 절감을 기대할 수 있습니다. 이상의 내용을 상세한 분석 자료와 함께 보고서로 작성했습니다. 승인 부탁 드립니다."

후도는 소파에 몸을 묻은 채로 묵고하고 있다.

실제로는 몇 분이었을지 모르지만 아키라에게는 그것이 영원처 럼 느껴질 정도로 길었다. 그리고 지금······.

조용히 일어선 후도는 품의서를 들고 책상으로 가는가 싶더니 그 자리에서 결재란에 도장을 찍어 결재함에 넣었다. 그리고 아키라를 보며 한마디 했다.

"훌륭한 품의였어."

"고맙습니다."

인사하고 일어서는 아키라를 후도가 불러세웠다. "어이, 야마자키. 자네의 그 경험은 결코 헛되지 않았어."

순간 깜짝 놀란 듯 눈을 크게 뜬 아키라는 조용히 고개를 숙이고 부장실에서 나왔다.

8

"예쁘다. 저기 좀 봐."

도쿄의 자택에서 두 시간쯤 되는 드라이브였다.

아쓰기에서 남쪽으로 내려가는 도로가 해안 도로로 바뀌자마자 조수석에 탄 아내, 기타무라 아이가 그렇게 말하며 눈부신 듯 실눈을 떴다.

"그래, 알아."

야마자키 아키라는 앞을 보며 그렇게 말하고 룸미러로 뒷좌석을 힐끔 보았다. 카시트에서는 올해 막 두 살이 된 아들과 갓 태어난 딸이 잠들어 있었다.

휴양 겸 로열 마린 시모다의 지금 모습을 보러 와줘. 봄의 시모다는 멋지니까 부디 가족끼리.

그렇게 가이도 아키라의 초대를 받은 게 지난달이었다.

도카이해운에 140억 엔을 융자한 뒤로 5년이 지났다.

다이니치맥주에 매수된 도카이상회는 신소재 판매로 비약적으로 매출이 성장해 지난 3년 사이 매출 규모가 두 배 가까이 급진한 성장 기업이 되었다. 그 덕분에 도카이해운이 맡은 화물 물량도 늘어 지금은 도카이해운의 주요 거래처 중 하나가 되었다. 도카이해운 산하로 들어간 도카이관광은 다카시가 회장으로 물러나고 지금은 료마가 사장을 맡고 있다.

이쪽의 성장은 느리지만 그만큼 건실하다. 화려하지는 않지만 수익이 증가하고 있다. 료마는 좌절의 시기를 거쳐 경영자로 거듭났다. 당초 정리 해고 비용으로 적자가 예측되었던 로열 마린 시모다는 미쓰토모은행의 융자를 상환한 2년 후에는 흑자로 돌아섰다. 올해 호텔 경영에 해박한 골드베르크를 고문으로 맞이해 새로운 중기 계획으로 더욱 비약하려는 참이다.

해안도로는 편도 1차선으로 구불구불 휘다가 바위 속 터널을 지났다.

"잠깐 어디 좀 들러도 될까?"

아키라가 묻자 아이는 조금 놀란 표정을 지었지만 행선지를 묻지는 않았다.

앞쪽 교차로에서 방향지시등을 켜고 우회전하자 실개천을 따라 이어지는 길이 나왔다. 민가가 드문드문 보이고 한쪽에 귤 밭이 늘어선 외길이다. 그 길은 이윽고 실개천에서 멀어지더니 곡선을 그리며 가파른 오르막으로 바뀌어 귤 밭 사이를 지나는 좁은 길로 바뀌었다. 방금 전까지 해안을 따라 바다를 바라보며 달리고 있었는데, 앞유리창 너머로 보이는 건 가파른 산과 그 위로 펼쳐진 안개 낀 봄의 하늘이다.

이곳에 오는 게 몇 년 만일까?

핸들을 쥔 아키라의 뇌리에 그 시절의 기억이 되살아났다.

맞은편에서 차가 오면 교행에 고생할 듯한 길을 계속 올라가자 널찍한 평지가 나왔다.

"아아, 여기야."

아키라는 잠든 아이들을 남겨둔 채로 시동을 끄고 차 밖으로 나갔다. 따사로운 초봄 햇살에 아직 쌀쌀한 기운이 감도는 바람이 목덜미를 어루만졌다. 아내와 함께 잡초가 우거진 땅에 발을 들여놓았다. 그곳에는 아키라가 예상했던 것은 아무것도 없었다. 폐허로 변한 공장도, 옛날에 살았던 집의 흔적도…… 과거에 그곳에 있었던 것들은 사라지고, 모든 것이 자연으로 돌아가버린 듯했다.

"여기에 우리 집이 있었어."

아이가 믿을 수 없다는 표정으로 아키라를 돌아보았다. 그럴 만도 하다. 과거에 공장이 있었던 곳에는 이웃 농가가 세운 듯한 작업용 창고가 우뚝 서 있을 뿐이다. 그 너머에 있었던 이층집은 오래전에 철거되어, 지금 그 자리는 잡초로 뒤덮여 있었다.

"예쁘다." 아이가 산 밑을 굽어볼 수 있는 너른 장소에 서서 말했다. "바다가 예뻐. 이걸 매일 보면서 살았구나."

"이게 내가 어린 시절 보았던 풍경이야."

계단처럼 이어진 귤 밭의 가파른 비탈과, 그 너머에서 무수한 빛을 반사하던 봄의 바다. 눈을 감자 소리가 들리는 것만 같았다. 프레스기가 내는 규칙적인 소리, 그리고 기름 냄새……

먼지가 조용히 넘실거리는 공장의 풍경.

그로부터 20년이 넘는 세월이 지나 아키라는 다시 이곳으로 돌아왔다. 그리고 지금, 그때와 다름없는 풍경을 이렇게 바라보고 있다. 지금까지 이즈에 오더라도 이곳은 찾지 않았다. 아버지의 공장이나 예전에 살던 집이 폐허가 되어버린 잔해를 보고 싶지 않았기 때문이었다. 동시에 그 시절의 슬픈 기억이 되살아날까 봐 두렵기도 했다. 혹은 어린 시절의 경험을, 숙명을 짊어지고 살아가는 자기 모습을 의식하기 싫어 피했던 것뿐인지도 모른다.

하지만 지금, 아키라는 겨우 자신의 원점이라 할 수 있는 이곳에 다시 설 수 있었다. 슬픔과 그리움이 뒤섞인 기억 속에 들어갈 수 있었다.

"나는, 여기로 돌아왔구나."

아키라의 마음속에 가라앉아 있던 응어리가 어느새 사라졌다.

특별한 것 하나 없는 곳이지만 이곳에는 아키라에게만 보이는 기억의 풍경이 있다. 이 장소는 과거와 현재를 이어준다. 그리고 나라는 존재의 의미를 깨닫게 해준다.

어린 시절의 너는, 어떤 소리를 들으며 자랐을까?

어린 시절의 너는, 어떤 냄새를 맡으며 자랐을까?

그 모든 것의 대답이, 이곳에 있다.

격동의 세월을 함께한
두 아키라의 인간 드라마

• 내용에 대한 언급이 있습니다

　이케이도 준은 1963년생으로 대형 은행에서 일한 경험을 살려 금융업계 등 기업 관련 소설에서 뛰어난 실력을 발휘하며 일본의 국민 작가로 사랑받고 있는 소설가이다. 우리나라에서도 큰 인기를 끌었던 드라마《한자와 나오키》의 원작소설로 은행을 무대로 한 '한자와 나오키' 시리즈, 중소기업의 분투를 그린《변두리 로켓》, 기업의 부정행위를 그린《하늘을 나는 타이어》《일곱 개의 회의》등 폭넓은 사회상을 속도감 있는 전개로 그려내는 재능이 탁월하다.

　《아키라와 아키라》는 같은 이름을 가졌으나 성장 배경은 정반대인 두 주인공을 내세워 1970년대 초반부터 2000년대 초반에 이르는 약 30년의 세월을 그리고 있는데, 이 시기에는 아랍석유수출국기구OAPEC와 석유수출국기구OPEC가 원유의 가격을 인상하고 생산을 제한하여 세계 각국의 경제적인 혼란을 야기한 '석유파동'부터

'거품경제', 그 이후 거품경제의 붕괴로 '잃어버린 10년'이라 불리는 장기불황 등 굵직한 경제 이슈들이 있었다. 이 작품은 이러한 격동의 세월을 배경으로 아버지가 경영하던 작은 공장이 도산해 야반도주한 가난한 가정의 아이 야마자키 아키라와, 일약 대기업으로 성장한 회사의 후계자라는 숙명에서 벗어나기 위해 몸부림치는 가이도 아키라의 인생을 교차로 그려내고 있다. 제목과 표지만 보면 같은 이름을 가진 두 사람의 라이벌 구도처럼 보이지만, 막상 읽어보면 그렇게 단순한 이야기가 아니다. 두 사람은 성장하면서 몇 번 마주치지만, 그마저도 쌍방이 서로를 인식하는 경험이 아니라 같은 또래지만 본인과는 다른 상황에 있는 상대를 바라보며 나와는 다른, 저런 삶을 사는 아이도 있구나 하는 단편적인 감상을 느낄 뿐이다. 두 사람은 감정적으로 얽히는 일 없이 그대로 성장하고 은행원이 되어서야 비로소 정식으로 만난다. 그리고 그마저도 입사 연수 때 치열한 대결을 하는 장면이 전부, 이후 다른 지점으로 발령을 받으며 두 사람은 또 각자의 인생을 살아간다.

이쯤 되면 이 소설이 흔한 라이벌 구도의 이야기가 아니란 것을 깨달아야 하는데 나는 기타무라 아이와 그녀의 아버지가 두 사람의 인생에 등장했을 때, 이렇게 결국 연적이 되어 대립하게 되나 긴장했다. 그러나 역시나 각자의 인생을 살기 바쁜 두 주인공, 또 한 번의 착각이 빗나가는 순간이었다.

《아키라와 아키라》가 다른 작품과 구별되는 특별한 매력이 있다면 그것은 두 주인공이 다 선한 인물이며, 두 사람이 경쟁 관계가 아니라 특정 계층을 대변하는 인물로 그려지되 가난하다고 마냥 불행하기만 한 것이 아니고, 부유하다고 마냥 행복하기만 한 것은 아니라는 점을 보여주고 있다는 데 있다. 손에 땀을 쥐게 하는 것도, 분통 터지게 만드는 것도, 속이 후련해지는 전개도 없지만 아키라와 아키라의 30년에 걸친 성장 과정은 어느새 순수하게 그들의 인생을 지켜보며 응원하게 만드는 힘이 있다.

이렇게 여타 작품들과는 다소 다른 전개로 특별한 재미를 주는 《아키라와 아키라》지만 번역 작업을 할 때는 초반부터 큰 고민이 있었다. 원서 제목은 가타카나와 히라가나 표기로 《アキラとあきら》, 본문에서는 야마자키 아키라山崎瑛와 가이도 아키라階堂彬로 한자로 표기하여, 여러 표기 방법이 가능한 일본어로는 두 인물을 구분하는 데 큰 문제가 없지만 한글 표기로는 두 인물의 구분이 쉽지 않기 때문이다. 분량이 적은 작품도 아니고, 게다가 두 사람의 아키라를 확실히 구분할 수 있도록 작업해야 했다. 편집부와 의논하여 일단 야마자키 아키라를 그대로 '아키라'로 표기하고 가이도 아키라는 '가키라'로 표기해서 나중에 가이도 아키라 쪽은 폰트에 변화를 주어 구분하는 방향으로 하자고 정리하여 작업을 시작했다. 그런데 정말 놀랍게도 두 사람의 아키라가 혼동될 만한 요소는 거의 없었다. 우선 두 인물을 둘러싼 배경이 확연하게 달랐고, 앞서 말한 바와 같이 두 인물이 서로 얽히는 에피소드가 거의 없었기 때문에 표기에 대한 걱정은 기우로 끝났고, 이름 표기는 다시 전부 아키라로 수정하되 혼선의 여지가 있는 경우에만 풀네임 또는 성을 살려서 구분하기로 했다. 이대로 문제없이 끝날 줄 알았는데 막판에 또 다른 문제를 하나 발견하게 된다. 바로 초반에 야마자키 아키라의 인생에 등장했다

가 마지막에 다시 등장하는 기타무라 아이라는 여성의 존재인데, 하필 이름이 아이亜衣라서 어린아이, 즉 자녀로 오해할 가능성도 있고 기타무라 아이의 초반 등장 자체가 너무 짧아서 마지막 장에서 '아이'라는 이름으로만 나오면 같은 인물임을 눈치채기 어려울 것 같아서였다. 사실 일본에서는 일반적으로 결혼하면 여성은 남편의 성을 따르기 때문에 야마자키 아이가 되어야 옳지만, 부득이하게 마지막 챕터에서는 아내임과 함께 기타무라 아이라고 풀네임 표기로 설명을 덧붙였음을 밝혀둔다.

김선영

옮긴이 **김선영**

한국외국어대학교 일본어과를 졸업했다. 방송 등 다양한 매체에서 전문 번역가로 활동했으며 특히 일본 문학을 소개하는 일에 힘쓰고 있다. 옮긴 책으로는 온다 리쿠의 《꿀벌과 천둥》《축제와 예감》을 비롯하여, 미나토 가나에의 《고백》《야행관람차》《왕복서간》《리버스》《꽃 사슬》, 이사카 고타로의 〈명랑한 갱 시리즈〉《러시 라이프》《목 부러뜨리는 남자를 위한 협주곡》《종말의 바보》, 요네자와 호노부의 〈고전부 시리즈〉〈소시민 시리즈〉《왕과 서커스》《흑뢰성》, 그 밖에 《경관의 피》《경관의 조건》《멸망 이전의 상그릴라》《이리하여 아무도 없었다》 등이 있다.

아키라와 아키라

1판 1쇄 인쇄 2023년 7월 26일 **1판 1쇄 발행** 2023년 8월 2일
지은이 이케이도 준 **옮긴이** 김선영
펴낸이 고세규
편집 이승현 정혜경 **디자인** 유상현
마케팅 이헌영 **홍보** 반재서 이태린

발행처 김영사
주소 경기도 파주시 문발로 197(문발동) 우편번호10881
등록 1979년 5월 17일(제406-2003-036호)
구입 문의 전화 031)955-3100 **팩스** 031)955-3111
편집부 전화 02)3668-3289 **팩스** 02)745-4827 **전자우편** literature@gimmyoung.com
비채 블로그 blog.naver.com/viche_books
인스타그램 @drviche **트위터** @vichebook
ISBN 978-89-349-4268-9 03830 책값은 뒤표지에 있습니다.

비채는 김영사의 문학 브랜드입니다.